Dick Francis

Unbestechlich

Roman

Aus dem Englischen
von Jobst-Christian Rojahn

Diogenes

Titel der 1989 bei Michael Joseph Ltd.
erschienenen Originalausgabe: ›Straight‹

Umschlagzeichnung von
Tomi Ungerer

200/90/8/1
ISBN 3 257 01856 8

Mein Dank gilt vor allem

Joseph und *Danielle Zerger*
von *Zarlene Imports*
Edelsteinhändler

und auch

Mary Bromiley – Knöchelspezialistin
Barry Park – Tierarzt
Jeremy Thompson – Arzt und Pharmakologe
Andrew Hewson – Literarischer Agent

und wie immer

Merrick und *Felix*, unseren Söhnen.

Alle in dieser Geschichte
vorkommenden Personen sind frei erfunden.
Alle geschilderten technischen Geräte
gibt es wirklich.

1

Ich habe das Leben meines Bruders geerbt. Habe seinen Schreibtisch, seine Firma, sein technisches Spielzeug, seine Feinde, seine Pferde und seine Geliebte geerbt. Ich habe das Leben meines Bruders geerbt und dabei fast das meine verloren.

Ich war damals 34 Jahre alt, und eine Meinungsverschiedenheit mit dem letzten Hindernis des Rennens in Cheltenham hatte zur Folge, daß ich an Krücken herumhumpelte. Sollten Sie noch nicht erlebt haben, wie es ist, wenn Ihr Fußgelenk zerschmettert wird, dann haben Sie nichts versäumt. Wie immer war es nicht der Sturz bei voller Geschwindigkeit gewesen, der den Schaden verursacht hatte, sondern die halbe Tonne von Rennpferd, das hinter mir über das Hindernis setzte. Es sprang mit einem seiner Vorderhufe direkt auf meinen Stiefel, und der Arzt, der mir diesen dann vom Bein schnitt, überreichte ihn mir als Andenken. Mediziner haben nun mal einen makabren Sinn für Humor.

Zwei Tage nach diesem Vorfall, als ich mich allmählich mit der Tatsache abzufinden begann, daß ich zumindest sechs Wochen der Rennsaison und damit wahrscheinlich auch meine letzte Chance verpassen würde, noch einmal zu Meisterehren zu kommen (mit Mitte dreißig erreichen Steeplechase-Jockeys den Anfang vom Ende ihrer sportlichen Laufbahn), nahm ich so ungefähr zum zehnten Mal an diesem Morgen den Telefonhörer ab – diesmal jedoch, um festzustellen, daß nicht noch ein weiterer Freund mich seines Mitgefühls versichern wollte.

»Könnte ich bitte mit Derek Franklin sprechen?« fragte eine weibliche Stimme.

»Ich bin Derek Franklin«, sagte ich.

»Gut.« Die Stimme klang sowohl energisch als auch zögernd, und das war durchaus verständlich. »Wir haben Sie als den nächsten Angehörigen Ihres Bruders aufgeführt gefunden.«

Der Ausdruck »nächster Angehöriger« mußte zu den unheilvollsten gehören, die es gab, dachte ich mit schneller schlagendem Herzen.

Ich fragte langsam, ohne eigentlich die Antwort hören zu wollen: »Was ist geschehen?«

»Ich rufe vom St. Catherine's Hospital in Ipswich an. Ihr Bruder liegt hier auf der Intensivstation ...«

Wenigstens lebt er, dachte ich benommen.

»... und die Ärzte sind der Ansicht, daß Sie davon in Kenntnis gesetzt werden sollten.«

»Wie geht es ihm?«

»Es tut mir leid, aber ich habe ihn nicht gesehen. Ich bin hier am Krankenhaus als Sozialarbeiterin tätig. Soweit ich aber weiß, ist sein Zustand sehr ernst.«

»Was ist mit ihm?«

»Er hatte einen Unfall«, sagte sie. »Er ist schwer verletzt und hängt am Tropf.«

»Ich komme«, sagte ich.

»Ja, das wäre wohl das beste.«

Ich dankte ihr, ohne eigentlich so recht zu wissen wofür, und legte auf, wobei erst jetzt der Schock physisch spürbar wurde – ich fühlte mich benommen, und meine Kehle war wie zugeschnürt.

Er würde schon wieder auf die Beine kommen, sagte ich mir. Intensivstation – das bedeutete doch nur, daß man sich wirklich intensiv um ihn bemühte. Er würde sich bald wieder erholen, gar keine Frage.

Ich verdrängte alle Befürchtungen und wandte mich statt dessen dem praktischen Problem zu, wie ich mit einem kaputten Fußgelenk etwa 150 Meilen über Land von Hungerford in Berkshire, wo ich wohnte, nach Ipswich in Suffolk gelangen sollte. Zum

Glück handelte es sich um den linken Fuß, was bedeutete, daß ich sehr bald wieder in der Lage sein würde, mein Auto zu benutzen, das ein automatisches Getriebe hatte – im Augenblick jedoch verursachte mir mein Fuß noch heftige Beschwerden. Trotz aller Tabletten und Eisbeutel war er heiß und geschwollen und schmerzte stark. Ich konnte das Gelenk nicht bewegen, ohne daß mir der Atem stockte, und das war teilweise meine eigene Schuld.

Da mir die schädigende Unbeweglichkeit von Gipsverbänden schon immer verhaßt gewesen war, ich diesbezüglich fast so etwas wie eine Phobie hatte, war ich ein gut Teil des vorangegangenen Tages damit beschäftigt gewesen, einen leidgeprüften Orthopäden dazu zu überreden, meinem Knöchel die Stütze einer schlichten elastischen Binde angedeihen zu lassen, statt ihn in Gips einzusperren. Mein Orthopäde gehörte zu jenen Chirurgen, die Platten und Schrauben bevorzugen, weshalb er wie gewohnt mit Murren auf mein Ansinnen reagierte. Eine Bandage, wie ich sie haben wolle, möge zwar im Endeffekt besser für die Muskulatur sein, biete aber keinerlei Schutz vor Stößen, wie er mir schon bei anderen Gelegenheiten klarzumachen versucht habe, und würde mir lediglich mehr Schmerzen eintragen.

»Mit so einem Verband kann ich aber sehr viel schneller wieder Rennen reiten.«

»Es wäre an der Zeit, daß Sie damit aufhören, sich die Knochen zu brechen«, sagte er, gab aber achselzuckend und seufzend nach und legte mir eine sehr eng gewickelte Bandage an. »Eines Tages werden Sie sich noch mal was Ernsthaftes antun.«

»Eigentlich breche ich sie mir gar nicht so gerne.«

»Immerhin brauchte ich diesmal nichts zu klammern«, sagte er. »Aber Sie sind verrückt.«

»Ja, herzlichen Dank.«

»Gehen Sie nach Hause und halten Sie Ruhe. Geben Sie Ihren Bändern eine Chance.«

Die Bänder erhielten diese Chance auf dem Rücksitz meines Wagens, während Brad, ein arbeitsloser Schweißer, diesen nach Ipswich lenkte. Brad, schweigsam und störrisch, war gewohnheitsmäßig und aus freien Stücken ohne Job. Er verdiente sich seinen kargen Lebensunterhalt mit Gelegenheitsarbeiten, die er in unserer Wohngegend für jeden übernahm, der seine Launen zu ertragen bereit war. Da ich sein langes Schweigen seinen seltenen Gesprächen entschieden vorzog, kamen wir gut miteinander zurecht. Er sah aus wie vierzig, war noch keine dreißig und lebte bei seiner Mutter.

Brad fand das St. Catherine's Hospital ohne größere Schwierigkeiten, half mir am Eingang aus dem Wagen und reichte mir die Krücken. Er sagte, er werde das Auto auf den Parkplatz bringen und dann in der Eingangshalle auf mich warten – ich solle mir nur Zeit lassen. Auch am Vortag hatte er schon stundenlang auf mich gewartet und dabei weder Ungeduld noch Mitgefühl erkennen lassen. Er war lediglich auf eine ruhige und neutrale Weise verdrießlich gewesen.

Die Intensivstation erwies sich als streng bewacht von energischen Krankenschwestern, die einen Blick auf meine Krücken warfen und mir dann erklärten, daß ich in der falschen Abteilung gelandet sei. Als ich ihnen jedoch endlich beigebracht hatte, wer ich war, statteten sie mich teilnahmsvoll mit Mundschutz und Kittel aus und ließen mich dann zu Greville hinein.

Irgendwie hatte ich erwartet, daß Intensivstation gleichbedeutend sei mit hellen Lampen und geräuschvoller Geschäftigkeit, sah aber nun, daß dem nicht so war, jedenfalls nicht auf dieser Station in diesem Krankenhaus. Das Licht war gedämpft, die Atmosphäre friedlich, der Geräuschpegel – sobald sich mein Gehör darauf eingestellt hatte – ein wenig über der absoluten Stille, aber noch nicht so weit darüber, daß ich einzelne Laute hätte identifizieren können.

Greville lag auf einem hohen Bett ganz allein in einem Raum, der voller Drähte und Schläuche war. Abgesehen von einem schmalen Leinentuch, das lose über seinen Lenden lag, war er völlig nackt und sein Schädel zur Hälfte kahlgeschoren. Weitere Spuren chirurgischer Eingriffe zogen sich wie die eines Tausendfüßlers quer über seinen Unterleib und eine Hüfte hinab, und er hatte am ganzen Körper Blutergüsse.

Hinter seinem Bett zeigten eine Reihe von Bildschirmen ihre leeren, viereckigen Gesichter – die Apparate waren nicht eingeschaltet, da die Informationen der Elektroden zu anderen, in einem Nebenraum stehenden Geräten weitergeleitet wurden. Der Patient brauche, so sagte man mir, nicht ständig einen Pfleger in seiner Nähe zu haben, da man seine Reaktionen permanent von diesem Nebenraum aus überwache.

Greville war ohne Bewußtsein, sein Gesicht blaß und still, sein Kopf ein wenig zur Tür hin geneigt, als erwarte er den Eintritt von Besuchern. Ein der Druckverminderung dienender Eingriff hatte auf seinem Schädel eine Wunde hinterlassen, die mit einem dick gepolsterten Schutzverband abgedeckt worden war, der eher wie ein seinen Kopf stützendes Kissen aussah.

Greville Saxony Franklin, mein Bruder. Neunzehn Jahre älter als ich – keine Überlebenschance. Dem hatte man sich zu stellen. Das galt es zu akzeptieren.

»Hi, Guy«, sagte ich.

Es war dies eine amerikanische Begrüßungsformel, die er selbst häufig benutzte, aber sie fand keine Erwiderung. Ich berührte seine Hand, die sich warm und entspannt anfühlte und deren Fingernägel wie immer sauber und gepflegt waren. Herz und Kreislauf funktionierten noch, angeregt von elektrischen Impulsen. Durch einen Schlauch an seinem Hals wurde Luft in seine Lungen gepumpt und wieder abgesaugt. Im Inneren seines Kopfes stellten die Nervenknoten ihre Tätigkeit ein. Wo war wohl seine Seele, fragte ich mich – wo der vernunftbegabte, ausdauernde, starke Geist? Wußte er, daß er im Sterben lag?

Ich mochte ihn nicht einfach sich selbst überlassen. Niemand sollte einsam sterben müssen. Ich ging hinaus und sagte das.

Ein Arzt in einem grünen Kittel erklärte mir, daß sie, wenn die gesamte noch feststellbare Gehirntätigkeit aufgehört habe, meine Zustimmung einholen würden, bevor sie die Geräte abschalteten. Wenn ich es wünsche, dürfe ich selbstverständlich in diesem kritischen Augenblick, aber auch schon vorher, bei meinem Bruder sein. »Aber der Tod«, sagte er dann streng, »wird in seinem Falle ein sich unendlich lang hinziehender Prozeß und kein eindeutig bestimmbarer Augenblick sein.« Er machte eine Pause. »Auf dem Flur hier befindet sich ein Warteraum, wo es unter anderem auch Kaffee gibt.«

Banales und Dramatisches, dachte ich – sein Alltag. Ich hinkte den langen Weg zum Empfang zurück, fand dort Brad, informierte ihn über den Stand der Dinge und sagte ihm, daß ich wohl noch ziemlich lange hierbleiben würde, vielleicht sogar die ganze Nacht.

Er machte eine zustimmende Handbewegung. Er werde da sein, sagte er, oder an der Pforte eine Nachricht hinterlassen. In jedem Falle bliebe er erreichbar für mich. Ich nickte und ging wieder nach oben, wo ich den Warteraum bereits von einem sehr jungen, gramverzehrten Paar besetzt fand, dessen Baby nur noch mit Fäden am Leben hing, die kaum stärker waren als die von Greville.

Der Raum war hell, komfortabel eingerichtet und unpersönlich. Ich lauschte dem langsamen Schluchzen der Mutter und dachte an all das Elend, das Tag für Tag in diese Wände hineinsikkerte. Das Leben hatte schon so seine ganz eigene Art, einen wie einen Fußball vor sich herzustoßen. Jedenfalls hatte ich diesen Eindruck. Das Schicksal hatte es mir nie leichtgemacht, aber das war in Ordnung so, das war ganz normal. Die Mehrzahl der Menschen, so schien mir, waren irgendwann einmal dran und wurden zum Fußball. Die meisten überlebten das. Einige nicht.

Greville war einfach zur falschen Zeit am falschen Ort gewesen.

Den spärlichen Informationen, über die man im Krankenhaus verfügte, hatte ich entnommen, daß er die High Street von Ipswich entlanggegangen war, als Teile eines Baugerüstes, das gerade abmontiert wurde, aus großer Höhe auf ihn herabgestürzt waren. Einer der Bauarbeiter war getötet, ein anderer mit gebrochener Hüfte ins Krankenhaus eingeliefert worden.

Was meinen Bruder anbetraf, so hatte man mich mit den klinischen Details vertraut gemacht. Eine Metallstange hatte seinen Bauch durchbohrt, eine andere war in sein Bein eingedrungen. Etwas Schweres war ihm auf den Kopf gefallen, was zu erheblichen Verletzungen des Gehirns mit entsprechenden inneren Blutungen geführt hatte. Das Unglück war am späten Nachmittag des gestrigen Tages passiert, er lag seitdem in tiefer Ohnmacht und hatte erst identifiziert werden können, als Arbeiter, die am heutigen Morgen die Trümmer beiseite räumten, seinen Taschenkalender gefunden und der Polizei übergeben hatten.

»Brieftasche?« fragte ich.

Nein, keine Brieftasche. Nur der Taschenkalender, dessen erste Seite ordentlich ausgefüllt worden war – nächster Angehöriger: Derek Franklin, Bruder; dazu die Telefonnummer. Zuvor hatten sie über keinerlei Hinweise verfügt, sah man einmal von den Initialen G. S. F. ab, die oben auf der Brusttasche seines zerrissenen und blutbefleckten Hemdes eingestickt waren.

»Ein *Seiden*hemd«, hatte die Schwester mißbilligend hinzugefügt, als ob mit Monogramm bestickte Seidenhemden irgendwie etwas Unmoralisches seien.

»Nichts in seinen Taschen?« fragte ich.

»Ein Schlüsselbund und ein Taschentuch. Das war alles. Man wird Ihnen diese Sachen natürlich zusammen mit dem Kalender, seiner Uhr und seinem Siegelring aushändigen.«

Ich nickte. Es war nicht nötig zu fragen, wann.

Der Nachmittag zog sich hin, fremd und unwirklich, ein unendlich gedehntes Übergangsstadium. Ich ging wieder zu Greville hinein, um eine Weile bei ihm zu sein, aber er lag bewegungs- und wahrnehmungslos in seinem dahinschwindenden Dämmerlicht, in kaum merklicher Weise schon nicht mehr er selbst. Wenn Wordsworth recht hatte mit dem, was er über die Unsterblichkeit gesagt hat, so war das Leben Schlaf und Vergessen, der Tod aber ein Wiedererwachen – vielleicht sollte ich um Greville da nicht trauern, sondern mich eher für ihn freuen.

Ich dachte an ihn, wie er einmal gewesen war, und an unser Leben als Brüder.

Wir hatten nie zusammen in einem Familienverband gelebt, denn als ich geboren wurde, studierte er schon und baute sich eine eigene Existenz auf. Als ich sechs war, heiratete er, als ich zehn wurde, ließ er sich scheiden. Jahrelang war er für mich nicht viel mehr als ein Halbfremder, den ich zumeist nur kurz bei Familienzusammenkünften traf – bei Festen, die immer seltener stattfanden, weil unsere Eltern älter wurden und starben, und die ganz aufhörten, als die beiden Schwestern, die die Lücke zwischen Greville und mir füllten, auswanderten, die eine nach Australien, die andere nach Japan.

Ich war schon 28 Jahre alt, als wir uns nach langwährendem Austausch höflicher Weihnachts- und Geburtstagskarten völlig unverhofft auf einem Bahnsteig trafen und während der dann folgenden Fahrt zu Freunden wurden. Auch dann nicht zu engen, viel Zeit miteinander verbringenden Freunden, aber einander doch zugetan genug, um gelegentlich anzurufen oder zusammen essen zu gehen und uns wohl dabei zu fühlen.

Wir waren in ganz verschiedenen Welten aufgewachsen – Greville in dem stattlichen Londoner Haus, das zu der Tätigkeit unseres Vaters als Manager bei einem der großen Grundbesitzer gehörte, und ich in dem behaglichen Landhaus seines Ruhestandes. Greville war von unserer Mutter in Museen, Galerien und ins Theater mitgenommen worden, ich hatte Ponys geschenkt bekommen.

Wir sahen uns nicht einmal besonders ähnlich. Greville war – wie unser Vater – um die einsachtzig groß, ich etwa zehn Zentimeter kleiner. Grevilles Haar, das nun grau wurde, war hellbraun und glatt gewesen, meines von dunklerem Braun und gelockt. Von der Mutter hatten wir beide die goldbraunen Augen und die guten Zähne, vom Vater den Hang zur Hagerkeit geerbt, aber unsere Gesichter waren, obwohl beide durchaus gut geschnitten, doch sehr verschieden.

Greville konnte sich am besten an die aktiven Jahre unserer Eltern erinnern, ich war in der Zeit ihrer Krankheit und ihres Sterbens bei ihnen gewesen. Unser Vater war zwanzig Jahre älter als unsere Mutter gewesen, aber sie war vor ihm gestorben, was mir ungeheuer unfair vorgekommen war. Der alte Herr und ich hatten danach noch eine kurze Zeit in tolerantem gegenseitigem Nichtverstehen zusammengelebt, obwohl ich nie daran gezweifelt habe, daß er mich auf seine Art sehr wohl mochte. Er war bei meiner Geburt 62 gewesen und an meinem 18. Geburtstag gestorben, mir ausreichende Mittel für die Fortsetzung meiner Ausbildung und einen Brief voller Ermahnungen und Anweisungen hinterlassend, von denen ich einige befolgt habe.

Grevilles Ruhe war vollkommen. Ich dagegen war unruhig, fühlte mich an meinen Krücken höchst unbehaglich und dachte daran, um einen Stuhl zu bitten. Ich würde ihn nicht noch einmal lächeln sehen, dachte ich – nicht dieses Aufblitzen in den Augen und das Leuchten der Zähne, nicht das schnelle Erfassen des schwarzen Humors dieses Daseins, nicht das Bewußtsein der eigenen Stärke.

Er war Richter, Friedensrichter, und er importierte und verkaufte Schmucksteine. Von diesen nackten Tatsachen einmal abgesehen, wußte ich nur recht wenig von seiner Alltagsexistenz, denn wenn wir zusammengekommen waren, schien er sich stets mehr für mein Tun und Treiben zu interessieren als für das seine. Er besaß auch Pferde – dies von dem Tage an, als er mich angerufen und um meine Meinung gebeten hatte: Einer seiner Schuldner hatte ihm bei Fälligkeit der Schuld statt Geld sein Rennpferd angeboten. Was ich davon hielte. Ich sagte, ich würde zurückrufen, holte Auskünfte über das Pferd ein, kam zu dem Schluß, daß das ein guter Handel sei, und sagte Greville, er solle auf das Angebot eingehen, wenn er das noch wolle.

»Wüßte nicht, was dagegen spräche«, hatte er erwidert. »Erledigst du den Papierkram?«

Ja, natürlich, hatte ich gesagt, ich würde mich darum kümmern. Es fiel niemandem schwer, den Wünschen meines Bruders zu entsprechen – viel schwerer war es, auch mal nein zu sagen.

Das Pferd hatte ihm hübschen Gewinn gebracht und ihn dadurch zu weiteren Käufen ermutigt, obwohl er nur selten zu den Rennen ging, bei denen seine Pferde liefen. Das war für einen Besitzer durchaus nichts Ungewöhnliches, für mich aber blieb es ein Rätsel. Er weigerte sich strikt, auch Springpferde zu erwerben, und begründete das damit, daß er dann in die Gefahr käme, etwas zu kaufen, was mich umbringen könnte. Für Flachrennen war ich zu groß, und deshalb fühlte er sich da sicher. Ich konnte ihm nie begreiflich machen, daß ich gern für ihn reiten würde, und gab am Ende meine entsprechenden Versuche auf. Wenn sich Greville einmal zu etwas entschlossen hatte, dann war er nicht mehr davon abzubringen.

Etwa alle zehn Minuten kam leise eine Krankenschwester herein, stand für kurze Zeit neben dem Bett und kontrollierte, ob alle Elektroden und Schläuche noch in Ordnung waren. Sie lächelte mir kurz zu und meinte einmal, daß mein Bruder meine Anwesenheit doch gar nicht wahrnähme und sie ihm deshalb auch kein Trost sein könne.

»Ich bin genausosehr um meinet- wie um seinetwillen hier«, sagte ich.

Sie nickte und ging wieder hinaus, und ich blieb noch ein paar Stunden, lehnte an der Wand und dachte über die Ironie des

Schicksals nach, daß er nun durch einen zufälligen Unfall ums Leben kam, wo doch ich derjenige war, der die Hälfte des Jahres das seine in höchst rühriger Weise aufs Spiel setzte.

Wenn ich heute auf diesen sich in die Länge ziehenden Abend zurückblicke, erscheint es mir auch seltsam, daß ich mir damals überhaupt keine Gedanken über die Folgen seines Todes machte. Die Gegenwart war selbst noch in diesen stillen, dahinschwindenden Stunden von starker Lebendigkeit, und alles, was ich in der Zukunft zu sehen vermochte, war ein ziemlich langweiliges, aus Formularausfüllerei und Beerdigungsvorbereitungen bestehendes Programm, über das im einzelnen nachzudenken ich keinerlei Lust verspürte. Ich würde, wie ich vage vermutete, die Schwestern anrufen müssen, und vielleicht kam es ja auch zu ein bißchen Trauer aus der Ferne, aber ich wußte auch schon, daß sie schließlich sagen würden: »Du kannst dich doch darum kümmern, nicht wahr? Alles, was du veranlassen wirst, soll uns recht sein.« Sie würden nicht um die halbe Welt gereist kommen, um da in trauervollem Nieselregen am Grabe eines Bruders zu stehen, den sie in zehn Jahren vielleicht zweimal gesehen hatten.

Mehr als das ging mir nicht durch den Kopf. Das Band gemeinsamen Blutes war alles, was Greville und mich wirklich verband, und sobald es gelöst war, würde nichts bleiben als die Erinnerung an ihn. Von Traurigkeit erfüllt, beobachtete ich den an seinem Hals unregelmäßig zuckenden Puls. Wenn er nicht mehr zu sehen sein würde, würde ich in mein eigenes Leben zurückkehren und gelegentlich mit Wärme an ihn denken, mich mit einem Gefühl allgemeinen Kummers dieser Nacht erinnern, aber mehr nicht.

Ich kehrte in das Wartezimmer zurück, um meinen Beinen ein wenig Ruhe zu gönnen. Die verzweifelten jungen Eltern waren noch da, hohläugig und eng umschlungen, aber bald darauf erschien eine düster dreinblickende Schwester, um sie zu holen, und wenig später hörte ich dann das ansteigende Wehklagen der Mutter, die den erlittenen Verlust beweinte. Ich fühlte das Prickeln von Tränen, die ihr, einer Fremden, galten. Ein totes Kind, ein sterbender Bruder, ein alle verbindendes Elend. Der Tod des Kindes ließ mich in diesem Augenblick wirklich intensiv um meinen Bruder Greville trauern, und es wurde mir bewußt, daß ich mich, was das Ausmaß meines Schmerzes anbetraf, geirrt hatte. Ich würde ihn sehr vermissen.

Ich legte mein Fußgelenk hoch, bettete es auf einen Stuhl und döste immer wieder ein. Irgendwann vor Anbruch des Tages erschien die gleiche Schwester mit dem gleichen Gesichtsausdruck, um nun mich abzuholen.

Ich folgte ihr über den Flur und in Grevilles Zimmer. Diesmal brannten sehr viel mehr Lampen darin, waren sehr viel mehr Menschen anwesend, und die mit Monitoren ausgestatteten Geräte hinter dem Bett waren eingeschaltet worden. Blasse grüne Linien bewegten sich über die Bildschirme, einige in regelmäßigen Zukkungen, andere kompromißlos gerade.

Man brauchte mir nichts zu sagen, aber sie erklärten es mir trotzdem. Die geraden Linien zeigten die Summe aller Hirnaktivitäten an, das heißt, es waren nicht die geringsten mehr vorhanden.

Es gab keinen persönlichen Abschied. Der hatte ja auch keinen Sinn. Ich war dort, und das war genug. Sie erbaten und erhielten meine Zustimmung zur Abschaltung der Apparate, und bald wurden auch die noch pulsierenden Linien gerade – und was immer in dem stillen Körper gewesen sein mochte, war nun nicht mehr da.

Es dauerte lange, bis sich an diesem Morgen irgend etwas erledigen ließ, denn es stellte sich heraus, daß Sonntag war.

Ich versuchte mich zu erinnern, da ich jede zeitliche Orientierung verloren hatte. Am Donnerstag hatte ich mir den Knöchel gebrochen, am Freitag war das Baugerüst auf Greville herabgestürzt, am Samstag hatte mich Brad nach Ipswich gefahren. Das alles schien unendlich weit weg zu sein – gelebte Relativität.

Es bestand, wie es schien, die Möglichkeit, daß die Gerüstbaufirma schadensersatzpflichtig war, weshalb man mir riet, einen Anwalt zu konsultieren.

Während ich mich durch den Papierberg arbeitete und versuchte, Entscheidungen zu treffen, wurde mir klar, daß ich gar nicht wußte, was eigentlich Grevilles Wille war. Wenn er irgendwo ein Testament hinterlegt hatte, so waren da vielleicht Dinge verfügt, die ich ausführen sollte. Der Gedanke durchzuckte mich, daß wohl außer mir niemand sonst von seinem Ableben wußte. Es gab sicher Leute, die ich benachrichtigen mußte – aber ich hatte keine Ahnung, wer sie waren.

Ich fragte, ob ich den Taschenkalender bekommen könne, der am Unfallort gefunden worden war, und sofort übergab man mir nicht nur das Büchlein, sondern auch all die anderen Dinge, die mein Bruder bei sich gehabt hatte: Schlüsselbund, Uhr, Taschentuch, Siegelring, ein bißchen Kleingeld, Schuhe, Socken, Jacke. Die übrigen Kleidungsstücke, zerfetzt und blutgetränkt, waren, wie es schien, verbrannt worden. Man forderte mich auf, den Empfang der Gegenstände mit meiner Unterschrift zu bestätigen, wobei vorher jeder einzelne bei der Übergabe abgehakt worden war.

Es war alles aus dem großen braunen Plastikbeutel ausgeschüttet worden, in dem man die Sachen aufbewahrt hatte. Auf beiden Seiten des Beutels stand in weißer Schrift »St. Catherine's Hospital«. Ich tat Schuhe, Socken, Taschentuch und Jacke wieder in den Beutel zurück und zog die Schnur zu. Dann steckte ich den großen Schlüsselbund in meine Hosentasche, ebenso den Ring, die Uhr und das Geld, und besah mir sodann den Kalender.

Auf der ersten Seite hatte er seinen Namen eingetragen, dazu die Telefonnummern seiner Wohnung und seiner Firma, aber keine Adressen. Unten auf der Seite, wo »Bei Unfall bitte benachrichtigen« stand, hatte er »Derek Franklin, Bruder, nächster Angehöriger« hingeschrieben.

Der Taschenkalender war der, den ich ihm zu Weihnachten geschenkt hatte – es war der Rennkalender, den der Verband der Jockeys zusammen mit dem Fonds für verletzte Jockeys herausgab. Daß er ausgerechnet diesen Kalender benutzt hatte, wo er doch sicherlich noch eine ganze Reihe anderer überreicht bekommen hatte, überraschte und rührte mich. Daß er meinen Namen darin vermerkt hatte, war erstaunlich, und ich fragte mich, was er wohl von mir gehalten haben mochte – was wir einander hätten bedeuten können, und was wir versäumt hatten.

Ich steckte den Kalender traurig in meine andere Hosentasche. Morgen früh würde ich wohl in der Firma anrufen und die schreckliche Nachricht übermitteln müssen. Vorher konnte ich niemanden informieren, da ich weder die Namen noch die Telefonnummern der Leute kannte, die für ihn arbeiteten. Ich wußte nur, daß er keine Partner hatte, weil er des öfteren betont hatte, daß er sein Unternehmen nur allein führen könne. Partner spielten einem zu oft Streiche, hatte er gemeint, und davon wolle er nichts wissen.

Als ich alle Unterschriften geleistet hatte, wickelte ich die Schnur des Plastikbeutels ein paarmal um mein Handgelenk und schleppte ihn und mich an den Krücken hinunter in die Eingangshalle, die an diesem Sonntagmorgen mehr oder minder verlassen war. Auch Brad war nicht da, hatte auch keine Nachricht beim Pförtner hinterlassen, weshalb ich mich einfach hinsetzte und wartete. Ich zweifelte nicht, daß er, finster dreinblickend wie eh und je, irgendwann nach eigenem Gutdünken zurückkehren würde. Genau dies tat er schließlich auch und schlurfte ohne das geringste Anzeichen von Hast zur Tür herein.

Er erspähte mich, näherte sich mir bis auf drei Meter, fragte »Soll ich mal das Auto holen?«, und als ich nickte, drehte er ab und verschwand wieder. Ein Mann von wenigen Worten, dieser Brad. Ich folgte ihm langsam, wobei der Plastikbeutel unaufhörlich gegen die Krücke schlug. Wenn ich schneller gedacht hätte, hätte ich ihn Brad mitgegeben, aber es hatte ganz den Anschein, als sei ich in gar keiner Weise zu schnellem Denken in der Lage.

Draußen schien die Oktobersonne hell und warm. Ich atmete die milde Luft tief ein, machte noch ein paar Schritte von der Tür weg, wartete geduldig weiter – und war nicht im geringsten darauf gefaßt, brutal überfallen zu werden.

Ich erkannte kaum, wer es war. Eben noch aufrecht dastehend, unkonzentriert auf meine Krücken gestützt, erhielt ich im nächsten Augenblick einen rammbockartigen Stoß ins Kreuz und stürzte nach vorn auf den harten schwarzen Asphalt der Einfahrt. In dem Versuch, mich zu retten, stellte ich ganz instinktiv den linken Fuß auf den Boden, der sich verdrehte, was schmerzhaft war und nichts brachte. Halb von Sinnen, flog ich flach auf den Bauch, und es war mir schon fast gleichgültig, als jemand gegen die eine der zu Boden gefallenen Krücken trat, so daß sie weit davonrutschte, und dann an dem noch an meinem Handgelenk hängenden Beutel zerrte.

Er... es mußte ein Er sein, dachte ich, bei dieser Schnelligkeit und Stärke... er setzte mir einen Fuß in den Nacken und legte sein ganzes Gewicht darauf. Dann zog er meinen einen Arm hart nach oben und vorn und durchtrennte die Plastikschnur mit schnellem Schnitt, wobei auch ein Stück der Haut meines Handgelenks daran glauben mußte. Ich spürte es kaum. Die Botschaften, die mein linkes Fußgelenk aussandte, verdrängten alles andere.

Eine Stimme näherte sich, rief mit Nachdruck »He! He!«, und der Angreifer ließ von mir ab und verschwand so schnell, wie er gekommen war.

Es war Brad, der zu meiner Rettung erschienen war. An jedem anderen Tag der Woche wären wahrscheinlich andauernd irgendwelche Menschen vorbeigekommen, nicht aber an einem Sonntagmorgen. Niemand sonst schien da zu sein und etwas bemerkt zu haben. Nur Brad war herbeigerannt.

»Schöne Scheiße«, sagte er über mir. »Alles in Ordnung?«

Weit gefehlt, dachte ich.

Er ging und holte die weggetretene Krücke zurück. »Ihre Hand blutet ja«, sagte er ungläubig. »Wolln Sie nicht aufstehn?«

Ich war mir da nicht so sicher, aber es schien mir gar nichts anderes übrig zu bleiben. Als ich eine einigermaßen aufrechte Stellung eingenommen hatte, betrachtete er ungerührt mein Gesicht und äußerte dann die Ansicht, daß wir lieber ins Krankenhaus zurückkehren sollten. Da mir nicht nach einer Auseinandersetzung zumute war, taten wir das.

Ich setzte mich ans Ende einer der langen Bänke und wartete darauf, daß die Flut der Schmerzen abebben würde. Als ich dann die Dinge wieder ein bißchen besser unter Kontrolle hatte, ging ich hinüber zur Aufnahme und schilderte dort, was sich ereignet hatte.

Die Frau hinter der Glasscheibe war entsetzt.

»Jemand hat Ihnen Ihren Plastikbeutel gestohlen?« sagte sie mit weit aufgerissenen Augen. »Ich meine, jeder hier weiß, was diese Beutel zu bedeuten haben, sie werden immer für die Sachen der Leute genommen, die gestorben sind oder die nach Unfällen hier eingeliefert werden. Ich meine, jeder weiß, daß Brieftaschen und Schmuck und so weiter da drin sein können, aber ich habe noch nie gehört, daß jemandem eine weggeschnappt worden ist. Wie fürchterlich! Was haben Sie alles verloren? Sie melden das besser der Polizei!«

Die Vergeblichkeit solchen Tuns erfüllte mich mit Müdigkeit. Irgend so ein Punker hatte es darauf ankommen lassen und gehofft, daß die Hinterlassenschaft des Toten das Risiko wert sein würde – und die Polizei würde den Tathergang aufnehmen und dann zu der Mehrzahl der ungesühnten Raubüberfälle legen. Ich war wohl, wie ich annahm, der Kategorie der Verwundbarsten zugeordnet worden, zu der vor allem kleine alte Damen gehörten, und so schmerzhaft diese Vorstellung für mich auch sein mochte,

Tatsache blieb doch, daß ich da auf meinen Krücken nicht nur wie ein Kinderspiel ausgesehen hatte, sondern auch eins gewesen war, und das ganz buchstäblich.

Ich schlurfte unter Schmerzen in den Waschraum und ließ kaltes Wasser über meine blutende Hand laufen, wobei ich entdeckte, daß der Schnitt breiter als tief und wohl eher als Hautabschürfung zu klassifizieren war. Seufzend betupfte ich mit einem Papierhandtuch die scharlachrot hervorsickernden Flecken, wikkelte die noch an meinem Handgelenk hängenden Stückchen von weißem und braunem Plastik ab und warf sie in den Papierkorb. Was für ein hirnrissiges, fast enttäuschend wirkendes Postscriptum zu dem Unfall, der meinen Bruder das Leben gekostet hatte!

Als ich wieder nach draußen kam, fragte mich Brad mit einer gewissen Ängstlichkeit: »Wolln Sie also zur Polente gehn?« und entspannte sich sichtbar, als ich den Kopf schüttelte und sagte: »Nein. Nur wenn Sie eine genaue Beschreibung der Person liefern können, die mich attackiert hat.«

Ich vermochte seinem Gesichtsausdruck nicht zu entnehmen, ob er dazu in der Lage gewesen wäre oder nicht. Ich gedachte ihn später auf der Heimfahrt danach zu fragen, aber als ich dies dann tat, sagte er nur: »Er hatte Jeans an und so eine von diesen Wollmützen auf dem Kopp. Und er hatte ein Messer. Ich konnte sein Gesicht nicht sehn, irgendwie hatte er den Rücken in meine Richtung, aber die Sonne blitzte in seinem Messer, verstehn Sie? Ging alles so schnell. Ich dachte schon, Sie wär'n hin. Dann rannte er mit dem Beutel weg. Sie haben verdammt Glück gehabt, würde ich mal sagen.«

Ich fühlte mich gar nicht glücklich, aber es war ja alles relativ.

Nachdem Brad diese für seine Verhältnisse lange Rede gehalten hatte, verfiel er wieder in das für ihn normale Schweigen, und ich dachte, was der Bandit wohl von seiner aus Schuhen, Socken, Taschentuch und Jacke bestehenden Beute halten würde, deren Verlust bei nüchterner Betrachtung keine Anzeige wert war. Was immer Greville an Wertvollem bei sich gehabt haben mochte, hatte mit Sicherheit in seiner Brieftasche gesteckt – und die war wohl einem früheren Räuber in die Hände gefallen.

Ich hatte Hemd, Schlips und Pullover angehabt, beziehungsweise hatte diese Sachen noch immer an, jedenfalls aber kein Jakkett. Ein Pullover war bei den Krücken praktischer als eine Jacke. Es war sinnlos, sich die Frage zu stellen, ob der Dieb auch meine Hosentaschen noch geleert hätte, wenn Brad nicht dazwischengekommen wäre. Sinnlos ebenfalls die Frage, ob er mir sein Messer auch zwischen die Rippen gestoßen hätte. Das ließ sich einfach nicht sagen. Sagen ließ sich nur, daß ich ihn nicht hätte abwehren können und daß seine Beute in jedem Falle mager gewesen wäre. Außer Grevilles Sachen hatte ich – da ich alter Gewohnheit gemäß mit leichtem Gepäck zu reisen pflegte – nur eine Kreditkarte und ein paar Geldscheine in einer kleinen Börse bei mir.

Ich hörte auf, weiter über die Sache nachzudenken, und fragte mich statt dessen und um mich von meinem Knöchel abzulenken, was Greville wohl in Ipswich gemacht haben mochte. Fragte mich, ob dort vielleicht jemand seit Freitag auf seine Ankunft wartete. Fragte mich, ob er sein Auto irgendwo dort geparkt hatte, und wenn ja, wie ich es je finden würde – eingedenk der Tatsache, daß ich dessen Zulassungsnummer nicht kannte und auch nicht wußte, ob er noch seinen Porsche fuhr. Aber irgend jemand würde das schon wissen, dachte ich unbekümmert. Seine Mitarbeiter in der Firma, seine Autowerkstatt um die Ecke, ein Freund. Das war alles nicht mein eigentliches Problem.

Als wir drei Stunden später Hungerford wieder erreichten, hatte Brad inzwischen nur noch angemerkt, daß uns der Sprit ausgehe (wogegen wir etwas unternommen hatten) und – eine halbe Stunde von zu Hause entfernt – daß er, falls ich ihn auch in der kommenden Woche noch als Fahrer gebrauchen könne, gern zur Verfügung stehe.

»Halb acht morgen früh?« schlug ich nach kurzem Nachdenken vor, und er gab ein grollendes Geräusch von sich, das ich als Zustimmung deutete.

Er fuhr mich bis vor die Haustür, half mir wieder aus dem Wagen, reichte mir meine Krücken, schloß das Auto ab und drückte mir die Schlüssel in die Hand – alles ohne ein einziges Wort zu sagen.

»Danke«, sagte ich.

Er neigte den Kopf, ohne mich anzusehen, wandte sich um und trottete zu Fuß dem Hause seiner Mutter zu. Ich sah ihm nach – diesem schüchternen, schwierigen Menschen ohne alle gesellschaftlichen Umgangsformen, der mir wahrscheinlich an diesem Morgen das Leben gerettet hatte.

2

Ich hatte auf drei Jahre das Erdgeschoß eines alten Hauses gemietet, das an einer Ecke der Hauptstraße lag, welche durch das altehrwürdige Landstädtchen führte. Es gab ein Schlaf- und ein Badezimmer, die zur Straße und nach Osten, also zum Sonnenaufgang hin lagen, und einen großen Allzweckraum nach hinten hinaus, den der Sonnenuntergang erhellte. Von ihm aus sah man auf ein schmales, an den Fluß grenzendes Gärtchen, das ich mir mit den Hausbesitzern, einem älteren, über mir wohnenden Ehepaar teilte.

Brads Mutter kochte und putzte schon seit vielen Jahren für sie, während Brad Reparaturen ausführte und Holz hackte, wann immer ihm danach zumute war. Kurz nach meinem Einzug hatten Mutter und Sohn auch mir wie beiläufig ihre Dienste angetragen, was mir sehr gelegen gekommen war. Alles in allem war es ein unbeschwertes, geordnetes Leben, aber wenn es stimmt, daß man nur dort wirklich zu Hause ist, wo das Herz ist, dann war das für mich draußen in den windigen Downs und in den Ställen und auf den von heiserem Lärm erfüllten Rennplätzen, wo ich arbeitete.

Ich betrat die stillen Räume, saß mit Eisbeuteln und hochgelegten Beinen auf dem Sofa, beobachtete die Sonne, die auf der anderen Seite des Flusses unterging, und dachte bei mir, daß ich wohl besser daran getan hätte, in Ipswich im Krankenhaus zu bleiben. Vom Knie an abwärts schmerzte mein linkes Bein ganz fürchterlich, und von Minute zu Minute wurde mir klarer, daß mein Sturz den Schaden vom Donnerstag verheerend verschlimmert hatte. Mein Orthopäde war übers Wochenende nach Wales gefahren, aber ich hatte auch so meine Zweifel, ob er sehr viel mehr getan hätte als »Das habe ich Ihnen ja gleich gesagt!« zu mir zu sagen, weshalb ich schließlich schlicht und einfach ein weiteres Distalgesic, eine Schmerztablette, nahm, die Eisbeutel erneuerte und die Tageszeit von Tokio und Sydney ermittelte.

Um Mitternacht rief ich in diesen beiden Städten an, wo schon Morgen war, und erreichte glücklicherweise beide Schwestern. »Armer Greville«, sagten sie betrübt, und »Mach, was du für richtig hältst.« – »Schick ein paar Blumen in unserem Namen.« – »Halt uns auf dem laufenden.«

Das würde ich machen, sagte ich. Armer Greville, wiederholten sie und meinten das auch, und sie sagten, daß ich sie doch mal in Sydney und in Tokio besuchen solle, jederzeit. Ihren Kindern, sagten sie, ginge es gut. Ihren Männern ginge es auch gut. Ob's mir auch gut ginge? Armer, armer Greville.

Ich legte traurig den Hörer auf die Gabel zurück. Familien zerstreuten sich – und einige zerstreuten sich mehr als die meisten anderen. Ich kannte inzwischen meine Schwestern nur noch von den Fotos, die sie manchmal zu Weihnachten schickten. Sie hatten meine Stimme nicht erkannt.

Am nächsten Morgen ließ ich die Dinge langsam angehen. Da sich nicht viel gebessert hatte, wählte ich, wie gehabt, Hemd, Schlips und Pullover für den Tag, zog rechts einen Schuh an, links nur die Socke, und war fertig, als Brad fünf Minuten vor der Zeit bei mir eintraf.

»Wir fahren nach London«, sagte ich. »Hier ist ein Stadtplan, auf dem ich unser Ziel angekreuzt habe. Glauben Sie, daß Sie es finden werden?«

»Hab doch 'nen Mund zum Fragen«, sagte er und starrte auf das Straßengewirr hinab. »Denke schon.«

»Na, dann mal los.«

Er nickte, half mir auf den Rücksitz und fuhr siebzig Meilen schweigend durch den dichten Morgenverkehr. Dann schlängelte er sich auf Zickzack-Kurs durch Holborn, wobei er immer wieder schreiend bei Straßenhändlern Auskunft einholte, bog ein paarmal falsch ab, korrigierte sich und blieb ganz plötzlich in einer geschäftigen Straße in der Nähe von Hatton Garden stehen.

»Da wär'n wir«, sagte er, mit dem Finger hinauszeigend. »Nummer 56. Das Bürogebäude da.«

»Hervorragend.«

Er half mir aus dem Wagen, reichte mir die Krücken und begleitete mich, um mir die schwere gläserne Eingangstür aufzuhalten. Drinnen saß hinter einem Tresen ein Mann mit helmartiger Mütze, die Sicherheit in Person, und fragte mich drohend, in welche Etage ich wolle.

»Saxony Franklin«, sagte ich.

»Name?« fragte er und zog eine Liste zu Rate.

»Franklin.«

»Ihr Name, meine ich.«

Ich erklärte ihm, wer ich war. Er hob die Augenbrauen, nahm den Telefonhörer auf, drückte einen Knopf und sagte: »Ein Mr. Franklin ist auf dem Weg nach oben.«

Brad erkundigte sich bei dem Pförtner, wo er parken könne, und bekam die Auskunft, daß sich hinter dem Gebäude ein Hof befinde. Er würde dort auf mich warten, sagte er. Keine Eile. Kein Problem.

Das Bürogebäude war modern und machte bis zum 6. Stock gemeinsame Sache mit seinen schnörkeligen viktorianischen Nachbarn. Erst dann erhob es sich frei und mit einer Menge Glas bis in die Höhen einer 10. Etage.

Die Firma Saxony Franklin Ltd. befand sich allem Anschein nach im 8. Stockwerk. Ich fuhr in einem sanft gleitenden Lift hinauf und gelangte, Ellbogen voran, durch eine schwere Schwingtür in einen Empfangsraum, der mit einem Tisch, einigen Sesseln für Wartende und zwei Polizisten ausgestattet war.

Hinter den Polizeibeamten saß eine Dame mittleren Alters, die ganz entschieden verwirrt aussah.

Mir schoß durch den Kopf, daß wohl die Nachricht von Grevilles Tod bereits eingetroffen war und daß ich wahrscheinlich gar nicht hätte herkommen müssen, aber dann ergab sich, daß die Ordnungshüter aus ganz anderen Gründen erschienen waren.

Die verwirrte Dame erhob sich, schenkte mir einen verständnislosen Blick und sagte: »Das ist aber nicht Mr. Franklin. Der Pförtner hat gesagt, Mr. Franklin sei auf dem Weg nach oben.«

Ich beruhigte die argwöhnischen Polizisten ein wenig, indem ich auch ihnen mitteilte, daß ich Grevilles Bruder sei.

»Oh«, sagte die Dame. »Ja, er hat einen Bruder.«

Sie ließen nun alle ihre Blicke über meine vergleichsweise große Unbeweglichkeit gleiten.

»Mr. Franklin ist nicht anwesend«, erklärte mir die Frau.

»Hm, äh ...«, sagte ich, »was ist denn hier los?«

Keiner sah willens aus, mir eine Antwort zu geben. Ich sagte zu der Frau: »Ich bedaure, aber ich weiß Ihren Namen leider nicht.«

»Adams«, sagte sie zerstreut. »Annette Adams. Ich bin die persönliche Assistentin Ihres Bruders.«

»Es tut mir leid«, sagte ich langsam, »aber mein Bruder wird heute nicht kommen. Er hatte einen Unfall.«

Annette Adams hörte die schlechte Nachricht aus meiner Stimme heraus. Sie legte in einer klassischen Geste die Hand auf ihr Herz, als wolle sie es in ihrer Brust festhalten, und sagte ahnungsvoll: »Was für ein Unfall? Ist er verletzt?«

Sie konnte die Antwort deutlich von meinem Gesichtsausdruck ablesen und tastete mit der freien Hand nach ihrem Stuhl, in den sie sich, vom Schock getroffen, zurückfallen ließ.

»Er ist gestern morgen im Krankenhaus gestorben«, sagte ich zu ihr und den Polizisten, »nachdem am vergangenen Freitag Teile eines Baugerüstes auf ihn gefallen waren. Ich war bei ihm dort in der Klinik.«

Einer der beiden Polizisten zeigte auf meinen baumelnden Fuß. »Sind Sie bei der gleichen Gelegenheit verletzt worden, Sir?«

»Nein, das ist etwas anderes. Ich war nicht Zeuge des Unfalls. Ich wollte damit sagen, daß ich bei ihm gewesen bin, als er starb. Das Krankenhaus hatte mich benachrichtigt.«

Die beiden Polizisten schauten sich an und beschlossen schließlich, mir mitzuteilen, warum sie da waren.

»Am Wochenende ist hier in diese Büroräume eingebrochen worden, Sir. Mrs. Adams hat es entdeckt, als sie heute morgen sehr früh zur Arbeit kam, und hat uns verständigt.«

»Was spielt das noch für eine Rolle? Es ist jetzt auch egal«, sagte die Frau und wurde immer blasser.

»Es herrscht eine ganz schöne Unordnung«, fuhr der Polizist fort, »und Mrs. Adams weiß nicht, was gestohlen worden ist. Wir warteten gerade auf Ihren Bruder, der uns das sagen sollte.«

»O Gott, o Gott«, sagte Annette, nach Luft ringend.

»Ist sonst noch jemand da?« fragte ich sie. »Jemand, der Ihnen mal einen Becher Tee bringen könnte?« Bevor Sie ohnmächtig werden, dachte ich, sprach es aber nicht aus.

Sie deutete ein Kopfnicken an und blickte auf die Tür auf der anderen Seite des Schreibtisches, und ich humpelte hinüber und versuchte sie zu öffnen. Sie wollte aber nicht aufgehen, der Türknauf ließ sich nicht drehen.

»Das geht nur elektronisch«, sagte Annette schwach. »Sie müssen die richtigen Zahlen eingeben ...« Sie legte den Kopf zurück gegen die Stuhllehne und sagte, sie könne sich nicht an die für den heutigen Tag geltende Zahlenkombination erinnern. Sie würde sehr häufig geändert. Sie und die Polizisten waren, wie es schien, durch die Tür gegangen und hatten sie dann hinter sich zufallen lassen.

Einer der Beamten trat zu mir, hämmerte mit der Faust gegen die Tür und rief sehr entschieden »Polizei!«, was – fast reflexhaft – die gewünschte Wirkung hatte. Ohne Umschweife erklärte er der sehr viel jüngeren Frau, die die Tür geöffnet hatte, daß ihr Chef tot und Mrs. Adams dabei sei, in Ohnmacht zu fallen und einen starken, süßen Tee brauche, meine Liebe, aber ganz schnell.

Mit weit aufgerissenen, flackernden Augen zog sich die junge Frau zurück, um hinter den Kulissen noch mehr Bestürzung zu verbreiten, und der Polizist machte den Schutz der Firma dadurch zunichte, daß er die elektronisch gesicherte Tür am Zufallen hinderte, wozu er sich eines Stuhles bediente.

Ich nahm ein paar weitere, über das Grau meiner ersten Eindrücke hinausgehende Einzelheiten der Umgebung in mich auf. Die tiefschwarzen Polsterstühle und der mattschwarze Tisch aus gebeiztem und unpoliertem Holz standen auf einem hellen, grünlich-grauen Teppich. An den Wänden, in blassestem Grau gehalten, hing eine Reihe geologischer Karten, die Rahmen alle schwarz, schmal und von gleicher Größe. Die aufgehaltene Tür und eine andere, ähnliche an der Seite des Raumes, die noch geschlossen war, waren in der gleichen Farbe wie die Wände gestrichen. Von in die Decke eingelassenen Strahlern erhellt, wirkte das Ganze sowohl klar und gradlinig als auch in höchstem Maße raffiniert, womit es ganz und gar dem Wesen meines Bruders entsprach.

Mrs. Annette Adams, noch immer geschwächt von den zu vie len unangenehmen Überraschungen, mit denen sie an diesem Montagmorgen konfrontiert worden war, trug eine cremefarbene Bluse, einen schwarz-grauen Rock und eine Kette aus unregelmäßigen Perlen. Sie hatte dunkle Haare, war vielleicht Ende vierzig und fing, wie ich aus der Starrheit ihres Blickes schloß, wohl gerade erst an zu begreifen, daß der gegenwärtige Aufruhr ein dauerhafter sein würde.

Die jüngere Frau kehrte schon bald mit einem roten Becher mit dampfendem Tee zurück, und Annette Adams trank ein paar Schlucke davon, während sie zuhörte, wie mir der Polizist erklärte, daß der Einbrecher nicht mit dem Besuchern vorbehaltenen Hauptlift heraufgekommen war, sondern mit einem anderen im rückwärtigen Teil des Gebäudes, der von den Angestellten aller im Hause residierenden Firmen und für den Transport von Lasten benutzt wurde. Dieser Lift brachte einen in eine hintere Halle hinab, von der aus man direkt in den Hof gelangte, wo Autos und Lieferwagen parken konnten – und wo wahrscheinlich in diesem Augenblick Brad auf mich wartete.

Der Eindringling war offenbar bis in die 10. Etage hinaufgefahren, über eine Nottreppe aufs Dach gelangt und hatte sich dann mit irgendwelchen Hilfsmitteln außen am Gebäude bis in den 8. Stock hinunterbewegt, wo er ein Fenster eingeschlagen hatte und in die Büroräume eingestiegen war.

»Was für Hilfsmittel?« fragte ich.

»Das wissen wir nicht, Sir. Was immer es war, er hat's wieder mitgenommen. Vielleicht ein Seil.« Er zuckte die Achseln. »Wir haben uns bisher nur flüchtig hier umgesehen. Wir wollten wissen, was gestohlen worden ist, bevor wir... äh... Also, wir möchten unsere Zeit ja auch nicht wegen nichts und wieder nichts vertun.«

Ich nickte. Wie Grevilles gestohlene Schuhe, dachte ich.

»Das Viertel hier um Hatton Garden herum ist weitgehend in der Hand der Edelsteinhändler. Wir haben andauernd mit Einbrüchen oder versuchten Einbrüchen zu tun.«

Der andere Polizist sagte: »Der Laden hier ist natürlich vollgestopft mit Steinen, aber der Tresorraum ist noch zu, und Mrs. Adams meint, daß es so aussehe, als ob in den Ausstellungsräumen nichts fehle. Mr. Franklin hat einen Schlüssel zum Tresorraum, wo die wertvolleren, geschliffenen Steine aufbewahrt werden.«

Mr. Franklin hatte keine Schlüssel mehr. Die Schlüssel von Mr. Franklin steckten in meiner Tasche. Ich nahm an, daß es nichts schaden würde, wenn ich sie hervorholte.

Der Anblick des ihr wahrscheinlich nur allzu vertrauten Schlüsselbundes ließ Tränen in Annette Adams' Augen steigen.

Sie setzte den Becher ab, kramte nach einem Taschentuch und rief »Dann ist er also wirklich tot!«, als ob sie nicht schon vorher ernsthaft davon überzeugt gewesen wäre.

Als sie sich ein bißchen erholt hatte, bat ich sie, uns den Schlüssel zum Tresorraum zu zeigen. Es war der längste und schmalste am Schlüsselbund, und kurz darauf schritten wir alle durch die aufgehaltene Tür und einen Mittelgang entlang, zu dessen beiden Seiten sich geräumige Büros befanden. Vom Schock gezeichnete Gesichter blickten uns an, als wir vorbeigingen. Vor einer ganz gewöhnlich aussehenden Tür, die man fälschlicherweise auch für eine Schranktür hätte halten können und die ganz gewiß nicht wie die zu einem Tresorraum aussah, blieben wir stehen.

»Das ist sie«, sagte Annette Adams und nickte mit dem Kopf. Ich steckte also den schmalen Schlüssel in das kleine, ganz normale Schlüsselloch und fand zu meiner Überraschung, daß ich ihn gegen den Uhrzeigersinn drehen mußte. Die dicke, schwere Tür gab meinem Druck nach und schwang nach innen zur rechten Seite hin auf, wobei automatisch ein Licht anging und beleuchtete, was tatsächlich eher wie ein riesiger, begehbarer Schrank aussah, in dem viele Reihen von weißen Pappkartons auf einfachen, weiß gestrichenen Regalen standen, die die gesamte linke Seite des Raumes einnahmen.

Alle sahen sich schweigend um. Nichts schien durcheinandergebracht worden zu sein.

»Wer weiß denn, was in diesen Schachteln drin sein muß?« fragte ich und erhielt die erwartete Antwort – nur mein Bruder.

Ich machte einen Schritt in den Raum hinein und nahm den Deckel von einer der am nächsten stehenden Schachteln, auf dem ein Etikett mit der Aufschrift »$MgAl_2O_4$, Burma« klebte. Darin befand sich etwa ein Dutzend glänzende weiße Umschläge, alle im Format der Schachtel. Ich holte einen heraus, um ihn zu öffnen.

»Seien Sie vorsichtig!« rief Annette Adams aus, als sie sah, wie ich, an meinen Krücken balancierend, ungeschickt damit herumhantierte. »Man muß diese Päckchen auffalten.«

Ich übergab ihr den Umschlag, den ich gerade in der Hand hielt, und sie faltete ihn ganz vorsichtig auf ihrer offenen Hand auseinander. Darin lagen nun, auf weißes Tuch gebettet, zwei große, rote, durchsichtige Steine, geschliffen und von länglicher Form, deren intensiv im Licht strahlende Farbe fast zu pulsieren schien.

»Sind das Rubine?« fragte ich, zutiefst beeindruckt.

Annette Adams lächelte nachsichtig. »Nein, das ist Spinell. Sehr schöne Stücke. Mit Rubinen haben wir selten zu tun.«

»Sind hier auch Diamanten drin?« fragte einer der Polizisten.

»Nein, wir handeln nicht mit Diamanten. Fast nie.«

Ich bat sie, in ein paar weitere Schachteln zu schauen, was sie auch tat, nachdem sie zuvor die beiden roten Steine sorgfältig wieder eingewickelt, in die Schachtel gepackt und diese an ihren alten Platz zurückgestellt hatte. Wir sahen ihr zu, wie sie sich reckte und bückte, um wahllos Kästchen aus den verschiedenen Regalbrettern zu öffnen und gelegentlich auch ein Päckchen zu genauerer Prüfung herauszunehmen. Schließlich schüttelte sie den Kopf und sagte, daß überhaupt nichts fehle, jedenfalls nicht, soweit sie sehen könne.

»Der eigentliche Wert dieser Steine liegt in ihrer Quantität«, sagte sie. »Die einzelnen Steine kosten keineswegs ein Vermögen. Aber wir verkaufen sie im Dutzend, zu Hunderten ...« Ihre Stimme verlor sich in einer Art Verlassenheit. »Ich weiß nicht, was ich machen soll«, sagte sie. »Mit den Aufträgen, meine ich.«

Die Polizisten berührte dieses Problem nicht. Wenn hier nichts fehle, dann gebe es andere Einbrüche, um die sie sich kümmern müßten, und sie würden einen Bericht anfertigen, aber vorerst auf Wiedersehen, oder etwas in dem Sinne.

Als sie fort waren, standen Annette Adams und ich im Flur und sahen uns an.

»Was soll ich machen?« sagte sie. »Läuft das Geschäft weiter?«

Ich mochte ihr nicht sagen, daß ich nicht den blassesten Schimmer hatte. Ich fragte: »Hatte Greville ein eigenes Büro?«

»Da herrscht ja gerade die allergrößte Unordnung«, sagte sie, drehte sich um und ging den Flur zurück bis zu einem großen Eckzimmer in der Nähe des Empfangs. »Hier.«

Ich war ihr gefolgt und sah nun, was sie mit »Unordnung« gemeint hatte. Der Inhalt aller weit herausgerissener Schubfächer schien auf dem Fußboden gelandet zu sein, im wesentlichen Papier. Die Bilder waren von den Wänden genommen und auf die Erde geworfen worden. Ein Aktenschrank lag umgekippt auf der Seite wie ein gefallener Soldat. Der Schreibtisch war ein einziges Schlachtfeld.

»Die Polizei meint, der Einbrecher habe wohl hinter den Bildern nach einem Safe gesucht. Aber es gibt keinen ... nur den Tresorraum.« Sie seufzte unglücklich. »Es ist alles so sinnlos.«

Ich drehte mich um. »Wie viele Mitarbeiter gibt es hier insgesamt?« fragte ich.

»Sechs. Und Mr. Franklin natürlich.« Sie schluckte. »Mein Himmel!«

»Mm«, stimmte ich ihr zu. »Gibt es einen Ort, wo ich mal mit allen sprechen kann?«

Sie nickte stumm und führte mich in einen anderen großen Büroraum, wo bereits drei der Mitarbeiter versammelt waren, großäugig und führungslos. Die anderen beiden kamen herbei, als sie gerufen wurden. Vier Frauen und zwei Männer, alle besorgt und verunsichert und Entscheidungen von mir erwartend.

Greville hatte, das sah ich sofort, keine potentiellen Führungskräfte um sich geschart. Auch Annette Adams war keine aggressive, hinter der Bühne auf ihren Auftritt wartende Managerin, sondern wohl eher eine echte Stellvertreterin, befähigt, Aufträge auszuführen, aber nicht in der Lage, solche zu initiieren. Alles in allem nicht so gut für mich.

Ich stellte mich vor und berichtete, was Greville widerfahren war.

Wie ich zu meiner Freude feststellen konnte, hatten sie ihn gemocht. Es flossen Tränen um seinetwillen. Ich sagte, daß ich ihre Hilfe brauche, denn es gebe da sicherlich Menschen, denen ich seinen Tod mitteilen müsse, etwa seinen Anwälten und seinem Steuerberater und seinen engsten Freunden – ich wisse aber überhaupt nicht, wer sie seien. Ich würde gern, sagte ich, eine Liste anfertigen, und ich setzte mich, mit Papier und Bleistift ausgerüstet, neben einen der Schreibtische.

Annette sagte, sie wolle mal Grevilles Adreßbüchlein aus seinem Büro holen, kehrte aber nach einer Weile frustriert wieder zurück – sie hatte es in all dem Chaos nicht finden können.

»Es muß doch noch andere Unterlagen geben«, sagte ich. »Was ist mit diesem Computer da?« Ich zeigte auf ihn. »Haben Sie nicht Adressen gespeichert?«

Das Gesicht des Mädchens, das Annette den Tee gebracht hatte, hellte sich beträchtlich auf, und sie klärte mich darüber auf, daß dies das Büro der Lagerverwaltung sei. In dem besagten Computer würden die Bestände festgehalten, Wareneingang, Warenausgang, Bestand, Rechnungen, Kundenkonten. Aber, so meinte sie ermutigend, in ihrem anderen Reich jenseits des Flures gäbe es noch einen Computer, den sie für die Korrespondenz verwende. Als sie das Ende ihres Satzes erreicht hatte, sauste sie aus dem Zimmer, und Annette bemerkte, daß June immer ein rechter Wirbelwind sei.

June, blond, langbeinig und flachbrüstig, kam mit einem Schnellausdruck von Grevilles häufigsten Korrespondenzpartnern wieder (sie hatte die Kunden weggelassen), zu denen nicht nur die Anwälte und der Steuerberater gehörten, sondern ferner auch seine Bank, ein Börsenmakler und eine Versicherungsgesellschaft.

»Großartig«, sagte ich. »Und könnte sich einer von Ihnen vielleicht mal mit allen großen Kreditkarten-Gesellschaften in Verbindung setzen und herauszufinden versuchen, ob Greville ihr Kunde gewesen ist, und falls ja, mitteilen, daß er tödlich verunglückt und seine Karte gestohlen worden ist?« Annette erklärte sich traurig bereit, das sofort zu erledigen.

Dann fragte ich, ob einem von ihnen Marke und Zulassungsnummer von Grevilles Auto bekannt sei. Das wußten alle, denn sie hatten den Wagen ja schließlich jeden Tag unten im Hof stehen sehen. Er kam in einem Rover 3500 ohne Radio und Kassettenrecorder in die Firma, weil der Porsche, den er vorher gehabt hatte, zweimal aufgebrochen und am Ende ganz gestohlen worden war.

»In der alten Karre steckt immer noch ein Haufen von technischem Krimskrams«, sagte der jüngere der beiden Männer, »aber diese Spielsachen hatte er alle in den Kofferraum gesperrt.«

Greville war schon immer ganz versessen auf technische Spielereien gewesen, hatte sich stets für die neuesten, kurzlebigsten Methoden, ganz normale Aufgaben auszuführen, begeistert. Er hatte mir bei unseren Treffen mehr über sein Spielzeug erzählt als über seine zwischenmenschlichen Beziehungen.

»Warum fragen Sie nach dem Auto?« wollte der junge Mann wissen. Er trug eine Fülle von Abzeichen auf seiner schwarzen Lederjacke, und sein orangefarbenes, stachelartiges Haar wurde von Gel in Form gehalten. Ich vermutete, daß dies dem Bedürfnis entsprach, irgendwie zu beweisen, daß er existierte.

»Es könnte vor seiner Haustür stehen«, sagte ich. »Oder es ist vielleicht irgendwo in Ipswich geparkt.«

»Ah ja«, sagte der junge Mann nachdenklich, »verstehe, was Sie meinen.«

Das Telefon neben mir auf dem Schreibtisch fing an zu klingeln, und Annette kam nach kurzem Zögern herbei und nahm den Hörer ab. Sie lauschte mit besorgtem Gesichtsausdruck, hielt dann mit der Hand die Sprechmuschel zu und fragte mich: »Was soll ich machen? Es ist ein Kunde, der eine Bestellung aufgeben möchte.«

»Haben Sie da, was er gern hätte?«

»Ja, gewiß doch.«

»Dann sagen Sie ihm, daß es in Ordnung geht.«

»Aber soll ich ihm auch das mit Mr. Franklin sagen?«

»Nein«, sagte ich ganz spontan, »nehmen Sie nur den Auftrag entgegen.«

Sie schien froh über diese Anweisung zu sein und schrieb die Bestellung mit. Als sie wieder aufgelegt hatte, schlug ich den Anwesenden vor, daß sie zumindest am heutigen Tag die eingehenden Aufträge in der gewohnten Form abwickeln und nur im Falle, daß sie gefragt würden, mitteilen sollten, daß Mr. Franklin auf Reisen und im Augenblick leider nicht erreichbar sei. Wir würden die Kunden erst dann von seinem Tod unterrichten, wenn ich mit Anwalt, Steuerberater, Bank und allen anderen gesprochen und mich über die Rechtslage informiert hätte. Sie waren erleichtert und hatten keine Einwände, und der ältere Mann erkundigte sich, ob ich bald die Reparatur des zerbrochenen Fensters veranlassen könne, da es sich im Pack- und Versandraum befinde, wo er arbeite.

Ich sagte, ich würde es versuchen, und hatte dabei das Gefühl, mit den Füßen voran in Treibsand zu versinken. Mir wurde klar, daß ich weder dorthin noch zu dem Leben all dieser Menschen gehörte, und daß alles, was ich vom Edelsteingeschäft wußte, lediglich war, wo ich zwei rote Steine in einer Schachtel mit der Aufschrift »$MgAl_2O_4$, Burma« finden konnte.

Beim vierten, von den Gelben Seiten inspirierten Versuch wurde mir zugesagt, daß man sich augenblicklich um das Fenster kümmern wolle, und danach rief ich, als die Büroroutine um mich herum wieder in Gang zu kommen begann, die Anwaltskanzlei an.

Die Anwälte waren ernst, sie waren voll des Mitgefühls, sie waren mir zu Diensten. Ich erkundigte mich, ob Greville vielleicht ein Testament hinterlassen habe, da ich vor allem gern erfahren hätte, ob er irgendwelche Anweisungen hinsichtlich einer Beerdigung oder Einäscherung gegeben habe, und ob sie, wenn nicht, wüßten, ob ich mich mit irgend jemandem in Verbindung setzen oder aber so verfahren solle, wie es mir richtig erschiene.

Ich hörte das eine oder andere Räuspern und erhielt dann das Versprechen, daß man in den Unterlagen nachschauen und zurückrufen wolle. Sie hielten Wort und riefen mich zu meiner Überraschung schon nach sehr kurzer Zeit wieder an.

Mein Bruder habe tatsächlich ein Testament hinterlassen – sie hätten es vor drei Jahren für ihn ausgefertigt. Sie könnten zwar nicht beschwören, ob dieses sein *letzter* Wille sei, aber es sei das einzige, was ihnen vorläge. Sie hätten darin nachgelesen. Greville habe, so erklärten sie pedantisch, keine besonderen Wünsche bezüglich des Verbleibs seiner sterblichen Überreste geäußert.

»Soll ich dann also einfach ... Entsprechendes veranlassen?«

»Gewiß doch«, sagten sie. »Sie sind im übrigen von ihm als sein alleiniger Testamentsvollstrecker benannt worden. Es ist also geradezu Ihre Pflicht, diese Entscheidungen zu treffen.«

Teufel auch, dachte ich, und bat sie um eine Liste aller Begünstigten, damit ich sie von seinem Ableben unterrichten und zur Bestattung einladen könne.

Nach einer Pause meinten sie, daß sie Informationen dieser Art gemeinhin nicht telefonisch weitergäben, ob ich nicht in ihre Kanzlei kommen könne. Sie befände sich genau auf der anderen Seite der City, gleich beim Temple.

»Ich habe ein gebrochenes Fußgelenk«, sagte ich entschuldigend. »Ich brauche schon eine Ewigkeit, um nur durch das Zimmer zu kommen.«

O jemine, sagten sie. Sie berieten sich flüsternd und erklärten schließlich, daß es wohl keinen Schaden anrichten würde, wenn sie mich ins Bild setzten. Grevilles Testament sei äußerst einfach. Er habe seine gesamte Habe Derek Saxony Franklin, seinem einzigen Bruder, hinterlassen. Das hieße also: mir.

»Was?« sagte ich töricht. »Das kann doch nicht sein.«

Er habe sein Testament in großer Eile gemacht, sagten sie, da er in ein gefährliches Land habe fliegen wollen, um dort Steine zu kaufen. Sie als seine Anwälte hätten ihn davon überzeugen können, daß es nicht gut sei, wenn er ohne Hinterlassung einer letztwilligen Verfügung reise, und er sei ihrem Rat gefolgt – dies sei, soweit sie wüßten, das einzige Testament, das er je gemacht habe.

»Er kann das einfach nicht als sein letztes angesehen haben«, sagte ich verständnislos.

Vielleicht nicht, räumten sie ein – es gäbe wohl nur wenige Männer, die, sofern sie sich bei guter Gesundheit befänden, erwarteten, daß sie mit 53 Jahren sterben würden. Dann schnitten sie diskret die Frage der offiziellen Testamentseröffnung an und erbaten meine Instruktionen, und ich fühlte, wie mir der Treibsand jetzt schon bis über die Knie reichte.

»Ist es legal«, fragte ich, »wenn das Geschäft zunächst unverändert weiterläuft?«

Sie sahen da keine rechtlichen Hindernisse. Die gerichtliche Bestätigung des Testaments ebenso vorausgesetzt wie das Nichtvorhandensein eines zu einem späteren Zeitpunkt verfaßten letzten Willens, würde die Firma auf mich übergehen, und wenn ich sie einmal zu verkaufen beabsichtige, läge es sogar in meinem ureigensten Interesse, das Geschäft weiterlaufen zu lassen. Als Testamentsvollstrecker meines Bruders sei ich sogar verpflichtet, mein Bestes zum Wohle des hinterlassenen Besitztums zu tun. Eine interessante Situation, meinten sie nicht ohne Humor.

Ich vermochte diese subtile Sicht der Dinge nicht sogleich nachzuvollziehen, und fragte, wie lange die gerichtliche Anerkennung des Testaments denn dauern würde.

Das sei immer schwer vorherzusehen, lautete die Antwort. Alles zwischen sechs Monaten und zwei Jahren, je nachdem, wie kompliziert Grevilles Angelegenheiten seien.

»Zwei Jahre!«

Sechs Monate seien wahrscheinlicher, murmelten sie beschwichtigend. Das Tempo werde ganz von den Steuerberatern und Finanzbehörden abhängen, die man aber nur selten zur Eile antreiben könne. Das alles ruhe im Schoße der Götter.

Ich erwähnte, daß hinsichtlich der mit dem Unfall zusammenhängenden Schadensersatzansprüche einiges an Arbeit anfallen könne. Sie würden sich glücklich schätzen, sich darum kümmern zu dürfen, sagten sie und versprachen, sich mit der Polizei in Ipswich in Verbindung zu setzen. Inzwischen: alles Gute!

Ich legte den Hörer mit steigendem Entsetzen auf die Gabel. Das Geschäft würde wohl – wie jedes andere auch – dank seiner Eigendynamik erst einmal zwei Wochen weitergehen wie bisher, vielleicht auch vier Wochen, aber danach ... Danach würde ich wieder auf einem Pferd sitzen und versuchen, mich für die anstehenden Rennen fit zu machen!

Ich würde mir einen Manager holen müssen, dachte ich vage, und hatte keine Ahnung, wo ich mit der Suche nach einem beginnen sollte. Annette Adams erschien mit Sorgenfalten auf der Stirn und fragte, ob es in Ordnung sei, wenn sie sich daran machten, Mr. Franklins Büro aufzuräumen, und ich sagte ja und dachte, daß ihr Mangel an Schwung zum Untergang des ganzen Schiffes führen könnte.

Würde bitte mal jemand so gut sein, bat ich die Welt im allgemeinen, hinunter in den Hof zu gehen und dem Mann in meinem Auto zu sagen, daß ich wohl nicht vor Ablauf von zwei oder drei weiteren Stunden hier fortkäme – und schon raste June mit ihrem strahlenden Gesicht aus der Tür, kehrte wenig später zurück und berichtete, daß mein Mann das Auto abschließen, zu Fuß zum Mittagessen gehen und rechtzeitig wieder da sein würde, um sodann weiter auf mich zu warten.

»Hat er das alles gesagt?« fragte ich neugierig.

June lachte. »Also, eigentlich hat er nur gesagt ›Gut, geh 'n Happen essen‹, und ist fortgestapft.«

Sie fragte, ob sie mir ein Sandwich bringen solle, wenn sie selbst zum Mittagessen ginge, und ich nahm dieses Angebot überrascht und dankbar an.

»Ihr Fuß schmerzt stark, nicht wahr?« fragte sie voller Umsicht.

»Mm.«

»Sie sollten ihn hochlegen, auf einen Stuhl.«

Sie holte ohne weitere Umstände einen herbei, stellte ihn vor mich hin und sah mir mit mütterlicher Anerkennung zu, wie ich mein Bein in die gewünschte Position brachte. Sie mußte so Ende zwanzig sein, dachte ich.

Ein Telefon klingelte neben dem Computer auf der anderen Seite des Raumes, und sie ging hinüber, um das Gespräch entgegenzunehmen.

»Ja, Sir, wir haben alles am Lager. Ja, Sir, welche Größe und Anzahl? Einhundert, zwölf mal zehn Millimeter, oval... ja... natürlich, ja.«

Sie tippte die lange Bestellung direkt in den Computer, schrieb sie nicht erst in Langschrift nieder, wie Annette das getan hatte.

»Ja, Sir, das geht noch heute raus. Konditionen wie üblich, Sir, natürlich.« Sie legte auf, ließ sich den Auftrag ausdrucken und legte ihn in einen flachen Drahtkorb. Gleichzeitig lief das Telefax-Gerät an, jaulte vor sich hin und stellte sich mit einem kleinen Schrei wieder ab. Sie riß das herausgekommene Blatt Papier ab und gab die darauf übermittelten Informationen ebenfalls in den Computer ein, druckte sie aus und legte das Blatt in den Drahtkorb.

»Werden alle Aufträge noch am Tag ihres Eingangs erledigt?« fragte ich.

»Aber ja doch, wenn es uns irgend möglich ist. Garantiert aber innerhalb von 24 Stunden. Mr. Franklin sagt, Tempo sei die Grundlage eines guten Geschäfts. Ich habe erlebt, wie er ganze Abende allein hier geblieben ist, wenn wir mal unter Wasser waren, und selbst die Pakete gepackt hat.«

Es fiel ihr plötzlich ein, daß er nie wieder hier sein würde. Es brauchte seine Zeit, sich an diesen Gedanken zu gewöhnen. Wie schon einmal, stiegen ihr unkontrollierbar Tränen in die Augen, und sie sah mich durch sie hindurch an, was ihre Augen riesengroß aussehen ließ.

»Man mußte ihn einfach gern haben«, sagte sie. »Gern für ihn arbeiten, meine ich.«

Ich verspürte fast so etwas wie Eifersucht bei dem Gedanken, daß sie Greville besser gekannt hatte als ich – obwohl ich ihn durchaus hätte besser kennen können, wenn ich's nur versucht hätte. Erneut durchbohrte mich Trauer, eine Nadel des Kummers.

Annette erschien und verkündete, daß Mr. Franklins Büro wenigstens teilweise aufgeräumt sei, und so zog ich mich dorthin zurück, um in relativer Ungestörtheit weitere Telefonate zu erledigen. Ich setzte mich auf Grevilles schwarzledernen Luxusdrehstuhl, legte meinen Fuß auf den Sekretärinnenstuhl, den mir June nachgetragen hatte, und ließ meinen Blick über den üppigen Teppich, die schweren Sessel und die wie im Vorraum gerahmten Karten gleiten. Ich fuhr mit leichter Hand sanft über die gemaserte schwarze Fläche des überdimensionalen Schreibtisches und fühlte mich wie ein Jockey – und nicht wie ein Tycoon.

Annette hatte von der Unmenge technischer Apparate ein paar vom Boden aufgesammelt und an einem Ende des Schreibtisches zusammengestellt – die meisten mattschwarz und klein, als ob die Miniaturisierung ein Teil ihrer Attraktivität sei. Sofort zu identifizieren waren batteriebetriebene Dinge wie ein Bleistiftanspitzer, ein Minikopierer, ein kleiner Rechner mit Drucker und ein elektronisches Wörterbuch, aber das meiste bedurfte schon einer gründlicheren Inspektion. Ich streckte die Hand nach dem am nächsten liegenden Gegenstand aus und sah nun, daß es ein

Plastikgehäuse mit Zifferblatt war, durch Kabel verbunden mit einem wie ein Mikrophon aussehenden Kopf.

»Was ist denn das?« fragte ich Annette, die gerade die überall am Boden verstreut liegenden Papiere aufsammelte. »Irgendein Meßgerät?«

Sie warf einen schnellen Blick darauf. »Ein Geigerzähler«, sagte sie unbeeindruckt, als ob ein solches Gerät ganz selbstverständlich zu jedermanns Schreibutensilien gehören müsse.

Ich stellte den Schalter von AUS auf EIN, aber außer daß ein paar klickende Töne erklangen, geschah gar nichts.

Annette, die auf dem Boden kniend das verbliebene Durcheinander zu ordnen versuchte, hielt in ihrer Arbeit inne und richtete sich auf.

»Viele Steine verändern, wenn sie einer Gammastrahlung ausgesetzt werden, ihre Farbe, und das zu ihrem Vorteil«, sagte sie. »Sie sind hinterher nicht radioaktiv, aber Mr. Franklin bekam mal versehentlich ein paar Topase aus Brasilien geschickt, die in einem Atomreaktor bestrahlt worden waren und an der Grenze des Gefährlichen lagen. Einhundert Stück. Es gab einen schrecklichen Ärger, denn abgesehen davon, daß die Steine absolut unverkäuflich waren, waren sie auch ohne die für radioaktive Güter erforderliche Einfuhrgenehmigung oder irgend so was ins Land gekommen, was aber natürlich nicht Mr. Franklins Schuld war. Damals schaffte er sich diesen Geigerzähler an.« Sie machte eine Pause. »Er hat eine erstaunliche Witterung für Steine, wissen Sie. Er spürte einfach, daß mit diesen Topasen etwas nicht stimmte. Sie zeigten ein so schönes tiefes Blau, wo sie doch eigentlich so gut wie farblos hätten sein müssen. Deshalb schickte er ein paar davon zur Untersuchung ins Labor.« Sie machte erneut eine Pause und fuhr dann fort: »Er hatte gerade erst von ein paar alten Diamanten gelesen, die mit Radium in Berührung gekommen und grün geworden waren und dazu nicht schlecht radioaktiv...«

Ihr Gesicht zog sich plötzlich zusammen, und ihre Augenlider zuckten schnell – sie wandte sich von mir ab und blickte zu Boden, damit ich ihren Schmerz nicht sähe. Sie sammelte wie wild Papier auf und murmelte schließlich nach mehrmaligem Schniefen undeutlich: »Hier ist sein Terminkalender vom Schreibtisch« und dann langsamer: »Das ist ja merkwürdig.«

»Was ist merkwürdig?«

»Der Oktober fehlt.«

Sie erhob sich und brachte mir den Kalender, einen von diesen rechteckigen Terminkalendern, bei denen sich jeweils eine ganze Woche überblicken läßt. Der Monat, der gerade aufgeschlagen war, war der November, und in den Spalten einiger Tage fanden sich auch Eintragungen, die meisten aber waren leer. Ich blätterte zurück und befand mich im September.

»Ich nehme an, der Oktober liegt noch irgendwo da am Boden, ist rausgerissen worden«, sagte ich.

Sie schüttelte zweifelnd den Kopf – und konnte den Monat dann tatsächlich nicht finden.

»Ist sein Adreßbüchlein wieder aufgetaucht?« fragte ich.

»Nein.« Sie war verwirrt. »Ist es nicht.«

»Fehlt sonst noch was?«

»Ich bin mir nicht sicher.«

Es schien höchst absonderlich, daß da jemand das Risiko auf sich genommen haben sollte, über das Dach in diese Geschäftsräume einzubrechen, nur um ein Adreßbüchlein und ein paar Seiten aus einem Terminkalender zu klauen. Da mußte noch mehr fehlen.

In diesem Augenblick erschienen die Glaser aus den Gelben Seiten und setzten meinen Spekulationen ein Ende. Ich ging mit ihnen zum Versand und erblickte nun das Loch, das fachgerecht in die zwei mal anderthalb Meter große Scheibe geschlagen worden war. Die Glasscherben, die über den ganzen Raum verteilt gewesen sein mußten, waren aufgelesen und zu einem Haufen dolchscharfer, glitzernder Dreiecke zusammengetragen worden. Eine kühle kleine Brise raschelte in Papieren, die in einem Klemmbrett steckten.

»Glas von dieser Qualität bricht nicht, wenn man nur mal eben mit dem Fingernagel dagegenpocht«, sagte einer der Glaser fachkundig und nahm eine Scherbe auf. »Sie müssen irgendein Gewicht gehabt haben, das sie dagegensausen ließen, so was wie eine Abrißbirne.«

3

Während die Arbeiter der Glaserei den Fensterrahmen ausmaßen, sah ich dem ältesten von Grevilles Angestellten dabei zu, wie er durchsichtige Tüten mit Perlen aus einer Pappschachtel nahm, sie in gefütterte Umschläge tat und diese in einen Karton stapelte. Als alles drin war, legte er einen Lieferschein obenauf, schloß den Deckel und klebte den Karton dann mit verstärktem Klebeband zu.

»Wo kommen diese Perlen her?« fragte ich.

»Taiwan, würde ich sagen«, meinte er kurz und versah das Paket mit einem großen Adressenaufkleber.

»Nein ... ich meinte, wo die hier aufbewahrt werden.«

Er sah mich mit mitleidsvollem Erstaunen an – diese weißhaarige, großväterliche Gestalt, die in einem braunen Overall steckte, wie ihn Lagerarbeiter tragen. »Im Lagerraum natürlich.«

»Natürlich.«

»Hinten am Gang«, sagte er.

Ich kehrte in Grevilles Büro zurück und fragte Annette im Interesse guter Public Relations, ob sie mir den Lagerraum zeigen könne. Ihr eher düsteres Gesicht erstrahlte vor Freude, und sie führte mich zum äußersten Ende des Flures.

»Hier sind sie«, sagte sie mit unverkennbarem Stolz und trat durch eine Mitteltür in einen kleinen, inneren Flur. »Es sind nämlich vier Räume«, erklärte sie und zeigte auf offene Türen. »Da drin sind die Cabochons, die geschliffenen, aber nicht facettierten Steine, oval und rund, dort die Perlen, dort seltene Stücke und dort organische Materialien.«

»Was sind organische Materialien?« fragte ich.

Sie führte mich in den entsprechenden Raum, dessen Wände mit schmalen, vom Boden bis in Schulterhöhe reichenden grauen Blechschränken vollgestellt waren. Die einzelnen Schubladen hatten etwa die Größe von Schuhkartons, und auf allen war über dem Griff ein Etikett angebracht, das Auskunft über den jeweiligen Inhalt gab.

»Organische Materialien sind die, die gewachsen sind«, sagte Annette geduldig, und es ging mir durch den Kopf, daß ich da vielleicht selber hätte drauf kommen sollen. »Zum Beispiel Korallen.« Sie zog eines der in ihrer Reichweite befindlichen Schubfächer auf, das sich als zwar schmal, aber sehr tief erwies, und zeigte mir seinen Inhalt – durchsichtige Plastiktüten, alle gefüllt mit unzähligen hellroten Zweiglein. »Italienisch«, sagte sie. »Die besten Korallen kommen aus dem Mittelmeer.« Sie schloß das Schubfach wieder, ging etwas weiter und zog ein anderes auf. »Abalone, also eine Meeresschnecke.« Ein weiteres: »Elfenbein. Wir haben noch ein bißchen was davon, können es augenblicklich aber nicht verkaufen.« Noch ein anderes: »Perlmutt. Das verkaufen wir tonnenweise.« Dann »Rosa Flußmuscheln«, »Süßwasserperlen«, »Kunstperlen, die Zuchtperlen sind im Tresorraum.«

Alles schien in Dutzenden von Größen und Formen vorhanden zu sein. Annette lächelte über meinen verwirrten Gesichtsausdruck und bat mich, ihr in den Nebenraum zu folgen.

Auch hier vom Boden bis in Schulterhöhe reichende Metallschränke, hier aber nicht nur an den Wänden, sondern auch im Raum, mit Gängen dazwischen, wie Regale in einem Supermarkt.

»Cabochons, für Ringe und so etwas«, sagte Annette. »In alphabetischer Reihenfolge.«

Von Amethyst bis Türkis – über Granat, Jade, Lapislazuli und Onyx, dazu mehr als ein Dutzend weitere, von denen ich noch nie gehört hatte. »Halbedelsteine«, sagte Annette kurz. »Alles echte Steine. Mr. Franklin rührt Glas und Kunststoff nicht an.« Sie verstummte abrupt, ließ fünf Sekunden verstreichen. »Er faßte so etwas nicht an«, sagte sie dann matt.

Seine Gegenwart war noch stark spürbar, dachte ich. Es war einem fast so, als würde er gleich energiegeladen durch die Tür da hereinkommen und »Hallo Derek, was führt dich denn hierher?« sagen – und wenn er schon mir noch lebendig erschien, der ich ihn doch tot gesehen hatte, um wieviel stärker körperlich präsent mußte er dann für Annette und June noch sein!

Und auch für Lily, wie ich vermutete. Lily war im dritten Lagerraum damit beschäftigt, einen braunen Pappkarton auf so etwas wie einem Teewagen umherzurollen, Tüten voller Kügelchen aus den Schubladen zu sammeln und anhand einer Liste zu überprüfen. Mit ihrem in der Mitte geteilten und im Nacken in einer Spange wieder zusammengeführten Haar, ihrem schmalen, blassen Mund und den runden Backen sah Lily aus wie eine Gouvernante bei Charlotte Brontë, und ihre Kleidung erweckte den Eindruck, als sei Selbstaufopferung ihr höchstes Ziel. Der Typ, der den Meister schweigend verehrt, dachte ich und fragte mich, was sie wohl für Greville empfunden haben mochte.

Was das auch immer gewesen war – Lily ließ sich nichts anmerken. Sie hob die gesenkten Augen nur zu einem kurzen Blick in mein Gesicht und erklärte mir, von Annette dazu aufgefordert, daß sie gerade dabei sei, für einen der größten Schmuckhersteller des Landes eine Sendung von Jaspis, Rhodonit, Aventurin und Tigerauge zusammenzustellen.

»Wir importieren diese Steine«, sagte Annette. »Wir sind Großhändler und verkaufen an etwa dreitausend Juweliere, vielleicht noch mehr. Ein paar der ganz großen, viele kleine. Wir sind auf dem Gebiet der Schmucksteine die Nummer eins. Sehr angesehen.« Sie schluckte. »Die Leute vertrauen uns.«

Greville war, das wußte ich, in der ganzen Welt herumgereist, um Steine zu kaufen. Wenn wir uns getroffen hatten, war er oft im

Aufbruch nach Arizona oder Hongkong gewesen oder soeben erst aus Israel zurückgekehrt, aber er hatte mir nie mehr als die Reiseziele verraten. Jetzt war mir klar, was er gemacht hatte – und auch, daß er nicht so leicht zu ersetzen sein würde.

Einigermaßen deprimiert kehrte ich in sein Büro zurück und rief seinen Steuerberater und seine Bank an.

Sie waren schockiert, und sie waren hilfsbereit, letzteres in beeindruckendem Maße. Der Banker sagte, es sei unumgänglich, daß ich ihn am folgenden Tag aufsuche, aber als Aktiengesellschaft könne die Firma den Geschäftsbetrieb ohne weiteres fortsetzen. Ich könne sie ohne Schwierigkeiten übernehmen. Alles, was er brauche, sei eine Bestätigung der Anwälte meines Bruders, daß sein Testament meiner diesbezüglichen Aussage entspreche.

»Vielen Dank«, sagte ich leicht überrascht, und er erklärte mit Wärme, daß er mir gern zu Diensten sei. Grevilles Geschäft, dachte ich mit einem Lächeln, mußte erstaunlich gesund sein.

Auch für die Versicherungsgesellschaft schien der Tod meines Bruders kaum ein Problem zu sein. Die Versicherung einer AG lief, wie es schien, stetig weiter, war es doch diese, die da versichert war, und nicht mein Bruder. Ich sagte, daß ich gern die Erstattung der Reparaturkosten für das eingeschlagene Fenster beantragen würde. Gar keine Sache! Sie würden mir ein entsprechendes Formular zuschicken.

Danach rief ich das Beerdigungsinstitut in Ipswich an, das damit beauftragt worden war, Grevilles Leichnam aus dem Krankenhaus abzuholen, und teilte mit, daß er eingeäschert werden solle. Sie sagten, sie hätten »da noch eine Lücke« am Freitag um zwei Uhr, ob das genehm sei?

»Ja«, sagte ich seufzend, »ich werde da sein.«

Sie nannten mir mit gedämpft-unterwürfiger Stimme die Anschrift des Krematoriums, und ich fragte mich, wie das wohl sein mußte, immer nur mit Hinterbliebenen zu tun zu haben. Um wieviel schöner war es doch, den Lebenden glitzernde Klunker zu verkaufen oder bei der Steeplechase mit dreißig Meilen pro Stunde auf Pferden dahinzujagen und zu gewinnen, zu verlieren oder sich die Knochen zu brechen.

Ich erledigte noch einen Anruf, telefonierte diesmal mit meinem Orthopäden und rannte wie gewöhnlich gegen die Mauer seiner Vorzimmerdame. Er sei nicht in seiner Privatpraxis, sondern in der Klinik.

Ich sagte: »Würden Sie so gut sein und ihn bitten, mir irgendwo ein Rezept zu hinterlegen, denn ich bin auf meinen Knöchel gefallen und habe ihn mir verdreht, und mein Distalgesic wird knapp.«

»Warten Sie mal«, sagte sie, und ich wartete, bis sie sich wieder meldete. »Ich habe eben mit ihm gesprochen«, sagte sie. »Er wird später wieder hier sein. Er fragt, ob Sie um fünf herkommen könnten.«

Ich sagte voller Dankbarkeit, daß sich das einrichten ließe, und rechnete mir aus, daß ich wohl bald nach halb drei los müßte, um mit Sicherheit zu dem genannten Zeitpunkt bei ihm zu sein. Ich teilte das Annette mit und fragte sie, was geschähe, wenn das Geschäft abgeschlossen würde.

»Mr. Franklin kommt gewöhnlich als erster und geht als letzter.« Sie brach verwirrt ab, sagte dann: »Ich meine ...«

»Ich weiß«, sagte ich. »Ist schon gut. Ich denke auch noch im Präsens an ihn. Fahren Sie doch bitte fort.«

»Nun, die doppelten Eingangstüren werden von innen verriegelt. Die Tür zwischen dem Vorraum und den Büros hat, wie Sie ja wissen, ein elektronisches Schloß. Das gilt auch für die Tür zwischen Flur und Lagerräumen. Und für die rückwärtige Tür, durch die wir alle aus- und eingehen. Mr. Franklin wechselt ... wechselte ... die Kombination zumindest wöchentlich. Und es gibt natürlich auch noch ein elektronisches Schloß an der Tür zwischen dem Vorraum und dem Ausstellungsraum und an der, die vom Flur in den Ausstellungsraum führt ...« Sie machte eine Pause.

»Das scheint eine Menge zu sein, aber diese elektronischen Schlösser sind eigentlich ziemlich simpel. Sie brauchen sich nur drei Zahlen zu merken. Vergangenen Freitag lauteten sie fünf, drei, zwei. Die Schlösser sind leicht zu handhaben. Mr. Franklin ließ sie einbauen, damit wir hier nicht so viele Schlüssel herumliegen hätten. Er und ich haben jedoch jeweils einen Schlüssel, mit dem sich die elektronischen Schlösser auch manuell öffnen lassen, falls dies mal erforderlich sein sollte.«

»Ihnen sind also die Zahlen wieder eingefallen?« fragte ich.

»O ja. Es war nur heute morgen, mit allem ... sie waren einfach weg.«

»Und der Tresorraum«, sagte ich. »Hat der auch irgendeine Elektronik?«

»Nein, aber er hat ein sehr kompliziertes Verriegelungssystem in der schweren Tür da, obwohl es von außen so einfach aussieht. Mr. Franklin schließt ... schloß den Tresorraum stets ab, wenn er ging. Wenn er auf längeren Reisen unterwegs war, machte er mir den Schlüssel zugänglich.«

Ich wunderte mich kurz über diese etwas unbeholfene Ausdrucksweise, verfolgte die Sache aber nicht weiter. Ich fragte sie statt dessen nach dem Ausstellungsraum, den ich noch nicht gesehen hatte, und wieder ging sie voller Stolz vor mir her auf den Flur hinaus, gab einem glänzenden Türknauf aus Messing die Sesam-öffne-dich-Zahlen ein und bat mich dann in einen Raum mit ganz normalen Fenstern, der sonst aber dank der gläsernen Vitrinen und Verkaufstische und des allgemeinen, das Unternehmen kennzeichnenden Ambientes der Wohlhabenheit ganz wie ein Geschäft aussah.

Annette schaltete starke Spotlights ein, und der Raum erwachte zum Leben. Sie begab sich zufrieden zu den Verkaufstischen und erläuterte mir, was dort ausgestellt war und jetzt im Licht leuchtete.

»Hier drin finden sich Musterstücke von allem, was wir am Lager haben, natürlich nicht in allen Größen und auch nicht von den geschliffenen Steinen im Tresorraum. Wir benutzen diesen Ausstellungsraum eigentlich nicht sehr oft, meistens nur, wenn neue Kunden kommen, aber ich bin gern hier. Ich liebe diese Steine. Sie sind so faszinierend. Mr. Franklin meint, Steine seien die einzigen Dinge, die der Mensch der Erde entnähme und schöner mache.« Sie hob ein Gesicht, das vom erlittenen Verlust umwölkt war. »Was wird ohne ihn werden?«

»Ich weiß es noch nicht«, sagte ich, »aber kurzfristig werden wir erst einmal alle Aufträge annehmen und ausführen. Und weiter Ware bei den Lieferanten kaufen, von denen Sie sie normalerweise bezogen haben. Wir halten uns vorläufig an die gegebene Routine und die üblichen Praktiken. Okay?«

Sie nickte, zumindest für den Augenblick beruhigt.

»Mit Ausnahme der Tatsache, daß Sie es jetzt sind, die als erste kommt und als letzte geht«, fügte ich hinzu. »Wenn Ihnen das recht ist.«

Wir blickten uns kurz an und verstanden uns auch ohne Worte. Dann schaltete sie die Beleuchtung im Ausstellungsraum wieder aus, fast so, als sei dies eine symbolische Handlung, und zog, nachdem wir hinausgegangen waren, die sich selbst verriegelnde Tür hinter uns zu.

Wieder in Grevilles Büro, schrieb ich ihr meine Adresse und Telefonnummer auf und sagte, daß sie mich, wenn sie sich irgendwie unsicher fühle oder mit jemandem reden wolle, den ganzen Abend zu Hause erreichen könne.

»Ich werde morgen früh wieder hierher kommen, wenn ich meinen Besuch bei der Bank gemacht habe«, sagte ich. »Werden Sie bis dahin zurechtkommen können?«

Sie nickte unsicher. »Wie reden wir Sie an? Wir können Sie doch nicht Mr. Franklin nennen, irgendwie wäre das doch nicht richtig.«

»Wie wär's mit Derek?«

»O nein.« Sie war ganz spontan dagegen. »Hätten Sie was gegen Mr. Derek?«

»Wenn Ihnen das lieber ist.« In meinen Ohren klang es ziemlich altmodisch, aber sie war mit dieser Lösung sehr zufrieden und sagte, sie wolle die anderen entsprechend informieren.

»Ja, die anderen«, sagte ich. »Jetzt sagen Sie mir noch mal im einzelnen, wer da ist und welchen Job macht. Da sind Sie, June, Lily ...«

»June ist für die Computer und die Bestandskontrolle zuständig«, sagte sie. »Lily stellt die Aufträge zusammen. Tina ist Assistentin, sie hilft Lily und erledigt einen Teil der Sekretariatsarbeit. Das gilt auch für June. Und eigentlich auch für mich. Wir alle erledigen eigentlich alles, was gerade so anfällt. Es gibt kaum streng abgegrenzte Tätigkeitsbereiche. Einzige Ausnahme ist wohl Alfie, der kaum etwas anderes macht als die Aufträge versandfertig. Das nimmt seine ganze Zeit in Anspruch.«

»Und dieser jüngere Bursche da mit dem stachligen, orangeroten Heiligenschein?«

»Jason? Machen Sie sich wegen seiner Haare keine Sorgen, er ist harmlos. Er stellt unsere Muskeln dar. Die Steine sind in größerer Zahl ziemlich schwer, wissen Sie. Jason bewegt die Pakete, füllt Lagerbestände auf, übernimmt Gelegenheitsarbeiten und saugt Staub. Manchmal hilft er auch Alfie oder Lily, wenn wir anderen zu viel zu tun haben. Wie ich schon sagte, macht jeder von uns, was gerade erforderlich ist. Mr. Franklin hat nie zugelassen, daß sich einer ein eigenes Territorium absteckt.«

»Seine Worte?«

»Ja, natürlich.«

Kollektive Verantwortung, dachte ich. Ich verneigte mich vor der Weisheit meines Bruders. Wenn so etwas funktionierte, dann funktionierte es gut. Und so, wie alles hier aussah, schien dies ja durchaus der Fall zu sein, und ich würde da beileibe nicht störend eingreifen.

Ich schloß und verriegelte die Tür zum Tresorraum mit Grevilles Schlüssel und fragte Annette, welcher in dem umfangreichen Schlüsselbund die elektronischen Schlösser überwand. Dieser, sagte sie, zeigte darauf und sonderte ihn von den anderen ab.

»Wofür sind die anderen alle? Wissen Sie das?«

Sie schüttelte den Kopf. »Ich habe keine Ahnung.«

Auto, Haus, was nicht noch alles. Ich nahm an, daß ich es im Laufe der Zeit noch herausfinden würde. Ich bemühte mich, ihr aufmunternd zuzulächeln, winkte, mich verabschiedend, einigen der anderen zu und fuhr mit dem Servicelift nach unten, wo Brad im Hof auf mich wartete.

»Swindon«, sagte ich. »Das medizinische Versorgungszentrum, in dem wir am Freitag schon waren, okay?«

»Wollja«, murmelte er. Richtig strahlend, dachte ich bei mir.

Es war eine Fahrt von achtzig Meilen, zehn Meilen weiter als bis zu meiner Wohnung. Brad schaffte sie ohne weitere Kommunikation, und ich verbrachte die Zeit damit, an all die Dinge zu denken, die ich noch nicht erledigt hatte – zum Beispiel nach Grevilles Haus sehen, die Zustellung der Tageszeitung stoppen, wo immer die herkommen mochte, und beim Postamt Bescheid geben, daß seine Briefe … Zum Teufel auch, dachte ich müde, warum nur hatte dieser verdammte Kerl sterben müssen?

Der Orthopäde nahm den Verband von meinem Fußgelenk, machte eine Röntgenaufnahme und gab mißbilligende Laute von sich. Von den Zehen bis zum Schienbein sah alles hart, schwarz und geschwollen aus, die Haut auf Grund der Dehnung fast durchsichtig.

»Ich habe Ihnen doch gesagt, daß Sie dem Bein Ruhe geben sollen«, sagte er, einen Anflug von Ungehaltenheit in der Stimme.

»Mein Bruder ist gestorben …«, und ich erzählte ihm von dem Überfall und auch, daß ich mich um Grevilles Angelegenheiten kümmern müsse.

Er hörte aufmerksam zu, ein kräftiger, vernünftiger Mann mit vorzeitig ergrautem Haar. Ich kannte keinen Jockey, der ihm nicht vertraute. Er verstand unsere Bedürfnisse und Wünsche, da er eine ganze Reihe von uns behandelte, die in oder bei unserem Trainingszentrum in Lambourn lebten.

»Wie ich Ihnen neulich schon gesagt habe«, meinte er, als er fertig war, »haben Sie sich einen Bruch im unteren Teil der Fibula, also des Wadenbeins, zugezogen, und da, wo Tibia und Fibula miteinander verbunden sein sollten, sind sie auseinandergebrochen. Und jetzt sind sie noch weiter auseinander. Sie sind dem Talus, dem Fußgelenk, keinerlei Stütze mehr. Die lateralen Bänder, die das Gelenk normalerweise zusammenhalten, sind gerissen, und das ganze Gelenk ist ungesichert und geht innen auseinander wie eine Zapfenverbindung bei einem Möbelstück, wenn der Leim nichts mehr taugt.«

»Wie lange wird's also dauern?« fragte ich.

Er lächelte kurz. »Bei so einem elastischen Verband wird es noch zehn Tage weh tun, und danach können Sie wieder rumlaufen. Sie könnten, von heute an gerechnet, in etwa drei Wochen wieder im Sattel sitzen, wenn es Ihnen nichts ausmacht, daß der Steigbügel Ihnen Schmerzen verursacht, was er tun wird. Nach weiteren drei Wochen ist das Gelenk dann vielleicht wieder soweit in Ordnung, daß Sie Rennen reiten können.«

»Gut«, sagte ich erleichtert, »dann ist's ja nicht viel schlimmer, als es schon war.«

»Es ist zwar schlimmer, aber es wird nicht länger brauchen, um zu verheilen.«

»Schön.«

Er sah auf das deprimierende Bild hinab. »Wenn Sie weiter so rumreisen wollen, dann würde Ihnen ein fester Gipsverband sehr viel besser helfen. Sie könnten sich dann schon in ein paar Tagen wieder mit vollem Gewicht auf Ihren Fuß stützen, fast ohne Schmerzen.«

»Und den muß ich dann sechs Wochen tragen? Und kriege verkümmerte Muskeln?«

»Atrophie, Verkümmerung, das ist ein zu starkes Wort.« Er wußte gleichwohl, daß Jockeys, die Hindernisrennen ritten, vor allem kräftige Beinmuskeln brauchten, und die konnte man sich nur durch Bewegung erhalten. In Gips konnten sie sich überhaupt nicht mehr rühren und wurden schnell schwächer. Wenn die Bewegungsfähigkeit auch ein paar Stiche und Schmerzen kostete, war das die Sache doch wert.

»Die sogenannten Delta-Bandagen sind extrem leicht«, sagte er mit Überzeugungskraft. »Es handelt sich da um einen Polymer, gar nicht zu vergleichen mit dem guten alten Gips. Das Zeug ist porös, deshalb kommt Luft dran und Sie kriegen keine Hautprobleme. Ist wirklich gut. Und man könnte einen Reißverschluß reinbauen, so daß Sie ihn bei der Physiotherapie abnehmen können.«

»Wann kann ich dann wieder reiten?«

»In neun oder zehn Wochen.«

Ich schwieg einen Augenblick, und da sah er schnell zu mir auf. Sein Blick war klar und fragend.

»Also Delta-Bandage?« sagte er.

»Nein.«

Er lächelte und nahm eine elastische Kreppbinde zur Hand. »Fallen Sie im Laufe des nächsten Monats bloß nicht da drauf, denn dann fangen Sie wirklich wieder bei Null an.«

»Ich werde mir Mühe geben.«

Er wickelte den Verband eng um mein Bein, von unterhalb des Knies bis zu den Zehen und wieder zurück, und verschrieb mir wieder Distalgesic. »Nicht mehr als acht Tabletten innerhalb von 24 Stunden und nicht mit Alkohol.« Das sagte er jedesmal.

»Gut.«

Er sah mich ein Weilchen nachdenklich an, stand dann auf und ging hinüber zu dem Schränkchen, in dem er Medikamente aufbewahrte. Als er zu mir zurückkam, steckte er eine kleine Plastiktüte in einen Umschlag, den er mir dann hinhielt.

»Ich gebe Ihnen hier ein Mittel, das DF 1-1-8 heißt. Sehr passend, denn das sind ja schließlich auch Ihre Initialen! Ich gebe Ihnen drei davon mit. Es ist ein sehr ernstzunehmendes Schmerzmittel, und ich möchte Sie bitten, nur dann dazu zu greifen, wenn Ihnen wieder so etwas wie gestern passiert.«

»Okay«, sagte ich und steckte den Umschlag in die Tasche. »Vielen Dank.«

»Wenn Sie eine dieser Tabletten schlucken, fühlen Sie absolut nichts mehr.« Er lächelte wieder. »Wenn Sie zwei auf einmal nehmen, dann heben Sie total ab, dann sind Sie high wie sonst was. Wenn Sie aber alle drei auf einmal schlucken, werden Sie bewußtlos. Seien Sie also gewarnt.« Er machte eine Pause. »Sie sind eine allerletzte Zuflucht.«

»Ich werd's mir merken«, sagte ich, »und bin Ihnen wirklich dankbar.«

Brad fuhr zu einer Apotheke, ging mit meinem Rezept hinein, wartete, bis es fertiggemacht worden war, und chauffierte mich dann noch die zehn Meilen bis nach Hause.

»Morgen früh um die gleiche Zeit?« fragte ich. »Wieder nach London?«

»Wollja.«

»Ohne Sie wäre ich wirklich aufgeschmissen«, sagte ich und kletterte mit seiner Hilfe aus dem Wagen. Er warf mir einen kurzen, gehetzten Blick zu und reichte mir die Krücken. »Sie fahren großartig«, sagte ich noch.

Das war ihm peinlich, zugleich freute es ihn aber auch. Es erschien natürlich nicht so etwas wie ein Lächeln auf seinem Gesicht, aber es zuckte doch deutlich sichtbar in seinen Backen. Er drehte sich um, wich meinem Blick aus und setzte sich verbissen in Bewegung, um zu seiner Mutter heimzugehen.

Ich meinerseits ging ins Haus und bedauerte das Embargo, mit dem Whisky belegt war. So stärkte ich mich denn, da Junes Sandwich inzwischen nurmehr eine ferne Erinnerung war, mit Sardinen auf Toast und Eiscreme zum Nachtisch, was mehr oder weniger meine habituelle Kochfaulheit widerspiegelte.

Danach streckte ich mein mit Eisbeuteln versehenes Bein auf dem Sofa aus und rief den Mann in Newmarket an, der Grevilles zwei Rennpferde trainierte.

Er hob den Hörer so schnell ab, als habe er nur auf das Klingeln des Telefons gewartet.

»Ja?« sagte er. »Was bieten Sie?«

»Ich habe keine Ahnung«, sagte ich. »Spreche ich mit Nicholas Loder?«

»Was? Wer sind Sie?« Er war barsch und ungeduldig, überlegte es sich dann aber wohl noch einmal und sagte mit ein wenig mehr Honigsüße: »Verzeihung, ich habe jemand anderes erwartet. Ich bin Loder, ja, und mit wem spreche ich?«

»Mit Greville Franklins Bruder.«

»Ach ja?«

Ihm sagte das nicht sofort etwas. Ich stellte ihn mir vor, soweit das möglich war, da ich ihn nur vom Sehen und nicht persönlich kannte – ein großer Mann in den Vierzigern mit schütterem Haar und einer enormen Selbstsicherheit und Ausstrahlung. Zweifellos ein guter bis hervorragender Trainer, bei Fernsehinterviews aber dem Interviewpartner gegenüber anmaßend und herablassend, was er auch, wie ich gehört hatte, den Besitzern gegenüber sein konnte. Greville hatte seine Pferde bei ihm, weil sein erstes Pferd, das er seinerzeit als Schuldenrückzahlung übernommen hatte, in Loders Stall gestanden hatte. Nicholas Loder hatte dann das zweite für Greville gekauft und war bemerkenswert erfolgreich mit beiden gewesen. Greville hatte mir mal gesagt, daß er telefonisch sehr gut mit Loder zurechtkäme und daß dieser ein durch und durch herzensguter Mensch sei.

Bei unserem letzten Telefonat hatte Greville davon gesprochen, daß er noch einen weiteren Zweijährigen zu kaufen beabsichtige und daß ihm Loder vielleicht einen bei der Auktion in Oxford besorgen werde.

Ich erklärte Loder nun, daß Greville tot sei, und nach den ersten mitfühlenden Bekundungen der Betroffenheit reagierte er genau so, wie ich es erwartet hatte – nämlich nicht, als habe er einen guten Freund verloren, sondern ganz und gar geschäftsmäßig.

»Das hat keine Auswirkungen auf den Einsatz der Pferde«, sagte er. »Sie sind ja sowieso Eigentum der Firma Saxony Franklin und nicht etwa Grevilles. Ich kann also die Pferde auch weiterhin im Namen der Firma laufen lassen. Dazu bin ich nämlich von ihr autorisiert. Da sollte es also keine Probleme geben.«

»Es tut mir leid, aber vielleicht doch ...«, hob ich an.

»Nein, nein. ›Dozen Roses‹ läuft am Samstag in York. Hat dort gute Chancen. Ich habe das Greville erst vor ein paar Tagen mitgeteilt. Er wollte immer wissen, wann sie wo laufen, obwohl er nie gekommen ist, um sie sich anzuschauen.«

»Das Problem«, sagte ich, »liegt darin, daß ich sein Bruder bin. Er hat mir die Saxony Franklin Ltd. vermacht.«

Ganz plötzlich und mit aller Macht eröffnete sich ihm der volle Umfang des Problems. »Sie sind doch nicht etwa sein Bruder *Derek* Franklin. Dieser Bruder? Der Jockey?«

»Doch. Deshalb ... könnten Sie bitte mal bei Weatherby nachfragen, ob die Pferde auch laufen dürfen, solange die gerichtliche Bestätigung des Testaments noch nicht vorliegt?«

»Mein Gott«, sagte er schwach.

Berufsjockeys war es, wie wir beide wohl wußten, nicht gestattet, eigene Pferde in ein Rennen zu schicken. Ihnen durften alle möglichen Gäule gehören, so etwa Zuchtstuten, Fohlen, Deckhengste, Kutschpferde, Jagdpferde, Springpferde und was sonst noch auf Hufen herumlief, sogar Rennpferde, solange sie diese nicht an Rennen teilnehmen ließen.

»Könnten Sie das mal herausfinden?« fragte ich noch einmal.

»Das werde ich.« Er klang verärgert. »›Dozen Roses‹ sollte am Samstag an den Start gehen.«

›Dozen Roses‹ war im Augenblick das bessere von Grevilles beiden Pferden, deren Geschick ich regelmäßig in der Zeitung und im Fernsehen verfolgt hatte. Als Dreijähriger ein dreifacher Sieger, war er mit vier Jahren eine Enttäuschung gewesen, aber in der laufenden Saison hatte er, nun fünfjährig, zu seiner alten Form zurückgefunden und in den vergangenen paar Wochen dreimal Siege verbuchen können. Einen entsprechend starken Auftritt am Samstag zu erwarten, erschien nicht ganz unberechtigt.

Loder sagte: »Wenn Weatherby das Pferd aus dem Rennen wirft, würden Sie's dann verkaufen wollen? Ich könnte unter meinen Besitzern noch am Samstag einen Käufer finden.«

Ich hörte das Drängen in seiner Stimme und fragte mich, ob ›Dozen Roses‹ vielleicht mehr war als nur ein Pferd unter anderen am Start, ein Pferd wie die vielen, vielen anderen, die er Saison für Saison laufen ließ. Er klang jedenfalls viel aufgeregter, als mir normal erscheinen wollte.

»Ich weiß nicht, ob ich vor der gerichtlichen Freigabe des Erbes verkaufen darf«, sagte ich. »Sie gehen auch dieser Frage am besten gleich mal nach.«

»Aber wenn ja, würden Sie's dann tun?«

»Ich weiß es nicht«, sagte ich verwirrt. »Lassen Sie uns doch abwarten und erst mal sehen, wie die Dinge liegen.«

»Sie werden ihn nicht halten können, das wissen Sie«, sagte er eindringlich. »Er hat eine weitere Saison in sich, ist immer noch ganz schön was wert. Wenn Sie jedoch Ihre Lizenz nicht zurückgeben, oder so was, können Sie ihn nicht laufen lassen. Allerdings ist er eine Rückgabe der Lizenz nun auch wieder nicht wert. Ist ja nicht so, daß er ein Derby-Favorit wäre.«

»Ich werde im Laufe dieser Woche eine Entscheidung treffen.«

»Aber Sie denken doch nicht daran, Ihre Lizenz zurückzugeben, oder?« Jetzt klang er fast schon erschrocken. »Hab ich nicht so was in der Zeitung gelesen, daß Sie zwar verletzt sind, aber doch hoffen, noch vor Weihnachten wieder Rennen reiten zu können?«

»Das war zu lesen, ja.«

»Na bitte.« Die Erleichterung war so wenig definierbar wie seine Angst, kam aber doch klar rüber. Verstehen konnte ich beides nicht. Er hätte nicht so besorgt sein sollen.

»Vielleicht könnte Saxony Franklin das Pferd ja jemandem auf Leasingbasis überlassen«, sagte ich.

»Oh. Hm, vielleicht mir?« Es hörte sich an, als sei dies die perfekte Lösung.

»Ich weiß nicht«, sagte ich vorsichtig. »Wir müssen das klären.«

Mir wurde bewußt, daß ich ihm nicht voll vertraute – und diese Zweifel waren keineswegs schon vor unserem Telefongespräch dagewesen. Er gehörte zu den fünf besten Flachbahn-Trainern des Landes und galt auf Grund seines bombensicheren Erfolges ganz automatisch als zuverlässig.

»Wenn Greville gelegentlich erschien, um sich seine Pferde anzusehen, hat er da irgendwann mal jemanden mitgebracht?« fragte ich. »Ich versuche, die Menschen ausfindig zu machen, die ihn kannten, um ihnen von seinem Tod Nachricht zu geben.«

»Er ist nie hiergewesen, um sich die Pferde anzuschauen. Ich selbst kannte ihn kaum persönlich, telefonierte meistens mit ihm.«

»Nun, seine Bestattung ist am Freitag in Ipswich«, sagte ich. »Wie wäre es, wenn ich an dem Tag mal in Newmarket vorbeikäme? Es liegt am Weg, und wir könnten uns treffen; ich könnte mir die Pferde ansehen und fertigmachen, was immer an Papieren erforderlich sein sollte.«

»Nein«, sagte er. Und dann, seine Antwort abmildernd: »Ich hindere Besitzer stets an Besuchen. Sie bringen nur die Stallroutine durcheinander. Ich kann da keine Ausnahmen machen. Wenn ich irgendwelche Unterschriften von Ihnen brauchen sollte, dann werde ich das auf andere Weise arrangieren.«

»Schön«, stimmte ich milde zu, trieb ihn nicht in die Enge. »Ich werde auf Nachricht von Ihnen warten, wie Weatherby entschieden hat.«

Er sagte, er werde sich mit mir in Verbindung setzen und legte ganz abrupt auf, mich mit dem Gedanken alleinlassend, daß ich, was sein Verhalten betraf, die Fragen nicht kannte, von den Antworten ganz zu schweigen.

Vielleicht hatte ich mir das alles ja auch nur eingebildet – und doch wußte ich, daß dies nicht der Fall war. Man konnte bei einem Telefongespräch oft sehr viel mehr Nuancen aus einer Stimme heraushören als bei einer persönlichen Unterhaltung. Wenn Menschen entspannt waren, dann waren die tieferen Schwingungen ihrer Stimmen deutlich vernehmbar, bei Streß dagegen verschwanden sie, weil sich die Stimmbänder unbeabsichtigt strafften. Nachdem Loder erfahren hatte, daß ich ›Dozen Roses‹ erben würde, waren keinerlei tiefere Schwingungen mehr zu hören gewesen.

Ich stellte das mir aufgegebene Rätsel zurück und dachte über das noch nicht gelöste Problem nach, wie ich Grevilles Freunde benachrichtigen sollte. Es mußte welche geben, denn niemand lebt in einem Vakuum. Wenn sich die Dinge allerdings umgekehrt ergeben hätten, dann wäre Greville wohl, wie ich annahm, mit genau den gleichen Schwierigkeiten konfrontiert gewesen, denn schließlich hatte er meine Freunde ja auch nicht gekannt. Unsere Welten waren kaum je miteinander in Berührung gekommen, und wenn, dann nur kurz bei unseren Verabredungen. Da hatten wir ein bißchen über Pferde gesprochen, ein bißchen über technische Spielereien, ein bißchen über die Welt im allgemeinen und ein bißchen über das, was sich gerade so an Interessantem ereignete.

Er hatte allein gelebt, wie ich auch, hatte mir nie etwas über irgendeine Art von Liebesleben erzählt. Als ich ihm gegenüber vor etwa drei Jahren erwähnt hatte, daß meine Freundin, mit der ich zusammengelebt hatte, ausgezogen war, um irgendwo anders unterzukriechen, hatte er bloß »Was für ein Pech« gesagt. Das mache nichts, hatte ich geantwortet, es sei in gegenseitigem Einvernehmen geschehen, sei ein ganz natürliches Ende gewesen. Ich hatte ihn nur einmal nach seiner schon lange von ihm geschiedenen Frau gefragt. »Sie hat wieder geheiratet. Hab sie seitdem nicht mehr gesehen«, war alles gewesen, was er geantwortet hatte.

Wenn ich derjenige gewesen wäre, der hätte sterben müssen, dachte ich, dann hätte er es wohl der Welt mitgeteilt, in der ich gelebt und gearbeitet hatte, es also vielleicht dem Trainer erzählt, für den ich meistens ritt, und es in den Rennsport-Zeitungen angezeigt. Ich sollte es also zumindest seiner Welt zur Kenntnis bringen, das heißt der Schmuckstein-Bruderschaft. Das könnte Annette immerhin trotz des Fehlens seines Adreßbüchleins erledigen – nämlich mit Hilfe von Junes Computer. Dieser Computer machte den ganzen Einbruch zu einem immer größer erscheinenden Blödsinn. Einmal mehr kam ich zu der Überzeugung, daß noch etwas anderes gestohlen worden sein mußte – ich wußte nur nicht, was.

Ungefähr an diesem Punkt angelangt, erinnerte ich mich daran, daß ich ja Grevilles Taschenkalender hatte – mochte doch der Terminkalender auf seinem Schreibtisch ruhig den Oktober eingebüßt haben! Ich holte ihn mir aus dem Schlafzimmer, wo ich ihn am gestrigen Abend liegengelassen hatte. Ich dachte mir, daß ich da hinten im Adressenteil sicher die Anschriften und Telefonnummern von Freunden finden würde, irrte mich aber – er war bei diesem Teil des Büchleins ebenso genügsam gewesen wie bei allen anderen auch. Ich blätterte die Seiten um, die zumeist völlig unbeschrieben waren. Ich fand allenfalls ganz kurze

Eintragungen wie etwa »Ankunft R aus Brasilien« oder »B in Paris« oder »Kauf von Citrin für P«.

Beim Monat März hielt ich inne, denn dies war ein Rennkalender, das heißt, die das Jahr über stattfindenden Rennen waren unter dem jeweiligen Datum eingedruckt. Ich gelangte zu Donnerstag, dem 16. März, wo »Cheltenham« darunterstand. Um das Wort »Cheltenham« war mit Kugelschreiber ein Kreis gezogen worden, und Greville hatte in das für diesen Tag vorgesehene leere Feld »Gold Cup« eingetragen – und dann mit einem anderen Stift »Derek hat ihn gewonnen!!« dazugeschrieben.

Das ließ mich ganz plötzlich in Tränen ausbrechen. Ich konnte nichts dagegen tun.

Ich wünschte mir mit aller Kraft, daß er noch am Leben wäre, damit ich ihn besser kennenlernen könnte. Ich weinte über die versäumten Gelegenheiten, die vertane Zeit. Ich sehnte mich danach, diesen Bruder zu kennen, der sich dafür interessiert hatte, was ich machte, der in seinem so gut wie leeren Kalender eingetragen hatte, daß ich aus einem der ganz großen Rennen des Jahres als Sieger hervorgegangen war.

4

Im Adressenteil hinten im Anhang des Taschenkalenders standen nur drei Telefonnummern – und bei allen dreien nur Initialen. Die Nummer hinter NL war die von Nicholas Loder. Ich probierte die anderen, beides Londoner Nummern, aber niemand hob ab.

Verstreut im restlichen Teil des Büchleins fanden sich noch drei weitere Telefonnummern. Zwei davon erwiesen sich als die von Restaurants, die mitten im lebhaftesten Abendbetrieb steckten, und ich notierte mir nur ihre Namen, wobei ich das eine als das wiedererkannte, in dem ich zum letzten Mal mit Greville gegessen hatte. Vor ungefähr zwei oder drei Monaten. Wahrscheinlich am 25. Juli, weil die Telefonnummer unter diesem Datum stand. Es war ein indisches Restaurant gewesen, wie ich mich erinnerte, und wir hatten ultrascharfen Curry gegessen.

Seufzend blätterte ich weiter und versuchte es dann mit einer Nummer, die unter dem 2. September stand. Das war vor ungefähr fünf Wochen. Es war dies keine Londoner Nummer, aber ich konnte die Vorwahl nicht identifizieren. Ich lauschte dem fortgesetzten Klingeln am anderen Ende der Leitung und hatte mich schon mit einem weiteren Fehlversuch abgefunden, als jemand den so weit entfernten Hörer aufnahm und mit tiefer, hauchender Stimme sagte: »Hallo?«

»Hallo«, antwortete ich. »Ich rufe im Namen von Greville Franklin an.«

»Von wem?«

»Greville Franklin.« Ich sprach den Namen langsam und deutlich aus.

»Einen Augenblick bitte.«

Es folgte ein langes, wenig informatives Schweigen, und dann kam jemand anderes auf hohen Absätzen zum Apparat gestöckelt und sprach mit Entschiedenheit und hoher, zornbebender Stimme.

»Wie können Sie es wagen!« sagte sie. »Machen Sie das ja nicht noch mal. Ich will Ihren Namen in diesem Haus nicht hören.«

Sie warf den Hörer krachend auf die Gabel, bevor ich noch ein Wort hatte sagen können, und ich saß verwirrt da, starrte mein eigenes Telefon an und hatte das Gefühl, eine Wespe verschluckt zu haben.

Wer immer sie war, dachte ich bitter, Blumen zur Bestattung meines Bruders würde sie wohl nicht schicken wollen, wenngleich sie die Nachricht von seinem Tod vielleicht mit Freude erfüllt hätte. Ich fragte mich, was um alles in der Welt Greville angestellt haben konnte, um einen solchen Sturm zu entfachen – aber das war ja gerade das Problem: Ich kannte ihn einfach nicht gut genug, um das erraten zu können.

Im ganzen dankbar dafür, daß es da nicht noch mehr Nummern gab, die ich hätte ausprobieren müssen, sah ich mir noch einmal die wenigen Eintragungen an, die er gemacht hatte, wobei mich mehr die Neugier als die Suche nach hilfreichen Fakten trieb.

Er hatte die Tage notiert, an denen seine Pferde liefen, hatte auch hier wieder nur ihre Initialen benutzt. DR für ›Dozen Roses‹ erschien am häufigsten, immer mit nachgestellten Zahlenangaben wie beispielsweise »300 bei 8:1«, was ich für die Summe hielt, die er bei welcher Quote gewettet hatte. Darunter stand überall eine weitere Zahl in einem Kreis, die sich als Angabe der jeweiligen Plazierung der Pferde herausstellte. Die letzten drei Eintragungen dieser Art, die alle eine 1 im Kreis aufwiesen, zeigten, daß sie Greville 500 bei 14:1, 500 bei 5:1 und 1000 bei 6:4 eingebracht hatten. Bei dem für Samstag vorgesehenen Start würde, so sagte ich mir, ›Dozen Roses‹ wohl als hoher Favorit ins Rennen gehen.

Grevilles zweites Pferd ›Edelstein‹, mit einfachem E bezeichnet, war sechsmal gelaufen und hatte nur einmal gewonnen, dabei allerdings auch ordentlich was eingebracht, nämlich 500 bei 100:6.

Alles in allem, dachte ich, war das für einen Besitzer ein recht maßvolles Wettmuster. Er hatte insgesamt, wie ich mir ausrechnete, einen ganz brauchbaren Gewinn erzielt, mehr jedenfalls, als die meisten Besitzer schafften. Dieser Gewinn war natürlich in erster Linie ein wertvoller Beitrag zu den Unterhalts- und Trainingskosten und zur Finanzierung des Kaufs weiterer Pferde, so daß er wohl, wie ich annahm, unter dem Strich ganz gut abgeschnitten und so vornehmlich in geschäftlichem Sinne Freude am Besitz seiner Pferde gehabt hatte.

Ich blätterte das Büchlein gedankenlos bis zum Ende durch und fand auf den letzten Seiten, über denen »Notizen« stand, unleserliche Kritzeleien und eine Reihe von Zahlen.

Die Kritzeleien waren von der Art, wie man sie geistesabwesend vor sich hinmalt, wenn man jemandem am Telefon zuhört. Da waren Vierecke und Zickzacklinien, wahllos durcheinander und von Schraffuren durchkreuzt. Auf der Seite gegenüber stand eine Gleichung: kZr = C × 1,7. Ich ging davon aus, daß sie für Greville von leuchtender Klarheit gewesen war – für mich aber ohne jeden Wert.

Die anderen Zahlenangaben glichen ganz denen, die ich in meinem eigenen Taschenbüchlein auch stehen hatte – Nummer des Reisepasses, Kontonummern, Versicherungsnummer. Darunter, ziemlich weit unten auf der Seite, stand schließlich noch in winzigen Großbuchstaben das Wort DEREK. Erneut ein Schock, als ich wieder meinen Namen von seiner Hand geschrieben sah.

Ich fragte mich angesichts der Stelle, wo er stand, ob Greville meinen Namen vielleicht als eine Art von mnemotechnischem Zeichen, als Gedächtnisstütze benutzt oder ihn auch einfach nur so hingekritzelt hatte. Seufzend blätterte ich die Seiten zurück und gelangte zu etwas, das ich mir vorhin schon einmal kurz angesehen hatte, nämlich zu einer kaum lesbaren Eintragung am Tag vor seinem Tod. Aber beim zweiten Lesen sagte sie mir genauso wenig wie beim ersten.

»Koningin Beatrix?« hatte er hingeschrieben, nur diese beiden Wörter und das Fragezeichen. Ich stellte mir die müßige Frage, ob das vielleicht der Name eines Pferdes war, ob er vielleicht seinen Kauf erwogen hatte – und diese Auslegung erschien mir zunächst durchaus einleuchtend. Dann aber ging mir durch den Kopf, daß er ja vielleicht das zweite Wort zuerst geschrieben hatte, ich meine so, wie man »Smith, Jane« schreibt, und daß er vielleicht nach Ipswich gefahren war, um sich dort mit einer Beatrix Koningin zu treffen.

Ich kehrte schließlich zu meiner Pferde-Theorie zurück und rief den Trainer an, für den ich ritt, nämlich Milo Shandy, der sich flüchtig nach meinem Knöchel erkundigte und meinte, daß ich doch, bitte schön, meine Rückkehr zur Arbeit ein bißchen beschleunigen möge.

»Ich kann vielleicht schon in zwei Wochen wieder rausreiten«, sagte ich.

»Das ist immerhin was, denke ich. Laß dir 'ne Massage verpassen.«

Der bloße Gedanke daran schmerzte schon. Ich sagte, ich würde mich darum bemühen, ohne dies wirklich vorzuhaben, und fragte ihn sodann nach Koningin Beatrix, wobei ich ihm den Namen vorbuchstabierte.

»Kenne kein Pferd dieses Namens, aber ich kann's für dich rausfinden, morgen früh. Ich werde bei Weatherby anfragen, ob der Name frei ist, und wenn sie ja sagen, bedeutet das, daß es kein registriertes Rennpferd mit diesem Namen gibt.«

»Herzlichen Dank.«

»Keine Ursache. Ich hab gehört, daß dein Bruder gestorben ist. So ein Pech.«

»Ja ... Wie hast du das denn erfahren?«

»Nicholas Loder hat mich vorhin angerufen, mir dein Dilemma

geschildert und mich gebeten, dich dazu zu überreden, ihm doch ›Dozen Roses‹ zu leasen.«

»Aber das ist doch verrückt. Ich meine, dich deswegen anzurufen.«

Er kicherte. »Eben das habe ich ihm auch gesagt. Ich hab ihm gesagt, daß ich dich so leicht weichkneten könnte wie einen Klumpen Erz. Er schien das aber nicht hinnehmen zu wollen. Wie dem auch sei, ich glaube nicht, daß Leasing eine Lösung wäre. Jockeys dürfen keine Rennpferde besitzen, Punkt. Wenn du ein Pferd verleihst, gehört es dir ja immer noch.«

»Ich bin sicher, daß du recht hast.«

»Worauf du dich verlassen kannst.«

»Loder wettet, nicht wahr?« fragte ich. »Hohe Beträge?«

»So habe ich gehört.«

»Er sagte mir, ›Dozen Roses‹ würde am Samstag in York laufen.«

»Soll ich in diesem Falle mal ein bißchen was für dich auf dieses Pferd setzen?«

Abgesehen davon, daß es Jockeys nicht erlaubt war, eigene Pferde bei Rennen laufen zu lassen, war ihnen auch untersagt zu wetten, aber da gab es immer Möglichkeiten, das zu umgehen – wie beispielsweise mittels hilfsbereiter Freunde.

»Ich denke nicht, nicht diesmal«, sagte ich, »aber trotzdem vielen Dank.«

»Macht's dir was aus, wenn ich's tue?«

»Aber bitte sehr! Wenn Weatherby das Pferd laufen läßt, warum nicht?«

»Ein hübsches kleines Puzzlespiel«, sagte er anerkennend. »Komm bald mal auf einen Drink vorbei. Komm zum Abendstalldienst.«

Ich sagte, daß ich das tun würde.

»Paß auf dich auf.«

Ich legte den Hörer auf, lächelte über seine so leicht dahingesagte Abschiedsformel. Jockeys wurden im großen und ganzen ja nicht dafür bezahlt, daß sie auf sich aufpaßten. Jedenfalls nicht allzu sehr.

Milo wäre entsetzt, käme ich seiner Aufforderung tatsächlich nach.

Am nächsten Morgen fuhr mich Brad zur Bank von Saxony Franklin, wo ich mit dem Direktor zusammentraf, der jung und intelligent war und mit absichtlicher Langsamkeit sprach, als wolle er warten, bis der Verstand seines Gesprächspartners das von ihm Gesagte erfaßt hatte. Ich fragte mich, ob wohl Krücken irgend etwas an sich hatten, was diese Angewohnheit noch verstärkte. Er brauchte fünf Minuten, bis er endlich begriffen hatte, daß ich kein Trottel war. Dann erzählte er mir, daß Greville einen recht großen Kredit bei seiner Bank aufgenommen habe und er sich hinsichtlich der Rückzahlung an mich halten werde. »Eins Komma fünf Millionen US-Dollar in bar, um genau zu sein.«

»Eins Komma fünf Millionen Dollar«, wiederholte ich und versuchte, mir nicht anmerken zu lassen, wie sehr mir seine Eröffnung die Luft genommen hatte. *»Wofür?«*

»Um Diamanten zu kaufen. Und Diamanten von der DTC der CSO werden normalerweise bar bezahlt, in Dollar.«

Bankmanager in der Gegend von Hatton Garden sahen eine solche Transaktion offensichtlich nicht als etwas Außergewöhnliches an.

»Er handelt... handelte aber gar nicht mit Diamanten«, wandte ich ein.

»Er hatte sich entschlossen zu expandieren, und wir haben ihm selbstverständlich das Kapital dafür zur Verfügung gestellt. Ihr Bruder hatte schon jahrelang mit unserem Haus zusammengearbeitet, und er war, wie Sie wissen werden, ein sehr vorsichtiger und gewissenhafter Geschäftsmann. Ein sehr geschätzter Klient. Wir haben ihm mehrfach Geld für die Vergrößerung seines Unternehmens vorgeschossen, und die Rückzahlung ist stets völlig problemlos erfolgt. Will sagen mit peinlichster Genauigkeit.« Er räusperte sich. »Der laufende Kredit, der vor drei Monaten aufgenommen wurde, ist ratenweise rückzahlbar und hat eine Laufzeit von fünf Jahren. Und da der Kredit ja dem Unternehmen und nicht Ihrem Bruder persönlich gewährt wurde, ändern sich die Konditionen durch seinen Tod nicht.«

»Verstehe«, sagte ich.

»Ich habe dem, was Sie mir gestern sagten, entnommen, daß Sie beabsichtigen, das Geschäft selbst weiterzuführen?« Er schien darüber recht glücklich zu sein, obwohl ich eigentlich eher einen Anflug von Besorgnis erwartet hätte. Warum machte er sich keine Sorgen? Was bekam ich da nicht mit?

»Haben Sie irgendwelche Sicherheiten für den Kredit bekommen?« fragte ich.

»Eine Vereinbarung. Wir haben das Geld gegen den Lagerbestand von Saxony Franklin ausgeliehen.«

»Die gesamten Steine?«

»So viele, wie erforderlich wären, um die Schuld zu tilgen. Aber als größte Sicherheit haben wir stets die Integrität und die geschäftlichen Fähigkeiten Ihres Bruders angesehen.«

Ich sagte: »Ich bin kein Gemmologe. Ich werde das Unternehmen wahrscheinlich nach der gerichtlichen Bestätigung der Verfügungen meines Bruders verkaufen.«

Er nickte behäbig. »Das wäre vielleicht das sinnvollste Vorgehen. Wir würden auch weiterhin damit rechnen, daß der Saxony Franklin gewährte Kredit planmäßig zurückgezahlt wird, würden ein Gespräch mit den Käufern aber gleichwohl begrüßen.«

Er holte Papiere herbei, die ich unterschreiben sollte, und bat mich um zusätzliche Unterschriftsproben, damit ich auch Firmenschecks von Saxony Franklin unterzeichnen konnte. Er fragte mich nicht, welche Erfahrungen ich in der Leitung einer Firma hatte. Statt dessen wünschte er mir alles Gute.

Ich erhob mich an meinen Krücken, reichte ihm die Hand und dachte an all die Dinge, die ich ihm nicht gesagt hatte.

Nicht gesagt hatte ich ihm, daß ich Jockey war, hätte das in Hatton Garden doch leicht eine Panik auslösen können. Und ich hatte ihm auch nicht gesagt, daß ich, wenn Greville tatsächlich für anderthalb Millionen Dollar Diamanten gekauft hatte, nicht wußte, wo sie sich befanden.

»Diamanten?« sagte Annette. »Nein, das habe ich Ihnen doch schon gesagt. Wir handeln nicht mit Diamanten.«

»Der Bankmanager glaubt aber, daß Greville vor kurzem welche gekauft hat. Von so was, was sich DTC der CSO nennt.«

»Die *Central Selling Organization*? Das ist de Beers. Und die DTC ist ihre *Diamond Trading Company*. Nein, nein.« Sie sah mich ängstlich an. »Das kann er nicht getan haben. Er hat nie etwas davon gesagt.«

»Hm. Hat sich der Einkauf für das Lager in den vergangenen drei Monaten erhöht?«

»Im Rahmen des Üblichen«, sagte sie kopfnickend. »Das Unternehmen ist beständig im Wachsen begriffen. Mr. Franklin kommt dauernd mit neuen Steinen von seinen weltweiten Reisen zurück. Wunderschöne Steine. Er kann ihnen nicht widerstehen. Die meisten der ganz besonderen Stücke verkauft er übrigens an einen Juwelier, der seinen Schmuck selbst entwirft und der Boutiquen in Gegenden wie Knightsbridge und Bond Street hat. Herrlicher Modeschmuck, aber mit echten Steinen. Viele seiner Sachen sind Einzelstücke, viele für einen ganz bestimmten Stein entworfen. Er ist sehr berühmt. Die Leute stellen manche seiner Werke auf eine Stufe mit denen von Fabergé.«

»Wie heißt er?«

»Prospero Jenks«, sagte sie und erwartete zumindest ehrfürchtiges Erstaunen von mir.

Ich hatte noch nie von ihm gehört, nickte aber trotzdem.

»Faßt er die Steine mit Diamanten ein?« fragte ich.

»Ja, manchmal. Aber die kauft er nicht bei Saxony Franklin.«

Wir waren in Grevilles Büro – ich saß in dem Drehstuhl hinter der riesigen Fläche seines Schreibtisches, während Annette die gestern nur flüchtig zusammengesammelten, kunterbunt durcheinanderliegenden Papiere in die Schubläden und Ordner einsortierte, in denen sie sich vor dem Einbruch befunden hatten.

»Sie glauben also nicht, daß Greville je Diamanten hier in diesen Firmenräumen aufbewahrt hat?« fragte ich.

»Bestimmt nicht.« Der Gedanke schockierte sie geradezu. »Er war immer sehr auf Sicherheit bedacht.«

»Jemand, der hier einbricht, könnte also nicht damit rechnen, daß er irgendwas von Wert rumliegen findet?«

Einen Stoß Papiere in der Hand, unterbrach sie ihre Arbeit und runzelte die Stirn.

»Das ist doch merkwürdig, nicht? Leute, die was vom Edelsteingeschäft verstehen, würden nie damit rechnen, daß hier wertvolle Dinge herumliegen. Und wenn sie nichts davon verstehen – wieso verfallen sie dann auf diese Räume?«

Die gleiche alte, nicht zu beantwortende Frage.

Mit unverdienter mütterlicher Fürsorglichkeit brachte mir June den Sekretärinnenstuhl wieder herein, damit ich meinen Fuß hochlegen konnte. Ich dankte ihr und fragte sie, ob ihr den Lagerbestand registrierender Computer Zahl und Wert aller vorhandenen, polierten Kieselsteinchen täglich festhalte.

»Du liebe Güte, ja, natürlich«, sagte sie amüsiert. »Datum und Anzahl Eingang, Datum und Anzahl Ausgang. Preise Einkauf, Preise Verkauf, Gewinnspanne, Mehrwertsteuer, Steuer, was Sie wollen – der Computer sagt Ihnen, was wir da haben, wieviel es wert ist, was schlecht geht und was gut, was hier schon zwei Jahre und länger rumliegt und Platz wegnimmt, was aber nicht viel ist.«

»Auch die Steine im Tresorraum?«

»Gewiß doch.«

»Aber keine Diamanten.«

»Nein, damit handeln wir nicht.« Sie lächelte mich strahlend und ohne Neugier an und ging schnell hinaus, sagte nur noch über die Schulter, daß das Weihnachtsgeschäft nach wie vor auf Hochtouren laufe und sie über Nacht mit Telefax-Aufträgen bombardiert worden seien.

»Wer bestellt nach, was verkauft worden ist?« fragte ich Annette.

»Bei den normalen Beständen mache ich das. June sagt mir, was wir brauchen. Die Nachbestellung der geschliffenen und der ungewöhnlichen Steine erledigte Mr. Franklin selbst.«

Sie machte mit dem Sortieren der Papiere weiter, im Prinzip unbeteiligt, da ihre Verantwortung endete, wenn sie abends nach Hause ging. Sie trug an diesem Tage wieder den schwarzen Rock von gestern, dazu aber diesmal einen schwarzen Pullover, vielleicht aus Achtung vor Greville. Von kompakter, aber nicht großer Gestalt, hatte sie wohlgeformte, in schwarzen Nylonstrümpfen steckende Beine und ein gesetztes, gepflegtes, mittelaltriges Aussehen. Ich konnte sie mir nicht so lebhaft agierend vorstellen wie June, auch in jüngeren Jahren nicht.

Ich fragte sie, ob ihr die Versicherungspolice für die Firma zugänglich sei, und sie sagte, daß sie diese zufällig gerade eben wieder abgeheftet habe. Ich las mir voller böser Ahnungen die Bedingungen durch und rief dann die Versicherungsgesellschaft an. Ob mein Bruder, so fragte ich, unlängst die Versicherung erhöht habe? Ob er sie so erhöht habe, daß sie auch Diamanten im Wert von eins Komma fünf Millionen Dollar abdecke? Nein, das sei nicht der Fall. Man habe nur mal darüber gesprochen. Mein Bruder habe gemeint, der geforderte Versicherungsbeitrag sei ihm zu hoch, und er habe sich deshalb dagegen entschieden. Die Stimme erklärte mir, daß die Beiträge so hoch sein müßten, weil solche Steine viel in Bewegung seien, wodurch sich das Risiko erhöhe. Man wisse auch nicht, ob Mr. Franklin die Steine dann wirklich gekauft habe. Man glaube, er habe sich nur informieren wollen. Das sei so vor drei oder vier Monaten gewesen. Ich dankte benommen und legte den Hörer auf.

Sofort klingelte das Telefon wieder, und da Annette zu erwarten schien, daß ich abhob, tat ich dies.

»Hallo?« sagte ich.

Eine männliche Stimme fragte: »Spreche ich mit Mr. Franklin? Ich hätte gern Mr. Franklin gesprochen, bitte.«

»Äh ... kann ich Ihnen irgendwie behilflich sein? Ich bin sein Bruder.«

»Vielleicht können Sie das«, sagte er. »Hier ist das Sekretariat des Westlondoner Magistratsgerichts. Ihr Bruder sollte seit zwanzig Minuten hier sein, und es ist gar nicht seine Art, sich zu verspäten. Können Sie mir vielleicht sagen, wann wir mit ihm rechnen dürfen?«

»Einen Augenblick bitte.« Ich legte die Hand auf die Sprechmuschel und sagte Annette, was ich gerade gehört hatte. Sie riß die Augen weit auf, zeigte alle Anzeichen erschrockenen Erinnerns.

»Es ist sein Tag im Gericht, an dem er den Vorsitz führt! Jeden zweiten Dienstag. Das habe ich glatt vergessen.«

Ich wandte mich wieder dem Telefon zu und erklärte meinem Gesprächspartner die Lage.

»Oh. O je. Das ist ja ganz furchtbar und unfaßlich.« Er hörte sich aufrichtig betroffen an, zugleich aber auch ein klein wenig verärgert. »Es wäre wirklich um einiges hilfreicher gewesen, wenn Sie mich rechtzeitig benachrichtigt hätten. Jetzt bleibt *sehr* wenig Zeit, um Ersatz zu finden.«

»Ja«, pflichtete ich ihm bei, »aber während des Wochenendes ist hier in sein Büro eingebrochen worden. Der Terminkalender meines Bruders wurde gestohlen, und wenn man's bei Lichte besieht, können wir überhaupt niemandem zu verstehen geben, doch bitte nicht auf ihn zu warten.«

»Wie überaus unangenehm.« Das war in seinen Augen offensichtlich keine unpassende Feststellung. Mir ging durch den Kopf, daß es Greville möglicherweise unangenehm finden könnte, tot sein zu müssen. Aber vielleicht war das nicht der rechte Augenblick für schwarzen Humor.

»Sollten unter den Richtern persönliche Freunde meines Bruders sein«, sagte ich, »so wäre ich Ihnen sehr verbunden, wenn Sie sie bitten könnten, sich mit mir in Verbindung zu setzen. Falls Ihnen das nichts ausmacht.«

»Das werde ich tun, selbstverständlich.« Er zögerte. »Mr. Franklin gehörte auch dem Konzessionsausschuß an. Soll ich dessen Vorsitzenden ebenfalls informieren?«

»Ja, bitte. Teilen Sie es jedem mit, den Sie erreichen können.«

Er verabschiedete sich, alle Sorgen dieser Welt auf seinen Schultern, und ich seufzte Annette zu, daß wir besser so bald wie möglich damit anfangen sollten, auch alle übrigen Menschen zu unterrichten, wobei dem Handel auch klar gemacht werden müsse, daß das Geschäft in gewohnter Manier weiterlaufen werde.

»Wie wär's mit den Zeitungen?« fragte sie. »Können wir es nicht in der *Times* und so weiter anzeigen?«

»Gute Idee. Würden Sie sich bitte darum kümmern?«

Sie sagte, das werde sie, legte mir dann aber doch das, was sie geschrieben hatte, vor, ehe sie die Zeitungen anrief. »Opfer eines tragischen Unfalls, ist Greville Saxony Franklin, Friedensrichter, Sohn des ...« Sie hatte hier eine Lücke gelassen, die ich für sie ausfüllte: »verstorbenen Oberstleutnants und seiner Frau Miles Franklin«. Dann änderte ich noch »Bruder von Derek« zu »Bruder von Susan, Miranda und Derek« ab und fügte ein paar abschließende Worte an – Einäscherung, Ipswich, Freitag.

»Haben Sie eine Ahnung«, fragte ich Annette, »was er da in Ipswich gewollt haben könnte?«

Sie schüttelte den Kopf. »Ich habe ihn diesen Ort nie erwähnen hören. Aber er hat mir ja nie viel von dem erzählt, was nicht zum Geschäftlichen gehörte.« Sie machte eine Pause. »Er war nicht heimlichtuerisch, aber er plauderte auch nie über sein Privatleben.« Sie zögerte. »Er hat auch nie über Sie gesprochen.«

Ich dachte an die vielen Male, wo wir so nett zusammengesessen und er mir doch praktisch nichts erzählt hatte, und ich verstand sehr wohl, was sie meinte.

»Er pflegte immer zu sagen, daß die größte Sicherheit die Verschwiegenheit sei«, sagte sie. »Er hat uns immer wieder gebeten, absolut Fremden nicht zuviel von unserer Arbeit zu erzählen, und wir wissen alle sehr gut, daß es sicherer ist, sich daran zu halten, auch wenn wir hier keine Edelsteine haben. Alle Leute, die in dieser Branche arbeiten, sind irgendwie Sicherheitsfanatiker, und Diamantäre können sogar regelrecht paranoid sein.«

»Was«, fragte ich, »sind Diamantäre?«

»Nicht was, sondern wer«, sagte sie. »So hießen früher die Diamantschleifer, also die Leute, die die Rohdiamanten kaufen, die Steine schleifen und polieren und sie dann an die Juweliere für die Herstellung von Schmuck verkaufen. Mr. Franklin meinte immer, Diamanten seien eine Welt für sich, sie seien etwas gänzlich anderes als die übrigen Edelsteine. In den achtziger Jahren kam es bei den Diamantpreisen erst zu einem lächerlichen Höhenflug, dann zu einem jähen Absturz, und viele Diamantschleifer verloren ein Vermögen oder machten pleite, und Mr. Franklin sagte oft, daß sie verrückt gewesen sein müßten, als sie den Bogen so überspannten.« Sie machte eine Pause und sagte dann: »Man kann gar nicht anders als mitkriegen, was um uns herum in dieser Gegend so vor sich geht, wo doch jeder zweite Laden hier mit Edelsteinen handelt. In den Pubs und Restaurants spricht kaum je einer über etwas anderes. Und deshalb, sehen Sie, bin ich sicher, daß sich der Bankmanager irrt. Mr. Franklin hätte niemals Diamanten gekauft.«

Wenn er keine Diamanten gekauft hat, dachte ich, was hat er dann, zum Teufel nochmal, mit eins Komma fünf Millionen Dollar in bar gemacht?

Diamanten gekauft. Er mußte es getan haben. Entweder das, oder das Geld lag noch irgendwo rum, zweifellos sorgfältigst versteckt. Entweder das Geld oder Diamanten in seinem Gegenwert lagen irgendwo unversichert herum, und sollte mein halb verschwiegener und halb supersicherheitsbedachter Bruder eine Schatzinselkarte hinterlassen haben, auf der der kostbare Ort mit einem x markiert war, dann hatte ich die noch nicht gefunden. Sehr viel wahrscheinlicher aber war, wie ich befürchtete, daß dieses Wissen unter dem Baugerüst begraben worden war. Wenn dem so war, dann würde die Firma an die Bank fallen – wohl das letzte, was Greville gewollt hätte.

Wenn dem so war, dann würde sich ein großer Teil des Erbes, das er mir hinterlassen hatte, auflösen wie Morgennebel.

Er hätte sich, dachte ich finster, an seine alten Prinzipien halten und die Finger von Diamanten lassen sollen.

Das Telefon auf dem Schreibtisch klingelte erneut, und diesmal hob Annette ab, da sie gerade daneben stand.

»Saxony Franklin, was kann ich für Sie tun?« sagte sie und lauschte in den Hörer. »Nein, tut mir leid, aber Sie können Mr. Franklin nicht persönlich sprechen ... Würden Sie mir bitte Ihren Namen sagen?« Sie lauschte. »Nun, Mrs. Williams, wir müssen Sie zu unserem großen Leidwesen davon in Kenntnis setzen, daß Mr. Franklin am Wochenende bei einem Unfall ums Leben gekommen ist. Sein Geschäft läuft jedoch unverändert weiter. Kann ich Ihnen in irgendeiner Weise behilflich sein?«

Sie hörte ihrer Gesprächspartnerin eine Weile mit wachsender Verwirrung zu und sagte dann: »Sind Sie noch dran? Mrs. Williams, hören Sie mich?« Aber es schien, als erhalte sie keine Antwort, denn nach ein paar weiteren Augenblicken legte sie mit düsterem Blick den Hörer auf die Gabel. »Wer immer sie war, sie hat aufgelegt.«

»Gehe ich richtig in der Annahme, daß Sie Mrs. Williams nicht kannten?«

»Ich hatte nie das Vergnügen.« Sie zögerte. »Ich meine aber, sie hätte auch gestern schon angerufen. Ich glaube, ich habe ihr da gesagt, daß Mr. Franklin den ganzen Tag nicht in der Firma sein würde, wie ich das allen gesagt habe. Allerdings habe ich sie gestern nicht nach ihrem Namen gefragt. Aber sie hat eine Stimme, die man nicht vergißt.«

»Wieso nicht?«

»Geschliffenes Glas«, sagte sie lakonisch. »Wie Mr. Franklin, nur noch stärker. Und wie Sie auch, ein klein wenig.«

Das amüsierte mich. Sie selbst sprach, was ich für akzentfreies Englisch hielt, auch wenn ich mir vorstellen konnte, daß jede Art zu sprechen für einen anderen so klang, als sei da ein Akzent zu hören. Ich wunderte mich kurz über diese Mrs. Williams von geschliffenem Glas, die die Nachricht von dem Unglück schweigend entgegengenommen und gar nicht gefragt hatte, wo und wie und wann es passiert war.

Annette ging in ihr eigenes Büro hinüber, um die Zeitungen anzurufen, und ich zog Grevilles Taschenkalender hervor und versuchte mein Glück mit den Nummern, die gestern abend nicht zu erreichen gewesen waren. Von den zweien, die hinten in dem Büchlein standen, gehörte die eine seinem Buchmacher, die andere seinem Friseur, und beide schienen traurig darüber zu sein, daß sie seiner Kundschaft verlustig gingen – der Buchmacher allerdings angesichts der Gewohnheit Grevilles, bei seinen Wetten zu gewinnen, ein bißchen weniger.

Mein Knöchel schmerzte stark – das Resultat, so konnte ich wohl sagen, einer allgemeinen Depression ebenso wie geschädigter Knochen und Bänder. Depression deshalb, weil alle Entscheidungen, die ich bis zu diesem Zeitpunkt getroffen hatte, vom gesunden Menschenverstand diktiert worden waren, nun aber bald ein Stadium erreicht sein würde, wo ich mit meiner Unwissenheit schreckliche Fehler machen konnte. Ich war noch nie in meinem Leben mit Kapital umgegangen, das umfangreicher gewesen wäre als die Summe, die ich auf meinem Konto hatte, und das einzige Geschäft, von dem ich etwas verstand, war das Zureiten von Rennpferden, und auch das hatte ich eher durch Zuschauen als auf dem Wege praktischer Betätigung erlernt. Wenn es um Pferde ging, wußte ich immerhin, was ich tat – da konnte ich den Spinell wohl vom Rubin unterscheiden. In Grevilles Welt dagegen konnte man mich reinlegen, ohne daß ich was merkte. Ich konnte böse verlieren, bevor ich noch die einfachsten Grundregeln des Spiels erlernt hatte.

Grevilles großer schwarzer Schreibtisch erstreckte sich zu meinen beiden Seiten bis in weite Fernen. Rechts und links ruhte die Platte auf doppelten Unterschränkchen mit Schubfächern, also auf insgesamt vier Schränkchen. Die meisten der Schubfächer enthielten inzwischen wieder das, was vor dem Einbruch in ihnen gewesen war, und ich begann planlos, das mir am nächsten befindliche Fach auf der linken Seite zu untersuchen, wobei ich vage nach allem Ausschau hielt, was mich auf die Dinge bringen könnte, die ich übersehen oder von denen ich nicht gewußt hatte, daß sie unbedingt erledigt werden mußten.

Zunächst aber fand ich keine zu erledigenden Aufgaben, sondern nur allerhand Geräte – die kleinen schwarzen Spielsachen, die jetzt in dicht geschlossenen Reihen aufgeräumt dalagen. Der Geigerzähler war da und der Minikopierer, ferner eine Vielzahl von Taschenrechnern, und ich zog einen kleinen schwarzen Gegenstand etwa von der Größe eines Taschenbuches heraus, den ich neugierig hin und her drehte, ohne eine Ahnung zu haben, was sich damit wohl anfangen ließe.

»Das ist ein elektronischer Entfernungsmesser«, sagte June, die schwungvoll hereingeschwebt kam, beide Hände voller Papiere. »Wollen Sie mal sehen, wie er funktioniert?«

Ich nickte, und sie legte das Ding flach auf den Schreibtisch. »Es zeigt Ihnen jetzt an, wie groß die Entfernung zwischen dem Schreibtisch und der Zimmerdecke ist«, sagte sie, auf Tasten drükkend. »Da, bitte sehr, zwei Meter und sechsundzwanzig Zentimeter.«

»Ich will eigentlich gar nicht wissen, wie weit es bis zur Decke ist«, sagte ich.

Sie lachte. »Wenn Sie es flach an eine Wand halten, dann mißt dieser Apparat, wie weit es bis zur gegenüberliegenden Wand ist. Macht das in Null Komma nichts, wie Sie gesehen haben. Sie brauchen sich nicht mehr mit Bandmaßen rumzuplagen. Mr. Franklin hat das Ding gekauft, als er die Lagerräume neu einrichten ließ. Und er errechnete damit, was wir an Auslegware für den Fußboden und an Farbe für die Wände brauchen würden. Dieses Gerät sagt Ihnen das alles.«

»Sie mögen Computer, nicht wahr?«

»Ich liebe sie. In allen Formen und Größen.« Sie spähte in die geöffnete Schublade hinein. »Mr. Franklin kaufte vor allem immer die winzig kleinen.« Sie holte ein kleines graues Lederetui heraus, das etwa so groß war wie ein Kartenspiel, und ließ seinen Inhalt auf ihre flache Hand gleiten. »Dies kleine Dingelchen ist ein Reiseführer. Es gibt Ihnen solche Auskünfte wie die Telefonnummern von Taxiunternehmen, Fluggesellschaften, Informationsbüros, Wetteransagen, Botschaften, Büros von American Express.« Sie führte mir das Gerät vor, drückte glückstrahlend auf verschiedene Knöpfchen. »Stammt aus Amerika und sagt Ihnen sogar die Fernsehkanäle und Radiofrequenzen für ungefähr hundert amerikanische Städte, Tucson, Arizona, eingeschlossen, wo in jedem Februar die größte Edelsteinbörse der Welt stattfindet. Und es hilft Ihnen dazu noch in fünfzig anderen Weltstädten weiter, also in Orten wie Tel Aviv und Hongkong und Taipeh, wohin Mr. Franklin oft reiste.«

Sie legte den Reiseführer in die Schublade zurück und holte etwas anderes heraus. »Dieses kleine, runde Gerät ist eine Art Teleskop, sagt Ihnen aber auch, wie weit Sie von Dingen entfernt sind. Ist was für Golfspieler. Zeigt einem an, wie weit man noch von der Fahne auf dem Grün entfernt ist, sagte Mr. Franklin. Damit man weiß, welchen Schläger man nehmen muß.«

»Wie oft hat er Golf gespielt?« fragte ich und schaute durch das weniger als zehn Zentimeter lange Teleskop, in welchem ich eine Skala sehen konnte, deren unterste Linie mit GRÜN beschriftet war, während darüber immer kleiner werdende Zahlen standen, die von 200 m unten bis 40 m oben reichten. »Er hat nie viel darüber gesprochen.«

»Er spielte manchmal an den Wochenenden, glaube ich«, sagte June, ihrer Sache nicht sicher. »Sie bringen die Markierung GRÜN mit dem wirklichen Grün auf eine Höhe, und dann ist, glaube ich, die Fahnenstange immer 2,40 Meter hoch, so daß ihre Spitze auf die Entfernung zeigt, die einen jeweils noch von ihr trennt. Er meinte, das sei eine gute Sache, vor allem für Amateure wie ihn. Er sagte auch, daß man sich nie schämen müsse, wenn man in den Bunkern des Lebens lande, solange man nur sein Bestes gebe.« Sie blinzelte ein bißchen mit den Augen. »Er hat mir diese Sachen immer gezeigt, wenn er sie gekauft hatte. Er wußte, daß ich so was auch mag.« Sie angelte nach einem Taschentuch und wischte sich die Augen, ohne sich dafür zu entschuldigen.

»Wo bekam er die denn alle her?« fragte ich.

»Meistens von Versandhäusern.«

Ich war einigermaßen überrascht. Versandhäuser und Greville, das schien irgendwie nicht so ganz zusammenzupassen – aber da irrte ich mich, wie ich gleich darauf entdecken mußte.

»Möchten Sie gern mal unseren neuen Katalog sehen?« fragte June und war durch die Tür hinaus und wieder zurück, bevor ich mir noch die Frage hatte beantworten können, ob ich jemals einen alten zu Gesicht bekommen und dies verneint hatte. »Frisch aus der Druckmaschine«, sagte sie. »Ich war gerade dabei, sie auszupacken.«

Ich blätterte die fünfzig Seiten der Hochglanzbroschüre durch und fand da in naturgetreuen Farben all die polierten Prachtstücke abgebildet, deren Bekanntschaft ich schon in den Lagerräumen gemacht hatte, und dazu noch eine ganze Reihe anderer von bescheidenerer Herkunft. Amulette, Ringe, Herzen und Schmetterlinge – der Möglichkeiten der Schmuckgestaltung schien kein Ende zu sein. Als ich verächtlich vor mich hinmurmelte, daß das ein Haufen Müll sei, eilte June schnell und energisch zur Verteidigung der Schmuckstücke herbei, ganz wie eine Glucke, deren Küken in Gefahr geraten waren.

»Nicht jeder kann sich Diamanten leisten«, sagte sie scharf, »und ganz unabhängig davon sind diese Sachen sehr hübsch und wir verkaufen die Steine zu Tausenden, sie landen in Hunderten von Geschäften in den High Streets und in Kaufhäusern, und ich beobachte oft, wie Leute die eigentümlichen Stücke kaufen, die hier bei uns durchgelaufen sind. Die Leute mögen sie, auch wenn sie vielleicht nicht ganz Ihrem Geschmack entsprechen.«

»Tut mir leid«, sagte ich.

Sie beruhigte sich wieder ein wenig. »Ich nehme an, ich sollte nicht so mit Ihnen sprechen«, sagte sie unsicher, »aber Sie sind ja nicht Mr. Franklin ...« Sie brach mit gerunzelter Stirn ab.

»Das ist schon okay«, sagte ich. »Ich bin's und ich bin's auch wieder nicht. Ich verstehe schon, was Sie sagen wollen.«

»Alfie meint«, sagte sie langsam, »daß es einen Steeplechase-Jockey mit Namen Derek Franklin gibt.« Sie sah auf meinen Fuß hinab, als ginge ihr ein Licht auf. »War in einem Jahr sogar Champion, sagt er. Immer unter den ersten zehn. Sind das ... Sie?«

Ich sagte möglichst neutral: »Ja.«

»Ich *mußte* Sie das fragen«, sagte sie. »Die andern wollten nicht.«

»Warum nicht?«

»Annette glaubt nicht, daß Sie ein Jockey sein können. Sie seien dafür nämlich zu groß. Sie meint, Mr. Franklin hätte nie was erwähnt, daß Sie einer sind. Sie habe nur gehört, daß er einen Bruder habe, mit dem er ein paarmal im Jahr zusammenkomme. Sie sagt, sie werde einfach ignorieren, was Alfie denke, weil es nicht sehr wahrscheinlich sei.« Sie machte eine Pause. »Alfie hat das gestern erzählt, als Sie schon gegangen waren. Er hat auch noch gemeint... alle haben das... na ja, daß sie nicht wüßten, wie ein Jokkey so einen Laden wie unseren hier führen könnte. Das heißt, wenn Sie wirklich einer sind. Keiner wollte, daß es so ist, und deshalb auch nicht nachfragen.«

»Sagen Sie Alfie und den anderen, daß ihre Jobs im Eimer sind und sie noch vor Ablauf der Woche auf der kalten Straße stehen, wenn der Jockey das Geschäft nicht weiterführt.«

Sie riß ihre blauen Augen auf. »Sie klingen genauso wie Mr. Franklin!«

»Und Sie brauchen den Kunden gegenüber meinen eigentlichen Beruf nicht zu erwähnen, damit ich von denen nicht auch, wie von den Mitarbeitern des Hauses, das Mißtrauen ausgesprochen bekomme.«

Ihre Lippen formten das Wort »Wow«, aber sie sprach es nicht aus. Sie verschwand aus dem Zimmer und kehrte augenblicklich zurück, gefolgt von allen anderen, die ganz offensichtlich in einem Zustand erneuerter Besorgnis waren.

Nicht eine wirkliche Führungskraft dabei. Schade.

Ich sagte: »Sie sehen alle miteinander so aus, als sinke das Schiff und das Rettungsboot sei leck. Nun, wir haben den Kapitän verloren, und ich gebe gern zu, daß wir in Schwierigkeiten sind. Ich habe immer nur an der frischen Luft und mit Pferden gearbeitet, hatte nie einen Schreibtischjob. Aber wie ich schon gestern sagte, wird dieses Unternehmen weitergeführt werden und es wird weitergedeihen. Auf die eine oder andere Weise werde ich dafür sorgen, daß es das tut. Wenn Sie also alle wie gewohnt weitermachen und dafür sorgen, daß uns unsere Kunden gewogen bleiben, dann tun Sie sich selbst einen Gefallen, denn wenn wir unsere Schwierigkeiten heil überstehen, dann ist für Sie alle ein Bonus fällig. Ich bin zwar nicht mein Bruder, ich bin aber auch kein Narr und lerne recht schnell. Lassen Sie uns also mit der Ausführung der Aufträge weitermachen und ... äh ... Kopf hoch!«

Lily, die Charlotte-Brontë-Figur, sagte demütig: »Wir bezweifeln ja nicht wirklich Ihre Fähigkeiten ...«

»Natürlich tun wir das«, unterbrach Jason sie. Er blickte mich mit einem hellen Kichern und der Andeutung verächtlich geschürzter Lippen an. »Geben Sie uns lieber einen Tip für das Rennen um drei Uhr dreißig.«

Ich hörte mir geduldig diese straßenjungenhafte Herausforderung an, die zu dem stacheligen, orangefarbenen Haar gut paßte. Er dachte wohl, leichtes Spiel mit mir zu haben.

Ich sagte: »Wenn Sie es schaffen, bei einem Drei-Uhr-dreißig-Rennen als Sieger durchs Ziel zu gehen, dürfen Sie sich Ihre verächtlichen Bemerkungen leisten. Bis dahin jedoch arbeiten Sie weiter oder gehen Sie, Sie haben die Wahl.«

Es trat eine widerhallende Stille ein. Alfie lächelte fast. Jason sah lediglich bockig drein. Annette holte tief Luft, und in Junes Augen funkelte ein Lachen.

Dann schlenderten sie alle, noch immer wortlos, davon, und es war mir nicht möglich zu sagen, wie sehr ich sie hatte beruhigen können – wenn überhaupt. Ich lauschte dem Echo meiner eigenen Stimme nach, die behauptete, ich sei kein Narr, und fragte mich reumütig, ob das wirklich stimmte. Aber es schien mir wichtiger denn je, die Firma Saxony Franklin – wie auch immer – über Wasser zu halten, solange sich die Diamanten noch nicht gefunden oder ich die Hoffnung verloren hatte, sie doch noch zu finden.

June kam wieder herein und sagte vorsichtig: »Ihre anfeuernden Worte scheinen zu wirken.«

»Gut.«

»Alfie hat Jason einen ordentlichen Anpfiff verpaßt, und Jason will bleiben.«

»Schön.«

»Kann ich sonst irgendwie behilflich sein?«

Ich sah in ihr schmales, waches Gesicht mit seinen blonden Wimpern und blond-bis-unsichtbaren Augenbrauen, und es wurde mir bewußt, daß alle Unternehmungen zur Rettung der Firma ohne sie nicht die geringste Aussicht auf Erfolg hatten. Mehr noch als ihr Computer war sie die Seele des ganzen. Mehr als Annette.

»Wie lange arbeiten Sie eigentlich schon hier?«

»Drei Jahre. Seit meinem Schulabgang. Fragen Sie mich nicht, ob ich den Job mag. Ich liebe ihn. Was soll ich jetzt für Sie tun?«

»Kramen Sie mal im Gedächtnis Ihres Computers, ob Sie da Hinweise auf Diamanten finden.«

Sie war kurz ungehalten. »Ich habe Ihnen doch gesagt, daß wir nicht mit Diamanten handeln.«

»Würden Sie's trotzdem mal tun?«

Sie zuckte die Achseln und war fort. Ich stellte mich auf meine Füße – meinen Fuß – und folgte ihr, sah ihr dabei zu, wie sie gekonnt auf dem Keyboard herumtippte.

»Absolut gar nichts unter Diamanten«, sagte sie schließlich. »Nichts. Wie ich gesagt habe.«

»Ja.« Ich dachte an die Pappschachteln im Tresorraum und an die mineralischen Inhaltsangaben auf den Etiketts. »Ist Ihnen zufällig die chemische Formel von Diamanten geläufig?«

»Ja, klar«, antwortete sie prompt. »Einfach C. Für Carbon. Diamanten sind reiner Kohlenstoff.«

»Könnten Sie's noch einmal versuchen? Unter C?«

Sie tat dies, aber unter C gab es keine Datei.

»Wußte mein Bruder, wie man diesen Computer bedient?« fragte ich.

»Er kannte sich mit allen Computern aus. Brauchte nur fünf Minuten, um sich die Bedienungsanleitung durchzulesen.«

Ich dachte nach und starrte dabei auf den leeren, nicht gerade sehr hilfsbereiten Monitor.

»Gibt es«, fragte ich, »irgendwelche Geheimdateien da drin?«

Sie sah mich mit großen Augen an. »Wir verwenden nie Geheimdateien.«

»Aber möglich wäre es?«

»Selbstverständlich, ja. Aber wir brauchen sie nicht.«

»Wenn es Geheimdateien gäbe«, fragte ich weiter, »würden Sie dann wissen, daß sie da sind?«

Sie nickte kurz. »Ich würde es nicht wissen, aber ich könnte es feststellen.«

»Wie?« fragte ich. »Ich meine, würden Sie's bitte mal tun?«

»Wonach suche ich aber? Ich verstehe nicht.«

»Diamanten.«

»Aber ich habe Ihnen doch gesagt, daß wir...«

»Ich weiß«, sagte ich, »aber mein Bruder sagte mal, daß er Diamanten zu kaufen beabsichtige, und ich muß einfach wissen, ob er es getan hat. Wenn die Möglichkeit besteht, daß er eine private Information da drin gespeichert hat, als er irgendwann einmal als erster oder als letzter hier im Büro war, muß ich sie finden.«

Sie schüttelte den Kopf, tippte aber, meinem Wunsch Folge leistend, auf dem Keyboard herum und ließ auf dem Monitor erscheinen, was sie als »Menüs« bezeichnete. Das schien eine ziemlich langwierige Sache zu sein, aber schließlich und endlich stieß sie mit gefurchter Stirn auf etwas, was sie innehalten ließ. Dann erhöhte sich ihre Aufmerksamkeit schlagartig, als auf dem Bildschirm wie zuvor schon der Begriff »Codewort« erschien.

»Das verstehe ich nicht«, sagte sie. »Wir haben dem Computer ein allgemeines Codewort eingegeben, das ›Saxony‹ lautet und das wir fast nie verwenden. Aber Sie können jedes beliebige Codewort auf ein Dokument setzen, das dann ›Saxony‹ ausschaltet. Dies hier wurde erst vor einem Monat eingegeben. Das Datum steht auf dem Menü. Wer immer das gemacht hat – in jedem Falle hat er nicht ›Saxony‹ als Codewort verwendet. Es könnte alles sein, buchstäblich jedes Wort, das es auf dieser Welt gibt.«

Ich sagte: »Mit Dokument meinen Sie Datei?«

»Ja, Datei. Jede Eingabe hat eine Datei-Bezeichnung, also zum Beispiel ›Orientalische Zuchtperlen‹. Wenn ich nun ›Orientalische Zuchtperlen‹ aufrufe, erhalte ich auf dem Monitor eine Übersicht über unseren Bestand. Das mache ich laufend. Aber dieses Dokument mit unbekanntem Codewort ist unter Perle, also dem Singular, aufgelistet, nicht unter der Pluralform Perlen, und das verstehe ich nicht. Ich habe das nicht eingegeben.« Sie sah mich an. »Auf alle Fälle heißt es da aber auch nicht ›Diamanten‹.«

»Versuchen Sie doch noch einmal, dieses Codewort zu erraten.«

Sie probierte es mit »Franklin« und mit »Greville«, aber ohne Erfolg. »Es kann einfach *alles* sein«, sagte sie ratlos.

»Versuchen Sie mal ›Dozen Roses‹.«

»Wieso ›Dozen Roses‹?« Das kam ihr sehr seltsam vor.

»Greville hat ein Pferd, ein Rennpferd, mit diesem Namen.«

»Wirklich? Hat er nie erzählt. Er war so nett und auch so schrecklich zurückhaltend.«

»Er besaß noch ein zweites Pferd, das ›Edelstein‹ heißt.«

Mit ganz offensichtlichem Zweifel versuchte sie es erst mit »Dozen Roses« und dann mit »Edelstein«, aber nichts geschah, außer daß eine weitere, dringliche Aufforderung sichtbar wurde, das Codewort einzugeben.

»Dann probieren Sie es jetzt mal mit ›Diamanten‹«, sagte ich.

Sie tat es – und nichts änderte sich.

»Sie kannten ihn doch«, sagte ich. »Was könnte ihn veranlaßt haben, etwas unter ›Perle‹ abzuspeichern?«

»Keine Ahnung.« Sie saß über die Tasten gebeugt da und trommelte mit den Fingern auf ihre Lippen. »Perle ... Perle ... warum Perle?«

»Was ist eine Perle?« sagte ich. »Hat sie eine Formel?«

»Ah.« Sie richtete sich plötzlich auf. »Das ist ein Monatsstein.«

Sie tippte »Monatsstein«, und nichts geschah.

Dann errötete sie leicht.

»Das ist einer der Monatssteine für den Juni, und Juni entspricht June«, sagte sie. »Ich kann's ja mal damit probieren.«

Sie tippte »June« – und da erhellte sich der Monitor und gab seine Geheimnisse preis.

5

Wir hatten keineswegs die Diamanten gefunden.

Auf dem Monitor stand die Nachricht:

Wenn Sie dies gelesen haben, June, dann kommen Sie doch schnurstracks in mein Büro und bitten um eine Gehaltserhöhung. Sie wären es zwar wert, in Ihrem Monatsstein aufgewogen zu werden, ich kann Ihnen aber nur eine Erhöhung Ihrer Bezüge um zwanzig Prozent bieten.
Mit freundlichen Grüßen

Greville Franklin

»Oh!« Sie saß wie versteinert da. »Das war's also, was er gemeint hat.«

»Erklären Sie's mir«, sagte ich.

»Eines Morgens ...« Sie hielt inne, und ihr Mund verzog sich bei dem Bemühen, nicht in Tränen auszubrechen. Sie brauchte eine Weile, bis sie weitersprechen konnte, und dann sagte sie: »Eines Morgens meinte er zu mir, daß er ein kleines Rätsel für mich erfunden habe und mir sechs Monate Zeit gebe, es zu lösen. Nach sechs Monaten werde es sich selbst vernichten. Er lächelte dabei so fröhlich.« Sie schluckte. »Ich fragte ihn, was für eine Art von Rätsel es sei, aber er wollte es mir nicht verraten. Er sagte nur, er hoffe sehr, daß ich es lösen könne.«

»Und haben Sie gesucht?«

»Aber natürlich. Ich durchforschte die ganze Firma, obwohl ich eigentlich gar nicht recht wußte, nach was ich da suchte. Ich suchte auch im Computer, und zwar nach einer neuen Datei, aber ich kam einfach nicht auf den Gedanken, daß es eine Geheimdatei sein könnte. Das Wort ›Perle‹ übersah ich völlig, weil ich es ja so häufig vor Augen habe. Wie albern. Richtig dumm.«

Ich sagte: »Ich glaube nicht, daß Sie dumm sind, und ich werde das Versprechen meines Bruders einlösen.«

Sie schenkte mir einen schnellen, erfreuten Blick, schüttelte dann aber den Kopf ein wenig und sagte: »Ich hab's ja nicht gelöst. Ich hätte es nie gefunden, wenn Sie nicht gewesen wären.« Sie zögerte. »Wie wäre es mit zehn Prozent?«

»Zwanzig«, sagte ich bestimmt. »Ich werde Ihre Hilfe und Ihr Wissen brauchen, und wenn Annette persönliche Assistentin ist, wie da an der Tür ihres Büros steht, dann sind Sie eben jetzt stellvertretende persönliche Assistentin, und dies mit den Bezügen, die für diese neue Stelle vorgesehen sind.«

Sie errötete und befaßte sich angelegentlich damit, einen Ausdruck von Grevilles Anweisungen herzustellen, den sie zusammenfaltete und einsteckte.

»Ich werde das Geheimnis im Computer lassen«, sagte sie mit verschleierter Zuneigung. »Niemand wird es je dort finden.« Sie drückte ein paar Tasten, der Monitor war wieder leer, und ich fragte mich, wie oft sie wohl so ganz für sich allein die magischen Worte aufrufen würde, die Greville ihr hinterlassen hatte.

Ich stellte mir auch die Frage, ob sie sich tatsächlich selbst löschen würden, das heißt, ob man einem Computer wirklich etwas mit dem Befehl eingeben konnte, sich zu einer bestimmten Zeit selbst zu vernichten. Ich konnte nicht sehen, warum so etwas nicht möglich sein sollte, aber ich dachte auch, daß Greville ihr wohl vor Ablauf der sechs Monate deutlichere Hinweise gegeben hätte.

Ich bat June, mir zuerst eine Liste von allem auszudrucken, was sich augenblicklich im Tresorraum befand, und dann eine Aufstellung all der Dinge, von denen sie glaubte, daß sie mir dabei helfen könnten, das Geschäft besser zu verstehen – also zum Beispiel

Umfang und Wert der Verkäufe, die an einem Tag, in einer Woche, in einem Monat getätigt wurden, oder welche Sachen am häufigsten verlangt wurden und welche am seltensten.

»Ich kann Ihnen auf alle Fälle schon mal sagen, daß im Augenblick schwarzer Onyx sehr beliebt ist. Vor fünfzig Jahren, sagt man, ging nichts über Bernstein, heute kauft ihn kein Mensch mehr. Schmuck kommt in Mode und wieder aus der Mode, wie alle anderen Dinge auch.« Sie fing an, auf ihren Tasten herumzutippen. »Geben Sie mir ein bißchen Zeit, und ich drucke Ihnen einen Schnellkurs aus.«

»Danke«, sagte ich lächelnd und wartete, während der Drucker eine gewaltige Menge glitzernder Facetten ausspuckte. Dann begab ich mich mitsamt der Liste auf die Suche nach Annette, die ich in den Lagerräumen fand und fragte, ob sie mich als Führerin auf einem Rundgang – in schnellem Galopp – durch den Tresorraum begleiten könne.

»Es gibt dort keine Diamanten«, sagte sie mit Entschiedenheit.

»Ich sehe mir besser mal an, was es da gibt.«

»Sie sehen gar nicht wie ein Jockey aus«, sagte sie.

»Wieviele kennen Sie denn?«

Sie sah mich mit großen Augen an. »Keinen, außer Ihnen.«

»Im großen und ganzen«, sagte ich milde, »sind Jockeys Menschen wie alle anderen auch. Hätten Sie das Gefühl, daß ich besser in der Lage wäre, den Laden hier zu schmeißen, wenn ich, sagen wir mal, Klavierstimmer wäre? Oder Schauspieler? Oder Geistlicher?«

»Nein«, sagte sie schwach.

»Na gut, da haben wir also einen Jockey am Hals. Schicksal. Tun Sie Ihr Bestes für den armen Kerl.«

Ganz unfreiwillig lächelte sie ein echtes Lächeln, das ihr so bekümmertes Gesicht in wunderbarer Weise aufhellte. »Also«, sagte sie und fuhr erst nach einer kleinen Pause fort. »In mancherlei Hinsicht sind Sie wirklich wie Mr. Franklin. Die Art und

Weise, wie Sie Sachen sagen. Sei ehrlich in deinem Tun, sagte er immer, und schlafe bei Nacht.«

»Sie erinnern sich hier alle an das, was er gesagt hat, nicht wahr?«

»Natürlich.«

Er hätte, so nahm ich an, wohl mit Freude festgestellt, daß er ein so positives Erbe hinterlassen hatte. So viele Lehren. So viel Weisheit. Aber nur so wenige Schilder, die den Weg zu seinem Privatleben wiesen. Und auch keinen sichtbaren Wegweiser, der zu den Diamanten führte.

Im Tresorraum zeigte mir Annette, daß auf jedem Etikett neben der chemischen Formel eine Zahl stand – wenn ich bei dieser Zahl auf der Liste nachschaute, die mir June ausgedruckt hatte, würde ich dort die Formel wiederfinden, dazu aber auch den Namen der Steine, die Farbe, Form und Größe sowie das Herkunftsland.

»Warum hat er dieses Verfahren gewählt?« fragte ich. »Das erschwert es doch nur, Sachen zu finden.«

»Ich glaube, genau das war seine Absicht«, antwortete sie. »Ich sagte Ihnen ja, er war sehr auf Sicherheit bedacht. Hier arbeitete mal eine Sekretärin, der es gelang, eine ganze Menge von unseren wertvollsten Türkisen aus dem Tresorraum zu stehlen. Damals stand auf dem Etikett schlicht ›Türkis‹, was ihr die Sache leichtmachte. Das ist heute anders.«

»Und was steht heute da?«

Sie lächelte und zeigte auf eine Reihe von Pappkartons. Ich besah mir die weißen Aufkleber, auf denen allen zu lesen stand: $CuAl_6(PO_4)_4(OH)_8 \cdot 4-5(H_2O)$.

»Genug, um einen für den Rest des Lebens abzuschrecken«, sagte ich.

»Genau. Das ist der Witz dabei. Mr. Franklin konnte die Formeln so gut lesen wie Wörter, und ich habe mich inzwischen auch an sie gewöhnt. Niemand außer ihm und mir handhaben die Steine hier drinnen. Wir packen sie mit eigner Hand in kleine Schächtelchen und versiegeln diese, bevor sie zu Alfie in den Versand gehen.« Sie blickte die Reihe der Etiketts entlang und tat ihr Bestes, mich aufzuklären. »Wir verkaufen diese Steine zu einem auf dem Karat basierenden Preis. Ein Karat sind 200 Milligramm, das heißt fünf Karat sind ein Gramm, 142 Karat eine Unze und 5000 Karat ein Kilo.«

»Langsam, langsam«, bat ich.

»Sie sagten doch, daß Sie schnell lernen.«

»Geben Sie mir ein oder zwei Tage.«

Sie nickte und meinte, daß sie sich, wenn ich sie nicht mehr bräuchte, lieber wieder den Büchern zuwenden würde.

Die Bücher, dachte ich, und mir wurde ganz mulmig. Mit ihnen hatte ich mich noch gar nicht befaßt. Ich erinnerte mich an die Freude, mit der ich der Universität von Lancaster, an der ich den Studiengang »Independent Studies« belegt hatte, nach den Abschlußexamina den Rücken gekehrt und mir geschworen hatte, mich nie wieder in meinem Leben nur aus Pflicht in irgendwelche Bücher zu vertiefen. Statt dessen war ich (den schriftlich geäußerten Wünschen meines Vaters zuwider) auf geradem Wege zu einem Steeplechase-Stall geeilt, wo ich eine ganze Reihe von Tagen als Amateur herumgehangen hatte. Es stimmte schon, daß ich auf dem College schnell gelernt hatte, dies aber vor allem deshalb, weil ich dazu gezwungen gewesen war. Oft genug hatte ich die halbe Nacht durchgearbeitet und war so dem väterlichen Mahnschreiben wenigstens teilweise gerecht geworden. Er hatte gehofft, daß ich der Verführung, die Pferderennen, wie er wohl wußte, für mich bedeuteten, langsam entwachsen würde, aber sie waren und blieben alles, was ich je gewollt hatte – ich wäre nie und nimmer imstande gewesen, mich irgend etwas anderem zuzuwenden. Das hätte, langfristig gesehen, doch keinerlei Zukunft, hatte er mir geschrieben. Außer der Tatsache, daß es an jeder finanziellen Sicherheit fehle, gebe es da auch noch das fortwährende Risiko der Invalidität. »Ich bitte Dich, vernünftig zu sein«, hatte er geschrieben, »Dir die Sache noch mal genau durch den Kopf gehen zu lassen und Dich dagegen zu entscheiden.«

Da hatte er Pech gehabt!

Seufzend hing ich dem Gedanken nach, daß ich in jenen Tagen noch mit solcher Leichtigkeit so sicher hatte sein können. Und doch würde ich, könnte ich noch einmal von vorne beginnen, alles wieder ganz genauso machen. Das Rennreiten hatte mir tiefste Erfüllung gebracht, und wenn mein Geist gealtert war, dann deshalb, weil dies das Leben so mit sich brachte. Enttäuschungen, Ungerechtigkeiten, kleine Treuebrüche – das waren Dinge, die allen Menschen widerfuhren. Ich erwartete nicht mehr, daß immer alles glatt ginge, aber es war doch bislang stets glatt genug gegangen, um mich im Gleichgewicht der Zufriedenheit zu halten.

Ohne das Gefühl, daß mir die Welt etwas schuldig geblieben sei, unterzog ich mich der gerade anstehenden, langweiligen Aufgabe, jeden Umschlag in jeder Pappschachtel zu öffnen – auf der Suche nach kleinen Stückchen reinen Kohlenstoffs. Es war keineswegs so, daß ich die Diamanten dort zu finden hoffte, sondern es wäre mir nur dumm erschienen, nicht nachzuschauen – für den Fall, daß sie vielleicht doch dort waren.

Ich arbeitete mich methodisch voran, stellte den jeweils untersten Pappkarton auf das Regalbrett, das an der rechten Wand angebracht war, und faltete dann das steife weiße Papier mit dem weichen Innenfutter auf, um mir unzählige Peridote, Chrysoberylle, Granate und Aquamarine anzuschauen, bis sich mir alles im Kopf drehte. Ich hörte schließlich wieder auf, obwohl ich erst etwa ein Drittel der Bestände durchgesehen hatte, denn abgesehen von dem im Tresorraum herrschenden Sauerstoffmangel war es für mich ungemein ermüdend, die ganze Zeit auf einem Bein stehen zu müssen, waren die Krücken hier doch nur teilweise hilfreich und ebensooft im Weg. Ich faltete den letzten Umschlag mit $XY_3Z_6[(O, OH, F)_4(BO_3)_3Si_6O_{18}]$ (Turmalin) zusammen und ließ es für heute gut sein.

»Was haben Sie in Erfahrung gebracht?« fragte Annette, als ich wieder in Grevilles Büro erschien. Sie sortierte dort noch immer Papiere in die Fächer ein, in die sie gehörten, ein Tun, das sich aber offensichtlich seiner Vollendung näherte.

»Genug, um Juwelierläden mit ganz anderen Augen zu sehen«, sagte ich.

Sie lächelte. »Wenn ich eine Illustrierte lese, schaue ich mir nicht die Kleider der Leute an, sondern den Schmuck.«

Das paßte zur ihr. Ich dachte, daß es mir von nun an, mir selbst zum Trotz, leicht genauso gehen könnte. Ich würde obendrein vielleicht auch noch eine Vorliebe für Manschettenknöpfe aus schwarzem Onyx entwickeln.

Es war jetzt vier Uhr nachmittags an diesem allem Anschein nach sehr langen Tag. Ich besah mir das Rennprogramm in Grevilles Taschenkalender, kam zu dem Schluß, daß Nicholas Loder die Rennen in Redcar, Warwick und Folkestone sehr wohl ausgelassen haben könnte, und wählte seine Nummer. Seine Sekretärin meldete sich – ja, Mr. Loder sei zu Hause, und ja, er sei für mich zu sprechen.

Dann meldete er sich und dies fast gänzlich ohne jene Erregung, die er am gestrigen Abend gezeigt hatte, denn diesmal waren die Schwingungen der Baßtöne ganz deutlich durch den Draht zu hören.

»Ich habe mit Weatherby und dem Jockey Club gesprochen«, sagte er ganz entspannt, »und glücklicherweise gibt's keinerlei Probleme. Sie sind dort auch der Ansicht, daß vor der Testamentsanerkennung die Pferde weiterhin der Firma Saxony Franklin und nicht Ihnen gehören, und sie werden sie nicht für die Rennen sperren, wenn sie unter diesem Besitzer laufen.«

»Gut«, sagte ich und war ein wenig überrascht.

»Sie haben natürlich auch darauf hingewiesen, daß es zumindest einen registrierten, von der Firma beauftragten Bevollmächtigten geben muß, der für die Pferde verantwortlich zeichnet, wobei diese Vollmacht mit dem Siegel der Firma versehen und bei Weatherby eingetragen sein muß. Nun hat Ihr Bruder sich selbst und mich als registrierte Bevollmächtigte eingesetzt, und unabhängig von seinem Tod bleibe ich das und bin befugt, selbständig im Namen der Firma zu handeln.«

»Ah!« sagte ich.

»Und da dem so ist«, sagte Loder befriedigt, »nimmt ›Dozen Roses‹ wie vorgesehen an dem Rennen in York teil.«

»Und wird gut laufen?«

Er kicherte. »Das wollen wir hoffen.«

Dieses Kichern, dachte ich, war Ausdruck der größten Zuversicht.

»Ich wäre Ihnen sehr dankbar, wenn Sie in Zukunft Saxony Franklin darüber informieren würden, wo die Pferde jeweils laufen sollen«, sagte ich.

»Ich habe Ihren Bruder immer persönlich verständigt und ihn unter seiner Privatnummer angerufen. Das kann ich in Ihrem Falle kaum tun, da Sie nicht der Besitzer der Pferde sind.«

»Nein«, stimmte ich ihm zu. »Ich meinte auch, ob Sie bitte die Firma unterrichten würden. Ich gebe Ihnen die Nummer. Fragen Sie dann bitte nach Mrs. Annette Adams. Sie war Grevilles Stellvertreterin.«

Er konnte das nicht gut ablehnen, und deshalb sagte ich ihm die Telefonnummer, die er wiederholte, während er sie sich notierte.

»Vergessen Sie aber nicht, daß bei den Flachrennen die Saison nur noch einen Monat dauert«, sagte er. »Die Pferde werden also wahrscheinlich jedes nur noch einmal laufen. Im Höchstfall zweimal. Danach verkaufe ich sie dann für Sie, was wohl die beste Lösung wäre. Kein Problem, überlassen Sie das nur mir.«

Was er da sagte, war zwar vernünftig, aber ganz unvernünftigerweise hatte ich doch etwas gegen seine Eile.

»Ich muß als Testamentsvollstrecker meines Bruders jedem

Verkauf zustimmen«, sagte ich und hoffte, daß ich recht damit hatte. »Vorher.«

»Ja, ja, natürlich.« Ermutigende Herzlichkeit. »Ihre Verletzung«, sagte er dann, »wie sieht die genau aus?«

»Kaputtes Fußgelenk.«

»Ah. Wirklich Pech. Sie machen aber doch Fortschritte, hoffe ich?« Das Mitgefühl klang in meinen Ohren mehr nach Erleichterung als nach irgend etwas anderem, und wieder vermochte ich nicht zu sagen, warum.

»Es geht voran«, sagte ich.

»Gut, gut. Auf Wiedersehen also. Das Rennen am Samstag in York wird ja im Fernsehen gezeigt, und ich nehme an, daß Sie's sich anschauen?«

»Ich denke schon.«

»Schön.« Er legte gut gelaunt auf und überließ mich der Frage, was mir da wohl entgangen sein mochte.

Gleich darauf aber klingelte Grevilles Telefon erneut, und diesmal war es Brad, der mir mitteilte, daß er von seinem Tagesausflug zu einer obskuren Tante in Walthamstow zurück und unten in der Halle sei – genau genommen war alles, was er sagte: »Bin wieder da.«

»Großartig. Ich bin hier bald fertig.«

Die Antwort war ein Klicken – Ende des Gesprächs.

Ich hatte tatsächlich bald gehen wollen, aber dann kamen ziemlich kurz hintereinander zwei weitere Anrufe. Der erste war von einem Mann, der sich als Elliot Trelawney vorstellte und ein Kollege von Greville am Westlondoner Magistratsgericht war. Er habe, so sagte er, mit größter Betroffenheit von Grevilles Tod erfahren, und das klang durchaus aufrichtig. Eine feste Stimme, die es gewohnt war, daß man ihr Aufmerksamkeit schenkte – der Anklang sonoren Nachdrucks war da zu hören.

»Außerdem«, sagte er, »würde ich gerne mit Ihnen über ein paar Dinge sprechen, mit denen Greville und ich gerade befaßt waren.

Ich möchte vor allem auch seine Aufzeichnungen dazu bekommen.«

Ich sagte verständnislos: »Was für Dinge? Was für Aufzeichnungen?«

»Ich könnte Ihnen das weitaus besser bei einem persönlichen Gespräch erläutern«, sagte er. »Dürfte ich Sie um ein Treffen bitten? Sagen wir, morgen am frühen Abend, auf einen Drink? Sie kennen doch sicher den Pub bei Grevilles Haus gerade um die Ecke? Den ›Rook and Castle‹? Dort. Wir haben uns häufig dort getroffen. Halb sechs, sechs, wann würde es Ihnen passen?«

»Halb sechs«, sagte ich entgegenkommend.

»Wie erkenne ich Sie?«

»An meinen Krücken.«

Das ließ ihn einen Augenblick lang in Schweigen versinken. Ich befreite ihn aus seiner Verlegenheit.

»Ich brauche sie nur vorübergehend«, sagte ich.

»Äh, ja, also gut. Bis morgen dann.«

Er legte auf, und ich fragte Annette, ob sie ihn kenne, diesen Elliot Trelawney? Sie schüttelte den Kopf. Sie könne nicht ernsthaft behaupten, daß sie irgend jemanden außerhalb des Büros kenne, mit dem Greville privat Umgang gehabt habe. Wenn man Prospero Jenks nicht mitrechne, meinte sie zweifelnd. Aber auch da gelte, daß sie ihn nie richtig kennengelernt, sondern immer nur mit ihm telefoniert habe.

»Prospero Jenks ... alias Fabergé?«

»Ja, genau der.«

Ich dachte nach. »Würde es Ihnen etwas ausmachen, ihn gleich mal anzurufen?« sagte ich. »Informieren Sie ihn über Grevilles Geschick und fragen Sie ihn, ob ich ihn mal besuchen dürfte, um mit ihm über die Zukunft zu sprechen. Sagen Sie nur, ich sei Grevilles Bruder, sonst nichts.«

Sie grinste. »Keine Pferde? Pas de Hottehüs?«

Annette taute wirklich langsam auf, dachte ich belustigt.

»Keine Pferde«, bestätigte ich.

Sie rief an, aber ergebnislos – Prospero Jenks sei erst morgen wieder zu erreichen. Sie werde es dann noch einmal versuchen, sagte sie.

Ich stemmte mich hoch und sagte, daß ich jetzt gehen, wir uns morgen wieder sehen würden. Sie nickte, hielt es wohl für ganz selbstverständlich, daß ich am morgigen Tag wieder in die Firma kommen würde. Der Treibsand gewann die Oberhand, schoß es mir durch den Kopf. Ich war immer weniger in der Lage, mich aus ihm zu befreien.

Ich ging den Flur hinunter und schaute bei Alfie vorbei, dessen Tagewerk in Form von Säulen gepackter Pakete vor der Tür stand, die nur noch darauf warteten, der Post anvertraut zu werden.

»Wieviele davon schicken Sie so pro Tag raus?« fragte ich und deutete auf sie.

Er sah kurz von seiner Arbeit auf, die darin bestand, ein weiteres Päckchen mit Klebeband zu schließen. »Im Normalfall etwa zwanzig, fünfundzwanzig, aber von August bis Weihnachten mehr.« Er schnitt das Band geschickt ab und brachte mit schnellen Bewegungen einen Adressenaufkleber an. »Heute bis jetzt achtundzwanzig.«

»Wetten Sie eigentlich, Alfie?« fragte ich. »Und lesen Sie die Rennzeitschriften?«

Er sah mich halb abwehrend und halb herausfordernd an, wobei beide Reaktionen gänzlich unnötig waren. »Ich *wußte* ja, daß Sie der sind«, sagte er. »Die andern haben alle gemeint, daß das nicht sein könnte.«

»Kennen Sie auch ›Dozen Roses‹?«

In seinem Gesicht zeigte sich ein Anflug von Verschlagenheit. »Hat wieder angefangen zu gewinnen, was? Hab ihn beim ersten Mal verpaßt, aber ja, seither hab ich ein kleines Sümmchen gewonnen.«

»Er läuft am Samstag in York, geht aber als Favorit an den Start.«

»Wird er aber auch gewinnen? Werden sie's wollen? Ich würde da nicht mein letztes Hemd drauf setzen.«

»Nicholas Loder meint, er wird.«

Er wußte, wer Nicholas Loder war, brauchte nicht zu fragen. Voller Sarkasmus stellte er das gerade gepackte Paket auf eine stabile Waage und schrieb das Ergebnis mit einem dicken schwarzen Stift auf den Karton. Er mußte schon weit über sechzig sein, dachte ich – diese tiefen Linien, die von seiner Nase zu den Mundwinkeln hinabführten, und diese blasse, schlaffe Haut überall, die ihre Elastizität weitgehend eingebüßt hatte! Seine Hände, auf denen sich die Adern des Alters dunkelblau abzeichneten, waren allerdings noch beweglich und kräftig, und er bückte sich mit großer Geschmeidigkeit, um die nächste schwere Schachtel hochzuheben. Ein zäher alter Bursche, dachte ich, der weit besser wußte, was draußen auf der Straße los war, als der so sehr von sich eingenommene Jason.

»Mr. Franklins Pferde haben eine sehr schwankende Form«, sagte er spitz. »Als Jockey wird Ihnen das ja nicht entgangen sein.«

Bevor ich mir noch schlüssig darüber werden konnte, ob er mich da absichtlich beleidigen wollte oder nicht, kam Annette über den Flur gelaufen, laut meinen Namen rufend.

»Derek … ah, da sind Sie ja. Zum Glück noch nicht weg, denn da ist ein Anruf für Sie.« Sie machte gleich wieder kehrt und lief in Grevilles Büro zurück. Mit Interesse vermerkend, daß sie das »Mister« weggelassen hatte, folgte ich ihr. Was gestern noch undenkbar gewesen war, war heute ganz selbstverständlich, jedenfalls seit ich als Jockey etabliert war. Und dagegen war ja auch nichts einzuwenden – solange es nicht zu weit führte.

Ich nahm den Hörer auf, der neben dem Apparat auf der schwarzen Tischplatte lag, und sagte: »Hallo, Derek Franklin hier.«

Eine vertraut klingende Stimme sagte: »Gott sei Dank. Ich hab den ganzen Tag versucht, dich in Hungerford zu erreichen. Dann erinnerte ich mich an die Sache mit deinem Bruder...« Er sprach sehr laut, von Dringlichkeit getrieben.

Milo Shandy, der Trainer, für den ich nun schon seit drei Jahren ritt – ein unverbesserlicher Optimist im Angesicht einer Welt voller Korruption, Habgier und Lügen.

»Ich bin in einer Krise«, bellte er, »könntest du mal herkommen? Kannst du alles dransetzen, gleich morgen früh rauszukommen?«

»Aber, äh, wozu denn?«

»Du kennst doch die Ostermeyers? Sie sind von Pittsburgh rübergekommen, weil sie irgendwas in London zu tun haben. Sie riefen mich an, und ich erzählte ihnen, daß ›Dattelpalme‹ zum Verkauf steht. Du weißt ja, daß ich ihn hierbehalten kann, wenn sie ihn kaufen, ich ihn sonst aber zur Auktion geben muß. Und sie wollen, daß du hier bist, wenn sie ihn sich bei der Arbeit in den Downs ansehen, haben aber nur morgen ganz früh Zeit und halten dich halt für den großen King, also komm um Himmels willen bitte her.«

Es war nicht schwer, sich seine Erregung zu erklären. ›Dattelpalme‹ war nämlich das Pferd, mit dem ich den *Gold Cup* gewonnen hatte – ein siebenjähriger Wallach, der – mit etwas Glück – noch am Anfang einer vielversprechenden Karriere als Steepler stand. Seine Besitzerin hatte kürzlich bei Milo die Bombe der Nachricht platzen lassen, daß sie England zu verlassen und einen Australier zu heiraten gedenke, und wenn er ›Dattelpalme‹ zu der astronomisch hohen Summe, die sie genannt hatte, an einen seiner anderen Besitzer verkaufen könne, dann werde sie das Pferd nicht zur Auktion geben, das heißt aus seinem Stall holen müssen.

Seitdem war Milo die meiste Zeit über in einem Zustand der Panik gewesen, weil bislang noch keiner der anderen Besitzer den genannten Preis für angemessen erachtet hatte, zumal da sie den

Sieg im *Gold Cup* für reines Glück hielten, das sich dem Fehlen einer Reihe von weit etablierteren, aber an Husten erkrankten Tieren verdankte. Sowohl Milo als auch ich waren der Auffassung, daß ›Dattelpalme‹ weit besser als sein Ruf war, und mir war so sehr wie ihm daran gelegen, daß das Pferd dem Stall erhalten blieb.

»Beruhige dich, ich werde kommen«, versicherte ich ihm.

Erleichtert stieß er eine Menge Luft aus. »Sag den Ostermeyers, daß er ein wirklich gutes Pferd ist.«

»Das ist er«, sagte ich, »und ich werd's ihnen schon beibringen.«

»Danke, Derek.« Seine Stimme senkte sich zu normaler Lautstärke herab. »Ach, übrigens gibt es kein Pferd namens ›Koningin Beatrix‹ und wird es wohl auch nie geben. Bei Weatherby sagt man, daß Beatrix die Königin der Niederlande sei, und sie sehen es nicht gerne, wenn Leute ihre Pferde nach Personen aus königlichem Hause benennen.«

»Oh«, sagte ich, »herzlichen Dank für die Auskunft.«

»Gern geschehen. Bis morgen also. Sei um Himmels willen pünktlich. Du weißt ja, daß die Ostermeyers noch vor den Hühnern aufstehen.«

»Was ich brauche«, sagte ich zu Annette und legte den Hörer auf, »ist ein Terminkalender, damit mir nicht entfällt, wo ich versprochen habe, wann zu erscheinen.«

Sie fing an, in der Schublade mit dem technischen Spielzeug zu suchen.

»Mr. Franklin hatte so ein elektronisches Ding, in das er seine Termine einzugeben pflegte. Das könnten Sie doch erst einmal benutzen.« Sie kramte in der schwarzen Sammlung herum, aber ohne Erfolg. »Warten Sie einen Augenblick«, sagte sie und schloß das Fach wieder, »ich frage mal June, ob sie weiß, wo es ist.«

Sie eilte geschäftig davon, und ich dachte darüber nach, wie ich den Ostermeyers, die sich alles leisten konnten, was sie haben wollten, nahebringen könnte, daß ›Dattelpalme‹ ihnen, wenn schon nicht ihre Dollars zurück, so doch Ruhm und Ehre bringen würde. Sie hatten immer mal wieder Springpferde bei Milo stehen gehabt, aber jetzt schon fast ein ganzes Jahr nicht mehr. Ich hätte schon viel erreicht, dachte ich, wenn ich sie davon überzeugen könnte, daß es an der Zeit sei zurückzukehren.

Ganz leise und gedämpft erklang ein Ton, so ein Weckton, wie sie diese modernen Quarzwecker von sich geben, aber ich schenkte dem anfangs keinerlei Beachtung. Als aber das Piepsen nicht wieder aufhörte, zog ich das Spielzeugfach auf, um dort nachzuschauen, und natürlich verstummte es sofort, als ich dies tat. Ich zuckte die Achseln und schloß die Schublade wieder, und in diesem Augenblick kehrte auch Annette zurück und brachte zwar ein Stück Papier, aber keinen elektronischen Terminkalender mit.

»June weiß auch nicht, wo der Hexer geblieben ist, und deshalb lege ich Ihnen zunächst einmal einen Behelfskalender auf diesem einfachen Blatt Papier an.«

»Was ist das denn, der Hexer?« fragte ich.

»Dieser Rechner. Oder Minicomputer. June meinte, der könne alles, außer Eier kochen.«

»Und warum nennen Sie ihn ›Hexer‹?« wollte ich wissen.

»Das ist der Markenname, der da draufsteht. Das Ding hat etwa die Größe eines Taschenbuchs und war Mr. Franklins Lieblingsgerät. Er nahm es überallhin mit.« Sie runzelte die Stirn. »Vielleicht liegt's im Auto, wo immer sich das befinden mag.«

Das Auto! Noch ein Problem. »Ich werde den Wagen schon finden«, sagte ich mit mehr Zuversicht, als ich verspürte. Irgendwie würde ich das Auto finden müssen. »Vielleicht ist ja der Hexer auch bei dem Einbruch hier entwendet worden«, sagte ich.

Sie sah mich an, und ihre Augen öffneten sich weit. »Der

Dieb hätte aber wissen müssen, um was es sich da handelt. Das Gerät wird flach zusammengelegt, und man kann keine Tasten mehr sehen.«

»Diese Geräte lagen alle auf dem Fußboden, nicht wahr?«

»Ja.« Das verwirrte sie. »Warum das Adreßbüchlein? Warum die Oktober-Termine? Warum den Hexer?«

Wegen der Diamanten, dachte ich ganz spontan, konnte das aber nicht begründen. Vielleicht hatte jemand – wie ich – nach der Karte gesucht, auf der das Versteck des Schatzes mit einem X markiert war. Vielleicht hatte er gewußt, daß es diesen Minicomputer gab. Vielleicht hatte er ihn gefunden.

»Ich werde morgen ein paar Stunden später kommen«, sagte ich zu Annette. »Und um fünf muß ich wieder weg, weil ich um halb sechs mit Elliot Trelawney verabredet bin. Wenn Sie also Prospero Jenks erreichen sollten, dann fragen Sie ihn, ob ich zu irgendeiner Zeit dazwischen bei ihm vorbeikommen könnte. Oder wenn das nicht paßt, dann eben irgendwann am Donnerstag. Halten Sie den Freitag frei, wegen der Bestattung.«

Greville ist erst vorgestern gestorben, dachte ich. Das schien schon wieder eine Ewigkeit her zu sein.

Annette sagte: »Ja, Mr. Franklin«, und biß sich bestürzt auf die Lippen.

Ich lächelte sie an. »Nennen Sie mich doch Derek. Ganz einfach Derek. Und legen Sie da hinein, wonach immer Ihnen zumute ist.«

»Es ist alles so verwirrend«, sagte sie schwach. »Von einer Minute zur anderen.«

»Ja, ich weiß.«

Mit einer gewissen Erleichterung fuhr ich im Servicelift nach unten und schwang mich an meinen Krücken über den Hof zu Brad, der im Auto saß. Er sprang heraus und verfrachtete mich auf den Rücksitz, dazu die Krücken, und wartete, bis ich mein Bein auf dem Lederpolster zurechtgelegt und mich selbst für die Fahrt in bequemstem Winkel in der Ecke zurechtgesetzt hatte.

»Nach Hause?« fragte er.

»Nein. Wie ich schon auf der Herfahrt sagte, würde ich gern noch nach Kensington, wenn's recht ist.«

Er nickte kaum wahrnehmbar mit dem Kopf. Ich hatte ihn am Morgen mit einer großmaßstäbigen Karte von West-London ausgestattet und ihn gebeten, sich mal genau anzuschauen, wie wir zu der Straße gelangen könnten, in der Greville gewohnt hatte, und ich hoffte inständig, daß er das auch getan hatte, denn ich fühlte mich sehr viel erschöpfter, als ich zugeben wollte, und nicht mehr dazu in der Lage, jetzt noch in nervenaufreibenden Kreisen in dem vom Verkehr verstopften London herumzufahren.

»Achten Sie doch bitte auch mal auf einen Pub namens ›The Rook and Castle‹«, sagte ich, als wir uns der Gegend von Grevilles Haus näherten. »Ich muß nämlich dort morgen um halb sechs jemanden treffen.«

Brad nickte und entdeckte den Pub dann mit dem unfehlbaren Gespür des Biertrinkers sehr schnell, wobei er nur heftig gestikulierte, um mich darauf aufmerksam zu machen.

»Großartig«, sagte ich, was er mit einem Zucken seiner Schultern beantwortete.

Er steuerte Grevilles Adresse mit einer solchen Sicherheit an, daß ich mich fragte, ob es sein könnte, daß er schon mal früher am Tage zu Erkundungszwecken hier gewesen war – seine Tante wohnte theoretisch allerdings in genau entgegengesetzter Richtung. Wie auch immer, er reichte mir meine Krücken, öffnete die Pforte zu dem kleinen Vorgarten und sagte redselig: »Ich werd im Auto warten.«

»Es kann gut eine Stunde oder länger dauern. Könnten Sie nicht mal schnell nachschauen, ob in dieser oder in den umliegenden Straßen ein alter Rover mit diesem Kennzeichen hier steht?« Ich gab ihm ein Kärtchen, auf dem ich die Nummer notiert hatte. »Das Auto meines Bruders«, sagte ich.

Er nickte mir kurz zu und ging davon, während ich an dem

hohen Stadthaus emporblickte, in das Greville erst vor etwa drei Monaten eingezogen war und das ich noch nie betreten hatte. Es hatte einen hellgrauen Anstrich, ansprechende Proportionen, eine Treppe mit Balustrade, die zu der schwarzen Haustür hinaufführte, und irgendwie nüchtern-geschäftsmäßig, zugleich aber auch dekorativ wirkende Eisengitter hinter dem Glas aller Fenster zwischen Kellergeschoß und Dach.

Ich durchquerte den grasbewachsenen Vorgarten, stieg die Treppenstufen hinauf und entdeckte, daß die Haustür mit drei Schlössern gesichert war. Leise schimpfend zog ich Grevilles eine halbe Tonne wiegenden Schlüsselbund hervor und gelangte dank beharrlichen Probierens endlich in seine Festung hinein.

Die Spätnachmittagssonne schien schräg und gelblich in ein langgestrecktes Wohnzimmer, das sich auf der linken Seite des Hausflurs befand, und warf das Muster der Gitterstäbe als Schatten auf den graubraunen Teppichboden. Die Wände, blaß lachsfarben gehalten, schmückten farbenfrohe Bilder mit den Glasfenstern von Kathedralen, und der Bezugsstoff von Sesseln und Sofas zeigte ein grobes Fischgrätmuster in dunkelbraun und weiß – recht verwirrend für die Augen. Ich stellte mir traurig die Frage, ob dies alles Grevilles eigenen Geschmack widerspiegelte oder ob er es vom Vorbesitzer des Hauses übernommen hatte. Ich wußte nur, was ihm in bezug auf Kleidung, Essen, technische Apparaturen und Pferde gefiel. Und das war nicht sehr viel. Nicht genug.

Das Wohnzimmer war sehr ordentlich und sauber – unbewohnt. Ich kehrte in den Hausflur zurück, von dem aus Treppen nach oben und unten führten. Aber bevor ich mich ihnen zuwandte, ging ich erst einmal durch eine Tür im rückwärtigen Teil des Flurs und in ein sehr viel kleineres Zimmer, in dem ein anheimelndes Durcheinander von Büchern, Zeitschriften, Zeitungen, schwarzen Ledersesseln, Uhren, Chrysanthemen im Topf, einem Tablett mit Trinkbarem und gerahmten mittelalterlichen

Reiberdrucken auf tiefgrünen Wänden herrschte. Dies war ganz und gar Greville, dies war sein Zuhause.

Ich verließ den Raum erst einmal wieder und hopste die Treppe hinab in das Zwischengeschoß, in dem sich eine Schlafkammer befand, die unbenutzt war, ferner ein kleines Bad, ein ganz nach Innenarchitekt aussehendes Eßzimmer, durch dessen vergitterte Fenster man auf den Garten hinter dem Haus schaute, und daneben eine makellos saubere, etwas enge Küche.

Am Kühlschrank war mit einer magnetischen Erdbeere ein Zettel angeheftet.

Lieber Mr. Franklin,
ich wußte nicht, daß Sie an diesem Wochenende weg sein würden. Ich habe alle Zeitungen gebracht, sie liegen im Hinterzimmer. Sie haben Ihre Wäsche nicht rausgelegt, deshalb konnte ich nichts mitnehmen. Danke für das Geld. Bin wie üblich Dienstag wieder da.
Mrs. P.

Ich sah mich nach einem Bleistift um, fand einen Kugelschreiber, zog den Zettel unter der Magneterdbeere hervor und schrieb auf seine Rückseite die Bitte an Mrs. P., sie möge doch die folgende Nummer (die von Saxony Franklin) anrufen und nach Derek oder Annette fragen. Ich unterschrieb nicht, sondern steckte den Zettel zurück an seinen alten Platz, wo er, wie ich annahm, eine weitere Woche hängen würde – eine traurige Nachricht in Warteposition.

Ich sah in den Kühlschrank, der nur wenig enthielt – bloß Milch, Butter, Weintrauben, eine Schweinefleischpastete und zwei Flaschen Champagner.

Diamanten in den Eiswürfeln? Ich glaubte nicht, daß er sie an einem so riskanten Ort verstecken würde, denn er war ja schließlich sicherheitsvernarrt und nicht verrückt.

Ich schleppte mich wieder nach oben in den Flur und dann weiter hinauf in die nächste Etage, in eine aus Schlafzimmer und Bad bestehende Suite in selbstbewußtem Schwarz-weiß. Dort hatte Greville geschlafen, denn die Schränke und Kommoden enthielten seine Sachen, das Bad seine Privatsphäre. Er war, was seine diesbzügliche Habe anbetraf, sehr sparsam gewesen und hatte nur wenige Paar Schuhe, ein paar weiße Hemden auf Bügeln, sechs verschiedene Anzüge und einen Halter voller Seidenkrawatten hinterlassen. In den Schubladen lagen fein säuberlich Pullover, Freizeithemden, Unterwäsche und Socken. Unsere Mutter wäre stolz auf ihn gewesen, dachte ich lächelnd. Sie hatte mit allen Mitteln und gänzlich erfolglos versucht, uns beide zur Ordentlichkeit zu bekehren, und es sah ganz so aus, als hätten wir uns da mit zunehmendem Alter doch gebessert.

Es gab nicht sehr viel mehr zu sehen. Die Schublade im Nachttisch wies Tabletten gegen Verdauungsbeschwerden, eine Taschenlampe und ein Taschenbuch von John D. MacDonald vor. Keine Spielsachen und keine Karte für Schatzsucher.

Mit einem Seufzer betrat ich den einzigen sonst noch auf dieser Etage befindlichen Raum. Er war unmöbliert und mit schreiend metallisch-silbrigen Rosen tapeziert, die an einer Stelle heruntergerissen worden waren. So viel zu den Künsten des Innenarchitekten.

Von diesem Stockwerk aus führte wiederum eine Treppe noch weiter nach oben, aber ich stieg sie nicht hinauf. So, wie die Sache aussah, würde ich dort wohl nur noch unbenutzte Zimmer finden, und die würde ich, so nahm ich mir vor, erst genauer in Augenschein nehmen, wenn das Treppensteigen nicht mehr gar so mühsam war. Es schien so, als ob sich alles, was in diesem Hause von wirklichem Interesse war, in dem kleinen hinteren Wohnzimmer befände, weshalb ich lieber dorthin zurückkehrte.

Ich setzte mich ein Weilchen in den Stuhl, der ganz eindeutig Grevilles Lieblingsplatz gewesen war, denn von dort aus konnte er das Fernsehgerät sehen, aber auch einen Blick in den Garten werfen. Es ging mir durch den Kopf, daß man Orte, die andere

Menschen für immer verlassen haben, mit ihren Augen sehen sollte. Greville war in diesem Zimmer noch sehr gegenwärtig – und auch in mir.

Neben seinem Sessel stand ein kleines antikes Tischchen und auf seiner polierten Platte ein Telefon mitsamt einem Anrufbeantworter. Ein rotes Lämpchen zeigte strahlend an, daß Gespräche eingegangen waren, und deshalb drückte ich nach einer Weile auf den Knopf, auf dem REWIND stand, dann auf den mit PLAY.

Die Stimme einer Frau sagte, auf jede Vorrede verzichtend: »Liebling, wo steckst du denn? Bitte ruf mich an.«

Es folgten mehrere klickende Geräusche, dann war wieder die gleiche Stimme zu hören, diesmal übervoll von Besorgtheit.

»Bitte, bitte ruf an, Liebling. Ich mache mir solche Sorgen. Wo bist du, Liebling? *Bitte* ruf mich an! Ich liebe dich.«

Wieder ein Klicken, aber keine weiteren Botschaften.

Arme Frau, dachte ich. Schmerz und Tränen standen auf Abruf für sie bereit.

Ich stand wieder auf, um mir das Zimmer noch etwas genauer anzuschauen, und blieb vor zwei Schubfächern in einem Tisch neben dem Fenster stehen. Darin fand ich zwei schmale, schwarze, nicht identifizierbare Geräte, die mich verwirrten und die ich in die Tasche steckte, ferner ein mit Schlitzen versehenes Brettchen, in denen eine recht hübsche Sammlung kleiner Bären steckte, aus dunkelrosa, braunem und schwarzem Stein gefertigt und poliert. Ich stellte das Brett auf den Tisch neben ein paar Chrysanthementöpfe und stieß als nächstes auf ein Kästchen, das aus grünem Stein gemacht, ebenfalls glänzend poliert und – getreu der Gewohnheit Grevilles – fest verschlossen war. Ich überlegte, ob vielleicht einer der Schlüssel passen würde, und zog den Bund wieder aus der Tasche, um zunächst den kleinsten auszuprobieren.

Ich stand dem Fenster zugewandt, mit dem Rücken zum Zimmer. Auf einem Bein balancierend, mit der Hüfte gegen den Tisch gelehnt und den Armen nicht auf den Krücken, war ich ganz mit meiner Untersuchung des Kästchens befaßt und von sträflicher Unachtsamkeit. Ich bemerkte erst, daß außer mir noch jemand im Haus war, als ich hinter mir einen gedämpften Ausruf vernahm und, mich umdrehend, eine dunkelhaarige Frau durch die Tür hereinkommen sah, den wilden Blick starr auf das grüne Steinkästchen geheftet. Ohne innezuhalten kam sie schnell auf mich zu, wobei sie einen schwarzen, wie eine lange, dicke Zigarre aussehenden Gegenstand aus der Tasche zog.

Ich öffnete den Mund, um etwas zu sagen, aber sie ließ ihre Hand mit dem Ding in geschwungener Linie kräftig herabsausen. Dabei verlängerte sich der schwarze Gegenstand um mehr als das Doppelte zu einem dicken, silbrigen, flexiblen Stock, der mit vernichtender Gewalt gegen meinen linken Oberarm krachte. Der Schlag war so stark, daß er auch einen Schwergewichtsboxer schon in der ersten Runde gestoppt hätte.

6

Meine Finger wurden gefühllos und ließen das Kästchen fallen. Die Wucht des Schlages war so groß, daß ich schwankte, mich drehte, die Balance verlor und stürzte, wobei mir immerhin sehr klar war, daß ich diesmal den Fuß nicht auf den Boden setzen durfte. Ich ließ den Schlüsselbund los und griff mit der rechten Hand nach der geraden Lehne eines der schwarzen Sessel, um mich festzuhalten, aber mein Gewicht ließ ihn umkippen, und er fiel schwer auf mich drauf, der ich in einem Gewirr von Krücken, Stuhl- und Tischbeinen auf dem Teppich gelandet war, unter mir das grüne Kästchen, das sich in mein Kreuz bohrte.

Von wahnsinniger Wut erfüllt, versuchte ich, den Überblick zu behalten, und hatte schließlich wieder genug Atemluft, um ein einziges, liebreizendes und von Herzen kommendes Wort hervorzustoßen.

»*Miststück.*«

Sie warf mir einen bösen Blick zu und griff nach dem Telefonhörer, drückte drei Tasten.

»Die Polizei«, sagte sie und nach Ablauf des kurzen Augenblicks, den der Notdienst brauchte, sie entsprechend zu verbinden: »Polizei. Ich möchte einen Einbruch melden. Ich habe einen Einbrecher gestellt.«

»Ich bin Grevilles Bruder«, ließ ich mich dumpf vom Boden her vernehmen.

Meine Worte schienen sie nicht erreicht zu haben. Deshalb sagte ich noch einmal und lauter: »Ich bin Grevilles Bruder.«

»Was?« sagte sie unbestimmt.

»Mein Himmel, sind Sie taub? Ich bin kein Einbrecher, sondern

Greville Franklins Bruder.« Ich setzte mich ganz vorsichtig halb auf, fühlte mich dabei völlig kraftlos.

Sie legte den Hörer wieder auf. »Warum haben Sie das nicht gleich gesagt?«

»Haben Sie mir Gelegenheit dazu gegeben? Und wer, zum Teufel, sind Sie überhaupt, daß Sie hier einfach so in das Haus meines Bruders reinspazieren und andern Leuten eins überbraten?«

Sie hielt das fürchterliche Instrument, mit dem sie mich niedergeschlagen hatte, in Bereitschaft und sah ganz so aus, als erwarte sie, daß nun ich sie angreifen würde, wonach mir wahrhaftig zumute war. In den vergangenen sechs Tagen hatten mich ein Pferd, ein Straßenräuber und eine Frau zermalmt – was mir nun noch fehlte, war ein Kleinkind, das herbeigewatschelt kam, um mir den Gnadenstoß zu versetzen. Ich preßte die Finger meiner rechten Hand gegen die Stirn, den Handballen gegen meinen Mund und bedachte die Düsternis des Daseins im allgemeinen.

»Was ist los mit Ihnen?« fragte sie nach einer Pause.

Ich ließ die Hand sinken und sagte schleppend: »Gar nichts.«

»Ich habe Ihnen doch bloß einen leichten Schlag versetzt«, sagte sie, Kritik in der Stimme.

»Soll ich Ihnen mal eins mit dem Ding da verpassen, damit Sie wissen, wie das ist?«

»Sie sind wütend!« Sie klang überrascht.

»Haargenau.«

Ich rappelte mich vom Boden hoch, richtete den umgestürzten Stuhl auf und ließ mich darauf nieder. »Wer sind Sie?« wiederholte ich. Aber ich wußte es schon – sie war die Frau auf dem Anrufbeantworter. Die gleiche Stimme. Kristallklar. Liebling, wo steckst du? Ich liebe dich.

»Haben Sie in der Firma angerufen? Sind Sie vielleicht Mrs. Williams?«

Sie schien in ihrem Inneren zu erbeben und zu zerbrechen, ging an mir vorbei und schaute hinaus in den Garten.

»Ist er wirklich tot?« fragte sie.

»Ja.«

Sie mußte so vierzig sein, dachte ich. Vielleicht auch älter. Fast meine Größe. In gar keiner Weise winzig und zart. Eine entscheidungsfreudige, kräftige Frau, zutiefst bekümmert.

Sie trug einen Regenmantel mit Ledergürtel, obwohl es schon seit Wochen nicht mehr geregnet hatte, und einfache schwarze Pumps. Ihr Haar, dicht und dunkel, war glatt nach hinten gekämmt und über dem Kragen nach innen eingedreht. Es hatte eines sehr gekonnten Haarschnitts bedurft, um ihr dieses kühl-gepflegte Aussehen zu geben. Kein sichtbarer Schmuck, nur noch wenig Lippenstift übrig, nicht die Spur eines Parfümdufts.

»Wie?« sagte sie endlich.

Ich verspürte einen starken Drang, ihr diese Information vorzuenthalten, sie für ihren voreiligen Angriff zu bestrafen, sie zu verletzen und so meine Rechnung mit ihr zu begleichen. Aber das war sinnlos, und ich wußte, daß es mir mehr Beschämung als Befriedigung eintragen würde, weshalb ich ihr nach kurzem Kampf mit mir selbst den von dem Baugerüst verursachten Unfall schilderte.

»Freitag, am Nachmittag«, sagte ich. »Er war sofort ohne Bewußtsein. Er ist dann am Sonntag in der Frühe gestorben.«

Sie wandte sich langsam um und sah mich an. »Sind Sie Derek?« fragte sie.

»Ja.«

»Ich bin Clarissa Williams.«

Keiner von uns beiden machte Anstalten, dem anderen die Hand zu geben. Das wäre auch nicht gerade angemessen gewesen, dachte ich.

»Ich bin hergekommen, um ein paar Sachen von mir abzuholen«, sagte sie. »Ich war nicht darauf gefaßt, hier jemanden anzutreffen.«

Das sollte wohl so eine Art Entschuldigung sein, nahm ich an –

wenn ich wirklich ein Einbrecher gewesen wäre, hätte sie ja auch all die Nippes hier gerettet.

»Was für Sachen?« fragte ich.

Sie zögerte, sagte aber schließlich: »Ein paar Briefe, das ist alles.« Ihr Blick wanderte zu dem Anrufbeantworter hinüber, und ganz deutlich sichtbar spannten sich die Muskeln um ihre Augen herum an.

»Ich habe die Botschaften abgehört«, sagte ich.

»O Gott.«

»Warum sollte Sie das beunruhigen?«

Sie hatte, wie es schien, ihre Gründe dafür, die sie mir aber nicht zu verraten gedachte – jedenfalls nicht hier und jetzt.

»Ich möchte sie löschen«, sagte sie. »Das war auch einer der Gründe, warum ich hergekommen bin.«

Sie sah mich an, und mir fiel kein zwingender Grund ein, warum sie es nicht tun sollte, weshalb ich nichts sagte. Zögernd, als erbäte sie für jeden einzelnen Schritt meine Nachsicht, bewegte sie sich langsam auf das Gerät zu, spulte das Band zurück, drückte auf die Aufnahmetaste und überspielte das Vorherige mit Schweigen. Nach einer Weile spulte sie das Band erneut zurück und spielte es dann noch einmal ab – es waren keine verzweifelten Bitten mehr zu hören.

»Hat sonst noch jemand dieses Band ...?«

»Ich denke nicht. Jedenfalls nicht, solange die Putzfrau nicht die Angewohnheit hatte, sich die Botschaften anzuhören. Ich glaube, sie war heute da.«

»O Gott.«

»Sie haben doch keinen Namen genannt.« Wieso, zum Henker, beruhigte ich sie eigentlich, fragte ich mich. Ich hatte noch immer keine Kraft in den Fingern. Ich konnte diesen fürchterlichen Schlag noch immer spüren.

»Möchten Sie etwas zu trinken?« fragte sie ganz unvermittelt. »Ich habe einen gräßlichen Tag hinter mir.« Sie ging zu dem Tablett mit den Flaschen und goß Wodka in ein schweres Becherglas. »Was möchten Sie?«

»Wasser«, sagte ich. »Ein doppeltes.«

Ihr Mund straffte sich, und sie stellte die Wodkaflasche auf das Tablett zurück, daß es klirrte. »Soda oder Tonic?« fragte sie steif.

»Soda.«

Sie goß Sodawasser in ein Glas für mich und Tonic in das ihre, verdünnte den Alkohol, aber nicht zu sehr. Unten in der Küche gab es auch Eis, aber keiner von uns beiden erwähnte das.

Ich bemerkte, daß sie ihre tödliche Waffe ganz harmlos neben dem Anrufbeantworter hatte liegenlassen. Wahrscheinlich stellte ich jetzt keine Bedrohung mehr für sie dar. Als wolle sie jeden physischen Kontakt vermeiden, setzte sie mein Sodawasser auf das Tischchen neben mir zwischen die kleinen Steinbären und die Chrysanthemen und nahm dann einen kräftigen Schluck aus ihrem Glas. Besser als Tranquilizer, dachte ich. Alkohol löste die Anspannung, beruhigte den mentalen Schmerz. Das erste Betäubungsmittel der Welt – ich hätte auch ganz gut was davon gebrauchen können.

»Wo sind Ihre Briefe?« fragte ich.

Sie schaltete eine Tischlampe ein. Die durch den Garten herankriechende Abenddämmerung vertiefte sich abrupt, und ich wünschte, sie würde sich beeilen, denn ich wollte nach Hause.

Sie blickte zu dem Bücherregal, das fast eine ganze Wand des Zimmers einnahm.

»Dort, glaube ich. In einem Buch.«

»Dann fangen Sie mal zu suchen an. Das kann doch die ganze Nacht dauern.«

»Sie müssen nicht warten.«

»Ich denke aber, daß ich es trotzdem tun werde«, sagte ich.

»Vertrauen Sie mir etwa nicht?« wollte sie wissen.

»Nein.«

Sie blickte mich fest an. »Und warum nicht?«

Ich sagte ihr nicht, daß ich wegen der Diamanten überhaupt niemandem traute. Ich wußte nicht, wen ich gefahrlos bitten konnte, nach ihnen Ausschau zu halten, oder wer sie suchen würde, um sie zu stehlen, wenn er erst Kenntnis davon hatte, daß es sie möglicherweise gab.

»Ich kenne Sie ja gar nicht«, sagte ich unverbindlich.

»Aber ich ...« Sie brach ab und zuckte die Achseln. »Ich nehme an, daß ich Sie wohl auch nicht kenne.« Sie trat zum Bücherregal. »Ein paar von diesen Büchern sind innen hohl«, sagte sie.

O Greville! dachte ich. Wie sollte ich je etwas von dem finden, was er alles versteckt hatte? Ich bevorzugte gerade Wege, er aber hatte einen Kopf gehabt wie ein Labyrinth.

Sie fing an, Bücher aus der Reihe auf dem untersten Regalbrett herauszuziehen und aufzuschlagen. Nicht methodisch Buch für Buch, sondern vor allem, wie mir schien, solche mit vorwiegend blauem Rücken. Nachdem sie eine kleine Weile dort gekniet und Bücher durchgesehen hatte, fand sie ein hohles, das sie mir mit sarkastischer Sorgfalt offen hinhielt, damit ich auch wirklich sehen konnte, daß sie nichts vor mir verbarg.

Das Innere des Buches erwies sich als eine mit blauem Samt bespannte Schachtel, die einen dicht schließenden Deckel hatte, den man an einer kleinen Schlaufe aufziehen konnte. Als sie dies tat, zeigte sich, daß der flache, mit Samt ausgekleidete Innenraum darunter völlig leer war.

Die Achseln zuckend, schob sie den Deckel wieder zu und schloß das Buch, das sofort wieder so aussah wie alle anderen auch, und stellte es ins Regal zurück. Wenig später fand sie erneut ein hohles, das diesmal aber innen rot war. Darin lag ein Briefumschlag.

Sie besah ihn sich, ohne ihn zu berühren, und blickte dann mich an.

»Das sind nicht meine Briefe«, sagte sie. »Ist nicht mein Briefpapier.«

Ich sagte: »Greville hat ein Testament hinterlassen, in dem er seine gesamte Habe mir vermacht.«

Sie schien das nicht ungewöhnlich zu finden, im Unterschied zu mir – er hatte das der Einfachheit halber so geregelt, weil er in Eile gewesen war, hätte es aber, wenn ihm Gelegenheit dazu gegeben worden wäre, später mit Sicherheit wieder geändert.

»Dann schauen Sie besser mal nach, was da drin ist«, sagte sie ruhig, nahm den Umschlag heraus und streckte sich, um ihn mir zu reichen.

Der Umschlag, der nicht zugeklebt war, enthielt nur einen verzierten Schlüssel, der etwa zehn Zentimeter lang und dessen obere Hälfte in einer Weise abgeflacht und durchbrochen war, daß sie wie aus Metall gefertigte Spitze aussah. Der Bart dagegen war sehr schmal und kompliziert gezähnt. Ich legte ihn auf meine Handfläche, zeigte ihn ihr und fragte sie, ob sie wisse, was sich damit öffnen ließe.

Sie schüttelte den Kopf. »Ich habe ihn noch nie gesehen.« Sie schwieg einen Augenblick. »Er war ein Mann der Geheimnisse«, sagte sie.

Ich hörte die Wehmut in ihrer Stimme. Sie mochte sich ja in diesem Augenblick eisern beherrschen, aber vor Annettes Mitteilung, daß Greville tot sei, war sie dies nicht gewesen. Die Stimme auf dem Band hatte nackte Panik verraten. Annette hatte ihre schrecklichsten Befürchtungen nur noch bestätigt und damit die eskalierende Verzweiflung zu dem werden lassen, was ich als vorgetäuschte Ruhe ansah. Ein Mann der Geheimnisse ... Greville hatte sich ihr offensichtlich genauso wenig anvertraut wie mir.

Ich steckte den Schlüssel wieder in den Umschlag und gab ihr diesen zurück.

»Er bleibt fürs erste wohl besser da in seinem Buch«, sagte ich. »Bis ich ein Schlüsselloch gefunden habe, zu dem er paßt.«

Sie legte den Umschlag mit dem Schlüssel in das Buch und stellte dieses ins Regal. Nach nicht allzu langer Zeit fand sie dann auch ihre Briefe. Sie waren nicht romantisch mit Bändern umwickelt, sondern wurden höchst prosaisch von einem Gummiband zusammengehalten. Nicht sehr viele, wie es den Anschein hatte, aber sorgfältig aufbewahrt.

Noch immer auf den Knien liegend, blickte sie zu mir auf. »Ich möchte nicht, daß Sie sie lesen«, sagte sie. »Was immer Greville Ihnen hinterlassen hat, die gehören mir, nicht Ihnen.«

Ich stellte mir die Frage, warum es sie wohl so drängte, hier im Haus alle ihre Spuren zu verwischen. Aus reiner Neugier hätte ich die Briefe mit großem Interesse gelesen, wenn ich sie gefunden hätte, aber so konnte ich kaum verlangen, daß sie mir Einblick in ihre Liebesbriefe gewährte ... wenn es denn wirklich Liebesbriefe waren.

»Zeigen Sie mir nur ganz schnell eine einzige Seite«, sagte ich.

Ihr Gesicht nahm einen bitteren Ausdruck an. »Sie trauen mir tatsächlich nicht, nicht wahr? Ich möchte nur wissen, warum nicht.«

»Jemand ist am Wochenende in Grevilles Büro eingebrochen«, erwiderte ich, »und ich bin mir nicht sicher, wonach da gesucht wurde.«

»Nicht nach meinen Briefen«, sagte sie mit Entschiedenheit.

»Zeigen Sie mir nur eine einzige Seite«, sagte ich, »damit ich sehe, daß sie auch das sind, was sie nach Ihrer Aussage sein sollen.«

Ich dachte, sie würde dies glattweg ablehnen, aber nach kurzem Nachdenken streifte sie das Gummiband von den Briefen, blätterte sie durch und reichte mir schließlich mit ausdruckslosem Gesicht ein kleines Blatt. Darauf stand:

... bis zum nächsten Montag wird mein Leben einer Wüste gleichen. Was soll ich machen? Nach Deiner Umarmung ist er mir zuwider. Es ist schrecklich. Die Kopfschmerzen werden mir knapp. Ich bete Dich an.

C.

Ich reichte ihr den Bogen wortlos zurück, schämte mich, daß ich mich eingemischt hatte.

»Nehmen Sie sie an sich«, sagte ich.

Sie blinkerte ein paarmal mit den Augen, legte das Gummiband wieder um die kleine Sammlung und steckte diese in eine einfache schwarze Lederhandtasche, die neben ihr auf dem Teppich lag.

Ich angelte am Boden nach meinen Krücken, hob sie hoch und stand dann auf, wobei ich mich ganz darauf konzentrierte, wenigstens den Griff der linken richtig festzuhalten, mich aber gleichzeitig nicht zu fest darauf zu stützen. Clarissa Williams sah mir mit einem Anflug von Verlegenheit dabei zu, wie ich zu Grevilles Stuhl hinüberhumpelte.

»Glauben Sie mir«, sagte sie, »mir war wirklich nicht klar ... ich meine, als ich hier hereinkam und sah, wie Sie Sachen stahlen ... und *dachte*, daß Sie Sachen stehlen ... ich hab die Krücken nicht bemerkt.«

Ich nahm an, daß sie die Wahrheit sagte. Echte Einbrecher liefen nicht holzbeinig herum, und ich hatte meine Stützen ja beiseite gelegt, als sie hereingestürmt gekommen war. Sie war viel zu sehr in Fahrt gewesen, um noch groß Fragen zu stellen – zweifelsohne vorwärts getrieben von Schmerz, Besorgnis und auch Angst vor dem Eindringling. Was alles natürlich in gar keiner Weise meine Auffassung gegenstandslos machte, daß sie Fragen hätte stellen *sollen*, bevor sie ihren Feldzug startete.

Ich fragte mich, wie sie wohl der Polizei gegenüber ihre Anwesenheit im Haus erklärt hätte, wenn diese just in dem Augenblick erschienen wäre, in dem sie eifrig damit beschäftigt gewesen war, ihre Spuren zu verwischen. Vielleicht hätte sie erkannt, daß sie einen Fehler begangen hatte, wäre einfach schnell verschwunden und hätte den außer Gefecht gesetzten Einbrecher am Boden liegen lassen.

Ich ging zum Telefontischchen und nahm den brutalen Männerbändiger in die Hand. Der schwere Griff, ein schwarzer, zigarrenförmiger Zylinder, der um der Griffigkeit willen gerillt war, maß weniger als zwei Zentimeter im Durchmesser und war ungefähr achtzehn Zentimeter lang. Aus ihm heraus ragte ein Stück verchromte, dicke, eng gewundene Spiralfeder, aus der wiederum eine ähnliche, aber etwas dünnere Feder herausstak, die in eine kleine schwarze Metallkugel mündete. Das ganze Ding war 38 bis 40 cm lang, der Schlag durchaus dem Tritt eines Pferdes vergleichbar.

»Was ist das?« fragte ich und wog das Ding in der Hand.

»Greville hat es mir gegeben. Er sagte, die Straßen seien nicht mehr sicher, und wollte, daß ich es immer einsatzbereit bei mir trüge. Er meinte, alle Frauen sollten so was haben, um sich gegen Straßenräuber und Gewalttäter zur Wehr setzen zu können... Als Richter hatte er ja sehr viel mit Frauen zu tun, die angegriffen worden waren... Er sagte, ein Schlag damit würde den stärksten Mann hilflos machen und mir so die notwendige Zeit verschaffen, um ihm zu entkommen.«

Es fiel mir nicht schwer, das zu glauben. Ich bog den schwarzen Knopf nach einer Seite hin nieder, ließ los und beobachtete, wie sich die enge, schwere Feder schnell wechselnd krümmte und wieder aufrichtete. Clarissa erhob sich vom Boden und sagte: »Es tut mir leid. Ich habe das Ding noch nie benutzt, nicht im Zorn. Greville hat mir auch gezeigt, wie... er sagte nur, ich solle so fest wie möglich zuschlagen, damit die Federn herausschnellen und ein Maximum an Schaden anrichten könnten.«

Mein lieber Bruder, dachte ich. Ich danke dir von Herzen.

»Kann man es auch wieder in seine Hülle zurückkriegen?« fragte ich.

Sie nickte. »Drehen Sie die dickere Feder im Uhrzeigersinn... dann löst sich die Sperre, und sie läßt sich in den Griff schieben.« Ich tat, wie sie gesagt hatte, aber das dünnere Federstück ragte immer noch heraus. »Sie müssen den schwarzen Kugelkopf irgendwo gegenstoßen, dann geht auch dies Stück rein.«

Ich stieß mit dem Knopf gegen die Wand, und wie nichts glitt die dünnere Feder sanft in die dickere hinein, verwandelte sich der schwarze Kugelkopf in das harmlos aussehende Ende eines weiteren technischen Spielzeugs.

»Wie funktioniert das?« fragte ich, aber sie wußte es nicht.

Ich entdeckte, daß sich das untere Teil des Zylinders abschrauben ließ, wenn man es versuchte, und ich drehte es etwa zwanzigmal herum, bis ein ungefähr drei Zentimeter langes Stück abging. Jetzt wurde mir auch klar, daß das gesamte Endteil ein starker Magnet war.

Wie einfach, dachte ich. Im Normalzustand hielt der Magnet die beiden Spiralfedern in dem Zylinder fest, aber wenn man diesen stark nach vorn schnellen ließ, dann reichte seine Stärke nicht aus, er ließ sie los, ließ sie nach vorn und heraussausen und das Ding seine vollen, peitschenden Möglichkeiten entfalten.

Ich schraubte die Kappe wieder auf, hielt den Zylinder fest in der Hand und schwang ihn kraftvoll nach unten.

Wortlos schob ich das Ding wieder zusammen und gab es ihr zurück.

»Man nennt das einen Kiyoga«, sagte sie.

Es war mir gleichgültig, wie man das nannte. Mir machte der Gedanke, das Ding vielleicht nie wiederzusehen, nicht das geringste aus. Sie steckte es, vollkommen vertraut damit, wieder in die Tasche ihres Regenmantels – diese letzte Antwort einer Frau auf Wegelagerer, Verrückte und ausgesuchte Frauenhasser.

Sie sah mich unglücklich und unsicher an.

»Ich nehme an, daß ich Sie nicht bitten darf, einfach zu vergessen, daß ich hier war?« sagte sie.

»Das wäre mir nicht möglich.«

»Könnten Sie es ... wenigstens für sich behalten?«

Ich konnte mir vorstellen, daß ich sie vielleicht gemocht hätte, wenn ich unter anderen Umständen mit ihr zusammengetroffen wäre. Sie hatte große Augen, denen ein Lachen weit besser gestanden hätte, und ein Gesicht, das eine beständige, auch von dem Durcheinander ihrer Gefühle nicht zu überwindende Fröhlichkeit erkennen ließ.

Mit einiger Anstrengung sagte sie: »Bitte!«

»Bitten Sie nicht«, sagte ich scharf. Ich fühlte mich unbehaglich – und zu ihr paßte es nicht.

Sie schluckte. »Greville hat mir von Ihnen erzählt. Ich nehme an ... daß ich mich auf sein Urteil verlassen kann.«

Sie suchte in ihrer anderen Manteltasche, also in der, in der sie nicht den Totschläger stecken hatte, und zog einen einfachen Schlüsselring heraus, an dem drei Schlüssel hingen.

»Die nehmen Sie wohl besser an sich«, sagte sie. »Ich brauche sie nicht mehr.« Sie legte sie neben den Anrufbeantworter, und ich sah in ihren Augen den Schimmer plötzlicher Tränen.

»Er starb in Ipswich«, sagte ich. »Er wird dort am Freitag eingeäschert. Um zwei Uhr.«

Sie nickte wortlos und sah mich nicht an, sondern ging an mir vorbei durch die Tür und den Hausflur und die Haustür hinaus, die sie mit stiller Endgültigkeit hinter sich schloß.

Ich sah mich mit einem Seufzer im Zimmer um. Die Buchschachtel, in der ihre Briefe gesteckt hatten, lag noch offen auf dem Fußboden, und ich bückte mich, hob sie auf und stellte sie ins Regal zurück. Ich fragte mich dabei, wieviele der Bücher hohl sein mochten. Morgen abend, nach meinem Treffen mit Elliot Trelawney, würde ich wieder herkommen und das festzustellen versuchen.

Vorläufig aber hob ich auch das Kästchen aus Stein vom Boden auf und stellte es auf den Tisch mit den Chrysanthemen, wobei mir durch den Kopf ging, daß der verzierte Schlüssel in der rot gefütterten Buchschachtel viel zu groß war, um in sein winziges Schloß zu passen. Grevilles Schlüsselbund lag ebenfalls noch auf dem Teppich. Ich kehrte zu dem zurück, was ich getan hatte, bevor ich so gewaltsam unterbrochen worden war, mußte dann aber entdecken, daß selbst noch der kleinste Schlüssel an Grevilles Bund zu groß für das grüne Kästchen war.

Eine ganze Menge Erfolglosigkeit, dachte ich trübsinnig.

Ich trank das Sodawasser aus, das nicht mehr sprudelte.

Ich rieb mir den Arm, was ihn auch nicht heiler machte.

Ich fragte mich, welches Urteil Greville da über mich gefällt hatte, auf das man bauen konnte.

Unter dem Fenster stand ein kleines poliertes Schränkchen, das ich noch nicht untersucht hatte, und ich beugte mich, nicht sehr viel erwartend, zu ihm hinab und zog eine der beiden Türen an ihrem aus einem Messingring bestehenden Griff auf. Die andere Tür öffnete sich daraufhin ganz von selbst, und das Innere des Schränkchens glitt als eine Einheit heraus – ein Videorecorder, und darunter zwei Fächer mit Reihen von schwarzen Kassetten. Alle waren mit den gleichen Aufklebern versehen, auf denen diesmal aber keine chemischen Formeln, sondern Datumsangaben vermerkt waren.

Ich zog wahllos eine der Kassetten heraus, und es verschlug mir die Sprache, als ich das weitaus größere Etikett auf der Vorderseite sah: »Video-Club Pferderennen« stand in dicken Druckbuchstaben darauf, darunter mit Schreibmaschine: »7. Juli, Sandown Park, ›Dozen Roses‹.«

Der »Video-Club Pferderennen« verkaufte, wie ich wohl wußte, Bänder mit Aufzeichnungen der Rennen an die Pferdebesitzer, Trainer und auch an andere Interessierte. Wie ich bei weiterem Nachforschen mit zunehmender Verwunderung feststellte, mußte Greville dem Club so eine Art Dauerauftrag erteilt haben, denn jedes Rennen, an dem seine beiden Pferde im Verlauf der vergangenen zwei Jahre teilgenommen hatten, war nach meiner Einschätzung dort in den beiden Fächern vorhanden und konnte betrachtet werden.

Als ich ihn mal gefragt hatte, warum er nie zu den Rennen ginge, um seine Pferde laufen zu sehen, hatte er mir geantwortet, daß er doch genug davon im Fernsehen zu sehen bekomme – und ich hatte geglaubt, daß er damit die normalen Sendungen, wie sie nachmittags live von den jeweiligen Bahnen übertragen wurden, gemeint hatte.

Es klingelte an der Haustür, schrill und unerwartet. Ich ging hin, blickte durch den Spion und sah Brad auf der Schwelle stehen, blinzelnd und geblendet von zwei Strahlern, die ihm direkt ins Gesicht schienen. Diese Lampen waren über der Tür angebracht und beleuchteten den Pfad und die Pforte. Als er den Arm schützend vor sein Gesicht hielt, öffnete ich die Haustür.

»Hallo«, sagte ich, »alles in Ordnung?«

»Machen Sie das Licht aus. Kann nix sehen.«

Ich sah mich neben der Tür nach einem Schalter um, fand mehrere und löschte das blendende Flutlicht dadurch, daß ich alle wahllos nach oben kippte.

»Wollte nur nachsehn, ob Sie okay sind«, erklärte Brad. »Diese Lichter sind gerade eben erst angegangen.«

Mir wurde klar, daß das ganz von selbst geschehen war. Zweifellos war das eine weitere Manifestation von Grevilles Sicherheitsbedürfnis. Jeder, der nach Einbruch der Dunkelheit den Pfad entlang auf das Haus zuging, wurde zum Dank dafür angestrahlt.

»Tut mir leid, daß es solange gedauert hat«, sagte ich. »Wo Sie nun schon mal da sind, könnten Sie vielleicht so gut sein und mir ein paar Dinge tragen helfen.«

Er nickte, als habe er für diesen Abend genug der Worte von sich gegeben, und folgte mir auf mein Zeichen hin schweigend in das kleine Wohnzimmer.

»Ich möchte dieses grüne Steinkästchen und so viele von diesen Bändern mitnehmen, wie Sie schleppen können, angefangen hier auf dieser Seite«, sagte ich, und er nahm bereitwilligst etwa zehn der neuesten Kassetten heraus und stellte das grüne Kästchen oben drauf.

Ich fand den Schalter für die Flurbeleuchtung, schaltete diese ein und das Licht im kleinen Wohnzimmer aus. Prompt und völlig unaufgefordert schaltete es sich wieder ein.

»Meine Fresse«, sagte Brad.

Ich dachte, daß es vielleicht an der Zeit sei zu gehen, bevor wir noch weitere Alarmanlagen auslösten, die nach Dunkelwerden wohl direkt mit der örtlichen Polizeiwache verbunden waren. Ich schloß die Wohnzimmertür, und dann kehrten wir durch den Flur in die Außenwelt zurück. Vor dem Hinausgehen kippte ich alle Schalter neben der Haustür wieder nach unten, womit ich offensichtlich mehr an- als abschaltete. Die Strahler über der Tür gingen zwar nicht an, aber hinter uns fing plötzlich ein Hund laut zu kläffen an.

»Verdammt«, sagte Brad, wirbelte herum und preßte wie zur Verteidigung die Kassetten gegen seine Brust.

Es gab keinen Hund. Dafür stand auf einem kleinen Tisch im Flur ein hornförmiger Lautsprecher, der das dumpfe Knurren und Bellen eines wildentschlossenen Schäferhundes von sich gab.

»Meine Fresse«, sagte Brad erneut.

»Gehen wir«, sagte ich belustigt, und er konnte gar nicht schnell genug wegkommen.

Das Bellen hörte ganz von selbst wieder auf, als wir ins Freie hinaustraten. Ich zog die Haustür hinter uns zu, und wir machten uns auf, um die Treppe hinab- und den Pfad entlang zur Pforte zu gehen. Wir hatten kaum drei Schritte getan, als die Scheinwerfer wieder angingen.

»Gehen Sie einfach weiter«, sagte ich zu Brad. »Ich könnte mir denken, daß sie sich nach einer gewissen Zeit von selbst wieder abschalten.«

Er hatte nichts dagegen einzuwenden. Er hatte den Wagen um die Ecke geparkt, und ich dachte während der schnellen Fahrt nach Hungerford über Clarissa Williams nach – über ihr Leben, ihre Liebe und ihren Ehebruch.

An diesem Abend schaffte ich es weder, das grüne Steinkästchen aufzubekommen, noch den Sinn und Zweck der mitgebrachten Geräte zu ergründen.

Ein Schütteln des Kästchens verriet mir nichts über seinen Inhalt, und ich schloß nicht aus, daß es sehr wohl auch leer sein konnte. Ein Zigarettenkästchen, dachte ich, obwohl ich mich nicht erinnern konnte, Greville je rauchen gesehen zu haben. Vielleicht ein Kasten, um zwei Kartenspiele darin aufzubewahren. Vielleicht ein Schmuckkästchen. Sein winziges Schloß widersetzte sich aber allen mit Nagelschere, Kofferschlüsseln und Drahtstückchen unternommenen Öffnungsversuchen, und am Ende gab ich mich geschlagen und stellte es beiseite.

Auch die technischen Geräte wollten sich weder öffnen noch schließen lassen. Bei dem einen handelte es sich um ein kleines, schwarzes, zylinderförmiges Objekt von der Größe etwa eines Daumens, dessen eines Ende wie der Rand einer Münze geriffelt war. Wenn man dieses geriffelte Stück die Viertelumdrehung im Uhrzeigersinn bewegte, die es sich bewegen ließ, ertönte ein dünner, schwacher, sehr hoher Ton – und das erwies sich als die Summe aller Einsatzmöglichkeiten dieses Gegenstandes. Mit einem Schulterzucken stellte ich das Gewinsel wieder ab und die kleine Röhre dann aufrecht auf das grüne Kästchen.

Der zweite Apparat gab nicht einmal ein Winseln von sich. Es war ein flacher schwarzer Plastikbehälter, ungefähr so groß wie ein Kartenspiel, und mitten auf seiner Oberseite befand sich eine einzige, viereckige, rote Taste. Ich drückte sie, aber nichts passierte. Ein verchromter, runder Knopf an der einen Seite des Gerätes erwies sich bei genauerer Untersuchung als das Ende einer Teleskopantenne. Ich zog sie so weit wie möglich heraus, etwa 25 Zentimeter, und als Lohn wurde mir zuteil, was ich für einen kleinen Sender hielt, der ich weiß nicht was, ich weiß nicht wohin sendete.

Seufzend schob ich die Antenne in ihren Sockel zurück und

legte auch den Sender auf den grünen Kasten. Danach steckte ich eine Kassette nach der anderen in meinen Videorecorder und sah mir die Rennen an.

Alfies Bemerkung über die schwankende Form von Grevilles Pferden hatte mich mehr interessiert, als ich ihm hatte zeigen wollen. Nach meiner Einschätzung seiner Ergebnisse hatte ›Dozen Roses‹ eine lange Flaute durchgemacht, der ganz plötzlich eine ungemein erfolgreiche Zeit gefolgt war, was stark an das klassische »Betrugsmuster« erinnerte, bei dem man ein Pferd verlieren und immer wieder verlieren läßt, bis sein Handikap gering ist und niemand mehr darauf setzt, um es dann in einem leichten, hinter seinen latenten Fähigkeiten zurückbleibenden Rennen an den Start zu schicken, haushoch gewinnen zu lassen und auf diese Weise einen fetten Wettgewinn einzustreichen.

In abgeschwächter Form machten das gelegentlich alle Trainer mal, auch wenn die Regeln verlangten, daß stets das Beste zu geben sei. Junge und unerfahrene Pferde konnten ja sehr leicht ruiniert werden, wenn man sie allzu sehr und allzu früh zu höchster Leistung antrieb – man mußte ihnen schon Gelegenheit geben, langsam Spaß an der Sache zu bekommen, mußte Sorge tragen, daß sie ihren Renninstinkt voll entwickelten.

Dies zugestanden, gab es einen Punkt, über den kein Trainer je hinauszugehen wagte. In den schlimmen alten Zeiten, als noch nicht alles von Kameras festgehalten wurde, war es sehr viel schwerer gewesen, den Nachweis zu führen, daß ein Pferd nicht alles versucht hatte – viele Jockeys waren Meister darin gewesen, mit ihren Peitschen herumzufuchteln und gleichzeitig bremsend an den Zügeln zu ziehen. Unter den Adlerlinsen und dem Regiment harter Disziplin, die die moderne Rennszene bestimmten, konnten schon ganz natürliche und unvorhergesehene Schwankungen in der Form eines Pferdes dazu führen, daß sich der Trainer vor die Kontrollkommission zitiert sah, um dies zu erklären. Und wenn ein Trainer keine Erklärung dafür hatte, warum sein hochgepriesener Favorit plötzlich Bleifüße hatte, dann konnte ihm das eine deprimierend hohe Geldstrafe eintragen.

Kein Trainer war, wie sehr er sich auch bemühen mochte, je vor Verdächtigungen sicher, aber ich hatte noch nie gehört oder gelesen, daß Nicholas Loder in Schwierigkeiten dieser Art geraten wäre. Vielleicht, so dachte ich, wußte Alfie etwas, was die Kontrollkommission nicht wußte. Vielleicht konnte Alfie mir sagen, warum Loder fast panisch reagiert hatte, als er mit der Aussicht konfrontiert worden war, daß ›Dozen Roses‹ am kommenden Sonnabend vielleicht nicht an den Start gehen konnte.

Brad hatte die sechs letzten Rennen von ›Dozen Roses‹ erwischt und dazu noch vier von ›Edelstein‹. Ich schaute mir zunächst die von ›Dozen Roses‹ an, wobei ich mit dem am längsten zurückliegenden anfing, das im Mai stattgefunden hatte, und die Einzelheiten mit Grevilles Eintragungen in seinem Taschenkalender verglich.

Auf dem Bildschirm erschienen Bilder von Pferden, wie sie im Führring im Kreis bewegt und dann zum Start gebracht wurden. Grevilles Farben – Rosa und Orange – waren gut zu erkennen. Dieses Mai-Rennen war eines für Dreijährige und ältere Pferde über 2000 Meter gewesen und hatte an einem Freitag in Newmarket stattgefunden. Achtzehn Rennpferde. ›Dozen Roses‹ wurde von einem Jockey geritten, der zu Loders zweiter Garnitur gehörte, da sein bester Mann im Sattel eines anderen Pferdes aus seinem Stall saß, das als hoher Favorit galt.

Beim Start kam es zu irgendeiner Rempelei, an der auch ›Dozen Roses‹ beteiligt war. Ich spulte das Band zurück, ließ es noch einmal im Zeitlupentempo durchlaufen und mußte lachen. ›Dozen Roses‹ hatte offensichtlich nicht das Rennen im Sinn gehabt, sondern ein ungebührliches Interesse an einer Stute bekundet.

Ich erinnerte mich jetzt daran, daß Greville mir mal gesagt hatte, daß er es schändlich und unfair finde, die Feurigkeit eines Hengstes zu dämpfen – er werde keines seiner Pferde je kastrieren lassen. Ich sah ihn deutlich vor mir, wie er über ein kleines Tischchen und den Rand eines Cognacglases hinweg mit funkelnden Augen zu mir gesprochen hatte, von denen seine eigene Freude am Sex abzulesen gewesen war. So viele so flüchtige Eindrücke von ihm in meinem Kopf, dachte ich. Und auch wieder viel zu wenige. Ich konnte einfach nicht glauben, daß ich nie wieder mit ihm würde essen gehen können – egal, was mein Verstand mir sagte.

Normalerweise setzten Trainer keine Stuten ein, die heiß waren, aber manchmal ließ sich das nicht rechtzeitig genug feststellen. Pferde dagegen konnten das. ›Dozen Roses‹ war erregt gewesen. Man hatte die Stute sofort in die Startbox gesperrt und ›Dozen Roses‹ bis zur letzten Minute herumgeführt, damit sich seine Leidenschaft abkühle. Seinem Lauf hatte dann der rechte Schwung gefehlt, und er hatte nur einen mittleren Platz belegt, während die Stute hinter ihm und als letztes Pferd eingelaufen war. Loders anderes Pferd, der Favorit, hatte mit einer Länge Vorsprung gewonnen.

Zu dumm, dachte ich lächelnd und schaute mir den nächsten Versuch von ›Dozen Roses‹ drei Wochen später an.

Diesmal gab's nichts, was ihn hätte ablenken können. Das Pferd war ruhig, fast schläfrig, und brachte jene Art von bescheidener Leistung, die Besitzer sich fragen läßt, ob das alles die Sache wohl wert sei. Das folgende Rennen war ziemlich ähnlich verlaufen, und wenn ich Greville gewesen wäre, hätte sich bei mir wahrscheinlich die Auffassung durchgesetzt, daß die Zeit für einen Verkauf gekommen sei.

Greville, so schien es, hatte mehr Vertrauen gehabt. Nach einer Pause von sieben Wochen jedenfalls war ›Dozen Roses‹ förmlich zum Start geprescht, begeisternd gelaufen und als erstes Pferd über die Ziellinie geschossen – und hatte all denen 14:1 eingebracht, die unwissend genug gewesen waren, um auf ihn zu setzen. So natürlich Greville.

Ich sah mir eine Aufzeichnung nach der anderen an, und es

stellte sich mir tatsächlich langsam die Frage, warum die Stewards keinen Wind gemacht hatten. Greville hatte aber nichts dergleichen je erwähnt, nur gesagt, wie sehr er sich freue, daß das Pferd die Form wiedererlangt habe, die es als Dreijähriger gehabt hatte.

Danach hatte ›Dozen Roses‹ zwei weitere in puncto Ausdauer und Zielstrebigkeit vorbildliche Leistungen gezeigt – womit wir beim neuesten Stand angelangt waren. Ich ließ das letzte Band zurücklaufen, nahm es heraus und konnte wohl sehen, warum Loder glaubte, daß das Pferd am Samstag gut laufen würde.

Die Aufzeichnungen der Rennen von ›Edelstein‹ waren weitaus weniger interessant. Trotz seines Namens war er nicht sehr viel wert, und das eine Rennen, das er gewonnen hatte, sah wirklich mehr nach einem Zufallstreffer als nach dem Ergebnis konstruktiver Arbeit aus. Ich faßte den Entschluß, beide Pferde zu verkaufen, wie Loder das ja auch anstrebte.

7

Brad kam am Mittwoch schon sehr früh und fuhr mich nach Lambourn. Trotz Distalgesics schmerzte der Knöchel, behinderte mich an diesem Morgen aber doch nicht mehr ganz so, und ich hätte durchaus auch selbst fahren können, wenn ich mir Mühe gegeben hätte. Es ging mir unterwegs durch den Kopf, daß Brad zur Verfügung zu haben ein Luxus war, an den ich mich nur zu leicht gewöhnte.

Die Aufmerksamkeiten von Clarissa Williams hatten sich bis auf eine leichte Steifheit und einen dunkler werdenden Bluterguß in Gestalt eines Streifens zwischen Schulter und Ellbogen wieder verflüchtigt. Das, was geblieben war, machte mir nicht sonderlich viel aus, denn über weite Strecken des Jahres hatte ich mal hier und mal da blaue Flecken, die das Resultat der für Hindernisrennen gültigen Wahrscheinlichkeitsrechnung waren. Man stürzte ungefähr einmal pro vierzehn Rennen, manchmal auch öfter, und während einige Jockeys Körper hatten, die kaum je blaue Flecken zeigten, tat meiner dies gern und zur Genüge. Dafür heilte bei mir alles sehr schnell wieder – Knochen, Haut und Optimismus, eben alles.

Milo Shandy, der zwischen seinen Stallungen herumlief, als sei er absolut unfähig stillzustehen, kam zu meinem ausrollenden Wagen gerannt und riß die Tür auf der Fahrerseite auf. Die Worte, die er hatte sagen wollen, kamen irgendwie nicht heraus. Er starrte zuerst Brad an, dann mich auf dem Rücksitz und meinte endlich: »Bei Gott, ein Chauffeur! Verhätschelst dich, was?«

Brad stieg aus, warf Milo einen Neandertalerblick zu und reichte mir wie üblich die Krücken.

Milo, dunkel, klein und untersetzt, beobachtete den Vorgang voller Abscheu.

»Ich möchte, daß du ›Dattelpalme‹ reitest«, sagte er.

»Nun, das geht aber nicht.«

»Die Ostermeyers werden's wünschen. Ich habe ihnen gesagt, daß du da sein wirst.«

»Gerry reitet ›Dattelpalme‹ sehr gut«, sagte ich – Gerry war der Bursche, der das Pferd normalerweise und an den meisten Tagen der Woche bewegte.

»Gerry ist nicht du.«

»Er ist besser als ich mit meinem kaputten Fußgelenk.«

Milo blitzte mich an. »Willst du nun, daß das Pferd hier bleibt oder nicht?«

Das wollte ich natürlich.

Milo und ich verbrachten einen ansehnlichen Teil unserer Zeit mit Zankereien. Er war von Natur aus streitsüchtig und temperamentvoll, mit Ansichten schnell bei der Hand, die sich schon am nächsten Tag in ihr Gegenteil verkehren konnten, schulmeisterlich, dynamisch und direkt. Er vertraute einzig und allein seinem eigenen Urteil und war stets sicher, daß sich am Ende alles zum Guten wenden würde. Er verhielt sich den Pferdebesitzern gegenüber einigermaßen taktvoll, aber seinen Angestellten begegnete er mit Härte, und den Pferden, die er dutzendweise zu Siegern machte, mit Flüchen.

Ich war am Anfang, also vor drei Jahren, als ich für ihn zu reiten angefangen hatte, über die Art und Weise, wie er mit mir sprach, sehr erbittert gewesen. Eines Tages hatte ich die Beherrschung verloren und zurückgebrüllt, woraufhin er in ein Lachen ausgebrochen war und mir verkündet hatte, daß wir beide gut miteinander auskommen würden, was auch der Fall war, wenn auch nur selten an der Oberfläche.

Ich wußte, daß die Leute glaubten, wir paßten nicht zueinander – schließlich war ich gefällig und ruhig, er dagegen aufbrausend und unbeständig. Aber ich mochte seine Art, mit den Pferden zu arbeiten, die bereitwillig und gut für ihn zu laufen schienen, und so waren wir beide recht erfolgreich gewesen.

In diesem Augenblick trafen die Ostermeyers ein – auch sie mit Chauffeur, was Milo aber offensichtlich als selbstverständlich ansah. Er legte sein bullig-dickköpfiges Verhalten augenblicklich ab und ersetzte es durch den humorigen Charme, mit dem er die Besitzer regelmäßig zu verzaubern wußte. Der heutige Morgen bildete da keine Ausnahme. Die Ostermeyers sprachen sofort darauf an, sie mit einem neckischen Schlenkern der Hüften, er mit einem kräftigen Handschlag und breitem Grinsen.

Über meine Krücken waren sie nicht ganz so erfreut.

»O je«, rief Martha Ostermeyer mißbilligend aus. »Was haben Sie denn gemacht? Sagen Sie bloß nicht, daß Sie ›Dattelpalme‹ nicht reiten können. Wir sind doch bloß hergekommen, wissen Sie, weil der liebe Milo uns gesagt hat, Sie würden da sein und das Pferd reiten.«

»Er wird's auch reiten«, sagte Milo, noch bevor ich Martha Ostermeyer hatte antworten können, und sie klatschte erleichtert in ihre behandschuhten Hände.

»Wenn wir ihn kaufen sollen«, sagte sie lächelnd, »dann wollen wir ihn auch mit seinem richtigen Jockey im Sattel sehen und nicht mit irgendeinem von den anderen Burschen.«

Harley Ostermeyer nickte zustimmend und gütig mit dem Kopf.

Nicht so ganz meine Woche, dachte ich.

Die Ostermeyers waren ganz Güte und Verständnis, solange ihnen die Leute gefielen, und ich hatte es nie schwer gefunden, sie zu mögen. Aber mir war einmal auf dem Parkplatz einer Rennbahn auch Harley Ostermeyers versteckter Hang zu rücksichtsloser Bösartigkeit nicht entgangen – da hatte er einen Parkwächter zur Schnecke gemacht, der einen anderen Wagen so eingewiesen hatte, daß der seine eingeklemmt worden war und er eine halbe

Stunde hatte warten müssen. Der Wachmann hatte wirklich verängstigt ausgesehen. »Gute Nacht, Derek«, hatte er gekrächzt, als ich dort vorbeigegangen war, und dann war Harley herumgeschnellt und hatte die Hälfte seines Ärgers dadurch abreagiert, daß er durch Schilderung seiner mißlichen Lage mein Mitgefühl zu erwecken trachtete. Harley Ostermeyer war sehr daran gelegen, daß man ihn für einen guten Kerl hielt – jedenfalls meistens. Er war, soweit ich das mitbekommen hatte, der Boß einer riesigen Supermarktkette. Martha Ostermeyer war selbst sehr wohlhabend, nämlich Bankiers-Multimillionärin in der vierten Generation. Ich war in den vergangenen Jahren oft für sie geritten und dafür gut entlohnt worden, denn Großzügigkeit gehörte zu ihren Vergnügungen.

Milo fuhr sie und mich in die Downs hinaus, wohin die Pferde schon gebracht worden waren, um bewegt zu werden. Der Tag war sonnig und kühl, der Himmel klar, die Downs erstreckten sich in Wellen bis zum Horizont, und das Fell der Pferde glänzte in der Sonne. Der ideale Tag, um einen Meisterschaftsjäger zu kaufen.

Milo schickte drei andere Pferde an den Anfang der Übungsstrecke und ließ sie diese dann entlanggaloppieren, damit die Ostermeyers wußten, wohin sie zu schauen hatten und was zu erwarten war, wenn erst ›Dattelpalme‹ daherkam und an ihnen vorbeistob. Sie standen im Gras, blickten in die Richtung, in die Milo gezeigt hatte, und waren gespannt und glücklich.

Milo hatte in seinem großrädrigen Fahrzeug, das ungehindert durch den Schlamm und über die vielen Fahrspuren der Downs gerollt war, einen Ersatzhelm mitgebracht, und ich setzte ihn mit einem unhörbaren Seufzer auf. Das ganze Unterfangen war wirklich töricht, denn mein Bein war noch nicht wieder kräftig genug, und wenn irgend etwas Übles passierte, was ›Dattelpalme‹ erschreckte, war nicht auszuschließen, daß er durchging, sich verletzte, und wir ihn auf die eine oder andere Weise verloren.

Andererseits war ich gelegentlich schon mit gebrochenen Knochen nicht nur Trainingsrunden, sondern richtige Rennen geritten, und ich kannte einen Jockey, der sich drei Knochen in einem Fuß gebrochen und doch mehrere Siege herausgeritten hatte – er hatte, den Fuß in einem Eimer mit Eis, zwischen den Rennen in seiner Kabine geruht und war dann buchstäblich zum Führring hinausgehüpft, von Freunden gestützt. Von behördlicher Seite waren später dann sehr strenge medizinische Vorschriften erlassen worden, um so etwas zu verhindern, war es doch den Wettern gegenüber nicht fair. Aber es war immer noch möglich, hin und wieder mal damit durchzukommen.

Milo sah mich mit dem Helm auf dem Kopf aus dem Fahrzeug rutschen, kam glückstrahlend herbei und sagte: »Ich wußte doch, daß du es machen würdest.«

»Mm«, sagte ich. »Wenn du mir in den Sattel hilfst, dann leg bitte beide Hände fest um mein Knie und paß gut auf, denn wenn mein Fuß umknickt, kommt's zu keinem Verkauf.«

»Du bist mir vielleicht ein Schwächling«, sagte er.

Dennoch war er sehr vorsichtig, und ich landete ohne allzu große Probleme im Sattel. Ich hatte Jeans an und es an diesem Morgen zum ersten Mal geschafft, einen Schuh auch auf diesen Fuß zu bekommen – jedenfalls einen dieser weiten, weichen, schwarzen Ledermokassins, die ich als Hausschuhe benutzte. Milo schob den Steigbügel mit unerwarteter Sanftheit über den Mokassin, und ich fragte mich, ob ihm vielleicht in letzter Minute doch noch Zweifel an der Klugheit der ganzen Unternehmung gekommen waren.

Aber ein Blick auf die Gesichter der Ostermeyers vertrieb sowohl seine als auch meine Zweifel. Sie strahlten ›Dattelpalme‹ bereits voller Besitzerstolz an.

›Dattelpalme‹ sah wirklich gut aus, stach ins Auge, wie man so sagt. Ein Brauner mit schwarzen Flecken, ausgezeichneter Kopf, kurze, stämmige Beine mit reichlich Knochen. Die Ostermeyers waren stets auf hübsche Tiere aus, weil sie selbst so hübsch waren, und ›Dattelpalme‹ war darüber hinaus auch noch ein sehr wohlerzogenes Pferd, was einen Ritt mit ihm zu einem wahren Vergnügen machte.

Er und ich und noch zwei andere Pferde von unserer Koppel ritten nun im Schritt zum anderen Ende der Galoppstrecke los, fielen aber bald schon in einen leichten Trab, was mir nur dadurch möglich wurde, daß ich mich in den Bügeln aufstellte, alles Gewicht auf den rechten Fuß verlagerte und Milo wegen der Empfindungen in meinem linken phantasievoll verwünschte. ›Dattelpalme‹, der sehr genau wußte, wie Pferde zu reiten waren, nämlich nicht mit einer solchen Schlagseite, schüttelte heftig Kopf und Schweif, schien mir im übrigen dann aber doch zu vertrauen. Wir beide kannten uns schließlich sehr gut, war ich doch im Verlauf der vergangenen drei Jahre bei allen Rennen sein Jockey gewesen. Pferde hatten keine Möglichkeit, einem Wiedererkennen direkten Ausdruck zu geben, aber manchmal drehte er doch den Kopf zu mir hin und sah mich an, wenn er meine Stimme hörte, und ich meine auch, daß er mich an meinem Geruch erkennen konnte, denn er berührte zuweilen meinen Nacken mit dem Maul, und seine Nüstern machten dabei kleine, flatternde Bewegungen. In jedem Fall hatten wir eine sehr enge Beziehung zueinander, und das kam uns an diesem Morgen sehr zustatten.

Am Anfang der Galoppstrecke angelangt, bereiteten meine beiden Mitreiter und ich die Pferde darauf vor, in gestrecktem Galopp zu Milo und den Ostermeyers zurückzureiten. Ich mußte vor allem dafür sorgen, daß ich auf deren Seite neben den Begleitpferden herritt, damit sie einen ungehinderten Blick auf die Ware werfen konnten, und daß ich am Ende die Nase vorn hatte, um sie davon zu überzeugen, daß dies auch in Zukunft so sein würde.

Langsam einen Kreis reitend, um ›Dattelpalme‹ in die richtige Ausgangsposition zu bringen, redete ich leise mit dem Pferd, wie ich das oft tat. Wie viele andere Rennpferde auch, empfand es den

Klang der menschlichen Stimme als beruhigend, denn sie ließ es irgendwie spüren, daß alles in Ordnung war. Vielleicht hörten Pferde ja die tieferen Schwingungen – man konnte nie wissen.

»Lauf einfach mal da rauf wie ein echter Profi«, sagte ich zu ihm, »weil ich dich ungern verlieren würde, alter Knabe. Ich möchte eines Tages das *Grand National* mit dir gewinnen, deshalb glänze, blende. Ach, gib dein Bestes, verdammt und zugenäht.«

Ich ruckte kurz am Zügel, die Pferde setzten sich in Bewegung – und tatsächlich zeigte sich ›Dattelpalme‹ von seiner allerbesten Seite, hielt sich den größten Teil der Strecke bei seinen Begleitern, verlängerte erst seinen Schritt, als ich ihm das Signal dazu gab, löste sich dann von den anderen und schoß ruhig und mit gleichsam fließender Kraft an den Ostermeyers vorbei. Und wenn der Jockey die ganze Zeit über heftig stechende Schmerzen verspürte, so war das nur ein fairer Preis für das Ergebnis. Noch bevor ich das Pferd zum Stehen gebracht hatte, hatten es die Ostermeyers erworben, den Kauf mit einem Handschlag besiegelt.

»Die Vorlage eines einwandfreien veterinärärztlichen Attests vorausgesetzt«, sagte Harley gerade, als ich ›Dattelpalme‹ im Schritt zu der Gruppe zurückbrachte. »Sonst ist er wirklich großartig.«

Milos Lächeln sah so aus, als wolle es sein Gesicht zerteilen. Er hielt die Zügel, während Martha aufgeregt ihre Neuerwerbung tätschelte, und er hielt sie auch dann noch, als ich meine Füße aus den Steigbügeln zog, mich sehr behutsam zu Boden gleiten ließ und dann die paar Schritte bis zu der Stelle hüpfte, wo meine Krücken im Gras lagen.

»Was haben Sie mit Ihrem Fuß gemacht?« fragte Martha gänzlich unbesorgt.

»Verstaucht«, sagte ich und stützte erleichtert die Arme auf die Krücken. »Sehr langweilig.«

Sie lächelte, nickte und tätschelte nun meinen Arm. »Milo sagte, daß es nichts Schlimmes sei.«

Milo warf mir einen schauerlichen Blick zu, gab ›Dattelpalme‹ an Gerry zurück und half den Ostermeyers in das großrädrige Fahrzeug, um nach Hause zu fahren. Wir holperten über die Fahrspuren, und ich nahm den Helm ab und strich mir mit den Fingern durchs Haar, wobei mir durch den Kopf ging, daß ich zwar nicht gern dauernd solche Ritte absolvieren, es aber durchaus wieder tun würde, wenn dies zu einem so positiven Ergebnis führte.

Wir kehrten nun alle bei Milo zum Frühstück ein, dort so sehr ein Ritual wie in anderen Rennställen auch, und Milo und die Ostermeyers besprachen bei Kaffee, Toast und Spiegeleiern mit Speck das weitere Programm von ›Dattelpalme‹, zu dem alle Spitzenrennen und natürlich auch ein erneuter Versuch gehören sollten, den *Gold Cup* zu holen.

»Was ist mit dem *Grand National*?« fragte Martha mit Augen wie Sternen.

»Nun ja, das müssen wir erst mal abwarten«, sagte Milo, aber auch seine Träume waren so deutlich sichtbar wie die Strahlen von Scheinwerfern. Er hatte als erstes nach unserer Rückkehr die vormalige Besitzerin von ›Dattelpalme‹ angerufen, sich von ihr bestätigen lassen, daß sie mit dem Verkauf einverstanden und sehr angetan davon war – und seitdem war er fast wie ein mit Helium gefüllter Ballon, den man an der Schnur von der Decke auf den Boden zurückziehen mußte. Meine Begeisterung war aber auch nicht viel kleiner. ›Dattelpalme‹ war wirklich ein Pferd, das einen zum Träumen bringen konnte.

Nach dem Essen und dutzendfachen Wiederholungen der Tugenden ihres Pferdes erzählte Milo den Ostermeyers, daß ich ›Dozen Roses‹ geerbt hatte, die gerichtliche Bestätigung des Testaments vorausgesetzt, was sie sehr zu interessieren schien. Martha setzte sich aufrechter hin und rief: »Sagten Sie York?«

Milo nickte.

»Meinen Sie kommenden Samstag? Also so was, Harley und

ich wollten nämlich jetzt am Sonnabend zum Rennen nach York fahren, nicht wahr, Harley?«

Harley sagte, daß dem in der Tat so sei. »Unsere lieben Freunde Lord und Lady Knightwood haben uns zum Lunch gebeten.«

Martha sagte: »Warum nehmen wir Derek nicht im Auto mit rauf, damit er sein Pferd laufen sehen kann? Was meinst du dazu, Harley?«

»Würde mich freuen, wenn Sie sich uns anschließen würden«, sagte Harley voller Aufrichtigkeit zu mir. »Lassen Sie uns bloß kein Nein hören.«

Ich sah in ihre freundlich-insistierenden Gesichter und sagte lahm: »Ich hatte eigentlich, wenn überhaupt, mit der Bahn fahren wollen.«

»Nein, nein«, sagte Martha. »Kommen Sie mit dem Zug nach London, und dann fahren wir zusammen rauf. Sagen Sie zu.«

Milo sah mich ängstlich an – die Ostermeyers zufriedenzustellen, das hatte noch immer absolute Priorität. Ich sagte, daß ich ihr freundliches Anerbieten sehr gerne annähme, und Martha, in deren Befriedigung sich plötzliche Unruhe mischte, sagte, sie hoffe doch sehr, daß meine Erbschaft mich nicht dazu bringen werde, keine Rennen mehr zu reiten.

»Nein«, sagte ich.

»Das klingt ausreichend entschieden«, sagte Harley mit Genugtuung. »Sie sind Teil unseres Handels, teurer Freund. Sie und ›Dattelpalme‹ gehören zusammen.«

Kurz darauf fuhren Brad und ich nach London zurück, und ich war froh, daß er am Steuer saß.

»Büro?« fragte er, und ich sagte: »Ja«, und wir legten den Weg in schweigender Harmonie zurück.

Er hatte mir schon am gestrigen Abend berichtet, daß Grevilles Auto nicht in der Nähe seines Hauses geparkt stehe – beziehungsweise hatte er mir den Zettel mit Grevilles Autonummer zurückgegeben und gesagt: »Habs nich finden können.« Ich dachte, daß ich mich wohl lieber an die Polizei und andere Abschleppunternehmen in Ipswich wenden und außerdem besser damit anfangen sollte, mich über die Finanzen der Firma und auch die Grevilles zu informieren. Außerdem hatte ich noch zwei Drittel des Tresorraums zu überprüfen. Ich fühlte wieder den unerbittlichen Sog des Treibsandes.

Ich nahm die verwirrenden kleinen Spielsachen aus Grevilles Haus mit nach oben ins Büro und zeigte sie June.

»Dies da«, sagte sie sogleich und zeigte auf die daumenlange Röhre mit dem Winselton, »ist ein Gerät, das Mücken vertreibt. Mr. Franklin sagte, das Geräusch sei das einer männlichen Mücke und es schrecke die blutsaugenden Weibchen ab.« Sie lachte. »Er sagte immer, jeder sollte so ein Ding bei sich haben.«

Sie nahm das andere Gerät in die Hand und runzelte die Stirn, drückte die rote Taste ohne jedes Ergebnis.

»Es hat eine Antenne«, sagte ich.

»O ja.« Sie zog sie voll aus. »Ich glaube ...« Sie unterbrach sich. »Er hatte mal so einen Sender, mit dem er aus einiger Entfernung sein Auto anlassen konnte. Da lief dann bei kaltem Wetter der Motor warm, bevor er das Haus verließ. Aber das Empfangsteil wurde ihm mitsamt seinem Porsche geklaut. Und dann kaufte er sich ja den alten Rover, und er meinte, daß es nur bei automatischem Getriebe oder Benzineinspritzung oder irgend so was funktioniere, was der Rover nicht habe.«

»Dann ist das also der Fernanlasser?«

»Also ... nein. Dies hier macht nicht soviel. Der Fernanlasser hatte auch Knöpfe, mit denen man das Licht einschalten konnte. Da konnte man sehen, wo das Auto stand, wenn man es zum Beispiel auf einem unbeleuchteten Parkplatz abgestellt hatte.« Sie schob die Antenne wieder zusammen. »Ich glaube, dies Ding schaltet nur das Licht ein oder läßt das Auto pfeifen, wenn ich mich richtig erinnere. Er freute sich ungeheuer darüber, als er es bekam, aber ich hab's schon seit Ewigkeiten nicht mehr gesehen. Er hatte so viele Sachen, daß er sie schon nicht mehr alle mit sich herumtragen konnte, und ich glaube, er war es auch ein bißchen leid geworden, sie herumzuschleppen. Die meisten ließ er in seinem Schreibtisch liegen.«

»Sie haben sich gerade Ihre zwanzig Prozent Gehaltserhöhung noch ein zweites Mal verdient«, sagte ich.

»Wie bitte?«

»Lassen Sie uns doch mal sehen, ob die Batterien überhaupt noch gut sind«, sagte ich.

Sie öffnete das Batteriefach des Senders und entdeckte, daß es leer war. Als sei das reine Routine, öffnete sie ein Schubfach in einem der anderen Unterschränkchen des Schreibtisches, und zum Vorschein kam eine große, offene Schachtel, die mit Unmengen von Batterien der verschiedensten Größen gefüllt war. Sie nahm eine Packung heraus, öffnete sie, steckte die erforderliche Anzahl von Energiequellen in die dafür vorgesehene Kammer, und obwohl ein Druck auf die rote Taste noch immer kein Ergebnis zeitigte, war ich doch recht zuversichtlich, daß wir der Sache nähergekommen waren.

June sagte plötzlich: »Sie wollen das Ding mit nach Ipswich nehmen, nicht wahr? Um sein Auto zu finden, hab ich nicht recht?«

Ich nickte. »Lassen Sie uns hoffen, daß es funktioniert.«

»Oh, das muß es.«

»Es ist eine ziemlich große Stadt, und das Auto könnte überall stehen.«

»Ja«, sagte sie, »aber es muß doch *irgendwo* sein. Ich bin sicher, daß Sie's finden werden.«

»Mm.« Ich sah in ihr strahlendes, intelligentes Gesicht. »Bitte erzählen Sie niemandem etwas von diesem Gerät, June«, sagte ich.

»Aber wieso denn nicht?«

»Weil jemand hier in dieses Büro eingebrochen ist«, sagte ich,

»und etwas gesucht hat. Und weil wir nicht wissen, ob er's gefunden hat. Sollte das nicht der Fall sein, weil sich das Gesuchte vielleicht in Grevilles Auto befindet, dann wäre es gut, wenn niemand mitbekäme, daß das Auto noch nicht gefunden worden ist.« Ich machte eine Pause. »Es wäre mir lieb, wenn Sie nichts sagten.«

»Auch nicht zu Annette?«

»Zu niemandem.«

»Aber das bedeutet ja, daß Sie glauben ... Sie glauben ...«

»Ich glaube im Grunde genommen gar nichts. Es ist nur um der Sicherheit willen.«

Sicherheit – das fand sie in Ordnung. Sie blickte weniger beunruhigt drein und war einverstanden, hinsichtlich des Autofinders Schweigen zu bewahren. Und ich hatte ihr nichts von dem Straßenräuber erzählen müssen, der mich niedergeschlagen hatte, um den Beutel mit Grevilles Sachen zu stehlen, was mir – rückblickend – immer weniger nach einem wahllosen Überfall und immer mehr nach einem ganz gezielten Unternehmen aussah.

Irgend jemand mußte gewußt haben, daß Greville sterben würde, dachte ich. Jemand, der einen Raubüberfall organisiert oder durchgeführt hatte. Ich hatte nicht die geringste Ahnung, wer das eine oder das andere getan haben könnte, aber es erschien mir durchaus möglich, daß einer von Grevilles Angestellten – ganz unwissentlich – in Hörweite empfindlicher Ohren geplaudert haben könnte. Was aber hätten seine Mitarbeiter ausplaudern können? Greville hatte keinem von ihnen anvertraut, daß er Diamanten zu kaufen beabsichtigte. Und warum hatte er das nicht getan? Obwohl er verschwiegen war, waren Edelsteine nun einmal sein Geschäft gewesen.

Die Gedanken drehten sich nutzlos im Kreise, brachten mich nicht weiter. Der düsterste war der, daß sich irgend jemand nach dem Zusammenbruch des Baugerüstes auf die Suche nach Grevilles Auto begeben haben konnte – und daß ich vielleicht zwar

Motor und Räder fand, das entscheidende Handschuhfach aber leer war.

Annette kam mit einer Hand voller Papiere herein, die, wie sie sagte, mit der Morgenpost gekommen seien und erledigt werden müßten – und zwar von mir, wie aus ihrem Verhalten deutlich zu ersehen war.

»Setzen Sie sich also zu mir«, sagte ich, »und erzählen Sie mir, worum es da jeweils geht.«

Da waren Briefe von Versicherungsfritzen, von Leuten, die um Spenden baten, von unzufriedenen Kunden, von Gemmologen, und ein Telegramm von einem Lieferanten in Hongkong, der mitteilte, daß er nicht mehr genug runde afrikanische Amethystkugeln der Größe 12 mm und der Qualitätsstufe AA vorrätig habe, und anfragte, ob wir statt dessen auch brasilianischen Amethyst nehmen würden.

»Was macht das denn für einen Unterschied?« fragte ich. »Ist das von Belang?«

Annette ließ angesichts meiner Ignoranz Kummerfalten sehen. »Den besten Amethyst gibt es in Afrika«, sagte sie. »Der geht dann nach Hongkong oder Taiwan, wo er zu Kugeln geschliffen und poliert wird. Dann kommt er hierher. Der Amethyst aus Brasilien hat keine so schöne dunkle Färbung. Soll ich nun den brasilianischen Amethyst bestellen oder sollen wir warten, bis er mehr vom afrikanischen bekommt?«

»Was meinen Sie?« fragte ich.

»Mr. Franklin hat immer entschieden.«

Sie sah mich ängstlich an. Es ist hoffnungslos, dachte ich. Ohne Wissen ist auch die einfachste Entscheidung unmöglich.

»Würden die Kunden denn statt des afrikanischen auch den brasilianischen akzeptieren?« fragte ich.

»Einige ja, andere nein. Der brasilianische ist viel billiger. Wir verkaufen jedenfalls auch eine Menge davon, in allen Größen.«

»Gut«, sagte ich, »wenn uns die afrikanischen Kugeln ausgehen, bieten wir den Kunden brasilianische an. Oder wir offerieren afrikanische in einer anderen Größe. Telegrafieren Sie dem chinesischen Lieferanten, daß er uns alle afrikanischen Kugeln AA/12 mm schicken soll, die er noch am Lager hat, und den Rest, sobald er kann.«

Sie sah erleichtert aus. »Genau das, was ich auch gemacht hätte.«

Und warum haben Sie's dann nicht gesagt? dachte ich, aber es hatte gar keinen Sinn, sich zu ärgern. Wenn sie mir einen schlechten Rat gegeben hätte, hätte ich es ihr wahrscheinlich zum Vorwurf gemacht – von ihrem Standpunkt aus gesehen war es, wie ich annahm, wohl sicherer, sich nicht allzu weit vorzuwagen.

»Übrigens habe ich Prospero Jenks erreicht«, sagte sie. »Er meinte, er wäre heute um halb drei in seinem Geschäft in Knightsbridge, wenn Sie ihn zu sprechen wünschten.«

»Großartig.«

Sie lächelte. »Ich habe auch nichts von Pferden gesagt.«

Ich lächelte zurück. »Gut.«

Sie nahm die Briefe wieder an sich und mit in ihr Büro, um sie zu beantworten, und ich ging auf meiner Reise zum Tresorraum von Abteilung zu Abteilung und sah allen eine Weile bei ihrer Arbeit zu. Alle waren befähigt und willig und dabei, sich dem Wechsel an der Führungsspitze langsam anzupassen, ihre Vorbehalte hinunterschluckend. Ich fragte, ob jemand so gut sein könne, mal zu Brad hinunterzugehen und ihm Bescheid zu sagen, daß ich ihn um zwei Uhr brauchen werde, vorher aber nicht – und schon lief June los und kam wie ein Bumerang wieder zurück.

Ich schloß den Tresorraum auf und fing beim Topas an – Tausende von glänzenden, durchsichtigen, glatten Steinen in den Farben des Regenbogens, manche größer als Eicheln, andere so klein wie Erbsen.

Keine Diamanten.

Danach jede nur denkbare Form und Größe von Granat, der,

wie ich entdeckte, sowohl gelb und grün als auch rot sein konnte, und viele Schachteln voller Citrin.

Zweieinhalb Stunden faltete ich glänzende weiße Umschläge auf und wieder zusammen – und keine Diamanten.

Einmal wirbelte June mit einer umfangreichen Bestellung facettierter Steine herein, die sie mir kommentarlos reichte, und ich erinnerte mich daran, daß ja nur Greville und Annette Steine aus dem Tresorraum versandfertig gemacht hatten. Ich ging auf die Suche nach Annette und fragte sie, ob sie etwas dagegen habe, wenn ich ihr zuschaue. Das hatte sie nicht, und so beobachtete ich, wie sie sich durch die lange Liste durcharbeitete, aus zwanzig und mehr Schachteln heraussuchte, was verlangt wurde, und alles auf einem Regalbrett zusammentrug. Sie arbeitete schnell und sicher, wußte genau, wo alles zu finden war. Es sei ganz leicht, sagte sie, um mir Mut zu machen. Ich würde den Dreh schon bald raus haben. Mit Gottes Hilfe, dachte ich.

Nach einem weiteren von Junes Sandwich-Mittagessen ging ich um zwei Uhr zum Wagen hinunter und nannte Brad die Adresse von Prospero Jenks in Knightsbridge. »Ein Geschäft irgendwo in der Nähe von Harrods«, sagte ich und stieg ein.

Er nickte, wand sich durch das Verkehrsgewühl und fand den Laden.

»Hervorragend«, sagte ich. »Diesmal werden Sie wohl ans Autotelefon gehen müssen, denn hier können Sie ja nirgends parken.«

Er schüttelte den Kopf. Er hatte sich diesem Ansinnen schon mehrfach widersetzt.

»Aber ja doch«, sagte ich. »Es ist wirklich ganz einfach. Ich schalte es Ihnen jetzt ein. Wenn es klingelt, heben Sie ab und drükken auf diesen Knopf hier, und schon können Sie mich hören. Klar? Ich rufe Sie an, wenn ich bereit zum Aufbruch bin, und dann kommen Sie einfach hierher zurück und holen mich wieder ab.«

Er sah das Telefon an, als sei es verseucht.

Es war ein herausnehmbarer, tragbarer Apparat, also kein fest eingebauter, und deshalb nahm er keine Gespräche auf, wenn man ihn nicht einschaltete, was ich ziemlich oft zu tun vergaß und manchmal auch mit Absicht unterließ. Ich stellte nun das Gerät eingeschaltet auf den Beifahrersitz, um ihm die Sache zu erleichtern, und erhoffte das Beste.

Das Schaufenster von Prospero Jenks wurde von jenem intensiven Licht durchflutet, das Schmuck zum Funkeln bringt, wohingegen die Buchstaben seines Namens über dem Fenster klar und schnörkellos waren, als sei dort irgendeine Form von Prachtentfaltung nur Verschwendung.

Ich schaute mit einer Neugier in das Schaufenster hinein, die ich noch vor einer Woche nie und nimmer verspürt hätte, und sah, daß es nicht mit der üblichen Ansammlung von Ringen und Armbanduhren gefüllt war, sondern mit lustigen Spielereien – da gab es kleine Modellautos und -flugzeuge, Skiläufer, Rennjachten, Fasane und Pferde, alles Gold und Emaille und glitzernde Edelsteine. Ich bemerkte auch, daß so gut wie jeder Passant stehenblieb und in das Fenster blickte.

Mich mühselig durch die schwere Glastür des Geschäfts schiebend, gelangte ich in einen Raum, der mit dickem Teppich ausgelegt war und wo vor jeder Vitrine bequeme Stühle bereitstanden. Abgesehen von dieser Plüschigkeit war es eigentlich ein ganz gewöhnlicher Laden, nicht sehr groß, ruhig in der Ausstattung, erregend allein die vielen Klunker.

Außer mir war niemand da, und ich humpelte zu einem der Verkaufstische, um mir näher anzuschauen, was darin ausgestellt war. Ringe, wie ich sehen konnte, aber nicht diese schlichten runden Kreise. Die Ringe hier waren riesig, viele von ihnen asymmetrisch, jeder für sich ein farbiger Blickfang.

»Womit kann ich dienen?« fragte eine Stimme.

Ein unscheinbarer Herr mittleren Alters in schwarzem Anzug trat aus einem Durchgang im rückwärtigen Teil des Geschäftes.

»Mein Name ist Franklin«, sagte ich. »Ich hätte gern Prospero Jenks gesprochen.«

»Einen Augenblick bitte.«

Er zog sich zurück, kehrte dann mit einem halben Lächeln wieder und forderte mich auf, ihm in die privateren Räumlichkeiten hinter dem Durchgang zu folgen, die den Blicken der Kunden durch eine Trennwand entzogen waren. Eigentlich war es nur ein einziger, sehr großer Raum, der als Büro und Werkraum diente und einen furchteinflößenden Safe und Schränkchen mit vielen kleinen Schubfächern beherbergte, wie ich sie von Saxony Franklin her kannte. An einer der Wände hing ein großes, gerahmtes Schild, auf dem stand: DREHE KUNDEN NIEMALS DEN RÜCKEN ZU. BEHALTE STETS IHRE HÄNDE IM AUGE. Ein hübsches Eingeständnis mangelnden Vertrauens, dachte ich amüsiert.

Vor einer der Werkbänke saß gebeugt, eine Juwelierslupe in ein Auge geklemmt, ein Mann in einem rosa und weiß gestreiften, kurzärmeligen Hemd auf einem Schemel und bastelte konzentriert an einem kleinen Goldobjekt herum, das in einen Schraubstock eingespannt war. Das Vorhandensein von Geduld und handwerklichem Können war deutlich zu sehen.

Der Mann nahm mit einem Seufzer die Lupe aus dem Auge, erhob sich und wandte sich mir zu, um mich vom Scheitel bis zur Sohle mit wachsender Überraschung zu mustern. Wen immer er erwartet haben mochte – ich war es nicht.

Dieser Eindruck beruhte, so dachte ich, wohl auf Gegenseitigkeit. Er war vielleicht fünfzig, sah aber auf eine an Peter Pan erinnernde Weise jünger aus. Ein jungenhaftes Gesicht mit wachen blauen Augen und einer Fülle von Furchen, die sich in seine Stirn einzugraben begannen. Ziemlich hellblondes Haar, kein Bart, kein Schnurrbart, kein persönliches Erkennungszeichen. Ich hatte jemanden erwartet, der modischer, extravaganter, eigenwilliger aussah.

»Grevs Bruder?« sagte er. »Was für eine Überraschung. Also,

da hatte ich doch gedacht, Sie hätten sein Alter, seine Größe.« Er kniff die Augen zusammen. »Er hat nie erwähnt, daß er einen Bruder hat. Woher weiß ich, daß alles mit rechten Dingen zugeht?«

»Seine Assistentin, Annette Adams, hat diesen Termin mit Ihnen vereinbart.«

»Ja, das ist richtig. Gut. Erzählte mir auch, daß Grev tot ist, lang lebe der König. Sagte, sein Bruder übernähme nun das Geschäft, das Leben ginge halt weiter. Aber ich sage Ihnen, wenn Sie nicht über das gleiche Wissen wie Grev verfügen, dann wird's schwierig für mich.«

»Ich bin hergekommen, um mit Ihnen darüber zu reden.«

»Sieht alles nicht nach frohen Botschaften aus«, sagte er und sah mich mit klugen Augen an. »Wollen Sie sich setzen?« Er wies auf einen Bürostuhl und nahm selbst wieder auf seinem Schemel Platz. Seine Stimme klang nach allem anderen als nach geschliffenem Glas. Eher nach dem Osten Londons, für den Westen gereinigt – die Art, die ohne alle Privilegien aus dem Nichts daherkam und auf Grund bloßer, unleugbarer Begabung ganz nach oben gelangte. Er hatte das selbstsichere Betragen, das auf lang anhaltendem Erfolg basiert – ein kreativer Geist, der zugleich Geschäftsmann war, ein origineller Künstler ohne Allüren.

»Ich bin erst noch dabei, das Geschäft zu erlernen«, sagte ich vorsichtig. »Ich werde tun, was ich kann.«

»Grev war ein Genie«, erwiderte er impulsiv. »Keiner war so gut wie er, was Steine angeht. Er brachte eigentümliche und einmalige Stücke aus aller Welt an, und ich fertigte Schmuckstücke daraus ...« Er schwieg und breitete die Arme aus. »Sie finden sie in Palästen«, fuhr er dann fort, »und in Museen und in den Villen von Palm Beach. Nun ja, das ist mein Geschäft. Ich verkaufe an die, die das Geld haben. Ich habe zwar auch meinen Stolz, aber der steckt in den Schmuckstücken. Sie sind gut, ich bin teuer, das bringt's.«

»Stellen Sie alles selbst her, was Sie verkaufen?« fragte ich.

Er lachte. »Nein, nicht ich persönlich, das würde ich nie

schaffen. Verstehen Sie mich nicht falsch, ich entwerfe das alles zwar, aber ich habe eine Werkstatt, die die Sachen dann anfertigt. Ich mache nur die besonderen Stücke selbst, die einmaligen. Zwischendurch entwerfe ich auch Schmuck für den Massenmarkt. Grev sagte mal, er hätte einiges an schönem Spinell da, haben Sie den noch?«

»Hm«, sagte ich. »Rot?«

»Rot«, bestätigte er. »Drei, vier oder fünf Karat. Ich nehme alles, was Sie haben.«

»Wir schicken es Ihnen morgen.«

»Durch Boten«, sagte er. »Nicht mit der Post.«

»In Ordnung.«

»Und einen Klumpen Bergkristall so groß wie der Eiger. Grev hat mir ein Foto davon gezeigt. Ich habe den Auftrag zu einem Phantasiestück erhalten ... Schicken Sie mir auch den Kristall.«

»In Ordnung«, sagte ich wieder und verbarg meine Zweifel. Ich hatte nirgends einen Klumpen Bergkristall gesehen. Aber Annette würde wohl Bescheid wissen, dachte ich.

Beiläufig sagte er: »Was ist mit den Diamanten?«

Sehr beherrscht atmete ich aus und wieder ein.

»Wieso, was soll mit ihnen sein?« fragte ich.

»Grev wollte mir welche besorgen. Er hatte sie sogar schon erstanden, jedenfalls hat er mir das gesagt. Er wollte einen Posten zum Schleifen schicken. Sind sie schon zurückgekommen?«

»Noch nicht«, sagte ich und hoffte, daß ich nicht krächzte. »Sprechen Sie von den Diamanten, die er vor ein paar Monaten bei der CSO gekauft hat?«

»Gewiß doch. Er hat auf meine Veranlassung hin bei einem Sightholder Anteile an einem Sight gekauft. Ich führe noch immer diese großen, klotzigen Ringe und Ketten, mit denen ich mir mal einen Namen gemacht habe, besetze inzwischen aber einige mit größeren Brillanten, denn das bringt höheren Profit pro Stück, und der Markt gibt's her. Ich wollte, daß Grev sie mir besorgt, weil ich ihm vertraute. Vertrauen ist in dieser Branche wie Goldstaub, obwohl Diamanten ja eigentlich gar nicht sein Fach waren. Aber Sie würden zwei- bis dreikarätige Steine auch nicht von jedem kaufen, selbst wenn es nicht um solche der Klasse D oder E, das heißt makellose, ginge, nicht wahr?«

»Da, äh, haben Sie recht...«

»Na ja, deshalb kaufte er also einen Teil von diesem Sight und läßt die Steine nach meinen Vorgaben in Antwerpen schleifen, wie Sie, wie ich annehme, wissen.«

Ich nickte. Ich wußte das, aber erst, seitdem er es mir erzählt hatte.

»Aus einigen werde ich Sterne machen, die von dem Bergkristall herabscheinen...« Er brach ab, zuckte, sein eigenes Verhalten mißbilligend, mit den Schultern und sagte: »Und ich mache ein Mobile aus Brillanten an feinem Golddraht, das sich schon beim leisesten Lufthauch bewegt. Es soll an einem Fenster hängen und im Sonnenlicht funkeln.« Wieder der Selbsttadel, diesmal von einem Lächeln begleitet. »Brillanten sind einfach hinreißend im Sonnenlicht, sie kommen darin am allerbesten zur Geltung, und all die Snobs der Gesellschaft dieser Stadt schreien rum, daß es so entsetzlich ordinär ist, Liebling, diamantbesetzte Ohrringe und Armbänder bei hellem Tageslicht zu tragen. Es macht mich ganz krank, um ehrlich zu sein. Was für eine Verschwendung!«

Ich hatte noch nie über Brillanten im Sonnenlicht nachgedacht, obwohl ich dies, wie abzusehen war, in Zukunft wohl würde tun müssen. Perspektiven, die sich einmal aufgetan haben, lassen sich nicht wieder schließen, wie Greville gesagt hätte.

»Ich habe leider noch nicht alles aufgearbeitet«, sagte ich, und das war die Untertreibung des Jahrhunderts. »Sind von diesen Brillanten schon welche an Sie geliefert worden?«

Er schüttelte den Kopf. »Ich hatte es bisher auch nicht so eilig damit.«

»Und... äh... um wieviele geht es?«

»Etwa einhundert. Wie ich schon sagte, nach den geltenden Maßstäben nicht die beste Färbung, aber manchmal können sie zusammen mit Gold wärmer aussehen, gerade wenn es nicht ultrablauweiße Steine sind. Ich arbeite meistens mit Gold. Ich mag das Gefühl.«

»Wieviel«, sagte ich langsam und rechnete, »wird diese Bergkristallphantasie kosten?«

»Geschäftsgeheimnis. Aber, nun ja, Sie sind ja wohl jetzt im Geschäft. Es ist eine Auftragsarbeit, ich habe einen Vertrag über eine viertel Million, wenn sie's mögen. Wenn nicht, bekomme ich das Stück zurück, verkaufe es anderweitig, nehm's wieder auseinander, was weiß ich. Im schlimmsten Fall verliere ich nur die Zeit, die ich auf die Herstellung verwendet habe, aber keine Sorge, sie werden's schon mögen.«

Seine Sicherheit beruhte auf Erfahrung, war absolut.

Ich sagte: »Wissen Sie zufällig den Namen der Diamantschleiferei in Antwerpen, an die Greville die Steine geschickt hat? Ich denke, das steht auch in unseren Unterlagen im Büro, aber wenn ich schon weiß, nach wem ich fahnden muß...« Ich machte eine Pause. »Ich könnte ja versuchen, die Leute ein wenig zur Eile anzutreiben, wenn Sie das wünschen.«

»Das täte ich schon, aber ich weiß leider nicht genau, wen Grev dort kannte.«

Ich zuckte die Achseln. »Ich werde halt nachschauen.«

Wo aber, so fragte ich mich, sollte ich nachschauen? Nicht in dem verschollenen Adreßbüchlein, soviel war mal sicher.

»Wissen Sie den Namen von diesem Sightholder?« fragte ich.

»Auch nicht.«

»Da liegt tonnenweise Papier im Büro«, sagte ich erläuternd. »Ich werde mich durchwühlen, so schnell ich kann.«

»Grev sagte nie etwas, wenn er nicht mußte«, sagte Jenks ganz unverhofft. »Ich redete, er hörte zu. Wir kamen gut miteinander aus. Er sah, was ich besser als jeder andere konnte.«

Traurigkeit in der Stimme – das war wohl allgemein die höchste Auszeichnung für meinen Bruder, dachte ich. Man hatte ihn gemocht. Man hatte ihm vertraut. Man würde ihn vermissen.

Ich stand auf und sagte: »Ich danke Ihnen, Mr. Jenks.«

»Nennen Sie mich Pross«, sagte er leichthin. »Alle tun das.«

»Ich heiße Derek.«

»Gut«, sagte er lächelnd. »Ich werde auch weiterhin Geschäfte mit Ihrer Firma machen, durchaus, aber ich werde mir einen anderen Reisenden vom Schlage Grevs suchen müssen, mit einem Auge wie dem seinen ... Er hat mich beliefert, seit ich mich selbständig gemacht habe, er hat mir Kredit gegeben, wenn die Banken ihn mir verweigerten, er hat an mein Können geglaubt ... Irgendwann in meiner Anfangszeit brachte er mir mal zwei Turmaline, säulige Aggregate, die über fünf Zentimeter lang waren und halb rosa, halb grün, von unten nach oben ging eins ins andere über. Durchsichtig, wenn das Licht durch sie hindurchschien, und in der Farbe wechselnd, während man hineinsah. Es wäre eine Sünde gewesen, sie für Schmuck zurechtzuschleifen. Ich faßte sie in Gold und Platin, damit man sie ins Sonnenlicht hängen und sich darin drehen lassen konnte.« Er lächelte sein mißbilligendes Lächeln. »Ich mag es, wenn Edelsteine Leben haben. Ich brauchte Grev diese Turmaline nie zu bezahlen. Das Stück machte mich bekannt, es wurde in den Zeitschriften besprochen und gewann Preise, und er meinte nur, die Geschäfte, die wir miteinander machen würden, wären sein Lohn.« Er schnalzte mit der Zunge. »Ich rede und rede.«

»Ich höre gern zu«, sagte ich. Ich sah durch den Raum zu seiner Werkbank hinüber und fragte: »Wo haben Sie das alles gelernt? Wie fängt man so etwas an?«

»Ich habe in den Metallverarbeitungskursen auf unserer Gesamtschule angefangen«, antwortete er offen. »Dort faßte ich kleine Glassplitter in vergoldeten Draht und schenkte diese Stücke meiner Mama. Dann wollte deren Freundin auch so was.

Und als ich schließlich von der Schule abging, zeigte ich ein paar meiner Sachen einem Schmuckhersteller und fragte ihn, ob er einen Job für mich habe. Sie produzierten dort Modeschmuck, und bald machte ich die Entwürfe für sie und von da an ging es halt immer weiter.«

8

Ich benutzte Prosperos Telefon, um Brad anzurufen, aber obwohl ich das Klingelzeichen im Auto hören konnte, hob er nicht ab. Leise fluchend bat ich Pross, mir ein weiteres Telefonat zu gestatten, und rief Annette an.

»Bitte wählen Sie die Nummer so lange, bis Sie Brad dran haben«, sagte ich und nannte sie ihr. »Wenn er sich meldet, dann sagen Sie ihm, daß ich zum Aufbruch bereit stehe.«

»Kommen Sie hierher zurück?« fragte sie.

Ich sah auf meine Uhr. Es lohnte sich nicht, noch in die Firma zu fahren, mußte ich doch um halb sechs in Kensington sein. Also sagte ich ihr, daß ich nicht mehr kommen werde.

»Nun ja, da sind ein oder zwei Dinge ...«

»Ich kann dieses Telefon aber wirklich nicht ewig besetzt halten«, sagte ich. »Ich fahre zum Haus meines Bruders und rufe Sie von dort aus wieder an. Sehen Sie erst mal zu, daß Sie Brad erwischen.«

Ich dankte Pross nochmals dafür, daß ich hatte telefonieren dürfen. »Aber bitte sehr«, sagte er undeutlich. Er saß wieder vor seinem Schraubstock, dachte nach und werkelte herum, stellte eines seiner Wunder her.

Im Laden waren Kunden, die von dem schwarzgekleideten Verkäufer bedient wurden. Er sah nur kurz zu mir auf, als ich den Raum durchquerte, und wandte seine Aufmerksamkeit sofort wieder den Händen der Kundschaft zu. Ein Geschäft, das kein Vertrauen kannte – noch schlimmer als der Rennsport. Immerhin war es unmöglich, ein Rennpferd in seiner Tasche verschwinden zu lassen, wenn der Trainer mal gerade nicht hinschaute.

Ich stand auf dem Bürgersteig und fragte mich voller Pessimismus, wie lange Brad wohl brauchen würde, bis er den Telefonhörer abnahm, aber zu meiner großen Überraschung war er schon nach ein paar Minuten da. Als ich die Wagentür öffnete, schnurrte das Telefon.

»Warum gehen Sie denn nicht ran?« fragte ich und schob mich auf den Sitz.

»Hab vergessen, welcher Knopf.«

»Aber Sie sind doch hergekommen«, sagte ich.

»Wollja.«

Ich hob selbst den Hörer ab und sprach mit Annette. »Brad hat sich offensichtlich ausgerechnet, daß ich ihn erwarte, wenn das Telefon klingelt, und es deshalb nicht für nötig befunden, an den Apparat zu gehen.«

Brad nickte wortlos.

»Dann machen wir uns jetzt also nach Kensington auf.« Ich machte eine Pause und sagte dann: »Annette, was ist ein Sight und was ein Sightholder?«

»Ah, Sie sind wieder bei den Diamanten angelangt!«

»Ja. Wissen Sie's?«

»Natürlich weiß ich das. Ein Sightholder ist jemand, der die Erlaubnis hat, von der CSO Rohdiamanten zu kaufen. Es gibt nicht sehr viele davon, nur ungefähr hundertfünfzig, glaube ich. Die verkaufen die Diamanten dann weiter an andere Leute. Ein Sight ist die alle fünf Wochen stattfindende Verkaufsveranstaltung der CSO, und eine Sightbox ist jeweils eine geschlossene Partie von Steinen, die zum Verkauf kommt, obwohl die auch oft als Sight bezeichnet wird.«

»Ist ein Sightholder dasselbe wie ein Diamantschleifer?«

»Alle Sightholder sind Diamantschleifer, aber nicht alle Diamantschleifer sind Sightholder. Die Diamantschleifer kaufen bei den Sightholdern oder beteiligen sich an einem Sight oder kaufen woanders ein, das heißt nicht bei de Beers.«

Man brauchte nur mal eine einfache Frage zu stellen, dachte ich.

Annette sagte: »Aus Japan ist eine Sendung Zuchtperlen eingetroffen. Wohin soll ich die tun?«

»Hm. Meinen Sie wohin, weil der Tresorraum abgeschlossen ist?«

»Ja.«

»Wo haben Sie denn solche Sachen hingetan, wenn mein Bruder auf Reisen war?«

Sie sagte unsicher: »Er gab immer Anweisung, sie dann im Lagerraum unter ›Gemischte Perlen‹ abzulegen.«

»Dann tun Sie sie doch dorthin.«

»Aber das Schubfach ist voll mit Dingen, die schon in der letzten Woche gekommen sind. Ich möchte nicht die Verantwortung für die Aufbewahrung der Perlen an einem Ort übernehmen, den Mr. Franklin nicht gutgeheißen hätte.« Ich mochte einfach nicht glauben, daß sie auch bei simpelsten Fragen Anweisungen brauchte, aber das war ganz offensichtlich der Fall. »Die Perlen sind sehr wertvoll«, sagte sie. »Mr. Franklin hätte sie nie irgendwo und für alle sichtbar liegenlassen.«

»Gibt es irgendwelche leeren Schubfächer?«

»Nun, ich ...«

»Suchen Sie sich eine leere oder fast leere Schublade und tun Sie sie da rein. Wir werden uns dann morgen früh ordentlich um sie kümmern.«

»Ja, in Ordnung.«

Sie schien mit der gefundenen Lösung zufrieden zu sein und sagte, alles andere habe Zeit, bis ich wieder in der Firma sei. Ich schaltete das Telefon ab und fühlte mich von den Aussichten, die sie mir da eröffnet hatte, gänzlich überwältigt – wenn Greville wertvolle Sachen schon unter ›Gemischte Perlen‹ versteckt hatte, wo dann nicht noch überall? Würden sich die hundert Diamanten vielleicht im hinteren Teil der Fächer finden, die dem Rhodochrosit oder dem Jaspis vorbehalten waren, wenn ich dort nur nachschaute?

Schon eine gründliche Durchsuchung des Tresorraumes beanspruchte viel Zeit – da versprachen die vier Lagerräume der schiere Alptraum zu werden.

Wie durch ein Wunder fand Brad direkt vor Grevilles Haus einen Parkplatz, was ihn aber irgendwie zu enttäuschen schien.

»Zwanzig nach fünf zum Pub?« sagte er.

»Wenn's recht ist. Und würden Sie bitte hier stehenbleiben, bis ich da reingeschaut habe?« Ich war doch vorsichtig geworden, fand ich.

Er verbeugte sich zustimmend und sah zu, wie ich die wenigen Schritte bis zur Haustür zurücklegte. Keine Scheinwerfer gingen an und keine Hunde bellten – aller Wahrscheinlichkeit nach deshalb nicht, weil noch hellichter Tag war. Ich öffnete die drei Schlösser und stieß die Tür auf.

Es war still im Haus. Kein Luftzug. Ich stellte ein Bronzepferdchen zwischen Tür und Schwelle, das ganz offenkundig zu eben diesem Zweck dort herumlag, und ging durch den Hausflur nach hinten in das kleine Wohnzimmer.

Keine Eindringlinge. Keine Unordnung. Keine Amazonen, die Totschläger schwangen, keine Abrißbirnen, die durch die Eisengitter der Fenster zu dringen versuchten. Wenn jemand darauf aus gewesen sein sollte, in Grevilles Festung einzudringen, dann war ihm dies nicht geglückt.

Ich kehrte zur Haustür zurück. Brad stand noch neben dem Wagen und schaute zum Haus herüber. Ich signalisierte ihm per Handzeichen, daß alles in Ordnung sei, worauf er ins Auto stieg, während ich die schwere Tür schloß und mich in dem kleinen Wohnzimmer daran machte, ein Buch nach dem anderen aus dem Regal zu ziehen, kurz durchzublättern und an seinen alten Platz zurückzustellen.

Es gab insgesamt zehn hohle Bücher, die meisten mit Titeln wie

Geschichten aus dem australischen Busch oder *Mit dem Maultier durch Patagonien*. Vier waren leer, einschließlich desjenigen, in dem die Briefe von Clarissa Williams gesteckt hatten. In einem war der große, so reich verzierte Schlüssel. In einem anderen lag eine teuer aussehende goldene Uhr, die die genaue Zeit anzeigte.

Die Uhr, die Greville in Ipswich umgehabt hatte, war eins von diesen Dingern, die mehr Funktionen als Knöpfe haben. Sie lag jetzt auf meinem Nachttisch in Hungerford, gab in bestimmten Abständen eigentümliche Piepser von sich und verriet mir auch, wo Norden war. Das schmale goldene Prunkstück hier in der hohlen Buchschachtel war wohl einer anderen Stimmung, einem anderen Manne zugedacht gewesen, und als ich es auf der Handfläche umdrehte, fand ich auf der Rückseite eingraviert: »Dem lieben G – von C.«

Sie konnte nicht gewußt haben, daß die Uhr dort war, dachte ich. Sie hatte ja nicht danach gesucht. Sie hatte lediglich nach den Briefen gesucht und war rein zufällig als erstes auf sie gestoßen. Ich legte die Uhr wieder in die Schachtel und stellte diese ins Regal zurück. Es gab keine Möglichkeit, sie ihr zukommen zu lassen, und vielleicht wollte sie sie ja auch gar nicht wiederhaben, nicht mit dieser Inschrift.

Zwei der nun verbleibenden Buchschachteln enthielten große Schlüssel, auch sie nicht näher spezifiziert, die dritte ein zusammengefaltetes Merkblatt mit Anweisungen, wie man einen Safe sicher in Beton bettet. In der letzten Schachtel fanden sich zwei sehr kleine Plastikschächtelchen, auf die das Wort »Mikrokassette« aufgedruckt war. Diese Schachteln mochten etwa fünf mal dreieinhalb Zentimeter messen, die federleichten Bänder darin geringfügig weniger.

Ich drehte eine von ihnen unentschieden in der Hand. Bislang hatte ich unter Grevilles säuberlich aufgeräumten Besitztümern noch keinen Recorder für Mikrokassetten gefunden, was nicht bedeutete, daß dies nicht eines Tages noch geschehen könnte. Bis dahin aber hatte die Sache Zeit, dachte ich schließlich und ließ die kleinen Bänder in ihrem Buch.

Als die zehn schillernden Bücher mitsamt ihren Geheimnissen alle wieder im Regal standen, betrachtete ich die Bücherwand mit düsterem Blick. Nicht ein Diamant in dem ganzen Haufen!

Anleitungen zur Herstellung von Betonummantelungen waren ja schön und gut – aber wo war der Safe? Bänder, schön – aber wo war der Recorder? Schlüssel waren eine feine Sache – aber wo waren die Schlösser? Das Frustrierendste an der ganzen Geschichte war, daß Greville gar nicht die Absicht gehabt hatte, Rätsel dieser Art zu hinterlassen. Für ihn waren die Antworten Teil seines Systems gewesen.

Ich hatte bei meinem verschiedentlichen Betreten und Verlassen des Hauses bemerkt, daß sich in dem hinter dem Briefschlitz der Haustür befestigten Drahtkorb Post anzusammeln begonnen hatte, weshalb ich die Zeit, die mir noch blieb, bis ich mich auf den Weg zum Pub machen mußte, damit ausfüllte, mir die Briefe ins kleine Wohnzimmer zu holen und die Umschläge zu öffnen.

Mein Tun erschien mir nicht richtig. Ich sagte mir immer wieder, daß es notwendig sei, aber ich hatte trotzdem noch immer das Gefühl, unbefugt auf Gelände vorzudringen, das Greville mit Zäunen abgesperrt hatte. Nun, ich fand Rechnungen, Spendenaufrufe wohltätiger Vereinigungen, einen Auszug seines Privatkontos, eine gemmologische Fachzeitschrift und zwei Einladungen. Keine Briefe von Sightholdern oder Diamantschleifern in Antwerpen. Ich steckte alle Briefe in den großen Umschlag der Edelstein-Zeitschrift, dazu ein paar andere unerledigte Dinge ähnlicher Art, die ich in der Schublade unter dem Telefon gefunden hatte, und dachte, während ich all dies verstaute, um es mit nach Hungerford hinauszunehmen, wie zuwider mir doch Papierkram jeglicher Art war. Mein eigener hatte es schon so an sich, sich zu Haufen aufzutürmen, die immer dringlicher nach Erledigung verlangten. Vielleicht würde mich aber die Tatsache, daß ich mich nun auch noch um den Grevilles kümmern mußte, gescheiter werden lassen.

Brad brachte mich dann um halb sechs in schneller Fahrt zum ›Rook and Castle‹, deutete auf das Telefon, um mir zu verstehen zu geben, daß ich ihn anrufen solle, wenn ich soweit sei, und ich konnte der Andeutung eines Lächelns entnehmen, daß er dies alles durchaus als einen zufriedenstellenden Zeitvertreib ansah.

Das ›Rook and Castle‹ war innen ebenso altmodisch wie außen, eine Oase friedlichen Trinkgenusses ohne Musikbox. Es gab eine Menge dunkles Holz und Lampenschirmchen à la Tiffany und kleine Tische mit Bierdeckeln. Eine Klientel, die im wesentlichen aus Büroangestellten bestand, begann langsam den Raum zu füllen, und ich blieb zunächst an der Tür stehen, einmal, um mich an die relative Dunkelheit zu gewöhnen, und dann auch, um jedem, der sich dafür interessierte, einen unverstellten Blick auf meine Krücken zu gewähren.

Aus der Tatsache, daß das Maß eines solchen Interesses gleich Null war, schloß ich, daß Elliot Trelawney noch nicht da war. Ich ging deshalb zum Tresen, bestellte mir ein Perrier und schluckte ein Distalgesic, da es Zeit dafür war. Der morgendliche Galopp hatte dem Knöchelbereich nicht eben gut getan, was mich aber keineswegs mit Reue erfüllte.

Ein gewichtiger Mann von ungefähr fünfzig trat ein, als sei er mit der Umgebung bestens vertraut, sah sich suchend um, nahm meine Krücken wahr und kam ohne zu zögern zum Tresen.

»Mr. Franklin?«

Ich schüttelte seine mir entgegengestreckte Hand.

»Was trinken Sie?« sagte er lebhaft und blickte auf mein Glas hinab.

»Perrier. Auch das nur vorübergehend.«

Er lächelte, zeigte weiße Zähne. »Es macht Ihnen doch nichts, wenn ich einen doppelten Glenlivet nehme? Greville und ich haben hier so manch einen zusammen getrunken. Ich werde ihn schrecklich vermissen. Erzählen Sie mir, wie es geschehen ist.«

Ich erzählte es ihm. Er hörte aufmerksam zu, sagte am Ende aber nur: »Sieht sehr unbequem aus, wie Sie da an dem Hocker lehnen. Wollen wir uns nicht an einen Tisch setzen?« Und ohne weitere Umschweife nahm er mein Glas und seines, das ihm der Wirt gerade eingeschenkt hatte, und trug beide hinüber zu zwei hölzernen Lehnstühlen, die unter einer vielfarbigen Lampe an der Wand standen.

»So ist's besser«, sagte er, nahm einen Schluck und betrachtete mich über den Rand seines Glases hinweg. »Sie sind also der Bruder, von dem er gesprochen hat. Sie sind Derek.«

»Ich bin Derek, ja. Im übrigen sein einziger Bruder. Ich wußte nicht, daß er über mich gesprochen hat.«

»O ja, hin und wieder mal.«

Elliot Trelawney war groß, fast kahl, trug eine halbmondförmige Brille und hatte ein dickliches, gleichwohl aber gesund aussehendes Gesicht. Er hatte dünne Lippen, aber Lachfältchen um die Augen, und ich hätte ganz spontan gesagt, daß er ein Realist mit Sinn für Humor war.

»Er war stolz auf Sie«, sagte er.

»Stolz?« Ich war überrascht.

Er lächelte. »Wir spielten oft am Samstagmorgen Golf zusammen, und es kam immer wieder vor, daß er vor den Zwei-Uhr-Rennen in Sandown oder sonstwo durch sein wollte, weil Sie da am Start waren und das Rennen in der Glotze gezeigt wurde. Er sah Sie gern reiten. Und er sah Sie auch gern gewinnen.«

»Das hat er mir nie gesagt«, sagte ich voller Bedauern.

»Nein? Ich habe ein paarmal mit ihm zusammen solche Fernsehübertragungen angeschaut, und wenn Sie gewonnen hatten, sagte er nur: ›Das wäre also geschafft, gut.‹ «

»Und wenn ich verlor?«

»Wenn Sie verloren?« Er lächelte wieder. »Dann gar nichts. Einmal stürzten Sie ganz übel, und da meinte er, daß er alles in allem doch froh sein werde, wenn Sie sich eines Tages zur Ruhe setzten, da die Rennreiterei so gefährlich sei. Eine Ironie, nicht wahr?«

»Ja.«

»Mein Gott, er wird mir fehlen.« Seine Stimme war tief. »Wir waren seit zwanzig Jahren befreundet.«

Ich beneidete ihn. Mich verlangte so unerträglich stark nach dem, was zu bekommen nun zu spät war, und je öfter ich Menschen zuhörte, die sich Grevilles erinnerten, desto schlimmer wurde es.

»Sind Sie auch Friedensrichter?« fragte ich.

Er nickte. »Wir arbeiteten sehr oft zusammen. Greville hat mich mit dieser Tätigkeit vertraut gemacht, aber ich bin bei weitem nicht so begabt wie er. Er schien die Wahrheit ganz instinktiv erkennen zu können. Er sagte immer, das Gute sei sichtbar, weshalb man im Falle seines Fehlens nach Antworten suche.«

»Mit was für Fällen ... was für Fälle verhandelten Sie?«

»Alles mögliche.« Er lächelte wieder kurz. »Einbruch, Rumtreiberei. Besitz von Drogen. Schwarzseherei. Sexuelle Nötigung ... also Prostitution, Vergewaltigung, Unzucht mit Minderjährigen, Zuhälterei. Greville schien immer und mit unfehlbarer Sicherheit zu wissen, ob diese Leutchen logen.«

»Erzählen Sie weiter«, sagte ich, als er schwieg. »Was noch?«

»Nun ja, es gibt eine Menge Diplomaten da in West-London, in all diesen Botschaften. Sie würden staunen, wenn Sie wüßten, mit was die so alles durchkommen, wenn sie auf ihre Immunität verweisen. Greville war diese diplomatische Immunität zutiefst zuwider, aber wir müssen sie nun mal gewähren. Dann haben wir einen Haufen von kleinen Geschäftsleuten, die einfach ›vergessen‹, für ihre Firmenwagen die entsprechenden Steuern zu entrichten, und Autodiebe zu Hunderten. Andere Verkehrsdelikte, zu schnelles Fahren und so weiter, werden gesondert behandelt, ebenso häusliche Geschichten und Straftaten Jugendlicher. Gelegentlich haben wir auch die vorläufigen Vernehmungen bei Mordfällen durchzuführen, die wir dann natürlich an die höheren Instanzen, also den Crown Court, abgeben müssen.«

»Deprimiert Sie das alles manchmal?« fragte ich.

Er nahm einen Schluck und sah mich nachdenklich an. »Es macht einen schon traurig«, sagte er schließlich. »Wir bekommen genauso viel Unzulänglichkeit und Dummheit zu sehen wie echte Schurkerei. Manches bringt einen auch zum Lachen. Ich würde nicht sagen, daß es deprimierend ist, aber man lernt doch die Schattenseite der Welt kennen, sozusagen. Man sieht den Schmutz und die Täuschungen, man lernt, mit den Augen der Übeltäter zu sehen und versteht allmählich ihre eigentümliche Weltsicht. Die Desillusionierung wird nur sporadisch spürbar, da wir ja nicht täglich zu Gericht sitzen. Im Falle von Greville und mir war das zweimal im Monat der Fall, dazu kam noch ein bißchen Ausschußarbeit. Und das bringt mich auch zu dem, was ich so gern von Ihnen hätte, nämlich die Notizen, die sich Greville im Zusammenhang mit dem Zulassungsantrag von so einem neuartigen Spielclub gemacht hat. Er erwähnte einmal, daß er von höchst beunruhigenden Vorwürfen gegen einen der Organisatoren dieses Clubs erfahren habe und bei der nächsten Ausschußsitzung zu einer Verweigerung der Konzession raten werde, auch wenn es ein Projekt sei, das wir schon mal positiv beurteilt hätten.«

»Es tut mir leid«, sagte ich, »aber ich habe bisher noch keine Aufzeichnungen dieser Art gefunden.«

»Verflixt... Wo könnte er sie hingetan haben?«

»Ich weiß es nicht. Aber ich werde danach suchen.« Es schadete ja nichts, auch nach Aufzeichnungen Ausschau zu halten, während ich nach C suchte.

Elliot Trelawney griff in eine Innentasche seines Jacketts und zog zwei flache schwarze Gegenstände hervor – ein Notizbüchlein und ein kleines Kästchen, das ein wenig wie ein Zigarettenetui aussah.

»Diese Sachen haben Greville gehört«, sagte er. »Ich habe sie Ihnen mitgebracht.« Er legte sie auf den kleinen Tisch zwischen uns und schob sie mir mit vorsichtigen Fingern zu. »Den hat er mir geliehen«, sagte er, auf das Kästchen zeigend, »und das Notizbuch hat er in der vergangenen Woche nach einer Ausschußsitzung auf dem Tisch liegenlassen.«

»Danke«, sagte ich. Ich nahm das Kästchen auf und öffnete es – darin war ein elektronisches Miniaturschachspiel, eines von diesen Dingern, die den Spieler dazu herausfordern, es zu schlagen. Ich blickte auf. Trelawneys Gesicht hatte, da er sich unbeobachtet wähnte, einen tieftraurigen Ausdruck angenommen. »Würden Sie es gern haben?« sagte ich. »Ich weiß, es ist nicht viel, aber möchten Sie es gern behalten?«

»Wenn das ein ernstes Angebot ist?«

Ich nickte, und er steckte das Schachspiel wieder in die Tasche. »Greville und ich haben oft ... ach, *verdammt* ...« Er brach mit diesem hervorgestoßenen Wort ab. Dann sagte er: »Warum mußte so etwas Sinnloses geschehen?«

Darauf gab es keine Antwort. Traurig nahm ich das schwarze Notizbüchlein in die Hand und öffnete es gedankenlos.

»Die Bösen verlachen die Guten«, las ich laut vor, »und die auf krummen Wegen wandeln, verachten den, der den geraden Weg geht.«

»Die Gedanken des Vorsitzenden Mao«, sagte Trelawney trokken, sich wieder fassend. »Ich pflegte ihn damit aufzuziehen ... Er sagte, das wäre eine Angewohnheit aus seinen Studententagen, als er gelernt habe, seine Gedanken dadurch zu ordnen, daß er sie niederschrieb. Als ich erfahren hatte, daß er tot war, habe ich dieses Büchlein durchgelesen. Ich habe mir auch einiges abgeschrieben, ich hoffe, das macht Ihnen nichts.« Er lächelte. »Sie werden sehen, daß einige seiner Anmerkungen sehr interessant sind.«

»Die über seine Pferde?«

»Die auch.«

Ich verstaute das Notizbuch in einer Hosentasche, die schon recht voll war, und zog dabei, einer Eingebung folgend, den Taschenkalender heraus. Ich zeigte ihn Trelawney und erklärte ihm, worum es sich handelte.

»Ich habe bei dieser Nummer hier angerufen«, sagte ich und zeigte sie ihm, »und Grevilles Namen genannt. Da hat mich eine Frau sehr bestimmt aufgefordert, sie nicht noch einmal zu behelligen, da sie diesen Namen in ihrem Hause nicht mehr zu hören wünsche.«

Elliot Trelawney runzelte die Stirn. »Greville? Klingt gar nicht nach Greville.«

»Das dachte ich auch. Könnte es mit irgendeinem Ihrer Fälle zu tun gehabt haben? Vielleicht war das jemand, den er mal wegen irgendeiner Sache verurteilt hat?«

»Ja, das kann sein.« Er dachte nach. »Ich könnte wahrscheinlich herausbekommen, wessen Nummer das ist, wenn Ihnen daran gelegen ist. Sonderbar daran wäre aber, daß er sie in seinen Taschenkalender geschrieben hat. Möchten Sie der Sache weiter nachgehen?«

»Sie kam mir doch merkwürdig vor«, sagte ich.

»Mit Recht.« Er zog aus seiner anderen Innentasche einen goldenen Stift und notierte sich die Nummer in einem kleinen schwarzen Büchlein mit goldenen Ecken.

»Machen Sie sich mit dieser richterlichen Tätigkeit viele Feinde?« fragte ich.

Er sah auf und zuckte die Achseln. »Hin und wieder werden wir beschimpft. Ausgepfiffen, könnte man sagen. Aber normalerweise nicht. Meistens bekennen sich die Angeklagten schuldig, weil sie es nur allzu offensichtlich sind. Der einzige wirkliche Feind, den Greville gehabt haben könnte, ist dieser Spielclub-Gründer, der seine Konzession nicht bekommen wird. Greville bezeichnete ihn mal als Drogenkönig. Ein Mann, dem ein Mord zur Last gelegt werde, der aber mangels Beweisen nicht verurteilt werden könne. Ja, der könnte ihm recht böse gewesen sein.« Er zögerte. »Als ich hörte, daß Greville ums Leben gekommen ist, da dachte ich zunächst an Vaccaro. Aber es scheint ja wohl eindeutig so zu sein, daß die Sache mit dem Baugerüst ein reiner Unglücksfall war... oder nicht?«

»Ja, das war es. Das Gerüst ist sehr weit oben eingebrochen. Ein Mann, der darauf arbeitete, stürzte drei Stockwerke tief in den Tod. Auf Greville regneten einfach die Teile herab. Eine Minute früher, eine Minute später...« Ich seufzte. »Ist Vaccaro der Mann mit der Clublizenz?«

»Das ist er. Er erschien vor dem Ausschuß und machte einen vollkommen aufrichtigen Eindruck. Unter der Bedingung einer Überwachung, sagten wir. Aber dann hat sich irgend jemand mit Greville in Verbindung gesetzt und ihn auf all den Dreck an Vaccaros Stecken aufmerksam gemacht. Wir selbst verfügen allerdings über keinerlei Einzelheiten, deshalb brauchen wir seine Aufzeichnungen.«

»Ich werde nach ihnen suchen«, versprach ich noch einmal. Ich blätterte in dem Taschenkalender noch ein paar Seiten weiter. »Sagt Ihnen ›Koningin Beatrix‹ irgend etwas?« Ich zeigte ihm die Eintragung. »Oder ›kZr = C × 1,7‹?«

C, dachte ich und sah noch einmal hin, stand für Diamanten.

»Nichts«, sagte Elliot Trelawney. »Aber wie Sie selbst ja wissen, konnte Greville ebenso dunkel wie klar sein. Und das sind schließlich ganz private Aufzeichnungen. Wie sein Notizbuch. Das war auch nicht für die Allgemeinheit bestimmt.«

Ich nickte, steckte den Taschenkalender wieder ein und bezahlte Elliot Trelawneys zweiten Glenlivet, wobei *ich* mich irgendwie voll fühlte. Er blieb noch eine Weile und schien froh zu sein, über Greville sprechen zu können, während ich es zufrieden war, ihm zuzuhören. Wir verabschiedeten uns schließlich fast freundschaftlich, und er gab mir seine Karte mit seiner Telefonnummer, damit ich ihn anrufen könne, sollte ich Grevilles Aufzeichnungen finden.

Wenn, dachte ich bei mir. Wenn ich sie finde.

Als er gegangen war, rief ich vom Pub aus meinen Wagen an, hängte nach fünf unbeantworteten Brrr-brrrs wieder auf und trat auf die Straße hinaus. Fast grinsend erschien Brad, um mich abzuholen.

»Nach Hause«, sagte ich, und er sagte »Wollja«, und das war's.

Unterwegs las ich in Grevilles Notizbuch und hielt oft inne, um die flüchtigen Gedanken in mich aufzunehmen, die ganz offensichtlich von dem Strandgut inspiriert worden waren, das da im West-Londoner Magistratsgericht angeschwemmt wurde.

»Die Redlichkeit ist der Feind des Bösen«, schrieb er, »wie das Böse der Feind des Guten ist. Das Böse wie das Gute können selbstgefällig werden.«

»Du wirst in allen Einkommensgruppen diesen miesen Spießbürgertyp finden, der seine Freude an der Anarchie hat, aber indigniert die Polizei ruft, wenn in sein Haus eingebrochen worden ist, der sich lautstark jeder Autorität widersetzt, bis er mal vor jemandem gerettet werden muß, der eine Pistole in der Hand hält.«

»Die zum Empfang milder Gaben ausgestreckte Hand kann sich im Nu in eine dich verwünschende Faust verwandeln. Der Staaten Hand, der Staaten Faust.«

»Das Verbrechen ist für viele Menschen nicht Verbrechen, sondern einfach ein Lebensstil. Wenn sich Gesetze als störend erweisen, dann ignoriere sie, sie gelten nicht für dich.«

»Unendlich traurig ist, wenn man einem alten Freund nicht mehr vertraut.«

»Historisch gesehen sind mehr Leute an der Religion als an Krebs gestorben.«

»Ich hasse Vergewaltiger. Ich stelle mir vor, wie mich jemand anal vergewaltigt, und der Zorn übermannt mich. Es ist jedoch wichtig, ein Urteil kalt zu fällen.«

Weiter hinten stieß ich ganz unverhofft auf das, was Elliot Trelawney gemeint haben mußte.

Greville hatte notiert: »Derek kam sehr steif mit gebrochenen Rippen zum Essen. Ich fragte ihn, wie er es schaffe, mit all seinen Verletzungen zu leben. ›Vergiß den Schmerz und laß die Party weiterlaufen‹, sagte er. Also tranken wir Schampus.«

Ich hörte zu lesen auf und blickte in die herbstliche Landschaft hinaus, über der es dunkel zu werden begann und in der überall Lichter angingen. Ich erinnerte mich noch sehr gut an diesen Abend, bis zu einem gewissen Punkt. Greville war sehr lustig gewesen. Der Cocktail aus Champagner und Schmerztabletten hatte mich ganz schön high gemacht und ich hatte nicht das geringste gespürt, bis ich am folgenden Morgen aufwachte. Ich war siebzig Kilometer bis zu mir nach Hause gefahren, ohne dies irgendwie mitbekommen zu haben, und es war nicht zuletzt diesem erschreckenden Umstand zuzuschreiben, daß ich mich im Augenblick und so gehorsam an Mineralwasser hielt.

Es war fast schon zu dunkel, um noch weiterlesen zu können, aber ich blätterte doch noch eine Seite um und fand etwas, was beinah schon ein Gebet war – so persönlich und leidenschaftlich, daß ich spürte, wie mein Mund ganz trocken wurde. Auf der ganzen Seite standen nur drei Zeilen:

Laß mich mein Geschäft ehrenhaft betreiben.
Laß mich mutig handeln.
Laß mich demütig werden.

Ich hatte das Gefühl, als hätte ich dies nicht lesen sollen; wußte, daß er nicht gewollt hatte, daß es gelesen würde. Laß mich demütig werden ... es war ein Gebet für Heilige.

Als wir bei meiner Wohnung angelangt waren, sagte ich Brad, daß ich am Tag mit der Bahn nach London fahren wolle, was ihn ganz vernichtet aussehen ließ.

»Ich fahr Sie auch ohne Geld«, sagte er heiser.

»Es ist nicht das Geld.« Ich war von der Intensität seiner Gefühle überrascht. »Ich dachte nur, Sie seien vielleicht die viele Warterei leid.«

Er schüttelte heftig und mit inständig flehenden Augen den Kopf.

»Also gut«, sagte ich. »Morgen London, am Freitag Ipswich, okay?«

»Wollja«, sagte er mit offensichtlicher Erleichterung.

»Und ich werde Sie bezahlen, versteht sich.«

Er sah mich einen Augenblick lang stumm an, tauchte dann mit dem Kopf nach unten und in das Innere des Wagens, um den großen braunen Umschlag, den wir aus Grevilles Haus mitgebracht hatten, herauszuholen und wartete schließlich, bis ich die Haustür aufgeschlossen und mich vergewissert hatte, daß mir dahinter keine ungebetenen Gäste auflauerten.

Alles war ruhig, alles in Ordnung. Brad nickte auf meine Entwarnung hin, übergab mir den Umschlag und eilte in die Nacht davon, wortloser denn je. Ich hatte nie viel darüber nachgedacht, was er wohl in den vielen stillen Stunden denken mochte, hatte nie versucht, so nahm ich an, ihn wirklich zu verstehen. Ich war mir auch nicht sicher, ob ich das tatsächlich wollte. Es war alles so ungemein bequem so, wie es war.

Ich verzehrte eine mikrowellenerhitzte Hühnerfleischpastete aus dem Kühlschrank und begann danach ohne große Begeisterung mit der Bearbeitung von Grevilles Post, bezahlte seine Rechnungen für ihn, löste sein Konto auf, sagte seine Einladungen ab, schrieb tut mir leid, tut mir leid, tut mir sehr leid.

Dann ging ich trotz aller guten Vorsätze meinen Berg von Unerledigtem nicht an, sondern las Grevilles Notizbuch zu Ende durch, nach Diamanten suchend. Da mochte es ja ein paar ordentliche Goldklumpen, vielleicht sogar Perlen der Weisheit geben, aber nicht die geringsten hilfreichen Anweisungen à la »Wende dich am vierten Apfelbaum nach rechts, geh fünf Schritte geradeaus und dann grabe!«

Dagegen fand ich die Antwort auf ein kleineres Rätsel, die ich mit gequältem Vergnügen las:

Das Kästchen aus grünem Speckstein gefällt mir als ein gutes Beispiel für Irreführung und trickreiche Verschlagenheit. Zu dem Schlüsselloch gibt es keinen Schlüssel, weil gar kein Schloß vorhanden ist. Es ist unmöglich, das Denken eines Menschen mit Schlüsseln zu öffnen, aber mit List und Druck läßt sich das wohl erreichen, wie im Falle des Kästchens.

Trotz dieser schlichten Aufforderung, mich der List und Tücke zu bedienen, brauchte ich eine Ewigkeit, um das Geheimnis zu lüften. Ich versuchte es damit, daß ich auf die beiden Scharniere drückte, auf das vermeintliche Schloß, auf den Deckel, ich drehte das Kästchen herum und drückte wieder auf alle Teile – der grüne Stein blieb störrisch und verschlossen.

Irreführung, dachte ich. Wenn das Schlüsselloch zu keinem Schloß gehörte, vielleicht waren dann die Scharniere auch gar keine Scharniere. Vielleicht war der Deckel gar kein Deckel. Vielleicht war das ganze Kästchen gar kein Kästchen, sondern ein solider Block.

Ich versuchte es noch einmal mit dem umgedrehten Kästchen, drückte mit dem Daumen fest auf die nach oben zeigende Unterseite und bemühte mich dabei, sie gleichzeitig nach vorn zu schieben. Nichts rührte sich. Ich drehte das Kästchen und drückte in die entgegengesetzte Richtung – und als beseufze er die Dauer meiner Begriffsstutzigkeit, glitt der Boden zögernd halb nach außen. Nicht weiter.

Eine wahrlich hübsche Arbeit, dachte ich. Wenn das Kästchen geschlossen war, war buchstäblich nicht zu sehen, daß der untere Teil gar nicht aus einem Stück war – so genau war der Deckel eingepaßt. Mit großer Neugier sah ich nun nach, was Greville wohl in diesem raffinierten Versteck verborgen hatte, wobei ich nicht wirklich erwartete, Diamanten darin zu finden. Vielmehr zog ich zwei abgenutzte Lederbeutelchen mit Verschlußschnüren hervor, Beutel, wie sie Juweliere gern verwenden, deren jeweiliger Name dann oft draufsteht.

Zu meiner großen Enttäuschung waren beide Beutel leer. Ich stopfte sie wieder in die Höhlung zurück, schloß das Kästchen – und da stand es nun den ganzen Abend auf dem Tisch neben dem Telefon herum, ein gelöstes Rätsel, gleichwohl aber völlig nutzlos.

Erst als ich beschloß, zu Bett zu gehen, fiel der Groschen, machte es plötzlich klick in meinem Kopf, und ein nur halb wahrgenommenes Wort wurde mit einem Male zu einem vollständigen Gedanken. Van Ekeren, in Goldprägung. Vielleicht war ja dieser Name des Juweliers, mit dem die Beutelchen beschriftet waren, doch einen zweiten Blick wert.

Ich öffnete das Kästchen erneut, zog die Beutel wieder heraus und fand darauf den vollständigen Namen und die vollständige Adresse des Juweliers, abgeschabt und verblichen zwar, aber lesbar:

JACOB VAN EKEREN
Pelikaanstraat 70
Antwerpen

Es mußte, so ging mir durch den Kopf, in Antwerpen wohl an die zehntausend Juweliere geben. Die Lederbeutelchen waren alles andere als neu, ganz gewiß nicht nur ein paar Wochen alt. Und doch ... ich sollte dem mal nachgehen.

Ich nahm einen der beiden Beutel an mich, steckte den anderen in das Kästchen zurück, das ich verschloß, und nahm am folgenden Morgen die leicht verkrumpelte Trophäe mit nach London, wo ich mit Hilfe der internationalen Telefonauskunft die Nummer von Jacob van Ekeren ermitteln konnte.

Die Stimme, die sich in Antwerpen vernehmen ließ, sprach entweder holländisch oder flämisch, weshalb ich es mit Französisch versuchte: *»Je veux parler avec Monsieur Jacob van Ekeren, s'il vous plaît.«*

»Ne quittez pas.«

Ich blieb am Apparat, wie mir aufgetragen worden war, bis sich eine andere Stimme meldete, diesmal französisch, was ich nur allzu unvollkommen beherrsche.

»Monsieur van Ekeren n'est pas ici maintenant, Monsieur.«

»Parlez vous anglais?« fragte ich. »Ich rufe aus England an.«

»Attendez.«

Wieder wartete ich und wurde dann mit einer sehr englisch klingenden Stimme belohnt, die fragte, ob sie mir behilflich sein könne.

Ich erklärte, daß ich im Namen von Saxony Franklin Ltd. anrufe, Importeur von Edelsteinen in London.

»Und womit kann ich dienen?« Mein Gesprächspartner war höflich und unverbindlich.

»Sagen Sie mir«, antwortete ich kühn, »schleifen und polieren Sie Rohdiamanten?«

»Ja, natürlich«, sagte er. »Aber bevor wir mit neuen Kunden in Geschäftsbeziehung treten können, benötigen wir Empfehlungen und Referenzen.«

»Hm«, sagte ich. »Aber ist Saxony Franklin nicht schon Ihr Kunde? Oder vielleicht Greville Saxony Franklin? Oder einfach Greville Franklin? Es ist wirklich wichtig.«

»Darf ich Ihren Namen erfahren?«

»Derek Franklin. Grevilles Bruder.«

»Einen Augenblick bitte.« Er meldete sich nach einer Weile wieder und sagte, er wolle in Kürze zurückrufen.

»Ich danke vielmals«, sagte ich.

»Pas de tout.« Sogar zweisprachig war er!

Ich legte den Hörer auf und bat Annette und June, die geschäftig hin und her liefen, in Grevilles Unterlagen nach Jacob van Ekeren zu suchen. »Und sehen Sie doch mal nach, ob Antwerpen irgendwie im Computer drin ist«, trug ich June zusätzlich auf.

»Schon wieder Diamanten!«

»Und ob. Die Adresse von van Ekeren in Antwerpen lautet Pelikanstraat 70.«

Annette zog die Stirne kraus. »Das ist die belgische Entsprechung von Hatton Garden«, sagte sie.

Meine Bitte störte ihre normale Arbeit, und sie waren nicht sehr begeistert, aber Annette konnte schon bald mitteilen, daß sie keinen Jacob van Ekeren in ihrer Ablage habe, daß die Unterlagen der Firma auch nur sechs Jahre zugänglich aufbewahrt würden und daß sich weitere, sollte es einen Kontakt vor dieser Zeit gegeben haben, im Archiv im Keller befänden. Dann rauschte June herein und meldete, daß sie weder einen van Ekeren noch eine Pelikanstraat noch Antwerpen in ihrem Computer finden könne.

Eigentlich war das nicht so überraschend. Wenn Greville daran gelegen hätte, daß alle Mitarbeiter der Firma von seiner Diamantentransaktion wußten, dann hätte er sie wohl auch in aller Offenheit abgewickelt. Sehr merkwürdig, dachte ich, daß er eben dies nicht getan hatte. Wenn es nicht Greville gewesen wäre, dann hätte man ihn irgendeiner hinterhältigen Machenschaft verdächtigen können, aber soweit ich wußte, hatte er stets ehrenhaft Handel getrieben, wie es ja auch seinem Gebet entsprach.

Das Telefon klingelte, und Annette hob ab. »Saxony Franklin, womit kann ich dienen?« Sie lauschte. »Derek Franklin? Ja, einen Augenblick bitte.« Sie reichte mir den Hörer, und ich vernahm die sanfte französisch-englische Stimme aus Belgien. Ich wußte so gut wie er, daß er die Zeit zwischen den Telefonaten damit verbracht hatte, sich von der internationalen Auskunft unsere Nummer zu besorgen, um meine Angaben zu überprüfen und sich zu vergewissern, daß ich auch der war, der zu sein ich behauptet hatte. Einfach eine Vorsichtsmaßnahme. Ich hätte genau das gleiche getan.

»Mr. Jacob van Ekeren ist in den Ruhestand gegangen«, sagte er. »Ich bin sein Neffe Hans. Unsere Nachforschungen haben ergeben, daß wir in den zurückliegenden sechs oder sieben Jahren in keiner Geschäftsbeziehung zu Ihrem Hause gestanden haben, aber ich kann nichts über die Zeit davor aussagen, als mein Onkel noch Chef unseres Unternehmens hier war.«

»Ich verstehe«, sagte ich. »Könnten Sie, äh, könnten Sie vielleicht Ihren Onkel mal fragen?«

»Das kann ich, wenn Sie es wünschen«, erwiderte er höflich. »Ich habe auch schon bei ihm angerufen, aber wie ich hörte, sind er und meine Tante bis Montag verreist. Das Hausmädchen scheint nicht zu wissen, wohin.« Er machte eine Pause. »Dürfte ich Sie fragen, worum es eigentlich geht?«

Ich erklärte ihm, daß mein Bruder sehr plötzlich gestorben sei und mir eine ganze Menge unerledigter Dinge hinterlassen habe, um die mich zu kümmern ich nun bestrebt sei. »Dabei stieß ich auch auf den Namen und die Adresse Ihrer Firma. Ich gehe allen offenen Fragen nach, soweit mir dies möglich ist.«

»Ah«, sagte er mitfühlend. »Ich werde meinen Onkel ganz bestimmt am Montag fragen und Ihnen dann Bescheid geben.«

»Ich bin Ihnen sehr verbunden.«

»Nicht der Rede wert.«

Dieser Onkel, dachte ich verdrossen, war wohl eine Fehlanzeige.

Ich ging, öffnete den Tresorraum und sagte Annette, daß Prospero Jenks den gesamten Spinell haben wolle. »Und er meint, wir hätten da noch ein Stück Bergkristall so groß wie der Eiger.«

»Der was?«

»Steiler Berg. Wie der Mont Blanc.«

»Oh.« Sie ging am Regal entlang und zog einen schweren Kasten heraus, der fast ganz am Ende stand. »Das ist er«, sagte sie, wuchtete ihn aufs leere Regal und öffnete ihn. »Hübsch.«

Der Eiger, der die ganze Schachtel füllte, lag auf der Seite, hatte einen knubbeligen Fuß, so daß man ihn nicht aufstellen konnte, aber ich vermochte mir angesichts seiner durchsichtigen Flächen und angewinkelten Ebenen doch vorzustellen, daß er, mit diamantenen Sternen verziert und der Jenkschen Lichtbehandlung ausgesetzt, sehr gut das Kernstück eines Phantasiegebildes abgeben konnte, das diesen Namen verdiente.

»Und was für einen Preis können wir dafür nennen?«

»Das Doppelte des Einkaufspreises«, sagte sie fröhlich. »Zuzüglich Mehrwertsteuer, Verpackung und Versandkosten.«

»Er möchte, daß wir ihm das alles per Bote schicken.«

Sie nickte. »Das will er immer. Jason wird's mit dem Taxi hinbringen. Überlassen Sie das nur mir, ich erledige das.«

»Und wir verstauen auch besser noch die Perlen, die gestern gekommen sind.«

»O ja.«

Sie ging hinaus, um sie zu holen, und ich begab mich zu der Stelle, bis zu der ich mich gestern vorgearbeitet hatte, insgeheim sicher, daß meine Suche vergeblich war, trotzdem aber gewillt, sie zu Ende zu führen. Annette kehrte mit den Perlen zurück, die wenigstens nicht in diesen unhandlichen Umschlägen, sondern in Plastiksäckchen mit Kordeln steckten, und während sie die Neuzugänge zählte und einsortierte, überprüfte ich den vorhandenen Bestand.

Viele Schachteln mit Perlen aller Größen. Keine Diamanten.

»Sagt Ihnen kZr irgend etwas?« fragte ich Annette beiläufig.

»kZr bedeutet kubischer Zirkon«, sagte sie prompt. »Wir verkaufen eine ganze Menge davon.«

»Sind das nicht, äh, so Diamantimitate?«

»Das sind hergestellte Kristalle, die dem Diamant sehr ähnlich sind, aber zehntausendmal billiger. Wenn so einer in einem Ring steckt, können Sie keinen Unterschied feststellen.«

»Kann das keiner?« fragte ich. »Es muß doch aber möglich sein.«

»Mr. Franklin meinte, daß kein Juwelier es auf einen Blick erkennen könne. Die beste Methode sei noch die, sagte er, die Steine aus ihren Fassungen zu nehmen und zu wiegen.«

»Sie *wiegen*?«

»Ja. Kubischer Zirkon ist viel schwerer als Diamant und deshalb ist ein einkarätiger Stein davon auch kleiner als ein einkarätiger Diamant.«

»kZr ist gleich C mal eins Komma sieben«, sagte ich.

»Das ist richtig«, sagte sie überrascht. »Woher wissen Sie das?«

9

Von der Mittagsstunde an, wo ich, ohne ein Ergebnis vorweisen zu können, den Deckel auf die letzte Schachtel zurückgelegt hatte, in der sich Regenbogenopale aus Oregon von sanft wechselnder Farbe befanden, saß ich in Grevilles Büro, las den von June ausgedruckten Schnellkurs in Betriebswirtschaft durch und fing an, das Muster eines Cash-flows zu erkennen, das keinen unmittelbaren Anlaß zu Besorgnis gab. Annette, die ganz routinemäßig alle Zahlungseingänge täglich zur Bank gegeben hatte, legte mir ein ganzes Bündel von Schecks zur Unterschrift vor, und ich erledigte dies, allerdings mit dem Gefühl, daß der falsche Name dort auf der entsprechenden Linie stand. Danach brachte sie mir die Tagespost wegen einiger Entscheidungen, die ich mir mühselig abrang.

Etliche Leute aus der Edelsteinbranche riefen an, reagierten damit auf die Anzeige von Grevilles Tod, die an diesem Morgen in den Zeitungen erschienen war. Annette, die allen versicherte, daß die Show weitergehen werde, klang dabei sehr viel zuversichtlicher, als sie aussah. »Sie beklagen alle, daß Ipswich zu weit entfernt sei, versichern aber, daß sie im Geiste dort sein würden«, berichtete sie.

Um vier kam ein Anruf von Elliot Trelawney, der mitteilte, daß er die Nummer der Dame entschlüsselt habe, die sich dagegen verwahrt hatte, daß der Name Grevilles in ihrem Hause noch einmal genannt werde.

»Es ist eigentlich höchst traurig«, sagte er mit einem Kichern. »Wahrscheinlich sollte ich auch nicht lachen. Diese Dame kann und wird Greville nicht verzeihen, denn er hat ihre hochwohlgeborene Tochter für drei Monate in den Knast geschickt, weil sie

Kokain an einen Freund verkauft hat. Die Mutter war bei der Verhandlung anwesend, ich erinnere mich an sie, und sprach hinterher mit den Zeitungsleuten. Sie wollte einfach nicht glauben, daß der Verkauf von Kokain an einen Freund ein Vergehen sei. Drogenhändler, die seien verabscheuungswürdig, natürlich, aber das sei doch wohl nicht dasselbe wie der Verkauf an Freunde.«

»Wenn sich Gesetze als störend erweisen, dann ignoriere sie, sie gelten nicht für dich.«

»Wie bitte?«

»Ein Satz, den Greville in sein Notizbuch geschrieben hat.«

»O ja. Es scheint so, daß Greville sich die Telefonnummer der Mutter hat geben lassen, um mit ihr über Rehabilitationsmaßnahmen für die Tochter zu sprechen, aber Mama wollte ihn nicht anhören. Sagen Sie ...« Er zögerte. »Melden Sie sich hin und wieder mal? Treffen wir uns gelegentlich zu einem Drink im ›Rook and Castle‹?«

»Sehr gern, ja.«

»Und sollten Sie diese Aufzeichnungen finden, dann lassen Sie's mich bitte wissen.«

»Natürlich«, sagte ich.

»Wir möchten diesen Vacarro gern stoppen, verstehen Sie?«

»Ich werde überall nachschauen«, versprach ich.

Den Hörer auflegend, befragte ich Annette.

»Aufzeichnungen zu seinen Fällen?« sagte sie. »O nein, die brachte er nie mit in die Firma.«

Wie er ja auch nie Diamanten gekauft hat, dachte ich trocken. Keine Spur von ihnen, weder in den Aufbewahrungshüllen noch in den Büchern.

Der leise, drängende Weckton war wieder gedämpft in der Schreibtischschublade zu hören. Meine Uhr zeigte zwanzig nach vier. Ich zog das Fach an seinem Griff heraus – und der Wecker hörte wie beim vorigen Mal auch sofort auf zu piepsen.

»Suchen Sie etwas?« fragte June, die gerade hereingeweht kam.

»Irgend etwas mit einer Weckvorrichtung wie beispielsweise eine Digitaluhr.«

»Das kann nur diese Weltuhr sein«, sagte sie. »Mr. Franklin pflegte sie sich zu stellen, um sich selbst daran zu erinnern, daß er Lieferanten in Tokio und so weiter anrufen wollte.«

Ich dachte bei mir, daß ich den Wecker eigentlich nicht brauchte, wo ich doch gar nicht wußte, was ich den Lieferanten sagen sollte.

»Möchten Sie, daß ich ein Fax nach Tokio schicke und mitteile, daß die Perlen gut hier eingetroffen sind?« fragte sie.

»Tun Sie das sonst denn auch?«

Sie nickte. »Sie machen sich leicht Sorgen.«

»Dann bitte.«

Als sie gegangen war, erschien Jason mit seinem orangefarbenen Haar in der Tür und erzählte mir ohne jede Spur frecher Überheblichkeit, daß er das Zeug zu Prospero Jenks geschafft, einen Scheck wieder mitgebracht und diesen Annette übergeben habe.

»Danke«, sagte ich unbewegt.

Er warf mir einen nicht zu deutenden Blick zu und meinte: »Annette hat gesagt, ich sollte Ihnen das mitteilen«, und entfernte sich. Eine erstaunliche Wandlung zum Besseren, dachte ich.

Ich blieb an diesem Abend noch im Büro, nachdem alle anderen gegangen waren, und durchmaß langsam Grevilles Reich – auf der Suche nach Verstecken, die listig und tückisch und höchst irreführend waren.

Es war gänzlich unmöglich, die ungezählten flachen Schubladen in den Lagerräumen zu durchsuchen, und ich kam zu dem Schluß, daß er die wohl auch kaum gewählt haben würde, hätten doch Lily oder einer von den anderen da zu leicht finden können, was sie oder er nicht finden sollten. Das war überhaupt das Problem dieser ganzen Räumlichkeiten, dachte ich schließlich. Greville hatte sich in das Bemühen, die Entstehung persönlicher Nischen zu verhindern, selbst einbezogen, waren doch offensichtlich alle seine Mitarbeiter höchst zutraulich in seinem Büro ein- und ausgegangen, wann immer ihnen dies erforderlich erschienen war.

Ständig präsent war auch der unangenehme Gedanke, daß, wenn Greville irgendeinen Hinweis auf die Diamanten in seinem Büro hinterlassen hatte, dieser leicht mit dem artistischen Einbrecher verschwunden sein konnte, das heißt gar nichts mehr da war, was ich hätte finden können – und in der Tat fand ich nichts, was auch nur annähernd brauchbar gewesen wäre. Nach einer Stunde ohne jedes Ergebnis schloß ich alles zu, was nur zuzuschließen war, und ging in den Hof hinunter zu Brad, damit er mich nach Hause fahre.

Der Tag von Grevilles Bestattung brach kalt und klar an, und wir bewegten uns schon ostwärts, als die Sonne aufging. Da die Fahrt nach Ipswich insgesamt nur drei Stunden beanspruchte, hatten wir bei unserer Ankunft in der Stadt noch ausreichend Zeit, uns nach Grevilles Wagen umzusehen.

Nachfragen bei der Polizei hatten zu keinem positiven Ergebnis geführt. Sie hatten keinen uralten Rover abgeschleppt, mit Krallen bewegungsunfähig gemacht oder mit Strafzetteln verziert. Sie hatten die Autonummer in keiner Straße und auf keinem Parkplatz entdecken können, aber das besagte noch nichts Endgültiges, wie sie mir versichert hatten. Für sie habe die Fahndung nach dem Wagen keinerlei Priorität, da er ja nicht als gestohlen gemeldet worden sei, aber sie würden mir natürlich Bescheid geben, wenn, ja, wenn.

Ich erklärte Brad unterwegs den Autosucher und hatte auch einen Stadtplan dabei, der unbedingt dazugehörte.

»Es scheint, daß die Scheinwerfer des Autos angehen und ein Pfeifton hörbar wird, wenn man auf diese rote Taste hier drückt«, sagte ich. »Sie fahren also, und ich drücke, okay?«

Er nickte, schien belustigt, und wir machten uns daran, auf diese etwas absonderliche Art und Weise nach dem Auto zu suchen. Wir fingen im Stadtzentrum in der Nähe der Stelle an, wo Greville gestorben war, und fuhren von dort aus sehr langsam die Straßen ab, zuerst die in nördlicher Richtung, dann die nach Süden, und ich markierte auf dem Stadtplan die, die wir erledigt hatten. In den Wohnvierteln standen die Autos oft Stoßstange an Stoßstange geparkt, aber nirgends ertönte ein Pfeifton. Es gab öffentliche Parkplätze und Parkplätze von Geschäften und den Parkplatz am Bahnhof, aber nirgendwo ließen wir Lichter angehen. Rover des Modells 3500 waren in jedem Falle nicht sehr häufig vertreten, und wenn wir einen sahen, dann hielten wir an, um uns das Kennzeichen anzusehen, auch wenn die Farbe des Wagens nicht grau war – aber der von Greville war nicht darunter.

Bedrückende Enttäuschung machte sich breit. Ich hatte ernsthaft vorgehabt, das Auto zu finden. Als sich die Mittagszeit näherte, es auf zwei Uhr zuging, fing ich an zu glauben, daß ich nicht so lange hätte warten sollen, daß ich sofort nach Grevilles Tod die Suche hätte aufnehmen müssen. Aber am vergangenen Sonntag, so dachte ich dann auch, war ich nicht in der Verfassung dazu gewesen, und ich wußte ja auch überhaupt erst seit Dienstag, daß es da etwas Wertvolles zu suchen gab. Selbst jetzt noch war ich mir sicher, daß er die Diamanten niemals ungeschützt hätte herumliegen lassen, aber irgendeinen Grund dafür, daß er in Ipswich gewesen war... bei etwas Glück, warum nicht?

Das Krematorium lag in einem Garten mit säuberlich gepflanzten Rosenbäumen – Brad setzte mich am Eingang ab und fuhr weiter, um sich etwas zu essen zu suchen. Zwei schwarzgewandete Herren begrüßten mich, beide mit angemessenem Gesichtsausdruck, und stellten sich mir als der Bestatter, dem ich den Auftrag erteilt hatte, und als einer der für das Krematorium zuständigen Angestellten vor. Eine Fülle von Blumen sei gekommen, sagten sie, und erkundigten sich, welche davon ich auf den Sarg gelegt haben wolle.

Ein wenig verwirrt ließ ich mir die Blumen zeigen, die in einem langen, überdachten Gang neben dem Gebäude lagen. Ein oder zwei Gruppen weinender Menschen besahen sich dort Kränze, die für ihre Trauerfeier bestimmt waren.

»Dies hier sind die für Mr. Franklin«, sagte der Krematoriumsangestellte und wies auf zwei lange Reihen leuchtender Sträuße, die an diesem Ort des Todes bunte Lebendigkeit ausstrahlten.

»Die alle?« sagte ich erstaunt.

»Sie sind den ganzen Vormittag über gekommen. Welche wollen Sie drin haben, auf dem Sarg?«

Ich sah, daß Kärtchen an den Sträußen steckten.

»Ich habe selbst auch welche geschickt, für meine Schwestern und mich«, sagte ich zweifelnd. »Auf dem Kärtchen steht Susan, Miranda und Derek. Die hätte ich gern.«

Der Bestattungsunternehmer und der Angestellte hatten wegen meiner Krücken Mitleid mit mir und halfen, den richtigen Strauß zu suchen. Ich stieß dabei nicht gleich auf die Karte, nach der ich fahndete, sondern auf eine andere, die mir den Atem nahm.

Ich werde täglich um vier Uhr zwanzig an Dich denken.
Gruß, C.

Die dazugehörigen Blumen waren samtig-rote Rosen, die zusammen mit Farnkraut in einer dunkelgrünen Schale steckten. Zwölf süß duftende Rosen. ›Dozen Roses‹, schoß mir durch den Kopf. Grundgütiger Himmel!

»Ich hab sie«, rief der Bestatter und nahm einen großen, sehr aufwendigen Strauß rosa und bronzefarbener Chrysanthemen auf. »Das sind Ihre.«

»Großartig. Also, wir werden auch diese Rosen hier dazunehmen und auch diese Blumen gleich daneben, die seine Mitarbeiter geschickt haben. Geht das?«

Offensichtlich ging es. Annette und June hatten sich nach quälenden Besprechungen und Telefonaten für rein weiße Blüten entschieden, und ich hatte ihnen versprechen müssen, sie mir anzuschauen und ihnen zu bestätigen, daß sie hübsch waren. Wir hatten beschlossen, daß alle Mitarbeiter in London bleiben und das Geschäft in Gang halten sollten, weil so viel zu tun war – obwohl ich geglaubt hatte, von Junes niedergeschlagenem Gesichtsausdruck ablesen zu können, daß sie die Reise hierher gern gemacht hätte.

Ich fragte den Angestellten, wo die anderen Blumen alle hergekommen seien, und er sagte, zumeist von Geschäften und Firmen, und er werde die Karten nachher alle einsammeln und mir dann geben.

Zum ersten Mal kam mir der Gedanke, daß ich Greville vielleicht besser mit nach London hätte nehmen sollen, damit ihm Freunde und Kollegen das letzte Geleit hätten geben können, verspürte dann aber während der nun folgenden, sehr stillen halben Stunde kein Bedauern mehr darüber, es nicht getan zu haben. Der Geistliche, den das Beerdigungsinstitut engagiert hatte, fragte mich, ob ich die vollständige Liturgie wünsche, sei ich doch, wie es scheine, der einzige anwesende Leidtragende, und ich sagte, ja, die ganze, das sei wohl angemessen.

Seine Stimme war ein bißchen monoton. Halb hörte ich ihm zu, halb beobachtete ich, wie die Sonnenstrahlen durch eines der hohen seitlichen Fenster auf den Sarg fielen, und dachte dabei zumeist nicht an Greville, wie er im Leben gewesen war, sondern daran, welche Bedeutung er im Verlauf der vergangenen Woche für das meine gewonnen hatte.

Sein Leben hatte sich um meine Schultern gelegt wie ein Umhang. Am Montag, Dienstag, Mittwoch und Donnerstag hatte ich soviel von seinem Geschäft gelernt, daß ich es nie wieder vergessen würde. Menschen, die ihm vertraut hatten, hatten dieses Vertrauen auf mich übertragen, so nicht zuletzt auch sein Freund Elliot Trelawney, der mich zum Ersatz-Greville ernannt hatte, mit dem er sich auf ein Bier treffen konnte. Clarissa Williams hatte ihre Blumen in dem Wissen geschickt, daß ich sie sehen würde, wollte also, daß ich mich ihrer entsann – als ob ich das nicht auch so getan hätte. Nicholas Loder war darauf aus, mich für seinen Stall und seine Ziele einzuspannen. Prospero Jenks würde schon bald sehr entschieden die Diamanten für sein Phantasiestück anmahnen, und der Bankkredit hing wie eine schwarze Gewitterwolke über all meinen Gedanken.

Greville, der dort kalt in seinem Sarg lag, hatte wohl nicht gewollt, daß dies alles so geschähe.

Ein Mann von Ehre, dachte ich. Ich wiederholte im Stillen sein Gebet für ihn, da es ein guter Augenblick dafür zu sein schien. Laß mich mein Geschäft ehrenhaft betreiben. Laß mich mutig handeln. Laß mich demütig werden. Ich vermochte nicht zu sagen, ob er das letztere geschafft hatte – ich wußte nur, daß ich es nie schaffen würde.

Der Geistliche brachte seine Leierei zum Abschluß. Der Angestellte nahm die drei Blumengebinde vom Sarg, legte sie auf den Boden, und dann glitt der Sarg unter surrenden und leise quietschenden Geräuschen, die in der Stille sehr laut klangen, nach vorn und aus meinem Gesichtskreis hinaus, dem Feuer entgegen.

Adieu, mein Freund, sagte ich unhörbar. Adieu – nur daß du mir jetzt um vieles näher bist als jemals zuvor.

Ich trat in die kalte, frische Luft hinaus und dankte allen und bezahlte alles und veranlaßte, daß die Blumen ins St. Catherine's Hospital gebracht würden, was kein Problem zu sein schien. Der Angestellte übergab mir die abgelösten Kärtchen und fragte mich, was ich mit der Asche meines Bruders zu tun gedächte, und ich verspürte den Drang, albern zu lachen, was wohl, wie ich seinem todernsten Gesicht ansah, höchst unziemlich gewesen wäre. Die Sache mit der Asche war mir schon immer als etwas erschienen, was einen nur in Verlegenheit bringen konnte.

Er wartete geduldig auf meine Entscheidung. »Wo Sie hier so

schöne, große Rosenbäume haben«, sagte ich schließlich, »wäre es, denke ich, sehr schön, wenn Sie noch einen pflanzen und die Asche dazugeben würden.«

Ich bezahlte den Rosenbaum, dankte ihm nochmals und wartete eine Weile darauf, daß Brad zurückkehre, was er auch tat – mit einem selbstgefälligen Gesicht und ein deutlich erkennbares Lächeln zur Schau stellend.

»Ich hab's gefunden«, sagte er.

»Was?« Ich war in Gedanken noch immer bei Greville.

»Den fahrbaren Untersatz Ihres Bruders.«

»Nicht möglich!«

Er nickte, in höchstem Maße mit sich zufrieden.

»Wo?«

Das wollte er nicht verraten. Er wartete, bis ich im Auto saß, fuhr dann im Triumph ins Stadtzentrum und hielt knapp dreihundert Meter von der Stelle entfernt, wo das Baugerüst zusammengebrochen war. Dann deutete er mit der ihm eigenen Sparsamkeit auf den Vorplatz eines Gebrauchtwarenhändlers, wo unter Schnüren mit flatternden Fähnchen lange Reihen von Angeboten standen, die Preise in großen weißen Zahlen auf ihre Windschutzscheiben gemalt.

»Eins davon?« fragte ich ungläubig.

Brad gluckste – es gab kein anderes Wort für das Entzücken in seiner Kehle. »Hinten auf'm Hof.«

Er fuhr auf den Vorplatz, dann hinter den Autos entlang und um eine Ecke – und wir befanden uns vor den weit geöffneten Toren einer Werkstatt, die Reparaturen, Ölwechsel, TÜV-Abnahme sowie Damen und Herren bot. Brad hielt den Autosucher aus dem offenen Wagenfenster, drückte auf die rote Taste, und irgendwo in den schattigen Tiefen der Werkstatt blendete ein Paar Scheinwerfer auf und wieder ab. Gleichzeitig ertönte ein durchdringendes Pfeifen.

Ein böse dreinblickender Mechaniker in einem ölverschmierten Arbeitsanzug kam herausgerannt. Er erklärte mir, daß er der hier zuständige Meister sei, den Rover 3500 nur zu gern von hinten sähe, ich ihm die Gebühren für eine Woche parken, die Kosten für die Reinigung der Zündkerzen des V.8-Motors und dazu noch einen Aufschlag für die Unannehmlichkeiten, die er gehabt habe, schuldig sei.

»Was für Unannehmlichkeiten?«

»Den Platz für eine Woche gebraucht, wo es doch nur für eine Stunde sein sollte, und diese Pfeife da hat mir heute schon dreimal das Trommelfell zerrissen.«

»Dreimal?« fragte ich überrascht.

»Einmal heute morgen und zweimal heute nachmittag. Dieser Herr da ist vorhin schon mal vorbeigekommen, wissen Sie. Er sagte nur, daß er mir den neuen Besitzer von dem Rover herholen wollte.«

Brad warf mir einen strahlenden Blick zu. Der Autosucher hatte bereits heute früh sein Bestes für uns getan, wie es schien, nur hatten unsere Augen und Ohren dies nicht bemerkt, weil das Auto zu weit außerhalb unseres Gesichtskreises gestanden hatte.

Ich bat den Meister, mir eine Rechnung auszustellen, und stieg aus meinem Wagen aus, um zu Grevilles hinüberzuhumpeln. Die Türen des Rover ließen sich öffnen, aber der Kofferraum war verschlossen.

»Hier«, sagte der Meister und kam mit der Rechnung und dem Zündschlüssel herbei. »Der Kofferraum geht nicht auf. Irgend so 'ne Art von Schnickschnack-Schloß. Spezialanfertigung. Verdammt lästig.«

Ich gab ihm besänftigend meine Kreditkarte zur Begleichung der Rechnung, und er schleppte sie in ein Kabuff von Büro.

Ich blickte wieder zum Rover hin. »Können Sie den fahren?« fragte ich Brad.

»Wollja«, sagte er finster.

Ich lächelte und zog Grevilles Schlüsselbund aus der Tasche, um zu sehen, ob einer der Schlüssel den Kofferraum öffnen würde – und das war zu meiner Erleichterung der Fall, obwohl der betreffende Schlüssel keiner war, den man normalerweise mit Autos in Verbindung gebracht hätte. Sah aus wie ein Safe-Schlüssel, dachte ich, und das Schloß, das dann sichtbar wurde, war entsprechend kompliziert und aus Stahl. Sein Einbau war typisch für Greville, der nach seinen Erfahrungen mit dem Porsche auf ein Höchstmaß an Sicherheit bedacht gewesen war.

Zu dem so stark gesicherten Schatz gehörten ein Satz teuer aussehender Golfschläger, dazu ein Caddie und eine Schachtel mit neuen Golfbällen, ein großer brauner Umschlag, eine Reisetasche mit Schlafanzug, frischem Hemd, Zahnbürste und einer rot-orangefarbenen Dose Rasierschaum, ferner ein schnurloses, tragbares Telefon wie meins, ein kleiner PC, ein tragbares Telefax-Gerät, ein geöffneter Karton mit Fax-Papier, ein blankpoliertes Holzkästchen, in dem sich eine hübsche Messingwaage und federleichte Gewichte befanden, eine Diebstahlsicherung, die am Lenkrad anzubringen war, eine riesige Taschenlampe und ein kompliziert aussehender, schwerer, orangefarbener Metallapparat, in dem ich, mich Grevilles begeisterter Schilderung erinnernd, ein Gerät wiedererkannte, das man unter einen platten Reifen montieren und dann damit zur nächsten Werkstatt fahren konnte, ohne das Rad am Straßenrand wechseln zu müssen.

»O Mann!« sagte Brad und besah sich die Ladung, und auch dem Mechaniker, der mit dem Zettelkram zurückkam, war sogleich die Notwendigkeit der besonderen Sicherheitsvorkehrungen einsichtig.

Ich klappte den Kofferraumdeckel zu und verschloß ihn wieder, was mich irgendwie Greville sehr ähnlich zu machen schien, und warf dann einen schnellen Blick in das Innere des Wagens, wo ich die Art von Unordnung vorfand, die auch der größten Ordnungsliebe trotzt – Zündholzschachteln, Papierstreifen von Parkuhren, eine blau getönte Sonnenbrille und eine Zellophanpackung mit Papiertaschentüchern. In der Türablage auf der Fahrerseite eine Straßenkarte, unordentlich hineingestopft.

Ich nahm sie heraus. Es war eine Karte von East Anglia, auf der die Strecke zwischen London und Ipswich tiefschwarz nachgezeichnet worden war. Am Rand waren die Nummern der Straßen, denen man folgen mußte, untereinander aufgelistet. Die markierte Strecke endete aber nicht, wie ich mit Interesse feststellte, in Ipswich, sondern führte weiter bis Harwich.

Das an der Nordsee gelegene Harwich war ein Fährhafen. Von Harwich nach Hoek van Holland – eine der historischen Verbindungen wie die zwischen Dover und Calais oder Folkestone und Oostende. Ich wußte nicht, ob es diese Fähren von Harwich aus überhaupt noch gab, und dachte, daß Greville, wenn er nach Holland hätte reisen müssen, wohl mit Sicherheit geflogen wäre. Trotzdem aber war er allem Anschein nach auf dem Weg nach Harwich gewesen.

Ich wandte mich abrupt an den Meister, der mit ersten Anzeichen der Ungeduld unserer Abfahrt harrte, und fragte: »Gibt es irgendwo hier in der Nähe ein Reisebüro?«

»Drei Häuser weiter«, sagte er und zeigte die Richtung an, »aber hier können Sie nicht parken, wenn Sie dorthin wollen.«

Ich gab ihm ein Trinkgeld, das groß genug war, um eine Meinungsänderung zu bewirken, ließ Brad zurück, damit er auf die Autos aufpasse, und hinkte an meinen Krücken die Straße entlang. An der bezeichneten Stelle tauchte das Reisebüro auf, und ich ging hinein, um mich über Fährverbindungen nach Hoek van Holland informieren zu lassen.

»Natürlich«, sagte ein entgegenkommendes Mädchen. »Sie fahren täglich und auch jede Nacht. Sealink befährt diese Strecke. Wann wollen Sie fahren?«

»Das weiß ich eigentlich noch nicht.«

Sie hielt mich wohl für nicht ganz richtig im Kopf. »Also, die *St. Nicholas* fährt jeden Morgen nach Holland rüber, und die *Koningin Beatrix* jeden Abend.«

Ich muß so verdattert ausgesehen haben, wie ich mich fühlte. Ich schloß meinen offenstehenden Mund.

»Was ist denn?« fragte sie.

»Nichts, nichts. Vielen Dank.«

Sie zuckte die Achseln, als entzögen sich die Marotten des Reisepublikums jeglichem Verstehen, und ich hüpfte mit meinem großen Batzen von Wissen zur Werkstatt zurück – ein Wissen, das zwar ein kleines Rätsel gelöst, mir gleichzeitig aber ein neues aufgegeben hatte, nämlich was Greville wohl mit der *Koningin Beatrix* im Sinn gehabt hatte, die kein Pferd, sondern ein Schiff war.

Brad fuhr den Rover nach London zurück und ich mein eigenes Auto, und dies in einem Tempo, das auch Schnecken zum Weinen hätte bringen können. Was immer die Werkstatt in Ipswich Grevilles Zündkerzen auch angetan haben mochte, bestehende Schwierigkeiten hatte sie nicht behoben, denn soweit ich sehen konnte, lief der V.8-Motor eher wie ein V.4er, wenn nicht sogar wie ein V.1,5er. Schon kurz nach Verlassen der Stadt hielt Brad an und reinigte die Zündkerzen unter Flüchen noch einmal, aber auch das brachte nichts.

»Braucht neue«, sagte er.

Ich nutzte die Zeit, um die Golftasche, die Schachtel mit den Bällen, die Reisetasche und alle sonstigen Gerätschaften gründlich zu untersuchen.

Keine Diamanten.

Wir fuhren weiter, der Rover bergauf in kleinem Gang gefährlich langsam und ich dicht hinter ihm für den Fall, daß er den Geist vollkommen aufgeben sollte. Mir machte diese gemächliche Fortbewegung eigentlich nichts aus, aber mein auf dem Wagenboden ruhender Fuß schickte immer wieder Stiche durch mein Bein nach oben, und endlich erwachte der Gesamtschmerz in meinem Knöchel zu neuem Leben. Aber im Unterschied zu der Rückfahrt aus Ipswich vor fünf Tagen war das ein Pappenstiel. Meine Verletzungen heilten noch immer schnell, dachte ich voller Dankbarkeit. Spätestens am Dienstag würde ich wieder laufen. Nun ja, mich zumindest dahinschleppen wie Grevilles Auto.

Es machte keine Freude sich vorzustellen, daß er, wenn seine Zündkerzen in Ordnung gewesen wären, nicht angehalten hätte, um sie nachsehen zu lassen, und folglich auch nicht im falschen Augenblick eine Straße in Ipswich entlanggegangen wäre. Wenn man die Zukunft vorhersehen könnte, würden keine Unfälle passieren. Wenn ... – das war ein unglückliches Wort.

Am Ende erreichten wir aber doch noch die Straße vor Grevilles Haus und fanden auch zwei Parkplätze, wenn auch nicht direkt vor der Tür. Ich hatte Brad schon am Morgen gesagt, daß ich die Nacht in London bleiben wolle, um am nächsten Tag mit den Ostermeyers zusammen zum Rennen nach York zu fahren. Für den Fall, daß wir den Rover finden sollten, hatte mir ursprünglich vorgeschwebt, daß Brad ihn über die Ringstraße direkt nach Hungerford brächte, während ich nach London hineinfahren und dann nach der Rückkehr aus York von dort aus nach Hause zurückkehren würde. Da die Zündkerzen diesen Plan schon in der Nähe von Ipswich über den Haufen geworfen hatten, mußte nun Brad mit meinem Auto nach Hungerford fahren und ich, aus York zurück, mit der Bahn. Mochte Grevilles Auto, diese Ruine, derweil die Straße zieren.

Wir luden den gesamten Inhalt von Grevilles Kofferraum in den meines Wagens um – oder besser Brad tat dies, dieweil ich im wesentlichen nur zusah. Dann nahm Brad den großen braunen Umschlag aus dem Rover und meine eigene kleine Reisetasche aus meinem Auto, woraufhin wir auf das Haus zugingen und erwartungsgemäß Scheinwerfer und Hundegebell auslösten. Niemand in den umliegenden Häusern schenkte dem irgendeine Beachtung. Ich entriegelte die drei Schlösser und trat vorsichtig ein, aber auch diesmal war das Haus still und verlassen, nachdem ich erst einmal das Gekläffe abgeschaltet hatte. Brad lehnte Speis und Trank dankend ab und fuhr lieber weiter und nach Hause zu Mama, während ich, in Grevilles Stuhl sitzend, den großen braunen Umschlag öffnete und alles Wissenswerte über Vaccaro las, der in der Tat ein ganz böser Bube zu sein schien.

Im wesentlichen enthielt der Umschlag eine Kopie von Vaccaros sehr ausführlichem Antrag, aber auf einem angehefteten Blatt hatte Greville in handgeschriebener Kurzprosa vermerkt:

Ramón Vaccaro, gesucht wegen Drogenschmuggels, Florida, USA. *Mehrfachen Mordes verdächtig, Opfer meistens Piloten, die aus Transport von Drogenpaketen aussteigen wollten. Vaccaro läßt niemanden am Leben, der plaudern könnte. Meine Infos von Pilotenwitwe, die sich zu Tode ängstigt. Will nicht vor dem Ausschuß erscheinen, hat aber so viele Insiderdetails preisgegeben, daß ich ihr glaube.*

Vaccaro lockte Privatflieger mit beträchtlichen Anzahlungen, und wenn sie dann einen Flug nach Kolumbien gemacht und ihn heil überstanden hatten, hatte er sie an der Angel, und sie machten es wieder und wieder, bis sie schließlich reich genug waren, um kalte Füße zu bekommen. Dann starben die armen Schweine auf den Stufen ihrer Häuser durch Schüsse aus vorbeifahrenden Autos, keine Geräusche auf Grund von Schalldämpfern, keine Zeugen und keine Spuren. Aber alles Piloten, die eigene Flugzeuge hatten, zu viele, um Zufall zu sein. Witwe sagt, ihr Mann hatte Wahnsinnsangst, aber ließ es zu lange laufen. Sie hat wieder geheiratet, lebt in London, wollte immer Rache, konnte nicht glauben, daß es der gleiche Mann war, als sie in Lokalzeitung Bericht über Vaccaros Familienspielsalon und sein Foto sah. Familie! Sie wandte sich anonym an die Stadtverwaltung, die sie an mich verwies.

Wir brauchen Vaccaro nicht zu verurteilen. Geben ihm einfach keine Konzession. Witwe sagt, wir dürften ihn nie wissen lassen, wer seinen Antrag abgelehnt hat, weil er gefährlich und rachsüchtig ist, aber wie soll er einen ganzen Ausschuß zum Schweigen bringen? Die Polizei von Florida könnte Interesse haben, seinen Aufenthaltsort zu erfahren. Auslieferung?

Ich rief Elliot Trelawney in seinem Wochenendhaus an, berichtete ihm, daß ich die brandheißen Aufzeichnungen gefunden hätte und las sie ihm vor, was ihm einen Pfiff und ein Stöhnen entlockte.

»Aber Vaccaro hat Greville nicht umgebracht«, sagte ich.

»Nein.« Er seufzte. »Wie war die Bestattung?«

»Gut. Dank für Ihre Blumen.«

»Tut mir leid, daß ich nicht kommen konnte, aber an einem Arbeitstag und bei der Entfernung ...«

»Es war alles recht so«, sagte ich noch einmal, und das war es ja tatsächlich auch gewesen. Ich war alles in allem sehr froh gewesen, daß ich allein geblieben war.

»Wären Sie einverstanden«, fragte er schüchtern, »wenn ich einen Gedenkgottesdienst für ihn abhalten ließe? Irgendwann in allernächster Zeit? Innerhalb eines Monats?«

»Aber ja doch«, sagte ich mit Wärme. »Ein wirklich großartiger Gedanke!«

Er bat mich, ihm die Unterlagen am Montag durch einen Boten ans Magistratsgericht zu schicken, und fragte, ob ich Golf spiele.

Nach einer Nacht in Grevilles schwarz-weißem Bett nahm ich am Morgen ein Taxi zum Hotel der Ostermeyers und traf sie – wie am Abend zuvor telefonisch vereinbart – in der Halle an.

Sie waren in ausgezeichneter Verfassung. Martha trug ein prachtvolles, maßgeschneidertes rotes Wollkleid und eine Nerzjacke, Harley einen neuen, englisch aussehenden Hut über seinem ungezwungenen Grinsen, Fernglas und Rennzeitung einsatzbereit in der Hand. Beide schienen entschlossen, sich dieses Tages zu freuen, was immer er bringen mochte. Von Harleys gelegentlicher Mißgestimmtheit war jedenfalls weit und breit nichts zu entdecken.

Der Chauffeur – ein anderer als am Mittwoch – fuhr auf die Minute pünktlich mit einem superkomfortablen Daimler vor. Alle Vorzeichen deuteten auf Glück hin, und so machten es sich die Ostermeyers auf dem Rücksitz bequem, während ich vorne neben dem Fahrer Platz nahm.

Der Chauffeur, der seinen Namen mit Simms angab, verstaute freundlicherweise meine Krücken im Kofferraum und sagte, daß das doch selbstverständlich sei, Sir, als ich ihm dankte. Die Krükken schienen im übrigen die einzige kleine Wolke an Marthas Himmel zu sein, rief dieser Vorgang doch ein kurzes Stirnrunzeln bei ihr hervor.

»Macht Ihnen dieser Fuß immer noch zu schaffen? Milo meinte doch, es sei nichts Ernsthaftes.«

»Nein, ist's auch nicht, und er ist auch schon viel besser«, sagte ich wahrheitsgemäß.

»Oh, das ist gut. Hauptsache, es hindert Sie nicht daran, ›Dattelpalme‹ zu reiten.«

»Natürlich nicht«, versicherte ich ihr.

»Wir sind so glücklich, ihn bekommen zu haben. Er ist einfach süß.«

Ich gab ein paar nette, ›Dattelpalme‹ betreffende Laute von mir, was nicht so schwer war. Wir tasteten uns durch den Verkehr nach Norden, um auf die M 1 zu gelangen.

Harley sagte: »Milo meint, ›Dattelpalme‹ könnte am nächsten Samstag beim *Charisma Chase* in Kempton an den Start gehen. Was denken Sie?«

»Ein gutes Rennen für ihn«, sagte ich ruhig. Den Milo werde ich umbringen, dachte ich bei mir. Ein heikler Arbeitsgalopp war eine Sache, aber kein Arzt auf Erden würde in einer Woche meine

Karte abzeichnen und damit bestätigen, daß ich fit sei. Und das wäre ich auch nicht, denn eine halbe Tonne Pferd, die mit dreißig Meilen und mehr über ein Hindernis gesaust kam, war schließlich kein Schaumstoffball.

»Könnte aber auch sein, daß Milo es vorzieht, ihn für das *Mackeson* im kommenden Monat in Cheltenham zu schonen«, sagte ich nachdenklich, diesen Gedanken aussäend. »Oder natürlich für den *Hennessy Cognac Gold Cup* zwei Wochen später.« Für das *Hennessy* in sechs Wochen würde ich ganz bestimmt wieder fit sein, das *Mackeson* in vier Wochen dagegen war eine unsichere Sache.

»Dann ist da ja auch noch dieses große Rennen am Tag nach Weihnachten«, sagte Martha glücklich. »Es ist alles so aufregend. Harley hat versprochen, daß wir wieder herkommen, um ihn laufen zu sehen.«

Sie sprachen noch eine halbe Stunde über Pferde und fragten dann, ob ich etwas über Dick Turpin wisse.

»Aber ja, natürlich.«

»Irgendein Mensch erzählte, der wäre nach York geritten. Ich hab nur Bahnhof verstanden.«

Ich lachte. »Das war vor ein paar Jahrhunderten. Dick Turpin war ein Straßenräuber, ein echter Schurke, der mit seiner Stute ›Black Bess‹ nach Norden ritt, um sich dem Zugriff des Gesetzes zu entziehen. In York schnappten sie ihn und warfen ihn ins Gefängnis, und zwei Wochen lang hielt er in seiner Zelle in aufrührerischer Weise Hof, scherzte und trank mit den Honoratioren der Stadt, die kamen, um den berühmten Dieb in Ketten zu bestaunen. Dann holten sie ihn raus und hängten ihn auf einem Stück Land, das ›Knavesmire‹ hieß. Da ist heute die Rennbahn.«

»O je«, sagte Martha, auf makabre Weise amüsiert. »Wie ungeheuer gruselig.«

Zu gegebener Zeit verließen wir die M 1, fuhren in nordöstlicher Richtung zur alten A 1, und ich dachte bei mir, daß kein Mensch, der seine Sinne einigermaßen beisammen hatte, mit dem Auto von London nach York fahren würde, wenn er auch den Zug nehmen könnte. Die Ostermeyers mußten natürlich nicht selbst fahren.

Als wir uns der Stadt näherten, sagte Harley: »Sie werden mit uns zusammen zum Lunch erwartet, Derek.«

»Erwartet werden« hieß bei den Ostermeyers so viel wie »eingeladen sein«. Ich warf milde ein, daß dies nicht der Fall sei.

»Aber klar doch. Ich sprach gestern abend mit Lord Knightwood, erzählte ihm dabei, daß wir Sie mitbringen würden. Er sagte sofort, wir sollten sehen, daß Sie mit uns zum Lunch kämen. Sie geben einem der Rennen ihren Namen, es wird eine große Party werden.«

»Welchem Rennen?« fragte ich voller Neugier. Der Name Knightwood sagte mir nichts.

»Hier«, sagte Harley und raschelte mit der Rennzeitung. »Die *University of York Trophy*. Lord Knightwood ist der Spitzenmann der Universität, Präsident oder Rektor, irgendwie Aushängeschild. VIP von Yorkshire. Was auch immer, Sie werden erwartet.«

Ich dankte ihm. Es gab sonst ja nicht viel zu tun, obwohl mir so ein Sponsorenessen zusätzlich zum Ausfall der Trainingsarbeit Gewichtsprobleme bescheren konnte, wenn ich nicht vorsichtig war. Ich hörte jedoch schon Milos erregte Stimme in meinem Ohr: »Was die Ostermeyers auch haben wollen, um des Himmels willen, gib's ihnen.«

»Da ist auch noch der *York Minster Cup*«, sagte Harley, in seiner Zeitung lesend, »und das *Civic Pride Challenge*. Ihr Pferd ›Dozen Roses‹ startet beim *York Castle Champions*.«

»Das Pferd meines Bruders«, sagte ich.

Harley kicherte. »Wir vergessen's nicht.«

Simms setzte uns genau vor dem Eingang zum Club ab. Man könnte nach Chauffeuren süchtig werden, dachte ich, als ich die Krücken entgegennahm, die er mir feierlich reichte. Keine Parkprobleme. Jemand, der einen an dunklen Tagen nach Hause fuhr. Dafür natürlich keine Spontaneität, keine wirkliche Privatsphäre . . . Nein, danke, nicht mal längerfristig einen Brad!

Setz auf das Pferd, das du als erstes siehst, sagt man. Oder auf den ersten Jockey. Oder auf den ersten Trainer.

Der erste Trainer, den wir trafen, war Nicholas Loder. Er sah in höchstem Maße wütend aus und, so hatte ich den Eindruck, überrascht und beunruhigt, als er uns dem Daimler entsteigen und mich auf sich zukommen sah.

»Was machen Sie denn hier?« fragte er barsch. »Sie haben hier doch nichts zu suchen.«

»Sie kennen Mr. und Mrs. Ostermeyer?« fragte ich höflich und machte sie mit ihm bekannt. »Sie haben gerade ›Dattelpalme‹ gekauft. Ich bin heute ihr Gast.«

Er funkelte mich an – anders konnte man das nicht nennen. Er hatte auf jemanden gewartet, vielleicht einen seiner Besitzer, um diesem an dem dafür vorgesehenen Schalter ein zum Eintritt berechtigendes Clubabzeichen zu besorgen, und als dies erledigt war, schritt er mit seinem Schützling ohne ein weiteres Wort zum Rennplatz davon.

»Also wirklich!« sagte Martha erbost. »Wenn sich Milo je so aufführen würde, hätten wir unsere Pferde schon aus seinem Stall geholt, bevor er noch auf Wiedersehen hätte sagen können.«

»Es ist nicht mein Pferd«, sagte ich nachdrücklich. »Noch nicht.«

»Und wenn es das ist, was werden Sie dann tun?«

»Dasselbe wie Sie, denke ich, obwohl ich das eigentlich gar nicht vorhatte.«

»Gut«, sagte Martha mit Entschiedenheit.

Ich verstand Loders Betragen oder Reaktion nicht so ganz. Wenn ihm daran gelegen war, daß ich ihm einen Gefallen tat, das heißt, ihn ›Dozen Roses‹ und ›Edelstein‹ für mich verkaufen ließ, damit er entweder die Provision einstreichen oder die Pferde in seinem Stall behalten konnte, hätte er doch zumindest ein wenig von den Gefühlen an den Tag legen müssen, die Milo den Ostermeyers entgegenbrachte.

Wenn ›Dozen Roses‹ von der Kontrollkommission die Starterlaubnis erteilt worden war, warum war Loder dann so erschrocken darüber, daß ich erschienen war, um das Pferd laufen zu sehen?

Verrückt, dachte ich. Das einzige, was ich voll begriffen hatte, war die Tatsache, daß Loders Gabe der Verstellung für einen großen Trainer recht unterentwickelt war.

Harley Ostermeyer sagte, daß das Mittagessen der Universität York in dem im Tribünenbau befindlichen Speisesaal des Clubs gegeben werde, und so geleitete ich das Ehepaar dorthin, wobei mir durch den Kopf ging, was für ein Glück es doch war, daß ich für diesen Tag einen einigermaßen dezenten Anzug und nicht einfach wieder einen Pullover gewählt hatte. Ich mochte ja ein in allerletzter Minute zur Party eingeladener Gast sein, aber ich war froh, daß man mir das wenigstens nicht auch noch ansah.

Es hatten sich schon etliche Gäste eingefunden, die – Gläser in der Hand – innerhalb eines von einem weißen Gitter abgegrenzten Raumes miteinander plauderten, hinter sich ein langes Buffet und Tische, an denen man zum Essen Platz nehmen konnte.

»Da sind die Knightwoods«, sagten die Ostermeyers, gluckssten zufrieden, und schon sah ich mich einem großen, weißhaarigen und freundlich aussehenden Herrn vorgestellt, dessen faltiges, vielleicht siebzigjähriges Gesicht vor reinstem Wohlwollen leuchtete. Er schüttelte mir als einem Freund der Ostermeyers die Hand, mit denen er, soweit ich mitbekommen hatte, bei einem Besuch von Harleys Alma mater, der University of Pennsylvania, diniert hatte. Harley finanzierte dort eine Professur, war VIP von Pittsburgh, Pennsylvania.

Ich machte das jeweils passende Gesicht, lauschte dem Weltgeschehen und sagte, wie großartig ich es fände, daß die Stadt York ihre Industrie auf dem Turf unterstütze.

»Haben Sie meine Frau schon kennengelernt?« fragte Lord Knightwood unbestimmt. »Meine Liebe« – er berührte den Arm einer Dame, die mit dem Rücken zu uns stand – »du erinnerst dich doch an Harley und Martha Ostermeyer? Und das ist ihr Freund Derek Franklin, von dem ich dir erzählt habe.«

Sie wandte sich lächelnd den Ostermeyers zu, begrüßte sie herzlichst, reichte dann mir eine Hand, auf daß ich sie schüttele, und sagte: »Guten Tag. Wie schön, daß Sie kommen konnten.«

»Guten Tag, Lady Knightwood«, erwiderte ich höflich.

Sie schenkte mir ein ganz kleines Lächeln, hatte sich vollkommen in der Gewalt.

Clarissa Williams war Lord Knightwoods Frau.

10

Sie hatte gewußt, daß ich dort sein würde, das stand fest. Wenn sie hätte verhindern wollen, daß ich herausfand, wer sie war, dann wäre ihr Zeit genug geblieben, sich eine strategische Krankheit zuzuziehen.

Sie sagte liebenswürdig: »Habe ich Sie nicht im Fernsehen den *Gold Cup* gewinnen sehen?«, und ich dachte daran, wie schnell sie mit diesem entsetzlichen Totschläger gewesen war, und an den Aufruhr ihrer Gefühle am Dienstag, also vor vier Tagen. Sie schien nicht zu fürchten, daß ich sie verraten könnte – und in der Tat, was konnte ich denn schon sagen? Hören Sie, Lord Knightwood, mein Bruder war der Liebhaber Ihrer Frau? Genau das richtige, um dieser fröhlichen Party zu einem guten Start zu verhelfen.

Der besagte Lord machte die Ostermeyers mit einem Physikprofessor bekannt, der augenzwinkernd bemerkte, daß man ihn, da er im akademischen Lehrkörper der einzige Aficionado von Pferderennen sei, in die Pflicht genommen habe und er die Fahne der Universität hochhalten müsse, obwohl draußen auf dem Platz auch noch fünfzig Studenten wären, die bereit seien, ihr letztes Paar Socken zu verwetten.

»Derek hat ein abgeschlossenes Studium«, sagte Martha munter und machte Konversation.

Die professoralen Augäpfel rollten forschend in meine Richtung. »Welche Universität?«

»Lancaster«, sagte ich trocken, was ein Gelächter auslöste. Lancaster und York hatten ja manch ein Jahr die Kriege der Rosen gefochten, der roten und der weißen.

»Und Fach?«

»*Independent Studies.*«

Seine flüchtige Aufmerksamkeit erhöhte sich sprunghaft.

»Was sind denn *Independent Studies*?« fragte Harley, der das Interesse des Professors bemerkt hatte.

»Der Student entwirft sich seinen eigenen Studiengang, wählt selbst sein Prüfungsfach«, sagte der Professor. »Die Uni von Lancaster ist die einzige, die einen solchen freien Studiengang anbietet, und man läßt nur ungefähr acht Studenten pro Studienjahr zu. Er ist nicht gerade für die Willensschwachen und geistig Minderbemittelten gedacht.«

Die Knightwoods und die Ostermeyers hörten schweigend zu, und mich berührte das alles peinlich. Damals war ich noch jung gewesen, dachte ich.

»Was haben Sie denn als Prüfungsthema gewählt?« fragte der Professor, dem jetzt wirklich an einer Antwort gelegen war. »Irgendwas mit Pferden?«

Ich schüttelte den Kopf. »Nein ... äh ... sondern ›Wurzeln und Resultate des Krieges‹.«

»Mein lieber Freund«, sagte Lord Knightwood herzlich, »setzen Sie sich beim Essen neben den Professor.« Er schritt gütig davon, nahm seine Frau und die Ostermeyers mit, und der Professor, also zurückgelassen, fragte mich, wie die Rennen meiner Ansicht nach ausgehen würden.

Clarissa hielt sich während des ganzen Essens aus Zufall oder Absicht von mir fern, und ich versuchte auch meinerseits nicht, mich ihr zu nähern. Die Party löste sich während des ersten Rennens und danach langsam auf, wiewohl alle herzlich eingeladen waren, zum Tee wiederzukommen, und ich verbrachte den größten Teil des Nachmittages, wie ich so viele andere Nachmittage auch verbracht hatte, nämlich mit dem Beobachten von Pferden, die sich streckten und vorwärtsstürmten und liefen, wie es ihnen ihre jeweilige Natur diktierte. Der Wille zu siegen war ihnen allen eingeboren und angezüchtet, aber einige waren eben doch noch mehr darauf aus als andere – jene mit dem unüberwindlichen Impuls, eine wilde Herde anführen zu wollen, kämpften am härtesten und gewannen am häufigsten. Die Sportjournalisten neigten dazu, von Courage zu sprechen, aber das reichte viel tiefer, reichte hinab bis in die Gene, in den Instinkt, in die urzeitlichen Nebel, die auf der gleichen evolutionären Ebene zu finden waren wie die so leicht erregbare Streitlust des *Homo sapiens* – die Pfahlwurzel des Krieges.

Mir war der Gedanke nicht unvertraut, daß ich den Krieg auf dem Turf suchte, weil ich – obwohl mein Instinkt zu kämpfen und zu erobern durchaus stark ausgeprägt war – Schußwaffen verabscheute. Die Weisen würden das zweifellos Sublimierung nennen. Sowohl ›Dattelpalme‹ als auch ich wollten auf der gleichen primitiven Ebene nur siegen.

»Worüber denken Sie nach?« fragte jemand neben mir.

Ihre Stimme, dachte ich, würde ich immer und überall erkennen. Ich drehte mich um und sah ihren halb ruhigen, halb ängstlichen Gesichtsausdruck, die soziale Sicherheit der Lady Knightwood, die in dem glatten Haar, den aristokratischen Gliedmaßen und dem Schnitt ihres Kleides deutlich zum Ausdruck kam, während die leidenschaftliche Frau nur eine Andeutung in ihren Augen war.

»Über Pferde«, sagte ich.

»Ich nehme an, daß Sie sich fragen, warum ich heute hierher gekommen bin, nachdem ich gestern abend erfahren habe, daß Sie nicht nur beim Rennen sein, sondern sogar zu unserem Lunch erscheinen ...« Sie klang unsicher und verstummte.

»Ich bin nicht Greville«, sagte ich. »Denken Sie nicht an mich, als ob ich Greville wäre.«

Ihre Augenlider zuckten. »Sie sind wirklich verdammt scharfsichtig.« Sie lauschte eine Weile in sich hinein. »Also schön, ja, ich wollte in Ihrer Nähe sein. Das ist so eine Art Trost.«

Wir standen an der Umzäunung des Führringes und beobachteten die im nächsten Rennen an den Start gehenden Pferde, wie sie von ihren Stallburschen im Kreis bewegt wurden. Es war das Rennen vor der *University Trophy*, zwei vor jenem, in dem ›Dozen Roses‹ lief, also für uns beide eine Zeit, in der uns nichts drängte. Wir waren umgeben von den Geräuschen einer großen Menschenansammlung und vom Getrappel der Pferdehufe, und wir konnten ganz unbesorgt miteinander sprechen, als befänden wir uns in der Oase eines abgeschiedenen Raumes.

»Sind Sie mir noch böse, weil ich Sie geschlagen habe?« fragte sie ein ganz klein wenig bitter, weil ich auf ihre vorige Bemerkung nicht eingegangen war.

Ich deutete ein Lächeln an. »Nein.«

»Ich habe tatsächlich geglaubt, Sie seien ein Einbrecher.«

»Und was hätten Sie der Polizei erzählt, wenn die nun gekommen wäre?«

Sie sagte reumütig: »Ich hoffe, ich hätte mich rechtzeitig gefangen und das Weite gesucht, bevor sie da gewesen wäre.« Sie seufzte. »Greville hat mir gesagt, daß ich, wenn ich je ernsthaften Gebrauch von dem Kiyoga machen müßte, sofort verschwinden und mich nicht darum kümmern sollte, was ich dem Angreifer angetan hätte. Aber an einen Einbrecher in seinem eigenen Haus hat er nie gedacht.«

»Es überrascht mich, daß er Ihnen eine solche Waffe gegeben hat«, sagte ich milde. »Sind diese Dinger nicht verboten? Und er als Friedensrichter!«

»Ich bin auch Friedensrichterin«, sagte sie und setzte mich damit in Erstaunen. »So haben wir uns kennengelernt, nämlich bei einem Friedensrichter-Kongreß. Ich habe mich nicht nach der Legalität von Totschlägern erkundigt. Wollte man mich wegen des Tragens und des Gebrauchs einer verbotenen Waffe anklagen, so wäre das, nun ja, sehr viel besser, als wenn ich das Opfer einer dieser grauenvollen Übergriffe werden müßte, mit denen wir uns allwöchentlich zu befassen haben.«

»Wo hat er diesen Kiyoga aufgetrieben?«

»In Amerika.«

»Haben Sie ihn jetzt auch bei sich?«

Sie nickte und berührte ihre Handtasche. »Ist mir schon zur zweiten Natur geworden.«

Sie mußte dreißig Jahre jünger sein als ihr Mann, dachte ich unzusammenhängenderweise – und ich wußte, wie sie zu ihm stand. Ich konnte nicht sagen, ob ich sie mochte oder nicht, aber ich erkannte, daß uns eine ganz merkwürdige Intimität verband, und daß ich nichts dagegen hatte.

Die Jockeys kamen herbei und umstanden in kleinen Gruppen die Besitzer. Nicholas Loder war da, stand mit dem Mann zusammen, mit dem er hereingekommen war – einem stämmigen, sehr kräftig aussehenden Menschen in dunklem Anzug, an dessen Revers das rosa Papierabzeichen des Clubs flatterte.

»›Dozen Roses‹«, sagte ich und sah zu Loder hinüber, der mit dem Besitzer und seinem Jockey sprach, »ist das Pferd Ihretwegen so genannt worden?«

»O Gott«, sagte sie bestürzt. »Wie, um Himmels willen, kommen Sie...«

»Ich habe bei der Bestattung Ihre Rosen mit auf den Sarg gelegt«, sagte ich.

»O...«, murmelte sie, und es fiel ihr ganz offensichtlich schwer zu sprechen, denn ihre Kehle war wie zugeschnürt, und ihr Mund zuckte, »ich... ich kann nicht...«

»Erzählen Sie mir mal, wie die Universität von York dazu gekommen ist, ihren Namen für ein Rennen herzugeben.« Ich bemühte mich um einen leichten Konversationston, um ihr Zeit zu geben, sich wieder zu fassen.

Sie schluckte, rang um Beherrschung, versuchte, wieder gleichmäßiger zu atmen. »Entschuldigen Sie. Es ist nur, weil ich ja nicht mal um ihn trauern kann, allenfalls innerlich. Ich kann es niemandem außer Ihnen zeigen, und es kommt über mich, ich kann's nicht verhindern.« Sie machte eine Pause und beantwortete dann meine unwichtige Frage. »Die Verwaltung der Rennbahn wollte gern die Stadt mit einbeziehen. Ein paar der Topleute der Uni waren gegen ein Engagement, aber Henry hat sie überredet. Er und ich sind gelegentlich zu Besprechungen hier gewesen. Wir machen das gern, mal einen Tag raus, ihn mit Freunden verbringen.«

»Ihr Mann unterrichtet aber nicht an der Universität, oder?«

»O nein, er ist nur eine Galionsfigur. Er ist Vorsitzender von einer ganzen Reihe von Dingen in York. Ist hier eine Persönlichkeit des öffentlichen Lebens.«

Durch Skandale verwundbar, dachte ich – wie sie, wie Greville. Sie und er mußten unerschütterlich diskret gewesen sein.

»Wie lange kannten Sie Greville schon?« fragte ich behutsam.

»Vier Jahre.« Sie schwieg eine Weile. »Vier wundervolle Jahre. Nicht genug.«

Die Jockeys schwangen sich in die Sättel und ritten davon, hinaus auf die Bahn. Nicholas Loder und der Besitzer gingen, in ein lebhaftes Gespräch vertieft, in Richtung der Tribüne.

»Darf ich mir das Rennen mit Ihnen zusammen anschauen?« fragte Clarissa. »Würde es Ihnen was ausmachen?«

»Ich wollte es mir von hier unten, vom Gras aus ansehen.« Ich sah entschuldigend auf meine Krücken. »Das ist einfacher.«

»Das Gras stört mich nicht.«

Da standen wir also nebeneinander im Gras vor der Haupttribüne, und sie sagte: »Immer, wenn wir zusammensein konnten, kaufte er zwölf Rosen. Es war... nun...« Sie verstummte, mußte wieder schlucken.

»Mm«, sagte ich. Ich dachte an die Asche und an den roten Rosenbaum und beschloß, ihr das ein andermal zu erzählen. Es war ja dabei auch um ihn gegangen, nicht um sie.

Nicholas Loders Zweijähriger gewann das Fliegerrennen mit überzeugendem Tempo, und ich erhaschte danach einen kurzen

Blick auf den Besitzer, der überaus zufrieden dreinschaute, aber kein Lächeln zeigte. Wohl kaum eine Frohnatur, dachte ich.

Clarissa ging fort, um sich das Universitätsrennen zusammen mit ihrem Mann anzusehen, und während danach die obligaten Reden gehalten wurden, machte ich mich auf die Suche nach ›Dozen Roses‹, der noch im Führring herumgeführt wurde, bevor man ihn zum Aufsatteln in eine Box oder einen Stall brachte.

›Dozen Roses‹ sah gefügig bis dösig aus, dachte ich. Er war ein nicht eben bemerkenswerter Brauner und hatte weder etwas von dem guten Aussehen und der Präsenz von ›Dattelpalme‹, noch das wache Interesse eines Jagdpferdes an seiner Umgebung. Er war ein gutes Rennpferd, daran gab es gar keinen Zweifel, aber in diesem Augenblick machte er keineswegs den Eindruck eines Pferdes, das in einer halben Stunde mit kräftigem Antritt als Sieger einlaufen sollte. In jedem Falle entsprach er nicht ganz dem, was ich zu sehen erwartet hatte. War dies das muntere Füllen, das seine letzten drei Rennen so schwungvoll gewonnen hatte? War dies der junge Hengst, der hinter den Startboxen von Newmarket eine Stute zu bespringen versucht hatte?

Nein, stellte ich schockiert fest, das war er ganz und gar nicht. Ich schaute ihm etwas genauer unter den Bauch, weil das manchmal schwer zu erkennen war – aber es schien kein Irrtum möglich, daß er seines wesentlichen Werkzeugs beraubt, daß er tatsächlich kastriert worden war.

Ich war sprachlos und wußte nicht, ob ich lachen oder wütend werden sollte. Das erklärte so vieles – die Formkrise, als er mit seinen Gedanken mehr bei der Fortpflanzung als beim Rennen gewesen war, und die Rückkehr zur alten Schnelligkeit, nachdem man ihn von aller Versuchung befreit hatte. Es erklärte, warum die Stewards Loder nicht zu sich gebeten hatten, damit er ihnen die Unterschiede in der Leistung erkläre – Pferde wurden ja nach dieser Operation häufig leistungsstärker.

Ich schlug das Programmheft auf und schaute bei dem Rennen

nach, bei dem ›Dozen Roses‹ laufen sollte. Und da stand bei seinem Namen auch ganz eindeutig nicht P für Pferd oder F für Fohlen, sondern W für Wallach.

Nicht weit hinter mir ertönte Nicholas Loders zornbebende Stimme: »Das ist nicht Ihr Pferd. Bleiben Sie weg von ihm!«

Ich drehte mich um. Loder kam schnell auf mich zu, den Sattel von ›Dozen Roses‹ über dem Arm und die Röte voll erblühter Wut im Gesicht. Der ungemein unfrohe Besitzer, den er aus irgendeinem Grunde noch immer im Schlepptau hatte, beobachtete den Vorgang verwirrt.

»Meines oder nicht meines, ich habe ein Recht, mir das Pferd anzusehen«, sagte ich. »Und ich habe es mir verdammt gut angesehen, und entweder ist das nicht ›Dozen Roses‹, oder Sie haben ihn gegen den ausdrücklichen Wunsch meines Bruders kastrieren lassen.«

Sein Mund öffnete sich und schnappte wieder zu.

»Was ist los, Nick?« sagte der Besitzer. »Wer ist das?«

Loder unterließ es, uns miteinander bekannt zu machen. Statt dessen sagte er heftig: »Sie können da gar nichts machen. Ich habe Handlungsvollmacht. Ich bin der registrierte Agent, der für dieses Pferd verantwortlich ist, und was ich entscheide, das geht Sie gar nichts an.«

»Mein Bruder war dagegen, daß seine Pferde kastriert würden, das wissen Sie sehr wohl. Sie haben seine Anweisung nicht befolgt, weil sie sicher waren, daß er es nie rausfinden würde, erschien er doch niemals zu den Rennen.«

Er starrte mich an. Ihm war völlig klar, daß er, wenn ich eine formelle Beschwerde einreichte, in arge Schwierigkeiten kommen würde, und ich dachte mir, daß er bestimmt fürchtete, ich könnte und würde als Testamentsvollstrecker meines Bruders mit hoher Wahrscheinlichkeit eben dies tun. Aber selbst wenn ich es nur anderen weitererzählte, würde ihm das schon schaden – das war genau die Art von Leckerbissen, auf die sich die Sportpresse gern stürzte, und die Besitzer all der königlichen Füllen in seinem Stall würden es mit der Angst zu tun bekommen, daß ihrem Eigentum ohne ihr Wissen und Einverständnis etwas ähnliches widerfahren könnte.

Das alles war ihm, so dachte ich, in dem Augenblick klar geworden, in dem ich ihm bei unserem Telefongespräch mitgeteilt hatte, daß ich derjenige sei, der ›Dozen Roses‹ erben werde. Er wußte sogleich, daß ich, sollte ich das Pferd je zu Gesicht bekommen, auf der Stelle durchschauen würde, was da gespielt worden war. Kein Wunder, daß ihm seine tieferen Stimmresonanzen abhanden gekommen waren.

»Greville war ein Narr«, sagte er wütend. »Das Pferd war seit dem Eingriff sehr viel erfolgreicher.«

»Das ist zwar zutreffend«, sagte ich, »aber darum geht's hier nicht.«

»Wieviel wollen Sie also?« fragte er grob.

Jetzt war ich damit an der Reihe, dachte ich, wie ein Fisch zu glotzen. Ich sagte schwach: »Es ist keine Frage des Geldes.«

»Alles ist eine Frage des Geldes«, erklärte er. »Nennen Sie mir Ihren Preis und verschwinden Sie.«

Ich blickte den dabeistehenden Besitzer an, der eher phlegmatisch denn gefesselt dreinschaute, sich aber vielleicht irgendwann einmal an diese Unterredung erinnern und sie wiedergeben konnte, und sagte nur: »Wir reden später darüber, in Ordnung?«, und bewegte mich langsam und ganz ohne Aggressionen von ihnen fort.

Hinter mir sagte der Besitzer: »Was hatte das denn eigentlich alles zu bedeuten, Nick?«, und Loder antwortete: »Nichts, Rollo. Mach dir keine Gedanken«, und als ich mich ein paar Sekunden später umdrehte, sah ich sie beide zu den Boxen schreiten, gefolgt von ›Dozen Roses‹ an der Hand des Stallburschen.

Trotz oder vielleicht gerade wegen Nicholas Loders besorgter Erzürntheit gewann für mich schließlich das Belustigende an der

Sache die Oberhand. Ich selbst hätte das Pferd sicher noch ein paar Monate eher als der Trainer kastrieren lassen, der es zweifelsohne aus nicht mehr erträglicher Frustration getan hatte – Greville war halt in diesem Punkt aus unangebrachtem Mitgefühl, aber auch, weil er nicht genug von Pferden verstand, ausgesprochen starrköpfig gewesen. Ich überlegte mir, daß ich noch an diesem Abend – ganz egal, wie das Rennen ausgehen würde – telefonisch meinen Frieden mit Loder machen würde, da mir, was diese so unsichere Angelegenheit anbetraf, durchaus nicht an einem Streit gelegen war. Wo doch schon von den Wurzeln des Krieges die Rede gewesen war, dachte ich gequält, kam man um die Feststellung nicht umhin, daß schon weit nichtigere Anlässe als die Kastration eines Vollblüters zu blutigen Auseinandersetzungen geführt hatten.

In York war es so, daß einige der Sattelboxen offen waren, so daß man hineinschauen konnte, andere aber mit Türen versehen. Nicholas Loder schien der Zurückgezogenheit den Vorzug zu geben, denn er brachte ›Dozen Roses‹ in eine von der letzteren Art und entzog ihn somit meinem Blick.

Harley und Martha Ostermeyer, die herbeikamen, um beim Satteln der Pferde zuzuschauen, waren voller strahlender Vorfreude. Sie hatten auf den Sieger der *University Trophy* gesetzt und den gesamten Gewinn nun auf mein, das heißt auf meines *Bruders* Pferd.

»Da werden Sie nicht soviel rausholen können«, warnte ich sie. »Er ist schließlich der Favorit.«

»Das wissen wir doch, mein Lieber«, sagte Martha glücklich und sah sich um. »Wo ist er? Welches ist's denn?«

»Er ist in der Box da drin«, sagte ich und zeigte darauf. »Er wird gerade aufgesattelt.«

»Harley und ich hatten gerade eine wundervolle Idee«, sagte sie süß und mit funkelnden Augen.

»Aber Martha!« sagte Harley. Es klang leicht beunruhigt, so, als ob Marthas wundervolle Ideen nicht immer die allerbesten seien.

»Wir möchten, daß Sie mit uns zu Abend essen, wenn wir zurück in London sind«, beendete sie ihre Ankündigung.

Harley entspannte sich erleichtert. »Ja. Hoffe, es paßt Ihnen.« Er wollte damit ganz eindeutig zum Ausdruck bringen, daß diese spezielle wundervolle Idee passabel sei, ja, sogar willkommen. »London am Wochenende ist wie ein Friedhof.«

Innerlich grinsend akzeptierte ich die mir zugedachte Aufgabe, die Friedhofsatmosphäre aufzulockern, und sagte – auch im Sinne der guten Sache, nämlich einer weiteren Festigung der Ostermeyer-Shandy-Franklin-Beziehungen –, daß es mir eine große Freude sei, dieser Einladung zum Essen Folge zu leisten. Martha und Harley äußerten sich in einem Maße befriedigt, daß ich mich fragte, ob sie sich vielleicht, wenn sie mit sich allein waren, gegenseitig bis zum Verstummen langweilten.

›Dozen Roses‹ kam gesattelt aus seiner Box und wurde zum Führring geleitet. Er ging gut, dachte ich, seine schönen, geraden Fesseln ermöglichten eine ausgreifende Gangart, und er schien nun, da die Erregung des Rennens in der Luft lag, auch ein gut Teil munterer.

Hinter dem Pferd her eilten Nicholas Loder und sein Freund Rollo, und die Tatsache, daß sie ihm dermaßen zu Leibe rückten, war wohl der Grund dafür, daß sich ›Dozen Roses‹ plötzlich zur Seite warf, den Stallburschen, der die Zügel hielt, ein Stück rückwärts zog und dann wieder nach vorn schnellte, wobei er Meister Rollo einen so derben Stoß versetzte, daß dieser in die Knie ging.

Spontanes Mitgefühl ließ Martha auf Rollo zustürzen, um ihm Beistand zu leisten, aber dieser rappelte sich mit einem Fluch schon wieder auf, der sie schockiert dreinblicken ließ. Trotzdem bückte sie sich, hob etwas auf, das wie ein blauer Gummiball aussah und ihm aus der Tasche gefallen war, und sagte: »Ich glaube, Sie haben das verloren.«

Er entriß ihr den Gegenstand unfreundlich, warf ihr einen unnötig wilden Blick zu, als ob sie das Pferd so erschreckt hätte, was ganz gewiß nicht der Fall gewesen war, und eilte hinter Nicholas Loder her in den Führring. Dieser bemerkte, als er sich umsah, daß ich noch immer da war, und reagierte darauf mit einem neuerlichen Wutausbruch.

»Was für absolut grauenvolle Leute«, sagte Martha und schnitt eine Grimasse. »Haben Sie gehört, was der Kerl gesagt hat? Widerlich! So was laut auszusprechen!«

Meine liebe Martha, dachte ich bei mir, dieses Wort gehört zum gängigen Vokabular der Rennplätze. Die nettesten Leute bedienten sich seiner, es machte niemanden zum Schurken. Sie klopfte eifrig Sand von ihren Handschuhen, als gelte es, sich von einer Verseuchung zu reinigen, und ich erwartete eigentlich fast, daß sie ganz im Stile der unbezwingbaren Amerikanerin zu Rollo hinmarschieren würde, um ihm zu empfehlen, sich das lose Maul mal mit Seife auszuwaschen.

Harley hatte in der Zwischenzeit noch etwas anderes aus dem Gras aufgehoben und besah es sich hilflos. »Das hat er auch fallenlassen«, sagte er. »Glaube ich jedenfalls.«

Martha schaute sich das Ding an und nahm es ihm aus der Hand.

»O ja«, sagte sie, den Gegenstand erkennend, »das ist die andere Hälfte von dem Begießer. Sie nehmen es besser an sich, Derek, dann können Sie es ja diesem unangenehmen Freund Ihres Trainers wiedergeben, wenn Sie wollen.«

Ich betrachtete mit gerunzelter Stirn, was sie mir überreichte. Es war eine Plastikröhre, halb durchsichtig, hatte einen Durchmesser von etwa zweieinhalb und eine Länge von ungefähr zwanzig Zentimetern, war an der einen Seite offen und verengte sich an der anderen um die Hälfte.

»Das ist so ein Ding, das man dazu benutzt, um einen Braten mit Bratensaft zu übergießen«, sagte Martha. »Sie kennen so etwas, nicht wahr? Sie drücken den Gummiball, halten die Öffnung in die Flüssigkeit und lassen los, so daß sie eingesaugt wird, und besprühen dann das Fleisch damit.«

Ich nickte. Ich wußte, was ein Bratenbegießer war.

»Wie seltsam, so etwas mit zu einem Rennen zu nehmen«, sagte Martha.

»Mm«, stimmte ich ihr zu. »Das scheint mir überhaupt ein seltsamer Mensch zu sein.« Ich steckte die Plastikröhre in eine meiner Innentaschen, aus der ihr eines Ende ein paar Zentimeter herausragte, und dann gingen wir zum Führring hinüber, um dort ›Dozen Roses‹ – nun mit seinem Jockey vereint - zu bewundern, und danach zur Tribüne, um ihn laufen zu sehen.

Der Jockey war Loders bester Mann, so befähigt, wie es ein Jokkey nur sein konnte, und so redlich wie die meisten. Der Stall hatte eindeutig auf dieses Pferd gesetzt, dachte ich, als ich sah, wie sich an der Informationstafel der angezeigte Stand der Wetten von 2 : 1 zu 5 : 2 veränderte. Wenn ein am Spiel beteiligter Stall sein Geld nicht auf das favorisierte eigene Pferd setzte, dann fing sofort das Geraune an, und der Preis gab dramatisch nach. Dieses Geraune mußte heute, wo es darauf ankam, besagen, daß es Loder mit dem Sieg ernst und an Alfies niederträchtiger Unterstellung diesmal nichts dran sei.

Loders Stall zog – was in der Rennwelt wohlbekannt war – auf Grund seiner alljährlichen Erfolge immer wieder Besitzer an, die echte Spieler, will sagen mehr am Gewinnen von Geld als am Gewinnen von Rennen interessiert waren. Das mag zwar wie eine Binsenweisheit klingen, ist es aber insofern nicht, als beispielsweise Besitzer, die sich bei Steeplechase-Rennen engagieren, im Normalfall weit eher darauf erpicht sind, die Rennen zu gewinnen. Sie machen nur hin und wieder mal Profit und gehen zumeist in realistischer Einschätzung der Lage davon aus, daß sie für ihr Vergnügen halt bezahlen müssen.

Ich fragte mich, ob es sich bei diesem Rollo wohl um einen der großen Spieler von Nicholas Loder handelte. Ich blätterte in meinem Programmheft zurück und sah seinen Namen nach, der neben jenem Pferd stand, das vorhin das Fliegerrennen gewonnen hatte. Besitzer: Mr. T. Rollway hieß es dort. Für seine Freunde kurz Rollo. Nie was von ihm gehört, dachte ich. Ob Greville ihn wohl gekannt hatte?

›Dozen Roses‹ galoppierte mit zumindest genausoviel Energie und Begeisterung zum Start wie die sieben anderen Pferde und ließ sich anstandslos in die Startbox führen. Die Strecke bis dorthin war er gut gegangen, fand ich, und hatte sich willig ins Zeug gelegt. Er war natürlich inzwischen auch schon ein alter Hase – genau wie ich, dachte ich trocken.

Ich war in meinen frühen Jahren als Amateur einige Flachrennen geritten und hatte dabei erfahren, daß das Anstrengendste und Überraschendste an dieser Hockstellung über dem Widerrist das Ausmaß war, in dem sie einem die Lungen zusammenquetschte und damit das Atmen erschwerte. Die ersten Male war ich im Ziel aus Mangel an Sauerstoff fast vom Pferd gefallen. Das war lange her, dachte ich, während ich beobachtete, wie die Gitter aufflogen und die Boxen ihre Farben ausspuckten – lange her die Zeit, als ich noch jung war und alles noch vor mir hatte.

Wenn ich Grevilles Diamanten fände, ging mir durch den Kopf, würde ich in der Lage sein, mir irgendwann einen schönen, großen Hof in Lambourn zu kaufen und – frei von Darlehen und in bescheidenem Rahmen – als Trainer tätig zu werden, vorausgesetzt natürlich, ich könnte Besitzer dafür gewinnen, mir ihre Pferde zu überlassen. Ich zweifelte inzwischen nicht mehr daran, daß ich eines Tages, wenn mein Körper es aufgeben würde, schnell zu verheilen, wie das am Ende ja wohl jeder tat, mit einem solchen neuen Leben sehr zufrieden sein würde, auch wenn meine verzehrende Leidenschaft für die Rennreiterei durch nichts Zahmeres zu ersetzen war.

›Dozen Roses‹ lief mit der Meute – nach den ersten sechshundert Metern lagen alle Pferde noch dicht beieinander, flogen auf der gegenüberliegenden Geraden mit mehr als Reisegeschwindigkeit dahin, hatten aber durchaus noch Beschleunigungsmöglichkeiten in Reserve.

Und wenn ich Grevilles Diamanten nicht fände, dachte ich, würde ich alles zusammenkratzen, was ich hatte, und mir den Rest pumpen, um auf alle Fälle einen Hof zu kaufen und die Zukunft in Angriff zu nehmen. Aber noch nicht jetzt, noch nicht.

›Dozen Roses‹ und die anderen Pferde schwenkten nach links in die weite Kurve am anderen Ende der Rennbahn ein, und der Kurvenlauf brachte es mit sich, daß nun das dichte Feld auseinanderfiel. Beim Einbiegen in die Zielgerade, tausend Meter vom Einlauf entfernt, lag ›Dozen Roses‹ an vierter Stelle und machte keine großen Fortschritte. Ganz plötzlich wollte ich, daß er das Rennen gewänne, und mich überraschte die Intensität dieser Empfindung – ich wollte, daß er für Greville siegte, dem das nichts bedeutete, und vielleicht auch für Clarissa, der sehr wohl daran lag. Sentimentaler Narr, sagte ich zu mir. Wie dem auch sei – als die Menge anfing, ihre jeweiligen Favoriten mit lautem Geschrei ins Ziel zu treiben, da schrie auch ich für den meinen, was ich, soweit ich mich erinnern konnte, noch nie getan hatte.

Was immer sich jedoch Nicholas Loder gedacht haben mochte – aus einem Sieg würde nichts werden. ›Dozen Roses‹ kämpfte sichtbar, als er sich zweihundert Meter vor dem Ziel mit großer Geschwindigkeit auf die zweite Position vorschob, hätte aber das Rennen nie und nimmer für sich entscheiden können, wenn nicht das mit einer halben Länge führende Pferd, gleichermaßen voll ausgeritten und erschöpft, im letzten Augenblick kurz von der geraden Linie abgewichen und mit ihm zusammengestoßen wäre.

»O je«, rief Martha traurig aus, als die beiden Pferde den Zielpfosten passierten. »Zweiter. Na ja, ist auch nicht so schlecht.«

»Sie werden Protest einlegen, und er kriegt das Rennen«, sagte ich. »Und das ist besser als gar nichts, nehme ich an. Ihr Gewinn ist Ihnen sicher.«

»Meinen Sie wirklich?«

»Ja, verlassen Sie sich drauf«, sagte ich, und unmittelbar darauf verkündeten die Lautsprecher, daß das Ergebnis durch die Stewards überprüft werde.

Langsamer, als mir lieb war, stiegen wir drei zu dem Platz vor dem Raum hinab, in dem die Jockeys gewogen wurden, zu dem Platz, auf dem das Pferd, das nicht mein Pferd war, stand und als Zweiter des Rennens abgesattelt wurde. Über seinen Rücken war eine Pferdedecke gelegt worden, und von seinem schweißnassen Fell stiegen Dampfschwaden auf. Er bewegte sich ruhelos hin und her, wie das Pferde oft nach sehr großen Anstrengungen tun, und sein Stallbursche hielt ihn fest am Zügel, versuchte, ihn zu beruhigen.

»Er ist ein großes Rennen gelaufen«, sagte ich zu Martha, und sie sagte: »Wirklich, mein Lieber?«

»Er hat nicht aufgegeben. Und das ist das, was zählt.«

Von Nicholas Loder keine Spur – er war wahrscheinlich bei der Rennleitung und legte seinen Protest ein. Die Stewards würden sich die Aufnahmen der verschiedenen Zielkameras anschauen und wahrscheinlich jeden Augenblick ...

»Ergebnis der Überprüfung«, sagten die Lautsprecher. »Die Einlaufreihenfolge der beiden Erstplazierten wird umgekehrt.« Kaum gerecht, aber unumgänglich – das schnellere Pferd hatte verloren. Nicholas Loder kam aus dem Wiegeraum und sah mich mit den Ostermeyers zusammenstehen, aber bevor ich noch die ersten tröstenden Worte wie etwa »Gut gemacht« sagen konnte, hatte er mir schon einen erbosten Blick zugeworfen und war in die entgegengesetzte Richtung verschwunden. Kein Rollo in seiner Begleitung, wie ich bemerkte.

Martha, Harley und ich kehrten, der Tee-Einladung der Universität folgend, in den Speisesaal des Clubs zurück, wo sich die Knightwoods wieder als liebenswürdige Gastgeber betätigten und Clarissa bei meinem Anblick erneut Schwierigkeiten mit ihren Tränendrüsen bekam. Ich verließ die Ostermeyers, die gerade Tassen und Untertassen von einer Bedienung entgegennahmen, und bewegte mich langsam zu ihr hinüber.

»So was Albernes«, sagte sie ärgerlich und blinzelte heftig, während sie mir ein Sandwich anbot. »Aber war er nicht großartig?«

»Das war er in der Tat.«

»Ich wünschte ...« Sie verstummte. Ich wünschte das auch. Es bedurfte keiner Worte. Aber Greville war ja nie zu den Rennen gegangen.

»Ich bin ziemlich oft in London«, sagte sie. »Darf ich Sie anrufen, wenn ich wieder dort bin?«

»Ja, wenn Sie möchten.« Ich schrieb meine Privatnummer auf meine Rennkarte und gab sie ihr. »Ich wohne in Berkshire«, sagte ich, »nicht in Grevilles Haus.«

Sie sah mich verwirrt an.

»Ich bin nicht Greville«, sagte ich.

»Mein lieber Junge«, sagte ihr Mann dröhnend und blieb neben uns stehen, »bin hocherfreut, daß Ihr Pferd noch gewonnen hat. Obwohl es natürlich im eigentlichen Sinne gar nicht Ihr Pferd ist, wie?«

»Nein, Sir.«

Ein durchaus gescheiter Bursche, dachte ich und sah ihm in seine bei aller Jovialität intelligenten Augen. Nicht leicht an der Nase herumzuführen. Ich fragte mich flüchtig, ob er geahnt hatte, daß seine Frau einen Liebhaber hatte, selbst wenn ihm nicht bekannt gewesen war, um wen es sich handelte. Ich dachte, daß er mich, wenn er gewußt hätte, wer es gewesen war, wohl kaum zum Lunch gebeten hätte.

Er kicherte. »Der Professor sagt, Sie hätten ihm gute Tips gegeben und drei Sieger genannt.«

»Ein Wunder.«

»Er ist sehr beeindruckt.« Er blickte mich gnädig an. »Schauen Sie mal bei uns rein, mein Bester.« Das war die Form von unbestimmter Einladung, die nicht dazu gedacht war, daß man ihr Folge leistete, sondern die in gewisser Weise nur die Bekräftigung milder Anerkennung darstellte.

»Ich danke Ihnen«, sagte ich, und er nickte, wohl wissend, daß er verstanden worden war.

Martha Ostermeyer kam herbei, um schwärmerisch zu äußern, wie wunderbar dieser ganze Tag gewesen sei, und danach fing – wie das immer so ist – die Party der Universität an, sich langsam aufzulösen.

Ich schüttelte Clarissa die mir zum Abschied gereichte Hand und auch die ihres Mannes, der neben ihr stand. Sie sahen gut aus zusammen, waren bei oberflächlicher Betrachtung ein ideales Paar.

»Wir sehen uns wieder«, sagte sie zu mir, und ich fragte mich, ob nur ich ihre unterdrückte Verzweiflung zu hören vermochte.

»Ja«, sagte ich fest. »Bestimmt.«

»Mein lieber Junge«, sagte ihr Mann. »Jederzeit.«

Harley, Martha und ich verließen den Rennplatz und stiegen in den Daimler. Simms folgte der Gewohnheit Brads und verstaute meine Krücken.

Martha meinte vorwurfsvoll: »Ihr Knöchel ist gebrochen, nicht verstaucht. Einer der Gäste hat es uns erzählt. Ich sagte, Sie hätten uns am Mittwoch was vorgaloppiert, und er wollte uns das einfach nicht glauben.«

»Das Gelenk ist so gut wie verheilt«, entgegnete ich schwach.

»Aber Sie werden ›Dattelpalme‹ bei diesem Rennen am kommenden Samstag nicht reiten können, nicht wahr?«

»Nein, wohl nicht.«

Sie seufzte. »Sie sind sehr unartig. Jetzt müssen wir abwarten, bis Sie soweit sind.«

Ich schenkte ihr ein schnelles Lächeln größter Dankbarkeit. Es gab nicht viele Besitzer, die auch nur im Traum daran gedacht hätten, sich zu gedulden. Kein Trainer würde das tun – sie konnten sich das allerdings auch gar nicht leisten. Milo setzte im Augenblick einen meiner Erzrivalen in den Sattel der Pferde, die sonst ich ritt, und ich konnte nur hoffen, daß ich sie alle zurückbekommen würde, wenn ich wieder fit war. Das Hauptproblem bei Verletzungen war nicht so sehr die Verletzung selbst, sondern die Gefahr, daß man seine Pferde an andere Jockeys verlor. Und das manchmal auf Dauer, nämlich dann, wenn diese anderen siegreich waren.

»Und nun«, sagte Martha, als wir uns südwärts in Richtung London in Bewegung setzten, »habe ich noch eine wirklich wundervolle Idee gehabt, und Harley ist ganz meiner Meinung.«

Ich blickte mich zu Harley um, der hinter Simms saß. Er nickte nachsichtig. Diesmal war er frei von Befürchtungen.

»Wir wollen«, sagte sie glücklich, »auch ›Dozen Roses‹ erwerben und zu Milo geben, damit er einen Steepler aus ihm macht. Das heißt«, fügte sie lachend hinzu, »wenn der Testamentsvollstrekker Ihres Bruders ihn uns verkauft.«

»Martha!« Ich war sprachlos und benutzte gedankenlos ihren Vornamen, obwohl ich sie bisher doch, wenn überhaupt, immer mit Mrs. Ostermeyer angeredet hatte.

»Da«, sagte sie, mit meiner Reaktion zufrieden, »ich hab doch gesagt, daß es eine wundervolle Idee ist. Was meinen Sie?«

»Dem Testamentsvollstrecker meines Bruders fehlen die Worte.«

»Aber Sie werden ihn uns verkaufen?«

»Gewiß werde ich das.«

»Dann lassen Sie uns mal zum Autotelefon greifen und Milo anrufen, um es ihm zu sagen.« Sie war in bester Laune und nicht in der Stimmung zu warten, aber als sie Milo schließlich erreicht hatte, fing dieser offensichtlich nicht gleich Feuer. Mit einem Stirnrunzeln reichte sie mir den Hörer und sagte: »Er möchte mit Ihnen sprechen.«

»Hallo Milo«, sagte ich, »wo fehlt's?«

»Das ist doch ein Hengst. Die springen nicht gut.«

»Es ist ein Wallach«, versicherte ich ihm.

»Du hast mir doch gesagt, daß dein Bruder das nie machen lassen wollte.«

»Nicholas Loder hat's ohne seine Zustimmung getan.«

»Du machst Witze!«

»Nein«, sagte ich. »Im übrigen hat das Pferd heute sein Rennen auf Grund einer Schiedsrichterentscheidung gewonnen. Aber es ist ordentlich gelaufen und fit.«

»Ist es schon jemals gesprungen?«

»Das glaube ich nicht. Aber ich werd's ihm schon beibringen.«

»Also gut. Gib mir noch mal Martha.«

»Leg nicht auf, wenn ihr fertig seid, ich hab nämlich noch etwas.«

Ich reichte Martha den Hörer, die mit nun wiederkehrender Begeisterung zuhörte und sprach, und schließlich war ich wieder dran.

»Wozu«, fragte ich, »trägt wohl einer von Nicholas Loders Besitzern bei den Rennen so einen Bratenbegießer mit sich herum?«

»Einen was?«

»Einen Bratenbegießer. So ein Ding, das man in der Küche braucht. Du hast auch einen und benutzt ihn als Zerstäuber.«

»Einfach und wirkungsvoll.«

Er benutzte ihn, ging mir durch den Kopf, bei den seltenen Gelegenheiten, wo es sich als die einfachste Methode erwies, einem Pferd ein Medikament zu verabreichen. Man verdünnte die Medizin oder löste sie in Wasser auf und füllte sie in den Gummiball des Bratengießers. Dann steckte man die Plastikröhre wieder drauf, schob diese dem Tier in eine seiner Nüstern und drückte den Gummiball mehrfach kräftig zusammen. Die Flüssigkeit wurde so direkt und sehr effektiv auf die Schleimhäute gesprüht, von wo sie sofort in die Blutbahn gelangte. Auch

Puder ließ sich mit gleichem Ergebnis zerstäuben. Es war der schnellste Weg, ein Arzneimittel zur Wirkung zu bringen.

»Bei den Rennen?« sagte Milo. »Ein Besitzer?«

»Genau. Sein Pferd siegte beim Fliegerrennen über tausend Meter.«

»Der muß verrückt sein. Bei jedem Rennen machen sie bei zwei Pferden eine Dopingkontrolle, wie du weißt. Fast immer beim Sieger und dann noch bei einem beliebigen anderen Pferd. Kein Besitzer wird sein Pferd bei einem Rennen mit Drogen vollpumpen.«

»Ich weiß auch nicht, ob er das getan hat. Er hatte halt nur so einen Bratenbegießer bei sich, das ist alles.«

»Hast du das den Stewards gesagt?«

»Nein, das habe ich nicht. Nicholas Loder war mit dem Besitzer zusammen und wäre explodiert, wo er doch schon wütend genug auf mich war, weil ich die kleine Veränderung an ›Dozen Roses‹ entdeckt hatte.«

Milo lachte. »Das ist es also, was die ganze letzte Woche für eine solche Aufregung gesorgt hat?«

»Du sagst es.«

»Wirst du Stunk machen?«

»Wahrscheinlich nicht.«

»Du bist zu weich«, sagte er. »Ach ja, fast hätte ich es vergessen. Da kam eine telefonische Nachricht für dich. Wart eine Sekunde, ich hab's notiert.« Er verschwand eine Weile, kam dann wieder. »Da haben wir's. Irgendwas wegen der Diamanten deines Bruders.« Er klang unsicher. »Kann das stimmen?«

»Ja. Was ist mit ihnen?«

Er mußte das Drängende in meiner Stimme gehört haben, denn er sagte: »Es ist nicht viel. Nur daß jemand versucht hat, dich gestern den ganzen Abend und heute den ganzen Tag anzurufen. Ich hab ihm aber gesagt, daß du in London übernachtet hast und heute nach York gefahren bist.«

»Wer war es?«

»Hat er nicht gesagt. Nur, daß er eine Nachricht für dich hätte. Dann machte er hm und äh und sagte, daß ich dir, wenn ich mit dir telefoniere, weitersagen solle, er würde dich im Haus deines Bruders anrufen, für den Fall, daß du dorthin gingest, und zwar so gegen zehn oder später. Es könnte auch eine sie gewesen sein. Schwer zu sagen. Eine von diesen mittellagigen Stimmen. Ich habe gesagt, ich wüßte nicht, ob du mich anrufen würdest, aber daß ich's dir ausrichten würde, wenn ich könnte.«

»Gut, vielen Dank.«

»Ich betreibe keinen Botendienst«, sagte er unwirsch. »Warum schaltest du nicht wie jeder andere Mensch auch deinen Anrufbeantworter ein?«

»Das tue ich manchmal.«

»Nicht oft genug.«

Ich schaltete das Telefon mit einem Lächeln ab und fragte mich, wer mich da wohl zu erreichen versucht hatte. Es mußte jedenfalls jemand sein, der wußte, daß Greville Diamanten gekauft hatte. Es könnte auch Annette gewesen sein, dachte ich – ihre Stimme hatte so eine mittlere Lage.

Ich wäre gern unmittelbar nach unserer Rückkehr nach London zu Grevilles Haus gefahren, aber ich mußte wohl Marthas wundervoller Idee Rechnung tragen und der Einladung zum Essen Folge leisten. Also aßen wir drei zusammen, und ich versuchte, so lieb zu ihnen zu sein, wie sie lieb zu mir gewesen waren.

Martha verkündete während des Essens sogar noch eine weitere wundervolle Idee. Sie und Harley würden Simms oder einen anderen Chauffeur des Mietwagenunternehmens anheuern, damit er uns alle am folgenden Tage nach Lambourn fahre, wo wir dann Milo zum Essen ausführen würden, und sie ›Dattelpalme‹ ein letztes Mal sehen könnten, bevor sie am Dienstag in die Staaten zurückflögen. Anschließend könnten sie mich bei meinem Haus absetzen und weiterfahren, um noch ein Schloß in Dorset zu besichtigen, das sie bei ihrem letzten Aufenthalt nicht mehr geschafft hatten. Harley sah schicksalsergeben drein. Wie ich wohl sehen konnte, war es Martha, die stets die Entscheidungen traf, was vielleicht der Grund dafür war, daß der unterdrückte Teil von ihm gelegentlich auf Parkplatzwächter einprügeln mußte, die nicht zu verhindern gewußt hatten, daß er eingeklemmt wurde.

Milo sagte mir, als ich ihn anrief, daß er zu so gut wie allem bereit sei, was den Ostermeyers Freude bereite, ein sonntägliches Mittagessen ganz entschieden eingeschlossen. Er erzählte auch, daß sich der Anrufer wieder gemeldet und er ihm/ihr gesagt habe, daß mich seine/ihre Botschaft erreicht habe.

»Danke«, sagte ich.

»Dann also bis morgen.«

Ich dankte den Ostermeyers in unzulänglicher Weise für alles und fuhr mit dem Taxi zu Grevilles Haus. Ich wollte den Taxifahrer erst bitten, wie Brad so lange zu warten, bis ich die Lage erkundet hätte, aber das Haus lag still und dunkel hinter seinen undurchdringlichen Gitterstäben, und da dachte ich, er würde mich wohl für einen Spinner oder Feigling oder beides halten, weshalb ich ihn bezahlte und, die Schlüssel aus der Tasche ziehend, das Tor in der Hecke öffnete. Dann ging ich den Pfad entlang zum Haus hin, bis die Lichter aufflammten und der Hund zu kläffen anfing.

Jeder macht mal einen Fehler.

11

Ich kam nicht bis zu den Stufen, die zur Haustür hinaufführten. Eine dunkle Gestalt, nur schwach in dem gleißend hellen Licht der Strahler wahrgenommen, stürzte sich wie ein angreifender Rugbyspieler von schräg hinten auf mich, traf mich wie eine Kanonenkugel, und als ich den Boden erreichte, sauste etwas sehr Hartes auf meinen Kopf herab.

Ich hatte nicht das Gefühl, daß mir die Sinne schwanden oder daß Zeit verging. In einem Augenblick war ich wach, und im nächsten war ich es auch, oder es schien mir doch wenigstens so, wobei ich aber auf ganz unbestimmte Art wußte, daß zwischen beiden ein Intervall lag.

Was ich nicht zu sagen vermochte, war, wo ich mich befand – nur, daß ich mit dem Gesicht nach unten im Gras lag. Ich war schon mehrfach in meinem Leben mit einer Gehirnerschütterung auf Gras erwacht, aber dies noch nie im Dunkeln. Sie konnten das Rennen doch nicht alle verlassen haben und nach Hause gegangen sein, mich da einfach die ganze Nacht auf der Bahn liegenlassend, dachte ich.

Ganz allmählich aber kehrte die Erinnerung daran, wo ich mich befand, wieder zurück. In Grevilles Vorgarten. Am Leben. Ein Hoch auf die kleinen Wohltaten!

Ich wußte aus Erfahrung, daß die beste Art und Weise, mit einem solchen k.o.-Schlag fertig zu werden, die war, nichts zu überstürzen. Andererseits war ich diesmal nicht von einem Pferd geflogen, nicht auf Grevilles taschentuchgroßem Turf. Es mochte sehr wohl auch dringende Gründe geben, ganz schnell aufzustehen – wenn sie mir bloß einfallen würden!

Ich entsann mich plötzlich ganz vieler Dinge und stöhnte leise, zog dann die Knie unter mir an, zuckte zusammen und tastete nach meinen Krücken. Ich fühlte mich dumm und fuhr fort, dumm zu handeln, agierte schließlich nur mit fünfzigprozentiger Hirnleistung. Später auf die Ereignisse zurückblickend, wußte ich, was ich hätte tun sollen – nämlich mich still aus der Pforte und zu einem Nachbarhaus stehlen, um von dort aus die Polizei anzurufen. Statt dessen schleppte ich mich zu Grevilles Haustür, und natürlich ging das Flutlicht wieder an, begann der Hund wieder zu kläffen – und ich stand wie angenagelt in Erwartung einer erneuten Attacke, schwankte unsicher an meinen Krücken, vollkommen kraftlos und elend.

Die Tür stand offen, wie ich nun sah, und im Hausflur brannte Licht. Und wie ich noch so unentschlossen dort stand, wurde die Tür von innen noch weiter aufgerissen, und der Rugbyspieler kam herausgeschossen, wieder wie eine Kanonenkugel.

Die Kanonenkugel war ein Motorradhelm, glänzend und schwarz, das durchsichtige Visier vor dem Gesicht heruntergeklappt. Das Gesicht hinter dem Visier schien ebenfalls schwarz zu sein, aber das war ein schwarzer, wollener Kopfschützer, dachte ich, und nicht schwarze Haut. Undeutlich nahm ich so etwas wie Jeans, Jeansjacke, Handschuhe, schwarze Turnschuhe wahr, alles in schneller Bewegung. Er wandte den Kopf ein ganz klein wenig zur Seite und mußte gesehen haben, wie unsicher ich dort herumstand, aber er hielt sich nicht damit auf, mich mit einem weiteren Stoß aus dem Gleichgewicht zu bringen. Er hechtete über das Gartentor und lief dann die Straße hinunter, und ich blieb einfach da im Garten stehen, wo ich stand, und wartete darauf, daß mein Kopf noch ein wenig klarer werden und wieder zu arbeiten anfangen würde.

Als das in gewissem Maße geschah, ging ich die paar Treppenstufen hinauf und durch die Tür ins Haus. Die Schlüssel steckten, wie ich feststellte, noch im untersten Schloß – es war der kleine, nur aus drei Schlüsseln bestehende Bund, den Clarissa gehabt und den ich an Stelle von Grevilles größerem benutzt hatte, weil er viel weniger wog. Ich hatte es, ging mir durch den Kopf, dem Eindringling dadurch leicht gemacht, daß ich die Schlüssel bereits in der Hand gehalten hatte.

In panischem Schrecken faßte ich in meine Hosentasche, um festzustellen, ob mir Grevilles Schlüsselbund gestohlen worden war, aber zu meiner großen Erleichterung war er noch da, und die Schlüssel klirrten leise.

Ich schaltete die Scheinwerfer und den Hund ab und schloß in der plötzlich herrschenden Stille die Haustür. Dann ging ich in Grevilles kleines Wohnzimmer, das aussah, als sei ein Hurrikan hindurchgezogen. Ich besah mir das Chaos eher mit Zorn als mit Schrecken und hob dann das Telefon vom Boden auf, um die Polizei anzurufen. Ein Einbruch, sagte ich. Der Einbrecher sei fort.

Danach saß ich mit dem Kopf in den Händen in Grevilles Stuhl, sagte laut und mit tief empfundener Wut »Scheiße!« und befühlte vorsichtig die Beule, die auf meinem Schädel zu wachsen begann. Ein saublöder Punktelieferant, das war ich mal wieder gewesen, dachte ich. Wie schon am vergangenen Sonntag. Viel zu sehr wie am vergangenen Sonntag, um Zufall zu sein. Der Kanonenkugelstürmer hatte beide Male gewußt, daß ich nicht in der Lage sein würde, einen plötzlichen Ansturm in aufrechter Haltung zu überstehen. Ich nahm an, daß ich noch dankbar dafür sein mußte, daß er mir den Schädel nicht vollends eingeschlagen hatte, wo doch die Gelegenheit dazu durchaus gegeben gewesen war. Und auch diesmal kein Messer.

Nach einer Weile sah ich mich müde im Zimmer um. Die Bilder hingen nicht mehr an der Wand, die meisten ihrer Gläser waren kaputt. Die Schubladen waren aus den Tischen herausgerissen und die Tische umgekippt worden. Die kleinen rosa und braunen Steinbären lagen am Fußboden verstreut, die Chrysanthemen und ihre Blumenerde waren in den Teppich gestampft, der dazugehörige Topf in den zersplitterten Bildschirm des Fernsehers eingebettet worden. Ich fand den Videorecorder aus seiner Halterung gerissen – er war einfach fallengelassen worden, und die Bänder mit den Aufzeichnungen der Rennen lagen, meterweise aus den Kassetten gezerrt, ruiniert herum. Die Gewalt, mit der das alles angerichtet worden war, erbitterte mich ebenso sehr wie das Gefühl, versagt und diesen Überfall nicht verhindert zu haben.

Viele Bücher waren aus dem Regal gerissen worden, aber ich bemerkte mit grimmiger Befriedigung, daß keines davon geöffnet am Boden lag. Auch wenn die hohlen Bände keine Diamanten enthielten, so hatte der Einbrecher doch wenigstens nicht entdeckt, daß solche ausgehöhlten Bücher überhaupt dabei waren. Ein schwacher Trost, dachte ich.

Schließlich und endlich traf auch die Polizei ein – einer der Beamten war in Uniform, der andere nicht. Ich ging durch den Flur, als sie an der Haustür läuteten, blickte prüfend durch den Spion, ließ sie herein und erklärte ihnen, wer ich sei und aus welchem Grunde hier. Sie hatten beide ungefähr mein Alter und schon eine ganze Menge Einbrüche gesehen.

Sich Grevilles Zimmer emotionslos betrachtend, zogen sie Notizbücher hervor und hielten meine Schilderung des Überfalls im Garten fest. (Ob ich wegen der Beule lieber einen Arzt aufsuchen wolle? Nein, das wollte ich nicht.) Dieses Haus sei ihnen schon bekannt, sagten sie. Der neue Besitzer, mein Bruder, habe all diese Gitter an den Fenstern anbringen und die Alarmanlage direkt mit dem Polizeirevier verbinden lassen, so daß jeder, der versucht hätte, das Gebäude auf diesem Weg zu betreten, sofort von ihnen geschnappt worden wäre. Polizeiexperten hätten bei der Installation beratend zur Seite gestanden und das Haus danach als so gut gesichert wie nur irgend möglich bezeichnet, was es ja auch gewesen sei – bis jetzt. Aber sollten da nicht auch noch Scheinwerfer an und Hundegebell zu hören sein? Das hätte alles ausgezeichnet funktioniert, bestätigte ich, aber ich hätte beides vor ihrem Eintreffen wieder abgestellt.

»Also gut, Sir«, sagten sie ziemlich uninteressiert, »und was ist nun entwendet worden?«

Das wisse ich nicht. Nichts Großes wohl, sagte ich, denn der Einbrecher habe beide Hände frei gehabt, als er über die Gartenpforte gesprungen sei.

So klein, daß es in die Tasche gepaßt habe, notierten sie.

Und das übrige Haus? Sei das in gleichem Zustand?

Ich sagte, daß ich das noch nicht habe feststellen können. Krükken. Schlag auf den Kopf und so. Sie erkundigten sich nach dem Grund für die Krücken. Gebrochenes Fußgelenk, sagte ich. Ob es mir vielleicht Schmerzen verursache? Nur ein bißchen.

Ich begleitete sie auf ihrem Rundgang durch das Haus und entdeckte, daß der Tornado überall durchgezogen war. Im großen Wohnzimmer im Erdgeschoß waren alle Bilder von den Wänden und alle Schubfächer aus den Kommoden und Tischen gezerrt worden.

»Der hat einen Safe gesucht«, sagte einer der Polizisten und drehte eines der ruinierten Bilder herum. »Hatte Ihr Bruder hier einen? Wissen Sie das?«

»Ich habe keinen gesehen«, sagte ich.

Sie nickten und gingen nach oben. Das schwarz-weiße Schlafzimmer war auf die gleiche Weise durchwühlt worden wie die unteren Räume, ebenso das Badezimmer. Überall lagen Kleidungsstücke verstreut. Im Bad war der ganze Fußboden übersät mit Aspirin und anderen Pillen. Eine Zahnpastatube war von einer Schuhsohle breitgetreten worden. Im Waschbecken lag eine Dose Rasiercreme, und ihr Inhalt war teilweise in Kringeln auf den Spiegel gespritzt worden. Die Polizisten gaben mir zu verstehen, daß ich noch recht glimpflich davongekommen sei, habe der Eindringling doch nicht alles mit Sprüchen und Exkrementen beschmiert.

»Der hat also nach was Kleinem gesucht«, sagte der Polizist in Zivil. »Ihr Bruder handelte mit Edelsteinen, nicht wahr?«

»Ja.«

»Haben Sie selbst hier irgendwo Juwelen vorgefunden?«

»Nein, das habe ich nicht.«

Sie schauten in das ebenfalls auf dieser Etage liegende, unbewohnte Zimmer hinein und stiegen dann die Treppe weiter nach oben, um sich auch dort umzusehen, kamen aber schon bald wieder herunter und berichteten, daß dort nichts zu finden sei als leerer Raum. Eine einzige, riesig große Dachkammer, erklärten sie, als ich ihnen gestand, noch nie dort oben gewesen zu sein. Sei vielleicht mal ein Atelier gewesen, meinten sie.

Wir stiegen nun alle in das Zwischengeschoß im Keller hinab, wo wir in der Küche ein unbeschreibliches Chaos vorfanden. Jede einzelne Schachtel mit Cornflakes oder anderer Frühstückskost war ausgeleert, Mehl und Zucker ausgeschüttet und offensichtlich durch ein Sieb gegeben worden. Die Tür des Kühlschranks stand sperrangelweit offen, seine Innereien lagen ausgeweidet am Boden. Alle Flüssigkeiten waren in den Ausguß geschüttet worden, die Kartons und Flaschen lagen entweder leer oder in Scherben auf dem Abtropfbrett. Ich vermißte die Eiswürfel, aber die waren wahrscheinlich schon geschmolzen. Die Hälfte der auf dem Betonfußboden liegenden Teppichfliesen war weggerissen worden.

Die Polizisten gingen phlegmatisch umher, betrachteten sich alles, faßten aber nur wenig an, hinterließen nur ein paar Fußspuren in dem mehligen Staub.

Ich fragte unsicher: »Wie lange mag ich wohl bewußtlos gewesen sein? Wenn er das alles hier...«

»Zwanzig Minuten, würde ich sagen«, meinte der eine, und der andere nickte. »Er hat schnelle Arbeit geleistet, wie Sie sehen können. Am längsten hat er sich wahrscheinlich hier unten aufgehalten. Ich würde sagen, daß er gerade diese Teppichfliesen losgerissen und nach einem Fußbodensafe gesucht hat, als Sie den Alarm erneut auslösten. Ich schätze, er ist da in Panik geraten, hat sich gesagt, daß er sich schon zu lange hier aufgehalten habe. Und wenn Ihnen das was nützt – ich glaube außerdem, daß er, wenn er wirklich was Bestimmtes gesucht haben sollte, dies nicht gefunden hat.«

»Gute Nachricht, nicht wahr?« sagte der andere trocken und sah mich forschend an.

»Ja, natürlich.« Ich berichtete ihnen, daß am vergangenen Wochenende auch in die Büros der Firma Saxony Franklin eingebrochen worden war. »Wir konnten nicht mit Sicherheit feststellen, was sie da außer einem Adreßbüchlein noch geklaut haben. Wenn man das hier sieht«, sagte ich und deutete auf die Verwüstung, »wahrscheinlich gar nichts.«

»Einleuchtende Annahme«, sagte der eine.

»Wenn Sie wieder im Dunkeln herkommen«, riet der andere, »dann suchen Sie erst mit einer schön starken Taschenlampe den Garten ab, bevor Sie durch die Pforte gehen. Sieht ganz so aus, als habe er da auf Sie gewartet, im Schatten der Hecke versteckt und außerhalb der Reichweite von dem Mechanismus, der die Scheinwerfer einschaltet und der auf Körperwärme reagiert.«

»Danke«, sagte ich.

»Und schalten Sie die Alarmanlage wieder ein, wenn Sie gehen.«

»Ja.«

»Und ziehen Sie alle Vorhänge zu. Manchmal lungern Einbrecher weiter draußen rum, wenn sie nicht gefunden haben, worauf sie erpicht sind, und hoffen, daß die Hausbewohner, wenn sie nach Hause kommen, schnurstracks zu ihren Wertsachen laufen, um nachzusehen, ob sie noch da sind. Und dann kommen sie wieder, um sie zu stehlen.«

»Ich werde die Vorhänge zuziehen«, sagte ich.

Auf dem Weg nach draußen sahen sie sich noch im Garten um und fanden in der Nähe der Stelle, an der ich wieder zu mir gekommen war, einen halben Ziegelstein. Sie zeigten ihn mir. Er mache die ganze Angelegenheit zu einem Raubüberfall.

»Wenn Sie den Räuber erwischen«, sagte ich.

Sie zuckten die Achseln. So, wie die Dinge lägen, sei das nicht sehr wahrscheinlich. Ich dankte ihnen für ihr Kommen, und sie sagten, sie würden einen Bericht anfertigen, den ich den Versicherungen vorlegen könne, falls ich Schadensersatzansprüche geltend machen wolle. Dann zogen sie sich zu dem Polizeiwagen zurück, der draußen vor dem Tor in der zweiten Reihe geparkt stand, und fuhren davon, und ich schloß die Haustür, schaltete die Alarmanlage ein und fühlte mich deprimiert und dumm und kraftlos, wobei keine dieser drei Befindlichkeiten meiner normalen entsprach.

Die Polizisten hatten überall das Licht brennen lassen. Deshalb stieg ich langsam die Stufen zur Küche hinunter, um es zu löschen, aber als ich dann dort war, blieb ich eine Weile still stehen und dachte über die Unordnung und den möglichen Grund dafür nach.

Wer immer da gekommen war, war gekommen, weil seiner Ansicht nach die Diamanten irgendwo im Haus zu finden sein mußten. Ich nahm an, daß ich zumindest für diese Information dankbar sein sollte, und ich tendierte auch dazu, dem Polizisten Glauben zu schenken, der gemeint hatte, daß die Suche des Einbrechers nicht zum Erfolg geführt hätte. Ob ich wohl in der Lage wäre, zu finden, was er gesucht hatte, wenn ich etwas gründlicher nachschaute?

Ich hatte bei meinem ersten Besuch hier unten gar nicht so genau registriert, daß es sich bei dem roten Teppichboden eigentlich um Teppichfliesen handelte, waschbare Quadrate, die Geräusche besser dämpften und wärmer waren als herkömmliche Steinfliesen. Ich war im Haus meiner Eltern mit einem solchen Fußbodenbelag groß geworden.

Die einzelnen Fliesen, die plan lagen und genau paßten, waren nicht auf dem harten Untergrund festgeklebt worden, so daß der

Eindringling keinerlei Schwierigkeiten gehabt hatte, sie wegzuziehen. Er war nicht sicher gewesen, ob es da wirklich einen Safe gab, dachte ich, denn wenn er das gewesen wäre, hätte er nicht den Zucker durchgesiebt. Und wenn er doch Erfolg gehabt und einen Safe gefunden hatte – was dann? Er hatte sich nicht die Zeit genommen, weitere Schritte zu unternehmen. Er hatte mich nicht umgebracht. Hatte mich nicht gefesselt. Mußte gewußt haben, daß ich wieder zu mir kommen würde.

Das Ergebnis meiner Überlegungen war, daß seine Sucherei eine sehr hektische und planlose gewesen sein mußte – was aber weder die Beule auf meinem Kopf noch meinen erneut mißhandelten Knöchel weniger schmerzhaft machte. Fleischwölfe hatten auch keinen Verstand. Und das durchgedrehte Fleisch, dachte ich niedergeschlagen, ebensowenig.

Ich zog die Vorhänge zu, wie mir aufgetragen worden war, bückte mich und nahm eine weitere rote Teppichfliese vom Fußboden auf, wobei ich an Grevilles Sicherheitskomplex dachte. Es würde ihm durchaus ähnlich sehen, einen Safe in das Fundament des Hauses einzulassen und ihn dann in irreführender Weise zuzudecken. Einen Safe in Beton einzubetten, wie es in dem Merkblatt beschrieben war. Die Menschen neigten zu dem Glauben, Safes müßten immer in Wände eingelassen sein – da waren Fußböden weit weniger offensichtlich und deshalb sicherer, wenn auch nicht so leicht zugänglich. Ich zog noch ein paar Fliesen beiseite, an meinen Schlußfolgerungen ebenso zweifelnd wie an meiner Zurechnungsfähigkeit.

Mich ließ das gleiche Gefühl weitermachen, das ich auch im Tresorraum gehabt hatte. Ich erwartete gar nicht, irgend etwas zu finden, aber es erschien mir auch töricht, mich nicht trotzdem und für alle Fälle zu vergewissern. Diesmal brauchte es nicht drei Tage, sondern eine halbe Stunde, bis alle Teppichfliesen beiseite gezogen waren, mit Ausnahme eines kleinen Fleckchens unter einem Teewagen. Unter diesem Teppichquadrat fand ich, als ich den Teewagen weggeschoben hatte, ein flaches, rundes, silbrig glänzendes Stück Metall, das mit dem Beton bündig abschloß und in das ein Ring eingelassen war, an dem man es hochheben konnte.

Erstaunt und plötzlich unerträglich hoffnungsvoll kniete ich nieder, klappte den Ring hoch und zog daran – da kam das flache Metallstück frei, ging ab wie der Deckel einer Keksdose und ließ darunter eine weitere Metallschicht sichtbar werden, eine äußerst solide aussehende Stahlplatte von der Größe eines flachen Tellers, die ein Schlüsselloch und ebenfalls einen versenkbaren Griff zum Anheben aufwies.

Ich zog an diesem zweiten Griff. Ebensogut hätte ich versuchen können, das Haus mitsamt seinen Wurzeln aus dem Boden zu reißen. Ich probierte alle Schlüssel an Grevilles Bund durch, aber keiner paßte auch nur annähernd.

Selbst Greville, dachte ich, mußte diesen Schlüssel einigermaßen erreichbar verwahrt haben, aber die Aussicht, schon wieder nach irgend etwas suchen zu sollen, erfüllte mich mit Mattigkeit. Grevilles Angelegenheiten bildeten einen Irrgarten, in dem es mehr Sackgassen gab als in Hampton Court.

Dann erinnerte ich mich daran, daß ja auch in den hohlen Büchern Schlüssel verborgen lagen. Ich konnte also ebensogut auch bei denen anfangen. Ich zog nach oben und grub *Mit dem Maultier durch Patagonien* und die anderen aus und fand die beiden geschäftsmäßig aussehenden Schlüssel wieder, ferner den verzierten, der für einen vernünftigen Gebrauch viel zu extravagant aussah. Grevilles Gedankengängen entsprechend, war es dann genau dieser, dessen Bart leicht in das Schloß des Safes hineinglitt und auf leichten Druck hin dessen Mechanismus bewegte.

Auch dann wollte sich der runde Deckel jedoch nicht öffnen lassen. Zwischen Hoffnung und Frust schwankend, fand ich schließlich heraus, daß der ganze obere Teil des Safes, wenn man nicht an ihm zog, sondern ihn drehte, dieser Bewegung nachgab, bis er gegen eine Sperre stieß. Und das war der Punkt, an dem er endlich sein Widerstreben aufgab und sich von mir mühelos hochheben ließ.

Der Raum darunter war groß genug, um darin eine Kiste Champagner aufzubewahren, aber zu meiner großen Enttäuschung enthielt er keinen Notgroschen, sondern nur einen Stapel geschäftlich aussehender brauner Umschläge. Mit einem schweren Seufzer nahm ich die beiden zuoberst liegenden heraus und entdeckte, daß der erste die Besitzurkunde für das Haus und der zweite die Unterlagen enthielt, die zur Beantragung eines für seinen Kauf bestimmten Darlehens erforderlich gewesen waren. Ich las den entsprechenden Brief mit wachsender Resignation durch – Grevilles Haus gehörte im wesentlichen nicht mir, sondern einer Finanzierungsgesellschaft.

Ein weiterer Umschlag enthielt eine Kopie seines Testamentes, das genauso einfach war, wie seine Anwälte gesagt hatten, und in noch einem anderen steckten seine Geburtsurkunde sowie die Geburts- und Heiratsurkunden unserer Eltern. Ein Umschlag enthielt die Police einer Lebensversicherung, die er schon vor sehr langer Zeit abgeschlossen hatte, um sich im Rentenalter ein Einkommen zu sichern – leider hatte die Inflation ihren Wert ziemlich aufgezehrt, und er hatte ganz offensichtlich nie für eine Aufstokkung gesorgt. Statt dessen hatte er, wie mir klar wurde, als ich mich dessen erinnerte, was ich über die Finanzen seines Unternehmens in Erfahrung gebracht hatte, seine Gewinne in die Firma investiert, um zu expandieren, und war so auf den Wogen der Inflation mitgeschwommen, so daß ihm ein stattliches Einkommen sicher gewesen wäre, wenn er die Firma bei seinem Rückzug in den Ruhestand verkauft hätte.

Ein guter Plan, dachte ich – bis er ihn durch die Aufnahme von 1,5 Millionen Dollar zunichte gemacht hatte, die zum Fenster hinausgeflogen waren. Aber das hatte er natürlich nicht absichtlich getan, sondern einen vernünftigen Plan gehabt, wie ein solider Gewinn zu erzielen war. Ehrenhaft Handel treiben ... Er hatte ein gutes Einkommen gehabt, ein sorgloses Leben geführt und seine Rennpferde laufen lassen – aber er hatte kein großes Privatvermögen angehäuft. Sein Wohlstand lag, wie immer man es auch betrachten wollte, in seinen Steinen.

Tod und Teufel, dachte ich. Wenn ich diese verdammten Diamanten nicht finden konnte, dann würde ich ihn damit ebenso enttäuschen wie mich selbst. Er würde sich nichts sehnlicher wünschen, als daß ich sie fände – aber wo, hol's der Geier, hatte er sie hingetan?

Ich steckte die Umschläge in ihren Privatkeller zurück, behielt nur die Versicherungspolice draußen und legte den schweren, runden Deckel zurück auf die Öffnung. Drehte ihn, drehte den Schlüssel herum, legte das obere Metallstück an seinen Platz zurück und die Teppichfliesen obenauf. Das Versteck war ohne Zweifel feuersicher, hatte sich auch als einbruchsicher erwiesen, und ich hatte keine Ahnung, warum Greville es nicht zur Aufbewahrung von Edelsteinen benutzt hatte.

Mich geschlagen gebend, kletterte ich schließlich ins Schlafzimmer hinauf, wo ich meine Reisetasche – wie alles andere auch – umgedreht und ausgeleert fand. Das machte kaum noch etwas aus. Ich hob meinen Schlafanzug auf, zog meine Sachen aus und ihn an und ging ins Bad. Der Spiegel war noch halb mit Rasierschaum zugesprüht, und als ich den mit einem Waschlappen weggewischt und ein Distalgesic geschluckt und mir die Zähne geputzt und eine ganze Menge von den unter meinen Füßen knirschenden Trümmerstücken mit einem Handtuch zur Seite gekehrt hatte, war meine Tagesration an Energie mehr als verbraucht.

Obwohl Mitternacht schon längst vorbei war, konnte ich zunächst nicht einschlafen. Schläge auf den Kopf waren doch etwas sehr Seltsames, dachte ich. Es war schon vorgekommen, daß ich noch eine ganze Woche dösig gewesen und oft mitten im Satz eingeschlafen war. Ein andermal war ich herumgelaufen und hatte mich offensichtlich meinem Arzt gegenüber sehr vernünftig geäußert, hatte mich aber schon eine halbe Stunde später an nichts mehr erinnern können. Diesmal, dort in Grevilles Bett, fühlte ich mich zittrig und aus dem Gleichgewicht gebracht. Ich dachte mir, daß dies wahrscheinlich ebensoviel mit dem Angriff auf mich zu tun hatte wie mit der dabei erlittenen Gehirnerschütterung.

Ich lag ganz still da und ließ die Stunden vergehen, dachte an Gut und Böse und darüber nach, warum Dinge geschahen – und fühlte mich am Morgen ruhig und schon wieder viel besser. Auf dem Klodeckel im Badezimmer sitzend, nahm ich mir den elastischen Verband ab und begab mich hüpfend und mich an Gegenständen festhaltend unter die dringend benötigte Dusche, duschte luxuriös lange, wusch mir die Haare und ließ den Staub und die Trümmer und die geistigen Anspannungen der Woche unter dem sanften Bombardement der Wassertropfen davonschwimmen. Danach saß ich, ein Handtuch um die Lenden geschlungen, auf dem schwarz-weißen Bett und unterzog die Knöchelszenerie einer eingehenderen Untersuchung.

Sie sah weit besser aus als noch vor sechs Tagen – das ließ sich mit Bestimmtheit sagen. Andererseits war das Gelenk noch immer schwarz, noch immer ziemlich geschwollen und noch immer sehr schmerzempfindlich. Immer noch durch Stöße verwundbar. Ich spannte meine Waden- und Fußmuskeln mehrfach an, und die Knochen und Bänder protestierten nach wie vor heftig, was aber nicht zu ändern war. Um stark zu bleiben, mußten sich Muskeln bewegen – dies und nichts anderes war entscheidend. Ich knetete die Wadenmuskeln ein wenig, um sie zu ermutigen, und überlegte, ob ich mir nicht von Milo ein Gerät namens »Electrovet« ausleihen sollte, das irgendwo bei ihm herumstand und das er bei seinen Pferden einsetzte, wenn es galt, Schwellungen der Beinmuskulatur durch elektrische Impulse zum Abklingen zu bringen und die Tiere wieder fit zu machen. Was bei Pferden funktionierte, meinte ich, sollte doch wohl bei mir auch erfolgreich sein.

Schließlich legte ich den Verband wieder an, nicht ganz so

ordentlich wie der Orthopäde, aber, so hoffte ich, doch wenigstens so wirkungsvoll. Dann zog ich mich an, wobei ich mir von Greville ein sauberes weißes Hemd borgte, ging hinunter ins kleine Wohnzimmer und rief Nicholas Loder an.

Er schien nicht erfreut, meine Stimme zu hören.

»Gratuliere zum Erfolg von ›Dozen Roses‹.«

Er knurrte.

»Um die Besitzfrage endgültig zu klären«, fuhr ich fort, »habe ich mich um einen Käufer bemüht.«

»Jetzt hören Sie mal!« fing er wütend an. »Ich ...«

»Ja, ich weiß«, unterbrach ich ihn, »Sie würden ihn am liebsten einem Ihrer Besitzer verkaufen und in Ihrem Stall behalten, wofür ich durchaus Verständnis habe. Aber Mr. und Mrs. Ostermeyer, die Herrschaften, mit denen ich gestern in York war, haben mir zu verstehen gegeben, daß sie das Pferd gern kaufen würden.«

»Ich protestiere ganz entschieden«, sagte er.

»Die Ostermeyers wollen ihn zu Milo Shandy geben, damit er ihn für Hindernisrennen trainiert.«

»Sie sind es mir schuldig, das Pferd bei mir zu lassen«, sagte er störrisch. »Vier Siege hintereinander... es wäre schlicht und einfach unehrenhaft, es wegzuholen.«

»›Dozen Roses‹ eignet sich zum Springpferd, jetzt, wo er doch kastriert ist.« Ich sagte das ganz ohne jeden drohenden Unterton, aber er wußte auch so, daß er sich in einer unangenehmen Situation befand. Er hatte nicht das Recht gehabt, das Pferd kastrieren zu lassen. Zudem gab es nichts, was Grevilles Testamentsvollstrecker daran hätte hindern können, das Pferd an jeden zu verkaufen, der ihm genehm war – wie Milo ja für mich herausgefunden und was Nicholas Loder selbst zweifellos auch schon eruiert hatte. Und was die rennsportliche Welt im allgemeinen anbetraf, so dürfte ihr wohl ein Verkauf an die Ostermeyers als sehr sinnvoll erscheinen, würde ich das Pferd auf diese Weise, wenn schon nicht besitzen, so doch wenigstens reiten können.

Ich sagte in Loders anhaltendes Schweigen hinein: »Wenn Sie jedoch einen Käufer für ›Edelstein‹ finden, dann werde ich einem Verkauf zustimmen.«

»Er ist nicht so gut.«

»Nein, aber auch nicht ganz nutzlos. Sie werden zweifelsohne eine Provision verlangen, wogegen ich keine Einwände erheben würde.«

Er knurrte wieder, was ich als Zustimmung deutete, aber er fügte dann auch noch mit Entschiedenheit hinzu: »Erwarten Sie bloß nicht, daß ich Ihnen je wieder einen Gefallen tue.«

»Immerhin habe ich Ihnen einen getan«, betonte ich, »indem ich nämlich keine Beschwerde eingereicht habe. Wie dem auch sei, ich bin mit Milo und den Ostermeyers zum Mittagessen verabredet, und bei der Gelegenheit werden wir den Verkauf besiegeln und den Papierkram erledigen. Milo dürfte also wohl irgendwann in dieser Woche einen Wagen schicken, um ›Dozen Roses‹ abzuholen. Er wird sich bestimmt noch bei Ihnen melden, um den genauen Termin mit Ihnen abzusprechen.«

»Gehn Sie doch zum Teufel«, sagte er.

»Ich wünsche keinen Streit.«

»Sie lassen's aber verdammt darauf ankommen.« Er warf seinen Hörer auf die Gabel, und mich verblüffte einmal mehr seine anhaltende Ungehobeltheit. Alle Trainer verloren dauernd Pferde, wenn nämlich ihre Besitzer sie verkauften – und wie er ja selbst gesagt hatte, war es doch nicht so, daß ›Dozen Roses‹ etwa eine der ganz großen Hoffnungen des Turfs gewesen wäre. Der Stall von Nicholas Loder beherbergte weit aussichtsreichere Pferde als diesen fünfjährigen Wallach, mochte er auch noch so oft gesiegt haben.

Achselzuckend hob ich meine Reisetasche vom Boden auf und fühlte mich vage schuldig, weil ich ein solches Chaos im Haus zurückließ. Ich hatte im Obergeschoß ein Minimum an Aufräumungsarbeiten geleistet, hatte Grevilles Anzüge und Hemden und so weiter wieder aufgehängt und weggelegt und ein paar andere Dinge mehr getan, weil es ganz den Anschein hatte, als würde ich noch ein paar weitere Nächte dort zubringen, aber alles übrige war für mich physisch kaum zu bewältigen und mußte auf die anonyme Mrs. P. warten, auf diese arme Frau, die ein übler Schock treffen würde.

Ich fuhr mit dem Taxi zum Hotel der Ostermeyers und traf sie wieder in Sektlaune an – und es war auch wieder Simms, irgendwo um die vierzig und mit Schnurrbart, der als Chauffeur erschien. Als ich anmerkte, daß er ja auch samstags und sonntags arbeite, lächelte er matt und sagte, er sei über die Möglichkeit froh, sich etwas dazuverdienen zu können, montags bis freitags entwickle er Filme im Dustern.

»Filme?« fragte Martha. »Meinen Sie Kinofilme?«

»Familienfotos, Madam, in einem Fotoladen mit Einstunden-Service.«

»Oh.« Martha klang, als könne sie sich ein solches Leben überhaupt nicht vorstellen. »Wie interessant.«

»Nicht sonderlich«, sagte Simms resigniert und fädelte sich in den dünnen Sonntagsverkehr ein. Er fragte mich, als wir uns Lambourn näherten, wie er fahren müsse, und wir gelangten ohne Verzögerung vor Milos Tür, wo dieser mich mit der Nachricht begrüßte, daß Nicholas Loder mich bitte, ihn sofort anzurufen.

»Hören Sie«, sagte dieser mit Überzeugungskraft, »ich habe da einen Besitzer, der sehr an ›Dozen Roses‹ interessiert ist. Er sagt, daß er jedes Angebot der Ostermeyers zu überbieten bereit sei. Was sagen Sie dazu?«

Ich antwortete nicht sogleich, und er sagte mit Nachdruck: »Sie erzielen auf diese Weise einen hübschen Gewinn. Es gibt doch keine Garantie dafür, daß das Pferd mal gut springen wird. Und deshalb können Sie keinen zu hohen Preis dafür fordern. Mein Besitzer wird über das Angebot der Ostermeyers hinausgehen und noch einen Bonus für Sie persönlich drauflegen, in bar. Nennen Sie Ihren Preis.«

»Hm«, sagte ich langsam, »dieser Besitzer sind nicht zufällig Sie selbst, wie?«

Er sagte scharf: »Nein, bestimmt nicht.«

»Das Pferd, das da gestern in York gelaufen ist«, sagte ich noch langsamer, »gehörten das und der Paß von ›Dozen Roses‹ eigentlich zusammen?«

»Das ist Verleumdung!«

»Nein, eine Frage.«

»Die Antwort lautet ja. Das Pferd ist ›Dozen Roses‹. Reicht Ihnen das?«

»Ja.«

»Also gut«, sagte er und klang erleichtert, »dann nennen Sie Ihren Preis.«

Ich hatte mit Martha und Harley noch gar nicht über Zahlen gesprochen und erst einen mit Vollblütern handelnden Freund um eine grobe Schätzung bitten wollen. Das sagte ich Nicholas Loder, der sich aufgebracht anhörte, als er wiederholte, daß sein Besitzer mehr bieten würde – und dazu noch ein steuerfreies Bestechungssümmchen für mich.

Ich war fest entschlossen, ›Dozen Roses‹ an die Ostermeyers zu verkaufen, und kein Bonbon, wie immer das aussehen sollte, würde mich davon abbringen können.

»Bitte sagen Sie Ihrem Besitzer, daß ich bedaure«, sagte ich, »aber die Ostermeyers haben ›Dattelpalme‹ gekauft, wie ich Ihnen ja bereits sagte, und ich fühle mich ihnen verpflichtet. Die Loyalität ihnen gegenüber hat Vorrang. Ich bin ganz sicher, Sie werden für Ihren Besitzer ein Pferd finden, das genauso gut wie ›Dozen Roses‹ ist.«

»Was, wenn er doppelt soviel zahlen würde wie das, was Sie von Ostermeyers kriegen?«

»Es geht hier nicht ums Geld.«

»Jeder ist zu kaufen«, sagte er.

»Nein. Bedaure, es bleibt beim Nein.«

»Überlegen sie sich's nochmal«, sagte er und schleuderte wieder den Hörer auf die Gabel. Ich fragte mich amüsiert, wie oft er die wohl kaputt machte. Sonst hatte er mich natürlich kein bißchen amüsiert, und die Situation insgesamt gab nicht den geringsten Anlaß zur Freude. Ich würde immer und immer wieder auf den Rennplätzen mit ihm zusammentreffen, wenn ich selbst erst einmal als Trainer tätig war, und mir war durchaus nicht an chronischen Fehden gelegen.

Ich ging auf den Hof hinaus, wo sich Milo, als er mich erblickte, bei den Ostermeyers entschuldigte, die sich an ›Dattelpalme‹ weideten, der zu ihrer Erbauung auf dem Kies herumgeführt wurde.

»Was wollte Loder?« fragte er und trat zu mir.

»Er bot das Doppelte von dem, was ich von den Ostermeyers für ›Dozen Roses‹ haben will.«

Milo riß die Augen auf. »Das Doppelte! Ohne zu wissen, wieviel das ist?«

»Stimmt.«

»Was wirst du tun?«

»Was glaubst du wohl?« fragte ich.

»Wenn du darauf eingegangen bist, dann schlag ich dich nieder.«

Ich lachte. Schon zu viele Leute hatten mich in der vergangenen Woche niedergeschlagen, und zweifellos konnte es Milo, was das anbetraf, mit jedem aufnehmen.

»Nun?« sagte er streitlustig.

»Ich habe ihm gesagt, er könnte mich mal.«

»Gut.«

»Mm, vielleicht. Aber du sorgst besser dafür, daß das Pferd sofort hergeholt wird. Wie wär's mit morgen vormittag? Denn wir wollen doch nicht, daß er einen häßlichen Unfall hat und beim Pferdeschlächter landet, oder was meinst du?«

»Um Himmels willen!« Er war ganz entsetzt. »Das würde er nicht machen! Nicht Nicholas Loder.«

»Wohl nicht. Aber es kann auch nicht schaden, dafür zu sorgen, daß er gar nicht erst in Versuchung gerät.«

»Nein.« Er sah mich aufmerksam an. »Bist du okay?« fragte er plötzlich. »Du siehst nicht allzu gut aus.«

Ich erzählte ihm kurz, wie ich in Grevilles Garten niedergeschlagen worden war. »Diese Telefonanrufe, die du für mich entgegengenommen hast, waren nur dazu bestimmt sicherzustellen, daß ich zur richtigen Zeit am richtigen Ort auftauchen würde. Und ich bin auch prompt in den Hinterhalt hineingelaufen und fühle mich, wenn du's wissen möchtest, wie ein Riesenidiot.«

»Derek!« Er war sprachlos, aber dachte natürlich gleichzeitig auch sehr praktisch. »Das bedeutet doch nicht etwa, daß sich deine Rückkehr in den Sattel verzögert?«

»Nein, keine Sorge.«

»Hast du es auch den Ostermeyers erzählt?«

»Nein, behellige sie damit bloß nicht. Sie mögen es gar nicht, wenn ich nicht fit bin.«

Er nickte in vollstem Einverständnis. Für Martha – und in geringerem, aber immer noch beträchtlichem Maße auch für Harley – schien der Besitz des Jockeys genauso wichtig zu sein wie der des Pferdes. Ich war dieser Sicht der Dinge schon ein paarmal begegnet und hatte sie nie unterschätzt – sie waren die besten Besitzer, die man sich als Jockey wünschen konnte, auch wenn sie zu den forderndsten gehörten. Eine solche »Liebe« konnte aber sehr schnell vergehen, ja, sich in eine schädigende Abneigung verwandeln, wenn man ihr nicht absoluten Vorrang einräumte, weshalb ich nie und nimmer wegen eines möglichen Profits beim Verkauf von ›Dozen Roses‹ meinen Platz im Sattel von ›Dattelpalme‹ aufs Spiel setzen würde. Es war rationaler handelnden Menschen nur schwer zu erklären, aber ich ritt – wie wohl jeder Steeplechase-Jockey – diese Rennen nicht, um dadurch zu Geld zu kommen, obwohl das Geld schon ganz nett und im übrigen auch wohlverdient war.

Als Martha und Harley schließlich die Fragen zu und die Bewunderung von ›Dattelpalme‹ ausgingen, kehrten wir alle ins Haus zurück, nahmen zu Drinks in Milos behaglichem Wohnzimmer Platz, riefen meinen mit Vollblutpferden handelnden Freund an, um seine Meinung einzuholen, und einigten uns endlich auf einen Preis, der unter dem von ihm vorgeschlagenen blieb. Milo strahlte. Martha klatschte vor Freude in die Hände. Harley zog sein Scheckheft hervor und schrieb sehr sorgfältig »Saxony Franklin Ltd.« hinein.

»Alles vorbehaltlich eines veterinärmedizinischen Attests«, sagte ich.

»Aber ja doch, mein Lieber«, stimmte Martha lächelnd zu. »Als wenn Sie uns je eine Niete andrehen würden.«

Milo holte die den Besitzerwechsel besiegelnden Urkunden herbei, die Martha und Harley und ich unterzeichneten, und versprach, die Veränderung gleich morgen früh bei Weatherby eintragen zu lassen.

»Gehört ›Dozen Roses‹ jetzt uns?« fragte Martha mit glänzenden Augen.

»So ist es«, sagte Milo. »Vorausgesetzt, daß er am Leben und in einwandfreier Verfassung ist, wenn er hier eintrifft. Wenn nicht, ist der Kaufvertrag gegenstandslos, und er gehört weiterhin Saxony Franklin.«

Ich fragte mich kurz, ob er wohl versichert sei. Hätte das nicht gern erst auf die harte Tour herausgefunden.

Da das Geschäftliche erledigt war, fuhr Milo mit uns allen zum Lunch in ein nahegelegenes Restaurant, das wie üblich mit Leuten aus Lambourn gefüllt war – Martha und Harley hielten als die neuen Besitzer des *Gold Cup*-Gewinners ›Dattelpalme‹ glanzvoll Hof und hatten ganz rosige Gesichter vor lauter Zufriedenheit über die Komplimente, die man ihnen ihres Kaufes wegen machte.

Ich beobachtete diese angeregten Gesichter – ihres rund geworden, aber immer noch hübsch unter dem blond getönten Grauhaar, seines auf eine gröbere Weise attraktiv, zeigte sein kantiger Kiefer doch Ansätze zu Hängebäckchen. Beiden waren ihre sechzig und mehr Jahre durchaus anzusehen, aber beide legten eine Begeisterung und Freude an den Tag, die fast etwas Kindliches hatten, was der müden alten Welt keineswegs zum Schaden gereichte.

Nach dem Mittagessen fuhr uns Milo zurück zum Daimler und zu Simms, der in einem Pub etwas gegessen hatte, und Martha gab Milo einen Kuß, halb flirtend, halb aus echter Zuneigung. Er hatte die Ostermeyers mit Banden des Charmes an seinen Stall gefesselt, und alles, was wir jetzt noch brauchten, war, daß die Pferde weiterhin siegten.

Milo sagte kurz »Danke« zu mir, als wir ins Auto stiegen, aber in Wahrheit wollte ich ja auch, was er wollte, war der geglückte Versuch, die Ostermeyers seinem Stall zu erhalten, ein Joint Venture gewesen. Wir fuhren aus dem Hof hinaus, und Martha winkte und machte es sich dann unter Gemurmel und leisen Bekundungen der Freude in ihrem Sitz bequem.

Ich beschrieb Simms den Weg nach Hungerford, wo er mich absetzen sollte, und das Auto schnurrte mit sonntagnachmittäglicher Schläfrigkeit dahin.

Martha sagte irgend etwas, das ich nicht genau verstehen konnte, und ich blickte zwischen den beiden Kopfstützen hindurch nach hinten, sah zu ihr hin und bat sie, es mir zu wiederholen. Ich bemerkte, wie blitzartig das nackte Entsetzen in Harleys Gesicht trat, und schon schoß der Wagen, außer Kontrolle geraten, mit einem Knall und lautem Krachen über die Straße auf eine Mauer zu, und plötzlich war überall Blut und zersplittertes Glas, und wir prallten von der Mauer ab und wurden zurück auf die Straße geschleudert, genau vor einen fünfzigsitzigen Reisebus, der hinter uns gefahren war und jetzt über uns kam wie ein herabstürzender Felsbrocken.

12

In dem Bruchteil der Sekunde, der dem Augenblick vorausging, in dem die Frontpartie des Busses in die Seite unseres Wagens krachen würde, auf der ich saß und gleichsam in Einzelbildern wahrnahm, wie die Tonnen hellbemalten Metalls unerbittlich auf uns losdonnerten, war ich felsenfest davon überzeugt, daß ich im nächsten Augenblick zu Brei zerquetscht werden würde.

Es war keine Zeit mehr für Reue oder Zorn oder irgendwelche anderen Gefühle. Der Bus rammte den Daimler, drehte ihn wieder in Fahrtrichtung, und beide Fahrzeuge kreischten zusammen die Straße entlang, in absurder Weise Rad an Rad, der weiße Kotflügel des Busses tief in die Motorhaube des schwarzen Daimlers gegraben, der Lärm und das Stoßen zu gewaltig, um denken zu können, die Schnelligkeit von allem wahrhaft beängstigend und der nahe Tod eine bloß noch aufgeschobene Unausweichlichkeit.

Die Massenträgheit machte, daß beide Fahrzeuge schließlich zum Stehen kamen, wobei sie nun die Straße in ihrer gesamten Breite blockierten. Um die Kurve und auf uns zu kam ein Familienauto, ein Kombi, der viel zu schnell fuhr, um auf der noch verbliebenen Strecke anhalten zu können. Der Fahrer bremste in seiner Hektik so scharf, daß der Wagen herumschleuderte und seitlich mit einem grauenvollen Stoß und knirschenden Scheppern auf die Front des Daimlers traf, während irgendwo hinter uns ein anderes Auto in die Rückseite des Busses hineinknallte.

Ungefähr zu diesem Zeitpunkt hörte ich auf, die Abfolge der Ereignisse klar wahrzunehmen. Entgegen aller Katastrophenwahrscheinlichkeit war ich noch am Leben, und das erschien genug. Nach den ersten gelähmten Augenblicken der Stille, die dem

Krachen des Metalls folgten, waren plötzlich überall rufende Stimmen und die Schreie von Menschen und der durchdringende Geruch von Benzin.

Der ganze Schrott würde zu brennen anfangen, schoß es mir durch den Kopf. Explosionen, Feuerbälle. Greville hatte vor zwei Tagen auch gebrannt – aber er war da wenigstens schon tot gewesen. Red mir noch einer von Fieberphantasien! Ich hatte auf dem Schoß ein halbes Auto liegen und im Kopf die aufgewärmten Reste der am Vortag erlittenen Gehirnerschütterung.

Die Wärme des abgestorbenen Motors füllte den aufgeplatzten Innenraum unseres Wagens und verhieß nichts Gutes. Öl würde da heraustropfen. Es gab Stromkreise ... Zündkerzen ... und Furcht und Verzweiflung und eine Vision der Hölle.

Ich konnte nicht entkommen. Die Türscheibe neben mir und die Windschutzscheibe waren herausgeflogen, und was ein Teil des Türrahmens gewesen sein mochte, war irgendwie quer vor meine Brust gebogen und hielt mich tief in meinen Sitz gedrückt fest. Was Armaturenbrett und Handschuhfach gewesen war, bohrte sich in meine Hüfte, und dort, wo ein geschwollenes Fußgelenk mal ausreichend Platz gehabt hatte, war es jetzt so eng wie in einem Gipsverband. Das Auto schien sich um mich gelegt zu haben, schien mich fest zu umarmen wie eine eiserne Jungfrau, und die einzigen Körperteile, die ich noch bewegen konnte, waren mein Kopf und der Arm auf der Seite von Simms. Ich verspürte gar nicht so sehr Schmerzen, sondern einen starken Druck, vor allem aber eine Wahnsinnsangst.

Fast automatisch, so, als ob der Verstand einfach selbständig weiterarbeitete, reckte ich mich so weit hinüber, wie es mir möglich war, bekam den Zündschlüssel zu fassen, drehte ihn herum und zog ihn aus dem Zündschloß. Wenigstens keine Funken mehr. Ich atmete auf.

Auch Martha lebte, und ihre Gedanken waren wahrscheinlich so bodenlos wie die meinen. Ich konnte ihr Wimmern hinter mir hören, ein leises Klagen ohne Worte. Simms und Harley waren still. Und es war das Blut von Simms, mit dem alles vollgespritzt war, scharlachrot und klebrig. Ich konnte es durch den Geruch des Benzins hindurch riechen – es war überall, auf meinem Arm, meinem Gesicht, meinen Kleidern, in meinem Haar.

Die Seite unseres Daimlers, auf der ich saß, war dicht gegen den Bus gedrückt worden. Nach einiger Zeit kamen Leute zur anderen Seite gerannt und versuchten dort, die Türen zu öffnen, aber die gaben keinen Zentimeter nach. Benommene Menschen entstiegen dem Kombi vor uns, Kinder weinten. Fahrgäste aus dem Bus versammelten sich am Straßenrand, alles ältere Leute, die meisten, wie mir schien, mit offenem Mund. Ich wollte ihnen allen sagen, daß sie sich fernhalten sollten, daß sie sicherer wären, wenn sie noch weiter zurückträten, weg von dem, was sich in wenigen Sekunden in ein Flammenmeer verwandeln konnte, aber irgendwie war ich nicht in der Lage, ihnen dies zuzurufen, und das Gekrächze, das ich herausbekam, drang nicht weiter als ein paar Zentimeter.

Hinter mir hörte Martha zu stöhnen auf. Ich dachte in meinem Elend, daß sie wohl im Sterben liege, aber das erwies sich als Irrtum, denn sie sagte mit zitternder, leiser Stimme: »Derek?«

»Ja.« Wieder ein Krächzen.

»Ich fürchte mich so.«

Das tat ich auch, bei Gott. Ich sagte sinnlos und heiser: »Machen Sie sich keine Sorgen.«

Sie hörte kaum zu. Sie sagte: »Harley? Harley, Liebling?«, voller Unruhe und aufkeimender Angst. »Oh, holt uns raus hier, bitte, hol uns doch einer raus.«

Ich drehte meinen Kopf so weit es ging und sah seitwärts zu Harley hinüber. Die Welt ließ ihn kalt, aber er hatte die Augen geschlossen, was alles in allem ein hoffnungsvolles Zeichen war.

Die Augen von Simms waren halb offen und würden nie wieder blinzeln. Simms, der arme Kerl, hatte sein letztes Einstunden-Foto entwickelt. Simms würde die Flammen nicht spüren.

»O Gott, Liebling, Liebling, wach auf.« Ihre Stimme, schrill vor zunehmender Panik, überschlug sich. »Derek, holen Sie uns raus hier, riechen Sie das Benzin denn nicht?«

»Es werden Leute kommen«, sagte ich, wohl wissend, daß es nur wenig tröstlich war. Trost schien etwas Unmögliches, schien unerreichbar zu sein.

Am Ende aber kamen Leute und Trost doch noch, und dies vor allem in Gestalt eines Mannes vom Typ Vorarbeiter, der daran gewöhnt ist, daß Dinge erledigt werden. Er spähte durch das Fenster neben Harley herein und rief gleich darauf Martha zu, daß er das Rückfenster einschlagen werde, um sie da herauszuziehen, und sie solle ihr Gesicht bedecken, falls Glassplitter herumflögen.

Martha barg ihr Gesicht an Harleys Brust, rief ihn wieder an und weinte, und das Rückfenster gab der Entschlossenheit und einer Brechstange nach.

»Also voran denn«, sagte der beste aller britischen Arbeiter. »Klettern Sie auf den Sitz, und wir holen Sie in Null Komma nichts da raus.«

»Mein Mann ...«, jammerte sie.

»Ihn auch. Kein Problem. Nur los.«

Es schien, daß starke Arme nach Martha griffen und sie herauszogen. Fast im gleichen Augenblick war ihr Retter im Auto drin und schob den bewußtlosen Harley so weit hoch, daß andere Hände ihn fassen und herausheben konnten. Dann zwängte der beherzte Arbeiter seinen Kopf nach vorn neben meinen und warf einen Blick auf mich und Simms.

»O Gott«, sagte er.

Er war eher klein, hatte einen Schnurrbart und wache braune Augen.

»Können Sie sich da rausschieben?« fragte er.

»Nein.«

Er versuchte, mich zu ziehen, aber wir konnten beide sehen, daß es hoffnungslos war.

»Man muß Sie rausschneiden«, sagte er und nickte. Dann schnupperte er. »Der Benzingeruch ist hier drin viel stärker. Viel schlimmer als draußen.«

»Es sind Dämpfe«, sagte ich. »Die entzünden sich.«

Das war ihm bekannt, aber es schien ihn bis zu diesem Augenblick nicht beunruhigt zu haben.

»Sorgen Sie doch dafür, daß die Leute da noch weiter zurücktreten«, sagte ich. Mir gelang die Andeutung eines Lächelns. »Sagen Sie auch, daß sie nicht rauchen sollen.«

Er warf mir einen ängstlichen Blick zu, trat den Rückzug durchs hintere Fenster an, und bald darauf sah ich, wie er draußen die Herumstehenden warnte – so schnell hatte wahrscheinlich eine größere Menschenmenge noch nie Anweisungen Folge geleistet.

Vielleicht wurde dank der Tatsache, daß das Fehlen von noch mehr Glas für Durchzug sorgte, der Benzingeruch schwächer, aber irgendwo unter mir, so vermutete ich, war noch immer eine defekte Benzinleitung, strömten ständig weiter Dämpfe durch die Risse heraus. Ich fragte mich, wieviel an flüssigem Freudenfeuer der Tank so eines Daimlers wohl enthalten mochte.

Jetzt waren sehr viel mehr Autos vor uns auf der Straße; sie alle standen, und die Passagiere waren ausgestiegen und mit Unfallgucken beschäftigt. Wahrscheinlich sah es hinter uns nicht anders aus. Sonntagsnachmittagsunterhaltung der allerschlimmsten Form.

Simms und ich saßen weiter in schweigender Unbeweglichkeit da, und mir fiel der Scherz über die Nutzlosigkeit des Sichsorgens ein. Wenn man befürchtet, daß sich die Dinge verschlechtern, und sie tun's nicht, dann hat man sich ganz umsonst Sorgen gemacht. Wenn sich die Dinge verschlechtern, und man befürchtet, daß sie noch schlechter werden, und sie werden es nicht, dann hat man sich auch umsonst gesorgt. Wenn sie noch viel schlimmer werden, und man befürchtet, daß man sterben muß, und man stirbt nicht, dann ist die Besorgnis ebenfalls umsonst gewesen. Wenn man aber stirbt, dann kann man sich eh keine Sorgen mehr machen – wozu sich also sorgen?

Für Sorge konnte man auch Angst einsetzen, dachte ich – aber diese Theorie stimmte nicht. Ich hatte auch weiterhin solche Angst, daß ich fast den Verstand verlor.

Es ging mir durch den Kopf, daß es eigentlich sonderbar war, daß ich trotz all der Risiken, die ich einging, nur selten so etwas wie Todesangst verspürt hatte. Ich dachte an körperliche Schmerzen, die man ja in einem Job wie dem meinen häufiger erdulden mußte, und ich erinnerte mich an Dinge, die ich schon erlitten hatte, aber ich wußte nicht, warum mich jetzt die Idee, qualvoll zu verbrennen, mit einem Entsetzen erfüllte, das nur noch schwer zu beherrschen war. Ich schluckte und fühlte mich alleingelassen und hoffte nur, daß es, wenn es denn geschähe, schnell gehen würde.

Endlich waren in der Ferne Sirenen zu hören, und der schönste Anblick von der Welt, jedenfalls was mich betraf, war nun der des roten Feuerwehrautos, das sich langsam vorwärtsschob und die Autos der Zuschauer zur Seite zwang. Die Straße bot gerade für drei Autos nebeneinander Platz – auf der einen Seite war die Mauer, auf der anderen eine Baumreihe. Hinter dem Feuerwehrauto konnte ich das blinkende Blaulicht eines Polizeiwagens sehen und dahinter noch ein Blinklicht, das vielleicht das Vorhandensein eines Krankenwagens anzeigte.

Gestalten in Autorität ausstrahlenden Uniformen entstiegen den Fahrzeugen, die willkommensten in feuerfesten Anzügen, einen Schlauch ausrollend. Sie blieben vor dem Daimler stehen, betrachteten den in seine Seite verkeilten Bus und die Familienkutsche davor, und dann schrie mir einer durch die Öffnung, in der eigentlich die Windschutzscheibe sein sollte, zu:

»Aus diesem Fahrzeug läuft Benzin aus. Können Sie da nicht raus?«

Was für eine verdammt alberne Frage, dachte ich. Ich sagte: »Nein.«

»Wir werden einen Schaumteppich auf die Straße unter Ihnen sprühen. Schließen Sie die Augen und halten Sie sich was vor Mund und Nase.«

Ich nickte und tat, wie mir geheißen war – es gelang mir, den Kopf einzuziehen und das Gesicht im Kragen meines Pullovers zu bergen. Ich lauschte dem anhaltenden Zischen der Sprühaktion und dachte, daß kein Laut süßer klingen könne. Die Gefahr zu verbrennen wich zunehmend, aus der Beinahesicherheit wurde sich verringernde Wahrscheinlichkeit und aus dieser völlige Unwahrscheinlichkeit, und die Befreiung von der Angst war fast so schwer zu verkraften wie vorher die Angst. Ich wischte mir Blut und Schweiß aus dem Gesicht und fühlte mich sehr wacklig.

Nach einer weiteren Weile brachten ein paar der Feuerwehrleute Metallscheren herbei und zerrten die verklemmte Tür neben dem Sitz, auf dem Harley gesessen hatte, mehr oder weniger aus ihrem Rahmen. In diese neu geschaffene Öffnung zwängte sich ein Polizeibeamter, warf einen schnellen Blick auf Simms und mich und hockte sich dann so auf den Rücksitz, daß er mein Gesicht sehen konnte. Ich drehte es ihm so weit zu, wie es nur gehen wollte, und erblickte ein ernstes Gesicht unter dem Helm – ungefähr mein Alter, schätzte ich, und sehr angespannt.

»Gleich kommt ein Arzt«, sagte er, magere Tröstung austeilend. »Der kümmert sich um Ihre Verletzungen.«

»Ich glaube nicht, daß ich blute«, sagte ich. »Was ich auf mir habe, ist das Blut von Simms.«

»Ah.« Er zog ein Notizbuch hervor und schaute hinein. »Konnten Sie sehen, was diesen ... was all dies verursacht hat?«

»Nein«, sagte ich und fand es ein klein wenig überraschend, daß er mich das hier und zu diesem Zeitpunkt fragte. »Ich habe mich gerade zu Mr. und Mrs. Ostermeyer umgeblickt, die da saßen, wo Sie jetzt sind. Der Wagen schien halt irgendwie außer Kontrolle geraten zu sein.« Ich dachte nach, erinnerte mich. »Ich glaube, Harley ... Mr. Ostermeyer könnte etwas gesehen haben. Er sah eine Sekunde lang ganz entsetzt aus ... dann krachten wir gegen die Mauer, prallten ab und dem Bus in den Weg.«

Er nickte und notierte sich etwas.

»Mr. Ostermeyer ist wieder bei Bewußtsein«, sagte er dann und klang mit Bedacht unverbindlich. »Er sagt, es sei auf Sie geschossen worden.«

»Auf uns wurde *was*?«

»Geschossen. Nicht auf sie alle. Auf Sie, nur auf Sie.«

»Nein!« Das mußte so verwirrt geklungen haben, wie ich mich fühlte. »Bestimmt nicht.«

»Mr. und Mrs. Ostermeyer sind sehr durcheinander, aber er ist ziemlich sicher, daß er eine Pistole gesehen hat. Er sagt, der Chauffeur wäre gerade ausgeschert, um einen Wagen zu überholen, der schon eine ganze Weile vor dem ihrigen hergefahren sei, und der Fahrer dieses Wagens hätte sein Fenster offen gehabt und eine Pistole rausgehalten. Er sagt, die Pistole sei auf Sie gerichtet gewesen und zweimal abgefeuert worden. Mindestens zweimal, sagt er. Er habe das Mündungsfeuer sehen können.«

Ich blickte vom Polizisten zu Simms und auf das überall verteilte Blut des Chauffeurs und auf die dunkelrote, klumpige Masse unterhalb seines Kinns.

»Nein«, wehrte ich ab, wollte es nicht glauben. »Das kann doch nicht sein.«

»Mrs. Ostermeyer ist in großer Angst, daß Sie hier sitzen und langsam verbluten.«

»Ich fühle mich eingepfercht, aber nicht durchlöchert.«

»Können Sie Ihre Füße fühlen?«

Ich bewegte die Zehen, erst die des einen Fußes, dann die des anderen. Es gab nicht den geringsten Anlaß zu Zweifeln, vor allem nicht, was den linken anbetraf.

»Gut«, sagte er. »Also, Sir, von jetzt an behandeln wir dies hier nicht als Unfall, sondern wir ermitteln wegen versuchten Mordes. Dessen ungeachtet tut es mir leid, Ihnen sagen zu müssen, daß die Feuerwehr meint, es werde noch ein Weilchen dauern, bis sie Sie hier loseisen kann. Es ist noch weiteres Gerät erforderlich. Können Sie sich gedulden?« Er wartete eine Antwort gar nicht erst ab, sondern fuhr fort: »Wie ich schon sagte, ein Arzt ist da und wird zu Ihnen kommen, aber wenn Sie ihn nicht so dringend brauchen, hat er hinten noch zwei andere, die übel zugerichtet sind. Ich hoffe, Sie können auch das noch geduldig abwarten.«

Ich nickte leicht. Ich würde mich noch stundenlang gedulden, wenn ich nur nicht verbrennen mußte.

»Wieso«, fragte ich, »sollte denn jemand auf uns geschossen haben?«

»Haben Sie eine Idee?«

»Nicht die geringste.«

»Unglücklicherweise«, sagte er, »gibt es nicht in allen Fällen einen nachvollziehbaren Grund.«

Ich sah ihm in die Augen. »Ich wohne in Hungerford«, sagte ich.

»Ja, Sir, das hat man mir schon gesagt.« Er nickte und rutschte aus dem Auto hinaus, und ich blieb zurück und dachte an die Zeit, als in Hungerford ein Amokschütze viele unschuldige Menschen niedergeschossen hatte, einige davon in ihren Autos, und das stille Landstädtchen in einen Ort des Grauens verwandelt hatte. Niemand, der in Hungerford wohnte, würde es je wieder für ausgeschlossen halten, daß auch er das Opfer eines Willkürverbrechens werden konnte.

Die Kugel, die in Simms eingedrungen war, wäre durch meinen Hals oder Kopf gegangen, dachte ich, wenn ich mich nicht gerade umgedreht hätte, um mit Martha zu sprechen. Ich hatte meinen Kopf zwischen die beiden Kopfstützen geschoben, um sie besser sehen zu können. Ich versuchte zu rekonstruieren, was dann passiert war, aber ich hatte nicht mitbekommen, wie Simms getroffen wurde, hatte nur den Knall und das Splittern der Scheibe gehört und das warme Blut gespürt, das solange aus seiner getroffenen Halsschlagader gespritzt war, wie er gebraucht hatte, um zu sterben. Er war schon tot gewesen, bevor noch jemand zu schreien angefangen hatte – der Strahl des Blutes war da schon versiegt gewesen.

Das Steuerrad war hart gegen seine Brust gerammt worden, und das Armaturenbrett, das auf seiner Seite tiefer herabgezogen war als auf meiner, war nach vorn gekippt und hatte sich über seine Knie geschoben. Seine Kante drückte mir unangenehm auf den Bauch, und ich konnte wohl sehen, daß sie mich, wenn sie nur ein paar Zentimeter weiter nach innen geschoben worden wäre, in zwei Hälften zerteilt hätte.

Eine Menge offiziell aussehender Leute kamen mit Maßbändern und Kameras daher, machten vor allem Aufnahmen von Simms und berieten sich mit gedämpfter Stimme. Ein Polizeiarzt setzte feierlich das Stethoskop auf die Brust von Simms und erklärte ihn für tot und mich – ohne sich weiter mit dem Stethoskop abzugeben – für lebendig.

Wie schlimm der Druck sei, wollte er wissen. »Unangenehm«, sagte ich.

»Ich kenne Sie doch, nicht wahr?« sagte er, mich eingehend betrachtend. »Sind Sie nicht einer von den Jockeys hier aus der Gegend? Einer von den Springern?«

»Mm.«

»Dann verstehen Sie genug von Verletzungen, um mir eine Beurteilung Ihres Zustandes liefern zu können.«

Ich sagte, daß meine Zehen, Finger und Lungen in Ordnung seien und daß ich einen Krampf in den Beinen habe, daß der eingeklemmte Arm schmerze und das Armaturenbrett die Verdauung eines guten Sonntagsessens behindere.

»Möchten Sie eine Spritze haben?« fragte er.

»Nicht, wenn es nicht schlimmer wird.«

Er nickte, gestattete sich ein dünnes Lächeln und wand sich wieder hinaus auf die Straße. Es wurde mir plötzlich klar, daß die Beinfreiheit hinten jetzt sehr viel geringer war als zum Zeitpunkt unseres Aufbruchs – ein Wunder, daß Martha und Harley nicht die Beine gebrochen worden waren. Drei von uns, dachte ich, hatten unglaubliches Glück gehabt.

Simms und ich saßen weiter still nebeneinander, wie es schien noch etliche Ewigkeiten lang, aber zu guter Letzt war das Extragerät zu unserer Befreiung in Form von Winden, Kränen und einem Schneidbrenner da, welchen letzteren sie, wie ich inständig hoffte, in meiner näheren Umgebung mit Behutsamkeit zum Einsatz bringen würden.

Stämmige Mechaniker kratzten sich angesichts der vielen Schwierigkeiten am Kopf. Es war nicht möglich, auf meiner Seite des Autos zu mir vorzudringen, weil die ja gegen den Bus gedrückt war. Sie entschieden, daß sie, wenn sie die tragenden Teile unter den Vordersitzen wegschnitten, um die Sitze dann nach hinten zu ziehen, das empfindliche Gleichgewicht des Motors stören würden und, statt meine feststeckenden Beine zu befreien, leicht das gesamte Vorderteil des Wagens dazu bringen könnten, auf dieselbigen herabzustürzen. Ich hatte etwas gegen diese Vorstellung und sagte das auch.

Am Ende arbeiteten sie sich in feuerfesten Anzügen durch das Innere des Wagens voran, sprühten alles mit dickem Schaum ein, bedienten sich der gut abgeschirmten, aber heißen Flamme des Schneidbrenners, der brüllend entsetzlich viele Funken wie brennende Streichhölzer um sich warf, und schnitten fast die gesamte Fahrerseite weg. Dann zogen sie, da er nichts mehr fühlen und keine Einwände mehr erheben konnte, Simms' steif werdenden Körper mit Gewalt heraus und legten ihn auf eine Bahre. Ich stellte mir derweil die trübe Frage, ob er wohl eine Frau hatte, die noch von nichts wußte.

Simms war fort, und nun begannen die Mechaniker, Ketten

festzumachen und Hebevorrichtungen zu bedienen – und ich saß da und wartete ab, ohne sie mit Fragen zu behelligen. Von Zeit zu Zeit sagten sie: »Alles klar, Kumpel?«, und ich antwortete »Ja« und war ihnen dankbar.

Nach einer Weile befestigten sie auch Ketten und eine Winde an dem Kombi, der noch immer breitseits in den Daimler verkeilt war, und zogen ihn mit größter Vorsicht Zentimeter um Zentimeter weg. Fast augenblicklich durchlief ein fürchterlicher Schauder den zertrümmerten Körper des Daimlers und dann meinen, und das Ziehen hörte sofort auf. Wieder wurde an Köpfen gekratzt, und dann erklärten sie mir, daß ihr Kran keinen ausreichend festen Stand habe, um den Daimler anheben zu können, weil die Familienkutsche da dazwischen stünde, und daß sie etwas anderes versuchen müßten. Ob bei mir alles in Ordnung sei? »Ja«, sagte ich.

Einer von ihnen ging dazu über, mich mit Derek anzureden. »Hab Sie doch schon in Hungerford gesehen, oder nicht?« sagte er. »Und im Fernsehen?« Das sagte er auch den anderen, die daraufhin lustige Bemerkungen machten wie »Keine Angst, wir kriegen Sie schon bis zum Zwei-Uhr-dreißig-Rennen morgen hier raus, aber bestimmt.« Einer von ihnen erzählte mir ganz ernsthaft, daß es manchmal wegen der Gefahr, daß alles schiefgehe, Stunden dauere, bis Leute befreit seien. Es sei ein großes Glück, sagte er, daß es ein Daimler sei, in dem ich säße, weil der eine panzerartige Stabilität habe. Wär's ein anderer Wagen gewesen, gehörte ich längst der Geschichte an.

Sie beschlossen, die Annäherung von der Rückseite her doch noch einmal zu überdenken. Sie würden die Sitze angesichts ihrer zurückgeschobenen Stellung nicht aus ihrer Halterung lösen können – sie säßen, so sagten sie, nicht mehr auf ihren Gleitschienen, sondern hätten sich in das Bodenblech gebohrt. Sie könnten auch die Lehnen nicht mehr verstellen, da der Mechanismus klemme und kaputt sei. Sie wollten jedoch die Rücklehne von Simms' Sitz wegschneiden, um auf diese Weise mehr Platz zum Arbeiten zu bekommen. Dann würden sie die Polsterung und die Federung unter meinem Hintern wegziehen und sehen, ob sie auch meine Rücklehne loswerden könnten, um mich nach hinten herauszuziehen und nicht seitlich am Steuerrad vorbei, das sie nicht gerne entfernen würden, weil daran eine der Haupthalteketten hinge. Ob ich das verstünde? Ja, so ungefähr.

Mehr oder weniger folgten sie dann diesem Plan, wenngleich sie die Lehne meines Sitzes zuerst und vor der Sitzfläche ausbauen mußten, weil der Ausbau der ersten Feder schon eine absenkende Wirkung hatte, so daß ich noch fester gegen das Armaturenbrett gepreßt wurde, was das Atmen sehr erschwerte. Sie zerrten nun die Polsterung in meinem Rücken heraus, um mir Erleichterung zu verschaffen, und sägten dann die Lehne mit einer Bügelsäge ziemlich weit unten ab. Und schließlich stützte mich einer an der Schulter ab, während ein anderer händeweise Federung und andere Innereien des Sitzes herausriß, so daß der starke Druck auf meinen Unterleib, den Arm und die Beine nachließ und dann ganz weg war und ich statt dessen nur noch das beseligende Kribbeln eingeschlafener Gliedmaßen verspürte.

Aber das große Auto sträubte sich noch immer dagegen, mich loszulassen. Meine obere Hälfte war frei, weshalb die beiden Männer anfingen, mich nach hinten zu ziehen, aber ich stöhnte auf und verspannte mich, so daß sie sofort wieder aufhörten.

»Was ist los?« fragte der eine besorgt.

»Ach, nichts. Ziehen Sie weiter.«

In Wirklichkeit verursachte mir die Zieherei erhebliche Schmerzen im linken Knöchel – aber ich hatte lange genug dort gesessen. Das war wenigstens ein alter, vertrauter Schmerz, nichts bedrohlich Neues. Wieder beruhigt, schoben meine Retter ihre Arme unter meinen Achseln durch, wandten nun ein bißchen Gewalt an und zogen mich am Ende aus der erdrückenden Umarmung des Autos wie ein behostes Kalb aus dem Leib einer Kuh.

Erleichterung war ein unangemessenes Wort. Sie gönnten mir

eine kurze Pause auf dem Rücksitz, saßen zu beiden Seiten neben mir, und wir atmeten alle drei schwer.

»Danke«, sagte ich nur.

»Nicht der Rede wert.«

Ich nehme an, daß sie die Tiefe meiner Dankbarkeit ermessen konnten – so wie ich die Überlegtheit und Vorsicht, mit der sie ans Werk gegangen waren. Danke. Nicht der Rede wert. Das reichte völlig aus.

Einer nach dem anderen zwängten wir uns hinaus auf die Straße, und ich war ganz erstaunt, daß nach der langen Zeit immer noch eine kleine Menschenmenge wartend herumstand – Polizisten, Feuerwehrleute, Mechaniker, Sanitäter und ein paar Zivilisten, viele mit Kameras ausgestattet. Ein bißchen Applaus und ein paar Hochrufe wurden hörbar, als ich mich befreit aufrichtete, und ich lächelte und machte eine Bewegung mit dem Kopf, die sowohl Verlegenheit als auch Dank zum Ausdruck brachte.

Man bot mir eine Bahre an, aber ich sagte, daß ich viel lieber meine Krücken wiederhätte, die noch im Kofferraum sein könnten, was allgemeine Bestürzung auslöste. Dann aber holte sie jemand unbeschädigt aus dem Auto heraus – sie waren so ungefähr die einzigen Gegenstände in diesem Trümmerhaufen, die heil geblieben waren. Ich stand noch eine Weile auf sie gestützt da und besah mir einfach die ineinander verkeilten Wracks – den Bus und den Kombi und vor allem den Daimler mit seinem aufgebogenen Dach, seiner wegrasierten Kühlerhaube, seinem herausgerissenen, schräg stehenden Motor, seinem schwarz funkelnden Anstrich – das alles jetzt nur noch Schrott, die ursprüngliche Form zerfetzt und zerdrückt wie ein Blechspielzeug, auf das jemand getreten ist. Mir kam es ganz unglaublich vor, daß ich da gesessen hatte, wo ich gesessen hatte, und noch am Leben war. Ich dachte, daß ich wohl den Dusel eines ganzen Lebens aufgebraucht hatte.

Die Ostermeyers waren nach Swindon ins Krankenhaus gebracht worden, damit ihr Schock, ihre Prellungen und ihre Kopfverletzungen behandelt werden konnten. Von dort aus hatten sie, ein wenig wieder zu sich gekommen, Milo angerufen und ihm erzählt, was passiert war, und er hatte ihnen aus spontaner Hochherzigkeit, aber auch, wie ich vermutete, aus gesundem Geschäftsinteresse gesagt, daß sie die Nacht bei ihm bleiben sollten und er sie gleich abholen werde. Die drei waren gerade im Aufbruch begriffen, als nun ich dort eintraf.

Martha machte einen vorhersehbaren Wirbel um meine Errettung, aber gleichzeitig sah sie so erschöpft aus, wie ich mich fühlte, und war's am Ende dann doch zufrieden, an Harleys Arm zur Tür geleitet zu werden.

Milo kam nochmal die Treppe herauf und sagte: »Wenn du magst, komm doch auch. Ein Bett findet sich immer.«

»Danke, ich melde mich.«

Er sah mich an. »Stimmt es, daß Simms erschossen wurde?«

»Mm.«

»Hättest auch du sein können.«

»Fast war ich's ja auch.«

»Die Polizei hat schon hier die Aussagen von Martha und Harley zu Protokoll genommen, wie's scheint.« Er schwieg und sah zu den beiden hin, die gerade an der Tür angekommen waren. »Ich muß los. Was macht der Knöchel?«

»Werde planmäßig wieder reiten.«

»Gut.«

Er eilte davon, und ich brachte die routinemäßigen Formalitäten hinter mich, aber mir fehlte nichts, was nicht auch die Anwendung von ein wenig Zeit heilen würde, und so wurde ich als Patient ziemlich schnell wieder entlassen und statt dessen aufgefordert, der Polizei eine detaillierte Aussage zu liefern. Ich konnte den Beamten nicht sehr viel mehr als beim ersten Mal sagen, aber ein paar von ihren Fragen waren doch einigermaßen beunruhigend.

Könnte aus bestimmten Gründen auf uns geschossen worden sein?

Mir seien solche Gründe nicht bekannt.

Wie lange sei der Wagen, den der Mann mit der Pistole gelenkt habe, vor uns hergefahren?

Ich könne mich daran nicht erinnern, hätte nicht darauf geachtet.

Könnte irgend jemand gewußt haben, daß wir zu dieser Zeit auf dieser Straße unterwegs sein würden?

Ich sah den Polizisten groß an. Möglicherweise jeder, der zum Mittagessen in dem Restaurant gewesen sei. Jeder hätte uns von da bis zu Milos Haus folgen, auf unsere Abfahrt warten, uns überholen und sich dann wieder überholen lassen können. Aber warum und wozu?

Wer könnte es noch gewußt haben?

Vielleicht der Autoverleih, bei dem Simms gearbeitet habe.

Wer noch?

Milo Shandy, aber der würde so wenig auf die Ostermeyers schießen wie auf sich selbst.

»Mr. Ostermeyer sagte uns, daß die Pistole auf Sie gerichtet gewesen sei, Sir.«

Bei aller gebotenen Achtung vor Mr. Ostermeyer sei doch zu sagen, daß er durch das ganze Auto habe schauen müssen, daß beide Wagen in Bewegung gewesen seien und dies noch dazu mit wahrscheinlich unterschiedlicher Geschwindigkeit, weshalb ich nicht glaube, daß man da absolut sicher sein könne.

Könne ich mir irgendeinen Grund denken, warum mich irgend jemand umbringen wolle?

Mich persönlich? Nein ... das könne ich nicht.

Sie stürzten sich auf mein kurzes Zögern, das auch ich in meiner Stimme hatte hören können, und ich sagte ihnen, daß ich am Abend vorher überfallen und niedergeschlagen worden sei. Ich berichtete ihnen von Grevilles Tod. Ich erzählte ihnen, daß er als

Edelsteinhändler mit Edelsteinen Handel getrieben habe. Ich sei der Ansicht, so sagte ich ihnen, daß der Angreifer versucht habe, einen bestimmten Teil der Bestände zu finden und zu entwenden. Aber ich hätte keine Ahnung, warum dieser potentielle Dieb mich heute hätte erschießen wollen, wo er mir doch gestern mit Leichtigkeit den Schädel hätte einschlagen können.

Sie schrieben das alles kommentarlos mit. Ob ich eine Ahnung hätte, wer mich gestern abend attackiert habe?

Nein, nicht die geringste.

Sie sagten nicht, daß sie mir nicht glaubten, aber irgend etwas in ihrem Verhalten vermittelte mir doch den Eindruck, als seien sie der Auffassung, daß jemand, der im Verlauf von zwei Tagen zweimal angegriffen worden war, einfach wissen müsse, wer es da auf ihn abgesehen hatte.

Ich wäre sehr gern in der Lage gewesen, ihnen das zu sagen. Denn es war, wenn nicht ihnen, so doch mir gerade klargeworden, daß durchaus noch weiteres folgen konnte.

Das sollte ich wohl besser bald herausfinden, dachte ich.

Besser nicht zu spät.

13

Ich begab mich weder zu Milo noch in mein eigenes Bett, sondern blieb in einem anonymen Hotel in Swindon, wo mich unbekannte Feinde nicht finden würden.

Der Drang, einfach nach Hause zu gehen, war stark, als bedeute der Rückzug in die eigene Höhle Sicherheit, aber ich dachte mir, daß ich dort dann wahrscheinlich die ganze Nacht unruhig wachliegen würde, und das, wo mich nach nichts mehr verlangte als nach Schlaf. Alles in allem waren es ja ziemlich harte zehn Tage gewesen, und wie leicht mein Körper sonst auch Stöße und Schläge verkraften mochte, so bewirkte ihre Häufung denn doch ein gesteigertes Bedürfnis nach Ruhe.

REH, dachte ich sarkastisch – REH war das Akronym für die beste Methode, Sportverletzungen auszuheilen: Ruhe, Eis, Hochlegen. Ich schien zwar nur selten in der Lage zu sein, alle diese Elemente zusammenzubringen, kam aber auf die eine oder andere Weise doch zu jedem einzelnen. Da für das Hochlegen gesorgt war, rief ich Milo vom Hotel aus an, um ihm zu sagen, daß ich nicht kommen werde, und erkundigte mich, wie es Martha und Harley gehe.

»Sie sind noch sehr wacklig. Das muß wirklich eine Wahnsinnskarambolage gewesen sein. Martha bricht immer wieder in Tränen aus. Wie sie erzählte, fuhr ein Auto hinten auf den Bus auf und zwei Leute in dem Wagen erlitten grauenvolle Verletzungen. Sie hat sie gesehen, und das belastet sie fast ebenso wie das Wissen, daß Simms erschossen worden ist. Kannst du nicht herkommen und sie trösten?«

»Du und Harley, ihr könnt das viel besser.«

»Sie hat gedacht, du würdest auch sterben. Sie hat einen schlimmen Schock. Du solltest wirklich herkommen.«

»Sie haben ihr im Krankenhaus doch ein Beruhigungsmittel gegeben, oder nicht?«

»Doch«, stimmte er widerwillig zu. »Und Harley auch.«

»Also ... dann bring sie mal dazu, daß sie schlafen. Ich komme morgen früh, hole sie ab und bringe sie in ihr Hotel in London. Wird das genügen?«

Er meinte zögernd, daß er es annehme.

»Sag ihnen gute Nacht von mir«, sagte ich. »Sag ihnen, daß ich sie einfach großartig finde.«

»Wirklich?« Er klang überrascht.

»Es schadet doch wohl nichts, das zu sagen.«

»Zyniker.«

»Ganz im Ernst«, sagte ich. »Sie werden sich besser fühlen, wenn du's ihnen sagst.«

»Na gut. Also, dann seh ich dich zum Frühstück.«

Ich legte auf und rief nach einigem Nachdenken wenig später Brad an.

»Himmel«, sagte er, »Sie warn bei dem Unfall dabei.«

»Wie haben Sie davon erfahren?« fragte ich erstaunt.

»Im Pub. Rede von Hungerford. Noch so'n Verrückter. Hat alle aufgerüttelt. Mama will nich mehr vor die Tür.«

Es hatte seine Zunge losgerüttelt, dachte ich amüsiert.

»Haben Sie mein Auto noch?« fragte ich.

»Wollja.« Er klang besorgt. »Sie sagten doch, ich soll's bei mir behalten.«

»Ja, das hab ich auch so gemeint.«

»Ich bin mal zu Ihrem Haus hingegangen. Da war aber niemand nich da.«

»Ich bin auch jetzt nicht dort«, sagte ich. »Wollen Sie mich immer noch fahren?«

»Wollja.« Und dann sehr bestimmt: »Jetzt?«

»Morgen früh.« Ich sagte, ich würde ihn morgen um acht vor dem Hotel in der Nähe des Bahnhofs von Swindon erwarten, um von dort aus mit ihm nach London zu fahren. »Okay?«

»Wollja«, sagte er wieder, hängte auf – und es klang wie das Schnurren einer Katze, die sich wieder ihrer Milch zuwendet.

Lächelnd und gähnend – eine kieferzerreißende Kombination – ließ ich mir ein Bad ein. Dann zog ich mich aus, wickelte die Bandage ab und lag dankbar im warmen Wasser, das die Müdigkeit und Simms' Blut allmählich von mir löste. Da meine Reisetasche wie die Krücken unversehrt geblieben war, konnte ich mir auch die Zähne putzen und meine Nachtshorts anziehen. Dann verband ich das Fußgelenk frisch und hängte ein »Bitte nicht stören!«-Schild draußen an die Türklinke. Und um neun lag ich im Bett und schlief und träumte von Zusammenstößen und Bränden und nebelhaft schwebenden Bedrohungen.

Am Morgen war Brad auf die Minute pünktlich zur Stelle, und wir fuhren zunächst auf der notwendigen Suche nach frischen Sachen zu meiner Wohnung. Seine Mama, so versprach Brad, würde die Sachen waschen, die ich bei dem Unfall angehabt hatte.

Meine Wohnung war noch immer ruhig und nicht durchwühlt, keine Gefahren lauerten draußen im hellen Tageslicht. Ich zog mich unbehelligt um, packte meine Reisetasche neu, und dann fuhren wir in höchst ordentlicher Manier nach Lambourn, wobei ich neben Brad saß und dachte, daß ich auch hätte selbst fahren können – wenn ich nicht seine Gegenwart so beruhigend gefunden hätte, zumal ich ja auch an eben jenen beiden Tagen zu Schaden gekommen war, an denen er mich nicht begleitet hatte.

»Sollte uns ein Auto überholen und sich dann vor uns setzen«, sagte ich, »dann überholen Sie es nicht wieder. Lassen Sie sich einfach zurückfallen und biegen Sie in eine Nebenstraße ab.«

»Wieso?«

Ich erzählte ihm, daß die Polizei der Ansicht sei, wir wären in einen geplanten, sich eben nur bewegenden Hinterhalt geraten. Weder die Ostermeyers noch ich, sagte ich entschieden, trügen Verlangen danach, diese Erfahrung zu wiederholen, und er, Brad, wolle doch wohl auch nicht das Schicksal von Simms teilen. Er grinste – ein enervierender Anblick – und gab mir durch ein Kopfnicken zu verstehen, daß er meine Anweisung befolgen wolle.

Die Straße, die man normalerweise fuhr, um nach Lambourn zu gelangen, erwies sich als immer noch gesperrt, und ich fragte mich kurz, als wir der Umleitung folgten, ob der Grund dafür die anhaltenden Ermittlungen wegen versuchten Mordes waren oder einfach technische Probleme bei der Entwirrung des Blechknäuels.

Martha und Harley saßen, noch zittrig, beim Frühstück und führten die Kaffeetassen unsicher an bebende Lippen. Milo schob sehr erleichtert die Bürde ihrer Betreuung mir zu und erklärte ihnen, daß ihnen nun, da Derek da sei, nichts mehr passieren könne. Ich war mir dessen nicht ganz so sicher, vor allem, wenn Harley und die Polizei recht mit der Annahme hatten, daß meine Person gestern das Ziel gewesen war. Weder Martha noch Harley schienen Bedenken dieser Art zu haben, wiesen mir sogleich den Status eines Ersatzsohnes/-neffen zu, an den man sich ganz natürlich, wenn nicht um physischen, so doch um psychischen Beistand wenden konnte.

Ich sah sie voller Zuneigung an. Martha hatte sich immerhin genug Elan erhalten, um Lippenstift aufzulegen, und Harley maß dem Heftpflaster auf seiner Stirn keinerlei Bedeutung bei. Sie konnten aber nicht verhindern, daß ihr Nervensystem auf das mentale Trauma reagierte, und ich hoffte, daß es nicht lange dauern werde, bis ihre übliche Bevorzugung alles Vergnüglichen die Oberhand zurückgewann.

»Das einzig Gute am gestrigen Tag«, sagte Martha mit einem Seufzer, »war wohl die Tatsache, daß wir ›Dozen Roses‹ gekauft haben. Milo sagt, er hätte schon einen Pferdetransporter hingeschickt.«

Ich hatte ›Dozen Roses‹ vollkommen vergessen. Nicholas Loder und seine Erregung schienen so weit weg und so unwichtig zu sein. Ich sagte, daß es mich sehr freue, wenn sie froh über den Kauf wären, und daß ich in einer Woche oder so, wenn er sich in seinem neuen Quartier eingelebt habe, anfangen wolle, mit ihm das Springen zu üben.

»Ich bin sicher, daß er das ganz hervorragend machen wird«, sagte Martha tapfer und angestrengt um eine ganz normale Konversation bemüht. »Oder etwa nicht?«

»Manchen Pferden liegt es mehr als anderen«, sagte ich neutral. »Es ist wie bei den Menschen.«

»Ich werde einfach daran glauben, daß er ein brillanter Hindernisspringer wird.«

Ein durchschnittlich guter, dachte ich, das würde mir ja schon genügen – aber die meisten Rennpferde konnten springen, wenn man nur geduldig mit ganz niedrigen Hindernissen wie zum Beispiel Baumstämmen anfing.

Milo bot frischen Kaffee und mehr Toast an, aber sie waren zur Abfahrt bereit, und binnen kurzem waren wir auf dem Weg nach London. Niemand überholte uns und verlangsamte die Geschwindigkeit, niemand legte uns einen Hinterhalt oder schoß auf uns, und Brad fuhr mit einem Schwung vor ihrem Hotel vor, der dem von Simms zumindest ebenbürtig war.

Marthas Augen glänzten, als sie mich zum Abschied auf die Wange küßte und ich sie auf die ihre. Harley schüttelte mir rauh die Hand. Sie würden bald wiederkommen, sagten sie, aber sie wären ganz ohne Frage auch froh, morgen erst einmal nach Hause fliegen zu können. Ich sah sie mit unsicheren Schritten ins Hotel hineingehen und dachte einfache Gedanken – so etwa den, daß ich hoffte, ›Dattelpalme‹ würde sich für sie mit Ruhm überhäufen und ›Dozen Roses‹ ebenso, wenn er erst springen konnte.

»Firma?« schlug ich Brad vor, und er nickte und fuhr die nun schon vertrauten Wege nach Hatton Garden.

Bei Saxony Franklin schien sich nur wenig verändert zu haben. Es kam mir merkwürdig vor, daß erst eine Woche seit meinem ersten Besuch dort vergangen sein sollte – als ich jetzt wieder hinkam, hatte alles schon etwas so Vertrautes an sich. Die Mitarbeiter sagten »Guten Morgen, Derek«, als ob sie mich schon seit Jahren kennten, und Annette meinte, da seien noch Briefe vom Freitag liegengeblieben, die nach Entscheidungen verlangten.

»Wie war die Bestattung?« fragte sie traurig und breitete Papiere auf dem Schreibtisch aus.

Tausend Lichtjahre her, dachte ich. »Still«, sagte ich. »Gut. Ihre Blumen waren gut. Sie lagen oben auf seinem Sarg.«

Sie sah erfreut aus, meinte, sie werde es den anderen sagen, und quittierte meine Mitteilung, daß ein Gedenkgottesdienst stattfinden werde, mit augenscheinlicher Befriedigung. »Es war nicht recht, daß wir am Freitag nicht zu seiner Bestattung gegangen sind. Wir haben aber um zwei eine Schweigeminute eingelegt. Ich nehme an, daß Sie uns für recht albern halten.«

»Durchaus nicht.« Ich war gerührt und ließ sie das auch sehen. Sie lächelte auf ihre süße Art und ging, um den anderen zu berichten, und ließ mich in dem uralten Saft schmoren, Entscheidungen auf der Grundlage absoluter Unwissenheit treffen zu müssen.

June schwebte herein, sah glücklich aus mit ihren rosig schimmernden Wangen und teilte mir mit, daß unsere blau gebänderten Achatsplitter und Obsidian-Schneeflocken und Amazonit-Kugeln knapp würden.

»Bestellen Sie welche nach, wie gehabt.«

»Ja, gut.«

Sie drehte sich um und war schon fast wieder aus dem Büro, als ich sie zurückrief und fragte, ob unter all den technischen Spielereien auch ein Wecker zu finden sei. Ich zog die tiefe Schublade auf und deutete hinein.

»Ein Wecker?« Sie war nicht sicher und betrachtete prüfend

die versammelten schwarzen Objekte. »Teleskope, Wörterbücher, Geigerzähler, Rechner, Spionagesaft...«

»Was ist denn Spionagesaft?« fragte ich fasziniert.

»Oh, dies hier.« Sie griff in die Schublade und zog eine Spraydose heraus. »Es ist nur meine Privatbezeichnung dafür. Sie sprühen dieses Zeug auf die Briefumschläge von anderen, und es macht das Papier durchsichtig, so daß Sie die persönlichen Schreiben darin lesen können.« Sie sah mein Gesicht und lachte. »Die Banken haben das Problem schon dadurch gelöst, daß sie die Innenseiten ihrer Umschläge mit Mustern bedrucken. Wenn Sie deren Briefe besprühen, kriegen Sie nur Muster zu sehen.«

»Wofür hat Greville das denn benutzt?«

»Irgend jemand hat es ihm mal geschenkt, glaube ich. Er hat es nicht oft benützt, nur manchmal, um zu prüfen, ob es lohnte, Sachen aufzumachen, die nach Werbung aussahen.«

Sie legte ein weißes Blatt Papier über einen der Briefe, die auf dem Tisch lagen, und sprühte ein wenig von der Flüssigkeit darauf. Sofort wurde das Papier transparent, so daß man den Brief darunter lesen konnte, und wurde dann, langsam trocknend, wieder undurchsichtig.

»Gemein, was?« sagte sie.

»Sehr.«

Sie wollte die Spraydose wieder in die Schublade zurücktun, aber ich sagte ihr, sie solle sie auf dem Schreibtisch stehen lassen, und dann holte ich auch die anderen Stücke alle heraus und postierte sie, für jedermann sichtbar, um die Dose herum. Soweit ich erkennen konnte, verfügte keines über eine Weckvorrichtung.

»Sie erwähnten irgendwann mal eine Weltuhr«, sagte ich, »aber hier ist keine dabei.«

»Ich habe einen Wecker in meinem Büro«, sagte sie hilfsbereit. »Soll ich Ihnen den holen?«

»Hm, ja, vielleicht. Könnten Sie ihn auf vier Uhr fünfzehn stellen?«

»Klar, auf jede Zeit, die Sie wünschen.«

Sie verschwand und kehrte wieder, an einem winzigen, schwarzen Ding von der Größe einer Kreditkarte herumfummelnd, das sich als ein höchst vielseitiger Zeitmesser entpuppte.

»Jetzt haben wir's«, sagte sie. »Vier Uhr fünfzehn – sechzehn Uhr fünfzehn meinen Sie doch, nicht wahr?« Sie stellte die Uhr auf den Schreibtisch.

»Heute nachmittag, ja. Irgendwo ist hier ein Wecker, der immer um vier Uhr zwanzig losklingelt. Ich dachte, ich könnte den vielleicht mal aufspüren.«

Ihre Augen weiteten sich. »Oh, aber das ist doch Mr. Franklins Uhr.«

»Welche?« fragte ich.

»Er hat immer nur eine getragen. Die ist auch ein Computer, denn sie hat einen Kalender und einen Kompaß.«

Aber diese Uhr, so ging mir durch den Kopf, lag neben meinem Bett in Hungerford.

»Ich glaube fast«, sagte ich, »daß er mehr als nur einen auf vier Uhr zwanzig eingestellten Wecker hatte.«

Die blonden Augenbrauen hoben sich. »Ich habe mich manchmal gefragt, warum«, sagte sie. »Ich meine, warum vier Uhr zwanzig? Wenn er im Lagerraum war und der Wecker in seiner Uhr piepste, dann hörte er immer für ein paar Augenblicke mit dem auf, was er gerade tat. Ich fragte ihn mal danach, na ja, mehr so indirekt, aber er gab eigentlich keine Antwort darauf, sondern sagte nur, es sei eine für die Kommunikation sehr geeignete Zeit, oder irgend so etwas. Mir wurde nicht klar, was er damit meinte, aber das war schon in Ordnung, denn er wollte ja gar nicht, daß ich's verstand.«

Sie sagte das ohne Groll, aber mit Traurigkeit. Ich dachte, daß es für Greville sicher eine ebensogroße Freude gewesen war, June um sich zu haben, wie für mich. Diese wache Intelligenz, diese unverdorbene Fröhlichkeit, dieser gesunde Menschenverstand! Er hatte sie jedenfalls genug gemocht, um ihr Rätsel aufzugeben und sein Spielzeug mit ihr zu teilen.

»Was ist das hier?« fragte ich und nahm einen schmalen grauen Apparat mit schwarzen Ohrstöpseln an einem Kopfband, die mittels eines Kabels mit so etwas wie einem Walkman verbunden waren, in die Hand, wobei allerdings keine Abspielvorrichtung für Kassetten in dem Teil zu sehen war, der der Recorder hätte sein können.

»Das ist ein Klangverstärker. Der ist eigentlich für taube Menschen gedacht, aber Mr. Franklin hat ihn mal jemandem abgenommen, der ihn dazu benutzte, ein vertrauliches Gespräch mitzuhören, das er mit einem anderen Händler führte. Das war in Tucson. Er erzählte damals, daß er so wütend gewesen sei, daß er dem Mann, der ihn da belauscht hatte, einfach diesen Verstärker mitsamt dem kleinen Kopfhörer weggerissen habe und dann damit davongegangen sei, drohende Bemerkungen von wegen Handelsspionage vor sich hinmurmelnd, so daß der Mann nicht mal einen Versuch unternommen habe, sich die Sachen wiederzuholen.« Sie machte eine Pause. »Setzen Sie mal den Kopfhörer auf. Dann können Sie alles hören, was irgend jemand irgendwo hier in der Firma sagt. Das Ding ist ziemlich leistungsstark. Eigentlich unheimlich.«

Ich setzte den kleinen, ultraleichten Kopfhörer auf und drückte die EIN-Taste auf dem zigarettenschachtelgroßen Verstärker – und schon konnte ich Annette auf der anderen Seite des Flurs zu Lily sagen hören, sie solle daran denken, sich bei Derek für den Zahnarzt freigeben zu lassen.

Ich nahm den Kopfhörer wieder ab und sah June an.

»Was haben Sie gehört?« fragte sie. »Geheimnisse?«

»Diesmal nicht, nein.«

»Aber unheimlich ist's schon.«

»Sie sagen es.«

Die Klangqualität war wirklich hervorragend, das Mikrophon

und der Verstärker für diese Größe von erstaunlicher Empfindlichkeit. Einige von Grevilles Spielsachen waren, so dachte ich, ganz entschieden unerfreulich.

»Mr. Franklin hat mir auch gesagt, daß da irgendwo ein Stimmenumwandler dabei ist, den man ans Telefon anschließen kann und der die Klangfarbe einer Stimme verändern, eine Frau wie einen Mann klingen lassen kann. Er meinte, daß es ein ganz ausgezeichnetes Gerät gerade für Frauen sei, die allein lebten, würden sie dann doch nicht mit obszönen Anrufen belästigt werden. Niemand würde mitkriegen, daß sie allein und verwundbar seien.«

Ich lächelte. »Könnte aber auch einen echten Freund durcheinanderbringen, der in unschuldigster Absicht anruft.«

»Na ja, die würde man wohl warnen müssen«, stimmte sie zu. »Mr. Franklin war immer sehr begeistert von Frauen, die sich zu schützen wissen.«

»Mm«, sagte ich nur.

»Er meinte, der Dschungel breite sich immer weiter aus.«

»Haben Sie auch so einen Stimmenumwandler zu Hause?« fragte ich.

»Nein, wir sprachen darüber erst kurz vor...« Sie schwieg eine Weile. »Nun ja... ach, möchten Sie ein Sandwich zum Lunch haben?«

»Ja, bitte.«

Sie nickte und war fort. Ich seufzte, versuchte, mich den schwierigen Briefen zu widmen, und war froh über die Unterbrechung, als das Telefon klingelte.

Am Apparat war Elliot Trelawney und bat darum, falls es mir nichts ausmache, ihm sofort und durch Boten die Vaccaro-Aufzeichnungen zu schicken, da sie noch am heutigen Nachmittag eine Ausschußsitzung hätten.

»Vaccaro-Aufzeichnungen«, wiederholte ich. Ich hatte sie glatt vergessen. Einen Augenblick lang konnte ich mich nicht einmal mehr daran erinnern, wo sie waren.

»Sie sagten, Sie wollten sie mir heute morgen zuschicken«, sagte Trelawney mit der Andeutung eines höflichen Vorwurfs. »Erinnern Sie sich?«

»Ja«, sagte ich unbestimmt.

Wo, zum Teufel, hatte ich sie? O ja, sie waren in Grevilles Wohnzimmer. Irgendwo in dem Chaos dort. Irgendwo dort, sofern der Dieb sie nicht mitgenommen hatte.

Ich entschuldigte mich. Ich sagte nicht gerade, daß ich zweimal nahe daran gewesen war, umgebracht zu werden, seit ich das letzte Mal mit ihm gesprochen hatte, und daß dies meiner Konzentrationsfähigkeit nicht gut bekommen war. Ich sagte vielmehr, alles mögliche sei mir dazwischengekommen. Es tue mir wirklich leid. Ich würde versuchen, sie ihm ins Gericht zu schicken, sagen wir, bis ... ja, bis wann?

»Der Ausschuß tritt um zwei Uhr zusammen, und Vaccaro steht als erster auf der Tagesordnung«, sagte er.

»Die Aufzeichnungen liegen noch in Grevilles Haus«, antwortete ich, »aber ich sorge dafür, daß Sie sie bekommen.«

»Wahnsinnig nett von Ihnen.« Er war wieder umgänglich. »Es ist wirklich schrecklich wichtig, daß wir diesen Antrag abschmettern.«

»Ja, ich weiß.«

Vaccaro, so schoß es mir zu meinem Unbehagen durch den Kopf, als ich den Hörer auflegte, Vaccaro wurde beschuldigt, seine Kokain schmuggelnden, aber zum Aussteigen entschlossenen Piloten mit Schüssen aus fahrenden Autos ermordet zu haben.

Ich starrte in die Luft. Es gab für Vaccaro nicht einen einzigen Grund auf Erden, mich zu erschießen, einmal angenommen, daß er überhaupt von meiner Existenz wußte. Ich war nicht Greville, und ich hatte nicht die Macht, um mich seinen Plänen entgegenzustellen. Alles, was ich hatte, oder wahrscheinlich hatte, waren die Notizen über seine Verbrechen, und woher sollte er das wissen? Und woher sollte er gewußt haben, daß ich am Sonntagnachmittag in einem Auto auf der Straße zwischen Lambourn und Hungerford unterwegs sein würde? Und selbst wenn Grevilles Aufzeichnungen geklaut worden waren – konnte nicht auch irgend jemand anderes Angaben dieser Art machen?

Ich schüttelte meine Ängste ab und ging hinunter in den Hof, um nachzusehen, ob Brad im Auto säße, was der Fall war. Er las in einer Anglerzeitschrift.

Angeln? »Ich wußte gar nicht, daß Sie angeln«, sagte ich.

»Tu ich auch nich.«

Ende der Unterhaltung.

Innerlich lachend, bat ich ihn, sich auf eine Reise zu begeben. Ich gab ihm den einfachen Schlüsselbund mit den drei Schlüsseln und bereitete ihn darauf vor, was für eine Unordnung er im Haus vorfinden würde. Ich beschrieb ihm die Vaccaro-Aufzeichnungen sehr genau, mit Umschlag und allem, und schrieb ihm Elliot Trelawneys Name und die Adresse des Gerichts auf.

»Schaffen Sie das?« fragte ich, ein klein wenig im Zweifel.

»Wollja.« Mein Tonfall schien ihn gekränkt zu haben, und er nahm den Zettel mit der Adresse unwirsch entgegen.

»Tut mir leid«, sagte ich.

Er nickte, ohne mich dabei anzusehen, ließ den Motor an, und als ich gerade den Hinterausgang des Bürogebäudes wieder erreichte, fuhr er aus dem Hof hinaus.

Oben sagte Annette, daß gerade ein Anruf aus Antwerpen gekommen sei und daß sie mir die Nummer aufgeschrieben habe, damit ich zurückrufe.

Antwerpen.

Mit Mühe dachte ich zurück und an die fernen Gespräche vom vergangenen Donnerstag. Was war es doch gleich, was ich bei Antwerpen erinnern sollte?

Van Ekeren. Jacob. Sein Neffe Hans.

Ich drang bis zu der belgischen Stadt durch und wurde mit dem Klang der sanften, zweisprachigen Stimme belohnt, die mir mitteilte, daß er inzwischen in der Lage gewesen sei, mit seinem Onkel zu sprechen.

»Sie sind sehr freundlich«, sagte ich.

»Ich bin nicht sicher, ob wir Ihnen sehr behilflich sein können. Mein Onkel meint, daß er Ihren Bruder sehr lange, aber nicht sehr gut gekannt habe. Ihr Bruder habe jedoch vor ungefähr sechs Monaten bei ihm angerufen, um sich nach einem Sightholder zu erkundigen.« Er machte eine Pause. »Es scheint, daß Ihr Bruder die Absicht hatte, Diamanten zu kaufen, und daß er dem Urteil meines Onkels vertraute.«

»Aha«, sagte ich hoffnungsvoll. »Und hat Ihr Onkel ihm jemanden empfohlen?«

»Ihr Bruder nannte drei oder vier ihm möglich erscheinende Namen. Mein Onkel sagte ihm daraufhin, das seien alles vertrauenswürdige Leute, er könne sich an sie alle wenden.«

Ich seufzte. »Erinnerte er sich vielleicht noch daran, wer sie waren?«

Hans sagte: »Er weiß noch, daß einer davon Guy Servi hier in Antwerpen war, weil wir selbst oft geschäftlich mit ihm zu tun haben. An die anderen kann er sich nicht erinnern. Er weiß auch nicht, für wen sich Ihr Bruder dann entschieden hat und ob es überhaupt zu diesem Kauf gekommen ist.«

»Hm. In jedem Falle herzlichsten Dank.«

»Mein Onkel möchte Ihnen sein tiefempfundenes Beileid aussprechen.«

»Sehr freundlich.«

Er legte mit Höflichkeit auf, nachdem er mir sorgfältig Name, Anschrift und Telefonnummer von Guy Servi diktiert hatte, also von jenem Sightholder, von dem sein Onkel noch wußte, daß Greville sich nach ihm erkundigt hatte.

Ich wählte sogleich diese Nummer und mußte erneut den ganzen Hokuspokus über mich ergehen lassen, das heißt mich von Stimme zu Stimme weiterreichen lassen, bis ich jemanden hatte, der sowohl über die erforderlichen sprachlichen Fähigkeiten als auch über die gewünschten Informationen verfügte.

Mr. Greville Saxony Franklin, inzwischen verstorben, sei mein Bruder? Sie würden in den Unterlagen nachschauen und zurückrufen.

Ich wartete ohne viel Geduld, während sie all die Sicherheitsüberprüfungen vornahmen, die sie für notwendig erachteten, und nach einer langen Stunde meldeten sie sich schließlich wieder.

Worum es denn gehe, wollten sie wissen.

»Mein Problem ist, daß unser Büro durchwühlt worden ist und eine Menge Unterlagen verschwunden sind. Ich habe hier nach Grevilles Tod die Verantwortung übernommen und versuche nun, Ordnung in seine Angelegenheiten zu bringen. Könnten Sie mir bitte sagen, ob es Ihr Haus gewesen ist, das Diamanten für ihn gekauft hat?«

»Ja«, sagte die Stimme in sachlichem Ton, »das haben wir getan.«

Wahnsinn, dachte ich. Ich beruhigte meine Atmung und versuchte, nicht übereifrig zu klingen.

»Könnten Sie mich, äh, über die Einzelheiten ins Bild setzen?« fragte ich.

»Gewiß doch. Wir haben bei dem im Juli abgehaltenen Sight der CSO in London eine Sightbox mit Diamanten der Färbung H und einem Durchschnittsgewicht von drei Komma zwei Karat gekauft und davon einhundert Steine im Gesamtgewicht von 320 Karat an Ihren Bruder geliefert.«

»Er hat sie doch ... äh ... im voraus bezahlt, nicht wahr?«

»Natürlich. Die Summe von eins Komma fünf Millionen US-Dollar in bar. Deswegen brauchen Sie sich keine Sorgen zu machen.«

»Danke«, sagte ich, Ironie unterdrückend. »Äh, als Sie die Steine lieferten, haben Sie da irgend so etwas wie einen, äh, Lieferschein mitgeschickt?«

Es schien, als finde mein Gesprächspartner das plebejische Wort »Lieferschein« einigermaßen schockierend.

»Wir haben die Diamanten durch Boten zugestellt«, sagte er streng. »Unser Mann brachte sie zur Privatadresse Ihres Bruders in London. Wie es bei uns üblich ist, überprüfte Ihr Bruder die Sendung in Anwesenheit des Boten, wog die Steine nach und unterschrieb, mit dem Ergebnis zufrieden, eine Empfangsbestätigung. Irgendeinen anderen, hm, äh, Lieferschein gab es nicht.«

»Leider kann ich die Durchschrift nicht finden.«

»Ich versichere Ihnen, Sir...«

»Ich zweifle nicht an Ihren Worten«, sagte ich schnell. »Es ist ja nur so, daß die Steuerfritzen die dumme Angewohnheit haben, Belege zu verlangen.«

»Ah.« Seine Gekränktheit flaute wieder ab. »Ja, natürlich.«

Ich dachte ein Weilchen nach und fragte dann: »Als Sie ihm die Steine lieferten, waren sie da roh oder geschliffen?«

»Natürlich roh. Er wollte sie erst im Laufe der Zeit und ganz nach Bedarf schleifen und polieren lassen, glaube ich. Es war so einfacher für ihn, aber auch für uns, die Rohdiamanten alle auf einmal zu kaufen.«

»Sie wissen nicht zufällig, wer sie für ihn schleifen sollte?«

»Soviel mir bekannt ist, sollten sie für einen speziellen Kunden geschliffen werden, und zwar nach dessen besonderen Vorgaben. Aber wer das machen sollte, nein, das hat er nicht gesagt.«

Ich seufzte. »Immerhin, erst einmal vielen Dank.«

»Wir schicken Ihnen gern Fotokopien von den diese Transaktion betreffenden Unterlagen zu, sollte Ihnen das von Nutzen sein.«

»Ja, bitte«, sagte ich. »Das wäre eine große Hilfe.«

»Wir geben sie noch heute nachmittag zur Post.«

Ich legte mit langsamer Hand den Hörer auf. Jetzt mochte ich ja zwar wissen, *woher* die Diamanten stammten, war aber in der Frage, *wohin* sie geraten waren, noch kein Stück weitergekommen. Ich fing an zu hoffen, daß sie bei irgendeinem Schleifer ruhten, der mir zu gegebener Zeit höflichst mitteilen würde, daß sie zum Versand bereitlägen. Eigentlich kein unmöglicher Traum. Aber wenn Greville sie an einen Diamantschleifer geschickt hatte – warum gab es dann keinen Beleg dafür?

Vielleicht hatte es einen gegeben, der nur gestohlen worden war. Wenn er aber gestohlen worden war, dann wußte der Dieb lediglich, daß sich die Diamanten bei einem Schleifer befanden. Und er wußte, daß es keinen Zweck hatte, sein, das heißt Grevilles Haus danach zu durchsuchen. Nutzlose Gedanken, die sich im Kreise drehten.

Ich reckte Hals und Rücken, lockerte ein paar der Muskeln, die seit dem Autounfall ein bißchen schmerzten.

June kam herein und sagte: »Sie sehen ziemlich geschafft aus«, legte dann erschrocken die Hand vor den Mund und fügte hinzu: »Also, zu Mr. Franklin hätte ich so etwas nie und nimmer gesagt.«

»Ich bin nicht er.«

»Nein, aber... Sie sind der Chef.«

»Dann denken Sie mal darüber nach, wer uns eine Liste mit Diamantschleifern liefern könnte, und zwar vor allem von solchen, die auf Sonderanfertigungen spezialisiert sind, angefangen mit Antwerpen. Was wir brauchen, ist so was wie Gelbe Seiten, ein Telefonverzeichnis der Branche. Nach Antwerpen auch von New York, Tel Aviv und Bombay, stimmt's? Sind das nicht die vier wichtigsten Zentren?« Ich war gut vorbereitet.

»Aber wir handeln doch nicht mit...«

»Sagen Sie's nicht«, unterbrach ich sie. »Wir tun's nämlich doch. Greville hat welche für Prospero Jenks gekauft, der sie so geschliffen haben möchte, daß sie zu seinen Skulpturen oder Phantasiestücken, oder wie immer man das nennt, passen.«

»Oh.« Sie sah mich erst verständnislos und dann interessiert an. »Ja, gut, ich bin sicher, daß ich das erledigen kann. Soll ich es gleich machen?«

»Ja, bitte.«

Sie ging bis zur Tür, drehte sich dann mit einem Lächeln zu mir um. »Sie sehen noch immer ziem ...«

»Mm. Raus mit Ihnen und an die Arbeit.«

Ich beobachtete, wie ihre Rückansicht verschwand. Grauer Rock, weiße Bluse. Blondes Haar, von Kämmen hinter den Ohren gehalten. Lange Beine. Flache Schuhe. June ab.

Der Tag schleppte sich dahin. Ich stellte im Tresorraum selbst drei Bestellungen zusammen und ließ Annette nachprüfen, ob auch alles stimmte, was allem Anschein nach der Fall war. Dann begab ich mich auf einen langsamen Rundgang durch alle Räume, schaute bei Alfie vorbei, um zu sehen, wie er seine Pakete packte, schaute Lily zu, die mit ihrer verknautschten Gouvernantenmiene endlos von kleinem Schubfach zu kleinem Schubfach lief und Sendungen zusammenstellte, sah Jason mit den schweren Kartons gerade eingegangener Lieferungen hantieren, verweilte einen Augenblick neben der kräftig aussehenden Tina, die ich am wenigsten kannte und die die Neuzugänge anhand der Lieferscheine prüfte und in flache Schalen sortierte.

Niemand schenkte mir groß Beachtung. Ich war ihnen bereits so vertraut wie die Tapete. Alfie machte keine anzüglichen Bemerkungen mehr über ›Dozen Roses‹, und Jason behielt seine Witze für sich, warf mir allerdings einen dunklen Seitenblick zu. Lily sagte voller Demut: »Ja, Derek«, Annette blickte ängstlich drein, June war beschäftigt. Ich kehrte in Grevilles Büro zurück und unternahm einen erneuten Anlauf, um endlich die Post zu erledigen.

Bis vier Uhr hatte June – neben ihren normalen, den Lagerbewegungen geltenden Computerarbeiten – Reaktionen auf ihre »ausgestreckten Fühler« erhalten, wie sie das nannte, und eine lange Liste von Diamantschleifern in Antwerpen und eine kürzere von solchen in New York vorliegen. Tel Aviv »kam«, hatte aber Sprachprobleme, und für Bombay lag nichts vor, aber sie glaubte auch nicht, daß Mr. Franklin etwas dorthin geschickt haben würde, denn angesichts der Nähe von Antwerpen wäre das recht witzlos gewesen. Sie brachte mir die Listen und ging dann.

Bei der Geschwindigkeit, mit der die übervorsichtigen Diamantenhändler arbeiteten, dachte ich und nahm die Namensliste in die Hand, würde es allein schon eine ganze Woche dauern, um zunächst nur von denen in Antwerpen simple Ja/Nein-Antworten zu bekommen. Vielleicht war es aber den Versuch doch wert. Es mußte dringend was geschehen. Einer der Briefe war von der Bank, die daran erinnerte, daß Kreditzinsen fällig seien.

Plötzlich fing Junes winziger Wecker zu piepen an. Alle anderen Stücke auf der Schreibtischplatte blieben stumm und unbewegt. June kehrte mit hoher Geschwindigkeit durch die Tür zurück und wandte ihnen ihre lebhafte Aufmerksamkeit zu.

»Noch fünf Minuten«, sagte ich ruhig. »Sind alle Spielsachen gut sichtbar aufgebaut?«

Sie überprüfte schnell die Schubladen und spähte in die Aktenschränke, ließ alles weit offenstehen.

»Kann keine mehr finden«, sagte sie. »Wieso kommt es so darauf an?«

Sie sah mich an. Ich lächelte schief.

»Greville hat auch mir ein Rätsel hinterlassen«, sagte ich. »Ich versuche es zu lösen, obwohl ich gar nicht weiß, wo ich eigentlich ansetzen soll.«

»Oh.« Irgendwie ergab das auch ohne weitere Erklärungen einen Sinn für sie. »Wie meine Gehaltserhöhung?«

Ich nickte. »Etwa in der Art.« Aber nicht so positiv, dachte ich. Nicht so sicher. Ihr hatte er wenigstens zu verstehen gegeben, daß die Lösung, die sie suchen sollte, tatsächlich vorhanden war.

Die Minuten vergingen, und als es nach Junes Uhr genau zwanzig nach vier war, erklang prompt der leise Weckton. Sehr fern, ganz und gar nicht laut. Eindringlich. June blickte ziemlich alarmiert auf die versammelten Gerätschaften und legte ihr Ohr an sie.

»Ich werde täglich um vier Uhr zwanzig an Dich denken.«

Clarissa hatte das auf die Karte geschrieben, die sie zusammen mit den Rosen zur Bestattung geschickt hatte. Greville hatte offensichtlich eben dies auch täglich in seinem Büro getan. Das war ihre eigene, ganz private Zwiesprache gewesen, hatte überhaupt nichts mit Diamanten zu tun. Ich mußte mit Bedauern eingestehen, daß ich nichts erfahren würde von dem, was er da benutzt hatte, um sich selbst daran zu erinnern, daß er liebte und geliebt wurde.

Der gedämpfte Weckton verstummte wieder. June hob den Kopf und runzelte die Stirn.

»Von denen hier war's keins«, sagte sie.

»Nein. Es kam noch immer aus dem Inneren des Schreibtisches.«

»Aber das kann nicht sein.« Sie war verwirrt. »Ich habe doch alles herausgenommen.«

»Es muß noch eine weitere Schublade geben.«

Sie schüttelte den Kopf, aber es war die einzig vernünftige Erklärung.

»Fragen Sie mal Annette«, schlug ich vor.

Annette, befragt, sagte mit besorgtem Schmollen, daß sie nicht das geringste von einem weiteren Schubfach wisse. Wir blickten alle auf die keinerlei Antwort gebende, sechs Zentimeter dicke Schreibtischplatte aus schwarzem, stark gemasertem Holz hinab. Sie konnte in gar keinem Falle ein weiteres Fach sein, aber trotzdem gab es keine andere Möglichkeit.

Ich dachte an das grüne Steinkästchen. An das Schlüsselloch, das gar kein Schlüsselloch war, und an den herausgleitenden Boden.

Zum großen Erstaunen von Annette und June ging ich in die Knie und besah mir die Platte von unten, wo der freie Raum für die Beine war und man sie sehen konnte. Das Holz sah dort genauso solide aus wie die Oberfläche, aber in der Mitte, ungefähr zehn

Zentimeter von der Vorderkante entfernt, war etwas, das wie eine Art Riegel aussah. Befriedigt setzte ich mich wieder auf den schwarzen Lederstuhl und tastete nun unter der Platte nach dem Riegel. Ich entdeckte, daß er sich, wenn man Druck auf ihn ausübte, von einem fortbewegte. Ich tat dies, schob ihn nach vorn, und absolut gar nichts passierte.

Etwas mußte aber geschehen sein, überlegte ich. Der Riegel war doch nicht nur so zum Spaßvergnügen dort. Nichts war bei Greville umsonst da. Ich drückte ihn wieder mit aller Kraft nach vorn und versuchte nun gleichzeitig, alles andere, was ich sonst noch zu erreichen vermochte, anzuheben, wegzuschieben oder sonst irgendwie zu bewegen. Nichts rührte sich. Ich schlug frustriert mit der Faust auf den Schreibtisch, und da fiel ein Stück von der Vorderkante der so solide aussehenden Platte ab und mir in den Schoß.

Annette und June hielten den Atem an. Das Teil, das abgefallen war, sah wie ein Stück Furnier aus, das mit Metallklammern versehen war, die es an Ort und Stelle festgehalten hatten. Darunter war auch Holz, aber diesmal mit einem Schlüsselloch darin. Annette und June sahen gespannt zu, wie ich Grevilles Schlüsselbund aus der Tasche zog und alle Schlüssel durchprobierte, die so aussahen, als hätten sie die richtige Größe. Einer davon ließ sich ganz leicht und fast ohne klickendes Geräusch im Schloß herumdrehen. Jetzt zog ich den im Schlüsselloch steckenden Schlüssel auf mich zu, und wie geölt glitt eine breite, flache Lade heraus.

Wir blickten alle auf ihren Inhalt hinab. Reisepaß. Kleine, flache, schwarze Geräte, vier oder fünf davon.

Keine Diamanten.

June war begeistert. »Da ist ja der Hexer«, sagte sie.

14

Welches davon ist der Hexer?« fragte ich.

»Dies da.«

Sie zeigte auf ein schwarzes Rechteck, ein bißchen kleiner als ein Taschenbuch, und als ich es aufnahm und umdrehte, stand da tatsächlich HEXER in Goldbuchstaben drauf. Ich reichte das Gerät June, die es wie ein Buch öffnete und dann flach auf den Tisch legte. Die eine Hälfte war voller Tasten und sah aus wie ein Taschenrechner der vielseitigeren Art. Auf der anderen Seite war oben ein kleiner Bildschirm und darunter befanden sich Sensortasten mit Aufschriften wie »Kostenerfassung«, »Zeitbedarf«, »Berichte« und »Verweise«.

»Dieses Ding macht alles«, sagte June. »Es ist Tagebuch, Telefonverzeichnis, Notizblock, Terminkalender, Buchhalter... auch Weltuhr.«

»Und gibt's auch einen Wecker, der auf vier Uhr zwanzig eingestellt ist?«

Sie schaltete das Gerät ein, drückte drei Tasten und zeigte mir den Bildschirm. Wecken – täglich – 16.20 – EIN, verkündete dieser.

»Na prima.«

Für Annette schien die Aufregung vorbei zu sein. Es gäbe Dinge, um die sie sich kümmern müsse, sagte sie und ging hinaus. June erklärte sich bereit, alle Spielsachen wieder wegzuräumen und alle Türen wieder zu schließen, und während sie dies tat, untersuchte ich den Inhalt des einzigen Schubfachs, das wir offenließen, noch etwas genauer.

Angesichts des Reisepasses zog ich die Stirn kraus. Ich hatte ja angenommen, daß Greville nach Harwich unterwegs gewesen war, um dort die Fähre zu nehmen. Die *Koningin Beatrix* fuhr jeden Abend...

Wenn man es einmal andersherum betrachtete, dann mußte die *Koningin Beatrix* also am Tage von Holland nach Harwich fahren. Wenn er seinen Paß nicht mitgenommen hatte, dann hatte er vielleicht gar nicht mit der Fähre hinüberfahren, sondern jemanden von der Fähre abholen wollen.

Wen abholen?

Ich sah mir sein Foto an, das wie alle Paßfotos nicht sehr gut war, immerhin aber doch gut genug, um ihn sehr deutlich spürbar in seinem Büro anwesend sein zu lassen – in seinem Büro, wo ich auf seinem Stuhl saß.

June blickte mir über die Schulter und sagte leise: »Oh.« Und dann: »Ich vermisse ihn sehr, wissen Sie.«

»Ja.«

Ich legte traurig den Paß in das Schubfach zurück und nahm einen flachen, schwarzen Gegenstand heraus, der kaum größer als der Hexer war und aus dem seitlich eine Papierlocke herausschaute.

»Das ist ein Drucker«, sagte June.

»Ein Drucker? So klein?«

»Der druckt aus, was im Hexer gespeichert ist.«

Sie stöpselte das kurze Anschlußkabel des Druckers in eine seitlich am Hexer befindliche Buchse und drückte flink ein paar Tasten. Mit einem Surren trat das kleine Maschinchen in Aktion und fing an, das halbe Telefonbuch auf den Papierstreifen zu drucken – jedenfalls gewann ich diesen Eindruck.

»Hübsch, nicht?« sagte June und drückte auf eine andere Taste, um den Drucker zu stoppen. »Wenn Mr. Franklin auf Reisen war, gab er alle seine Ausgaben hier ein, und wenn er wieder da war, druckten wir es aus, überspielten es auch manchmal vom Hexer auf den Hauptcomputer, was durch ein Interface... o nein.« Sie unterdrückte die Gefühlsaufwallung und war bemüht, ihre

Stimme zu beherrschen, als sie fortfuhr: »Er gab da immer eine Menge Dinge ein, an die er nach seiner Rückkehr denken mußte. Zum Beispiel, wer ihm ungewöhnliche Steine angeboten hatte. Das berichtete er Prospero Jenks, und sehr oft mußte ich dann die Adressen anschreiben und die Steine ordern.«

Ich sah auf das kleine elektronische Wunderding hinab. So viele Informationen ruhten dort in seinem Speicher.

»Gibt es eine Bedienungsanleitung dafür?« fragte ich.

»Natürlich. Die Anleitungen für alle diese Geräte sind hier in dieser Schublade.« Sie zog eine in dem Unterschränkchen rechts außen auf. »Desgleichen die Garantiescheine und alles.« Sie blätterte einen Stapel Heftchen durch. »Da haben wir sie ja. Eine für den Hexer, eine für den Drucker.«

»Ich leihe mir die mal aus«, sagte ich.

»Sie gehören aber doch jetzt Ihnen«, sagte sie verständnislos. »Oder nicht?«

»Ich kann mich genausowenig daran gewöhnen wie Sie.«

Ich legte die Bedienungsanleitung neben den Hexer und den Drucker auf den Schreibtisch und nahm einen dritten schwarzen Apparat aus dem geheimen Fach.

Dieser bedurfte keiner Erklärung. Es war der Mikrokassetten-Recorder, der zu den winzigen Bändern gehörte, die ich in den ausgehöhlten Büchern gefunden hatte.

»Der ist sprachgesteuert«, sagte June, sich das Gerät anschauend. »Liegt stundenlang rum und tut nichts, dann spricht jemand, und schon nimmt es das Gesagte auf. Mr. Franklin hat es manchmal benutzt, um Briefe oder Mitteilungen zu diktieren, weil es ihm ermöglichte, was zu sagen, ein bißchen nachzudenken und dann wieder ein wenig weiterzusprechen, ohne massenweise Bänder zu verbrauchen. Ich hörte das Aufgenommene dann ab und gab es direkt in die Textverarbeitung ein.«

Sie war nach Grevilles Urteil ihr Gewicht in Perlen wert – ich würde dem nicht widersprechen.

Ich legte den Recorder zu den anderen Sachen und holte die letzten beiden Geräte aus dem Fach. Das eine war eine winzig kleine Minolta, die Greville nach Junes Aussagen sehr häufig benutzt hatte, um für Prospero Jenks ungewöhnliche Steine zu fotografieren, und bei dem letzten handelte es sich um ein graues Ding, das man in der Hand halten konnte und das über einen AN/AUS-Schalter verfügte, sonst aber keinem offenkundigen Zweck zu dienen schien.

»Das ist dazu da, Hunde zu verjagen«, sagte June mit einem Lächeln. »Mr. Franklin mochte nämlich keine Hunde, aber ich glaube, er schämte sich dafür, daß er sie nicht mochte, denn als ich ihn fragte, wozu das sei, wollte er's mir anfangs gar nicht sagen.«

Ich hatte nicht gewußt, daß Greville keine Hunde mochte. Ich wünschte mir glühend, er wäre wieder da, und sei es auch nur, um ihn damit aufzuziehen. Das eigentlich Schlimme am Tod war, was durch ihn ungesagt blieb – und das Wissen, daß dies eine mehr oder weniger weit verbreitete, traurige Einsicht war, machte sie um nichts weniger bedrückend.

Ich legte den Hundeabschrecker in das Schubfach zurück, neben den Paß, und ebenso die Minikamera, in der kein Film war. Dann schob ich das flache Fach zu, verschloß es, paßte das Furnierstück wieder ein und drückte es in seine Halterung, wobei es leise klickte. Die weite Fläche des Schreibtisches sah nun wieder wie aus einem Stück aus, und ich fragte mich, ob Greville den Schreibtisch wohl wegen dieses Geheimfaches gekauft hatte, oder ob er das ganze Möbel eigens für sich hatte anfertigen lassen.

»Man würde nie drauf kommen, daß da dieses Fach drin ist«, sagte June. »Ich möchte mal wissen, wie viele Leute wohl schon Vermögen verloren haben, weil sie solche Verstecke, von denen sie nichts ahnten, weggegeben haben.«

»Ich hab mal eine Geschichte von so etwas gelesen. Irgendwas über Geld, das in einen Sessel gestopft war, den dann jemand geerbt hat.« Ich konnte mich nicht mehr an die Einzelheiten erinnern – aber Greville hatte mir mehr als nur einen Sessel hinterlassen und mehr als einen Ort zum Suchen, und auch mir konnte ein Schatz entgehen, weil ich nicht die richtigen Verstecke aufzuspüren vermochte, wenn es denn überhaupt einen Schatz gab.

Inzwischen bestand das Problem darin, mir meine Gesundheit zu erhalten, während ich da herumsuchte. Und ein noch größeres Problem war es, Wege zu finden, wie ich zum Gegenangriff übergehen konnte, was natürlich voraussetzte, daß es mir zunächst einmal gelang, den Feind zu identifizieren.

Ich fragte June, ob sie irgend etwas hätte, worin ich den Hexer und die anderen Sachen mit nach Hause nehmen könne, und sie war im Nu mit einer weichen, mit Griffen versehenen Tragetasche aus Plastik wieder da, die mich flüchtig an den Beutel erinnerte, den man mir in Ipswich entrissen hatte. Aber diesmal, so dachte ich, würde ich, wenn ich meine Beute zum Auto schleppte, einen unbesiegbaren Leibwächter mitnehmen, nämlich eine langbeinige, flachbrüstige, einundzwanzigjährige Blondine, die ein wenig in meinen Bruder verliebt war.

Das Telefon klingelte. Ich nahm den Hörer ab und sagte aus neu erworbener Gewohnheit: »Saxony Franklin.«

»Derek? Bist du das?«

»Ja, Milo, ich bin's.«

»Mir gefällt dieses Pferd nicht.« Er klang aggressiv, was normal war, und gleichzeitig apologetisch, und das war nicht normal.

»Welches Pferd?« fragte ich.

»Na, ›Dozen Roses‹ natürlich. Welches sonst?«

»Oh.«

»Was meinst du damit? Du weißt verdammt genau, daß ich es heute geholt habe. Das verdammte Vieh ist im Halbschlaf. Ich hole sofort den Tierarzt her und will Urin- und Blutuntersuchungen haben. Das verflixte Ding sieht gedopt aus.«

»Vielleicht haben sie ihm für die Fahrt ein Beruhigungsmittel gegeben?«

»Dazu haben sie kein Recht, das weißt du. Sollten sie das aber gemacht haben, dann will ich Nicholas Loders Kopf auf einem Tablett liegen sehen, und das solltest du auch wollen, wenn du vernünftig bist. Der Mann macht, verdammt noch mal, was er will. Wie auch immer, wenn der Gaul beim Viehdoktor nicht durchkommt, dann schick ich ihn auf kürzestem Wege zurück, Ostermeyers hin, Ostermeyers her. Es ist ihnen gegenüber auch nicht fair, wenn ich in ihrem Namen Schund annehme.«

»Nun, nun«, sagte ich begütigend, »vielleicht will Nicholas Loder ja, daß du genau dies tust.«

»Wie? Was soll das heißen?«

»Vielleicht will er, daß du ›Dozen Roses‹ auf kürzestem Weg zu ihm zurückschickst.«

»Oh.«

»Und dann war ›Dozen Roses‹«, sagte ich, »Eigentum der Saxony Franklin Ltd. und nicht von Nicholas Loder, und wenn du meinst, daß es den Ostermeyers gegenüber nur fair wäre, den Kauf rückgängig zu machen, na schön, aber der Testamentsvollstrecker meines Bruders wird dir dann Anweisung geben, das Pferd sonstwohin zu schicken, nur nicht zurück zu Loder.«

Es herrschte Schweigen. Dann sagte Milo mit einem unterdrückten Lachen: »Du warst schon immer ein durchtriebener Gauner.«

»Danke.«

»Aber komm her, ja? Sieh ihn dir an. Sprich mit dem Tierarzt. Wie schnell kannst du hier sein?«

»In ein paar Stunden. Vielleicht auch erst später.«

»Nein, mach schon, Derek.«

»*It's a long way to Tipperary*«, sagte ich. »Es kommt einfach nie näher.«

»Du redest irre.«

»Das sollte mich nicht wundern.«

»Also, sobald du kannst«, sagte er. »Bis dann.«

Ich legte den Hörer mit einem inneren Aufstöhnen auf die Gabel. Ich wollte nicht nach Lambourn rasen, um mich mit diesem kritischen Problem zu befassen, wie leicht es auch zu lösen sein mochte. Nein, ich wollte Ruhe, damit meine Schmerzen nachließen.

Ich rief das Auto an und hörte den Summer, aber Brad, wo immer er war, nahm nicht ab. Deshalb bereitete ich meinen Aufbruch vor und ging, um den Tresorraum abzuschließen. Im Versand streckte Alfie sein Kreuz, hatte die Arbeitslast dieses Tages bewältigt. Lily stand untätig herum und warf mir verstohlen einen gehemmten Blick zu. Jason kniff in der Tür zu den Lagerräumen Tina in den Po, was diese aber kalt zu lassen schien. Feierabend lag in der Luft, ein Schwebezustand war erreicht, das gemeinschaftliche Tun trieb seiner Beendigung entgegen. Wie das letzte Rennen des Oktoberprogramms.

Ich sagte guten Abend, holte die Plastiktasche und ging hinunter in den Hof, wo Brad auf mich wartete.

»Haben Sie die Papiere finden können, und waren sie okay?« fragte ich und setzte mich neben ihn, nachdem ich die Krücken auf dem Rücksitz verstaut hatte.

»Wollja«, sagte er.

»Und abgegeben?«

»Wollja.«

»Danke. Großartig. Seit wann sind Sie wieder zurück?«

Er zuckte die Achseln, und ich ließ es dabei bewenden. Es war ja nicht so wichtig.

»Lambourn«, sagte ich, als wir aus dem Hof hinausfuhren. »Aber erst zum Haus meines Bruders, um da noch was abzuholen. In Ordnung?«

Er nickte und fuhr routiniert die Strecke bis zu Grevilles Haus, drosselte aber, kurz bevor wir es erreichten, die Geschwindigkeit und zeigte auf Grevilles Wagen, der immer noch dort geparkt stand.

»Sehn Sie?« sagte er. »Is aufgebrochen worden.«

Er fand eine Parklücke, und wir gingen zurück, um uns die Sache anzusehen. Der so sicher verriegelte Kofferraum war aufgestemmt worden und wollte sich nun nicht mehr schließen lassen.

»Gut, daß wir die Sachen rausgenommen haben«, sagte ich. »Ich nehme an, daß sie noch in meinem Auto sind?«

Er schüttelte den Kopf. »Bei uns im Haus. Unter der Treppe. Unsre Mama sagte, ich sollte es dahin tun, wo Ihr Auto doch die ganze Nacht draußen stehn täte. Unsichre Gegend, unsre da.«

»Sehr aufmerksam«, sagte ich.

Er nickte. »Ganz schön clever, unsre Mama.«

Er begleitete mich zurück zu Grevilles Vorgarten, hielt mir die Pforte auf. »Ham hier ganze Arbeit geleistet«, sagte er und zog den Bund mit den drei Schlüsseln hervor. »Soll ich?«

Er wartete meine Zustimmung nicht ab, sondern stieg die Stufen hinauf und schloß mir auf. Tageslicht, das hieß kein Flutlicht, kein Hund.

Brad wartete im Hausflur, während ich in das kleine Wohnzimmer ging, um die Minikassetten zu holen. Alles sah so hoffnungslos dort aus – dieses ganze fürchterliche Durcheinander, das die Zeit nicht besser gemacht hatte. Ich steckte die federleichten Bänder in die Tasche und ging wieder hinaus, wobei ich mir klar darüber war, daß das Aufräumen auf meiner Prioritätenliste doch ziemlich weit unten stand. Vielleicht, wenn das Fußgelenk überhaupt nicht mehr schmerzte. Wenn die Versicherungsleute sich das alles angesehen hatten, sofern sie das überhaupt wollten.

Ich hatte einen Zettel mitgebracht, den ich nun auf die unterste Stufe der Treppe legte, wo ihn jeder, der ins Haus kam, sehen würde.

Liebe Mrs. P.,
es tut mir leid, aber ich habe schlechte Nachrichten für Sie. Machen Sie bitte nicht sauber, sondern rufen Sie statt dessen Saxony Franklin Ltd. an.

Ich hatte die Nummer für den Fall dazugeschrieben, daß sie sie nicht im Kopf hatte, und ich hatte Annette bedeutet, sie solle mit Anrufern sehr behutsam umgehen. Mehr konnte ich nicht tun, um den Schock zu mildern.

Brad schloß die Haustür wieder ab, und dann starteten wir in Richtung Lambourn. Er hatte für die ganze Reise genug geredet, und so fuhren wir in gewohntem Schweigen dahin, entspannt, wenn nicht gar kameradschaftlich.

Milo lief im Hof umher, verschwendete sinnlos Energie. Er riß auf meiner Seite die Wagentür auf und warf Brad einen finsteren Blick zu, was aber wohl, wie ich annahm, mehr seinen allgemeinen Gemütszustand widerspiegelte als Ausdruck irgendeiner spezielleren Animosität war.

Ich angelte mir die Krücken und stieg aus, während mir Milo erklärte, daß es höchste Zeit sei, sie endlich wegzuwerfen.

»Beruhige dich«, sagte ich.

»Komm mir nicht gönnerhaft!«

»Ist Phil da?«

Phil war Phil Urquhart, Veterinärmediziner und Pillenpusher des Stalles.

»Nein, ist er nicht«, sagte Milo gereizt, »aber er kommt wieder. Das verdammte Pferd will keine Urinprobe hergeben. Und du kannst mir vor allem erst einmal sagen, ob das nun ›Dozen Roses‹ ist oder nicht. Sein Paß ist okay, aber ich wäre gern ganz sicher.«

Er schritt in Richtung einer Box im hinteren Teil des Hofes davon, und ich folgte ihm und sah hin, wo er hinsah, nämlich über die untere Hälfte der Stalltür in das Innere der Box.

Dort standen ein bockig aussehendes Pferd und ein wütender,

rotgesichtiger Stallbursche. Letzterer hielt einen Stab, an dessen einem Ende eine offene Plastiktüte an einem Ring befestigt war wie ein Kescher. Die Plastiktüte war sauber und leer.

Ich kicherte.

»Du hast gut lachen«, sagte Milo barsch. »Du mußtest nicht seit nunmehr zwei Stunden darauf warten, daß das blöde Vieh endlich harnt.«

»Auf dem Rennplatz von Singapur«, sagte ich, »wurde mal eine Urinprobe abgegeben, in der sich Nikotin fand. Das Pferd hatte zwar nicht geraucht, wohl aber der Stallbursche. Er hatte es satt gehabt, auf das Pferd zu warten, und die Probe selbst geliefert.«

»Sehr komisch«, sagte Milo abweisend.

»Aber das dauert doch nun mal oft Stunden. Wozu also die Aufregung?«

Es hörte sich immer so einfach an, wenn es hieß, nach jedem Rennen würden von zwei Pferden Urinproben genommen, die eine so gut wie immer vom Sieger. Aber in der Praxis bedeutete das, daß man oft ewig warten mußte, bis die Pferde dem entsprechenden Wunsch endlich nachkamen. Wenn nach zwei Stunden noch nichts passiert war, wurden ersatzweise Blutproben akzeptiert, aber auch an das Blut war gar nicht so leicht heranzukommen. Es rissen regelmäßig eine ganze Menge Geduldsfäden, während die Pferde versuchten, zu einem Entschluß zu gelangen.

»Komm weg hier«, sagte ich, »er wird's schon irgendwann schaffen. Und das ist ganz eindeutig das Pferd, das in York gelaufen ist. Das ist ohne Zweifel ›Dozen Roses‹.«

Er entfernte sich, mir folgend, nur zögernd vom Stall, und wir gingen in die Küche, wo er das Licht anmachte und mich fragte, ob ich etwas zu trinken haben wolle.

»Ich hätte nichts gegen einen Tee«, sagte ich.

»Tee? Um diese Zeit? Aber bitte, bedien dich selbst.« Er sah zu, wie ich den Wasserkessel füllte und aufsetzte. »Bist du von der Sauferei weg, auf immer und ewig?«

»Nein.«

»Gott sei Dank.«

Phil Urquharts Wagen bog knirschend in den Hof ein und hielt vor dem Fenster. Er kam in die Küche gesaust und fragte, ob irgendein Resultat zu verzeichnen sei. Er deutete Milos düsteren Gesichtsausdruck richtig und lachte.

»Glauben Sie, daß das Pferd gedopt ist?« fragte ich.

»Ich? Nein, eigentlich nicht. Schwer zu sagen. Milo ist der Ansicht.«

Er war klein, etwa dreißig Jahre alt und der Enkel in einer Dreigenerationen-Praxis – meiner Meinung nach der Beste von den dreien. Ich erwischte mich bei dem Gedanken, daß ich ihn, sollte ich selbst einst hier in Lambourn als Trainer tätig werden, gern für meine Pferde haben würde. Eine eigenartige Vorstellung. Die Zukunft plante sich hinter meinem Rücken wie von selbst.

»Wie ich höre, haben wir das große Glück, daß Sie noch unter uns weilen«, sagte er. »Eine eindrucksvolle Karambolage, so war zu vernehmen.« Er taxierte mich mit freundlichem, professionellem Blick. »Sie haben ein paar harte Kanten, wie man sieht.«

»Es gibt nichts, was ihn davon abhalten könnte, Rennen zu reiten«, sagte Milo lebhaft.

Phil lächelte. »Ich höre da mehr Unruhe heraus als Mitgefühl.«

»Unruhe?«

»Seit er hier ist, haben Sie mehr Sieger trainiert.«

»Unsinn«, sagte Milo.

Er schenkte Phil und sich einen Drink ein, und ich machte mir meinen Tee. Und Phil versicherte mir, daß er sein Okay für ›Dozen Roses‹ geben werde, sollte der Urin alle Tests anstandslos passieren.

»Kann sein, daß das noch die Nachwirkungen des schweren Rennens in York sind«, sagte er. »Könnte aber auch sein, daß er immer so ist. Manche Pferde sind halt so, und wir wissen nicht, wieviel Gewicht er verloren hat.«

»Auf was wollen Sie den Urin denn untersuchen?« fragte ich.

Er hob die Augenbrauen. »In diesem Falle auf Barbiturate.«

»In York«, sagte ich nachdenklich, »lief einer von Nicholas Loders Besitzern mit einem Zerstäuber in der Tasche rum. So ein Ding aus der Küche zum Bratenbegießen, um etwas genauer zu sein.«

»Ein Besitzer?« fragte Phil überrascht.

»Ja. Besitzer des Siegers im Fliegerrennen über tausend Meter. Er war auch in der Box dabei, als ›Dozen Roses‹ aufgesattelt wurde.«

Phil runzelte die Stirn. »Was wollen Sie damit sagen?«

»Nichts. Ist nur eine Beobachtung. Ich kann nicht glauben, daß er das Pferd irgendwie manipuliert hat. Das hätte Nicholas Loder nicht zugelassen. Das Geld des Stalles war mit Sicherheit auf Sieg gesetzt. Sie wollten gewinnen und wußten doch, daß das Pferd im Falle eines Erfolges kontrolliert werden würde. Die einzige Frage, die sich stellt, wäre allenfalls die, was man einem Pferd eingeben könnte, ohne daß dies zu einer Disqualifikation führt. Mit einem Zerstäuber und unmittelbar vor dem Rennen?«

»Nichts, was es schneller machen würde. Alle Stimulantien sind Gegenstand der Analyse.«

»Was, wenn man ihm, sagen wir mal, Zucker verabfolgt hätte? Glukose? Oder Adrenalin?«

»Sie denken ja wie ein Krimineller!«

»Ich meine nur.«

»Glukose würde, ganz wie bei menschlichen Athleten auch, für Energiezufuhr sorgen. Aber es würde die Schnelligkeit nicht erhöhen. Adrenalin ist kniffliger. Wenn man es per Injektion verabfolgt, kann man es sehen, weil sich die Haare um die Einstichstelle aufrichten. Aber direkt auf die Schleimhäute ... tja, ich nehme an, daß das möglich wäre.«

»Und keine Spuren.«

Er nickte. »Adrenalin wird auch auf ganz natürliche Weise ins

Blut eingebracht, wenn das Pferd erregt ist. Wenn es gewinnen möchte. Wenn es die Peitsche spürt. Wer vermag schon zu sagen, wieviel? Wenn man den Verdacht hätte, daß da nachgeholfen worden wäre, müßte man praktisch sofort, noch in der Siegerbox, eine Blutprobe entnehmen, und selbst dann wäre nur schwer zu beweisen, daß ein Analyseergebnis das normale Maß übersteigt. Adrenalinspiegel sind viel zu unterschiedlich. Es wäre schon schwer nachzuweisen, daß das Extra-Adrenalin überhaupt eine Veränderung bewirkt hat.« Er schwieg und sah mich ernst an. »Es ist Ihnen doch klar, daß Ihre Andeutungen implizieren, daß wenn da irgendwas gemacht wurde, dies mit Billigung von Nicholas Loder geschehen sein müßte?«

»Ist nicht wahrscheinlich, was?«

»Nein«, sagte er. »Wenn er irgend so ein schäbiger kleiner Ganove wäre, nun ja, dann vielleicht, aber doch nicht Nicholas Loder mit seinen *Classic*-Gewinnern und allem, was er sonst noch zu verlieren hätte.«

»Mm.« Ich dachte eine Weile nach. »Wenn ich darum bäte, könnte ich ein bißchen von der Urinprobe bekommen, die ›Dozen Roses‹ in York abgeliefert hat. Sie stellen Besitzern immer Teilmengen für private Kontrollen zur Verfügung. Das heißt in diesem Falle nicht mir, sondern der Firma meines Bruders.« Ich überlegte weiter. »Als Nicholas Loders Besitzer den Bratenbegießer fallenließ, gab Martha Ostermeyer ihm nur den Gummiball zurück, während Harley dann das Röhrenstück fand und mir gab. Das war jedoch sauber. Keine Spur einer Flüssigkeit. Kein Adrenalin. Deshalb nehme ich an, daß er das Ding bei seinem eigenen Pferd benutzt und es noch in der Tasche hatte, will sagen bei ›Dozen Roses‹ nichts damit gemacht hat.«

Sie dachten darüber nach.

»Also, Sie könnten eine Menge Schwierigkeiten kriegen, wenn sich Ihre Beschuldigungen als unbegründet erweisen«, sagte Phil.

»Das hat mir Nicholas Loder auch schon gesagt.«

»Hat er das? Dann würde ich es mir zweimal überlegen. Es würde Ihnen in der Rennwelt allgemein sehr schaden, denke ich mir.«

»Kindermund tut Weisheit kund«, sagte ich, und er konterte:

»Ja, Opa.«

»Ich habe dieses Röhrenstück von dem Bratenbegießer jedenfalls behalten«, sagte ich achselzuckend, »aber ich schätze, ich werde genau das damit tun, was ich beim Rennen auch damit getan habe, nämlich gar nichts.«

»Wenn die Tests von ›Dozen Roses‹ in York und hier negative Ergebnisse zeigen, dann wäre das wahrscheinlich auch das beste«, sagte Phil, und Milo stimmte dem trotz seiner zuvor an den Tag gelegten Streitlust zu.

Bewegung im dunkler werdenden Hof verhieß einen erfolgreichen Abschluß des Urin-Unternehmens, und Phil ging hinaus, um den Spezialbeutel von dem Halter abzunehmen und den patentierten Verschluß zuzumachen. Er schrieb den Namen des Pferdes, Ort, Datum und Zeit auf ein Etikett, setzte seine Unterschrift unter die Angaben und klebte es auf den Plastikbeutel.

»Schön«, sagte er, »dann fahre ich jetzt. Macht's alle gut.«

Er verfrachtete sich, seine Ausrüstung und die Urinprobe in sein Auto und knirschte mit sparsamstem Energieeinsatz davon. Ich folgte bald darauf, Brad am Steuer, beschloß aber, auch heute nicht nach Hause zu fahren.

»Sie haben das Durcheinander in London ja gesehen«, sagte ich. »Das hat alles der angerichtet, der mich auch k.o. geschlagen hat. Ich möchte eigentlich lieber nicht zu Hause sein, wenn er auch in Hungerford erscheint. Lassen Sie uns statt dessen besser nach Newbury fahren und dort ›The Chequers‹ ausprobieren.

Brad verlangsamte die Geschwindigkeit und sperrte den Mund auf.

»Gestern vor einer Woche«, sagte ich, »haben Sie mich vor einem Kerl mit einem Messer gerettet. Gestern hat jemand auf das

Auto geschossen, in dem ich saß, und den Chauffeur getötet. Das könnte ja ein anderer als der übliche Verrückte gewesen sein. Deshalb habe ich gestern in Swindon geschlafen und möchte heute in Newbury übernachten.«

»Wollja«, sagte er, hatte verstanden.

»Wenn Sie mich lieber nicht mehr fahren möchten, würde ich Ihnen das nicht übelnehmen.«

Nach einer Pause gab er mit beherzter Entschlossenheit ein Statement ab: »Sie brauchen mich.«

»Ja«, sagte ich, »bis ich wieder richtig laufen kann, ist das der Fall.«

»Dann fahr ich Sie auch.«

»Danke«, sagte ich, und das kam von Herzen, was er wohl hatte hören können, denn er nickte sich selbst zweimal emphatisch zu und schien sogar richtig froh zu sein.

Da ›The Chequers‹ ein Zimmer frei hatte, nahm ich es für eine Nacht. Brad fuhr in meinem Wagen nach Hause, und ich verbrachte dann den größten Teil des Abends in einem Sessel oben in meinem Zimmer und versuchte, den Umgang mit dem Hexer zu lernen.

Computer gehörten nicht ganz so zu meinem natürlichen Lebensraum wie für Greville, und ich hatte auch nicht das gleiche Verlangen nach ihnen wie er. Die Bedienungsanleitung des Hexers schien als selbstverständlich vorauszusetzen, daß alle ihre Leser computerbewandert waren, weshalb es länger dauerte, als nötig gewesen wäre, bis ich zu ersten Erfolgen kam.

Ganz klar war, daß Greville sehr häufig Gebrauch von diesem Apparat gemacht hatte. Es gab drei verschiedene Telefon- und Adressenverzeichnisse, die Weltzeituhr, einen Terminkalender, eine Erinnerung an Geburtstage, einen normalen Kalender, bei dem das jeweilige Datum aufleuchtete, und die Möglichkeit, verschiedenste Kurzinformationen zu speichern. Ich schloß den Drucker an und erhielt nach einigen Fehlstarts lange Listen mit allem, was unter den jeweiligen Stichworten eingegeben worden war. Ich las sie mit zunehmender Frustration durch.

Keine der Adressen und Telefonnummern schien irgend etwas mit Antwerpen oder Diamanten zu tun zu haben, obwohl die Datei »Auslandsgeschäfte« die Namen vieler Händler überall auf der Welt enthielt. Keiner der gespeicherten Termine, die sechs Wochen oder noch weiter zurückreichten, schien relevant zu sein, und für jenen Freitag, an dem er nach Ipswich gefahren war, war überhaupt kein Eintrag zu finden. Es gab auch keinen Hinweis auf die *Koningin Beatrix*.

Ich dachte an die Frage, die ich June gestellt hatte, als sie bis zu dem Begriff »Perle« vorgestoßen war: Vielleicht war ja alles da drin, aber in einem Geheimfach versteckt?

Die Bedienungsanleitung des Hexers, zweihundert Seiten stark, gab natürlich auch diesbezügliche Hinweise und sagte einem, wie man Sachen wegschließen konnte. Eingaben, die als »geheim« gekennzeichnet waren, konnten nur dann zurückgeholt werden, wenn man das Codewort hatte, bei dem es sich um beliebige Zahlen- und Buchstabenkombinationen bis zu insgesamt sieben Stellen handeln konnte. Vergaß man sein Codewort, so verabschiedete man sich von dem, was man darunter gespeichert hatte – man würde es nie wieder zu sehen bekommen. Es konnte ungesehen gelöscht, aber weder ausgedruckt noch auf den Bildschirm geholt werden.

Es lasse sich durchaus feststellen, ob Geheimdateien vorhanden seien, sagte das Büchlein – dann erscheine nämlich das kleine s in der unteren rechten Ecke des Bildschirms. Ich konsultierte diesen und fand dort natürlich das kleine s.

Wie denn auch nicht, dachte ich. Es hätte Greville ganz und gar nicht ähnlich gesehen, wenn er die Möglichkeit der Geheimhaltung zwar gehabt, sie aber nicht genutzt hätte.

Jede Zahlen- und Buchstabenkombination, bis zu insgesamt sieben Stellen ...

Das Büchlein schlug 1 2 3 4 vor, aber als ich die Grundschritte zur Eröffnung von Geheimdateien begriffen hatte und 1 2 3 4 bei SECRET OFF eingab, war alles, was mir zuteil wurde, die schnelle und trockene Antwort: »Codewort inkorrekt«.

»Mist«, dachte ich müde und geschlagen. Warum konnte er einem nicht auch mal was leichtmachen?

Ich versuchte es mit jeder Zahlen- und Buchstabenkombination, von der ich glaubte, daß er sie benutzt haben könnte, aber auch das brachte nicht den gewünschten Erfolg. CLARISSA war zu lang, 12ROSES hätte passen sollen, tat's aber nicht. Um zu stimmen, mußte das Codewort in genau der Form eingegeben werden, in der es festgelegt worden war, mußte also auch in entweder großen oder kleinen Buchstaben eingetippt werden. Das alles brauchte seine Zeit. Am Ende war ich soweit, daß ich den verdammten Hexer am liebsten an die Wand geschmissen hätte, und starrte voller Haß auf das dauernd wiederkehrende »Codewort inkorrekt«.

Schließlich legte ich das Ding beiseite und spielte statt dessen die Mikrokassetten ab. Auf den Bändern waren eine Reihe geschäftlicher Pläuschchen festgehalten, und ich fragte mich vergeblich, warum sich Greville die Mühe gemacht hatte, das alles mit nach Hause zu nehmen und sorgsam zu verstecken. Ich schlief ein, bevor ich noch das Ende der vierten Seite erreicht hatte.

Nach einer Weile wachte ich wieder auf, ganz steif und eine Sekunde lang unsicher, wo ich war. Ich rieb mir das Gesicht, sah auf die Uhr, dachte an all die konstruktiven Gedanken, die ich mir eigentlich hätte machen sollen und mir nicht gemacht hatte, und spulte das zweite Miniband noch einmal zurück, um mir anzuhören, was mir soeben entgangen war.

Grevilles Stimme. Greville, der mit Annette über Geschäftliches sprach.

Das Interessanteste, ja, das einzig Interessante an diesen Bändern, dachte ich, war Grevilles Stimme. Die einzige Möglichkeit, ihn je wieder hören zu können.

»... gehe jetzt zum Mittagessen«, hörte ich ihn sagen. »Ich bin um halb drei wieder da.«

Annettes Stimme sagte: »Ja, Mr. Franklin.«

Dann war ein Klicken zu hören.

Fast unmittelbar darauf – das war der zeitliche »Ziehharmonika-Effekt«, der sich der Tatsache verdankte, daß das Gerät sprachgesteuert war, also durch die menschliche Stimme eingeschaltet wurde – sagte eine andere Stimme: »Ich bin jetzt in seinem Büro und kann sie nicht finden. Er versteckt aber auch alles, ist ein Sicherheitsfanatiker, wie Sie ja wissen.« Klick. »Ich kann nicht fragen. Er würde es mir nie sagen, ich glaube, er vertraut mir nicht.« Klick. »Die verkniffene Annette niest nicht mal, ohne daß er es ihr aufträgt. Die würde mir auch nichts sagen.« Klick. »Ich versuch's mal. Ich muß jetzt weg, denn er mag gar nicht, wenn ich dieses Telefon benutze, und er muß jeden Augenblick vom Mittagessen zurückkommen.« Klick.

Ende des Bandes.

Teufel auch, dachte ich. Ich spulte das Band ein Stück zurück und hörte es mir noch einmal an. Ich kannte die Stimme, und Greville mußte sie auch gekannt haben. Er hatte den Recorder eingeschaltet gelassen, wahrscheinlich aus Versehen, und war dann zurückgekommen, hatte das Band abgespielt und sich – wie ich annahm, voller Traurigkeit – den Verrat anhören müssen. Das führte zu ungezählten neuen Fragen, und ich ging langsam zu Bett, nach Antworten tastend.

Ich lag lange wach. Als ich endlich einschlief, träumte ich den üblichen surrealistischen Wirrwarr, der keine Hilfe bot, aber gegen Morgen, wiederum wach und mit meinen Gedanken bei Greville, fiel mir ein, daß es ein Codewort gab, welches ich noch nicht ausprobiert hatte, weil ich mir nicht vorstellen konnte, daß er es je benutzt haben würde.

Der Hexer lag auf der anderen Seite des Zimmers neben dem Sessel. Von Neugier getrieben, machte ich das Licht an, rollte mich aus dem Bett und hüpfte hinüber, um ihn mir zu holen. Zum Bett zurückgekehrt, schaltete ich ihn ein, drückte die Tasten, fand SECRET OFF und tippte in den zur Verfügung gestellten Raum das Wort, das Greville auf der letzten Seite seines Rennkalenders unter den Nummern seines Reisepasses und der Sozialversicherung notiert hatte: DEREK, alles in Großbuchstaben.

Ich tippte DEREK und drückte die ENTER-Taste – und da ließ mich der Hexer resigniert in seine Geheimdateien ein.

15

Ich fing an, alles auszudrucken, was in den Geheimdateien gespeichert war, da die Betriebsanleitung dies als die beste Methode nahelegte, um sich die darin enthaltenen Informationen in schöner Vollständigkeit liefern zu lassen, vor allem mit Blick auf die Datei KOSTENERFASSUNG.

Jede »Kategorie« mußte gesondert ausgedruckt werden, und der Miniaturprinter tickerte – nicht eben sehr schnell – Zeile um Zeile auf den Papierstreifen. Fasziniert beobachtete ich seine stete, ganz geschäftsmäßige Produktion, wobei ich hoffte, daß die kleine Papierrolle bis zum Schluß reichen würde, war sie doch die einzige, die ich hatte.

Die Memo-Datei, die ich zuerst drannahm, erbrachte nur eine knappe Notiz: »Vertrauen ist gut, Kontrolle ist besser.«

Dann folgte eine lange Liste von Tagen und Daten, die mit absolut gar nichts in Verbindung zu stehen schienen. Montag, 30. Januar; Mittwoch, 8. März ... Verwirrt sah ich zu, wie die Reihe immer länger wurde, und es fiel mir nur auf, daß es sich bei den Tagen zumeist um Montag, Dienstag oder Mittwoch handelte, fünf oder sechs Wochen auseinander, manchmal weniger, manchmal mehr. Die Liste endete fünf Wochen vor seinem Tod, und sie fing ... und sie fing vier Jahre davor an, dachte ich verblüfft. Vor vier Jahren, als er Clarissa kennengelernt hatte.

Der Gedanke an Greville erfüllte mich mit einer unerträglichen Traurigkeit. Er hatte sich da in eine Frau verliebt, die ihr Zuhause um seinetwillen nicht aufgeben wollte, die er nicht hatte kompromittieren wollen – und er hatte, da war ich mir fast sicher, jeden Tag festgehalten, den sie zusammen hatten verbringen können, und ihn versteckt, wie er so vieles versteckt hatte. Eine ganze Menge Rosen, dachte ich.

Der Terminkalender, den ich als nächstes in Augenschein nahm, enthielt Verabredungen, die sich nirgendwo sonst verzeichnet gefunden hatten, so auch die Lieferung der Diamanten an seine Londoner Privatadresse. Für seinen Todestag waren zwei Termine vorgemerkt – der erste Eintrag lautete: »Ipswich, Orwell Hotel, P. 15.30«, der zweite: »Ankunft Koningin Beatrix 18.30, Harwich«. Für den darauf folgenden Montag hatte er notiert: »Treffen mit C Kings's Cross 12.10, Lunch bei Luigi«.

Treffen mit C King's Cross ... Er war nicht erschienen, und sie hatte bei ihm zu Hause angerufen und eine Nachricht auf seinem Anrufbeantworter hinterlassen. Und irgendwann am Nachmittag dann hatte sie auch in der Firma angerufen, um sich nach ihm zu erkundigen. Arme Clarissa. Am Montagabend hatte sie die zweite, in höchstem Maße beunruhigende Botschaft hinterlassen – und dann am Dienstag erfahren, daß er tot war.

Der Drucker schnurrte und förderte einen weiteren Eintrag zutage, nämlich für den Samstag danach: »C und Dozen Roses beide in York! Kann ich hin? Nicht klug. Aufzeichnung TV.«

Der Drucker hörte auf, wie Grevilles Leben aufgehört hatte – abrupt. Keine Termine mehr.

Nun druckte ich die Telefon- und Adressenverzeichnisse aus – PRIVAT, FIRMA, AUSLANDSGESCHÄFT. Die Datei PRIVAT enthielt nur Knightwood, die FIRMA überschriebene war völlig leer, aber bei AUSLANDSGESCHÄFT erschienen, wie ich mit immer größer werdenden Augen sah, fünf Namen und Adressen in Antwerpen. Eine der Anschriften war die von Jacob van Ekeren, eine die von Guy Servi, die anderen waren mir bislang noch unbekannt. Der Jubel ließ das Luftholen fast schmerzen – ich konnte nicht glauben, daß Greville diese Adressen nur so und ohne jeden Zweck gespeichert hatte.

Jetzt druckte ich noch die Datei KOSTENERFASSUNG aus, diese

als letzte, da sie wahrscheinlich die komplizierteste war und am wenigsten vielversprechend erschien. Aber schon der erste Eintrag, der zum Vorschein kam, elektrisierte mich.

Antwerpen sagt 5 der ersten
Partie von rohen sind Zr.
Möchte es nicht glauben.
Unendlich traurig.
Prioritätsstufe 1.
Treffen vereinbaren. Ipswich?
Unentschlossen. Verdammt!

Ich wünschte mir, er wäre expliziter gewesen, genauer, aber er hatte keine Veranlassung dazu gesehen. Es war schon erstaunlich, daß er überhaupt so viel geschrieben hatte. Seine Betroffenheit mußte sehr groß gewesen sein, sonst hätte er sie wohl nicht im Hexer festgehalten. Keine der folgenden Eintragungen enthielt weitere Hinweise. Da waren nur kurz Zahlungen an einen Kurierdienst namens »Euro-Securo« vermerkt, dessen Telefonnummer ebenfalls angegeben war. Mitten in dieser Liste war das Papier alle. Ich holte den Rest der Informationen auf den Bildschirm und ließ sie dort durchlaufen, aber es war nichts Beunruhigendes mehr dabei.

Ich schaltete beide Minigeräte ab und las den langen, gerollten Ausdruck noch einmal von Anfang an durch, glättete ihn dann und faltete ihn so zusammen, daß er in die Brusttasche meines Hemdes paßte. Daraufhin zog ich mich an, packte meine Sachen, frühstückte, wartete auf Brad und fuhr hoffnungsvoll mit ihm nach London.

Die Telefonate mit Antwerpen mußten wegen der vorbeugenden Überprüfungen von den Büroräumen der Firma Saxony Franklin aus geführt werden. Mir wäre ein bißchen mehr Zurückgezogenheit, als sie Grevilles Büro bot, durchaus lieb gewesen, aber da war nichts zu machen. Immerhin war eines der ersten Dinge, nach denen ich Annette an diesem Morgen fragte, ob mein Bruder auch über eines dieser Geräte verfügt hatte, die einem anzeigten, ob jemand das Telefongespräch, das man gerade führte, an einem der anderen Apparate mithört. Alle Telefone der Firma waren miteinander verbunden.

»Nein, so etwas hatte er nicht«, sagte sie besorgt.

»Das hätte er aber sehr gut gebrauchen können«, sagte ich.

»Wollen Sie damit andeuten, daß wir ihm gegen seinen Willen zugehört hätten?«

»Nicht Sie«, versicherte ich ihr, als ich bemerkte, wie sehr sie mir schon den bloßen Gedanken verübelte. »Sonst aber – ja, ich glaube, es ist vorgekommen. Wie dem auch sei, ich möchte irgendwann an diesem Vormittag mal absolut sicher sein, daß niemand mithört. Vielleicht können ja, wenn dieses Gespräch zustande kommt, alle mal in den Lagerraum gehen und ›Rule Britannia‹ singen.«

Annette machte niemals Scherze. Ich mußte ihr erklären, daß ich dies nicht wörtlich gemeint hatte. Sie sagte ziemlich verstimmt zu, wenn es soweit sei, alle Nebenstellen durchgehen und sicherstellen zu wollen, daß niemand lausche.

Ich fragte sie, warum Greville nicht auf alle Fälle einen privaten Anschluß habe legen lassen, und sie eröffnete mir, daß ein solcher sehr wohl da sei, daß sie ihn aber jetzt für das Telefax-Gerät benützten.

»Wenn er ganz ungestört sein wollte, dann ging er hinunter in den Hof und telefonierte vom Auto aus.«

Dort, so nahm ich an, war er wohl auch vor Leuten sicher gewesen, die sich hochempfindlicher Lauschgeräte bedienten – wenn er überhaupt den Verdacht gehabt hatte, daß so etwas auf ihn angesetzt war. Der Tatsache, daß er getäuscht wurde, war er sich jedenfalls bewußt gewesen, das stand zweifelsfrei fest.

Ich setzte mich an Grevilles Schreibtisch, nachdem ich die Tür hinter mir abgeschlossen hatte, und verglich die mir unbekannten Antwerpener Adressen aus dem Hexer mit der vollständigen, von June gelieferten Liste und fand sie dort alle vor.

Die ersten beiden erbrachten keine Resultate, aber bei der dritten erhielt ich, als ich erklärt hatte, wer ich war, die übliche Antwort, daß man in den Unterlagen nachschauen und zurückrufen wolle. Sie riefen zurück, aber die gestaltlose Stimme am anderen Ende war in beinah schon an Ablehnung grenzendem Maße vorsichtig.

»Wir hier bei Maarten-Pagnier sehen uns nicht in der Lage, irgend etwas mit Ihnen zu besprechen, Monsieur«, sagte mein Gesprächspartner. »Monsieur Franklin hat ausdrücklich angeordnet, daß wir mit niemandem von seiner Firma außer ihm sprechen.«

»Mein Bruder ist tot«, sagte ich.

»Das sagen Sie, Monsieur. Aber er hat uns gewarnt und gebeten, daß wir uns vor Versuchen anderer in acht nehmen sollten, Informationen über seine Angelegenheiten einzuholen, weshalb wir sie auch mit Ihnen nicht erörtern können.«

»Würden Sie dann bitte so gut sein und seine Anwälte anrufen, um sich bestätigen zu lassen, daß er tot ist und ich seine Geschäfte weiterführe.«

Nach einer kurzen Pause sagte die Stimme streng: »In Ordnung, Monsieur. Geben Sie uns bitte den Namen seiner Anwälte.«

Ich tat dies und mußte dann ewig warten, während drei Kunden telefonisch lange Bestellungen aufgaben, die ich notierte, wobei ich mich bemühte, keine mangelnder Konzentration zuzuschreibende Fehler zu machen.

Dann kam der hektische Anruf einer fast nicht zu verstehenden Frau, die dringend Mr. Franklin zu sprechen wünschte.

»Mrs. P.?« fragte ich vorsichtig.

Und es war Mrs. P. – Mrs. Patterson, wie sie nun sagte. Ich teilte ihr die schreckliche Nachricht mit und hörte mir an, wie sie mir erklärte, was für ein feiner und netter Herr mein Bruder gewesen sei und ob ich, o Himmel, sie fühle sich einer Ohnmacht nahe, die Unordnung im Wohnzimmer gesehen habe?

Ich brachte ihr bei, daß das ganze Haus so aussähe. »Aber lassen Sie's bitte so«, sagte ich. »Ich räume das später auf. Wenn Sie danach dann kommen könnten, um zu saugen und Staub zu wischen, wäre ich Ihnen sehr dankbar.«

Sich ein wenig beruhigend, gab sie mir ihre Telefonnummer. »Sagen Sie mir Bescheid«, willigte sie ein. »O je, o je.«

Schließlich meldete sich die Antwerpener Stimme wieder, und ich bat den Anrufer, sich einen Augenblick zu gedulden. Ich hüpfte zur Tür, rief Annette, übergab ihr die Bestellungen, die ich entgegengenommen hatte, und sagte ihr, daß der Augenblick gekommen sei, die Abwehrmaßnahmen zu ergreifen. Sie warf mir einen mißbilligenden Blick zu, als ich die Tür wieder schloß.

Auf Grevilles Platz zurückgekehrt, sagte ich: »Bitte sagen Sie mir, Monsieur, ob mein Bruder in irgendeiner geschäftlichen Beziehung zu Ihnen gestanden hat. Ich versuche hier, seine Angelegenheiten zu ordnen, aber er hat leider viel zu wenig an Unterlagen hinterlassen.«

»Er hat uns ganz speziell darum gebeten, nie irgendwelche schriftlichen Unterlagen über die Arbeiten, die wir für ihn ausführten, an seine Firma zu schicken.«

»Er hat, äh, was getan?«

»Er sagte, er könne nicht allen seinen Mitarbeitern so vertrauen, wie er sich das wünsche. Wir sollten alles, was unumgänglich sei, lieber an das Fax-Gerät in seinem Wagen schicken, aber auch das erst, nachdem er sich telefonisch gemeldet habe, um die Sachen abzurufen.«

»Hm«, sagte ich und blinzelte. »Ich habe das Fax-Gerät in seinem Auto gefunden, aber keinerlei Mitteilungen, Rechnungen oder dergleichen von Ihnen.«

»Ich glaube, daß Sie sie, wenn Sie bei seinem Steuerberater nachfragten, dort finden würden.«

»Du lieber Himmel!«

»Wie bitte, Monsieur?«

»Ich habe völlig vergessen, diesen Steuerberater mal zu befragen«, sagte ich bestürzt.

»Er meinte, aus steuerlichen Gründen ...«

»Ja, ich verstehe.« Ich zögerte. »Was genau haben Sie eigentlich für ihn gemacht?«

»Monsieur?«

»Hat er Ihnen«, fragte ich ein ganz klein wenig atemlos, »hundert Rohdiamanten, Färbung H, Durchschnittsgewicht 3,2 Karat, zum Schleifen und Polieren geschickt?«

»Nein, Monsieur.«

»Oh.« Meine Enttäuschung mußte hörbar gewesen sein.

»Er hat uns zwar fünfundzwanzig Steine geschickt, aber fünf davon waren keine Diamanten.«

»Zirkon«, sagte ich wissend.

»Ja, Monsieur. Wir teilten das Mr. Franklin sofort mit, als wir es entdeckt hatten. Er meinte, wir irrten uns, aber das taten wir nicht, Monsieur.«

»Nein«, stimmte ich ihm zu. »Er hat eine Notiz hinterlassen, aus der hervorgeht, daß fünf Steine dieser ersten Partie Zirkon seien.«

»Ja, Monsieur. Er war in höchstem Maße betroffen. Wir stellten einige Nachforschungen für ihn an, aber er hatte die Steine bei einem Sightholder von untadeligem Ruf gekauft und die Steine ja auch selbst nachgemessen und -gewogen, als sie ihm an seine Londoner Privatadresse geliefert wurden. Er schickte sie uns dann in einem versiegelten Paket des Kurierdienstes Euro-Securo. Wir versicherten ihm, daß der Fehler nicht uns hier unterlaufen sei, und es war kurz danach, daß er uns bat, keine Sendungen oder Informationen mehr an irgend jemanden in seiner ... Ihrer Firma zu schicken.« Er machte eine Pause und fuhr dann fort: »Er arrangierte mit uns die Übernahme der fertigen Steine, erschien dann aber nicht zu dem Treffen mit unserem Boten.«

»Mit Ihrem Boten?«

»Einer unserer Partner, um genau zu sein. Angesichts der fünf umstrittenen wollten wir die Steine lieber selbst an ihn übergeben, und Monsieur Franklin hielt das auch für eine ausgezeichnete Idee. Unser Partner fliegt nicht gern, und deshalb wurde vereinbart, daß er mit der Fähre übersetzen und dann auch auf diesem Wege hierher zurückkehren sollte. Er ist schon älter und hatte sich nicht auf eine längere Abwesenheit von zu Hause eingerichtet. Er war... nun, ungehalten darüber, daß er diese ermüdende Reise ganz umsonst hatte machen müssen. Er sagte, er wolle abwarten, bis er von Monsieur Franklin höre, neue Instruktionen von ihm bekomme. Wir haben dann gewartet, waren aber auch sehr verwirrt. Wir haben nicht versucht, Monsieur Franklin in seiner Firma zu erreichen, da er uns das ja untersagt hatte, aber wir dachten auch schon daran, jemand anderen zu bitten, den Versuch zu machen, für uns Verbindung mit ihm aufzunehmen. Die Nachricht von seinem Tod betrübt uns sehr. Das erklärt wirklich alles.«

»Ist Ihr Partner mit der *Koningin Beatrix* nach Harwich gereist?«

»So ist es, Monsieur.«

»Und er hatte da die Diamanten bei sich?«

»Jawohl, Monsieur. Und er brachte sie von dort wieder mit. Wir werden nun auf weitere Anweisungen von Ihnen warten.«

Ich holte tief Luft. Zumindest zwanzig der Steine waren in Sicherheit. Fünf fehlten. Fünfundsiebzig waren ... ja, *wo*?

Der Herr in Antwerpen sagte: »Es ist überaus bedauerlich, daß Monsieur Franklin die geschliffenen Steine nicht mehr gesehen hat. Sie ließen sich gut bearbeiten. Zwölf Tropfen von großer Leuchtkraft, bemerkenswert vor allem bei dieser Färbung. Acht waren für Tropfen ungeeignet, wie wir Monsieur Franklin auch mitgeteilt haben, aber als Sterne sehen sie sehr hübsch aus. Was sollen wir nun mit ihnen machen, Monsieur?«

»Wenn ich mit dem Juwelier gesprochen habe, für den sie geschliffen wurden, werde ich Ihnen Bescheid geben.«

»Sehr wohl, Monsieur. Und unsere Rechnung? Wohin sollen wir die schicken?« Er nannte taktvoll den fälligen Betrag.

»An die Firma«, sagte ich, und die Aussicht ließ mich aufseufzen. »Schicken Sie sie an mich und kennzeichnen Sie den Brief als ›persönlich‹.«

»Sehr wohl, Monsieur.«

»Und ich danke Ihnen«, sagte ich. »Sie sind mir eine große Hilfe gewesen.«

»Stets zu Ihren Diensten, Monsieur.«

Ich legte langsam den Hörer auf die Gabel, um zwölf funkelnde Tropfen reicher, die dazu ausersehen waren, im Sonnenschein zu hängen und zu strahlen, und auch noch um acht Sterne, die vielleicht von einem Phantasiestück aus Bergkristall herabschimmern würden. Besser als gar nichts, aber nicht genug, um das Unternehmen zu retten.

Auf meine Krücken gestützt, begab ich mich auf die Suche nach Annette und bat sie, nach Prospero Jenks zu fahnden, wo immer er stecken mochte, und einen neuen Termin mit ihm zu vereinbaren, wenn möglich noch am heutigen Nachmittag. Dann ging ich – Grevilles Tip folgend – hinunter in den Hof und rief von meinem Autotelefon aus seinen Steuerberater an.

Brad, der in einer Zeitschrift für Golfer las, schenkte mir keine Beachtung.

Ob er denn Golf spiele, fragte ich ihn.

Nein, das tue er nicht.

Der Steuerberater bestätigte sehr entgegenkommend, daß er Umschläge sowohl von meinem Bruder als auch aus Antwerpen erhalten und weisungsgemäß ungeöffnet verwahrt habe und auf weitere Instruktionen warte.

»Sie werden sie für die Gesamtabrechnung brauchen«, sagte ich. »Würden Sie sie also bitte noch bei sich behalten?«

Das sei absolut kein Problem.

»Ich hab's mir gerade noch mal überlegt«, sagte ich, »und möchte Sie doch bitten, alle Umschläge zu öffnen und mir zu sagen, von wem die Antwerpener Briefe stammen.«

Wiederum überhaupt kein Problem – die Briefe stammten alle entweder von Guy Servi, dem Sightholder, oder von Maarten-Pagnier, den Diamantschleifern. Nichts von einer anderen Firma. Also auch keine anderen, sicheren Häfen für fünfundsiebzig Steinchen.

Ich dankte ihm, betrachtete Brad, der sich einen gelehrten Vergleich zwischen Ballesteros und Faldo zu Gemüte führte, und dachte über Illoyalität und den Verfall von Freundschaft nach.

Es war sehr erholsam hier unten im Auto. Brad las weiter. Ich dachte an Raub mit Gewaltanwendung und an Gewaltanwendung ohne Raub, dachte daran, wie ich mit einem Ziegelstein flachgelegt worden war und wie ich Simms durch eine Kugel hatte sterben sehen, die eigentlich für mich bestimmt gewesen war – und ich fragte mich, ob jemand, angenommen ich wäre tot, das finden könnte, was ich jetzt suchte, oder ob der Betreffende vielleicht glaubte, er werde es nicht finden, solange ich noch am Leben sei.

Ich bewegte mich, fischte einen Scheck aus meiner Tasche, den ich schon oben ausgeschrieben hatte, und reichte ihn Brad.

»Was das denn?« sagte er und besah ihn sich.

Normalerweise zahlte ich ihm seinen Lohn bar aus, aber jetzt erklärte ich ihm, daß ich nicht mehr soviel dabei hätte, wie ich ihm schulde, daß auch Geldautomaten nicht soviel auf einmal ausspucken würden, und daß wir schon des längeren nicht mehr zu einer Zeit in Hungerford gewesen wären, zu der die Banken noch offen gehabt hätten, wie er vielleicht bemerkt habe.

»Geben Sie's mir halt 'n andermal in bar«, sagte er und hielt mir den Scheck hin. »Und Sie ham mich auch doppelt bezahlt.«

»Für die letzte Woche und für diese«, sagte ich und nickte mit dem Kopf. »Wenn wir zur Bank kommen, tausche ich ihn gegen Bares ein. Aber Sie können ihn auch selbst hinbringen. Es ist ein Firmenscheck. Die Bank würde Ihnen das Geld auszahlen.«

Er sah mich lange an.

»Ist das wegen der Schießerei und so was? Für den Fall, daß Sie nie zur Bank kommen?«

Ich zuckte die Achseln. »So könnte man sagen.«

Er sah auf den Scheck, faltete ihn sorgfältig zusammen und steckte ihn ein. Dann nahm er die Zeitschrift wieder zur Hand und starrte mit leerem Blick auf die Seite, die er gerade gelesen hatte. Ich war für das Ausbleiben von Anmerkungen und Einwänden dankbar und sagte nach einer Weile in sachlichem Tonfall, daß ich mich noch ein bißchen nach oben begeben wolle und warum er nicht zum Mittagessen gehe.

Er nickte.

»Haben Sie noch genug Geld für das Mittagessen?«

»Wollja.«

»Sie könnten mal aufschreiben, was Sie ausgegeben haben. Dafür ist noch genug da.«

Er nickte wieder.

»Also gut«, sagte ich. »Wir sehen uns später.«

Oben sagte mir Annette, daß sie die eingegangene Post geöffnet und zur Erledigung hingelegt habe. Und sie habe Prospero Jenks erreicht, der mich in seinem Geschäft in Knightsbridge erwarte, jederzeit zwischen drei und sechs.

»Großartig.«

Sie runzelte die Stirn. »Mr. Jenks wollte wissen, ob Sie ihm die Sachen mitbringen würden, die Mr. Franklin für ihn besorgt hätte. Also Grev – er nennt Mr. Franklin immer Grev. Ich wünschte, er unterließe das ... Ich habe ihn gefragt, was das für Sachen seien, aber er sagte nur, das wüßten Sie schon.«

»Er spricht von Diamanten«, sagte ich.

»Aber wir haben doch ...« Sie schwieg einen Augenblick und fuhr dann mit einer Art verzweifelter Heftigkeit fort: »Ich *wünschte*, Mr. Franklin wäre da. Nichts ist mehr so, wie es war, so ohne ihn.«

Sie warf mir einen Blick zu, in dem ihre ganze Unsicherheit und ihre Zweifel an meinen Fähigkeiten lagen und stapfte in ihren eigenen Herrschaftsbereich davon, während mir durch den Kopf ging, daß ich angesichts all dessen, was vor mir lag, dankbarer gewesen wäre, wenn sie mir das Vertrauen ausgesprochen hätte – und auch ich wünschte mir Greville von ganzem Herzen zurück.

Die Polizei von Hungerford, die meine Nummer von Milos Sekretärin bekommen hatte, rief an und wollte wissen, ob ich mich noch an das Auto erinnern könne, das der bewaffnete Gangster gefahren habe. Sie hätten die Leute mit dem Kombi gefragt, ob sie sich an das Fabrikat und die Farbe des letzten Autos erinnern könnten, das ihnen entgegengekommen sei, bevor sie um die Kurve gebogen und in den Daimler gekracht seien, und eines der Kinder, ein Junge, habe ihnen eine Beschreibung geliefert. Sie wären auch in der Zeit, in der die Feuerwehrleute und andere versucht hatten, mich zu befreien, die Reihen der Leute abgegangen, die angehalten hatten, um zuzuschauen, und hätten die gefragt, ob sich jemand an das letzte entgegenkommende Fahrzeug erinnern könne. Nur die ersten beiden Fahrer hätten sich überhaupt entsinnen können, daß ihnen ein Auto entgegengekommen sei, hätten sonst aber keine hilfreichen Angaben machen können. Ob ich irgendeine auch noch so vage Erinnerung habe, denn sie versuchten, alle Eindrücke, die sie zusammentragen könnten, zusammenzufügen.

»Ich wünschte, ich könnte Ihnen helfen«, sagte ich, »aber leider unterhielt ich mich gerade mit Mr. und Mrs. Ostermeyer und achtete überhaupt nicht auf die Straße. Sie ist ein bißchen kurvig, wie Sie ja wissen, und ich glaube, Simms hatte auf eine Strecke gewartet, wo er das Auto vor uns überholen konnte, aber alles, was ich

Ihnen dazu wie schon am Sonntag sagen kann, ist, daß der Wagen eine ins Graue gehende Farbe hatte und ziemlich groß war. Vielleicht ein Mercedes. Das ist aber nur ein Eindruck.«

»Das Kind aus dem Kombi meint, daß es ein grauer Volvo war, der sehr schnell fuhr. Der Busfahrer meint, der fragliche Wagen sei ziemlich langsam gefahren, bevor der Daimler versucht habe, ihn zu überholen, und er habe ebenfalls vorgehabt, an ihm vorbeizukommen und deshalb Gas gegeben, weshalb er ja dann den Daimler mit solcher Wucht gerammt habe. Er sagt, das Auto sei silbergrau gewesen und mit hohem Tempo davongefahren, was zu der Aussage des Jungen paßt.«

»Hat der Busfahrer die Pistole oder die Schüsse bemerkt?« fragte ich.

»Nein, Sir. Er achtete da nur auf die Straße und auf den Daimler, nicht auf den Wagen, den er überholen wollte. Dann scherte der Daimler plötzlich aus und prallte von der Mauer zurück, genau in seinen Weg. Er habe den Zusammenstoß nicht vermeiden können, sagt er. Können Sie das bestätigen, Sir?«

»Ja. Alles ging so wahnsinnig schnell. Er hatte wirklich keine Chance.«

»Wir fragen in der ganzen Gegend herum und bitten, daß sich alle melden, die an diesem Sonntagnachmittag eine graue, viertürige Limousine, möglicherweise einen Volvo, auf dieser Straße beobachtet haben, aber bislang haben wir nichts Neues erfahren. Wenn Ihnen noch etwas dazu einfallen sollte, und seien es auch nur geringfügige Kleinigkeiten, dann rufen Sie uns doch bitte an.«

Das wolle ich gern tun, sagte ich.

Ich legte auf und stellte mir dabei die Frage, ob wohl die von Vaccaro niedergeschossenen Piloten die Marke der Autos erkannt hatten, die ihren Tod ausgespieen hatten. Alle, die Zeuge dieser Morde geworden waren, hatten wohl, so nahm ich an, mit verständnislosem Grauen auf die zusammenbrechenden Opfer geschaut und waren nicht auf die Straße gesprungen, um einem schnell entschwindenden Nummernschild nachzustarren.

Niemand hatte an jenem Sonntag irgendwelche Schüsse gehört. Niemand, so hatte die Witwe Greville erzählt, hatte Schüsse gehört, als ihr Mann getötet worden war. Ein Schalldämpfer auf einer Pistole in einem fahrenden Auto ... ein schnelles Pffft ... Vorhang zu.

Vaccaro konnte Simms nicht erschossen haben. Vaccaro ergab keinen Sinn. Eher jemand mit den gleichen antisozialen Gewohnheiten wie die Leute in Nordirland oder anderswo. Ein gedankenloser Nachahmer. Präzedenzfälle gab's mehr als genug.

Milos Sekretärin war sehr aktiv gewesen und hatte auch Phil Urquhart meine Londoner Nummer gegeben, der als nächster anrief, um mir mitzuteilen, daß bei ›Dozen Roses‹ keine Barbiturate nachzuweisen seien und daß er nun mit Blick auf den Verkauf eine Gesundheitsbescheinigung ausstellen werde.

»Gut«, sagte ich.

»Ich bin heute morgen noch mal zu einer Untersuchung des Pferdes dagewesen. Es ist noch immer ziemlich fromm. Das scheint sein natürlicher Zustand zu sein.«

»Mm.«

»Höre ich Zweifel?«

»Er ist jedenfalls jedesmal aufgeregt genug, wenn er zum Start galoppiert.«

»Natürliches Adrenalin«, sagte Phil.

»Wenn's ein anderer als Nicholas Loder gewesen wäre ...«

»Er würde so was nie riskieren«, sagte Phil, mir zustimmend. »Aber wissen Sie ... es gibt Stoffe, die die Wirkung des Adrenalins verstärken, also zum Beispiel Koffein. Bei den im Rennsport üblichen Tests wird danach nicht gesucht, weil diese Stoffe nicht als Stimulantien gelten. Es ist Ihr Geld, das für die Analysen draufgeht, die ich für Sie habe machen lassen. Wir haben noch was von der Urinprobe übrig. Wollen Sie, daß ich noch weitere veranlasse, wir nach was suchen, was wir im Normalfall nicht weiter beachten? Ich meine, glauben Sie wirklich, daß Nicholas Loder dem Pferd irgendwas gegeben hat, und wenn ja, möchten Sie wissen, was?«

»Es war einer seiner Besitzer, ein Mann namens Rollway, der dieses Bratendings dabeihatte, nicht Loder.«

»Gleiche Entscheidung. Möchten Sie noch etwas mehr Geld ausgeben oder die Sache auf sich beruhen lassen? Es könnte ja sein, daß das Geld zum Fenster rausgeschmissen ist. Und wenn die Tests zu einem Ergebnis führen, was dann? Sie wollen doch nicht, daß das Pferd disqualifiziert wird, das wäre wohl kaum sinnvoll.«

»Nein ... wäre es nicht.«

»Was macht Ihnen dann noch Kopfzerbrechen?« fragte er. »Ich hör's doch an Ihrer Stimme.«

»Die Angst«, sagte ich. »Nicholas Loder hatte Angst.«

»Oh.« Er schwieg einen kurzen Augenblick. »Ich könnte die Tests natürlich auch anonym machen lassen.«

»Ja. Lassen Sie sie machen. Ich möchte vor allem verhindern, daß den Ostermeyers eine Zitrone verkauft wird, wie sie sagen würden. Wenn ›Dozen Roses‹ nicht auf Grund seiner ureigensten Stärken siegen kann, dann werde ich ihnen den Gedanken ausreden, ihn in ihren Besitz zu bringen.«

»Sie wollen also um ein negatives Resultat beten.«

»In der Tat.«

»Als ich heute morgen bei Milo war«, sagte er, »da telefonierte er gerade mit den Ostermeyers in London, erkundigte sich nach ihrem Befinden und wünschte ihnen eine gute Reise. Sie waren immer noch ein bißchen angeschlagen, wie's schien.«

»Es wäre überraschend, wenn sie's nicht wären.«

»Sie kommen aber wieder nach England, um ›Dattelpalme‹ im *Hennessy* laufen zu sehen. Was macht Ihr Fußgelenk?«

»Bis dahin wieder so gut wie neu.«

»Na, dann also mal tschüß.« Ich konnte sein Lächeln förmlich hören. »Machen Sie's gut.«

Er legte auf und ließ mich mit dem Gedanken allein, daß es immer noch gute Dinge auf dieser Welt gab, beispielsweise das Vertrauen der Ostermeyers und meine Teilnahme am *Hennessy*, und ich stand auf und stellte meinen linken Fuß auf den Boden, um auf diese Weise einen Bericht über seine Fortschritte zu erhalten.

Alles gar nicht so übel, solange ich ihn nicht belastete, aber gegen jeden Versuch zu gehen erhob er noch immer stechend schmerzenden Protest. Na schön, dachte ich und setzte mich wieder hin, dann gib ihm halt noch ein oder zwei Tage. Der Knöchel hatte ja auch nicht gerade eine therapeutische Woche hinter sich und gab ganz ohne Frage sein Bestes, gegen alle Widerstände. Am Donnerstag, dachte ich mir, würde ich mich von den Krücken trennen. Spätestens am Freitag. Und dann würde ich wieder laufen können. Immer optimistisch! Es war der Glaube, der heilte.

Das stets geschäftige Telefon klingelte erneut, und ich meldete mich schon routinemäßig mit »Saxony Franklin?«

»Derek?«

»Ja«, sagte ich.

Es war ganz unverkennbar Clarissas Stimme, die sagte: »Ich bin in London. Können wir uns treffen?«

Ich hatte sie noch nicht so bald erwartet. Ich sagte: »Ja, natürlich. Wo?«

»Ich dachte ... vielleicht ... bei Luigi. Kennen Sie Luigis Bar und Restaurant?«

»Nein«, sagte ich gedehnt, »aber ich werd's schon finden.«

»Es ist in der Swallow Street in der Nähe des Piccadilly Circus. Wäre es Ihnen recht, wenn wir uns auf einen Drink träfen, sagen wir um sieben?«

»Und Abendessen?«

»Nun ...«

»Und Abendessen«, sagte ich.

Ich hörte sie seufzen. »Ja, gut.« Dann legte sie auf, und ich saß da und konnte verstehen, daß sie einerseits den unwiderstehlichen Drang verspürte, mich dahin zu lotsen, wo sie sich mit Greville verabredet hatte, sich andererseits aber auch im klaren darüber war, daß sie das vielleicht besser nicht tun sollte.

Ich hätte nein sagen können, dachte ich. Das hätte ich, hatte es aber nicht. Ein wenig Selbstbeobachtung offenbarte, daß auch meine Reaktion auf sie nicht eindeutig war – so schien ich zum Beispiel unentschieden, ob ich sie trösten oder von ihr getröstet werden wollte.

Um halb vier war ich mit der Schreibtischarbeit fertig, stellte eine Bestellung von Perlen und eine von Türkisen zusammen, schloß den Tresorraum ab und brachte Annette dazu, wieder zu lächeln, wenn auch nur schwach. Um vier hielt Brad vor dem Geschäft von Prospero Jenks in Knightsbridge, und ich stellte das Telefon für ihn an, damit ich ihn wissen lassen konnte, wann meine Besprechung zu Ende war und er mich wieder abholen konnte.

Prospero Jenks war da, wo ich ihn schon beim letzten Mal angetroffen hatte, das heißt, er saß in Hemdsärmeln an seiner Werkbank. Der diskrete Herr im dunklen Anzug, der im Geschäft Kunden bediente, nickte mir kurz zu und gab damit den Weg nach hinten frei.

»Er erwartet Sie, Mr. Franklin.«

Pross erhob sich mit einem Lächeln auf seinem jugendlich-alten Peter-Pan-Gesicht und streckte mir die Hand hin, ließ sie aber wieder fallen, als ich ihm meine nicht reichte, sondern statt dessen nur das Griffstück meiner einen Krücke grüßend hin und her bewegte.

»Erfreut, Sie zu sehen«, sagte er, bot mir einen Stuhl an und wartete, bis ich mich gesetzt hatte. »Haben Sie mir meine Diamanten mitgebracht?« Er setzte sich wieder auf den Schemel an seiner Werkbank.

»Nein, leider nicht.«

Er war enttäuscht. »Ich dachte, das sei der Grund Ihres Besuches hier.«

»Nein, nicht eigentlich.«

Ich blickte mich in dem langgestreckten Arbeitsraum mit den vielen Schränkchen voller ungefaßter Steine um und dachte an die Wunderdinge, die er da herstellte. Der an der Wand stehende Spruch lautete noch immer: DREHE KUNDEN NIEMALS DEN RÜCKEN ZU. BEHALTE STETS IHRE HÄNDE IM AUGE.

Ich sagte: »Greville hat fünfundzwanzig Rohdiamanten nach Antwerpen geschickt, um sie dort für Sie schleifen zu lassen.«

»Das ist richtig.«

»Fünf davon waren Zirkone.«

»Aber das gibt's doch nicht!«

»Haben Sie«, fragte ich, »die Steine vertauscht?«

Das halbe Lächeln erstarb auf seinem Gesicht, das steif und ausdruckslos wurde. Die hellen blauen Augen sahen mich unverwandt an, und die Falten auf seiner Stirn vertieften sich.

»Das ist doch Unsinn«, sagte er. »So etwas Törichtes würde ich niemals tun.«

Ich antwortete nicht sogleich, und das schien ihm Kraft zu geben.

»Sie können doch nicht einfach hier hereinspaziert kommen und völlig haltlose Beschuldigungen von sich geben. Los, Sie verschwinden besser.« Er stand halb auf.

Ich sagte, ohne mich zu rühren: »Als die Diamantschleifer Greville mitteilten, daß es sich bei fünf der Steine um Zirkon handele, da war er am Boden zerstört. Sehr verletzt.«

Ich griff in die Brusttasche meines Hemdes und zog den Papierstreifen heraus, den mir der Hexer geliefert hatte.

»Wollen Sie's sehen?« fragte ich. »Lesen Sie mal das da.«

Nach kurzem Zögern nahm er das Papier, setzte sich wieder und las den Eintrag:

Antwerpen sagt 5 der ersten
Partie von rohen sind Zr.
Möchte es nicht glauben.
Unendlich traurig.
Prioritätsstufe 1.
Treffen vereinbaren. Ipswich?
Unentschlossen. Verdammt!

»Greville pflegte seine Gedanken in einem Notizbuch festzuhalten«, sagte ich. »Dort findet sich auch der Satz: ›Unendlich traurig ist, wenn man einem alten Freund nicht mehr vertraut.‹ «

»Na und?«

»Seit Grevilles Tod«, sagte ich, »hat jemand versucht, die Diamanten zu finden, sie mir zu stehlen. Dieser Jemand mußte jemand sein, der wußte, daß sie existierten und ergo auch gefunden werden konnten. Greville hielt aus Sicherheitsgründen die Tatsache, daß er Diamanten gekauft hatte, weitgehend geheim. Aber Sie wußten natürlich Bescheid, denn für Sie hatte er sie ja schließlich erstanden.«

Er sagte wieder: »Na und?«

»Wie Sie sich vielleicht erinnern werden«, sagte ich, immer noch im Plauderton, »brach nach Grevilles Tod jemand in sein Büro ein und stahl so Sachen wie ein Adressbuch und einen Terminkalender. Ich fing an zu glauben, der Dieb habe auch noch andere Papiere gestohlen, die ihm vielleicht den Weg zu den Diamanten weisen würden, also etwa Briefe oder Rechnungen. Aber ich weiß jetzt, daß Papiere dieser Art dort nicht zu finden waren, weil sich Greville von seinem Mißtrauen leiten ließ. Dieses Mißtrauen ging auf den Tag zurück, an dem ihm die Antwerpener Diamantschleifer mitgeteilt hatten, daß fünf der Steine Zirkone seien, und das war ungefähr drei Wochen, bevor er starb.«

Grevilles Freund Pross sagte nichts.

»Greville kaufte die Diamanten«, fuhr ich fort, »von einem

Sightholder mit Sitz in Antwerpen, der sie ihm durch Boten an seine Londoner Privatadresse schickte. Dort überprüfte er Größe und Gewicht und quittierte dann den Empfang. Nun erscheint es sinnvoll anzunehmen, daß er sie daraufhin Ihnen, seinem Kunden, zeigte. Oder vielleicht auch nur fünfundzwanzig davon. Dann schickte er fünfundzwanzig per Euro-Securo-Kurier zurück nach Antwerpen. Fünf Diamanten waren auf wunderbare Weise zu Zirkonen geworden, und ja, es war wirklich dumm, so was zu machen, weil doch der Tausch so gut wie sofort entdeckt werden mußte, und Sie wußten auch ganz genau, daß er entdeckt werden würde. Mußte. Sie rechneten fest damit, würde ich sagen, daß Greville Sie niemals verdächtigen, sondern schwören würde, daß die fünf Steine nur von einem Mitarbeiter des Kurierdienstes oder aber von den Diamantschleifern in Antwerpen vertauscht worden sein konnten. Und daß er eben zu gegebener Zeit die Versicherungssumme kassieren würde und die Sache damit dann erledigt sei. Sie hätten fünf Diamanten gewonnen, und er nichts verloren.«

»Das können Sie nicht beweisen«, sagte er ausdruckslos.

»Nein, das kann ich nicht beweisen. Aber Greville war sehr bekümmert und mißtrauisch, und warum hätte er das sein sollen, wenn er der Ansicht gewesen wäre, daß Fremde die Steine an sich gebracht hatten?«

Ich sah, ein wenig von Grevilles Traurigkeit empfindend, Prospero Jenks an. Ein sympathisches, unterhaltsames Genie, das meinen Bruder sehr und dauerhaft gemocht hatte und dessen Trauer angesichts seines Todes echt gewesen war.

»Ich möchte meinen«, sagte ich, »daß er nach der langen Freundschaft mit Ihnen, nach all den Schätzen, die er Ihnen herbeigeschleppt hatte, nach dem rosa und grünen Turmalin und Ihrem ungeheuren Erfolg Ihren Verrat kaum zu ertragen vermochte.«

»Hören Sie auf«, sagte er scharf. »Es ist schlimm genug ...«

Er schloß den Mund, schüttelte den Kopf und schien in sich zusammenzusinken.

»Er hat mir verziehen«, sagte er dann.

Er schien zu denken, daß ich ihm nicht glaubte.

Er sagte unglücklich: »Ich habe so gut wie von Anfang an gewünscht, ich hätte es nicht getan, wenn Sie's wissen wollen. Es war einfach so ein Impuls. Er ließ die Diamanten hier, während er ein paar Einkäufe machte, und ich hatte zufällig ein paar rohe Zirkone von der richtigen Größe in diesen Schubfächern da liegen, wie meistens, weil ich immer abwarte, bis ich weiß, was für einen Schliff ich brauche, und hab ... sie einfach ausgetauscht. Wie Sie sagten. Ich dachte, er würde dadurch keinen Verlust erleiden.«

»Aber er wußte es«, sagte ich. »Er kannte Sie, und er wußte als Richter, der er war, eine Menge über Diebe. Ein anderer Gedanke, den er mal niedergeschrieben hat, lautet: ›Wenn sich Gesetze als störend erweisen, dann ignoriere sie, sie gelten nicht für dich.‹«

»Hören Sie auf, hören Sie doch auf. Er hat mir vergeben.«

»Wann?«

»In Ipswich. Ich fuhr hin, um mich dort mit ihm zu treffen.«

Ich hob den Kopf. »Ipswich. Orwell Hotel, P. 15.30«, sagte ich.

»Was? Ja.« Er schien nicht überrascht, daß ich das wußte. Er schien vielmehr in sich hinein und auf eine unerträgliche Szenerie zu blicken.

»Ich sah ihn sterben«, sagte er.

16

Ich sah, wie Teile von dem Gerüst auf ihn herabfielen«, sagte er.

Es hatte mir die Sprache verschlagen.

»Wir sprachen im Hotel miteinander. In der Lounge dort. Sie war fast leer... dann gingen wir die Straße hinunter bis zu der Stelle, wo ich mein Auto geparkt hatte. Wir verabschiedeten uns. Er überquerte die Straße und ging weiter, und ich sah ihm nach. Ich hoffte, daß er sich noch mal umdrehen und mir zuwinken würde... aber er tat's nicht.«

Vergebung war eine Sache, dachte ich, die Freundschaft aber war dahin gewesen. Was erwartete er? Absolution und Tröstung? Vielleicht hätte Greville ihm eines Tages auch dies beides gewährt, ich jedoch konnte es nicht.

Prospero Jenks sagte mit schmerzlichem Erinnern: »Grev merkte nicht, was geschah... Es gab keinerlei Warnung. Nur ein klirrendes Geräusch und herabfallendes Metall und abstürzende Menschen. Alles krachte so schnell herunter. Begrub ihn unter sich. Ich konnte ihn nicht mehr sehen... Ich lief über die Straße, um ihn herauszuziehen, und da waren Körper... und er... er... ich dachte, er wäre schon tot. Sein Kopf blutete... in seinem Bauch steckte eine Eisenstange und eine war in sein Bein eingedrungen... es war... ich kann nicht... ich versuche, es zu vergessen, und sehe es doch die ganze Zeit vor mir.«

Ich wartete, und nach einer Weile fuhr er fort: »Ich bewegte ihn nicht. Konnte ich gar nicht. Da war so viel Blut... und ein Mann lag auf seinen Beinen... und ein anderer Mann stöhnte. Leute kamen angelaufen... und dann die Polizei... es war ein einziges Chaos...«

Er schwieg wieder, und ich sagte: »Als die Polizei kam, warum sind Sie da nicht bei Greville geblieben und haben ihm geholfen? Warum haben Sie ihn nicht einmal für die Polizei identifiziert?«

Sein echter Schmerz wurde von einer Welle der Angst überflutet. Diese Furcht war aber nur einen Augenblick da, dann schüttelte er sie wieder ab.

»Sie wissen doch, wie das ist.« Er warf mir den Blick eines kleinen Jungen zu, der sich schämt – ein Blick ähnlich wie jener, der in seinen Augen gewesen war, als er den Austausch der Steine gestanden hatte. »Nur nichts damit zu tun haben! Ich wollte da nicht mit reingezogen werden ... ich dachte ja auch, er wäre tot.«

Ich hatte irgendwie den Eindruck, daß er mich belog. Nicht, was den Umstand anbetraf, daß er den Unfall mit angesehen hatte – seine Beschreibung von Grevilles Verletzungen war zu genau gewesen.

»Sind Sie ... dann einfach weggefahren?« fragte ich düster.

»Nein, das konnte ich nicht. Eine Ewigkeit nicht. Die Polizei sperrte die Straße ab und nahm endlos Zeugenaussagen auf. Irgendwas von wegen Verantwortung für die Aufklärung des Hergangs und Forderungen an die Versicherung. Aber ich konnte ihnen nicht helfen. Ich hatte ja nicht gesehen, warum das Gerüst herabgestürzt war. Ich verspürte angesichts all des Blutes Übelkeit ... ich saß da in meinem Auto, bis sie uns wegfahren ließen. Grev hatten sie schon vorher im Krankenwagen weggebracht ... und die Stange stak noch immer in seinem Bauch ...«

Die Erinnerung ließ den Ekel mit Macht wieder aufleben.

»Sie wußten inzwischen, daß er noch am Leben war«, sagte ich.

Er war schockiert. »Wie denn? Wie hätte ich das denn wissen sollen?«

»Sie deckten sein Gesicht nicht zu.«

»Er lag im Sterben. Jeder konnte das sehen. Sein Kopf war schwer getroffen ... und blutete ...«

Tote bluten nicht, dachte ich, sprach es aber nicht aus. Prospero

Jenks blickte sich schon um, wohinein er sich übergeben könnte, und ich fragte mich, wie oft er sich wohl in den zurückliegenden elf Tagen tatsächlich übergeben hatte.

Laut sagte ich: »Worüber haben Sie mit ihm im Orwell Hotel gesprochen?«

Er sah mich erstaunt an. »Sie wissen, über was.«

»Er beschuldigte Sie, die Steine vertauscht zu haben.«

»Ja.« Er schluckte. »Nun, ich entschuldigte mich. Sagte, daß es mir leid tue. Was auch stimmte. Er konnte das sehen. Er fragte, warum ich das getan hätte, wo man mir doch einfach auf die Schliche kommen *mußte*, aber als ich es tat, da war's so ein Impuls, und ich dachte überhaupt nicht ans Erwischtwerden, wie ich Ihnen ja schon gesagt habe.«

»Und was meinte er?«

»Er schüttelte den Kopf, als ob ich ein kleines Kind wäre. Er war eher traurig als wütend. Ich sagte, ich würde ihm die Diamanten natürlich wiedergeben, und bat ihn, mir zu verzeihen.«

»Was er tat?«

»Ja, das sagte ich doch schon. Ich fragte ihn, ob wir auch weiterhin Geschäfte miteinander machen könnten. Ich meine, niemand war so gut wie Grev, wenn es darum ging, wundervolle Steine aufzutreiben, und er mochte die Sachen immer, die ich machte. Es war gut für uns beide. Ich wollte diesen Zustand wiederherstellen.«

Eine solche Wiederherstellung gehörte zu den Unmöglichkeiten des Daseins, dachte ich. Nichts blieb je, was es war.

»War Greville einverstanden?« fragte ich.

»Ja. Er sagte, er hätte die Diamanten bei sich, müsse aber Vorkehrungen treffen. Er sagte nicht, welche. Er sagte, er würde anfangs der Woche hier zu mir ins Geschäft kommen, und dann sollte ich ihm die fünf Steine aushändigen und die Tropfen und Sterne bezahlen. Er verlangte Barzahlung und wollte mir ein oder zwei Tage einräumen, um das Geld aufzutreiben.«

»Normalerweise hat er für seine Lieferungen keine Barzahlung verlangt, nicht wahr? Sie haben den Spinell und den Bergkristall jedenfalls mit Scheck bezahlt.«

»Ja, also ...« Wieder der schnelle Blick des Jungen, der sich schämt. »Er sagte, in Zukunft nur noch Barzahlung, weil er mir nicht trauen könne. Aber das wußten Sie ja nicht.«

Greville hatte ihm ganz gewiß nicht mehr vertraut, und was er nach Prosperos Bericht zu diesem gesagt hatte, klang so, als habe er die Steine da in Ipswich bei sich – wo er doch genau wußte, daß sie sich in diesem Augenblick auf einer Fähre befanden, die gerade den Ärmelkanal überquerte. Hatte er das wirklich so gesagt? fragte ich mich. Vielleicht hatte Prospero Jenks nicht richtig gehört, ihn falsch verstanden – aber er hatte mit Bestimmtheit geglaubt, daß Greville die Diamanten bei sich hätte.

»Wenn ich Ihnen die fünf Diamanten jetzt gebe, ist dann alles in Ordnung?« sagte er. »Ich meine, wo Grev mir verziehen hat ... werden Sie das doch nicht wieder zurücknehmen und Krach schlagen, oder? Nicht die Polizei ... Grev hätte das nicht gewollt, Sie wissen, daß er das nicht gewollt hätte.«

Ich antwortete nicht. Greville hätte abwägen müssen, was mehr Gewicht für ihn hatte, seine alte, aber verratene Freundschaft oder die Achtung vor dem Gesetz, und ich nahm an, daß er Prospero Jenks wohl nicht angezeigt hätte, nicht angesichts dieses ersten Vergehens, das der andere zudem eingestanden und bereut hatte.

Prospero Jenks bedachte mein Schweigen mit einem hoffnungsvollen Blick, stand von seinem Schemel auf und ging zu den Reihen kleiner Schubfächer hinüber. Er zog eins auf, nahm ein paar offensichtlich uninteressante Päckchen heraus und griff dann mit suchender Hand tief in das Fach hinein. Er förderte ein weißes Mullknäuel zutage, das von einem Stück Klebeband zusammengehalten wurde, und hielt es mir hin.

»Fünf Diamanten«, sagte er. »Die Ihren.«

Ich nahm das unscheinbare kleine Päckchen, das ganz so wie

diese Musselinsäckchen voller Gewürze aussah, die Köche in Eintöpfe hängen, und wog es in der Hand. Ich konnte mit Sicherheit keinen Unterschied zwischen Kohlenstoff und Zirkon feststellen, und er konnte den Zweifel von meinem Gesicht ablesen.

»Lassen Sie sie begutachten«, sagte er mit nicht gerechtfertigter Bitterkeit, aber ich entgegnete, er solle sie gleich hier und jetzt wiegen, das jeweilige Gewicht notieren und den Zettel dann unterschreiben.

»Grev hat nie...«

»Schön dumm. Er hätte es tun sollen. Aber er hat Ihnen ja vertraut. Ich tu's nicht.«

»Ich bitte Sie, Derek!« Er schmeichelte – aber ich war nicht Greville.

»Nein, wiegen Sie sie«, sagte ich.

Mit einem Seufzer und einem übertriebenen Achselzucken schnitt er den kleinen Beutel auf, nachdem ich ihm diesen wieder zurückgegeben hatte, und wog den Inhalt auf einer kleinen, sehr feinen Waage ab.

Es war dies das erste Mal, daß ich leibhaftig zu Gesicht bekam, was ich die ganze Zeit über gesucht hatte – und das war nicht sonderlich imposant, um es gelinde auszudrücken. Fünf stumpf aussehende, eher graue Kristalle von der Größe großer, mißgestalteter Erbsen, ohne die geringste Andeutung des Feuers, das in ihnen schlummerte. Ich sah dem Wiegen aufmerksam zu und nahm die Steine selbst aus der Waagschale, wickelte sie eigenhändig in frische Mullvierecke ein, die mir Prospero gegeben hatte, und umschnürte am Ende alles fest mit Klebstreifen.

»Zufrieden?« fragte er mit einem Anflug von Sarkasmus und sah zu, wie ich das Gewürzbeutelchen in meine Hosentasche steckte.

»Nein, nicht ganz.«

»Das sind die echten, die ursprünglichen Steine«, protestierte er. Er unterzeichnete das Papier, auf dem er die Gewichte aufgeschrieben hatte, und gab es mir. »Ich würde diesen Fehler wohl nicht noch einmal machen.« Er sah mich forschend an. »Sie sind viel härter als Grev.«

»Dazu habe ich ja auch einigen Grund.«

»Welchen Grund?«

»Mehrere Einbrüche. Diverse Überfälle.«

Sein Mund öffnete sich.

»Wer noch?« sagte ich.

»Aber ich habe nie ... ich habe nie ...« Er wollte, daß ich ihm Glauben schenkte. Er beugte sich mit großer Ernsthaftigkeit vor. »Ich weiß nicht, wovon Sie reden.«

Ich seufzte leicht. »Greville versteckte die Briefe und Rechnungen, die sich auf die Diamanten bezogen, weil er einem seiner Mitarbeiter mißtraute. Einem Mitarbeiter, der, wie er annahm, Ihnen kleine Informationsschnipselchen zutrug, der für Sie spionierte.«

»Blödsinn.« Sein Mund schien jedoch trocken geworden zu sein.

Ich zog den Mikrokassetten-Recorder aus einer meiner Taschen und legte ihn auf seine Werkbank.

»Er wird durch die menschliche Stimme in Gang gesetzt«, sagte ich. »Greville ließ ihn eines Tages angeschaltet liegen, als er zum Mittagessen ging, und hier ist das, was er nach seiner Rückkehr aufgezeichnet fand.« Ich drückte die entsprechende Taste, und die Stimme, die uns beiden bekannt war, sagte enthüllend:

»Ich bin jetzt in seinem Büro und kann sie nicht finden. Er versteckt aber auch alles, ist ein Sicherheitsfanatiker, wie Sie ja wissen. – Ich kann nicht fragen. Er würde es mir nie sagen, ich glaube, er vertraut mir nicht. – Die verkniffene Annette niest nicht mal, ohne daß er es ihr aufträgt.«

Jasons Stimme, erfüllt von der großspurigen Aggressivität des Straßenjungen, die zu seinem stachligen Haar gehörte, verstummte schließlich wieder, und der Recorder schaltete sich ab. Prospero Jenks erzeugte Spucke in seinem Mund und vergewisserte sich vorsichtig, daß der Recorder nicht vielleicht doch noch lebte und zuhörte.

»Jason hat nicht mit mir gesprochen«, sagte er nicht sehr überzeugend. »Er hat mit jemand anderem telefoniert.«

»Jason fungierte stets als Bote zwischen Ihnen und Greville«, sagte ich. »Ich selbst habe ihn ja auch in der vorigen Woche hergeschickt. Es bedurfte keiner großen Verführungskünste, Jason dazu zu bringen, Ihnen mit der Ware auch Informationen zu liefern. Aber Greville kam dahinter. Es verschlimmerte sein Gefühl, verraten worden zu sein. Als Sie mit ihm im Orwell Hotel in Ipswich sprachen, was meinte er da zu Jason?«

Prospero machte eine Geste halb unterdrückter Wut.

»Ich weiß nicht, woher Sie das alles eigentlich wissen«, sagte er.

Es hatte neun Tage gebraucht und eine Menge Sucherei und viele Mutmaßungen über Mögliches und Wahrscheinliches, aber das Muster, das sich ergeben hatte, diente nun als verläßlicher Pfad durch zumindest einen Teil des Wirrwarrs, denn es gab keine andere Interpretation unter denen, die mir durch den Kopf gegangen waren, welche die Tatsachen so plausibel erklärte.

Ich fragte noch einmal: »Was meinte er zu Jason?«

Prospero Jenks kapitulierte. »Er sagte, der würde Saxony Franklin verlassen müssen. Er sagte, das sei Bedingung für eine Wiederaufnahme unserer geschäftlichen Beziehungen. Er sagte, ich solle Jason mitteilen, daß er am kommenden Montag nicht mehr zur Arbeit zu erscheinen brauche.«

»Aber das haben Sie nicht getan«, sagte ich.

»Äh, nein.«

»Denn als Greville starb, beschlossen Sie, den Versuch zu unternehmen, nicht nur fünf, sondern alle Steine zu stehlen.«

Die blauen Augen lächelten fast. »Erschien logisch, nicht?« sagte er. »Grev würde es ja auch nicht mehr erfahren. Die Versicherung würde zahlen. Keiner würde einen Verlust haben.«

Außer der Versicherung, dachte ich. Aber ich sagte: »Die Diamanten waren nicht versichert. Sind es auch jetzt nicht. Sie haben sie Greville und sonst niemandem gestohlen.«

Er war beinahe erstaunt, aber nicht ganz.

»Greville hat Ihnen das gesagt, nicht wahr?« mutmaßte ich.

Wieder das Sich-Schämen des kleinen Jungen. »Äh, ja, das hat er.«

»Im Orwell Hotel?«

»Ja.«

»Sind Sie eigentlich je erwachsen geworden, Pross?« sagte ich.

»Sie wissen doch gar nicht, was Erwachsenwerden heißt. Erwachsenwerden heißt, immer eine Nasenlänge voraus zu sein.«

»Zu stehlen, ohne erwischt zu werden?«

»Natürlich. Alle machen das. Man muß tun, was man kann.«

»Aber Sie haben doch dieses wunderbare Talent«, sagte ich.

»Sicher. Aber ich mache die Sachen für Geld. Ich mache, was die Leute mögen. Ich nehme ihren Kies, soviel sie nur rausrücken. Sicherlich gibt's mir einen Kick, wenn das, was ich fabriziert habe, hervorragend ist, aber ich würde nie um der Kunst willen in einer Dachkammer verhungern. Unter meiner Hand singen die Steine. Ich gebe ihnen Leben. Gold ist mein Pinsel. Das ist schon richtig. Aber hinter dem Rücken der Leute lach ich mir ins Fäustchen. Das sind alles Einfaltspinsel. An dem Tag, an dem ich begriff, daß alle Kunden Trottel sind, wurde ich erwachsen.«

Ich sagte: »Ich wette, daß Sie Greville dies alles nie gesagt haben.«

»Ich bitte Sie! Greville war ein Heiliger, jedenfalls fast. Der einzige durch und durch wahrhaft gute Mensch, den ich je kennengelernt habe. Ich wünschte, ich hätte ihn nicht betrogen. Ich bedaure es.«

Ich hörte die Ernsthaftigkeit in seiner Stimme und glaubte ihm, aber seine Reue war nicht sehr tief gegangen und hatte seine Seele in gar keiner Weise verändert.

»Jason«, sagte ich, »hat mich vor dem St. Catherine's Hospital niedergeschlagen und mir den Beutel mit Grevilles Sachen geraubt.«

»Nein.« Jenks leugnete ganz automatisch, aber seine Augen verrieten den Schock.

Ich sagte: »Ich dachte damals, es sei ein ganz gewöhnlicher Straßenraub gewesen. Der Angreifer war schnell und kräftig. Der Freund, der mich begleitete, sagte, der Räuber habe Jeans und eine Wollmütze getragen, aber sein Gesicht bekamen wir beide nicht zu sehen. Ich machte mir nicht die Mühe, die Sache der Polizei zu melden, weil in dem Beutel nichts Wertvolles drin war.«

»Wie können Sie also behaupten, daß es Jason war?«

Ich beantwortete seine Frage indirekt.

»Als ich mich zu Grevilles Firma begab, um den Mitarbeitern mitzuteilen, daß er tot sei«, sagte ich, »stellte ich fest, daß sein Büro durchsucht worden war. Wie Sie wohl wissen. Am nächsten Tag entdeckte ich, daß Greville Diamanten gekauft hatte. Ich fing an, nach ihnen zu suchen, aber es gab keinerlei schriftlichen Unterlagen, kein Adressbüchlein, keinen Terminkalender, keine Hinweise auf oder Verabredungen mit Diamantenhändlern. Und die Steine selbst konnte ich auch nicht finden. Ich verbrachte drei Tage damit, den Tresorraum nach ihnen zu durchforschen, obwohl mir Annette und June, ihre Assistentin, versicherten, daß sie da in der Firma nie irgendwelche Diamanten verwahrt hätten, dazu sei Greville viel zu sehr auf Sicherheit bedacht gewesen. Sie selbst haben mir dann gesagt, daß die Diamanten für Sie bestimmt seien, was ich vor meinem Besuch hier noch nicht gewußt hatte. In der Firma war allen bekannt, daß ich nach Diamanten suchte, und zu diesem Zeitpunkt muß Jason das auch Ihnen gesagt haben, was Ihnen klarmachte, daß ich keine Ahnung hatte, wo sie sich befanden.«

Er beobachtete mein Gesicht mit leicht geöffnetem Mund, leugnete nicht mehr, zeigte nur noch die stumme Ungläubigkeit dessen, dem man gründlich auf die Schliche gekommen ist.

»Die Mitarbeiter der Firma bekamen langsam spitz, daß ich von Beruf Jockey bin«, sagte ich, »und Jason legte mir gegenüber eine Unverschämtheit an den Tag, die ich für gänzlich unangemessen hielt, aber heute glaube ich, daß seine Überheblichkeit darauf basierte, daß er mich, Gesicht nach unten, unter seinen Füßen gehabt hatte. Das konnte er schlechterdings nicht überall herausposaunen, aber der Glaube an seine Überlegenheit stand ihm ins Gesicht geschrieben. Ich bat alle Mitarbeiter, die Kunden nicht durch die Mitteilung zu beunruhigen, daß sie ihre Geschäfte jetzt mit einem Jockey machten, der kein Gemmologe sei, aber ich halte es für sicher, daß Jason *Ihnen* dies sofort mitgeteilt hat.«

»Was läßt Sie das glauben?« Er sagte nicht, daß es nicht so gewesen war.

»Sie konnten nicht in Grevilles Haus reinkommen, um es zu durchsuchen«, sagte ich, »weil dieses Haus eine Festung ist. Sie konnten nicht so was wie eine Abrißbirne gegen die Fenster sausen lassen, weil die Eisengitter innen dies sinnlos machten, die im übrigen an ein direkt mit der Polizeiwache verbundenes Alarmsystem angeschlossen sind. Die einzige Möglichkeit, in dieses Haus hineinzukommen, war die, es mit den erforderlichen Schlüsseln aufzuschließen, und diese Schlüssel hatte ich. Deshalb dachten Sie sich etwas aus, wie Sie mich dorthin locken konnten, und bedienten sich dazu des Trainers, für den ich reite, weshalb ich auch weiß, daß Sie Kenntnis von meinem eigentlichen Beruf hatten. Außer den Mitarbeitern der Firma wußte sonst niemand, dem meine Tätigkeit als Jockey bekannt war, daß ich Diamanten suchte, weil ich das nämlich mit Bedacht für mich behalten hatte. ›Wenn Sie etwas über die Diamanten wissen wollen‹, sagten Sie, ›dann kommen sie zum Telefon in Grevilles Haus‹ – und ich erschien auch gehorsamst, was saublöd war.«

»Aber ich bin niemals zu Grevilles Haus ...«, sagte er.

»Nein, Sie nicht. Aber Jason. Stark und schnell und mit Motorradhelm, der sein orangerotes Haar bedeckte, streckte er mich nieder, wie gehabt. Ich sah ihn beim Verlassen des Grundstücks über die Pforte springen. Das konnten Sie nicht gewesen sein. Nun, er hatte das ganze Haus auf den Kopf gestellt, aber die Polizei meinte, er habe das Gesuchte nicht gefunden, und davon bin auch ich überzeugt.«

»Und wieso?« fragte er und sagte dann: »Das heißt ...«

»Wollten sie, daß Jason mich umbringt?« fragte ich ausdruckslos.

»Nein, natürlich nicht!« Die Vorstellung schien ihn wirklich zu schockieren.

»Das hätte er aber leicht tun können«, sagte ich.

»Ich bin kein Mörder!« Seine Entrüstung war, soweit ich das beurteilen konnte, aufrichtig und uneingeschränkt – ganz anders als seine Reaktion, als ich ihn einen Dieb genannt hatte.

»Was haben Sie vor zwei Tagen gemacht, am Sonntagnachmittag?« sagte ich.

»Was?« Die Frage verwirrte ihn zwar, beunruhigte ihn aber nicht.

»Was ist mit Sonntagnachmittag? Wovon reden Sie?«

Ich runzelte die Stirn. »Na schön, gehen wir also zurück zum Samstagabend. Zu Jason, der mir mit einem halben Ziegelstein eins auf den Kopf gegeben hat.«

Daß er davon wußte, war deutlich zu sehen. Wir waren wieder auf vertrautem Territorium.

»Man kann Menschen umbringen«, sagte ich, »wenn man sie mit Ziegelsteinen niederschlägt.«

»Aber er sagte ...« Er verstummte.

»Sie können ruhig fortfahren«, sagte ich verständig, »denn wir beide wissen, daß das, was ich Ihnen erzählt habe, tatsächlich passiert ist.«

»Ja, aber ... Was werden Sie diesbezüglich unternehmen?«

»Das weiß ich noch nicht.«

»Ich werde alles abstreiten.«

»Was hat Jason zu dem Ziegelstein gesagt?«

Er gab einen hoffnungslosen kleinen Seufzer von sich. »Er sagte, er wüßte schon, wie man Leute für eine halbe Stunde k. o. schlägt. Er hätte das bei Straßenschlachten gesehen, sagte er, und es auch schon selbst gemacht. Er sagte, es käme darauf an, wohin man schlägt.«

»Man kann die Zeit aber nicht so genau bestimmen«, warf ich ein.

»Nun ja, ich gebe nur wieder, was er gesagt hat.«

Er hatte auch gar nicht so unrecht gehabt, dachte ich. Ich hatte seine Schätzung um vielleicht zehn Minuten unterboten, mehr war's nicht gewesen.

»Er meinte, Sie wären hinterher wieder völlig in Ordnung«, sagte Pross.

»Dessen konnte er auch nicht sicher sein.«

»Aber Sie sind's doch, oder etwa nicht?« Da schien die Andeutung eines Bedauerns hörbar zu sein, daß mich der Schlag nicht meines Verstandes beraubt und unfähig zu der augenblicklichen Unterhaltung gemacht hatte. Roh und verantwortungslos, dachte ich. Und wirklich nicht zu verzeihen. Greville hatte den Verrat vergeben – aber welche Tat war die schlimmere?

»Jason wußte, welches Fenster er einschlagen mußte«, sagte ich »und er kam übers Dach. Die Polizei hat dort Spuren gefunden.« Ich machte eine Pause. »Hat er das allein gemacht, oder waren Sie dabei?«

»Erwarten Sie von mir, daß ich Ihnen das erzähle?« fragte er ungläubig.

»Ja, das tue ich. Warum denn auch nicht? Sie wissen doch, welchen Einfluß die Bereitschaft zur Zusammenarbeit auf die Beurteilung einer Tat hat. Wie Ihr Versuch mit den fünf Diamanten ja auch zeigt.«

Er warf mir einen vernichtenden Blick zu und befragte seinen gesunden Menschenverstand – nicht, daß er allzu viel davon gehabt hätte, wenn man's mal recht bedachte.

Schließlich sagte er ohne jede Scham: »Wir sind zusammen hingegangen.«

»Wann?«

»An dem Sonntag. Am späten Nachmittag. Nachdem er Grevs Sachen aus Ipswich angeschleppt hatte, die so völlig wertlos waren.«

»Sie fanden heraus, in welches Krankenhaus Greville eingeliefert worden war«, sagte ich, »und schickten Jason hin, damit er seine Sachen klaute, weil Sie ja glaubten, daß da auch die Diamanten dabei seien, von denen ihnen Greville gesagt hatte, daß er sie bei sich habe, stimmt's?«

Er nickte erbärmlich mit dem Kopf. »Jason rief mich am Samstag von diesem Krankenhaus aus an und sagte mir, daß Grev noch nicht tot und sein Bruder aufgetaucht sei, ein gebrechliches altes Geschöpf an Krücken, und das sei gut, denn das mache ihn zu einem leichten Ziel ... was Sie ja dann auch waren.«

»Ja.«

Er sah mich an, wiederholte: »Gebrechliches altes Geschöpf«, und lächelte matt. Und ich erinnerte mich, wie sehr ihn meine physische Erscheinung überrascht hatte, als ich zum ersten Mal hier bei ihm eingetreten war. Jason, so nahm ich an, hatte mich wahrscheinlich immer nur von hinten und zumeist aus einiger Entfernung gesehen. Ich hatte jedenfalls bestimmt nie jemanden bemerkt, der mir auflauerte – wobei ich zu dieser Zeit wohl auch kaum bemerkt hätte, wenn eine ganze Schiffsbesatzung in Habachtstellung dagestanden hätte. Das Zusammensein mit dem Sterbenden, das Erlebnis des nahenden Todes hatten das alltägliche Leben unwirklich und unwichtig werden lassen, und ich hatte nach Jasons Attacke noch Stunden gebraucht, bis ich dieses Gefühl wieder ganz losgeworden war.

»Na gut«, sagte ich, »Jason kam also mit leeren Händen aus Ipswich zurück. Was dann?«

Er zuckte mit den Schultern. »Ich dachte, daß ich mich wohl irgendwie geirrt haben mußte. Grev konnte nicht gemeint haben, daß er die Diamanten bei sich hatte.« Er schaute verdrießlich drein. »Mir war aber so, als ob er genau das gesagt hätte.«

Ich klärte ihn auf. »Greville war auf dem Weg nach Harwich, um dort einen Diamantenschleifer aus Antwerpen zu treffen, der mit der Fähre herüberkommen und ihm Ihre Diamanten bringen wollte. Zwölf Tropfen und acht Sterne.«

»Oh.« Sein Gesicht hellte sich kurzzeitig vergnügt auf, aber die Düsternis kehrte schon bald wieder zurück. »Nun, ich dachte, es würde sich lohnen, mal in seinem Büro nachzuschauen, obwohl Jason mir gesagt hatte, daß Grev dort nie etwas von Wert aufbewahrte. Aber bei Diamanten ... so vielen Diamanten ... war es wohl einen Versuch wert. Jason brauchte nicht erst lange überredet zu werden. Er ist ein gewalttätiger junger Scheißer.«

Ich fragte mich flüchtig, ob diese Beschreibung wohl konkret gemeint und skatologisch genau war.

»Sie fuhren also beide im Servicelift nach oben«, sagte ich, »und ließen so eine Art Pendel gegen das Fenster des Versandraumes sausen.«

Er schüttelte den Kopf. »Jason hatte Ankereisen und eine Strickleiter mitgebracht, auf der er bis zu dem Fenster hinunterkletterte, dessen Scheibe er dann mit einem Baseballschläger zertrümmerte. Als er drin war, warf ich Haken und Leiter in den Hof hinab und fuhr dann mit dem Lift in den achten Stock, wo mich Jason durch den Hintereingang reinließ. Aber wir konnten wegen Grevs teuflischen elektronischen Schlössern nicht in die Lagerräume gelangen, aus dem gleichen Grund auch nicht in den Ausstellungsraum. Und dieser Tresorraum ... ich wollte versuchen, die Tür mit dem Baseballschläger aufzukriegen, aber Jason sagte mir, daß sie fünfzehn Zentimeter dick sei.« Er zuckte die Achseln.

»So mußten wir uns denn mit Papieren begnügen ... und konnten da auch nichts über Diamanten finden. Jason wurde wütend ... wir haben ein ganz schönes Durcheinander hinterlassen.«

»Tja.«

»Und es war alles die reinste Zeitverschwendung. Jason meinte, was wir brauchten, das wäre so was, was Hexer hieße, aber auch das Ding konnten wir nicht finden. Am Ende sind wir wieder abgezogen. Ich gab auf. Grev war zu vorsichtig gewesen. Ich fand mich damit ab, daß ich die Diamanten eben nicht in die Hand bekommen würde, es sei denn, ich bezahlte sie. Und dann berichtete mir Jason, daß Sie überall nach Diamanten suchten, und das weckte erneut mein Interesse. Sehr sogar. Sie können mir das nicht zum Vorwurf machen.«

Ich konnte, und ich tat's auch, aber ich wollte den Springbrunnen nicht abstellen.

»Also habe ich Sie«, sagte er, »wie Sie richtig erraten haben, in Grevs Garten gelockt, und da wartete Jason eine Ewigkeit auf Sie und wurde sauer, weil Sie so lange brauchten. Er habe seine Wut dann an dem Haus ausgelassen, sagte er mir hinterher.«

»Er hat auch dort eine ziemliche Unordnung hinterlassen, ja.«

»Dann kamen Sie wieder zu sich und lösten den Alarm aus, und Jason sagte, er sei inzwischen schon ziemlich nervös geworden und hätte nicht auf die Handschellen warten wollen. So hatte Grev uns wieder geschlagen ... und auch Sie, nicht wahr?« Er sah mich verschmitzt an. »Sie haben die Diamanten auch nicht gefunden.«

Ich antwortete nicht. Ich sagte. »Wann hat Jason Grevilles Auto aufgebrochen?«

»Nun ... als er ihn schließlich in Grevs Straße entdeckte. Ich hatte in Ipswich und wo sonst nicht überall nach ihm gesucht, aber Grev hatte sich offensichtlich einen Leihwagen für die Fahrt da rauf genommen, weil sein eigener nicht anspringen wollte.«

»Wann haben Sie das denn entdeckt?«

»Am Samstag. Wenn die Diamanten da drin gewesen wären, hätten wir ja das Haus nicht zu durchsuchen brauchen.«

»Aber er hätte doch kein Vermögen auf der Straße gelassen«, sagte ich.

Pross schüttelte resigniert den Kopf. »Sie hatten da schon nachgeschaut, nehme ich an.«

»Das hatte ich.« Ich blickte ihn nachdenklich an. »Warum Ipswich?« fragte ich.

»Was?«

»Warum speziell das Orwell Hotel in Ipswich? Warum wollte er, daß Sie dorthin kämen?«

»Keine Ahnung«, sagte er verdutzt. »Er hat's mir nicht mitgeteilt. Er bat mich oft zu recht merkwürdigen Treffpunkten. Für gewöhnlich, weil er das eine oder andere Erbstück aufgetan hatte und wissen wollte, ob ich die Steine gebrauchen könne. Einmal war's ein häßlicher alter Stirnreif mit einem langweiligen, gelblichen Brillanten als Mittelstück, ganz verdreckt dank langer Vernachlässigung. Ich ließ den Stein neu schleifen, machte daraus die Haube eines Bergkristallvogels und setzte diesen in einen goldenen Käfig ... ist jetzt in Florida in der Sonne.«

Mich erschütterte das Jammervolle an dem allen. Soviel sich in höchste Höhen aufschwingende, unbezahlbare Phantasie – und eine so schmutzige, niederträchtige Habgier!

Ich sagte: »Hatte er in Ipswich einen Stein für Sie gefunden?«

»Nein. Er sagte mir nur, er habe mich gebeten, dorthin zu kommen, damit wir ungestört seien. Irgendwo, wo's ruhig ist, sagte er. Ich nehme an, daß er Ipswich wählte, weil er nach Harwich weiterfahren wollte.«

Ich nickte. Das vermutete ich auch, obwohl es gar nicht an der direkten Strecke lag, die weiter südlich über Colchester führte. Aber Ipswich war nun einmal der Ort, den Greville auf Grund eines unglücklichen Zufalls gewählt hatte.

Ich überdachte alles, was Pross mir erzählt hatte, und plötzlich kam mir eine noch nicht überprüfte, entsetzliche Möglichkeit in den Sinn.

»Als die Gerüstteile herabstürzten«, sagte ich langsam, »und als Sie über die Straße liefen und Greville tödlich verletzt fanden ... als er blutend dort lag, die Eisenstange in sich drin ... haben Sie ihm da seine Brieftasche weggenommen?«

Das Kleinjungengesicht von Pross zog sich in Falten zusammen, und er hob die Hände davor und bedeckte es, als wolle er in Tränen ausbrechen. Aber ich nahm ihm die Tränen und die Reue nicht ab. Ich konnte ihn nicht mehr ertragen. Ich stand auf, um zu gehen.

»Sie dachten, er könnte die Diamanten in seiner Brieftasche haben«, sagte ich bitter. »Und da, also selbst noch, als er im Sterben lag, waren Sie gewillt, ihn zu berauben.«

Er sagte nichts. Er stritt es nicht ab.

Ich verspürte um Grevilles willen einen derartigen Zorn, daß ich plötzlich den Mann da vor mir mit einer Wildheit schlagen und strafen wollte, derer ich mich nicht für fähig gehalten hatte – und ich stand dort und zitterte unter dem Druck dieser Selbsterkenntnis und der so wichtigen Selbstbeherrschung und fühlte, wie sich meine Kehle allen weiteren Worten verschloß.

Gedankenlos setzte ich meinen linken Fuß auf den Boden, um hinauszugehen, und empfand den Schmerz als etwas Bedeutungsloses, nahm aber nach drei Schritten doch die Krücken zu Hilfe, erreichte die Türöffnung, hastete um die Trennwand herum und dann durch das Geschäft hindurch bis auf den Bürgersteig und wollte nur noch schreien und jammern über die elende Ungerechtigkeit von Grevilles Tod und die Schlechtigkeit der Welt, wollte das Strafgericht des Himmels auf sie herabrufen.

17

Ich stand auf dem Gehsteig, blind und ohne die Passanten wahrzunehmen, denen ich ein Hindernis war. Die Flutwelle der Wut und Traurigkeit, die über mir zusammengeschlagen war, schwoll an und brach und ebbte endlich wieder ab, ließ mich, noch immer zitternd von ihrer Gewalt, mit einem Tornado im Kopf zurück.

Ich hatte gar nicht bemerkt, daß ich die ganze Zeit die Zähne fest zusammengebissen hatte und lockerte meinen Kiefer, fühlte mich aber trotzdem weiter ganz elend.

Eine großmütterliche Frau berührte meinen Arm und sagte: »Brauchen Sie Hilfe?«, und ich beantwortete ihre Freundlichkeit mit einem Kopfschütteln, da mir die Hilfe, die ich wirklich gebraucht hätte, kein Mensch zuteil werden lassen konnte. Man mußte von innen heraus heilen, wieder zusammenwachsen wie Knochen.

»Alles in Ordnung?« fragte sie noch einmal besorgt.

»Ja.« Ich riß mich zusammen. »Danke.«

Sie sah mich unsicher an, ging dann aber weiter, und ich atmete ein paarmal ruhig durch. Der Gedanke, daß ich ein Telefon brauchte, wenn ich jemals wieder von dieser Stelle fortkommen wollte, ließ meine Gedanken vom Erhabenen zum Banalen zurückkehren.

Ein Frisiersalon ließ mich – gegen Entgelt – seinen Apparat benutzen, und Brad war innerhalb von fünf Minuten da und holte mich ab. Ich schob die Krücken auf den Rücksitz, kletterte müde auf den Sitz neben ihn, und er sagte: »Wohin?« Wenn auch nicht mit Worten, so wurde mir doch mit Blicken noch einmal großmütterliche Sorge zuteil.

»Hm«, sagte ich, »ich weiß es nicht.«

»Nach Hause?«

»Nein ...« Ich dachte nach. Ich hatte vorgehabt, zu Grevilles Haus zu fahren, um mich dort vor dem Treffen mit Clarissa um sieben umzuziehen – dort hing ja noch mein Anzug in Grevilles Kleiderschrank, und es erschien im ganzen noch das Sinnvollste zu sein, was ich tun konnte, auch wenn sich meine Energie für die geplante Unternehmung verflüchtigt hatte.

Wir machten uns also dorthin auf. Es war nicht sehr weit, und als Brad vor dem Haus hielt, sagte ich: »Ich glaube, ich werde heute nacht hier schlafen. Dieses Haus ist so sicher wie jeder andere Ort auch. Sie können also nach Hungerford weiterfahren, wenn Sie wollen.«

Er sah nicht so aus, als ob er das wollte, aber alles, was er von sich gab, war: »Ich komme morgen her?«

»Ja, bitte«, stimmte ich zu.

»Hol Sie ab, bring Sie ins Büro?«

»Ja, bitte.«

Er nickte, anscheinend in dem Gefühl bestärkt, daß ich ihn noch brauchte. Er stieg ebenfalls aus dem Auto aus, öffnete mir die Pforte, brachte meine Reisetasche herbei und begleitete mich ins Haus, um sich oben und unten zu vergewissern, daß es wirklich frei von Mördern und Dieben sei. Als er fort war, überprüfte ich, ob alle Alarmanlagen eingeschaltet waren, und ging sodann hinauf in Grevilles Schlafzimmer, um mich umzuziehen.

Ich borgte mir ein weiteres Hemd von ihm, dazu einen marineblauen Seidenschlips, rasierte mich mit seinem Elektrorasierer, der unter den Sachen war, die ich vom Boden aufgehoben und auf seine weiße Kommode gelegt hatte, bürstete mir mit seiner Bürste das Haar und dachte plötzlich mit einem eigentümlichen Schauder, daß ja alle diese Dinge nun mir gehörten, daß ich in seinem Haus, in seinem Zimmer, in seinen Kleidern ... in seinem Leben war.

Ich zog meinen eigenen Anzug an, da mir die seinen zu groß waren, und da fiel mein Blick auf die Röhre von dem Bratenbegießer, die immer noch in einer der Innentaschen meiner Jacke steckte. Ich zog sie heraus, legte sie zu dem anderen Zeug auf der Kommode und prüfte im Spiegel an der Wand, ob Franklin, Modell Nr. 2, auch wirklich Franklin, Modell Nr. 1, keine Schande machte. Ich vermutete, daß er drei Monate lang täglich in diesen Spiegel geschaut hatte. Jetzt war sein Spiegelbild mein Spiegelbild, und der Mann, der wir beide waren, hatte dunkle Schatten der Müdigkeit unter den Augen, eine angespannte Hagerkeit im Gesicht und sah so aus, als könne es ihm nichts schaden, mal eine Woche untätig in der Sonne zu liegen. Ich schenkte ihm ein mitleidiges Lächeln und telefonierte dann nach einem Taxi, das mich zehn Minuten vor der Zeit bei Luigi absetzte.

Trotzdem war sie schon vor mir da, saß an einem kleinen Tischchen in der auf der einen Seite des Restaurants befindlichen Bar, ein so gut wie leeres, nach Wodka aussehendes Glas auf einem sauberen Filz vor sich. Sie erhob sich, als ich hereinkam, bot mir eine kühle Wange zu höflicher, gesellschaftlich sanktionierter Begrüßung dar und lud mich mit einer Handbewegung ein, mich zu ihr zu setzen.

»Was möchten Sie trinken?« fragte sie förmlich, aber auch, wie mir schien, gegen eine Unterströmung von Schüchternheit ankämpfend.

Ich sagte, die Getränke gingen auf mich, und sie erwiderte nein, nein, dies sei ja ihr Vorschlag gewesen. Sie rief den Ober herbei, fragte mich mit kleinem Lächeln: »Doppeltes Wasser?«, und bestellte, als ich nickte, für uns beide Perrier mit Eis und frischem Limonensaft.

Ich war zu diesem Zeitpunkt schon auf zwei Distalgesics pro Tag runter und wollte bald ganz aufhören, sie zu schlucken, aber die Tablette, die ich gerade eben bei Greville eingenommen hatte, wirkte, was diesen Abend anbetraf, noch als Hemmnis. Ich hatte mir die Frage zu spät gestellt, womit ich mich wohler fühlen würde – mit einem Schmerzstiller für den Knöchel oder einem großen Scotch für alles übrige.

Clarissa trug ein blaues Seidenkleid, eine zweireihige Perlenkette, Ohrringe aus Perlen, Saphiren und Brillanten und einen dazu passenden Ring. Ich bezweifelte, daß ich diese Einzelheiten in den guten alten Tagen meines Jockeydaseins wahrgenommen hätte. Ihr Haar, glatt wie stets, folgte dem Schwung seines teuren Schnitts, und ihre Schuhe und Handtasche waren aus unauffälligem schwarzem Kalbsleder. Sie sah nach dem aus, was sie war – eine elegante, gebildete Frau um die Vierzig, fast schön und mit Augen, aus denen Großzügigkeit sprach.

»Was haben Sie seit Sonnabend so getrieben?« fragte sie, Konversation machend.

»Dem Tod in den Rachen geblickt. Und Sie?«

»Wir fuhren nach ...« Sie brach ab. »*Was* haben Sie da gesagt?«

»Martha und Harley Ostermeyer und ich hatten am Sonntag einen Autounfall. Die beiden sind okay und heute nach Amerika zurückgeflogen, glaube ich. Und ich bin, wie Sie sehen können, heil und gesund hier. Na ja ... so gut wie heil.«

Sie war – wie vorauszusehen – entsetzt und wollte alle Einzelheiten hören, und das Erzählen trug wenigstens dazu bei, die Verlegenheit, die wir in gewissem Maße wohl beide angesichts dieses Treffens verspürt hatten, langsam zu zerstreuen.

»Simms ist *erschossen* worden?«

»Ja.«

»Aber ... weiß die Polizei schon, wer es gewesen ist?«

Ich schüttelte den Kopf. »Jemand in einem großen grauen Volvo, glauben sie, und davon gibt's Tausende.«

»Grundgütiger Himmel.« Sie schwieg und sagte dann: »Ich wollte das vorhin nicht sagen, aber Sie sehen ...« Sie zögerte, suchte nach dem passenden Wort.

»Fix und foxy?« schlug ich vor.

»Fesch«, sagte sie lächelnd, »fix und foxy darunter.«

»Es geht vorbei.«

Der Ober kam und fragte, ob wir zu Abend zu essen wünschten, und ich sagte ja und keine Widerrede, das Essen sei meine Sache. Sie nahm diese Einladung ohne Sträuben an, und wir studierten die Speisekarte.

Die Küche war im wesentlichen italienisch, das Dekor kosmopolitisch, das Ambiente schwach europäisch, durch London gezähmt. Eine Menge Dunkelrot, Lampen mit Glasschirmen, keine Hintergrundmusik. Ein gemütliches Restaurant, nichts Dynamisches. Nur wenige Gäste, da es noch früh war.

Wie ich mit Interesse registrierte, hatte es nicht zu den Standardtreffpunkten von Clarissa und Greville gehört – keiner der Ober behandelte sie wie einen Stammgast. Ich fragte sie danach, und sie antwortete ein wenig erschrocken, sie seien nur ein- oder zweimal hier gewesen, nur zum Lunch.

»Wir sind nicht oft in das gleiche Restaurant gegangen«, sagte sie. »Das wäre nicht klug gewesen.«

»Nein.«

Sie warf mir einen leicht verlegenen Blick zu. »Mißbilligen Sie das Verhältnis von Greville und mir?«

»Nein«, sagte ich wieder. »Sie haben ihn glücklich gemacht.«

»Oh.« Sie war beruhigt und erfreut. Sie sagte mit einer gewissen Scheu: »Es war das erste Mal, daß ich mich verliebt habe. Ich nehme an, Sie halten das für albern. Aber es war auch das erste Mal für ihn, sagte er. Es war ... wirklich *wunderbar*. Wir waren wie ... als ob wir zwanzig Jahre jünger ... ich weiß nicht, ob ich das erklären kann. Voller Lachen. Beschwipst.«

»Soweit ich das beurteilen kann«, sagte ich, »kann der Blitz jedes Alter treffen. Man muß dazu nicht Teenager sein.«

»Hat er ... Sie schon mal getroffen?«

»Nicht, seit ich siebzehn war und mich unsterblich in eine Trainerstochter verliebte.«

»Was wurde daraus?«

»Nicht sehr viel. Wir lachten eine Menge, schliefen zusammen, ein bißchen unbeholfen am Anfang. Sie hat dann einen alten Mann von achtundzwanzig Jahren geheiratet. Ich ging aufs College.«

»Ich lernte Henry kennen, als ich achtzehn war. Er verliebte sich in mich... verfolgte mich... ich fühlte mich geschmeichelt... und er war so gutaussehend... und nett.«

»Das ist er noch.«

»Er hatte seinen Titel schon geerbt. Meine Mutter war ganz aus dem Häuschen... sie meinte, der Altersunterschied mache gar nichts... und so heiratete ich ihn.« Sie machte eine Pause. »Wir haben einen Sohn und eine Tochter, beide sind schon erwachsen. Es war kein schlechtes Leben, aber vor Greville doch unvollständig.«

»Ein besseres Leben, als es die meisten haben«, sagte ich, um Tröstung bemüht.

»Sie sind Greville sehr ähnlich«, sagte sie unverhofft. »Sie sehen den Dingen ins Auge, ganz wie er. Sie haben seinen Sinn für Proportionen.«

»Wir hatten realistische Eltern.«

»Er hat nie viel von ihnen erzählt, nur daß an seiner Begeisterung für Edelsteine die Museen schuld waren, in die ihn seine Mutter immer mitnahm. Aber er lebte doch in der Gegenwart, schaute nach außen, nicht nach innen, und ich liebte ihn bis zum Wahnsinn und kannte ihn doch irgendwie gar nicht...« Sie schwieg, schluckte und schien entschlossen, eine weitere Einmischung ihrer Emotionen zu verhindern.

»Das ist mir mit ihm ganz genauso gegangen«, sagte ich. »Allen, glaube ich. Es kam ihm gar nicht in den Sinn, laufend über sein Tun und seine Gefühle zu reden. Er fand alles andere immer sehr viel interessanter.«

»Er fehlt mir«, sagte sie.

»Was möchten Sie essen?« fragte ich.

Sie warf mir einen schnellen Blick zu und las lange in der Speisekarte, ohne sie zu sehen. Schließlich sagte sie mit einem Seufzer: »Entscheiden Sie.«

»Hat Greville das auch immer getan?«

»Ja.«

»Wenn ich überbackene Zucchini als Vorspeise und Filetsteak in Pfeffersauce, dazu Linguine, in Olivenöl und Knoblauch geschwenkt, vorschlüge, wäre das gut?«

»Ich mag keinen Knoblauch. Alles andere ja. Ungewöhnlich. Doch, nett.«

»Okay, kein Knoblauch.«

Wir gingen vor halb acht in das Restaurant hinüber und aßen, was ich vorgeschlagen hatte. Ich fragte sie, ob sie noch an diesem Abend nach York zurückfahre, ob wir schon so früh äßen, weil sie einen Zug bekommen müsse.

»Nein, ich bin für zwei Tage hier. Morgen bin ich bei der Hochzeit einer alten Freundin, am Donnerstagmorgen geht's zurück nach York.« Sie konzentrierte sich darauf, ihre Nudeln auf die Gabel zu bekommen. »Wenn Henry und ich zusammen nach London fahren, steigen wir immer im Selfridge Hotel ab, und wenn ich allein komme, wohne ich auch dort. Wenn ich allein dort bin, legen sie mir keine Rechnung vor, sondern schicken diese gleich an Henry.« Sie aß die Linguine auf ihrer Gabel. »Ich erzähle ihm, daß ich ins Kino gehe und in Snack-Bars esse ... Und er weiß, daß ich stets vor Mitternacht wieder im Hotel bin.«

Zwischen diesem Abendessen und Mitternacht blieb eine ordentlich lange Zeit.

Ich sagte: »Etwa alle fünf Wochen kamen Sie allein nach London, und Greville holte Sie am King's Cross-Bahnhof ab, nicht wahr, und ging mit Ihnen zum Mittagessen?«

Sie sagte überrascht: »Hat er Ihnen das erzählt?«

»Nicht Auge in Auge. Haben Sie je dieses Spielzeug von ihm gesehen, diesen Hexer?«

»Ja, aber...« Sie war entsetzt. »Er hat mich doch hoffentlich nicht da reingetan?«

»Nicht namentlich und nur in eine Geheimdatei mit Kennwort. Sie sind vollkommen sicher.«

Sie drehte noch ein bißchen mit der Gabel in den Nudeln herum, den Blick gesenkt, die Gedanken woanders.

»Nach dem Lunch...«, sagte sie und fuhr dann, von Pausen unterbrochen, fort: »Wenn ich Termine hatte, dann nahm ich die wahr, oder ich erledigte Einkäufe... besorgte was, was ich mit nach Hause nehmen konnte. Ich brachte meine Sachen ins Hotel und zog mich um und fuhr dann zu Grevilles Haus. Er hatte damals natürlich auch noch diese Wohnung, aber das Haus war viel schöner. Wenn er kam, dann tranken wir was... redeten... liebten uns vielleicht auch. Wir gingen früh zum Abendessen aus und kehrten danach zum Haus zurück.« Sie schwieg. Sie sah noch immer nicht auf.

Ich sagte: »Möchten Sie jetzt zu seinem Haus hinausfahren? Vor Mitternacht?«

Nach einer Weile sagte sie: »Ich weiß nicht.«

»Ja... würden Sie gern noch einen Kaffee trinken?«

Sie nickte, mied noch immer meine Augen und schob ihren Teller beiseite. Wir saßen schweigend da, während der Ober den Tisch abräumte und den Kaffee einschenkte, und wenn sie sich nicht entschließen konnte – ich konnte es auch nicht.

Am Ende sagte ich: »Wenn Sie möchten, dann kommen Sie jetzt mit zu Grevilles Haus. Ich übernachte heute dort, aber das tut nichts zur Sache. Kommen Sie, wenn Ihnen danach ist. Halt um ihm so nahe zu sein, wie's eben möglich ist, vielleicht zum letzten Mal. Legen Sie sich auf sein Bett, weinen Sie um ihn. Ich werde unten auf Sie warten... und Sie sicher ins Hotel bringen, bevor sich die Märchenkutsche in einen Kürbis zurückverwandelt.«

»Oha!« Sie machte aus dem, was ein Schluchzen hatte werden wollen, so etwas wie ein Lachen. »Darf ich wirklich?«

»Wann immer Sie wünschen.«

»Danke. Also ja.«

»Ich sollte Sie aber besser warnen«, sagte ich, »es ist nicht gerade sehr ordentlich dort.« Ich beschrieb ihr, was sie vorfinden würde, aber beim Anblick der Wirklichkeit war sie doch untröstlich.

»Das wäre ihm zutiefst zuwider gewesen«, sagte sie. »Ich bin direkt froh, daß er das nicht sehen muß.«

Wir befanden uns im kleinen Wohnzimmer, und sie ging umher und sammelte die rosa und braunen Steinbären auf, stellte sie wieder auf ihr Brett.

»Die habe ich ihm geschenkt«, sagte sie. »Er mochte sie sehr. Sie seien aus Rhodonit«, sagte er.

»Nehmen Sie sie mit, als Erinnerung an ihn. Und da ist noch eine goldene Uhr, die Sie ihm geschenkt haben ... wenn Sie die auch an sich nehmen möchten.«

Sie blieb, den letzten Bären in der Hand, stehen und sagte: »Sie sind sehr nett zu mir.«

»Das ist keine Kunst. Und er wäre wütend auf mich gewesen, wenn ich's nicht wäre.«

»Die Bären würde ich gern nehmen. Die Uhr behalten besser Sie, wegen der Gravur.«

»Okay«, sagte ich.

»Ich glaube«, sagte sie schüchtern, »ich geh jetzt mal nach oben.«

Ich nickte.

»Kommen Sie mit«, sagte sie.

Ich sah sie an. Ihre Augen waren groß und traurig, nicht entschlossen, nicht verlangend. Unentschieden. Wie ich.

»Gut«, sagte ich.

»Herrscht dort auch so ein Chaos?«

»Ich habe ein wenig aufgeräumt.«

Sie lief vor mir die Treppe hinauf, annähernd viermal so schnell wie ich, und ich hörte ihr gequältes Aufstöhnen beim Anblick des entweihten Schlafzimmers. Als ich sie eingeholt hatte, stand sie da, blickte sich hilflos um und wandte sich dann ungezwungen mir zu, legte ihren Arm locker um meine Taille und ihren Kopf an meine Schulter. Ich warf die verdammten Krücken von mir, nahm sie aus Mitgefühl – mit ihr, aber auch mit Greville – fest in den Arm, und dann standen wir eine lange Zeit schweigend da, uns gegenseitig den so sehr benötigten Trost spendend.

Dann ließ sie ihre Arme herabsinken, setzte sich aufs Bett und strich mit der Hand glättend über das schwarz-weiße Schachbrettmuster der Tagesdecke.

»Er wollte diesen Raum gerade umgestalten«, sagte sie. »Dieses Drama hier...« Sie deutete auf die weißen Möbel, den schwarzen Teppich, die schwarze Wand. »Er hatte es so übernommen. Er wollte, daß ich etwas Sanfteres wählte, etwas, was ich gern mochte. Aber nun ist es dies hier, woran ich mich immer erinnern werde.«

Sie legte sich aufs Bett, lag lang ausgestreckt da, den Kopf auf dem Kissen, die Fußgelenke übereinander. Halb hüpfte und halb humpelte ich durchs Zimmer und setzte mich auf die Bettkante neben sie.

Sie sah mich groß an. Ich legte meine Hand flach auf ihren Bauch und spürte die heftige Kontraktion von Muskeln.

»Sollten wir dies tun?« sagte sie.

»Ich bin nicht Greville.«

»Nein ... würde er etwas dagegen haben?«

»Ich glaube nicht.« Ich bewegte streichelnd meine Hand. »Möchtest du, daß es weitergeht?«

»Du?«

»Ja«, sagte ich.

Sie setzte sich schnell auf und legte die Arme um meinen Hals, als sei sie plötzlich von einem Zwang befreit.

»Ich möchte es«, sagte sie. »Schon den ganzen Tag. Ich habe mir was vorgemacht, habe mir gesagt, daß ich's nicht tun sollte, und doch, ich wünsche es mir leidenschaftlich und ich weiß, daß du nicht Greville bist, ich weiß, daß es anders sein wird, aber dies ist die einzige Möglichkeit, ihn zu lieben ... kannst du's ertragen, kannst du's verstehen, wenn es er ist, den ich liebe?«

Ich verstand es, und es machte mir nicht das geringste aus.

Ich sagte lächelnd: »Aber *nenn* mich bitte nicht Greville. Das wäre der wirksamste Freudenkiller des Jahrhunderts.«

Sie zog ihr Gesicht aus der Nähe meines Ohres fort und sah mir in die Augen, und auch auf ihren Lippen erschien nach kurzer Zeit ein Lächeln.

»Derek«, sagte sie absichtsvoll, »liebe mich, bitte.«

»Du mußt nicht bitten«, erwiderte ich.

Ich legte meinen Mund auf den ihren und nahm den Platz meines Bruders ein.

Ein recht erfolgreicher Gedenkgottesdienst, dachte ich. Ich lag im Dunkeln und lachte im stillen über diesen schändlichen Scherz, fragte mich, ob ich ihn Clarissa erzählen sollte oder nicht.

Die Katharsis war vorüber, ihre Tränen versiegt. Sie lag, den Kopf auf meiner Brust, in leichtem Schlaf, zufrieden, soweit ich das zu sagen vermochte, mit der Ersatzliebe. Frauen behaupteten ja immer, die Männer seien sich im Dunkeln nicht alle gleich, und ich wußte sehr wohl, wo ich sie überrascht und wo enttäuscht hatte, hatte an ihren ganz instinktiven An- und Entspannungen merken können, was ich wie Greville gemacht hatte und was nicht.

Greville war, das wußte ich nun, ein glücklicher Mann gewesen, obwohl ich nicht zu fragen wagte, ob er es gewesen war, der sie gelehrt hatte, so erlesene Freude zu bereiten. Das aber konnte sie und hatte sie getan, und das Gefühl ihrer im Augenblick des Höhepunktes federleicht auf meinen Rücken trommelnden Finger war ein echte Offenbarung gewesen. Das Wissen vergrößerte sich, dachte ich. Wenn ich das nächste Mal mit einer anderen zusammen war, wußte ich, was ich vorzuschlagen hatte.

Clarissa bewegte sich und drehte mein Handgelenk, um nach den Leuchtzeigern meiner Uhr zu schauen.

»Wach auf«, sagte ich liebevoll, »es ist Aschenputtelzeit.«

»Ohhh...«

Ich streckte die Hand aus und knipste die Nachttischlampe an. Sie lächelte mir schläfrig zu, alle Zweifel waren gewichen.

»Das war gut so«, sagte sie.

»Mm. Sehr.«

»Was macht der Knöchel?«

»Welcher Knöchel?«

Sie stützte sich auf einen Ellbogen, sich ihrer Nacktheit nicht schämend, und lachte mich an. Sie sah jünger und süßer aus, und ich erblickte, das wußte ich, was Greville erblickt, was Greville geliebt hatte.

»Morgen«, sagte sie, »wird die Hochzeit meiner Freundin wohl so gegen sechs vorbei sein. Darf ich dann wieder hierher kommen?« Sie legte mir zart einen Finger auf den Mund, um mich daran zu hindern, ihr sofort zu antworten. »Dieses Mal war für ihn«, fuhr sie fort. »Morgen ist für uns. Und dann fahre ich nach Hause.«

»Für immer?«

»Ja, ich denke schon. Was ich mit Greville zusammen erlebt habe, ist unvergeßlich und unwiederholbar. Schon auf der Herfahrt im Zug habe ich beschlossen, daß ich mit Henry weiterleben und da mein Bestes tun will, ganz unabhängig davon, was sich mit dir ergeben oder auch nicht ergeben würde.«

»Es wäre mir ein leichtes, dich zu lieben«, sagte ich.

»Ja, aber tu's nicht.«

Ich wußte, daß sie recht hatte. Ich küßte sie sanft.

»Morgen für uns«, stimmte ich ihr zu. »Und dann adieu.«

Am Morgen begab ich mich in die Firma, und Annette berichtete verärgert, daß Jason nicht zur Arbeit erschienen sei und auch nicht angerufen habe, um Bescheid zu geben, daß er krankheitshalber nicht kommen könne.

Jason war weise gewesen, dachte ich. Ich hätte ihn bei der allerkleinsten Provokation mitsamt seiner Unverschämtheit, seinen orangeroten Haaren und allem anderen in den Fahrstuhlschacht geworfen.

»Er wird nicht wiederkommen«, sagte ich. »Weshalb wir einen Ersatz brauchen.«

Sie war erstaunt. »Aber Sie können ihn doch nicht einfach wegen Nichterscheinens feuern. Sie können ihn, aus welchem Grund auch immer, nicht ohne Zahlung einer Entschädigung feuern.«

»Machen Sie sich keine Gedanken«, sagte ich, aber sie war nicht imstande, sich an diesen Rat zu halten.

June kam in Grevilles Büro gefegt, fuchtelte mit einem Revolverblatt in der Luft herum und sah mich mit großen, ungläubigen Augen an.

»Wußten Sie schon, daß Sie in der Zeitung stehen? ›Mit Glück noch am Leben‹ heißt es hier. Sie haben ja gar nichts davon erzählt.«

»Zeigen Sie mal her«, sagte ich, und sie legte das *Daily Sensation* genannte Blatt aufgeschlagen auf die schwarze Tischplatte.

Da war ein Bild von dem Unfall, auf dem man mehr oder minder deutlich meinen Kopf im Daimler sehen, mich aber nicht erkennen konnte. Die Überschrift lautete »Fahrer erschossen, Jockey lebt«, und der Text darunter nannte als glücklich Davongekommene Mr. und Mrs. Ostermeyer aus Pittsburgh, USA, und den Ex-Steeplechase-Jockey Derek Franklin. Die Polizei interessiere sich, so hieß es weiter, für einen grauen Volvo, der mit hoher Geschwindigkeit von der Unfallstelle weggefahren sei, und habe zudem zwei Kugeln aus der Karosserie des Daimler geborgen. Auf diesen Leckerbissen folgten ein aufgewärmter Bericht über das Massaker von Hungerford und die Frage: »Ist es die Mordtat eines gedankenlosen Nachahmers?« Schließlich war da noch ein Bild von Simms, auf dem er glücklich aussah: »Er hinterläßt Frau und zwei Töchter. Verwandte standen ihnen gestern abend bei.«

Armer Simms. Arme Familie. Arme Opfer von Hungerford.

»Das ist schon am Sonntag passiert«, rief June aus, »und Sie kommen am Montag und gestern her, als ob nichts gewesen wäre! Kein Wunder, daß Sie geschafft aussahen.«

»June!« Annette mißbilligte diesen Ausdruck.

»Na ja, tat er doch auch. Tut er immer noch.« Sie unterzog mich einer kritischen, mütterlich-schwesterlichen Prüfung. »Er hätte umgebracht werden können, und was hätten dann wir hier alle gemacht?«

Die Mißbilligung auf Annettes Gesicht war, so mutmaßte ich, ein Maßstab dafür, wie weitgehend ich inzwischen das Ruder des Unternehmens übernommen hatte. Ich hatte auch nicht mehr den Eindruck, durch Treibsand zu waten, und fing – von den Notwendigkeiten gedrängt – an, ein Gefühl für den Rhythmus des Geschäfts zu bekommen.

Am heutigen Tage waren aber auch die Rennen in Cheltenham. Ich blätterte die Seiten der Zeitung durch und fand die Pferde und ihre Reiter. Dort gehörte mein Name hin – und nicht auf die Schecks von Saxony Franklin. June blickte mir über die Schulter und begriff zumindest ein wenig, wie sehr ich mich hier im Exil fühlte.

»Wenn Sie in Ihre Welt zurückkehren«, sagte sie ernst, den schon angesprochenen Gedanken neu formulierend, »was sollen denn dann wir anderen hier machen?«

»Es bleibt uns vorerst ein Monat«, sagte ich. »Ich werde diese Zeit noch brauchen, bis ich wieder fit bin.« Ich machte eine Pause. »Ich habe auch über dieses Problem nachgedacht und, äh, kann

Ihnen beiden eigentlich auch sagen, zu welchem Entschluß ich gelangt bin.«

Beide sahen mich ängstlich an, und ich lächelte, um sie zu beruhigen.

»Was wir machen werden, ist folgendes«, sagte ich. »Annette bekommt einen neuen Titel und wird Büroleiterin. Sie wird ganz allgemein die Geschäfte hier führen und die Schlüssel in ihrer Obhut haben.«

Sie sah nicht erfreut aus. Sie wiederholte das Wort »Büroleiterin«, als wolle sie probieren, ob es ihr passe.

Ich nickte. »Dann werde ich mich ab sofort nach einem Finanzexperten umsehen, der sich um den Cash-flow und die Kundenkonten kümmert und versucht, uns über Wasser zu halten. Da uns in dieser Hinsicht ein Kampf bevorsteht, können wir diese Maßnahme nicht umgehen.«

Sie blickten beide schockiert und ungläubig drein. Cash-flow – das schien noch nie ein Problem gewesen zu sein.

»Greville hat Diamanten gekauft«, sagte ich bedauernd, »und bislang haben wir erst ein Viertel von ihnen in unserem Besitz. Ich kann nicht herausbekommen, was mit dem Rest geschehen ist. Sie kosten das Unternehmen insgesamt eins Komma fünf Millionen Dollar, und wir schulden der Bank noch immer etwa drei Viertel dieser Summe, wenn das Viertel der Steine verkauft ist, die wir haben.«

Ihre Münder öffneten sich in einmütigem Unglück.

»Bis die anderen Diamanten wieder auftauchen, müssen wir Kreditzinsen zahlen und die Bank überzeugen, daß wir irgendwie aus dem Loch schon wieder herauskommen werden. Und deshalb brauchen wir so etwas wie einen Finanzchef, dessen Gehalt wir von dem abzweigen werden, was Greville als Gehalt für sich selbst beansprucht hat.«

Sie fingen an, die Mechanik zu verstehen, und nickten.

»Ferner brauchen wir«, fuhr ich fort, »einen Gemmologen, der ein gutes Gespür für Steine hat und weiß, was die Kunden mögen und haben wollen. Es hat keinen Zweck, auf einen neuen Greville zu hoffen, sondern wir werden den Posten eines Einkaufsleiters schaffen, und das wird« – ich sah sie an – »June sein.«

Sie wurde tiefrot. »Aber das kann ich nicht … ich weiß nicht genug.«

»Sie werden auf Lehrgänge gehen«, sagte ich. »Auf Messen. Sie werden reisen. Sie werden für den Einkauf zuständig sein.«

Ich sah, wie sich ihr neue Horizonte eröffneten, sah ein Funkeln in ihren Augen erscheinen.

»Sie ist doch noch zu jung«, warf Annette ein.

»Wir werden sehen«, sagte ich und fügte, zu June gewandt, hinzu: »Sie wissen, was sich verkauft. Sie und der Finanzchef werden sehr eng zusammenarbeiten, damit wir den bestmöglichen Gewinn erzielen. Sie werden auch weiterhin die Computerarbeit machen und Lily oder Tina in seine Bedienung einweisen, damit sich jemand darum kümmern kann, wenn Sie nicht da sind.«

»Tina«, sagte sie, »die ist schneller.«

»Also Tina.«

»Und was ist mit Ihnen?« fragte sie.

»Ich werde der verantwortliche Geschäftsführer sein. Ich werde so oft kommen, wie es mir möglich ist, mindestens zweimal pro Woche für ein paar Stunden. Alle werden mir berichten, und dann werden wir zusammen entscheiden, was jeweils zu machen ist, wobei allerdings im Falle von Meinungsverschiedenheiten meine Stimme entscheidet. Richtig oder falsch, die Verantwortung trage ich, nicht Sie.«

Annette, noch immer besorgt, sagte: »Sie werden doch aber bestimmt Mr. Franklins Gehalt brauchen.«

Ich schüttelte den Kopf. »Ich verdiene mit dem Reiten von Pferden genug. Bis wir hier wieder flüssig sind, müssen wir jeden Pfennig sparen.«

»Es ist ein Abenteuer!« sagte June ganz hingerissen.

Ich dachte, es könnte wohl eher eine sehr lange Durststrecke werden und alles sich am Ende sogar als nicht machbar herausstellen, aber solche Zweifel hielten angesichts der Tatsache, daß Greville hier überall zugegen war, nicht dem Willen stand, wenigstens den Versuch zu wagen.

»Also«, sagte ich, steckte eine Hand in die Tasche und zog ein Mullknäuel daraus hervor, »hier haben wir fünf Rohdiamanten, die zusammen etwa 75 000 Dollar wert sind.«

Sie waren sprachlos.

»Wie verkaufen wir sie?« fragte ich.

Nach einer Weile sagte Annette: »Interessieren Sie einen Diamantschleifer dafür.«

»Wissen Sie, wie man das macht?«

Nach einem weiteren Zögern nickte sie mit dem Kopf.

»Wir können die Herkunft belegen«, sagte ich. »Kopien der Unterlagen zu dem ursprünglichen Kauf sind auf dem Wege hierher, Guy Servi in Antwerpen schickt sie uns. Sie könnten morgen hier sein. Sight-Nummer und so weiter. Wir tun diese Steine in den Tresorraum, bis wir die Papiere haben, und dann legen Sie los.«

Sie nickte, aber ängstlich.

»Kopf hoch«, sagte ich. »Die Bücher weisen ganz klar aus, daß Saxony Franklin ein höchst erfolgreiches Unternehmen ist, das Gewinn macht, normale Verhältnisse vorausgesetzt. Im Augenblick müssen wir halt Kosten sparen, wo immer wir können, das ist alles.«

»Wir könnten Jasons Lohn einsparen«, sagte Annette plötzlich. »Die Hälfte der Zeit trägt Tina die schweren Pakete ja sowieso schon, und ich kann die Staubsaugerei übernehmen.«

»Großartig«, sagte ich voller Dankbarkeit. »Wenn Sie sich so einsetzen wollen, dann schaffen wir's.«

Das Telefon klingelte, und Annette ging kurz dran.

»Ein Bote hat unten am Empfang ein Paket für Sie abgegeben«, sagte sie.

»Ich hol's«, sagte June und war schon aus der Tür, kehrte mit der ihr eigenen Schnelligkeit mit einem braunen, gepolsterten Umschlag wieder zurück, der nicht sehr groß und mit sauberer Handschrift einfach an Derek Franklin adressiert war, und legte ihn voller Schwung vor mich hin.

»Passen Sie bloß auf, daß es keine Bombe ist«, sagte sie scherzend, als ich den Umschlag aufnahm, und mir ging mit ziemlichem Entsetzen durch den Kopf, daß dies eine Möglichkeit war, an die ich noch nie gedacht hatte.

»Ich hab das nicht ernst gemeint«, sagte sie neckend, als sie mich zögern sah. »Soll ich ihn aufmachen?«

»Und statt meiner die Hände weggepustet kriegen?«

»Natürlich ist das keine Bombe«, sagte Annette mit Unbehagen.

June sagte: »Ich hole mal die große Schere aus der Packerei.« Sie war ein paar Sekunden fort. »Alfie meint«, sagte sie, als sie zurückkehrte, »wir sollten ihn in einen Eimer mit Wasser tun.«

Sie reichte mir die übergroße Schere, die Alfie für das Zurechtschneiden von Pappe benutzte, und gegen ihre Überzeugung wichen sie und Annette bis zur anderen Seite des Büros zurück, als ich den Jiffy aufschlitzte.

Es gab keine Explosion. Die vollkommene Antiklimax. Ich schüttelte den Inhalt heraus, bei dem es sich um zwei Gegenstände und einen Briefumschlag handelte.

Einer der Gegenstände war der Mikrokassetten-Recorder, den ich bei meinem überstürzten Aufbruch auf Prospero Jenks Werkbank liegengelassen hatte.

Der andere war eine längliche Brieftasche aus schwarzem Leder, fast von der Größe des Hexers, mit den Goldinitialen G.S.F. in einer Ecke und einem schlichten braunen Gummiband drumherum, das sie zusammenhielt.

»Das ist ja die von Mr. Franklin«, sagte Annette verblüfft, und June, die ebenfalls wieder herbeigekommen war, um sich alles anzusehen, nickte bestätigend.

Ich zog das Gummiband ab und legte die Brieftasche offen auf den Schreibtisch. Darin lag lose eine Visitenkarte mit Prospero Jenks Namen und den Anschriften seiner Geschäfte auf der Vorderseite und dem einen Wort »Verzeihung!« auf der Rückseite.

»Wo hat er Mr. Franklins Brieftasche bloß her?« fragte Annette verwirrt und sah auf die Karte.

»Er hat sie gefunden«, sagte ich.

»Dann hat er sich aber mit dem Zurückschicken Zeit gelassen«, sagte June spitz.

»Hm, ja.«

Die Brieftasche enthielt ein Scheckheft der Firma Saxony Franklin, vier Kreditkarten, ein paar Visitenkarten und ein kleines Bündel Banknoten – weniger, wie ich vermutete, als es bei seinem Aufbruch gewesen waren.

Da die kleine Aufregung nun vorüber war, gingen Annette und June hinaus, um die anderen über die gegenwärtige und zukünftige Lage der Nation zu unterrichten, und ich war allein, als ich den Briefumschlag öffnete.

18

Pross schickte mir einen Brief und einen bestätigten Barscheck, will sagen unmittelbar zugängliche Geldmittel.

Ich riß beim Anblick der Zahl auf dem Scheck die Augen auf und las sie mit Sorgfalt noch einmal. Dann las ich den Brief.

Er lautete:

Derek,
dies ist eine Bitte um Strafmilderung, wie Sie es sinngemäß ausgedrückt haben. Der Scheck zeigt den Betrag, den ich mit Grev für die zwölf Tropfen und acht Sterne vereinbart hatte. Ich weiß, daß Sie das Geld brauchen, und ich brauche die Steine.

Jason wird Sie nicht mehr behelligen. Er bekommt einen Job in einer meiner Werkstätten.

Grev hätte mir den Ziegelstein nie verziehen, vielleicht aber die Brieftasche. Bei Ihnen ist es genau umgekehrt. Sie sind ihm sehr ähnlich. Ich wünschte, er hätte nicht sterben müssen.

Pross

Was für ein Kuddelmuddel, dachte ich. Ich brauchte das Geld, ja gewiß, aber wenn ich es annahm, dann erklärte ich mich indirekt bereit, nichts gegen ihn zu unternehmen. Andererseits war ich mir nicht sicher, ob ich überhaupt gerichtlich gegen ihn vorgehen konnte, so sehr ich das auch wollen mochte. Von Beweisproblemen einmal ganz abgesehen, hatte ich mich ja mehr oder minder darauf eingelassen, als Gegenleistung für Informationen stillzuhalten, was allerdings vor der Brieftasche gewesen war. Es wurde mir bewußt, daß er große Scharfsichtigkeit bewies, hatte er doch klar erkannt, daß es der Verrat am *Bruder* war, der sowohl Greville als auch mich in Rage bringen würde.

Würde Greville es gutheißen, wenn ich Pross zwar nicht verzieh, die Rache aber aussetzte? Würde er wollen, daß ich die Vergebung, die er gewährt hatte, erneuerte, oder wäre es weit eher in seinem Sinne, wenn ich mich im Zorn erhöbe und den Scheck in Fetzen risse ...?

Mitten in diese düster sich im Kreise drehenden Gedanken klingelte das Telefon, und ich nahm den Hörer ab.

»Elliot Trelawney hier«, sagte die Stimme.

»Oh, hallo«.

Er erkundigte sich, wie's denn so ginge, und ich antwortete, daß das Leben nun mal voller Zwickmühlen sei.

»Und wie«, sagte er mit einem Kichern.

»Geben Sie mir einen Rat«, sagte ich, einer Eingebung folgend. »In Ihrer Eigenschaft als Richter.«

»Wenn ich kann, herzlich gern.«

»Gut, hören Sie sich eine Geschichte an und sagen Sie mir dann, was Sie davon halten.«

»Schießen Sie los.«

»Jemand hat mich mit einem Ziegelstein niedergeschlagen ...« Elliot gab aus Mitgefühl mit mir protestierende Geräusche von sich, aber ich fuhr fort: »Ich weiß jetzt, wer es gewesen ist, aber als es passierte, wußte ich es noch nicht, denn ich konnte das Gesicht des Angreifers nicht sehen, weil es maskiert war. Er wollte mir eine ganz bestimmte Sache entwenden, aber obwohl er bei der Durchsuchung des Hauses eine fürchterliche Unordnung anrichtete, konnte er das Gesuchte nicht finden, raubte mir im Endeffekt also nichts außer meinem Bewußtsein. Später erriet ich, wer es gewesen war, und ich warf einem anderen Mann vor, den Betreffenden auf mich angesetzt zu haben. Dieser Mann hat das nicht geleugnet, mir aber zu verstehen gegeben, daß er es jedem anderen gegenüber leugnen werde. Also ... was soll ich machen?«

»O je.« Er dachte nach. »Was möchten Sie denn gern tun?«

»Das weiß ich nicht. Deshalb brauche ich ja einen Rat.«

»Haben Sie diesen Überfall der Polizei gemeldet?«

»Ja.«

»Haben Sie unter ernsthaften Nachwirkungen zu leiden gehabt?«

»Nein.«

»Haben Sie danach einen Arzt aufgesucht?«

»Nein.«

Er dachte wiederum nach. »Praktisch gesehen, würde es wohl schwer werden, eine Verurteilung zu erreichen, selbst wenn sich eine Körperverletzung tatsächlich noch nachweisen ließe. Sie könnten nämlich keinen Eid auf die Identität des Angreifers leisten, wenn Sie ihn bei seinem Angriff nicht erkannt haben, und was den anderen Mann betrifft, so gehört die Anstiftung zu einem Verbrechen zu jenen Anschuldigungen, mit denen ans Ziel zu gelangen am allerschwersten ist. Da Sie keinen Arzt konsultiert haben, befinden Sie sich auf unsicherem Boden. Auch wenn das hart ist – ich würde doch meinen, daß der Fall wohl kaum vor Gericht zu bringen wäre.«

Ich seufzte und sagte: »Vielen Dank.«

»Tut mir leid, daß ich nicht hilfreicher sein konnte.«

»Ist schon in Ordnung. Sie haben mir bestätigt, was ich schon befürchtet habe.«

»Na gut«, sagte er. »Ich habe Sie eigentlich angerufen, weil ich Ihnen für die Zusendung der Vaccaro-Aufzeichnungen danken wollte. Der Ausschuß hat getagt, und wir haben den Antrag Vaccaros abgelehnt, nur um dann zu entdecken, daß wir uns gar nicht so große Mühe hätten zu geben brauchen, weil er nämlich bereits am Samstag unter dem Vorwurf festgenommen worden war, die illegale Einfuhr bestimmter Substanzen versucht zu haben. Er sitzt noch in Untersuchungshaft, und Amerika ist um eine Auslieferung nach Florida bemüht, wo eine Anklage wegen Mordes und möglicherweise die Hinrichtung auf ihn warten. Und wir hätten ihm beinah die Konzession für einen Spielclub gegeben! Ist schon eine komische Welt.«

»Wirklich zum Totlachen!«

»Was ist eigentlich mit unserem Drink im ›Rook and Castle‹?« meinte er dann. »Vielleicht mal an einem Abend in der nächsten Woche?«

»Okay.«

»Schön«, sagte er. »Ich rufe Sie an.«

Ich legte den Hörer auf und überlegte, daß Vaccaro, wenn er am Samstagabend verhaftet und in Untersuchungshaft genommen worden war, wohl kaum am Sonntagnachmittag in Berkshire von einem fahrenden Auto aus Simms erschossen haben konnte. Aber eigentlich hatte ich ja auch nie wirklich geglaubt, daß er es gewesen war.

Nachäfferei. Ein Nachahmungstäter war's gewesen.

Und auch Pross hatte Simms nicht erschossen. Hatte auch nie versucht, mich umzubringen. Das Peter-Pan-Gesicht, von dem sich so viele Gefühlsregungen ablesen ließen, war absolut leer geblieben, als ich ihn gefragt hatte, was er am Sonntagnachmittag gemacht habe.

Ich kam zu dem Schluß, daß der Mord an Simms eine willkürliche Gewalttat war – wie die anderen Morde von Hungerford auch. Sinnlos und niederträchtig, heimtückisch, vom Wahnsinn diktiert und nicht zu erklären.

Ich nahm den gewaltigen Scheck zur Hand und besah ihn mir. Er würde alle augenblicklichen Probleme lösen – wir wären in der Lage, die bereits fällig gewordenen Zinsen zu zahlen und die Rechnung für das Schleifen der Diamanten und dann noch mehr als ein Fünftel unserer Kapitalschulden zu tilgen. Wenn ich ihn nicht annahm, dann konnten wir zweifelsohne die Diamanten später an irgend jemand anderen verkaufen, aber sie waren speziell für die Phantasiestücke von Prospero Jenks geschliffen worden, und es konnte durchaus sein, daß sie sich nicht ganz so gut für Ketten und Ringe eigneten.

Ein Schuldbekenntnis. Eine Gegenleistung. Die Möglichkeit, daß die Reue zumindest zur Hälfte echt war. Oder sah er in mir nur einmal mehr einen Dummkopf, mit dem er leichtes Spiel hatte?

Ich stellte auf dem Tischrechner ein paar Berechnungen an, und als Annette mit der Tagespost hereinkam, zeigte ich ihr mein Zahlenwerk und den Scheck und fragte sie nach ihrer Meinung.

»Das ist der Selbstkostenpreis«, erklärte ich ihr. »Dies hier sind die Kosten für Schliff und Politur. Das die Versandgebühren, und dies die Kreditzinsen und die Mehrwertsteuer. Wenn Sie das alles zusammenrechnen und von der Zahl auf diesem Scheck hier abziehen, bliebe dann die Art von Gewinnspanne übrig, die Greville vorgeschwebt hätte?«

Von Kalkulation verstand sie etwas, und sie wiederholte meine Schritte auf dem Rechner.

»Ja«, sagte sie schließlich, »das sieht einigermaßen gut aus. Nicht übermäßig großzügig, aber Mr. Franklin hätte es wohl als einen Auftrag auf Provisionsbasis angesehen, denke ich. Nicht so ein Geschäft wie der Bergkristall, den er auf gut Glück gekauft hatte und der zur Finanzierung der Reise beitragen sollte.« Sie sah mich ängstlich an. »Ihnen ist der Unterschied doch klar?«

»Ja«, sagte ich. »Prospero Jenks meint, daß dies die Summe sei, auf die er und Greville sich verständigt hätten.«

»Na also«, sagte sie erleichtert. »Er würde Sie nicht betrügen.«

Ich bedachte ihren guten Glauben mit einem ironischen Lächeln und sagte: »Wir geben diesen Scheck wohl besser zur Bank, nehme ich an. Bevor er sich in Luft auflösen kann.«

»Das mache ich sofort«, erklärte sie. »Bei einem Kredit von der Größenordnung, die Sie genannt haben, kostet uns jede Minute was.«

Sie zog sich den Mantel an und ergriff einen Regenschirm, um diesen mit auf ihren Botengang zu nehmen, hatte der Tag doch mit einem Regen begonnen, der keine Anzeichen eines Nachlassens zeigen wollte.

Es hatte auch schon am Abend davor geregnet, als Clarissa zur Rückkehr ins Hotel bereitgestanden hatte, und ich hatte dreimal nach einem Taxi telefonieren müssen – ein Problem, mit dem Aschenputtel wahrscheinlich noch nicht konfrontiert gewesen war. Mitternacht war heraufgezogen und vorbei, als das Gefährt endlich eingetroffen war, und ich hatte ihr in der Zwischenzeit angeboten, ihr Brad und mein Auto für die Fahrt zu der Hochzeit auszuleihen.

Das brauche ich nicht, hatte sie gesagt. Wenn sie und Henry in London seien, dann nähmen sie immer die Dienste eines Autoverleihs in Anspruch. Der Wagen, der sie zu der Hochzeit in Surrey bringen werde, sei bereits bestellt. Der Fahrer werde dort auf sie warten und sie dann wieder ins Hotel zurückbringen, und sie wolle sich lieber an diesen Plan halten, sagte sie, da die entsprechende Rechnung direkt an ihren Mann geschickt werde.

»Ich tue immer, was Henry erwartet«, sagte sie, »denn dann gibt es keine Fragen.«

»Und wenn Brad dich nach deiner Rückkehr vom Selfridge abholte?« fragte ich, während ich die kleinen Bären einpackte und ihr in einer Tüte überreichte. »Die Wettervorhersage ist lausig, und wenn es regnet, hast du um die Tageszeit erhebliche Schwierigkeiten, ein Taxi zu erwischen.«

Der Gedanke war ihr nicht unlieb – nur daß Brad dann ihren Namen erfahren würde. Ich versicherte ihr, daß er nur rede, wenn es gar nicht zu vermeiden sei, aber dann sagte ich ihr, daß ich Brad bitten würde, irgendwo in der Nähe des Hotels zu parken. Dann könne sie ihn über das Autotelefon erreichen, wenn sie zur Abfahrt bereit sei, und Brad würde im rechten Augenblick herbeigesaust kommen und brauche weder ihren Namen zu wissen noch am Empfang nach ihr zu fragen.

Da dieser Plan ihren Gefallen gefunden hatte, hatte ich ihr die Telefon- und die Zulassungsnummer des Autos aufgeschrieben, letzteres, damit sie auch sicher sein konnte, den richtigen Kürbis gewählt zu haben. Außerdem hatte ich ihr Brad beschrieben – langsam kahl werdend, ein bißchen grämlich, ein offenes Hemd, ein sehr guter Fahrer.

Brads Einstellung zu diesem Arrangement war mir verborgen geblieben. Als ich es ihm an diesem Morgen auf dem verregneten Weg in die Firma erläutert hatte, hatte er bloß geknurrt, was ich als vorläufige Einwilligung auffaßte.

Wenn er Clarissa rausgebracht hatte, überlegte ich, als ich die Post durchsah, die mir Annette hingelegt hatte, könnte er eigentlich nach Hungerford und nach Hause fahren, während Clarissa und ich zu Fuß zu dem Restaurant am Ende von Grevilles Straße gehen könnten, wo er vielleicht bekannt war, ich aber nicht, um dann nach einem frühen Abendessen zu Grevilles Bett zurückzukehren, diesmal für uns, und vielleicht müßten wir das Taxi rechtzeitiger bestellen ... vielleicht ...

Aus diesen angenehmen Tagträumen riß mich einmal mehr das stets fordernde Telefon, und diesmal war's Nicholas Loder, der anrief, vor Wut kochend.

»Milo sagt mir, Sie hätten die Stirn gehabt, ›Dozen Roses‹ einer Dopingkontrolle zu unterziehen«, fauchte er.

»Ja, auf Barbiturate hin. Er kam mir sehr schläfrig vor. Unser Tierarzt meinte, er wäre glücklicher, wenn er vor Ausstellung der Freigabebescheinigung genau wisse, daß dem Tier kein Beruhigungsmittel für die Reise verabreicht worden sei.«

»Ich würde doch einem Pferd niemals Beruhigungsmittel geben«, sagte er.

»Nein, das hat auch keiner von uns im Ernst angenommen«, sagte ich begütigend, »aber wir wollten sichergehen.«

»Das ist höchst schäbig von Ihnen. Eine Beleidigung. Ich erwarte eine Entschuldigung.«

»Ich entschuldige mich«, sagte ich einigermaßen ernst und dachte schuldbewußt an die weiteren Tests, die im Augenblick gerade durchgeführt wurden.

»Das reicht mir nicht«, sagte Nicholas Loder mürrisch.

»Ich wollte das Pferd an gute Besitzer von Milo verkaufen, an Leute, für die ich reite«, sagte ich, an seine Einsicht appellierend. »Wir wissen alle, daß Sie dagegen waren. Wenn man Ihnen unter eben diesen Umständen einen müden Gaul vorgeführt hätte, dann hätten Sie doch genau das gleiche getan, nicht wahr? Sie hätten auch genau wissen wollen, was Sie da verkaufen.«

Wiege die Ware! dachte ich. Zirkon war bei gleicher Größe eins Komma sieben mal schwerer als Diamant. Greville hatte bei seiner Fahrt nach Harwich eine Juwelierwaage im Auto gehabt, wahrscheinlich um zu überprüfen, was ihm die *Koningin Beatrix* mitgebracht hatte.

»Sie haben sich unmöglich aufgeführt«, sagte Nicholas Loder. »Wann haben Sie das Pferd zuletzt gesehen? Und wann sehen Sie's wieder?«

»Zuletzt Montagabend. Wann wieder, weiß ich nicht. Wie ich Ihnen schon sagte, halten mich Grevilles Angelegenheiten ein bißchen beschäftigt.«

»Milos Sekretärin hat mir gesagt, daß ich Sie in Grevilles Büro finden würde«, knurrte er. »Sie sind ja nie zu Hause. Ich habe, glaube ich, einen Käufer für ›Edelstein‹, obwohl Sie's nicht verdienen. Wo sind Sie heute abend zu erreichen, falls er ein endgültiges Angebot machen will?«

»Bei Greville. Vielleicht.«

»Gut, die Nummer habe ich. Und ich verlange für diese Dopingtests eine schriftliche Entschuldigung von Ihnen. Ich bin so sauer, daß ich Ihnen gegenüber kaum noch höflich sein kann.«

Das war er auch kaum, dachte ich, aber ich freute mich doch über ›Edelstein‹. Das Geld sollte in die Kasse des Unternehmens fließen und den Bankrott noch ein bißchen aufschieben helfen. Ich hatte ja auch noch den Scheck von Ostermeyers für ›Dozen Roses‹, wartete mit der Einzahlung nur noch darauf, daß Phil Urquhart grünes Licht gab. Die Pferde würden also für ein paar der verschollenen Diamanten aufkommen. Wenn man es optimistisch sah, dann hatte sich das Gewicht des Mühlsteins inzwischen auf etwa eine Million Dollar verringert.

Aus alter Gewohnheit brachte mir June zur Mittagszeit wieder ein Sandwich. Ihr Schritt war vor lauter Aufregung noch federnder geworden, und sie schämte sich dessen überhaupt nicht. In fernerer Zukunft, sollten wir diese Krise überleben – was dann? Würde ich Saxony Franklin einfach verkaufen, wie ich es vorgehabt hatte, oder würde ich die Firma doch behalten und beleihen, um auf diese Weise einen eigenen Stall zu finanzieren, wie Greville seine Diamanten finanziert hatte? Ich würde den Stall aber nicht verstecken! Vielleicht war ich bis dahin ja auch sachkundig genug, um beide Unternehmen auf solider Grundlage führen zu können – ich hatte ja schließlich in zehn Tagen schon sehr viel gelernt. Und mir war, auch wenn ich das überraschend fand, Grevilles Firma inzwischen doch ans Herz gewachsen. Wenn wir sie retteten, würde ich sie nicht hergeben wollen.

Wenn ich weiterritt, bis wieder so etwas wie Zahlungsfähigkeit über uns heraufdämmerte, dann würde ich vielleicht zum ältesten Steeplechase-Jockey der Geschichte werden …

Wieder unterbrach das Telefon meine Tagträume, und dabei hatte ich noch kaum mit der Erledigung der Post angefangen. Es war ein Kunde, der eine lange Bestellung von Cabochons und Kugeln aufgeben wollte, und ich hüpfte zur Tür und schrie nach June, damit sie den Auftrag entgegennahm und gleich in den Computer tippte, und dann kam Alfie daher, beschwerte sich, daß uns das verstärkte Paketband ausginge, und fragte, wozu wir eigentlich je diesen Jason gebraucht hätten. Tina erledige seine Arbeit in der halben Zeit – und das ohne die Flucherei.

Annette saugte fast schon fröhlich überall Staub, obwohl ich gedachte, schon bald Tina zu bitten, dies an ihrer Stelle zu machen. Lily kam mit niedergeschlagenen Augen herbei und erkundigte sich demütig, ob sie nicht auch einen Titel bekommen könne. »Vielleicht ›Lagermanagerin‹ «, schlug sie vor.

»Topp!« sagte ich mit Vergnügen, und bevor der Tag zu Ende war, hatten wir auch noch einen »Versandmanager« (Alfie) und eine »Versandvorbereitungsmanagerin« (Tina), und ich hatte den Eindruck, als herrsche nun ein Geist im Hause, der das Unternehmen geradezu abheben ließ. Ob die Euphorie anhalten würde oder nicht, das würde die kommende Woche erweisen.

Ich rief Maarten-Pagnier in Antwerpen an und besprach mit ihnen die Übersendung von zwölf Tropfen, acht Sternen und fünf Imitaten.

»Unser Kunde hat die Steine inzwischen bezahlt«, sagte ich, »und ich würde ihn nun gern wissen lassen, wann wir sie ihm zustellen können.«

»Wollen Sie, daß wir sie ihm direkt zuschicken, Monsieur?«

»Nein, bitte an uns. Wir leiten sie weiter.« Ich bat ihn, die Steine zu versichern und sie per Euro-Securo-Kurier zu schikken – es sei nicht nötig, seinen Partner noch einmal zu bemühen, da wir ja nicht bestritten, daß fünf der übersandten Steine Zirkone seien. Uns seien inzwischen die echten Steine auch zurückgegeben worden, sagte ich.

»Das freut mich für Sie, Monsieur. Und dürfen wir einem weiteren Auftrag entgegensehen? Mr. Franklin hatte das vorgesehen.«

»Zu meinem Bedauern im Augenblick nicht.«

»Sehr wohl, Monsieur. Wir stehen jederzeit zu Ihren Diensten.«

Da dies nun erledigt war, bat ich Annette, nach Prospero Jenks zu suchen und ihm zu sagen, daß seine Diamanten auf dem Wege seien. Sie bekam ihn schließlich in einer seiner Werkstätten zu fassen und erschien in meiner Tür, um mir zu sagen, daß er mich persönlich zu sprechen wünsche.

Mit innerem Zögern nahm ich den Hörer ab. »Hallo, Pross«, sagte ich.

»Also Waffenruhe?« fragte er.

»Wir haben den Scheck zur Bank gegeben, Sie bekommen Ihre Diamanten.«

»Wann?«

»Sobald sie aus Antwerpen eingetroffen sind. Vielleicht Freitag.«

»Danke.« Er klang im höchsten Maße erfreut. Dann sagte er zögernd: »Sie haben da ein paar hellblaue Topase, jeder fünfzehn Karat oder mehr, Smaragdschliff, wie Wasser glitzernd ... kann ich die bekommen? Fünf oder sechs große Steine, sagte Grev. Ich würde sie alle nehmen.«

»Geben Sie uns Zeit«, sagte ich und dachte: Mein Gott, der Bursche hat wirklich Nerven.

»Ja, gut, aber Sie und ich, wir brauchen einander«, wandte er ein.

»Symbiose?« sagte ich.

»Wie? Ja.«

Es hatte, so ging mir durch den Kopf, Greville in der Branche nicht geschadet, daß er als Hauptlieferant von Prospero Jenks bekannt gewesen war. Sein Unternehmen brauchte genauso dringend Ansehen wie Geld. Einmal hatte ich sein Geld bereits angenommen – konnte ich mir jetzt Stolz leisten?

»Wenn Sie noch mal versuchen sollten, mich zu bestehlen«, sagte ich, »dann breche ich nicht nur die Geschäftsbeziehung zu Ihnen ab, sondern ich sorge auch dafür, daß alle erfahren, warum ich das tue. Alle, von Hatton Garden bis zur Pelikanstraat.«

»Derek!« Es klang gekränkt, aber die Drohung war unbedingt nötig.

»Sie können die Topase haben«, sagte ich. »Wir haben einen

neuen Gemmologen, der zugegebenermaßen kein Greville ist, der aber weiß, was Sie kaufen. Wir werden Sie auch weiterhin wissen lassen, was wir an besonderen Steinen hereinbekommen. Und Sie können uns ja sagen, was Sie jeweils suchen. Wir werden Schritt für Schritt vorgehen.«

»Ich hatte schon gedacht, Sie wollten nicht!« Er hörte sich sehr erleichtert an. »Ich dachte, Sie würden mir die Brieftasche nie verzeihen. Ihr Gesicht...«

»Ich verzeihe es nicht. Und ich vergesse es auch nicht. Aber wenn die Schlachten geschlagen sind, treiben die Feinde wieder Handel miteinander.«

Das war immer schon so gewesen, dachte ich, mochten sich Zyniker auch noch so mokieren. Beiderseitiger Nutzen – das war der mächtigste aller Brückenbauer, auch wenn das Herz verbittert blieb. »Wir werden sehen, wie sich die Dinge entwickeln«, sagte ich.

»Wenn Sie die anderen Diamanten finden«, meinte er hoffnungsvoll, »würde ich sie noch immer gern haben.« Wie ein kleiner Junge, der in Schwierigkeiten steckt und sich ihnen mit Charme zu entziehen versucht.

Ich legte mit einem traurigen Lächeln auf. Ich hatte den gleichen inneren Kompromiß geschlossen wie Greville und machte ebenfalls mit diesem verräterischen Kind Geschäfte, ohne ihm dabei jedoch zu vertrauen. Belieferte das Genie in ihm und ließ seine Finger nicht aus den Augen.

June kam hereingeflogen, und ich bat sie, in den Tresorraum zu gehen und sich die hellblauen, großen Topase genau anzuschauen, an die ich mich gut erinnern konnte. »Machen Sie die Bekanntschaft dieser Steine, solange sie noch da sind. Ich habe sie nämlich an Prospero Jenks verkauft.«

»Aber ich gehe doch nicht in den Tresorraum!« sagte sie.

»Von jetzt an schon. Von jetzt an werden Sie jeden Tag, in den Zeiten, in denen nichts los ist, reingehen und sich die geschliffenen

Steine ansehen, um so mehr über ihr Aussehen und ihre Ausstrahlung zu erfahren, wie ich das ja auch gemacht habe. Topas zum Beispiel ist glitschig. Lernen Sie die chemischen Formeln, die verschiedenen Schliffe, die Gewichte. Machen Sie sich mit diesen Dingen vertraut, damit Sie, wenn Sie irgendwo auf der Welt ungewöhnliche Steine angeboten bekommen, ihren wahrscheinlichen Wert anhand Ihres Wissens abschätzen können.«

Ihr Mund öffnete sich.

»Sie werden das Rohmaterial für die Museumsstücke von Prospero Jenks einkaufen«, sagte ich. »Sie werden schnell lernen müssen.«

Auch ihre Augen weiteten sich, und sie verschwand.

Ich erledigte mit Annette zusammen die Post.

Um vier Uhr nahm ich ein weiteres Telefongespräch entgegen – diesmal war es Phil Urquhart, dessen Stimme angespannt klang.

»Ich habe gerade das Labor wegen der Tests von ›Dozen Roses‹ angerufen.« Er machte eine Pause. »Ich kann es irgendwie gar nicht glauben.«

»Was ist los?« fragte ich.

»Wissen Sie, was ein Metabolit ist?«

»Nur vage.«

»Was denn?« fragte er.

»Das Resultat des Metabolismus, nicht wahr?«

»So ist es«, sagte er. »Es ist das, was übrigbleibt, wenn irgendeine Substanz im Körper aufgelöst wird.«

»Und?«

»Also«, sagte er fachkundig, »wenn Sie einen bestimmten Metaboliten im Urin finden, dann bedeutet das, daß vorher eine ganz bestimmte Substanz im Körper vorhanden war. Ist das klar?«

»Wie Viren spezielle Antikörper produzieren, so daß das Vorhandensein von Antikörpern das Vorhandensein von Viren beweist?«

»Genau«, sagte er, offenkundig erleichtert darüber, daß ich verstand, worum es ging. »Nun, das Labor hat im Urin von ›Dozen Roses‹ einen Metaboliten gefunden, einen Metaboliten, der unter dem Namen Benzylecognin bekannt ist.«

»Sprechen Sie weiter«, drängte ich, als er wieder eine Pause machte. »*Wovon* ist das der Metabolit?«

»Kokain«, sagte er.

Ich saß sprachlos und ungläubig da.

»Derek«, sagte er.

»Ja.«

»Rennpferde werden nicht routinemäßig auf Kokain hin untersucht, weil es kein Aufputschmittel ist. Ein Rennpferd könnte bis oben voll mit Kokain sein, und kein Mensch würde das mitkriegen.«

»Wenn es aber kein Aufputschmittel ist«, sagte ich, meine Zunge lösend, »warum gibt man's ihnen dann?«

»Weil man möglicherweise *glaubt*, daß es eines sei. Und weiß, daß es nicht kontrolliert wird.«

»Und warum glaubt man das?«

»Es ist eine der Drogen, die die Wirkung des Adrenalins potenzieren. Ich habe das Labor gebeten, besonders nach solchen Stoffen zu suchen, und zwar vor dem Hintergrund dessen, was Sie selbst über Adrenalin gesagt haben. Was bei einem normalen Adrenalinstoß passiert, ist doch, daß sofort ein Enzym daherkommt, um das Adrenalin unter Kontrolle zu bringen. Kokain nun schaltet dieses Enzym aus, so daß das Adrenalin viel länger im Körper rumtoben kann. Beim Abbau des Kokains entsteht dann vor allem dieses Benzylecognin, und genau das hat unser Labor am heutigen Nachmittag in seinem Gaschromatographen gefunden.«

»Es gab einige Fälle in Amerika ...«, sagte ich unbestimmt.

»Selbst dort ist es noch nicht Gegenstand der üblichen Dopingkontrollen.«

»Aber mein Himmel«, sagte ich bestürzt, »das muß Nicholas Loder doch gewußt haben.«

»Fast mit Sicherheit, würde ich annehmen. Man muß das Kokain ganz kurz vor dem Rennen verabreichen, weil seine Wirkung nicht sehr lange anhält. Eine Stunde, anderthalb Stunden vor dem Start höchstens. Bei Pferden schwer zu sagen, es gibt ja keine Vergleichsdaten. Und obwohl der Metabolit relativ rasch im Blut und bald darauf im Urin erscheint, ist er wahrscheinlich nicht länger als 48 Stunden nachweisbar – bei Pferden ist man da noch immer auf Vermutungen angewiesen. Wir haben die Urinprobe von ›Dozen Roses‹ am Montagabend genommen, also etwa 52 Stunden nach dem Rennen. Das Labor sagte, der Metabolit sei einwandfrei feststellbar, aber sie seien nicht in der Lage abzuschätzen, wieviel Kokain aufgenommen worden sei. Sie teilten mir das alles mit sehr, sehr vielen Vorbehalten mit. Sie haben weit größere Erfahrungen mit Menschen und meinten, bei denen trete der Kokainrausch sehr schnell ein, dauere ungefähr vierzig Minuten und habe nur geringe depressive Nachwirkungen.«

»Nett«, sagte ich.

»Sie glauben«, fuhr er fort, »daß es bei Pferden wahrscheinlich sofort eine gewisse Lebhaftigkeit auslöst.«

Ich rief mir das Verhalten von ›Dozen Roses‹ sowohl in York als auch auf den Videobändern ins Gedächtnis zurück. Zweifellos war er zwischen Sattel- und Startbox auffällig munterer geworden.

»Aber sie meinen auch«, fügte Phil hinzu, »daß es wahrscheinlich im besten Falle eher mehr Ausdauer verleiht als die Geschwindigkeit erhöht. Es würde das Pferd also nicht schneller machen, sondern lediglich die Wirkung der Adrenalinausschüttung verlängern.«

Das mochte manchmal durchaus schon genug sein, dachte ich. Manchmal konnte man spüren, wie Pferde kurz vor dem Ziel unter einem »wegstarben«, und das nicht aus Mangel an Befähigung, sondern aus Mangel an Ausdauer, an Kampfeswillen. Es gab Pferde, die waren es zufrieden, Zweite zu werden. Bei ihnen konnte vielleicht ein ungehemmt wirkendes Adrenalin den Ausschlag geben.

Koffein, das die gleiche potenzierende Wirkung hat, gehört im Rennsport zu den verbotenen Substanzen.

»Warum werden keine Kokain-Tests gemacht?« fragte ich.

»Das weiß der liebe Himmel«, sagte Phil. »Vielleicht, weil die Menge, die nötig ist, um ein Pferd in Fahrt zu bringen, den Verabfolger zu viel kostet, um rentabel zu sein. Ich meine ... mehr, als man sicher sein könnte, bei einer Wette zurückzugewinnen. Kokain wird jedoch billiger, wie ich höre. Es kommen immer größere Mengen auf den Markt.«

»Ich weiß nicht sehr viel über Drogen«, sagte ich.

»Wo leben Sie denn?«

»Nicht meine Szene.«

»Wissen Sie, wie man Sie in Amerika nennen würde? *Straight*, also normal, sauber, gerade, aufrecht.«

»Ich dachte, es hieße soviel wie heterosexuell.«

Er lachte. »Das auch. Sie sind also durch und durch normal.«

»Phil«, sagte ich, »was soll ich machen?«

Er wurde sofort wieder ernst. »Das weiß der liebe Gott. Mein Job endet bei der Weitergabe der Information. Die moralischen Entscheidungen sind Ihre Angelegenheit. Alles, was ich Ihnen sagen kann, ist, daß irgendwann vor Montagabend Kokain in den Blutkreislauf von ›Dozen Roses‹ gelangt ist.«

»Vermittels eines Bratenbegießers?« fragte ich.

Nach kurzem Schweigen antwortete er: »Das läßt sich wohl nicht mit Sicherheit sagen.«

»Wir können also auch nicht sicher sein, daß er ihn *nicht* benutzt hat.«

»Habe ich richtig verstanden, daß Harley Ostermeyer die Röhre von dem Ding aufgehoben und dann Ihnen gegeben hat?«

»Ja, das stimmt«, sagte ich. »Ich hab sie noch, aber wie ich Ihnen schon sagte, sie ist sauber.«

»Sie sieht vielleicht sauber aus«, sagte er langsam, »aber wenn damit Kokain in Pulverform versprüht wurde, dann sind möglicherweise Partikelchen haften geblieben.«

Ich dachte zurück und an die Zeit vor dem Yorker Rennen.

»Als Martha Ostermeyer den dazugehörigen blauen Gummiball aufhob und ihn Rollway zurückgab«, sagte ich, »rieb sie danach ihre Finger aneinander ab... als ob sie Staub von ihren Handschuhen wegwischen wollte.«

»O Mann«, sagte Phil.

Ich seufzte und fragte: »Wenn ich Ihnen die Röhre gebe, könnten Sie die dann untersuchen lassen, ohne daß jemand erfährt, woher sie kommt?«

»Klar, wie beim Urin auch, kann der Auftraggeber anonym bleiben. Ich kann das Labor auch bitten, es noch mal als Eilauftrag zu behandeln, wenn Sie wollen. Das kostet dann allerdings auch ein bißchen mehr.«

»Lassen Sie's machen, Phil«, sagte ich. »Ich kann erst eine Entscheidung treffen, wenn ich absolut sicher bin.«

»In Ordnung. Kommen Sie bald mal wieder her?«

»Grevilles Geschäft beansprucht so viel Zeit. Ich werde eventuell am Wochenende wieder da sein, aber ich denke, ich werde Ihnen die Röhre vorher mit Kurierdienst schicken, damit's schneller geht. Sie haben sie wahrscheinlich morgen früh.«

»In Ordnung«, sagte er wieder. »Wir kriegen das Ergebnis dann vielleicht bis zum morgigen Spätnachmittag. Spätestens Freitag.«

»Gut. Und, äh... kein Wort zu Milo.«

»Nein, aber warum nicht?«

»Er hat Nicholas Loder erzählt, daß wir ›Dozen Roses‹ auf Tranquilizer hin haben untersuchen lassen, und Nicholas Loder rief daraufhin mich an und war auf achtzig.«

»O Gott.«

»Ich möchte nicht, daß er was von diesen Kokaintests erfährt. Ich meine, weder er noch Milo.«

»Sie können sich darauf verlassen«, sagte Phil ernst, »daß sie's von mir nicht erfahren.«

Das war das größte Dilemma von allen, dachte ich, als ich den Hörer auf die Gabel legte.

War Kokain nun ein Aufputschmittel oder nicht? Die Aufsichtsinstanzen glaubten es nicht, ließen es nicht kontrollieren. Wenn ich der Ansicht wäre, daß es keine Auswirkungen auf die Geschwindigkeit hatte, dann ging der Verkauf von ›Dozen Roses‹ an die Ostermeyers in Ordnung. Wenn ich aber glaubte, daß er das Rennen in York nicht ohne Hilfe hätte gewinnen können, dann ging er nicht in Ordnung.

Saxony Franklin brauchte das Geld der Ostermeyers.

Wenn ich den Scheck einlöste, und ›Dozen Roses‹ nie wieder ein Rennen gewann, und Martha und Harley je herausfänden, daß ich gewußt hatte, daß dem Pferd Kokain verabreicht worden war, dann war die schlimmste Folge die, daß ich jeder weiteren Teilnahme mit ›Dattelpalme‹ an *Gold Cups* oder *Grand Nationals* Lebewohl sagen konnte. Sie würden das Unverzeihliche nie verzeihen.

Nach meinem Eindruck war ›Dozen Roses‹ in York stark gelaufen, hatte er bis zum Ende gekämpft. Jetzt war ich mir meiner Sache nicht mehr sicher. Ich fragte mich, ob er seine vier letzten Rennen nur gewonnen hatte, weil er total abgehoben hatte, weil er high wie sonst was gewesen war, wie mein Orthopäde sich ausgedrückt hätte.

Im besten Falle, das heißt, wenn ich einfach den Mund hielt, den Scheck einlöste und ein paar beachtenswerte Siege mit ›Dozen Roses‹ herausritt, würde es nie jemand erfahren. Oder ich konnte die Ostermeyers ins Vertrauen ziehen, was sie aber sehr beunruhigen würde.

Es schien wenig zielführend zu sein, aller Welt zu beweisen, daß

›Dozen Roses‹ Kokain verabreicht worden war (und das konnte ich natürlich dadurch, daß ich eine erneute Analyse der von den Offiziellen in York genommenen Urinprobe verlangte), denn selbst wenn Kokain keine ausdrücklich verbotene Substanz war, so war es doch auch kein normales Futtermittel. Und nichts, was nicht ein normales Futtermittel war, durfte Vollblütern gegeben werden, die in Großbritannien an den Start von Rennen gingen.

Wenn ich die Sache mit dem Kokain enthüllte – würde ›Dozen Roses‹ dann nicht disqualifiziert und ihm der Sieg in York abgesprochen werden? Und wenn es dazu käme, würde dann nicht auch Nicholas Loder seine Trainerlizenz verlieren?

Wenn ich solchen Staub aufwirbelte, dann würde das mein Ende bedeuten, was den Rennsport anbetraf. Leute, die Lärm schlugen, wurden unausweichlich gefeuert.

Der Rat, den ich mir selber geben mußte, schien also nur lauten zu können: Nimm das Geld, halt den Mund und hoffe, daß alles gut geht.

Feigling, dachte ich. Und vielleicht auch noch dumm obendrein.

Meine Gedanken ließen mich in Schweiß ausbrechen.

19

June, die Hände voller hübscher rosa Kügelchen aus dem Lagerraum, sagte: »Was unternehmen wir wegen des Rhodochrosits? Er geht uns aus, und die Lieferanten in Hongkong sind nicht mehr zuverlässig. Ich habe in einem Fachblatt gelesen, daß ein Mann in Deutschland was von guter Qualität hat. Was meinen Sie?«

»Was hätte Greville getan?« fragte ich.

Annette sagte traurig: »Er wäre nach Deutschland geflogen und hätte sich's angesehen. Er hätte nie bei einer neuen Bezugsquelle gekauft, ohne sich angesehen zu haben, mit wem er Handel treibt.«

Ich sagte zu June: »Vereinbaren Sie einen Termin, sagen Sie, wer Sie sind und buchen Sie einen Flug.«

Sie sagten beide gleichzeitig: »Aber...«, und verstummten dann.

Ich sagte: »Sie werden nie wissen, ob ein Pferd zum Sieger taugt, wenn Sie keine Rennen mit ihm reiten. June begibt sich jetzt an den Start.«

June wurde rot und ging hinaus. Annette schüttelte zweifelnd den Kopf.

»Ich könnte Rhodochrosit nicht von Granit unterscheiden«, sagte ich. »June aber kann's. Sie kennt den Preis, weiß, was sich verkauft. Ich werde mich auf diese Kenntnisse verlassen, bis sie mir beweist, daß dies ein Irrtum war.«

»Sie ist noch zu jung, um Entscheidungen treffen zu können«, wandte Annette ein.

»Es ist viel leichter, Entscheidungen zu treffen, wenn man jung ist.«

Entspricht das nicht auch der Wahrheit? dachte ich schmerzlich, meine eigenen Worte noch einmal überdenkend. In Junes Alter war ich noch voller Gewißheiten gewesen. Was hätte ich in Junes Alter mit Urinproben gemacht, die nachweislich Kokain enthielten? Ich wußte es nicht. Es gab kein Zurück.

Ich kündigte an, daß ich gleich gehen wolle, sie alle morgen früh wiedersehen werde. Der Abend gehörte Clarissa.

Brad hatte, wie ich unten im Hof feststellte, in der *Racing Post* gelesen, die dasselbe Foto wie der *Daily Sensational* brachte. Er zeigte auf das Bild, als ich mich neben ihn schob, und ich nickte.

»Das is Ihr Kopp«, sagte er.

»Mm, ja.«

»Schöne Scheiße.«

Ich lächelte. »Es scheint schon wieder so lange her zu sein.«

Er fuhr mich zu Grevilles Haus und kam mit rein, während ich nach oben ging, die Röhre von dem Bratenbegießer in einen Umschlag und diesen dann in einen Jiffy steckte, den ich zu diesem Zweck aus der Firma mitgebracht und mit der Adresse von Phil Urquhart versehen hatte.

Wieder unten, sagte ich zu Brad: »Die Zentrale des Kurierdienstes Euro-Securo befindet sich in der Oxford Street, nicht weit vom Selfridge Hotel. Dies ist die genaue Adresse ...« – ich gab sie ihm – »glauben Sie, daß Sie hinfinden werden?«

»Wollja.« Ich hatte ihn wieder beleidigt.

»Ich habe vom Büro aus da angerufen. Sie erwarten das dort. Sie brauchen nichts zu bezahlen, wir bekommen die Rechnung zugeschickt. Lassen Sie sich nur eine Empfangsbestätigung geben, okay?«

»Wollja.«

»Und dann holen Sie bitte meine Freundin vom Selfridge Hotel ab und bringen sie her. Sie ruft Sie an, lassen Sie also das Telefon eingeschaltet.«

»Wollja.«

»Danach können Sie nach Hause fahren, wenn Sie mögen.«

Er warf mir einen finsteren Blick zu, sagte aber nur: »Morgen zur gleichen Zeit?«

»Wenn Sie's inzwischen nicht langweilt?«

Er bedachte mich mit einem völlig unerwarteten Grinsen. Es hatte schon fast etwas Umwerfendes, dieses düster umwölkte Gesicht plötzlich erstrahlen zu sehen.

»Beste Zeit meines Lebens«, sagte er, schritt von hinnen und ließ mich – buchstäblich nach Luft schnappend – stehen.

Nachdenklich ging ich ins kleine Wohnzimmer und räumte dort noch ein wenig weiter auf. Wenn es Brad denn Spaß machte, stundenlang zu warten und dabei die unwahrscheinlichsten Zeitschriften zu lesen, dann war mir das ja recht, aber andererseits fühlte ich mich nicht mehr unmittelbar von Angriffen oder vom Tod bedroht und konnte gut auch wieder selber fahren, weshalb seine Tage als Leibwächter-Chauffeur wohl gezählt waren. Ihm war das wohl klar, dachte ich, denn er hatte sich schon mehrmals an den Job geklammert.

An diesem Mittwochabend war auch eine rapide Besserung des Knöchels zu verzeichnen. Soweit ich wußte, bildeten Knochen an Bruchstellen neues, weiches Gewebe, als sollten die Stücke da mit Leim zusammengeklebt werden. Nach acht oder neun Tagen fing dieses Gewebe an, hart zu werden, und dadurch wurde der Knochen allmählich wieder stärker. Es war diese Phase, die ich inzwischen erreicht hatte. Ich legte die eine der beiden Krücken im kleinen Wohnzimmer ab und benutzte die andere wie einen Spazierstock, wobei ich den linken Fuß noch nicht voll aufsetzte, sondern vorläufig nur den großen Zeh, um das Gleichgewicht zu halten.

Ich entschied, daß das Distalgesic der Vergangenheit angehören sollte. Ich wollte zum Abendessen mit Clarissa einen Wein trinken.

Es klingelte an der Haustür, was mich überraschte. Für Clarissa war es noch zu früh – Brad konnte in der Zeit, die er jetzt weg war, unmöglich seine Botentour gemacht haben und zum Selfridge Hotel und wieder hierher zurückgefahren sein.

Ich hinkte zur Tür, sah durch den Spion und war erstaunt, Nicholas Loder davor stehen zu sehen. Und hinter ihm auf dem Kiesweg stand sein Freund Rollo Rollway und betrachtete gelangweilt den kleinen Garten.

Einigermaßen sprachlos öffnete ich die Tür, und Nicholas Loder sagte sofort: »O gut, Sie sind da. Wir hatten in London zu tun und waren zum Essen, und da wir Zeit übrig hatten, dachte ich, wir könnten mal schauen, ob wir Sie zufällig antreffen, um lieber persönlich über ›Edelstein‹ zu sprechen, als telefonisch miteinander zu verhandeln.«

»Aber ich habe doch noch gar keinen Preis genannt«, sagte ich.

»Macht nichts. Darüber können wir ja reden. Dürfen wir hereinkommen?«

»Hm, ja«, sagte ich und sah dabei auf die Uhr. »Aber nicht lange. Ich habe gleich einen anderen Termin.«

»Wir auch«, versicherte er mir. Er drehte sich um und winkte seinen Freund herbei. »Los, Rollo, wir können mit ihm sprechen.«

Rollway, der aussah, als sei diese ganze Unternehmung gar nicht nach seinem Geschmack, kam die Stufen herauf und ins Haus. Ich drehte mich um, um ihnen voranzugehen, und schloß ostentativ die Tür nicht hinter ihnen, damit unmißverständlich klar sei, daß sie nicht lange bleiben könnten.

»Das Zimmer ist in ziemlicher Unordnung«, sagte ich warnend über die Schulter, »aber wir hatten einen Einbrecher hier.«

»Wir?« fragte Nicholas Loder.

»Greville und ich.«

»Oh.«

Er sagte erneut »Oh«, als er den im Fernseher steckenden Blumentopf erblickte, während Rollway nur gelangweilt in die

Runde blinzelte, als bekomme er tagtäglich Häuser in derart chaotischem Zustand zu sehen.

Rollway aus der Nähe war um nichts attraktiver als Rollway aus der Ferne – ein fader, schwerfälliger, dunkler Klumpen von Mann, untersetzt, mittleren Alters und humorlos. Seine Freundschaft mit dem charismatischen Loder ließ sich wohl nur als eine zwischen Besitzer und Trainer erklären, dachte ich.

»Das ist Thomas Rollway«, sagte Nicholas Loder zu mir und holte die versäumte Vorstellung seines Begleiters mit einiger Verspätung nach. »Einer meiner Besitzer. Er ist sehr am Kauf von ›Edelstein‹ interessiert.«

Rollway sah nicht so aus, als ob ihn irgend etwas interessiere.

»Ich würde Ihnen gern einen Drink anbieten«, sagte ich, »aber leider hat der Einbrecher alle Flaschen zerbrochen.«

Nicholas Loder blickte flüchtig auf die Glasscherben hinab, die auf dem Teppich lagen. In den Flaschen waren keine Diamanten gewesen. Reine Verschwendung von Trinkbarem.

»Vielleicht dürfen wir uns aber setzen?« sagte er.

»Gewiß doch.«

Er ließ sich in Grevilles Sessel nieder, und Rollway hockte sich auf die Lehne des anderen, so daß für mich nur der harte Stuhl mit gerader Lehne übrigblieb. Ich setzte mich auf seine vorderste Kante, wollte, daß sie sich beeilten, und legte die zweite Krücke beiseite.

Ich sah zu Loder hinüber – groß, hellhaarig und braunäugig, sehr befähigt und nicht mehr wütend auf mich, wie er das jüngst noch gewesen war. Ich dachte fast schon mit Schuldgefühlen an die Kokaintests, die hinter seinem Rücken durchgeführt wurden, war doch sein Verhalten mir gegenüber jetzt wieder das alte und normaler, als es seit Grevilles Tod je gewesen war. Wenn er sich von Anfang an so verhalten hätte, dann hätte ich keinerlei Veranlassung gesehen, die bewußten Tests durchführen zu lassen.

»Also ›Edelstein‹«, sagte er. »Was wollen Sie für ihn haben?«

Ich hatte in den Büchern von Saxony Franklin gesehen, was er als Einjähriger gekostet hatte, was aber natürlich nur von geringer Bedeutung für den Wert war, den er jetzt, zwei Jahre später, hatte. Er hatte ein Rennen gewonnen. Er war kein heller Stern. Ich verdoppelte die damalige Kaufsumme und nannte das als Preis.

Nicholas Loder lachte ironisch auf. »Also, mein lieber Derek! Die Hälfte.«

»Die Hälfte ist das, was er Greville mal gekostet hat«, sagte ich.

Seine Augen verengten sich kurz, weiteten sich dann unschuldig. »Wir haben also unsere Hausaufgaben gemacht!« Er lächelte sogar. »Ich habe Rollo ein solides Pferd zu einem soliden Preis versprochen. Wir wissen doch alle, daß ›Edelstein‹ kein Weltmeister ist, aber noch ein paar Rennen in sich hat. Sein Einkaufspreis wäre fair. Mehr als fair.«

Ich dachte, daß er wahrscheinlich recht damit hatte, aber Saxony Franklin brauchte jeden Penny.

»Kommen Sie mir den halben Weg entgegen«, sagte ich, »und er gehört Ihnen.«

Nicholas sah in Erwartung einer Entscheidung mit gehobenen Augenbrauen zu seinem Freund hin. »Rollo?«

Rollos Aufmerksamkeit schien weit mehr von der Krücke gefesselt zu sein, von der ich mich früher am Abend getrennt und die ich an die Wand gelehnt hatte, als von der zur Debatte stehenden Frage.

»Das ist ›Edelstein‹ wohl wert«, sagte Nicholas Loder nachdenklich zu ihm, und ich registrierte belustigt, wie sehr er sich mühte, soviel für mich herauszuschlagen wie möglich, denn das vergrößerte ja schließlich auch seine Provision. Der Handel mit dem Feind, dachte ich. Der Bau von Brücken zu beiderseitigem Nutzen.

»Ich will ›Edelstein‹ zu überhaupt keinem Preis haben«, sagte

Rollo, und das waren die ersten Worte seit seiner Ankunft. Seine Stimme war rauh und eigentümlich ausdruckslos, ohne jede Modulation. Ohne jedes Gefühl, dachte ich.

Nicholas Loder protestierte. »Aber deshalb wolltest du doch herkommen! Das war doch deine Idee, dieser Besuch.«

Thomas Rollway erhob sich wie geistesabwesend, ergriff die beiseite gestellte Krücke, drehte sie herum und hielt sie nun an dem Ende, das normalerweise unten war. Dann beugte er, als sei ihm dieser Gedanke erst just in diesem Augenblick gekommen, die Knie und ließ die Krücke mit einer mähenden Bewegung etwa zehn Zentimeter über den Teppich sausen.

Das kam so unerwartet, daß ich der Krücke nicht schnell genug ausweichen konnte. Das Griffstück krachte gegen meinen Knöchel, und Rollway folgte ihm wie ein Stier, trat, schlug, brachte mich aus dem Gleichgewicht, warf mich nieder.

Ich war eher verblüfft als erschrocken – und dann wütend. Das alles schien so ohne Sinn und Verstand, so grundlos, unprovoziert und jenseits aller Verhältnismäßigkeit. Über Rollways Schulter hinweg sah ich zu Nicholas Loder, der seinerseits völlig konsterniert mich anstarrte, Mund und Augen weit aufgerissen.

Als ich mich hochrappeln wollte, griff Rollway in sein Jackett und zog eine Handfeuerwaffe hervor, fast zwanzig Zentimeter lang, den verdickten Umriß eines Schalldämpfers an der entscheidenden Seite.

»Halten Sie Ruhe«, sagte er und richtete den Lauf auf meine Brust.

Eine Pistole... Simms... ich fing dunkel zu begreifen und ziemlich tief zu verzweifeln an.

Nicholas Loder schob sich aus seinem Sessel hoch. »Was machst du denn da?« Seine Stimme war schrill vor Unruhe, vor ansteigender Panik.

»Setz dich wieder hin, Nick«, sagte sein Freund. »Steh nicht auf.« Und die heisere Schwere seiner gefühllosen Stimme war so, daß Nicholas Loder ihr nachgab, überwältigt dreinblickte und einfach nicht glauben konnte, was sich da abspielte.

»Aber du wolltest doch herkommen, um sein Pferd zu kaufen«, sagte er schwach.

»Ich bin hergekommen, um ihn zu töten.«

Rollway sagte das leidenschaftslos, ganz so, als sei es nichts. Aber er hatte es schon einmal versucht.

Loders Bestürzung wurde so groß wie die meine.

Rollway machte eine Bewegung mit der Pistole und zeigte auf mein Fußgelenk. Ich zog sofort das Bein an, versuchte aufzustehen, und er richtete das spuckende Ende seiner Waffe schnell wieder auf mein Herz.

»Bewegen Sie sich nicht«, wiederholte er. Seine Augen blickten kalt auf mich herab, wie ich da halb auf dem Boden saß und halb lag, auf den Ellbogen gestützt und keine Waffe in Reichweite, nicht einmal die Krücke, die ich noch benutzt hatte. Dann trat er – wie schon bei seiner ersten Attacke ohne jede Vorwarnung – kräftig auf meinen Knöchel und drehte zur Verstärkung der Wirkung seinen Absatz darauf, als trete er eine Zigarette aus. Dann ließ er seinen Fuß dort stehen, wo er stand, und belastete ihn mit seinem nicht unerheblichen Gewicht.

Ich überhäufte ihn mit Flüchen, konnte mich nicht mehr rühren und dachte idiotischerweise, als ich das Innere des Gelenkes nachgeben spürte, daß es jetzt wohl sehr viel länger dauern würde, bis ich wieder fit wäre – was meine Gedanken kurzzeitig von der Kugel ablenkte, die ich in jedem Falle weit weniger spüren würde.

»Aber *warum*?« fragte Nicholas Loder wimmernd. »Warum tust du das?«

Gute Frage.

Rollway beantwortete sie auch.

»Die einzig erfolgreichen Morde«, sagte er, »sind die, für die es anscheinend kein Motiv gibt.«

Es klang wie etwas, das er bei einem Lehrgang gelernt hatte. Etwas Surrealistisches. Monströses.

Nicholas Loder, der zu meiner Rechten starr in Grevilles Sessel saß, sagte mit dem Versuch eines unbehaglichen Lachens: »Du machst doch bloß Spaß, Rollo, oder? Das soll doch so was wie ein Jux sein, hm?«

Rollo aber scherzte nicht. Rollo stand entschlossen auf meinem Knöchel, stand zwischen mir und der Tür und sagte, an mich gewandt: »Sie haben beim Rennen in York was aufgehoben, was mir gehört. Als ich merkte, daß es mir fehlte, ging ich zurück, um danach zu suchen. Einer von den Offiziellen sagte mir dann, daß Sie's eingesteckt hätten. Ich will's wiederhaben.«

Ich sagte nichts.

Fluch dem Offiziellen, dachte ich. So hilfsbereit. So todbringend. Ich hatte nicht mal bemerkt, daß mich einer beobachtet hatte.

Nicholas Loder fragte verwirrt: »Was war es denn?«

»Ein Stück von dem Zerstäuber«, erklärte Rollway.

»Aber diese Frau, diese Mrs. Ostermeyer, die hat es dir doch wiedergegeben.«

»Nur den Gummiball. Ich hatte nicht mitbekommen, daß das Rohr auch runtergefallen war. Das merkte ich erst nach dem Rennen. Nach der Überprüfung des Ergebnisses.«

»Aber was ist denn daran so wichtig?«

Rollway hielt die Waffe unerschütterlich auf die Stelle gerichtet, wo sie mir tödlichen Schaden zufügen mußte, und beantwortete die Frage, ohne seine Augen von meinem Gesicht abzuwenden.

»Du hast mir doch selbst gesagt, Nick«, erklärte er dem Freund, »daß du dir wegen Franklin Sorgen machst, weil der zu achtsam wäre und zu schlau.«

»Aber das war wegen ›Dozen Roses‹, weil ich den habe kastrieren lassen.«

»Als ich spitzgekriegt hatte, daß der Zerstäuber in seinem Besitz war, habe ich ein paar andere Leute nach Derek Franklin gefragt, nach der Person, nicht nach dem Jockey, und alle haben mir dasselbe gesagt. Köpfchen. Intelligent. Helle.« Er machte eine Pause. »Ich mag das nicht.«

Mir ging durch den Sinn, daß sich jenseits der Tür und jenseits des Hausflurs die Straße befand, wo alles normal war, Mittwoch und Regen und Feierabendverkehr, alles wie immer. Aber der Saturn war genauso leicht erreichbar.

»Ich halte nichts davon, abzuwarten, bis es Ärger gibt«, sagte Rollway. »Und Tote können keine Beschuldigungen erheben.« Er sah mich scharf an. »Wo ist die Röhre?«

Ich antwortete aus den verschiedensten Gründen nicht. Wenn er Morde so auf die leichte Schulter nahm, dann konnte ich durch die Mitteilung, daß ich die Röhre an Phil Urquhart geschickt hatte, sehr wohl auch diesen zum Tode verurteilen. Und abgesehen davon würden, wenn ich meinen Mund aus was für einem Grund auch immer öffnete, sowieso keine Worten vergleichbare Laute herauskommen, sondern irgend etwas zwischen Schreien und Stöhnen, ein Geräusch, das ich in meinem Kopf laut hören konnte, das aber keine Bedeutung hatte, jedenfalls nicht genug, um mich von der Übelkeit erregenden Aussicht auf die nächsten paar Minuten zu befreien.

»Aber er hätte doch nie geargwöhnt...«, sagte Loder matt.

»Natürlich hat er das. Jeder hätte das getan. Warum, glaubst du wohl, hat er diesen Leibwächter an seinen Fersen kleben? Warum, glaubst du wohl, ist er nie nach Hause gegangen, sondern mal hierhin und mal dahin? Um mir zu entwischen. Und er hat in Lambourn eine Urinprobe von dem Pferd nehmen lassen, für Untersuchungen, und da gibt es auch die offizielle, in York genommene Probe. Ich sag dir, ich warte nicht ab, bis der Stunk macht. Ich geh nicht in den Knast, das verspreche ich dir.«

»Aber das brauchtest du doch gar nicht.«

»Sei doch kein Kindskopp, Nick«, sagte Rollway ironisch, »ich importiere das Zeug ja schließlich. Ich trage das Risiko. Und ich befreie mich immer von Schwierigkeiten, sobald sie auftauchen. Wenn du zu lange wartest, können sie dich kaputtmachen.«

Nicholas Loder hielt ihm jammernd vor: »Ich hab dir doch gesagt, daß es nichts bringt, wenn man's Pferden gibt. Es macht sie nicht schneller.«

»Unsinn. Das kann man gar nicht wissen, weil's nicht sehr oft gemacht wird. Das kann sich gar keiner leisten, nur Leute wie ich. Ich werde im Augenblick von dem Zeug geradezu überschwemmt, es kommt haufenweise vom Medellín-Kartell über Madrid ... *Wo ist die Röhre?*« beendete er den Satz und wippte auf und ab.

Wenn mein Schweigen mich ein wenig länger am Leben erhalten konnte, dann würde ich nicht versuchen, ihm weiszumachen, daß ich es weggeworfen hätte.

»Du kannst ihn doch nicht einfach abknallen«, sagte Nicholas Loder verzweifelt. »Nicht, wo ich dabei zuschaue.«

»Du bist keine Gefahr für mich, Nick«, sagte Rollway ausdruckslos. »An wen solltest du dich denn von wegen deiner kleinen Sucht wenden? Nur ein Piepser von dir, und du wärst ruiniert. Ich würde schon dafür sorgen, daß man was bei dir findet. Würde aussagen, daß du dem Dopen von Pferden Vorschub geleistet hast. Dafür würden sie dir deine Lizenz entziehen. Nicholas Loder, der Trainer von *Classic*-Siegern, in der Gosse.« Er schwieg eine Weile. »Du wirst den Mund halten, das wissen wir beide.«

Es machte die Drohung nicht kleiner, daß sie mit gemessener, unaufgeregter, monotoner Stimme vorgetragen wurde. Sie ließ mir die Haare zu Berge stehen. Der Himmel mochte wissen, welche Wirkung sie auf Loder hatte.

Er würde wohl nicht mehr lange darauf warten, dachte ich, daß ich ihm sagte, wo die Röhre geblieben war. Vielleicht würde ja diese Röhre am Ende wenigstens seinen Untergang bewirken, denn Phil wußte, wem sie gehörte und daß die Ostermeyers Zeugen gewesen waren, als er sie verloren hatte, und wenn ich erschossen aufgefunden würde, dann würde er damit möglicherweise eine lange Zündschnur in Brand stecken … aber das alles war im Augenblick nur wenig tröstlich.

Mit der Kraft der Verzweiflung rollte ich meinen Körper herum und trat mit dem rechten Fuß hart gegen Rollways Bein. Er knurrte und nahm sein Gewicht von meinem Knöchel, und ich schob mich von ihm weg, rutschte rückwärts und versuchte, den Stuhl zu erreichen, auf dem ich vorhin gesessen hatte, um diesen als Waffe gegen ihn einzusetzen oder wenigstens nicht nur auf dem Rücken dazuliegen und darauf zu warten, daß er mich abschlachtete, und ich sah, wie er sein ins Wanken gebrachtes Gleichgewicht wiederfand und seinen Arm auszustrecken begann, zielend am Lauf entlang blickte, um nicht vorbeizuschießen.

Diese so unmißverständliche Haltung würde wohl das letzte sein, was ich sähe. Und das letzte Gefühl, das ich verspüren würde, war wohl dieser brennende Zorn angesichts der Sinnlosigkeit meines Todes.

Nicholas Loder, der ebenfalls erkannt hatte, daß der Augenblick der endgültigen Entscheidung gekommen war, sprang entsetzt vom Sessel hoch und rief drängend: »Nein, Rollo, nein! Tu's nicht!«

Da hätte auch eine Mücke surren können – Rollway schenkte ihm keinerlei Beachtung.

Nicholas Loder machte ein paar Schritte vorwärts und schnappte nach Rollways zielendem Arm.

Ich nutzte die Gelegenheit zu dem Versuch, etwas in die Hände zu bekommen … irgend etwas … und fühlte die andere Krücke unter meinen Fingern.

»Das lasse ich nicht zu«, beharrte Nicholas Loder, gänzlich außer sich. »Das darfst du nicht tun!«

Rollo schüttelte ihn ab und richtete die Pistole wieder auf mich.

»Nein!« Loder war völlig aufgebracht. Schockiert. Fast wahnsinnig. »Das ist nicht recht! Ich laß das nicht zu!« Er versuchte, Rollway mit dem Körper beiseite zu stoßen.

Rollo stieß ihn weg, ganz Muskelpaket und durch nichts zu beirren. Dann zielte er ganz plötzlich auf Nicholas Loders Brust und drückte ohne zu zögern ab. Zweimal.

Ich hörte das schnelle futtt... futtt. Sah Nicholas Loder fallen, sah das Unverständnis in seinen Augen, das absolute Erstaunen.

Es hieß, jetzt keine Zeit an die Angst zu verschwenden, obwohl ich sie verspürte. Ich schnappte die Krücke, die neben mir lag, schlug mit dem schweren Ende nach Rollways rechter Hand und traf immerhin so gut, daß er die Pistole fallen ließ.

Sie fiel außerhalb meiner Reichweite zu Boden.

Ich reckte mich, rollte, krabbelte, aber er stand ja aufrecht und war viel schneller, und er bückte sich und hob sie mit einem angespannten Blick auf, der so zornerfüllt war wie der meine.

Wieder hob er den Arm, zielte in meine Richtung, und wieder schlug ich mit der Krücke danach – und wieder traf ich! Diesmal ließ er aber die Waffe nicht fallen, sondern nahm sie in die linke Hand und schüttelte die Finger der rechten aus, als schmerzten sie ihn, was sie, wie ich bei Gott hoffte, auch taten.

Ich trat gegen seine Beine. Wieder ein Treffer. Er machte ein, zwei Schritte rückwärts und zielte erneut, die Pistole noch immer in der linken Hand. Ich schlug nach ihm. Der Lauf der Pistole wackelte. Er drückte ab, die Waffe spuckte eine Flamme aus – und die Kugel verfehlte mich.

Er stand nach wie vor zwischen mir und der Tür.

Knöchel hin, Knöchel her, dachte ich, wenn ich erst einmal auf den Beinen war, würde ich ihn mit der Krücke niederschlagen, ihn aus dem Weg hauen und dann laufen, laufen... auf die Straße hinaus...

Ich mußte hoch. Kam bis auf die Knie. Stand, mich auf das

rechte Bein stützend, auf. Setzte den linken Fuß auf den Boden. Es waren nicht die Schmerzen, ich verspürte keine, sondern das Gelenk knickte um. Ich brauchte die Hilfe der Krücke... und ich brauchte die Krücke, um damit gegen seine Pistole anzugehen... mußte vorwärts hüpfen und schlurfen, nach ihm schlagen, um den unvermeidlichen Augenblick hinauszuschieben, um zu kämpfen, bis ich tot war.

Plötzlich erschien eine Gestalt in der Tür, erschien am Rande meines Gesichtsfeldes.

Clarissa.

Ich hatte völlig vergessen, daß sie kommen wollte.

»Lauf«, rief ich gequält. »Lauf weg. Schnell!«

Das erschreckte Rollway. Ich hatte nicht sehr laut gerufen, und er schien zu glauben, mein Ausruf habe ihm gegolten. Er grinste verächtlich. Ich ließ seine Pistole nicht aus den Augen, sprang darauf zu und veränderte dadurch in der entscheidenden Sekunde sein Zielen. Er drückte ab. Flamme, futtt. Die Kugel zischte über meine Schulter und schlug in die Wand ein.

»Lauf«, rief ich wieder, diesmal mit angstvollem Drängen. »Schnell, oh, mach schnell!«

Warum lief sie denn nicht? Wenn er sich umdrehte, würde er sie sofort erblicken.

Er würde sie töten.

Clarissa lief nicht weg. Sie zog die Hand aus der Tasche ihres Regenmantels, hielt darin ein Ding, das aussah wie eine Zigarre, schwang den Arm in kräftigem Bogen nach vorn. Eine Rachegöttin. Aus der schwarzen Hülle sausten die furchteinflößenden, silbrigen, teleskopischen Federn mit dem Kugelkopf am Ende, und der Totschläger krachte seitlich gegen Rollways Schädel.

Er sackte ohne einen Laut zusammen. Fiel nach vorn, prallte gegen mich, stieß mich nach hinten. Ich landete auf dem Boden, saß da, seinen leblosen Körper, Bauch nach unten, auf meinen Schienbeinen.

Clarissa kniete neben mir nieder, zitterte heftig, war einer Ohnmacht nahe. Ich war außer Atem, zerschlagen, zitterte wie sie. Es schien eine Ewigkeit zu dauern, bis wir wieder sprechen konnten. Als es ihr gelang, war es eher ein Flüstern, leise und besorgt.

»Derek ...«

»Danke, du hast mir das Leben gerettet«, sagte ich stoßweise.

»Ist er tot?« Sie sah voller Furcht auf Rollways Kopf, Anspannung im Blick, im Nacken, in der Stimme.

»Das ist mir vollkommen gleichgültig«, sagte ich wahrheitsgemäß.

»Aber ich ... ich habe ihn niedergeschlagen.«

»Ich werde sagen, ich war's. Keine Sorge. Ich werde sagen, daß ich ihn mit der Krücke erwischt habe.«

Sie meinte unschlüssig: »Das kannst du nicht.«

»Natürlich kann ich das. Ich hätte es ja auch getan, wenn ich gekonnt hätte.«

Ich blickte zu Nicholas Loder hinüber, und Clarissa schien ihn erst jetzt zu bemerken. Er lag auf dem Rücken, bewegungslos.

»Großer Gott«, sagte sie schwach, und ihr Gesicht wurde noch blasser. »Wer ist denn das?«

Ich stellte ihr Nicholas Loder, Trainer von Rennpferden, posthum vor und dann Thomas Rollway, Händler von Drogen. Sie hätten ›Dozen Roses‹ Kokain in die Nüstern gesprüht, erklärte ich und rang um einen leichten Ton. Ich sei ihnen auf die Schliche gekommen. Rollway habe mich lieber tot als im Zeugenstand gegen ihn aussagen sehen wollen. So habe er mir gesagt.

Beide Männer bestritten diese Anschuldigungen nicht, obwohl zumindest Rollway noch am Leben war. Ich konnte seinen Atem an meinen Beinen spüren. Im großen und ganzen ein Jammer. Ich sagte es Clarissa, und bei dieser Nachricht fühlte sie sich wieder ein bißchen glücklicher.

Sie hielt immer noch den Totschläger in der Hand. Ich berührte diese, strich sanft mit der meinen darüber, dankbarer für ihren

Mut, als ich zu sagen vermochte. Greville hatte ihr den Kiyoga geschenkt. Er hatte nicht wissen können, daß dieses Ding mir einmal das Leben retten würde. Ich nahm ihn ihr behutsam ab und legte ihn auf den Teppich.

»Ruf meinen Wagen an«, sagte ich. »Falls Brad noch nicht zu weit weg ist, kommt er hierher zurück.«

»Aber...«

»Er wird dich sicher in dein Hotel bringen. Ruf schnell an.«

»Ich kann dich doch nicht einfach ... allein lassen.«

»Wie würdest du denn der Polizei deine Anwesenheit erklären wollen?«

Sie sah mich bestürzt, aber auch bockig an. »Ich kann dich nicht...«

»Du mußt«, sagte ich. »Was meinst du, wie Greville dazu gestanden hätte?«

»Oh...« Es war ein langer Seufzer der Trauer, der sowohl Greville galt als auch, wie ich zu hören meinte, dem gemeinsamen Abend, den wir nun nicht miteinander verbringen konnten.

»Hast du die Nummer noch im Kopf?« fragte ich.

»Derek...«

»Nun geh schon und mach's, mein Liebes.«

Wie blind stand sie auf und ging zum Telefon. Ich sagte ihr die Nummer, da sie sie vergessen hatte. Als keine Antwort kam, bat ich sie, die Nummer noch einmal und dann noch einmal zu wählen. Wenn wir Glück hatten, würde Brad sich denken, daß ein dreimaliger Anruf auf einen Notfall hindeutete.

»Als wir vorhin hier ankamen«, sagte Clarissa, nun wieder gefestigter, »bemerkte Brad, daß da ein grauer Volvo nicht weit von der Gartenpforte geparkt stand. Er war irgendwie beunruhigt und meinte, ich sollte es dir sagen. Ist das von Wichtigkeit?«

Gott im Himmel...

»Reicht die Telefonschnur bis hierher zu mir?« fragte ich. »Versuch's mal. Schieb den Tisch weg und zieh den Apparat zu mir. Wenn ich die Polizei von hier aus anrufe, und die Beamten finden mich dann auch hier, dann gewinnt die Sache an Glaubwürdigkeit.«

Sie kippte den Tisch an, so daß der Anrufbeantworter zu Boden fiel, und zog das Telefon auf mich zu, bis es nicht mehr weiterging. Ich kam noch immer nicht dran, und deshalb drehte ich mich ein wenig zur Seite, was weh tat. Das entging ihr nicht.

»Derek!«

»Macht nichts«, sagte ich mit einem schiefen Lächeln, versuchte, es scherzhaft klingen zu lassen. »Ist besser als der Tod.«

»Ich kann dich hier nicht allein lassen.« Ihr Blick war noch immer angespannt, und sie zitterte auch noch, aber sie gewann langsam ihre Haltung zurück.

»Und ob du das kannst«, sagte ich. »Du mußt. Geh raus zur Pforte. Falls Brad kommen sollte, soll er hupen, denn dann weiß ich, daß ihr fort seid und rufe die Polizei an. Sollte er nicht kommen ... gib ihm fünf Minuten, dann geh ... geh und such dir ein Taxi ... Versprochen?«

Ich nahm den Totschläger vom Teppich und fummelte daran herum, versuchte, ihn zusammenzuschieben. Sie nahm ihn mir aus der Hand, drehte daran, stieß den Kugelkopf auf den Teppich und steckte die Waffe in die Tasche.

»Ich werde an dich denken und dir dankbar sein«, sagte ich, »jeden Tag, mein Leben lang.«

»Um vier Uhr zwanzig«, sagte sie ganz automatisch, schwieg dann und blickte mich forschend an. »Um genau diese Zeit habe ich Greville kennengelernt.«

»Vier Uhr zwanzig«, sagte ich und nickte. »Jeden Tag.«

Sie kniete erneut neben mir nieder und küßte mich, aber da war keine Leidenschaft. Eher der Abschied.

»Nun los«, sagte ich, »Zeit, daß du wegkommst.«

Sie erhob sich zögernd und ging zur Tür, blieb dort stehen und blickte sich zu mir um. Lady Knightwood, dachte ich, tapfere Retterin, der nicht eine Haarsträhne in Unordnung geraten war.

»Ruf mich an«, sagte ich. »Bald.«

»Ja.«

Sie ging ruhig durch den Hausflur hinaus und war noch nicht sehr lange fort, als Brad hereingestürmt kam, Clarissa wie seinen Schatten hinter sich.

Brad kam fast rutschend zum Stillstand – was sich seinem Auge bot, reichte wohl aus, um auch den Redseligsten verstummen zu lassen.

»O Mann!« sagte er in seiner sparsamen Art.

»Sie sagen es«, erwiderte ich.

Rollway hatte, als er zu Boden gegangen war, seine Pistole fallen lassen, aber sie lag noch recht dicht bei seiner linken Hand. Ich bat Brad, sie ein Stückchen wegzuschieben – für den Fall, daß der Dealer wieder zu sich käme.

»Nicht anfassen!« sagte ich scharf, als er sich ganz automatisch bückte und seine Hand danach ausstreckte. »Ihre Fingerabdrücke da drauf, das würde uns in einige Verlegenheit bringen.«

Er gab ein leises, zustimmendes Knurren von sich, und Clarissa reichte ihm wortlos ein Papiertaschentuch, mit dem Brad zögernd den Schalldämpfer anfaßte, um die Waffe dann quer durchs Zimmer bis zum Fenster zu ziehen.

»Was, wenn der aufwacht?« sagte er und zeigte auf Rollway.

»Dann verpasse ich ihm halt noch eins mit der Krücke.«

Er nickte, als sei das eine durchaus übliche Verhaltensweise.

»Danke, daß Sie zurückgekommen sind«, sagte ich.

»War ja nicht weit. Sie ham da einen Volvo ...«

Ich nickte.

»Ist das der?«

»Mit Sicherheit«, sagte ich.

»O Mann!«

»Bringen Sie bitte meine Freundin zurück ins Selfridge«, sagte ich. »Vergessen Sie, daß sie hier war. Vergessen Sie, daß Sie selbst hier waren. Fahren Sie anschließend nach Hause.«

»Kann Sie doch nich allein da lassen«, sagte er. »Ich komm wieder her.«

»Die Polizei wird da sein.«

Wie immer verursachte ihm der Gedanke an die Polizei Unbehagen.

»Fahren Sie ruhig weiter und nach Hause«, sagte ich. »Die Gefahr ist vorbei.«

Er dachte nach. Dann sagte er hoffnungsvoll: »Morgen zur gleichen Zeit?«

Ich nickte amüsiert und sagte trocken: »Warum nicht?«

Er schien zutiefst zufrieden, und er und Clarissa gingen zur Tür, wo sie noch einmal stehen blieben und sich umblickten, wie das Clarissa vorhin auch schon getan hatte. Ich winkte ihnen kurz zu, und sie winkten zurück, gingen dann hinaus. Es war nicht zu glauben, aber sie lächelten beide.

»Brad!« rief ich ihm nach.

Er kam schnell und in größter Sorge zurück.

»Alles in Ordnung«, sagte ich. »Wirklich. Aber machen Sie bitte die Haustür nicht hinter sich zu. Ich möchte nicht aufstehen müssen, um die Polizei hereinzulassen. Ich möchte auch nicht, daß sie die Schlösser aufbrechen. Ich möchte, daß sie hier ganz nett und ungehindert hereinspazieren.«

20

Es war ein langer, trüber Abend, der allerdings auch nicht der Komik entbehrte.

Ich saß die meiste Zeit abseits und still in Grevilles Sessel, weitgehend ignoriert von den Leuten, die scharenweise hereinkamen und maßen, fotografierten, nach Fingerabdrücken suchten und Kugeln aus Wänden puhlten.

Am Anfang hatte sich zunächst ein Schwall vorläufiger Fragen über mich ergossen, was schließlich damit endete, daß Rollway stöhnend wieder zu Bewußtsein kam. Obwohl die Polizei im allgemeinen Ratschläge einfacher Bürger nicht sonderlich mag, folgten die Beamten doch meiner Anregung, ihm Handschellen anzulegen, bevor er wieder ganz da sei – was sich als gut erwies, war doch seine bullenhafte Gewalttätigkeit das erste Element seiner Persönlichkeit, das wieder zum Vorschein kam. Denn ganz plötzlich war er auf den Beinen, trat um sich und murmelte vor sich hin, bevor er noch wußte, wo er sich befand.

Während zwei Polizisten ihn an den Armen festhielten, starrte er mich an, und seine Augen nahmen die Dinge ganz allmählich wieder wahr. Ich saß noch immer auf dem Boden und war dankbar, vom Gewicht seines Körper befreit worden zu sein. Er sah aus, als könne er gar nicht glauben, was da vor sich ging, und schimpfte mich in seiner vertraut monotonen Stimme einen Bastard, von anderen, weniger harmlosen Dingen mal ganz abgesehen.

»Ich wußte doch, daß Sie ein Stunkmacher sind«, sagte er. Er war noch zu angeschlagen, um seine Zunge zügeln zu können. »Sie werden nicht am Leben bleiben, um gegen mich auszusagen, dafür werd ich schon sorgen.«

Die Polizisten nahmen ihn phlegmatisch, aber in aller Form fest, belehrten ihn über seine Rechte und sagten, er werde auf der Wache ärztlich versorgt werden. Ich beobachtete, wie er davonstolperte, und dachte an die Ironie meines früher gefaßten Entschlusses, ihn nicht zu bezichtigen, schon gar nicht, wie jetzt, der Erschießung unschuldiger Menschen. Ich hatte ja nicht gewußt, daß er auch Simms auf dem Gewissen hatte. Ich hatte nicht die geringste Angst vor ihm gehabt. Ihm schien gar nicht in den Sinn gekommen zu sein, daß ich wegen des Kokains vielleicht gar nichts gegen ihn unternehmen würde. Er war vor Mord nicht zurückgeschreckt, um es zu verhindern. Dabei hatte ich ihn noch nicht einmal im Verdacht gehabt, ein Dealer großen Stils zu sein, bis er selbst damit angegeben hatte.

Während die Spurensicherung um mich herum ihren Fortgang nahm, fragte ich mich, ob die Drogenhändler vielleicht deshalb so schnell mordeten, weil ihnen das Leben anderer Menschen völlig gleichgültig war.

Wie Vaccaro, dachte ich, der seine zum Aussteigen bereiten Piloten von fahrenden Autos aus abgeknallt hatte. Vielleicht war das ja unter Drogenbossen eine ganz gebräuchliche Methode der Säuberung. Nachahmungstäter – das hatten wir im Falle von Simms alle gedacht und recht damit gehabt.

Für Leute wie Rollway und Vaccaro hatte das Leben anderer Menschen einen so geringen Wert, weil sie sowieso an dessen Zerstörung interessiert waren. Sie machten Sucht und Korruption zu ihrem Geschäft, hatten die erklärte Absicht, Profit aus dem Zusammenbruch und Unglück anderer zu schlagen, lockten junge Leute vorsätzlich in eine Einbahnstraße des Elends hinein. Ich hatte irgendwo gelesen, daß man zwei bis drei Jahre lang Kokain schnupfen konnte, bevor der körperliche Schaden spürbar wurde. Die Hersteller, Großhändler und Verkäufer dieser Droge wußten das. Die Zeit reichte aus, um ihnen einen steten Absatz zu garantieren. Ihre Gier war durch und durch schmutzig.

Die mit dem Geschäft verbundene Amoralität, die aggressive Brutalität korrumpierten selbst auch, machten ebenfalls süchtig. Rollway hatte sich, ganz wie seine Opfer, selbst zerstört.

Ich stellte mir auch die Frage, was Menschen dahin bringt, so zu werden wie er. Ich konnte ihr Verhalten zwar verurteilen, aber verstehen konnte ich es nicht. Sie waren nicht auf leichtfertige Weise unaufrichtig wie Pross, sondern sie waren gleichgültig und kalt. Wie Elliot Trelawney gesagt hatte – die Logik der Kriminellen war oft sonderbar. Sollte ich jemals die Eintragungen in Grevilles Notizbuch ergänzen, dachte ich, dann vielleicht mit so etwas wie »Die Wege der Unaufrichtigen sind den Aufrechten ein Rätsel«, oder auch »Was macht die Unaufrichtigen unaufrichtig und die Aufrichtigen aufrichtig?« Den wohlfeilen Antworten der Soziologen war nicht zu trauen.

Ich erinnerte mich an eine Geschichte, die ich vor langer Zeit gehört hatte. Ein Skorpion fragt ein Pferd, ob es so gut sein könne, ihn über einen reißenden Bach zu tragen. Warum nicht? sagte das Pferd und schwamm bereitwillig los, den Skorpion auf seinem Rücken. Als sie die Hälfte der Strecke hinter sich hatten, stach der Skorpion zu. Das Pferd, tödlich vergiftet, sagte: »Jetzt werden wir beide ertrinken. Warum hast du das getan?« Und der Skorpion antwortete: »Weil es meine Natur ist.«

Nicholas Loder brauchte sich über nichts mehr Sorgen zu machen oder zu wundern. Seine moralische Natur hatte sich, unter Druck gesetzt, unbefleckt erhoben und ihm den Tod gebracht. Ungerechtigkeit und Ironie, wo man hinsah, dachte ich und empfand Trauer um den Mann, der meine Ermordung nicht stillschweigend hatte hinnehmen wollen.

Er selbst hatte auch Kokain geschnupft, so viel war klar. Vielleicht war er von Rollway abhängig geworden, war vielleicht von diesem mehr oder weniger dazu erpreßt worden zuzulassen, daß er die Pferde manipulierte. Er hatte Angst gehabt, daß ich das entdecken könnte, aber er war letztlich doch kein schlechter Bursche gewesen, und das hatte auch Rollway erkannt, hatte gesehen, wie unsicher es war, darauf zu bauen, daß jener tatsächlich den Mund halten würde.

Durch Loder hatte Rollway erfahren, wo er mich an jenem Sonntagnachmittag finden konnte – und auch an diesem Mittwochabend. Nicholas Loder hatte mich aber nicht wissentlich in die Falle gelockt, sondern war von seinem vermeintlichen Freund nur benutzt worden – und ich hatte es für gänzlich ungefährlich gehalten, ihm am Sonntagmorgen zu erzählen, daß ich mich mit Milo und den Ostermeyers zum Lunch verabredet hatte oder daß ich in Grevilles Haus sein würde, falls er ein Angebot für ›Edelstein‹ unterbreiten wolle.

Ich hatte mich nicht, was immer dieser glauben mochte, speziell vor Rollway in acht genommen, sondern vor einem unidentifizierten Feind, vor jemandem, der *da* und gefährlich, bislang aber eben unerkannt war.

Ironie allüberall ...

Ich dachte an Martha und Harley und an das Kokain im Leib von ›Dozen Roses‹. Ich würde sie bitten, das Pferd zu behalten und Rennen mit ihm reiten. Aber ich würde ihnen auch versprechen, ihnen für den Fall, daß er auf Dauer keine befriedigenden Leistungen zeigte, den Kaufpreis zu erstatten, und das Pferd zum Verkauf geben. Bei dem Gedanken daran, was der Jockey Club und die Rennpresse zu dem ganzen Schlamassel zu sagen haben würden, konnte einem schwindlig werden. Wir konnten das Rennen in York noch immer verlieren – würden es wohl, wie ich annahm, noch verlieren.

Ich dachte an Clarissa im Selfridge Hotel, die sich dort um ein ganz normales Verhalten bemühte und dabei den Kopf voll hatte von Bildern der Gewalt. Ich hoffte, daß sie ihren Henry anrufen, sich auf festen Boden retten, Greville in Frieden betrauern und froh sein würde, seinen Bruder gerettet zu haben. Ich würde den Wecker des Hexers auf 16.20 Uhr stehen lassen und an beide denken, wenn ich ihn hörte – man mochte ja sagen, daß es sentimental war, daß Grevilles und ihre gesamte Affäre mit Sentimentalitäten geradezu vollgepackt gewesen war, aber wen scherte das? Sie hatten ihre Freude daran gehabt, und ich fand das schön.

Irgendwann im Laufe des Abends erschien ein hochrangiger Polizist in Zivil, dem sich alle sofort unterordneten und den sie mit »Sir« anredeten.

Er stellte sich mir als Oberkommissar Ingold vor und erbat eine detaillierte Schilderung der Vorgänge, die eine Sklavenseele mitschrieb. Der Oberkommissar war klein, zupackend, geschäftsmäßig. Er überdachte stets das, was ich gesagt hatte, bevor er die nächste Frage stellte, als wäge er meine Antworten genau ab. Von Nutzen war, daß er eine Vorliebe für den Pferderennsport hatte, sich also über Nicholas Loder grämte und von mir schon gehört hatte.

Ich berichtete ihm mit ziemlicher Offenheit das meiste von dem, was geschehen war, ließ nur wenige Dinge aus – so etwa, auf welche Weise genau Rollway seine Bratenbegießerröhre zurückgefordert hatte, oder Clarissas Anwesenheit und die entsetzliche Verzweiflung jener Minuten, die ihrem Eintreffen vorausgegangen waren. Ich verkürzte und vereinfachte den aussichtslosen Kampf, machte einen schnellen K.o.-Sieg daraus.

»Die Krücken?« fragte er. »Wozu sind die da?«

»Ein kleines Problemchen mit dem Fußgelenk, das sich in Cheltenham ergeben hat.«

»Wann war das?«

»Vor fast zwei Wochen.«

Er nickte bloß. Das Griffstück dieser Krücken war schwer genug, um Schurken damit zusammenschlagen zu können, und so suchte er nicht weiter und nach anderen Erklärungen.

Das alles dauerte wegen der Denkpausen und des Mitschreibens eine ganze Weile. Ich erzählte ihm auch von dem Autounfall nahe Hungerford. Ich sagte, ich hielte es durchaus für möglich, daß es Rollway gewesen sei, der Simms erschossen habe. Ich meinte, sie würden ja doch wohl mit Sicherheit die Kugeln, die die Polizei von Hungerford im Daimler gefunden habe, mit denen vergleichen, die sie hier aus Grevilles Wänden ausgegraben hätten, und zweifellos auch mit denen, die man aus Nicholas Loders totem Körper holen würde. Ich fragte mich in aller Unschuld, was für ein Auto Rollway wohl gefahren habe. Die Polizei von Hungerford suche einen grauen Volvo, sagte ich dem Oberkommissar.

Nach einer kurzen Pause wurde ein Polizist losgeschickt, um die Straße abzusuchen. Er überbrachte seine Botschaft mit großen Augen und wurde angewiesen, eine Absperrung um den Volvo aufzubauen und die Passanten von ihm fernzuhalten.

Inzwischen war es längst dunkel geworden. Jedesmal, wenn ein Polizist oder sonstiger Beamter ins Haus kam, fing der mechanische Hund zu kläffen an, und das Flutlicht erstrahlte. Ich empfand das als komisch, was einiges über den benommenen Zustand aussagte, in dem sich mein Kopf noch befand, während es den Polizisten auf die Nerven ging und sie gereizt machte.

»Die Schalter sind neben der Haustür«, verriet ich schließlich einem von ihnen. »Warum schalten Sie das alles nicht einfach ab?«

Sie befolgten den Rat und hatten ihre Ruhe.

»Wer hat den Blumentopf in den Fernseher geschmissen?« wünschte der Kommissar zu erfahren.

»Einbrecher. Am vergangenen Samstag. Zwei Ihrer Leute waren deswegen schon hier.«

»Sind Sie krank?« fragte er übergangslos.

»Nein. Nur etwas mitgenommen.«

Er nickte. Jeder andere wäre das wohl auch, dachte ich.

Einer der Polizisten erwähnte Rollways Drohung, daß ich nicht lange genug leben würde, um noch gegen ihn aussagen zu können. Vielleicht sei sie ernst zu nehmen.

Ingold sah mich prüfend an. »Beunruhigt Sie das?«

»Ich werde versuchen, vorsichtig zu sein.«

Er lächelte matt. »Wie im Sattel?« Das Lächeln verschwand wieder. »Sie täten gut daran, sich jemanden anzuheuern, der ein Weilchen mit auf Sie aufpaßt.«

Ich nickte ihm meinen Dank zu. Brad würde begeistert sein, dachte ich.

Sie schafften den armen Nicholas Loder fort. Ich würde seine Tapferkeit rühmen, nahm ich mir vor, und von seinem Ruf retten, was davon noch zu retten war. Ich verdankte ihm schließlich meine Überlebenschance.

Am Ende wollte die Polizei das Wohnzimmer versiegeln, aber der Oberkommissar meinte, dies geschehe nur vorsichtshalber – was sich an diesem Abend hier ereignet habe, sei ja doch kristallklar.

Er reichte mir meine Krücken und fragte, wohin ich zu gehen gedächte.

»Nach oben ins Bett«, sagte ich.

»Hier?« Er war überrascht. »Hier in diesem Haus?«

»Dieses Haus«, sagte ich, »ist eine Festung. Allerdings nur, solange man die Zugbrücke nicht herunterläßt.«

Sie versiegelten das Wohnzimmer, verabschiedeten sich und ließen mich in dem nun wieder stillen Hausflur zurück.

Ich setzte mich auf die Treppe und fühlte mich fürchterlich. Kalt. Zittrig. Alt und grau. Was ich brauchte, war ein heißes Getränk, um von innen her wieder warm zu werden, aber hinunter in die Küche gehen wollte ich um keinen Preis. Heißes Wasser aus dem Bad oben würde es wohl auch tun, dachte ich.

Wie so oft bei gewaltsamen Auseinandersetzungen, war es gar nicht der Augenblick der Verletzung, der am schlimmsten war, sondern die Zeit ein paar Stunden später, wenn nämlich die unmittelbar wirksam werdenden anästhesierenden Kräfte des eigenen Körpers schwächer werden und den Schmerz zum Zuge kommen lassen. Das war ja die so wunderbare Einrichtung der Natur, die es einem wilden Tier ermöglichte, sich erst in Sicherheit zu bringen und dann seine Wunden zu lecken und mit heilendem Speichel zu reinigen. Das menschliche Tier war da nicht anders. Man brauchte die schmerzlose Zeit zur Flucht, und man brauchte den Schmerz danach, um zu wissen, daß etwas mit einem nicht in Ordnung war.

Im Augenblick maximaler Adrenalinausschüttung, im Augenblick der Entscheidung zwischen Kampf und Flucht hatte ich geglaubt, mit meinem kaputten Knöchel laufen zu können. Es war der besagte Mechanismus gewesen, der mich dazu befähigt hatte, und nicht der Instinkt oder eine Willensanstrengung. Zwei Stunden später war allein schon der Gedanke, auf dem Bein nur stehen zu sollen, ein Ding der Unmöglichkeit. Schon die kleinste Bewegung nahm mir den Atem. Ich hatte nach dem Schlag zwei sehr lange Stunden in Grevilles Stuhl gesessen, mich ganz auf die Polizisten konzentriert und jedes Gefühl ausgeblendet.

Jetzt aber, wo alle fort waren, konnte ich mir nichts mehr vormachen. Wie sehr ich mich auch innerlich dagegen auflehnen, welche Wut mich auch erfüllen mochte, ich wußte doch genau, daß der Schaden, den Knochen und Bänder genommen hatten, fast so schlimm war wie der ursprüngliche. Rollway hatte mir den Knöchel wieder gebrochen. Ich fing wieder bei Null an … und nur noch viereinhalb Wochen bis zum *Hennessy* … aber ich würde, komme was wolle, mit ›Dattelpalme‹ daran teilnehmen und niemandem etwas von dem kleinen Treffen heute abend erzählen, von dem ja keiner Kenntnis hatte außer Rollway, und der würde wohl kaum damit angeben.

Wenn ich mich zwei Wochen lang von Lambourn fernhielte, würde Milo nichts merken – nicht, daß es ihm allzu viel Kummer bereiten würde, wenn er's täte. Solange er jedoch nichts wußte, konnte er auch keinem anderen was erzählen. Niemand rechnete ja auch damit, daß ich schon vor Ablauf von vier Wochen wieder an Rennen teilnahm. Wenn ich ganz einfach zwei davon in London blieb und mich um Grevilles Geschäft kümmerte, würde niemandem etwas auffallen. Und sobald ich wieder gehen konnte, würde ich mich nach Lambourn begeben und täglich reiten... mich physiotherapeutisch behandeln lassen, mir den *Electrovet* ausleihen ... es war zu schaffen ... Kinderspiel!

Fürs erste aber war da die Treppe.

Oben in Grevilles Badezimmer würde ich in einem wasserdichten Täschchen, das ich in einen der Spielgeschränke gelegt hatte, den Umschlag finden, den mir mein Orthopäde mitgegeben und der mich seitdem auf allen meinen Fahrten begleitet hatte. In diesem Umschlag befanden sich drei kleine weiße Tabletten, kleiner als Aspirin, auf denen unter anderem meine Initialen standen: DF 1-1-8. Nur für den äußersten Notfall, hatte der Orthopäde gesagt.

An diesem Mittwochabend, so schätzte ich, war ein solcher wohl eingetreten.

Ich bewegte mich langsam die Treppe hinauf, rückwärts, im Sitzen, zog die Krücken hinter mir her. Wenn ich sie losließe, ging mir durch den Kopf, würden sie wieder bis zum Fuße der Treppe hinunterrutschen. Ich beschloß also, sie sehr gut festzuhalten.

Es war die Hölle. Ich führte mir mit Strenge vor Augen, daß es Leute gegeben hatte, die mit viel ärger gebrochenen Gliedmaßen von Bergen heruntergekrochen waren – sie hätten sich angesichts einer kleinen Treppe nicht so angestellt! Wie dem auch sei, alles mußte mal an ein Ende kommen, und so saß ich schließlich auf der obersten Stufe, die Krücken neben mir, und dachte, daß die DF 1-1-8-Pillen wohl kaum wie durch einen Zauber auf meine Zuge fliegen würden. Ich mußte sie mir schon holen.

Ich schloß die Augen und legte beide Hände um meinen bandagierten Knöchel. Ich konnte die Hitze darin spüren, und er schwoll bereits wieder an, und irgendwo hämmerte mein Puls.

Verdammt und zugenäht, dachte ich, so ein elender Mist. Mir war diese Art von Schmerz ja vertraut, aber das machte ihn auch nicht besser. Ich hoffte nur, daß Rollways Schädel brummte wie verrückt.

Ich schaffte es schließlich, mich ins Bad zu schleppen, drehte den Heißwasserhahn auf, öffnete den geräumigen Spiegelschrank, holte mein Täschchen heraus und öffnete den Reißverschluß.

Eine Tablette, und man hatte keine Schmerzen mehr, ging mir durch den Kopf. Zwei Tabletten, und man war high. Und bei drei Tabletten verlor man das Bewußtsein.

Die Pillen hatten etwas Verlockendes an sich, aber ich fürchtete, ich könnte am nächsten Morgen aufwachen und noch mal welche brauchen und mir dann wünschen, daß ich weiser gewesen wäre. Ich schluckte also nur eine mit heißem Wasser und wartete auf das Wunder.

Das Wunder, das dann tatsächlich geschah, war wirklich ganz unglaublich, hatte aber nichts mit den Pillen zu tun.

Ich starrte in den Spiegel über dem Waschbecken und erblickte mein graues Gesicht darin. Eine Besserung, dachte ich nach einer Weile, würde wohl noch ziemlich lange auf sich warten lassen. Vielleicht wirkten die verdammten Dinger ja auch überhaupt nicht.

Hab Geduld.

Nimm noch eine ...

Nein, gedulde dich.

Unaufmerksam besah ich mir die Dinge, die auf der Ablage unter dem Spiegel standen. Talkumpuder. Deodorant. Rasierschaum. Rasierschaum. Der größte Teil des Inhalts der einen Dose war von Jason auf den Spiegel gespritzt worden. Es war die blaßblau-graue Dose, auf der »Unparfümiert« stand.

Greville hatte doch auch einen elektrischen Rasierapparat, fiel mir plötzlich ein. Der lag auf der Kommode im Schlafzimmer. Ich hatte ihn mir ja an diesem Morgen ausgeliehen. Schneller als eine Naßrasur, wenn auch nicht so lange vorhaltend.

Die verfluchte Pille wollte nicht wirken.

Ich sah sehnsuchtsvoll auf die zweite hinab.

Warte noch ein bißchen.

Denk an was anderes.

Ich nahm die zweite Dose mit Rasierschaum in die Hand, die dunkelrot und orange war und die Aufschrift »Zugelassene Parfümöle« trug. Ich schüttelte die Dose, nahm die Kappe ab und versuchte, Schaum auf den Spiegel zu sprühen.

Nichts geschah. Ich schüttelte noch einmal. Versuchte es erneut. Absolut nichts.

List und Irreführung, dachte ich. Hohle Bücher und grüne Steinkästchen mit Schlüsselloch, aber ohne Schlüssel. In Beton eingelassene Safes, Geheimfächer in Schreibtischen ... Traue nie dem Augenschein! Grevilles Kopf war ein Labyrinth ... *und er hätte niemals parfümierten Rasierschaum benutzt.*

Ich drehte die Dose so herum und anders herum, drehte an ihr – und da bewegte sich der Boden und drehte sich in meiner Hand. Ich hielt den Atem an. Konnte es eigentlich nicht glauben. Ich schraubte weiter an dem Bodenstück.

Noch so ein leeres Versteck, sagte ich mir. Zügle deine Hoffnung. Ich schraubte den Boden der Dose ganz ab, und aus einer mit Watte ausgepolsterten Höhlung fiel mir ein Lederbeutelchen in die Hand.

Na schön, dachte ich, aber Diamanten waren da nicht drin.

Unter Zuhilfenahme der Krücken brachte ich das Beutelchen ins Schlafzimmer, setzte mich auf Grevilles Bett und schüttete ein Rinnsal eher glanzlos aussehender, erbsengroßer Stückchen Kohlenstoff auf die Tagesdecke.

Ich hörte so gut wie ganz zu atmen auf. Die Zeit stand still. Ich konnte es nicht glauben. Nicht nach all dem ...

Mit zitternden Fingern zählte ich sie, bildete kleine Häufchen zu je fünf Stück.

Zehn ... fünfzehn ... zwanzig ... fünfundzwanzig.

Fünfundzwanzig – das bedeutete, daß ich jetzt fünfzig Prozent der Steine hatte. Die Hälfte von dem, was Greville gekauft hatte.

Mit dieser Hälfte war Saxony Franklin gerettet. Ich dankte dem Schicksal von ganzem Herzen, war den Tränen gefährlich nahe.

Und dann kam es wie ein Offenbarung über mich, und ich wußte auch, wo die restlichen Diamanten waren. Wo sie sein mußten. Greville hatte sie tatsächlich mit nach Ipswich genommen, wie er Pross gesagt hatte. Ich vermutete, daß er sie mitgenommen hatte, weil er dachte, er könne sie dem Mann von Maarten-Pagnier mitgeben, damit sie in Antwerpen geschliffen würden.

Ich hatte alles, was in seinem Auto gelegen hatte, untersucht und nichts gefunden – und seine Steine doch in der Hand gehabt, ohne es zu wissen.

Sie waren... sie mußten in der anderen dunkelroten und orangefarbenen Dose sein, in dieser Schein-Rasierschaumdose, die jetzt so sicher unter der Treppe im Hause von Brads Mama in Hungerford lag, als befände sie sich im Fort Knox. Sie hatte alle meine Sachen aus meinem Auto hereingeholt, um sie angesichts der Unsicherheit der Wohngegend vor Diebstahl zu schützen. In meiner Erinnerung konnte ich hören, wie stolz Brad auf sie gewesen war.

»Ganz schön clever, unsre Mama...«

Das DF 1-1-8 fing endlich an, den schlimmsten Schmerz zu lindern.

Ich rollte die fünfundzwanzig kostbaren Steinchen mit unbeschreiblicher Freude auf der Decke hin und her und dachte daran, wie erleichtert Greville gewesen wäre. Schlaf ruhig, Freund, sagte ich in Gedanken zu ihm, unbeherrscht lächelnd. Ich habe sie zu guter Letzt doch noch gefunden.

Er hatte mir seine Firma, seinen Schreibtisch, sein technisches Spielzeug, seine Feinde, seine Pferde, seine Geliebte vermacht. Hatte mir Saxony Franklin, den Hexer, die Rasierschaumdosen, Prospero Jenks und Nicholas Loder, ›Dozen Roses‹ und Clarissa hinterlassen.

Ich hatte sein Leben geerbt und ihn zur ewigen Ruhe gebettet. Und wenn ich auch Schmerzen hatte und litt, so war mir doch, als sei ich noch nie glücklicher gewesen als in diesem Augenblick.

Cornell Woolrich im Diogenes Verlag

Rendezvous in Schwarz

Roman. Aus dem Amerikanischen von Matthias Müller. detebe 21874
Neuübersetzung

Jeden Abend um acht, am Platz vor dem Drugstore, treffen sie sich – Johnny und seine große Liebe Dorothy. Doch schon bald wird Schluß sein mit den allabendlichen Rendezvous, der Tag der Hochzeit naht – das große Rendezvous fürs Leben.
Doch dann geschieht etwas, was diese Idylle ein für allemal zerstört... Johnny, der freundliche, harmlose junge Mann, wird zum gnadenlosen Racheengel: er schwört bei seiner getöteten Liebe, daß diejenigen, die schuld sind an seinem Schmerz, genauso Schmerz erfahren sollen wie er...

»In Woolrichs Geschichten spielt die Liebe eine große Rolle, eine totale und ausschließliche Liebe, die, wenn sie zerstört ist, unersetzlich bleibt.« *François Truffaut*

Verfilmt mit Boris Karloff, Larraine Day und Franchot Tone in den Hauptrollen.

Der schwarze Vorhang

Roman. Aus dem Amerikanischen von Signe Rüttgers. detebe 21625
Neuübersetzung

Nach einem leichten Unfall im Vergnügungsviertel geht Frank Townsend nach Hause – um festzustellen, daß er seit Jahren nicht mehr dort gewesen war. An Gedächtnisschwund leidend, des Mordes angeklagt und Opfer mörderischer Verfolgungen, muß er die ›Strafe‹ überstehen, die die Zeit über ihn verhängt hat.

»Unmöglich, das Buch vor dem Ende aus der Hand zu legen.« *The New York Times*

Verfilmt von Jack Hively mit Burgess Meredith, Claire Trevor, Louise Platt und Sheldon Leonard in den Hauptrollen.

Der schwarze Engel

Roman. Aus dem Amerikanischen von
Harald Beck und Claus Melchior. detebe 21626
Neuübersetzung

Ihr Mann nennt sie Engel, und als er wegen Mordes an seiner Geliebten verhaftet wird, wird sie es tatsächlich: ein schwarzer Todesengel. Um die Unschuld ihres Gefährten zu beweisen, steigt sie in die schwarze Welt der Spielhöllen, der Drogen und Prostituierten und bringt allen, die mit ihr in Berührung kommen, Unglück und Verderben.

»Woolrich gewinnt mehr Entsetzen, mehr Spannung und zitterndes Nägelkauen aus den allergewöhnlichsten Ereignissen als fast alle seiner Kollegen und Zeitgenossen.« *Ellery Queen*

Verfilmt von Roy William Neill mit Peter Lorre, June Vincent und Dan Duryea in den Hauptrollen.

Der schwarze Pfad

Roman. Aus dem Amerikanischen von
Daisy Remus. detebe 21627

Scotty und Eve konnten zwar vor Eves verbrecherischem Ehemann flüchten, nicht aber vor seiner Rache. In einer überfüllten Bar in Havanna wird die schöne Frau ermordet, und Scotty sitzt in einer mörderischen Falle, bleibt allein zurück in einem fremden Land, das nichts von ihm will als den Beweis, daß er die Frau, die er liebte, nicht umgebracht hat.

»Ein satanisches, scharfsinniges Plot.«
The New York Times

Verfilmt von Arthur Pripley mit Michèle Morgan und Robert Cummings in den Hauptrollen.

Das Fenster zum Hof

und vier weitere Kriminalstories
Aus dem Amerikanischen von Jürgen Bauer
und Edith Nerke. Mit einem Nachwort
von Wolfram Knorr. detebe 21718
Neuübersetzung

»Rein technisch betrachtet sind viele von Woolrichs Werken schrecklich; man vermißt in ihnen jeglichen Sinn. Und genau das ist es: wie im Leben. Dennoch finden einige seiner Geschichten, gewöhnlich infolge merkwürdiger Zufälle, ein glückliches Ende. Aber da er niemals einen Serien-Helden eingeführt hat, weiß der Leser auch nie im voraus, ob die Woolrich-Geschichte, vor der er gerade sitzt, hell oder dunkel, ob sie *allègre* oder *noire* ist – einer von vielen Gründen dafür, daß seine Geschichten so packend und spannungsgeladen sind. Wie die fünf in diesem Band vereinten.« *Francis M. Nevins jr.*

Die Titelgeschichte wurde verfilmt von Alfred Hitchcock mit Grace Kelly und James Stewart in den Hauptrollen.

Walzer in die Dunkelheit

Roman. Aus dem Amerikanischen von
Jobst-Christian Rojahn. detebe 21719
Neuübersetzung

Die Geschichte beginnt – wie so viele von Woolrichs Geschichten – mit einem einsamen Mann. Louis Durand, 37 Jahre alt, wohlhabender Kaufmann, hat nur noch einen Gedanken: seiner Einsamkeit zu entfliehen. Die Frau, die er heiraten will, kennt er nur aus Briefen. Doch dann taucht sie persönlich auf, die namenlose *femme fatale*, die für Durand zum Schicksal wird...

Verfilmt von François Truffaut unter dem Titel *La Sirène du Mississippi;* in den Hauptrollen Jean-Paul Belmondo und Catherine Deneuve.

Die Nacht hat tausend Augen

Roman. Aus dem Amerikanischen von
Irene Holicki. detebe 21720
Neuübersetzung

Er war ein merkwürdiger alter Mann, der am liebsten schwieg, denn was er sagte, traf mit erschreckender Gewißheit ein. Harlan Reid, Witwer und erfolgreicher Geschäftsmann, war ganz versessen auf seine Worte, und auch seine einzige Tochter Jean hörte auf seine Ratschläge. Bis eine letzte entsetzliche Prophezeihung alle zu Tode erschreckte: Reids unmittelbar bevorstehenden Tod im Rachen eines Löwen.

»Lassen Sie das Licht an, falls Sie beabsichtigen, dieses Buch im Bett zu Ende zu lesen!« *The New York Times*

Verfilmt von John Farrow, mit Edward G. Robinson, Gail Russell und Virginia Bruce in den Hauptrollen.

Im Dunkel der Nacht

Kriminalstories. Aus dem Amerikanischen
von Signe Rüttgers. detebe 21759
Deutsche Erstausgabe

»Woolrich schreibt Psychotope, Etüden der Angst und der Einsamkeit, voll cooler Bildentwürfe und grandioser Stimmungsmalerei.« *Die Weltwoche, Zürich*

Titelgeschichte verfilmt mit Edward G. Robinson in der Hauptrolle.

Ich heiratete einen Toten

Roman. Aus dem Amerikanischen von
Matthias Müller. detebe 21742
Neuübersetzung

»Ein verschollener Klassiker des amerikanischen Kriminalromans kommt im Diogenes Verlag in neuen deutschen Übersetzungen ans Licht: Cornell Woolrich, der ›dritte Mann‹ neben *Dashiell Hammett* und *Raymond Chandler.*« *Der Spiegel, Hamburg*

Verfilmt mit Barbara Stanwyck in der Hauptrolle.

Cornell Woolrich, neben Hammett[1] und Chandler[2] einer der größten der ›Schwarzen Ära‹, wurde 1903 in New York geboren, wohin er nach einem Aufenthalt in Hollywood, einer kurzen Ehe und ein paar homosexuellen Episoden wieder zurückkehrte, um fortan mit seiner Mutter in billigen Hotels zu wohnen. Viele seiner Romane und Stories wurden verfilmt, u.a. von Alfred Hitchcock, Sidney Pollack, François Truffaut. Trotz dieser Erfolge starb er 1968 verbittert und einsam in einem heruntergekommenen New Yorker Hotel.

[1] *Dashiell Hammett,* sämtliche Werke in 10 Bänden. Vollständig und neu übersetzt von Hellmuth Karasek, Gunar Ortlepp, Walter E. Richartz, Harry Rowohlt, Wulf Teichmann, Hans Wollschläger u. a.

[2] *Raymond Chandler,* Werkausgabe in 13 Bänden. Vollständig und neu übersetzt von Hellmuth Karasek, Gunar Ortlepp, Walter E. Richartz, Wulf Teichmann, Urs Widmer und Hans Wollschläger.

Barbara Vine im Diogenes Verlag

Das Haus mit den Treppen

Roman. Aus dem Englischen von Renate Orth-Guttmann. Leinen

Eine der großen Lügnerinnen der Welt nennt Elisabeth die junge Bell. Und trotzdem, oder vielleicht deswegen: noch nie zuvor war Elisabeth von einer Frau dermaßen fasziniert. Selbst als Bells kriminelle Vergangenheit offenkundig wird, kann sich Elisabeth nicht aus ihrer Liebe zu Bell lösen. Immer wieder findet sie Erklärungen und Entschuldigungen für das unglaubliche Verhalten dieser mysteriösen Frau.
Im ›Haus mit den Treppen‹ beginnt Eisabeths mütterliche Freundin Cosette ein neues, unangepaßteres Leben. Auch Bell kommt in das Haus, und schon tauchen seltsame Fragen auf: Was geschah mit Elisabeths Mutter? Warum war Bell im Gefängnis, und was ist ihr so sorgsam gehütetes Geheimnis? Und haben die ungewöhnliche Ähnlichkeit zwischen Bell und dem Bronzino-Portrait einen Zusammenhang mit der sterbenden Heldin in Henry James' ›Die Flügel der Taube‹?

»Barbara Vine alias Ruth Rendell ist in der englischsprachigen Welt längst zum Synonym für anspruchsvollste Kriminalliteratur geworden.« *ORF, Wien*

Es scheint die Sonne noch so schön

Roman. Aus dem Englischen von Renate Orth-Guttmann. Leinen

Ein langer, heißer Sommer im Jahr 1976. Eine Gruppe junger Leute sammelt sich um Adam, der ein altes Haus geerbt hat. Sorglos leben sie in den Tag hinein, lieben, stehlen, existieren. Zehn Jahre später werden auf dem bizarren Tierfriedhof zwei Skelette gefunden – das einer jungen Frau und das eines Säuglings...

»Der Leser glaubt auf jeder zweiten Seite, den Schlüssel zur Lösung des scheinbar kriminellen Mysteriums in Händen zu halten, doch – der Schlüssel paßt nicht, sperrt nicht, klemmt ... Keine Frage, dieser Roman ist ein geglückter Thriller, ein famos geglückter, wofür diese Autorin auch bürgt.« *Wiener Zeitung*

Die im Dunkeln sieht man doch

Roman. Aus dem Englischen von
Renate Orth-Guttmann. detebe 21826

Der Fall der Vera Hillyard, die kurz nach dem Krieg wegen Mordes zum Tod durch den Strang verurteilt und hingerichtet wurde, wird wieder aufgerollt. Briefe, Interviews, Erinnerungen, alte Photographien fügen sich zu einem Psychogramm, einer Familiensaga des Wahnsinns. Schicht um Schicht entblättert Barbara Vine die Scheinidylle eines englischen Dorfes, löst zähe Knoten familiärer Verflechtungen und entblößt schließlich ein Moralkorsett, dessen psychischer Druck nur noch mit Mord gesprengt werden konnte.

»Barbara Vine ist die beste Thriller-Autorin, die das an Krimi-Schriftstellern nicht eben arme England aufzuweisen hat. Ihr Buch ist ein Psycho-Thriller der Super-Klasse. Eine Reportage aus einer Zeit da die ›besseren Herren‹ bei Heirat noch eine Jungfrau erwarten durften – und die Frauen aus dem bürgerlichen Aufsteiger-Milieu eine Menge Tricks anwandten, um diesem Weltbild anscheinend zu entsprechen.«
Frankfurter Rundschau

»Es gibt Bücher, die man eher zufällig und ohne große Erwartungen in die Hand nimmt, um mal einen Blick hineinzuwerfen, und dann passiert es, daß man sich festliest und das Buch gar nicht mehr aus der Hand legen möchte. Barbara Vines Roman, raffiniert aufgebaut und meisterhaft erzählt, gehört für mich in diese Kategorie.« *Süddeutscher Rundfunk*